Über dieses Buch

In dieser Sammlung von fünfundzwanzig kleinen Prosaskizzen, die sich durch die Ich-Perspektive des erzählenden Jägers thematisch zu einem Ganzen zusammenfügen, führt Turgenjew den Leser durch eine Galerie von Bildern aus dem bäuerlichen Leben Rußlands um die Mitte des 19. Jahrhunderts. Eingebettet in malerische Natur- und Landschaftsschilderungen berichtet der Erzähler von Leibeigenen, Freigelassenen, Dienern in Herrschaftshäusern, Hofsklaven, Knechten und Mägden und kontrastiert dieses harte, oft von tragischen Schicksalen geprägte Leben mit dem ihrer feudalen Herren: den sittlich verkommenen Gutsbesitzern, die in ihrer schrankenlosen Macht als Opfer ihrer eigenen Herrschaft erscheinen.
Mit den ›Aufzeichnungen eines Jägers‹, die Turgenjew nach dem durchschlagenden Erfolg einiger Erzählungen zu einem Sammelband komplettierte und 1852 veröffentlichte, fand der Dichter zu seinem eigenen, unverwechselbaren Stil: Thematisch an den Gogolschen Realismus anknüpfend, verband er klassische und romantische Elemente in einer originären Weise und schuf mit seiner rhythmischen, melodisch-suggestiven Prosa eine neue Form realistischer Erzählkunst.

Literatur · Philosophie · Wissenschaft

Iwan S. Turgenjew

Aufzeichnungen eines Jägers

Deutscher Taschenbuch Verlag

Vollständige Ausgabe.
Aus dem Russischen übertragen von Manfred von der Ropp.
Mit einem Nachwort, einer Zeittafel und Literaturhinweisen
von Jurij Murašov.
Titel der Originalausgabe:
›Zapiski ochotnika‹ (Moskau 1852)

Von Iwan S. Turgenjew
sind im Deutschen Taschenbuch Verlag erschienen:
Väter und Söhne (2113)
Liebesgeschichten (2115)
Unheimliche Geschichten (2116)

1. Auflage März 1983
2. Auflage Mai 1985: 10. bis 13. Tausend
Deutscher Taschenbuch Verlag GmbH & Co. KG, München

Umschlaggestaltung: Celestino Piatti unter Verwendung
einer Turgenjew-Zeichnung von N. D. Dimitrijew-
Orenburgskij (1879)
Gesamtherstellung: C. H. Beck'sche Buchdruckerei,
Nördlingen
Printed in Germany · ISBN 3-423-02114-4

INHALT

Chor und Kalinytsch

Wer einmal Gelegenheit hatte, aus dem Kreis Bolchow in den Kreis Schisdra zu fahren, den wird sicherlich der schroffe Unterschied im Menschenschlag der Gouvernements Orjol und Kaluga überrascht haben. Der Bauer des Gouvernements Orjol ist klein von Wuchs, untersetzt, mürrisch, schaut mißtrauisch unter der Stirn hervor, lebt in elenden Hütten aus Espenholz, geht zum Frondienst, treibt keinerlei Handel, ißt schlecht und trägt Bastschuhe. Der Zinsbauer im Gouvernement Kaluga lebt in geräumigen Hütten aus Föhrenholz, ist groß von Statur, schaut furchtlos und lustig drein, hat ein sauberes und weißes Gesicht, handelt mit Butter und Teer und trägt an den Feiertagen Schaftstiefel. Ein Dorf im Gouvernement Orjol (wir sprechen hier von dessen östlichem Teil) liegt gewöhnlich inmitten umgeackerter Felder, in der Nähe einer Schlucht, die sich mit der Zeit in einen schmutzigen Teich verwandelt hat. Außer einigen Bruchweiden, die ja mit allem vorliebnehmen, und zwei bis drei kümmerlichen Birken findet man im Umkreis einer Werst kein einziges Bäumchen; eine Hütte klebt an der anderen, die Dächer sind mit verfaultem Stroh bedeckt ... Ein Kalugaer Dorf dagegen ist größtenteils von Wald umgeben; die Hütten stehen freier und aufrechter und sind mit Schindeln gedeckt; die Tore schließen gut, der Flechtzaun im Hinterhof droht nicht umzukippen, ist nicht voller Löcher und lädt nicht jedes vorübergehende Schwein zu Gast ... Auch der Jäger hat es im Gouvernement Kaluga besser. Im Gouvernement Orjol werden in fünf Jahren die letzten Wälder und Buschdickichte verschwunden sein, und Moore gibt es dort schon längst nicht mehr; im Kalugaischen dagegen erstrecken sich die Waldungen auf Hunderte, die Sümpfe auf Dutzende von Werst, und der edle Vogel, der Birkhahn, ist noch nicht verschwunden, die sanftmütige Sumpfschnepfe kommt noch vor, und das geschäftige Rebhuhn erschreckt und erfreut mit seinem plötzlichen Auffliegen den Jäger und den Hund.

Als ich einmal in meiner Eigenschaft als Jäger den Kreis

Schiszra besuchte, wurde ich draußen auf dem Feld mit einem kleineren Gutsbesitzer namens Polutykin bekannt, der ein leidenschaftlicher Jäger und folglich ein vortrefflicher Mensch war. Er hatte allerdings einige Schwächen: so machte er zum Beispiel allen reichen Bräuten im Gouvernement Heiratsanträge, und wenn er einen Korb bekommen hatte, klagte er sein Leid ganz zerknirscht allen Freunden und Bekannten, während er den Eltern der Bräute weiterhin saure Pfirsiche und andere unreife Erzeugnisse seines Gartens als Präsente schickte; er wiederholte gern ein und dieselbe Anekdote, die jedoch trotz aller Achtung vor Herrn Polutykins Vorzügen nie jemanden zum Lachen brachte; er lobte die Werke Akim Nachimows und die Erzählung »Pinna«; er stotterte; er nannte seinen Hund Astronom; statt *jedoch* sagte er *jedochs*, und in seinem Haus hatte er die französische Küche eingeführt, deren Geheimnis nach den Ansichten seines Kochs in der völligen Veränderung des natürlichen Geschmacks aller Speisen bestand: das Fleisch schmeckte bei diesem Kochkünstler nach Fisch, der Fisch nach Pilzen, die Makkaroni nach Schießpulver; aber dafür geriet keine einzige Karotte in die Suppe, ohne vorher die Gestalt eines Rhombus oder eines Trapezes angenommen zu haben. Doch abgesehen von diesen wenigen und unbedeutenden Mängeln war Herr Polutykin, wie schon gesagt, ein vortrefflicher Mensch.

Gleich am ersten Tag unserer Bekanntschaft lud mich Herr Polutykin ein, bei ihm zu übernachten.

»Bis zu mir werden es an die fünf Werst sein«, fügte er hinzu. »Zu Fuß ist es zu weit, kehren wir zuerst bei Chor ein.« Der Leser wird mir gestatten, sein Stottern nicht wiederzugeben.

»Wer ist denn dieser Chor?«

»Einer meiner Bauern ... Er wohnt nicht weit von hier.«

Wir begaben uns zu ihm. Rings von Wald umgeben, auf einer gerodeten und bebauten Lichtung, erhob sich der Einzelhof Chors. Er bestand aus einigen föhrengezimmerten Blockhütten, die durch Flechtzäune miteinander verbunden waren; vor dem Hauptgebäude erstreckte sich ein Vordach, das sich auf dünne Holzpfosten stützte. Wir traten ein. Es kam uns ein junger, großer und hübscher Bursche von etwa zwanzig Jahren entgegen.

»Ah, Fedja! Ist Chor daheim?« fragte ihn Herr Polutykin.

»Nein. Chor ist in die Stadt gefahren«, antwortete der Bursche lächelnd, wobei er eine Reihe schneeweißer Zähne sehen ließ. »Befehlen Sie, anspannen zu lassen?«

»Ja, Bruder, den Wagen. Und bring uns Kwaß.«

Wir gingen in die Wohnstube. Nicht ein einziger Öldruck verunzierte die sauberen Balkenwände; in der Ecke, vor einem schweren Heiligenbild mit Silberbeschlag, brannte das Öllämpchen; der Tisch aus Lindenholz war erst vor kurzem abgeschabt und gewaschen worden; zwischen den Balken und an den Fensterstöcken tummelten sich keine flinken Preußen und verbargen sich keine nachdenklichen Schwaben. Der junge Bursche erschien alsbald mit einem großen weißen Krug, der mit gutem Kwaß gefüllt war, einer riesengroßen Scheibe Weizenbrot und einem Dutzend Salzgurken in einer Holzschüssel. Er stellte alle diese Vorräte auf den Tisch, lehnte sich an den Türrahmen und schaute uns mit einem freundlichen Lächeln zu. Wir hatten unseren Imbiß noch nicht beendet, als schon der Wagen an der Vortreppe vorfuhr. Wir gingen hinaus. Ein lockiger und rotbäckiger Junge von etwa fünfzehn Jahren saß als Kutscher auf dem Wagen und hatte Mühe, einen satten, scheckigen Hengst im Zaume zu halten. Den Wagen umstanden sechs junge Riesen, die sowohl einander als auch Fedja sehr ähnlich sahen. »Alles Chors Kinder«, bemerkte Polutykin. »Alles junge Iltisse*«, fiel Fedja ein, der uns auf die Vortreppe gefolgt war, »und nicht einmal alle: Potap ist im Walde, und Sidor ist mit dem alten Chor in die Stadt gefahren ... Gib schön acht, Wasja«, fuhr er, zum Kutscher gewandt, fort, »nimm deinen Verstand zusammen, du fährst den Herrn. An den holperigen Stellen fahr langsamer; paß auf, sonst beschädigst du den Wagen und beunruhigst den herrschaftlichen Leib.« Die übrigen Iltisse lächelten über Fedjas Witz. »Setzt Astronom in den Wagen!« rief Herr Polutykin feierlich. Nicht ohne Genugtuung hob Fedja den Hund in die Luft, der gute Miene zum bösen Spiel machte, und setzte ihn auf den Boden des Wagens. Wasja ließ die Zügel locker. Wir fuhren los. »Das ist mein Kontor«, sagte plötzlich Herr Polutykin zu mir, wobei er auf ein kleines, niedriges Häuschen zeigte, »wollen Sie es ansehen?«

»Gern.«

»Es wird nicht mehr benutzt«, bemerkte er, indem er vom Wagen stieg, »aber es lohnt sich trotzdem, es zu besichtigen.« Das Kontor bestand aus zwei leeren Zimmern. Der Wächter, ein einäugiger Alter, kam aus dem hinteren Hof herbeigelaufen. »Willkommen, Minjajitsch«, rief Herr Polutykin, »wo ist denn das Wasser?« Der einäugige Alte verschwand und kehrte sofort mit einer Flasche Wasser und zwei Gläsern zurück. »Kosten Sie es«,

* Chor heißt im Russischen Iltis (Anmerkung des Übersetzers).

sagte Herr Polutykin zu mir, »ich habe hier gutes Quellwasser.« Wir tranken jeder ein Glas, wobei sich der Alte vor uns bis zum Gürtel verneigte. »Na, ich glaube, wir können weiterfahren«, bemerkte mein neuer Freund. »In diesem Kontor habe ich dem Kaufmann Allilujew vier Desjatinen Wald zu einem günstigen Preis verkauft.« Wir setzten uns in den Wagen und fuhren schon nach einer halben Stunde in den Hof des Herrenhauses ein.

»Sagen Sie, bitte«, fragte ich Polutykin nach dem Abendessen, »warum lebt Chor abseits von Ihren anderen Bauern?«

»Das werde ich Ihnen gleich sagen: Chor ist ein kluger Bauer. Vor fünfundzwanzig Jahren brannte seine Hütte ab; er kam zu meinem seligen Vater und sagte: ‚Erlauben Sie mir, Nikolaj Kusmitsch, mich bei Ihnen im Walde auf dem Moor anzusiedeln. Ich werde Ihnen einen guten Pachtzins zahlen.' – ‚Warum willst du dich denn auf dem Moor ansiedeln?' – ‚Ich möchte es halt; nur bitte ich Sie, Väterchen Nikolaj Kusmitsch, mich zu keiner Arbeit heranzuziehen, die Höhe des Pachtzinses können Sie selbst festsetzen.' – ‚Fünfzig Rubel im Jahr.' – ‚Einverstanden.' – ‚Aber ohne Rückstände, verstehst du?' – ‚Gewiß, ohne Rückstände ...' So siedelte er sich denn im Moor an. Seitdem heißt er auch der Iltis.«

»Nun, und ist er reich geworden?« fragte ich.

»Er ist reich geworden. Jetzt zahlt er mir hundert Silberrubel Pachtzins, und ich werde ihn vielleicht noch erhöhen. Ich habe ihm schon oft gesagt: ‚Kaufe dich los, Chor; kauf dich doch los ...!' Aber er, die Bestie, versichert mir, nicht zu wissen, womit; er habe kein Geld ... Das kann nicht stimmen!«

Am nächsten Morgen begaben wir uns sogleich nach dem Tee wieder auf die Jagd. Als wir durch das Dorf kamen, befahl Herr Polutykin dem Kutscher, vor einer niedrigen Hütte zu halten, und rief laut: »Kalinytsch!«

»Sofort, Väterchen, sofort«, ertönte eine Stimme aus dem Hof, »ich binde mir nur meine Bastschuhe zu.«

Wir fuhren im Schritt weiter; außerhalb des Dorfes holte uns ein Mann von etwa vierzig Jahren ein, von hohem Wuchs, mager, mit einem kleinen Kopf, den er beim Gehen stark nach hinten bog. Es war Kalinytsch. Sein gutmütiges, sonnengebräuntes Gesicht mit den vereinzelten Pockennarben gefiel mir auf den ersten Blick. Kalinytsch (so erfuhr ich später) ging jeden Tag mit seinem Herrn auf die Jagd, trug dessen Jagdtasche, zuweilen auch das Gewehr, paßte auf, wo die Hühner einfielen, besorgte Wasser und Erdbeeren, baute Laubhütten und holte den Jagdwagen; ohne ihn wußte sich Herr Polutykin nicht zu helfen. Kalinytsch war von Natur immer heiter, äußerst sanftmütig, sang beständig halblaut vor sich hin, schaute sorglos nach allen Seiten, sprach ein wenig durch die Nase, kniff beim Lächeln seine hellblauen Augen zu und faßte oft nach seinem schütteren, keilförmigen Bart. Er ging nicht gerade schnell, machte aber große Schritte und stützte sich beim Gehen leicht auf einen Stock. Im Laufe des Tages unterhielt er sich des öfteren mit mir, erwies mir Gefälligkeiten, ohne liebedienerisch zu sein, aber auf seinen Herrn paßte er auf wie auf ein Kind. Als die unerträgliche Mittagsglut uns zwang, einen Unterschlupf zu suchen, führte er uns in seinen Bienengarten, mitten in das Waldesdickicht. Kalinytsch öffnete uns die kleine Hütte, an deren Wänden Büschel wohlriechender Kräuter hingen, bettete uns auf frisches Heu, während er selbst sich eine Art Sack mit einem Sieb über den Kopf zog, ein Messer, einen Topf und ein schwelendes Holzstück nahm und zu den Bienenstöcken ging, um uns eine Honigwabe herauszuschneiden. Auf den klaren, warmen Honig tranken wir Quellwasser und schliefen beim eintönigen Summen der Bienen und dem geschwätzigen Flüstern des Laubes ein.

Ein leichter Windhauch weckte mich ... Ich schlug die Augen auf und erblickte Kalinytsch: er saß auf der Schwelle der Hütte und schnitzte einen Holzlöffel. Ich betrachtete lange und mit Wohlgefallen sein Gesicht, das heiter und freundlich war wie der Abendhimmel. Herr Polutykin erwachte ebenfalls. Wir standen nicht gleich auf. Es ist angenehm, nach langem Marsch und tiefem Schlaf unbeweglich auf dem Heu zu liegen: der Körper ist wohlig entspannt, die Wangen glühen, eine süße Faulheit drückt auf die Lider. Schließlich standen wir auf und schweiften wieder bis zum Abend umher. Beim Abendessen begann ich von neuem, von Chor und Kalinytsch zu sprechen. »Kalinytsch ist ein guter Bauer«, sagte mir Herr Polutykin, »ein fleißiger und gefälliger Bauer; seine Wirtschaft ist in Ordnung, er kommt jedoch nicht zurecht, weil ich ihn immer weghole. Er geht jeden Tag mit mir auf die Jagd ... Wie soll da einer wirtschaften – urteilen Sie selbst.« Ich gab ihm recht, und wir legten uns schlafen.

Am nächsten Tag mußte Herr Polutykin wegen eines Prozesses mit seinem Nachbar Pitschukow in die Stadt fahren. Pitschukow hatte ihm ein Feld umgeackert und auf dem umgeackerten Feld auch noch eine Leibeigene Polutykins ausgepeitscht. Ich fuhr allein auf die Jagd und kehrte gegen Abend bei Chor ein. Auf der Schwelle der Hütte begrüßte mich ein glatzköpfiger, untersetzter und breitschultriger alter Mann – Chor selbst. Ich betrachtete diesen Chor voller Neugier. Sein Gesicht erinnerte einigermaßen an Sokrates: er hatte eine ebenso hohe, bucklige Stirn, ebenso kleine Äuglein, eine ebenso aufgestülpte Nase. Wir gingen zusammen in die Hütte. Derselbe Fedja brachte mir Milch und Schwarzbrot. Chor setzte sich auf eine Bank, strich in aller Ruhe seinen kraushaarigen Bart und begann mit mir ein Gespräch. Er war sich anscheinend seiner Würde bewußt, sprach und bewegte sich langsam und lächelte zuweilen unter seinem langen Schnurrbart.

Wir unterhielten uns über die Aussaat, die Ernte und das Leben der Bauern ... Er schien immer meiner Meinung zu sein, nur hatte ich hinterher ein schlechtes Gewissen und das Gefühl, nicht das Richtige gesagt zu haben ... Es klang alles reichlich seltsam. Chor drückte sich manchmal sehr dunkel aus, wahrscheinlich aus Vorsicht ... Hier ein Beispiel unserer Unterhaltung.

»Hör einmal, Chor«, sagte ich zu ihm, »weshalb kaufst du dich von deinem Herrn nicht los?«

»Warum sollte ich mich loskaufen? Jetzt kenne ich meinen Herrn und auch die Höhe meines Pachtzinses ... Wir haben einen guten Herrn.«

»Immerhin ist es doch besser, frei zu sein«, bemerkte ich.

Chor blickte mich von der Seite an.

»Gewiß«, sagte er.

»Nun, warum tust du es dann nicht?«

Chor schüttelte den Kopf.

»Womit, Väterchen, soll ich mich loskaufen?«

»Nun, hör mal, Alterchen ...«

»Nehmen wir an, Chor gerät unter die freien Leute«, fuhr er halblaut fort, als spräche er zu sich selber, »wer keinen Bart hat, ist dann mehr als Chor.«

»Rasiere dir doch selbst auch den Bart ab.«

»Was bedeutet ein Bart? Ein Bart ist Gras; er läßt sich abmähen.«

»Nun, also?«

»Dann wird Chor völlig unter die Kaufleute geraten; die Kaufleute haben ein schönes Leben, aber auch sie tragen Bärte.«

»Nun, treibst du nicht ebenfalls Handel?« fragte ich ihn.

»Wir handeln ein wenig mit Butter und Holzteer ... Nun, Väterchen, befiehlst du, den Wagen anzuspannen?«

Du bist verschwiegen und hast es faustdick hinter den Ohren, dachte ich bei mir.

»Nein«, sagte ich laut, »den Wagen brauche ich nicht. Ich will morgen hier in der Nähe jagen und werde, wenn du es erlaubst, in deinem Heuschuppen übernachten.«

»Bitte ergebenst. Aber wirst du es bequem haben im Schuppen? Ich werde den Weibern befehlen, dir ein Laken auszubreiten und ein Kissen hinzulegen. Heda, ihr Weiber!« rief er, sich von seinem Platz erhebend, »kommt her, ihr Weiber ...! Und du, Fedja, geh mit ihnen. Die Weiber sind ein dummes Volk.«

Nach einer Viertelstunde geleitete mich Fedja mit einer Laterne in den Schuppen. Ich warf mich ins duftende Heu; der Hund rollte sich vor meinen Füßen zusammen; Fedja wünschte mir eine gute Nacht, die Tür knarrte und schlug zu. Ich konnte ziemlich lange nicht einschlafen. Eine Kuh kam an die Tür und schnaufte zweimal laut; der Hund knurrte sie würdevoll an; ein Schwein ging nachdenklich grunzend vorbei; ein Pferd begann in der Nähe zu kauen und zu schnauben ... schließlich schlummerte ich ein.

Beim Morgengrauen weckte mich Fedja. Dieser muntere, forsche Bursche gefiel mir sehr; und er war auch, soweit ich sehen konnte, der Liebling des alten Chor. Sie neckten sich gegenseitig in einer sehr netten Weise. Der Alte kam mir entgegen. Sei es, weil ich unter seinem Dach übernachtet hatte, oder aus irgendeinem anderen Grund, jedenfalls begegnete mir Chor viel freundlicher als gestern.

»Der Samowar steht für dich bereit«, sagte er lächelnd zu mir, »komm Tee trinken.«

Wir setzten uns an den Tisch. Ein kräftiges junges Weib, eine seiner Schwiegertöchter, brachte uns einen Topf Milch. Alle seine Söhne kamen der Reihe nach in die Stube.

»Was für stattliche Kinder du hast!« bemerkte ich zum Alten.

»Ja«, sagte er, indem er ein kleines Stückchen Zucker abbiß, »über mich und meine Alte brauchen sie sich nicht zu beklagen.«

»Und sie leben alle bei dir?«

»Alle. Sie wollen es selbst, so leben sie hier.«

»Und sind alle verheiratet?«

»Nur der Leichtfuß da heiratet nicht«, antwortete er und deutete auf Fedja, der wie gestern an der Tür lehnte. »Und Wasja ist noch jung, der kann noch warten.«

»Warum sollte ich heiraten?« erwiderte Fedja. »Mir geht es auch so gut. Wozu brauche ich eine Frau? Um mich mit ihr zu zanken?«

»Nun, du bist mir einer ... ich weiß schon Bescheid! Silberne

Ringe trägst du ... Du willst nur immer mit den Hofmägden schäkern ... ‚Hören Sie auf, Sie Schamloser'«, äffte der Alte die Dienstmädchen nach. »Ich kenne dich schon, du Müßiggänger!«

»Was hat man schon Schönes von einem Weib?«

»Das Weib ist eine Arbeitskraft«, bemerkte Chor ernst. »Das Weib muß dem Mann dienen.«

»Wozu brauche ich eine Arbeitskraft?«

»Das ist es ja, du läßt fremde Hände die Glut verscharren. Wir kennen dich schon.«

»Verheirate mich also, wenn es so ist. Nun? He, was schweigst du?«

»Na, laß es schon genug sein, du Großmaul. Siehst ja, wir belästigen nur den Herrn. Ich werde dich schon verheiraten, hab nur keine Angst ... Und du, Väterchen, ärgere dich nicht: er ist noch ein kleines Kind, wie du siehst, ist noch nicht zu Vernunft gekommen.«

Fedja schüttelte den Kopf.

»Ist Chor zu Hause?« erklang eine bekannte Stimme vor der Tür, und Kalinytsch trat in die Stube mit einem Büschel Walderdbeeren in der Hand, die er unterwegs für seinen Freund Chor gepflückt hatte. Der Alte begrüßte ihn freudig. Ich blickte erstaunt auf Kalinytsch: ich gestehe, daß ich solche »Zärtlichkeiten« von einem Bauern nicht erwartet hatte.

Ich ging an diesem Tage vier Stunden später als sonst auf die Jagd und verbrachte die drei folgenden Tage bei Chor. Mich beschäftigten meine neuen Bekannten. Ich weiß nicht, womit ich ihr Vertrauen verdient hatte, aber sie unterhielten sich sehr ungezwungen mit mir. Es bereitete mir viel Vergnügen, ihnen zuzuhören und sie zu beobachten. Die beiden Freunde ähnelten einander durchaus nicht. Chor war ein energischer, praktischer, administrativer Kopf, ein Rationalist; Kalinytsch dagegen gehörte zu den Idealisten und Romantikern, den verträumten, begeisterten Leuten. Chor verstand die Wirklichkeit, das heißt: er hatte sein Leben nutzbringend eingerichtet, war zu Geld gekommen und verstand es, mit seinem Herrn und den übrigen Behörden umzugehen; Kalinytsch lief in Bastschuhen herum und schlug sich mit Mühe und Not durchs Leben. Chor hatte eine große, fügsame und einträchtig lebende Familie in die Welt gesetzt; Kalinytsch hatte einmal eine Frau gehabt, vor der er sich fürchtete, aber Kinder waren ihm nicht beschert worden. Chor durchschaute Herrn Polutykin völlig; Kalinytsch blickte in Ehrfurcht zu seinem Herrn auf. Chor liebte Kalinytsch und beschützte ihn; Kalinytsch liebte und schätzte Chor. Chor redete wenig, lächelte und dachte sich sein Teil; Kalinytsch drückte sich leidenschaftlich aus, wenn er auch nicht wie eine Nachtigall schlug, gleich einem trotzigen Fabrikarbeiter ... Doch Kalinytsch hatte Vorzüge, die selbst Chor gelten ließ: er konnte zum Beispiel das Blut, den Schreck, die Besessenheit besprechen und Würmer austreiben; die Bienen gediehen bei ihm vortrefflich, und er hatte eine leichte Hand. Chor bat ihn, in meiner Gegenwart ein soeben gekauftes Pferd in den Stall zu führen, und Kalinytsch erfüllte die Bitte des alten Skeptikers mit einer naiven Wichtigkeit. Kalinytsch stand der Natur näher, Chor dagegen den Menschen, der Gesellschaft; Kalinytsch überlegte nicht gern und glaubte alles; Chor dagegen verstieg sich manchmal sogar dazu, das Leben von einem ironischen Standpunkt aus zu betrachten. Er hatte viel gesehen. Aus seinen Erzählungen erfuhr ich zum Beispiel, daß in jedem Sommer vor der Ernte in den Dörfern ein kleiner Wagen ankommt, der ein besonderes Aussehen hat. In diesem Wagen sitzt ein Mann im Kaftan und verkauft Sensen. Bei Barzahlung verlangt er für eine Sense einen Rubel fünfundzwanzig Kopeken bis anderthalb Rubel in Papiergeld; auf Kredit drei Papierrubel oder einen Silberrubel. Selbstverständlich kaufen alle Bauern auf Kredit. Nach zwei bis drei Wochen erscheint er wieder und verlangt sein Geld. Der Bauer hat soeben den Hafer gemäht, folglich ist er zahlungsfähig, er geht mit dem Händler in die Schenke und begleicht dort seine Schuld. Einige Gutsbesitzer kamen auf den Gedanken, die Sensen gegen bar zu kaufen und sie den Bauern zum Einkaufspreis auf Kredit zu überlassen; aber die Bauern zeigten sich unzufrieden und waren ganz niedergeschlagen: man hatte sie des Vergnügens beraubt, die Sense anzuschlagen, ihrem Klang zu lauschen, sie in den Händen hin und her zu drehen und den betrügerischen Händler aus der Stadt zwanzigmal zu fragen: »Nun, Kleiner, die Sense ist wohl nicht besonders gut?« Die gleichen Kniffe werden auch beim Kauf von Sicheln angewandt, nur mit dem Unterschied, daß sich dabei auch die Weiber in den Handel mischen und zuweilen den Verkäufer dazu zwingen, sie zu ihrem eigenen Nutzen und Frommen zu verprügeln. Am meisten haben die Weiber jedoch bei einer anderen Gelegenheit auszustehen. Die Lieferanten des Rohmaterials für Papierfabriken lassen die Lumpen durch eine besondere Sorte von Leuten aufkaufen, die in manchen Landkreisen »Adler« heißen. So ein »Adler« bekommt vom Kaufmann zweihundert Papierrubel und macht sich auf den Beutezug. Im Gegensatz zu dem edlen Vogel, nach dem er benannt ist, überfällt er jedoch sein Opfer nicht offen und kühn; im Gegenteil: der »Adler« nimmt seine Zuflucht zu List und Tücke. Er läßt seinen Wagen irgendwo im Gebüsch in der Nähe des Dorfes stehen und nähert sich wie ein Vorübergehender oder Tagedieb durch die Hinterhöfe und die Gärten. Die Weiber spüren förmlich sein Nahen und schleichen ihm heimlich entgegen. In größter Eile wird der Handel abgeschlossen. Für ein paar Kupfermünzen überläßt das Weib dem »Adler« nicht nur allerlei unnütze Lumpen, sondern oft auch das Hemd ihres Mannes und den eigenen Rock. In jüngster Zeit fanden es die Weiber vorteilhaft, sich selbst zu bestehlen und auf diese Weise ihre Hanfvorräte loszuschlagen – eine üble Gewohnheit, aber gleichzeitig eine bedeutende Erweiterung und Vervollkommnung des Umsatzes der »Adler«! Dafür sind die Männer ihrerseits sehr wachsam geworden und ergreifen beim geringsten Verdacht, beim leisesten Gerücht von der Annäherung eines »Adlers« schnell und entschlossen vorbeugende und strafrichterliche Maßnahmen. Und ist es nicht in der Tat kränkend? Der Verkauf des Hanfes ist ihre Sache, und sie verkaufen ihn auch, wenn auch nicht in der Stadt – es ist mühselig, sich in die Stadt zu schleppen –, sondern an durchfahrende Händler, die, weil sie keine Balkenwaage mithaben, ein Pud gleich vierzig Handvoll rechnen – und sie wissen, was bei einem Russen eine Handvoll ist, besonders wenn »er sich bemüht«! Derartige Geschichten hörte ich, ein unerfahrener Mensch, der im Dorf nicht »eingelebt« war (wie man bei uns in Orjol sagt), in Menge. Aber nicht immer erzählte nur Chor, er wollte auch viel von mir erfahren. Als er hörte, daß ich im Ausland gewesen sei, entbrannte seine Neugierde ... Kalinytsch stand ihm nicht nach; aber Kalinytsch rührte mehr die Beschreibung der Natur, der Berge, Wasserfälle, Baulichkeiten und großen Städte; Chor beschäftigten administrative und staatliche Fragen. Er ging alles der Reihe nach durch: »Ist das bei denen dort ebenso wie bei uns oder anders? ... Nun sag, mein Bester, wie ist es denn ...?«

»Ach, ach, Herrgott, wie ist das möglich!« rief Kalinytsch bei meinen Schilderungen aus. Chor schwieg, zog seine buschigen Brauen zusammen und bemerkte nur hin und wieder: »Das würde bei uns nicht gehen, aber so was ist gut – das ist in Ordnung.« Alle seine Fragen kann ich nicht wiedergeben, es wäre auch überflüssig; doch ich gewann aus unserer Unterhaltung eine Überzeugung, die meine Leser gewiß nicht erwartet haben: die Überzeugung nämlich, daß Peter der Große ein durch und durch russischer Mensch war, russisch gerade in seinen Neuerungen. Der russische Mensch glaubt so fest an seine innere Kraft und Festigkeit, daß er Neuerungen nicht scheut: er beschäftigt sich wenig mit seiner Vergangenheit und blickt kühn in die Zukunft. Was gut ist, gefällt ihm; was vernünftig ist, eignet er sich an; woher es kommt, ist ihm gleichgültig. Sein gesunder Sinn läßt ihn oft und gern über den trockenen Verstand des Deutschen spotten; doch sind die Deutschen nach Chors Worten ein interessantes Volk, und er ist bereit, von ihnen zu lernen. Dank seiner besonderen Stellung und seiner faktischen Unabhängigkeit sprach Chor mit mir über vieles, was man, wie die Bauern sagen, aus einem anderen nicht mit einem Hebebaum herausgehoben, nicht mit einem Mühlstein herausgemahlen hätte. Er verstand tatsächlich seine Lage. Im Gespräch mit Chor vernahm ich zum erstenmal die schlichte, kluge Rede eines russischen Bauern. Seine Kenntnisse waren in ihrer Art recht umfangreich, aber lesen konnte er nicht; Kalinytsch konnte es. »Dieser Taugenichts hat lesen gelernt«, bemerkte Chor, »auch die Bienen sind bei ihm seit jeher gediehen.«

»Aber hast du deine Kinder lesen und schreiben lernen lassen?«

Chor schwieg eine Weile. »Fedja kann lesen.«

»Und die andern?«

»Die andern nicht.«

»Weshalb nicht?«

Der Alte antwortete nicht und wechselte das Gesprächsthema. Übrigens hatte er trotz seiner Klugheit viele Vorurteile und schiefe Ansichten. So verachtete er zum Beispiel die Weiber aus tiefster Seele und machte sich, wenn er zu Scherzen aufgelegt war, über sie lustig. Seine Frau, die alt und zänkisch war, kroch den ganzen Tag nicht vom Ofen herunter und murrte und schimpfte ohne Unterlaß; die Söhne beachteten sie nicht, doch ihre Schwiegertöchter hielt sie in der Furcht des Herrn. Nicht umsonst singt die Schwiegermutter in einem russischen Liedchen:

Was bist du mir schon
Für ein nutzloser Sohn!
Du schlägst deine Frau,
Deine junge, nicht blau . . .

Ich wagte es einmal, für die Schwiegertöchter einzutreten, und versuchte, Chors Mitleid wachzurufen; aber er antwortete mir gelassen: »Warum wollen Sie sich mit solchen ... Nichtigkeiten abgeben? Mögen die Weiber sich zanken ... Wenn man sie trennt, wird es nur schlimmer, es lohnt nicht, sich die Finger zu beschmutzen.« Manchmal kroch die böse Alte von ihrem Ofen herunter, rief den Hofhund aus dem Flur herein, sagte vor sich hin: »Komm, Hündchen, komm!« und schlug ihn mit dem Schürhaken auf seinen mageren Rücken oder stellte sich unter das Vordach und »bellte«, wie Chor sich ausdrückte, alle Vorübergehenden an. Ihren Mann aber fürchtete sie und kroch auf seinen Befehl auf ihren Ofen zurück.

Besonders köstlich war es, Chor und Kalinytsch zuzuhören, wenn sie über Herrn Polutykin sprachen. »Sag ja nichts Böses über ihn, Chor«, sagte Kalinytsch.

»Läßt er dir etwa ein Paar Stiefel machen?« entgegnete der andere.

»Ach, Stiefel! ... Wozu brauche ich Stiefel? Ich bin ein Bauer ...«

»Ich bin ja auch ein Bauer, aber sieh ... «

Bei diesen Worten hob Chor seinen Fuß und zeigte Kalinytsch einen Stiefel, der wahrscheinlich aus der Haut eines Mammuts angefertigt worden war.

»Ja, bist du denn etwa unsereins?« antwortete Kalinytsch.

»Wenn er dir wenigstens Geld für Bastschuhe gäbe: du gehst doch mit ihm auf die Jagd, da brauchst du jeden Tag ein Paar neue Bastschuhe?«

»Er gibt mir ja Geld für Bastschuhe.«

»Ja, im vergangenen Jahr hat er dir zehn Kopeken geschenkt!« Kalinytsch wandte sich unwillig ab, und Chor lachte derart, daß seine kleinen Augen völlig verschwanden.

Kalinytsch sang recht angenehm und begleitete sich auf der Balalaika. Chor hörte eine Weile zu, bog plötzlich den Kopf zur Seite und fiel mit kläglicher Stimme in den Gesang ein. Er liebte besonders das Lied: »Du mein Los, ach du, mein trauriges Los!« Fedja ließ sich nicht die Gelegenheit entgehen, den Vater aufzuziehen: »Was jammerst du, Alter?« Doch Chor stützte seine Wange in die Hand, schloß die Augen und fuhr fort, sein trauriges Los zu beklagen ... Dafür gab es zu anderer Zeit keinen rührigeren Menschen als ihn: immer war er mit etwas beschäftigt – einen Wagen auszubessern, den Zaun zu stützen, das Pferdegeschirr nachzusehen. Auf besondere Reinlichkeit legte er übrigens wenig Wert, und auf eine diesbezügliche Bemerkung von mir antwortete er einmal: »Die Hütte muß doch wohnlich riechen.«

»Sieh doch, wie sauber es bei Kalinytsch auf dem Bienenstand ist«, entgegnete ich.

»Sonst würden die Bienen dort nicht leben können, Väterchen«, sagte er mit einem Seufzer.

»Sag einmal«, fragte er mich ein anderes Mal, »hast du ein eigenes Gut?«

»Ja.«

»Weit von hier?«

»Etwa hundert Werst.«

»Und lebst du auf deinem Gut, Väterchen?«

»Ja.«

»Doch meistens gehst du wohl auf die Jagd?«

»Offen gesagt, ja.«

»Gut so, Väterchen, schieß dir zur Gesundheit Birkhähne und wechsele möglichst oft den Dorfältesten.«

Am Abend des vierten Tages ließ Herr Polutykin mich holen. Es tat mir leid, mich von dem Alten trennen zu müssen. Ich setzte mich mit Kalinytsch in den Wagen. »Nun leb wohl, Chor, bleib gesund ... leb wohl, Fedja«, sagte ich.

»Leb wohl, Väterchen, leb wohl, vergiß uns nicht!« Wir fuhren los; die Abendröte flammte gerade auf. »Morgen wird schönes Wetter sein«, bemerkte ich mit einem Blick auf den klaren Himmel.

»Nein, es wird regnen«, entgegnete Kalinytsch, »die Enten plätschern, auch duftet das Gras so stark.«

Wir kamen in einen Buschwald. Kalinytsch begann halblaut zu singen, wobei er auf dem Bock hin und her hüpfte und immerfort in das Abendrot schaute ...

Am nächsten Tag verließ ich das gastfreundliche Dach des Herrn Polutykin.

Jermolaj und die Müllerin

Gegen Abend begab ich mich mit dem Jäger Jermolaj auf den Schnepfenstrich ... Aber vielleicht wissen nicht alle meine Leser, was das ist. So hören Sie denn, meine Herrschaften.

Sie gehen im Frühjahr, eine Viertelstunde vor Sonnenuntergang, mit der Flinte und ohne Hund in ein Gehölz. Sie suchen sich ein Plätzchen irgendwo am Waldrand aus, schauen sich um, untersuchen das Zündhütchen und nicken Ihrem Kameraden zu. Die Viertelstunde ist herum. Die Sonne ist untergegangen, aber im Wald ist es noch hell; die Luft ist rein und durchsichtig; die Vögel zwitschern geschäftig; das junge Gras hat den heiteren Glanz eines Smaragds ... Sie warten. Im Innern des Waldes wird es nach und nach dunkler; das grelle Licht der Abendröte gleitet langsam über die Wurzeln und Stämme der Bäume, steigt an ihnen immer höher und klettert von den unteren, fast noch kahlen Ästchen in die regungslosen, einschlafenden Kronen hinauf ... Nun dunkeln auch die höchsten Wipfel; der rötliche Himmel wird blau. Der Waldgeruch verstärkt sich, dem Boden entsteigt eine warme Feuchtigkeit, ein aufkommender Windstoß erstirbt vor Ihren Füßen. Die Vögel schlafen ein – nicht alle auf einmal – je nach ihrer Art: zuerst verstummen die Finken, dann nach einigen Augenblicken die Rotkehlchen und schließlich die Ammern. Im Walde wird es immer dunkler. Die Bäume fließen zu großen schweren Klumpen zusammen; am blauen Himmel treten zaghaft die ersten Sternlein hervor. Alle Vögel sind verstummt. Nur die Rotschwänzchen und kleinen Spechte pfeifen noch einmal verschlafen ... Nun schweigen auch sie. Einmal noch ertönt hoch über Ihnen die helle Stimme des Goldhähnchens; irgendwo ruft traurig ein Pirol, die Nachtigall schlägt zum erstenmal. Ihr Herz pocht in unruhiger Erwartung, und plötzlich – aber nur Jäger werden mich verstehen –, plötzlich ertönt in der tiefen Stille ein eigentümliches Pfeifen und Knarren, man vernimmt den rhythmischen Schlag schneller Flügel – und eine Waldschnepfe schwebt, den langen Schnabel schön gesenkt, hinter einer dunklen Birke hervor direkt in Ihren Schuß hinein.

Das nennt man »auf dem Schnepfenstrich stehen«.

Wir gingen also mit Jermolaj auf den Schnepfenstrich; aber entschuldigen Sie, meine Herrschaften, ich muß Sie zuerst mit Jermolaj bekannt machen.

Stellen Sie sich einen fünfundvierzigjährigen Mann vor: groß, mager, mit einer langen dünnen Nase, einer schmalen Stirn, grauen Augen, zerwühltem Haar und breiten, spöttischen Lippen. Dieser Mann ging Sommer und Winter in einem gelblichen Nankingrock nach deutschem Schnitt, aber mit einem russischen Gürtel, und trug blaue Hosen und eine Karakulmütze, die ihm ein bankrotter Gutsbesitzer in einer frohen Stunde geschenkt hatte. An seinem Gürtel waren zwei Beutel befestigt, einer vorne, kunstvoll in zwei Hälften geteilt, für Schrot und für Pulver, und einer hinten für das Wild; Ladepfropfen entnahm Jermolaj der eigenen, anscheinend unversiegbaren Mütze. Er hätte sich aus dem Erlös des von ihm verkauften Wildbrets leicht eine Patronentasche und einen Jagdsack kaufen können, doch verfiel er wohl nie auf diesen Gedanken und lud seine Flinte weiterhin auf seine gewohnte Art, wobei die Gewandtheit, mit der er es vermied, Pulver und Schrot zu vermischen oder zu verschütten, das Staunen aller Zuschauer erregte. Er besaß ein einläufiges Gewehr mit Feuersteinzündung, das obendrein die unangenehme Eigenschaft hatte, stark zurückzuschlagen, wovon Jermolajs rechte Backe immer etwas rundlicher war als die linke. Wie er mit dieser Flinte treffen konnte, blieb auch für einen schlauen Menschen ein Rätsel – doch er traf. Er hatte auch einen Hühnerhund namens Waletka, ein höchst seltsames Geschöpf. Jermolaj gab ihm nie zu fressen. »Ich werde doch nicht einen Hund füttern«, räsonierte er, »zudem ist ein Hund ein kluges Tier, das sich zu helfen weiß.« Und in der Tat: obgleich Waletkas Magerkeit sogar einem gleichgültigen Passanten auffiel, lebte er – und lebte sogar lange; trotz seiner traurigen Lage verschwand er nie und zeigte auch keinerlei Neigung, seinen Herrn zu verlassen. Nur einmal, in seinen jungen Jahren, war er, von der Liebe verführt, zwei Tage weggeblieben; aber diese Dummheiten vergaß er bald wieder. Der hervorstechendste Zug Waletkas war seine völlige Teilnahmslosigkeit gegen alles auf der Welt ... Handelte es sich nicht um einen Hund, würde ich das Wort Enttäuschtheit gebrauchen. Gewöhnlich saß er, seinen kurzen Schwanz untergeklemmt, mit mürrischem Gesicht da, zitterte ab und zu und lächelte niemals. (Es ist bekannt, daß Hunde lächeln können, und sogar sehr lieb lächeln können.) Er war ungewöhnlich häßlich, und kein müßiger Hofjunge ließ eine Gelegenheit vorübergehen, sich in gehässiger Weise über sein Aussehen lustig zu machen; aber alle diese Schmähungen und sogar die Schläge ertrug Waletka mit bewunderungswürdigem Gleichmut. Ein besonderes Vergnügen bereitete er den Köchen, die sofort ihre Arbeit liegen ließen und sich mit Geschrei und Schimpfen an seine Verfolgung machten, sobald er infolge einer Schwäche, die nicht nur Hunden eigen ist, seine hungrige Schnauze zur halbgeöffneten Tür der wohlig warmen und verführerisch duftenden Küche hereinsteckte. Auf der Jagd zeichnete er sich durch Unermüdlichkeit aus, und er hatte eine gute Nase; wenn er jedoch zufällig einen angeschossenen Hasen erwischte, fraß er ihn irgendwo im kühlen Schatten, unter einem grünen Busch und in gebührender Entfernung von Jermolaj, der indessen in sämtlichen bekannten und unbekannten Dialekten fluchte, mit Hochgenuß bis auf den letzten Knochen auf.

Jermolaj gehörte einem meiner Nachbarn, einem Gutsbesitzer alten Schlages. Die Gutsbesitzer alten Schlages lieben Schnepfenbraten nicht und halten sich an ihre Haustiere. Allenfalls lassen sich die Köche dieser Gutsbesitzer alten Schlages bei besonderen Anlässen, als da sind: Taufen, Namenstage oder Wahlen, ausnahmsweise zur Zubereitung langschnäbliger Vögel herbei, verlegen sich dabei aufs Hasardieren, das dem russischen Menschen eigen ist, wenn er nicht recht weiß, was er tun soll, und versehen sie mit derart ausgeklügelten Zutaten, daß die Gäste größtenteils die dargebotenen Speisen neugierig und aufmerksam betrachten, sich aber nicht entschließen können, davon zu kosten. Jermolaj mußte monatlich zwei Paar Birk- und Rebhühner an die herrschaftliche Küche abliefern und konnte im übrigen leben, wo und wovon er wollte. Man hatte es aufgegeben, ihn zu irgendeiner Arbeit heranzuziehen, da er zu allem untauglich und ein Liederjan zu sein schien, wie man bei uns in Orjol sagt. Pulver und Schrot wurden ihm natürlich nicht geliefert, wobei man nach genau demselben Grundsatz verfuhr, nach dem er seinen Hund nicht fütterte. Jermolaj war ein höchst eigenartiger Mensch: sorglos wie ein Vogel, recht gesprächig, zerstreut, linkisch und ungeschickt; er trank sehr gern, lebte sich nirgends ein, schleppte beim Gehen die Beine nach und wälzte den Körper von der einen Seite auf die andere, doch alles Schleppen und Wälzen konnte ihn nicht hindern, fünfzig Werst in vierundzwanzig Stunden zurückzulegen. Er unterzog sich den sonderbarsten Abenteuern: übernachtete in Sümpfen, auf Bäumen und Dächern, unter Brücken, ließ sich oft auf Hausböden, in Scheunen und Kellern einsperren, verlor seine Flinte, den Hund und die notwendigsten Kleidungsstücke, wurde oft lange und hart geschlagen – und kehrte dennoch nach einiger Zeit bekleidet, mit Hund und Flinte nach Hause zurück. Man konnte ihn nicht etwa einen heiteren Menschen nennen, obwohl er fast immer guter Laune war; er machte überhaupt den Eindruck eines Sonderlings. Jermolaj liebte es, mit einem guten Menschen ein Schwätzchen zu machen, besonders beim Becher, aber auch das nicht lange. Er konnte plötzlich aufstehen und weggehen.

»Ja wohin, zum Teufel, gehst du? Es ist doch Nacht draußen!«

»Nach Tschaplino.«

»Warum mußt du jetzt zehn Werst weit nach Tschaplino laufen?«

»Um beim Bauern Sofron zu übernachten.«

»So übernachte doch hier.«

»Nein, das geht nicht.« Und Jermolaj geht in stockfinsterer Nacht mit seinem Waletka durch Gestrüpp und Wasserlachen zum Bauern Sofron, der ihn vielleicht nicht einmal einläßt, sondern womöglich sogar noch verprügelt: störe nicht redliche Leute bei der Nachtruhe! Dafür konnte sich mit Jermolaj niemand in der Kunst messen, im Frühjahr bei Hochwasser Fische zu fangen, Krebse mit der Hand herauszuholen, Wachteln anzulocken, Wild instinktiv ausfindig zu machen, junge Habichte aufzuziehen und Nachtigallen mit der »Waldgeistflöte« oder dem »Kuckucksruf« zu fangen. Eines konnte er nicht: Hunde dressieren; dazu fehlte ihm die Geduld. Er hatte auch eine Frau. Einmal wöchentlich besuchte er sie. Sie lebte in einer elenden, halbzerfallenen Hütte, schlug sich mit Mühe und Not durchs Leben, wußte am Abend nie, ob sie morgens satt werden würde, und hatte überhaupt ein bitteres Los. Jermolaj, dieser sorglose und gutmütige Mensch, war gegen sie grob und herzlos, trug daheim eine drohende und strenge Miene zur Schau – und die arme Frau wußte nicht, was sie ihm zuliebe tun sollte, zitterte vor seinem Blick, kaufte ihm für ihre letzte Kopeke Branntwein und deckte ihn dienstbeflissen mit ihrem Pelz zu, wenn er sich majestätisch auf dem Ofen ausgestreckt hatte, um in einen reckenhaften Schlaf zu fallen. Ich selber hatte mehrmals Gelegenheit, bei ihm spontane Ausbrüche finsterer Wildheit wahrzunehmen: mir gefiel nicht der Ausdruck seines Gesichts, wenn er einen angeschossenen Vogel totbiß. Aber Jermolaj blieb nie länger als einen Tag zu Hause; und in der Fremde verwandelte er sich sofort wieder in »Jermolka«, wie er im Umkreis von hundert Werst hieß und wie er sich selber zuweilen nannte. Der letzte Hofknecht fühlte sich diesem Landstreicher überlegen und verkehrte vielleicht gerade deswegen freundschaftlich mit ihm. Den Bauern hatte es anfangs Spaß gemacht, ihn wie einen Hasen im Feld zu jagen und zu fangen, aber dann ließen sie ihn in Gottes Namen laufen, und als sie den Sonderling kennengelernt hatten, rührten sie ihn nicht mehr an, gaben ihm sogar Brot und unterhielten sich mit ihm. Diesen Menschen hatte ich als Jäger zu mir genommen, und mit ihm begab ich mich auf den Schnepfenstrich in ein großes Birkengehölz am Ufer der Ista.

Viele russische Flüsse haben wie die Wolga ein steiles Bergufer und ein flaches Wiesenufer; bei der Ista ist es ebenso. Dieses kleine Flüßchen windet und schlängelt sich höchst eigenwillig, fließt nicht eine halbe Werst gerade und ist stellenweise von der Höhe eines steilen Hügels auf eine Entfernung von zehn Werst mit den Dämmen, Teichen, Mühlen, von Weidengebüsch umgebenen Gemüsegärten und dichten Obstgärten zu überblicken. In der Ista gibt es eine Unmenge Fische, besonders Schleien. Die Bauern ziehen sie an heißen Tagen mit der Hand unter den Sträuchern hervor. Kleine Strandläufer fliegen pfeifend die steinigen, von vielen kalten und klaren Quellen unterhöhlten Ufer entlang; wilde Enten schwimmen bis zur Mitte der Strömung und halten vorsichtig Umschau; Fischreiher ragen im Schatten auf, an den Buchten und unter den abschüssigen Stellen ... Wir standen etwa eine Stunde auf dem Schnepfenstrich, schossen zwei Paar Waldschnepfen und beschlossen, da wir vor Sonnenaufgang noch einmal unser Glück versuchen wollten (man kann auch am Morgen auf den Anstand gehen), in der nächsten Mühle zu übernachten. Wir traten aus dem Gehölz und gingen den Hügel hinab. Der Fluß wälzte dunkelblaue Wellen; die Luft, durch die abendliche Feuchtigkeit beschwert, wurde dichter. Wir klopften ans Tor. Die Hunde begannen zu bellen.

»Wer ist da?« rief eine laute, verschlafene Stimme.

»Jäger. Laß uns übernachten.«

Keine Antwort.

»Wir bezahlen.«

»Ich werde es dem Herrn sagen ... Kuscht euch, ihr Verfluchten! Verrecken sollt ihr ...«

Wir hörten, wie der Knecht in die Stube ging; er kam bald wieder ans Tor.

»Nein, der Herr befiehlt, euch nicht einzulassen.«

»Weshalb befiehlt er das?«

»Er fürchtet sich: ihr seid Jäger; vielleicht zündet ihr die Mühle an; gewiß habt ihr viele Patronen.«

»Welch ein Unsinn!«

»Uns ist schon vor zwei Jahren einmal die Mühle abgebrannt: Viehhändler haben übernachtet, die haben sie wohl auch angesteckt.«

»Ja, wie denn, Bruder, sollen wir etwa im Freien übernachten?«

»Wie ihr wollt ...« Er entfernte sich stampfenden Schritts.

Jermolaj sandte ihm einige fromme Wünsche nach. »Gehen wir ins Dorf«, sagte er schließlich mit einem Seufzer. Doch bis ins Dorf waren es etwa zwei Werst ... »Übernachten wir hier«, sagte ich, »die Nacht ist warm; der Müller wird uns für Geld

Stroh herausschicken.« Jermolaj war sofort einverstanden. Wir klopften wieder.

»Was wollt ihr noch?« ließ sich der Knecht wieder vernehmen, »es geht nicht, und damit basta.«

Wir erklärten ihm, was wir wollten. Er ging sich mit seinem Herrn beraten und kehrte zusammen mit ihm zurück. Das Pförtchen knarrte. Der Müller kam zum Vorschein, ein großer Mann mit einem feisten Gesicht, einem Stiernacken und einem mächtigen runden Bauch. Er war mit meinem Vorschlag einverstanden. Etwa hundert Schritt von der Mühle entfernt befand sich ein nach allen Seiten offener Schuppen. Man brachte uns dorthin Heu und Stroh; der Knecht stellte auf dem Rasen beim Fluß den Samowar auf, hockte sich nieder und begann eifrig in die Röhre zu blasen ... Die aufflammenden Kohlen beleuchteten grell sein jugendliches Gesicht. Der Müller lief seine Frau wecken; er bot mir schließlich von selbst an, in der Hütte zu übernachten, aber ich zog es vor, an der frischen Luft zu bleiben. Die Müllerin brachte uns Milch, Eier, Kartoffeln und Brot. Der Samowar begann zu sieden, und wir machten uns daran, Tee zu trinken. Aus dem Fluß stieg Nebel auf, es war völlig windstill; ringsum schnarrten die Wachtelhähne; von den Mühlenrädern her drangen schwache Geräusche: Tropfen fielen von den Schaufeln, Wasser kluckerte durch die Schleusen im Damm. Wir machten ein Feuerchen. Während Jermolaj in der Asche Kartoffeln briet, schlummerte ich ein ... Ein leises, verhaltenes Flüstern weckte mich. Ich hob den Kopf: vor dem Feuer saß auf einem umgestülpten Zuber die Müllerin und unterhielt sich mit meinem Jäger. Ich hatte schon vorher an ihrer Kleidung, ihren Körperbewegungen und ihrer Aussprache die Hofmagd erkannt – und nicht ein Bauernweib oder eine Städterin; aber erst jetzt konnte ich ihre Züge gut sehen. Sie war etwa dreißig Jahre alt; ihr mageres und bleiches Gesicht zeigte noch Spuren von beachtlicher Schönheit; besonders gefielen mir ihre großen traurigen Augen. Sie hatte die Ellenbogen auf die Knie gestützt, das Gesicht ruhte auf ihren Händen. Jermolaj saß mit dem Rücken zu mir und warf Späne ins Feuer.

»In Scheltuchono ist wieder die Viehseuche«, sagte die Müllerin, »Vater Iwan sind beide Kühe eingegangen ... Herr, erbarme dich!«

»Und eure Schweine?« fragte Jermolaj nach kurzem Schweigen.

»Die leben.«

»Wenn ihr mir wenigstens ein Ferkelchen schenken wolltet!«

Die Müllerin schwieg eine Weile, dann seufzte sie. »Mit wem sind Sie hier?« fragte sie.

»Mit dem Gutsherrn aus Kostomarowo.«

Jermolaj warf ein paar Tannenzweige ins Feuer, die sofort einträchtig zu knistern begannen, dichter weißer Rauch schlug ihm ins Gesicht.

»Warum hat dein Mann uns nicht ins Haus gelassen?«

»Er fürchtet sich.«

»Sieh mal an, der Dickwanst ... Täubchen, Arina Timofejewna, bring mir ein Gläschen Schnaps!«

Die Müllerin erhob sich und verschwand im Dunkeln, Jermolaj begann halblaut zu singen:

»Als ich noch zur Liebsten hetzte,
Alle Stiefelchen zerfetzte ...«

Arina kam mit einer kleinen Karaffe und einem Glas zurück. Jermolaj stand auf, bekreuzigte sich und leerte das Glas in einem Zug. »Das tut gut«, sagte er.

Die Müllerin setzte sich wieder auf den Zuber.

»Wie geht es dir, Arina Timofejewna? Kränkelst du noch immer?«

»Ja.«

»Woher mag es kommen?«

»In der Nacht quält mich der Husten.«

»Der Herr ist scheint's eingeschlafen«, sagte Jermolaj nach einer Pause. »Geh nicht zum Arzt, Arina, davon wird es nur schlimmer.«

»Ich gehe ohnehin nicht.«

»Komm lieber einmal mich besuchen.«

Arina senkte den Kopf.

»Ich werde meine Frau in diesem Fall fortjagen«, fuhr Jermolaj fort, »wahrhaftig ...«

»Sie sollten lieber Ihren Herrn wecken, Jermolaj Petrowitsch, sehen Sie, die Kartoffeln sind gebacken.«

»Mag er doch schnarchen«, bemerkte mein treuer Diener gleichgültig, »er hat sich müde gelaufen, also schläft er.«

Ich drehte mich auf dem Heu um. Jermolaj stand auf und trat zu mir: »Die Kartoffeln sind fertig, wenn Sie zu essen belieben.«

Ich trat aus dem Schuppen heraus, die Müllerin erhob sich und wollte gehen. Ich redete sie an.

»Seit wann habt ihr die Mühle gepachtet?«

»Zu Pfingsten waren es zwei Jahre.«

»Woher stammt dein Mann?«

Arina hatte meine Frage nicht verstanden.

»Woher dein Mann kommt!« wiederholte Jermolaj mit erhobener Stimme.

»Aus Bjeloje. Er ist ein Bjelojer Bürger.«

»Und bist auch du aus Bjeloje?«

»Nein, ich bin eine Leibeigene ... ich war eine Leibeigene.«

»Wessen?«

»Des Herrn Swerkow. Jetzt bin ich frei.«

»Welches Swerkow?«

»Des Alexander Silytsch.«

»Warst du nicht Stubenmädchen bei seiner Frau?«

»Freilich. Doch woher wissen Sie das?«

Ich blickte mit verdoppelter Neugierde und Teilnahme auf Arina.

»Ich kenne deinen Herrn«, fuhr ich fort.

»Sie kennen ihn?« sagte sie halblaut und senkte den Blick.

Ich muß dem Leser sagen, weshalb ich mit so reger Anteilnahme auf Arina blickte. Während meines Aufenthalts in Petersburg hatte ich zufällig Herrn Swerkow kennengelernt. Er bekleidete einen ziemlich hohen Posten und galt als gebildeter und tatkräftiger Mann. Er hatte eine rundliche, gefühlvolle, weinerliche und böse Frau – ein plumpes Dutzendgeschöpf. Auch einen Sohn hatte er, ein richtiges Herrschaftssöhnchen, verwöhnt und dumm. Das Äußere des Herrn Swerkow war nicht sehr einnehmend: aus einem breiten, fast viereckigen Gesicht schauten zwei schlaue Mausäuglein und ragte eine große und spitze Nase mit weitgeöffneten Nasenlöchern hervor; das kurzgeschnittene graue Haar erhob sich borstenartig über einer faltenreichen Stirn, die dünnen Lippen bewegten sich unablässig und lächelten süßlich. Herr Swerkow stand gewöhnlich mit gespreizten Beinen da, die dicken Hände in die Hosentaschen versenkt. Einmal mußte ich mit ihm über Land fahren. Wir kamen ins Gespräch. Als erfahrener, tatkräftiger Mann begann Herr Swerkow, mich auf den »Weg der Wahrheit« zu bringen.

»Gestatten Sie mir zu bemerken«, flötete er schließlich, »ihr jungen Leute sprecht und urteilt über alles nach eurem Kopf; ihr kennt euer eigenes Vaterland zu wenig; Rußland, meine Herren, ist euch fremd – das ist es! Ihr lest immer nur deutsche Bücher. Sie erzählen mir zum Beispiel jetzt dieses und jenes ... nun, sagen wir einmal über das Hofgesinde ... Gut, ich widerspreche nicht, alles das ist schön und gut; aber Sie kennen diese Leute nicht, Sie wissen nicht, was für ein Volk das ist.« Herr Swerkow schneuzte sich laut und nahm eine Prise Schnupftabak. »Gestatten Sie mir zum Beispiel, Ihnen eine kleine Anekdote zu erzählen, die Sie vielleicht interessieren könnte.« Herr Swerkow räusperte sich. »Sie wissen doch, was für eine Frau ich habe: Sie werden zugeben, daß sich eine bessere schwerlich finden läßt. Ihre Stubenmädchen haben nicht einfach ein Leben – das ist schon das Paradies auf Erden ... Aber meine Frau hat es sich zur Regel gemacht, keine verheirateten Stubenmädchen zu halten. Es taugt wirklich nicht: es kommen Kinder – das und jenes – wie soll da ein Stubenmädchen noch seine Herrin bedienen, wie es sich gehört, und sich um ihre Gewohnheiten kümmern: sie denkt schon nicht mehr daran, sie hat anderes im Sinn. Man muß mit der menschlichen Natur rechnen ... Einmal fahren wir durch unser Dorf, es wird – nun, was soll ich Ihnen sagen, um nicht zu lügen – an die fünfzehn Jahre wird es her sein. Wir sehen, der Dorfälteste hat eine Tochter, ein sehr hübsches Mädchen; sie hat sogar etwas besonders Dienstbeflissenes in ihrem Wesen. Meine Frau sagt zu mir: ‚Kokó!' das heißt, Sie verstehen, so nennt sie mich, ‚wir wollen dieses Mädchen nach Petersburg mitnehmen, sie gefällt mir, Kokó!' Ich sage: ‚Gut, mit Vergnügen.' Der Dorfälteste, versteht sich, fiel uns zu Füßen; er hatte, Sie begreifen, so ein Glück gar nicht erwarten können ... Nun, das Mädchen weinte natürlich aus Unverstand. Es ist in der Tat anfangs etwas gruselig: das Elternhaus verlassen ... überhaupt ... da ist nichts Verwunderliches dabei. Doch sie gewöhnte sich bald ein bei uns; zuerst kam sie natürlich in die Gesindestube; dort wurde sie angelernt. Und was meinen Sie? ... Das Mädchen erweist sich als außergewöhnlich gelehrig; meine Frau gewinnt sie geradezu lieb, belohnt sie und wählt sie schließlich, vor allen anderen, zu ihrer persönlichen Bedienung ... beachten Sie das, bitte! Und man mußte ihr Gerechtigkeit widerfahren lassen: meine Frau hatte noch nie ein so gutes Stubenmädchen gehabt, entschieden niemals. Sie war diensteifrig, bescheiden, gehorsam – mit einem Wort alles, was man nur verlangen kann. Dafür verwöhnte meine Frau, das muß man zugeben, sie auch allzusehr: sie kleidete sie vorzüglich, gab ihr das Essen vom herrschaftlichen Tisch und Tee zu trinken ... nun, mit einem Wort alles, was man sich nur vorstellen kann. In dieser Weise hat sie ungefähr zehn Jahre meiner Frau gedient.

Da tritt eines schönen Morgens Arina – so hieß sie – ohne Anmeldung zu mir ins Kabinett und wirft sich mir zu Füßen ... Ich kann das, offen gestanden, nicht leiden. Der Mensch soll niemals seine Würde vergessen, nicht wahr? ‚Was willst du', frage ich. – ‚Väterchen Alexander Silytsch, ich bitte um eine Gnade.' – ‚Um welche?' – ‚Erlauben Sie mir zu heiraten.' Ich gestehe, daß ich erstaunt war. ‚Aber du Närrin weißt doch, daß die Herrin kein anderes Stubenmädchen hat.' – ‚Ich werde ihr wie bisher dienen.' – ‚Unsinn! Unsinn! die Herrin hält keine verheirateten Stubenmädchen.' – ‚Malanja kann an meine Stelle treten.' – ‚Ich bitte, nicht zu räsonieren.' – ‚Wie Sie befehlen.' Ich war wie vor den Kopf geschlagen. Ich muß Ihnen sagen, daß mich nichts so kränkt, so beleidigt wie Undankbarkeit ... Ich brauche es ja nicht zu wiederholen – Sie wissen, was für eine Frau ich habe: ein leibhaftiger Engel, die selbstloseste Güte. Sogar ein Bösewicht – selbst der würde sie verschonen ... Ich jage Arina hinaus. Ich denke, sie wird schon wieder vernünftig werden. Wissen Sie, es widerstrebt einem, an das Böse zu glauben, an die schwarze Undankbarkeit im Menschen. Und was meinen Sie? Nach einem halben Jahr beliebt sie mit derselben Bitte zu mir zu kommen. Da wurde ich, ehrlich gesagt, richtig böse, drohte ihr, alles meiner Frau zu sagen, und setzte sie an die Luft. Ich war empört ... Aber stellen Sie sich mein Erstaunen vor: einige Zeit darauf kommt meine Frau zu mir, in Tränen aufgelöst und so erregt, daß ich erschrecke. ‚Was ist passiert?' – ‚Arina ... ' Sie begreifen ... ich schäme mich, es auszusprechen. ‚Das ist doch nicht möglich ... ! Wer denn ... ?' – ‚Der Lakai Petruschka.' Ich war wie erschlagen. So bin ich nun mal ... ich liebe keine halben Maßnahmen! Petruschka ... ist nicht schuld. Man soll ihn bestrafen, aber in meinen Augen ist er nicht schuld. Arina ... nun ... was denn, nun, was gibt es da noch zu sagen? Ich befahl natürlich sofort, ihr das Haar zu scheren, sie in Alltagskleider zu stecken und ins Dorf zurückzuschicken. Meine Frau verlor ein ausgezeichnetes Stubenmädchen, aber das ließ sich nicht ändern, man darf keine Unordnung im Hause dulden. Es ist besser, das faule Glied mit einem Hieb abzutrennen ... Und nun, nun urteilen Sie selbst – nun, Sie kennen doch meine Frau ... das ist ... das ist, das ist doch schließlich ein Engel ...! Sie hatte doch Arina liebgewonnen, und Arina wußte das und hat sich doch nicht geschämt ... Wie ...? Nein, sagen Sie, wie finden Sie das ... Aber was braucht man da noch zu reden? Jedenfalls ließ sich daran nichts mehr ändern. Mich, gerade mich, hat noch lange die Undankbarkeit dieses Mädchens betrübt und gekränkt. Was Sie auch sagen mögen ... Herz, Gefühl brauchen Sie bei diesen Leuten nicht zu suchen! Wie du den Wolf auch fütterst, es wird ihn immer in den Wald ziehen ... Es war mir eine Lehre! Doch ich wollte Ihnen nur beweisen ...«

Und ohne seine Rede zu beenden, wandte Herr Swerkow seinen Kopf zur Seite und wickelte sich, indem er mannhaft seine Erregung unterdrückte, fester in seinen Mantel.

Der Leser begreift nun wahrscheinlich, weshalb ich Arina mit warmer Anteilnahme betrachtete.

»Bist du schon lange mit dem Müller verheiratet?« fragte ich sie schließlich.

»Seit zwei Jahren.«

»Hat es dir dein Herr denn erlaubt?«

»Ich wurde losgekauft.«

»Von wem?«

»Von Sawelij Alexejewitsch.«

»Wer ist das?«

»Mein Mann.« Jermolaj lächelte vor sich hin. »Hat denn der Herr mit Ihnen über mich gesprochen?« fügte Arina nach kurzem Schweigen hinzu.

Ich wußte nicht, was ich ihr antworten sollte. »Arina«, rief aus der Ferne der Müller. Sie erhob sich und ging fort.

»Ist ihr Mann ein guter Mensch?« fragte ich Jermolaj.

»Es geht.«

»Haben sie Kinder?«

»Eins war da, ist aber gestorben.«

»Der Müller hat wohl an ihr Gefallen gefunden? Ob er viel gegeben hat, um sie loszukaufen?«

»Das weiß ich nicht. Sie kann lesen und schreiben. In ihrem Geschäft ist das zuweilen von Nutzen; folglich hat sie ihm wohl gefallen.«

»Kennst du sie schon lange?«

»Ja. Ich ging früher manchmal zu ihrer Herrschaft. Das Gut liegt nicht weit von hier.«

»Kennst du auch den Diener Petruschka?«

»Den Pjotr Wasiljewitsch? Gewiß, den kannte ich.«

»Wo ist er jetzt?«

»Es ist Soldat geworden.«

Wir schwiegen eine Weile.

»Sie scheint nicht gesund zu sein?« fragte ich schließlich Jermolaj.

»Ach, was ist das schon für eine Gesundheit ... ! Aber morgen früh werden die Schnepfen wohl gut ziehen. Sie sollten jetzt schlafen.«

Ein Schof Wildenten sauste pfeifend über unsere Köpfe, und wir hörten, wie sie nicht weit von uns in den Fluß einfielen. Es war schon ganz dunkel und begann kühl zu werden; im Gebüsch schlug laut eine Nachtigall. Wir wühlten uns ins Heu und schliefen ein.

Der Himbeerquell

Anfang August ist die Hitze manchmal unerträglich. Dann ist auch der entschlossenste und konzentrierteste Mensch nicht imstande, in der Zeit von zwölf bis drei Uhr auf die Jagd zu gehen, und der ergebenste Hund beginnt »dem Jäger die Sporen zu putzen«, das heißt, er geht mit schmerzlich zugekniffenen Augen und unwahrscheinlich lang heraushängender Zunge im Schritt hinter ihm her; auf die Vorwürfe seines Herrn antwortet er mit demütigem Wedeln und einem gequälten Gesichtsausdruck, läuft aber nicht voraus. Gerade an einem solchen Tag war ich einmal auf der Jagd. Lange widerstand ich der Versuchung, mich wenigstens für ein paar Minuten irgendwo im Schatten auszustrecken, lange fuhr mein unermüdlicher Hund fort, im Gebüsch herumzustöbern, obgleich er sich offensichtlich selbst nichts Gescheites von seiner fieberhaften Tätigkeit erwartete. Die drükkende Hitze zwang mich schließlich, an die Erhaltung unserer letzten Kräfte und Fähigkeiten zu denken. Mit Mühe und Not schleppte ich mich an das Flüßchen Ista, das meine nachsichtigen Leser schon kennen, stieg die Uferböschung hinab und ging auf dem feuchten, gelben Sand auf den Quell zu, der im ganzen Umkreis unter dem Namen »Himbeerquell« bekannt ist. Dieser Quell sprudelt aus einer Erdspalte des Ufers, die sich mit der Zeit zu einer kleinen, aber tiefen Schlucht erweitert hat, und mündet zwanzig Schritt weiter mit einem munteren, geschwätzigen Plätschern in den Fluß. Die Hänge der Schlucht sind mit Eichengebüsch bestanden; um den Quell herum grünt ein samtartiger niedriger Rasen; die Sonnenstrahlen dringen fast nie bis in seine feuchte, silbrige Kühle. Ich kam zum Quell; im Gras lag eine Schöpfkelle aus Birkenrinde, die ein vorübergehender Bauer zum allgemeinen Nutzen dort liegen gelassen hatte. Ich stillte meinen Durst, legte mich in den Schatten und blickte um mich. An der Bucht, die sich durch die Mündung des Quellwassers in den Fluß gebildet hatte und deren Oberfläche aus diesem Grunde immer leicht gekräuselt war, saßen – mit dem Rükken zu mir – zwei alte Männer. Der eine, der ziemlich kräftig gebaut und groß war und einen sauberen dunkelgrünen Rock sowie eine weiche Schirmmütze trug, angelte; der andere, klein und schwächlich, in einem fliegenfarbenen geflickten Rock und ohne Mütze, hielt einen Topf mit Würmern auf den Knien und strich zuweilen mit der Hand über seinen grauhaarigen Kopf, als wollte er ihn vor den Sonnenstrahlen schützen. Ich sah ihn genauer an und erkannte in ihm Stjopuschka aus Schumichino. Ich bitte den Leser um Erlaubnis, ihm diesen Menschen vorzustellen.

Einige Werst entfernt von meinem Gut befindet sich das große Kirchdorf Schumichino mit einer steinernen Kirche, die den Heiligen Kosmas und Damian geweiht ist. Dieser Kirche gegenüber lag einmal ein geräumiges Gutshaus, umgeben von allerhand Anbauten, Wirtschaftsgebäuden, Werkstätten, Pferdeställen, Scheunen, Wagenremisen, Badestuben und Sommerküchen, Gäste- und Verwaltungsflügeln, Treibhäusern, Schaukeln für das Volk und anderen mehr oder weniger nützlichen Baulichkeiten. In diesem Herrenhaus lebten reiche Gutsbesitzer, und alles hatte bei ihnen seine Ordnung – bis eines schönen Morgens diese ganze Herrlichkeit bis auf die Grundmauern abbrannte. Die Besitzer verzogen nach einem anderen Ort; das Anwesen verödete. Die riesige Brandstätte verwandelte sich in einen Gemüsegarten, aus dem da und dort Ziegelhaufen – die Reste der alten Fundamente – herausragten. Aus übriggebliebenen Balken errichtete man eine behelfsmäßige Hütte, deckte sie mit herrschaftlichen Schindeln, die vor zehn Jahren zum Bau eines gotischen Pavillons angeschafft worden waren, und brachte darin den Gärtner Mitrofan mit seiner Frau und sieben Kindern unter. Man wies Mitrofan an, für den herrschaftlichen Tisch – auf eine Entfernung von hundertundfünfzig Werst – Gemüse und Grünzeug zu liefern; Aksinja wurde die Aufsicht über die Tiroler Kuh anvertraut, die man in Moskau für ein Heidengeld gekauft hatte, die aber leider jeglicher Möglichkeit, Nachwuchs zu liefern, beraubt war und deshalb auch seit ihrer Anschaffung keine Milch gab; Aksinja war auch der schopfige rauchfarbene Enterich, der einzige »herrschaftliche« Vogel, anvertraut; den minderjährigen Kindern wurden keinerlei Pflichten auferlegt, was sie im übrigen nicht daran gehindert hätte, nach Herzenslust zu faulenzen. Bei diesem Gärtner hatte ich zweimal übernachtet, auch kaufte ich gelegentlich bei ihm Gurken, die sich – weiß Gott warum – sogar im Sommer durch ihre Größe, einen faden wässerigen Geschmack und eine dicke gelbe Schale auszeichneten. Bei ihm sah ich zum erstenmal Stjopuschka. Außer Mitrofan mit seiner Familie und dem alten, tauben Kirchenältesten Gerasim, der um Christi willen in einem Kämmerchen bei einem einäugigen Soldatenweib lebte, war niemand vom Hofgesinde in Schumichino geblieben, denn Stjopuschka, mit dem ich den Leser bekannt zu machen beabsichtige, konnte man kaum für einen Menschen halten, geschweige denn zum Gesinde zählen.

Jeder Mensch nimmt doch irgendeinen Platz in der Gesellschaft ein oder hat wenigstens irgendwelche Beziehungen zu ihr; jeder Hofknecht bekommt, wenn schon keinen Lohn, so doch wenigstens ein Deputat. Stjopuschka erhielt buchstäblich nichts, er war mit niemandem verwandt, kein Mensch nahm seine Existenz zur Kenntnis. Er hatte nicht einmal eine Vergangenheit, man sprach nicht über ihn, sein Name wurde auch wohl kaum in den Revisionslisten geführt. Nach vagen Gerüchten soll er irgendwann einmal bei weiß Gott wem Kammerdiener gewesen sein; aber wer er war, woher er stammte, wessen Sohn er war, auf welche Weise er Leibeigener in Schumichino geworden, wie er zu seinem fliegenfarbenen Rock, den er seit unvordenklichen Zeiten trug, gekommen war, wo und wovon er lebte – von alledem hatte niemand die geringste Ahnung, und, um die Wahrheit zu sagen, niemanden interessierten auch diese Fragen. Großvater Trofimytsch, der den Stammbaum aller Dienstboten bis ins vierte Glied kannte, sagte nur einmal, daß Stepan mit einer Türkin verwandt sei, die der selige Herr, der Brigadier Alexej Romanytsch, aus dem Feldzug in seinem Troß mitzubringen geruht habe. Sogar an Festtagen, an denen nach altem russischem Brauch alles Volk beschenkt und mit Salz und Brot, Pirogen aus Buchweizenmehl und Branntwein bewirtet wird, selbst an diesen Tagen erschien Stjopuschka nicht bei den aufgestellten Tischen und Fässern, verbeugte sich nicht, küßte nicht dem Herrn die Hand und kippte nicht vor dessen Augen und auf sein Wohl das Glas Branntwein hinunter, das von der feisten Hand des Verwalters gefüllt worden war; es kam allenfalls vor, daß eine gute Seele im Vorübergehen dem armen Teufel ein Stück übriggebliebene Piroge gab. Am heiligen Ostersonntag wechselte man mit ihm den Osterkuß, doch er krempelte nicht seinen fettigen

Rockärmel auf, holte nicht aus der hinteren Hosentasche ein buntes Ei, um es blinzelnd und außer Atem den jungen Herrschaften oder vielleicht sogar der gnädigen Frau zu überreichen. Er wohnte im Sommer in einem Käfig aus Weidenruten hinter dem Hühnerstall, im Winter im Vorraum der Badestube; wenn es sehr kalt war, kroch er ins Heu auf dem Stallboden. Man war es gewohnt, ihn zu sehen, zuweilen versetzte man ihm sogar einen Fußtritt, aber niemand redete ihn an, und er selber hatte anscheinend noch nie in seinem Leben den Mund aufgemacht. Nach dem großen Brand war dieser abgetane Mensch beim Gärtner Mitrofan untergekommen oder – wie man in Orjol sagt – »untergekrochen«. Der Gärtner ließ ihn in Ruhe, sagte ihm nicht: bleib bei mir, verjagte ihn aber auch nicht. Stjopuschka wohnte auch nicht beim Gärtner; er hauste oder vegetierte vielmehr im Gemüsegarten. Er ging und bewegte sich, ohne ein Geräusch zu verursachen, nieste und hustete – nicht ohne Angst – in die Hand, machte sich immer wie eine Ameise schweigend an etwas zu schaffen – und alles um des Essens willen, einzig und allein der Nahrung wegen. Und mit gutem Grund, denn hätte er sich nicht von früh bis spät um seine Ernährung gekümmert, so wäre mein Stjopuschka verhungert. Es ist schlimm, am Morgen nicht zu wissen, ob man am Abend satt sein wird! Bald sitzt Stjopuschka am Zaun und nagt an einem Rettich oder saugt an einer Karotte oder zerstückelt einen schmutzigen Kohlkopf; bald schleppt er keuchend einen Eimer Wasser irgendwohin; bald macht er ein Feuerchen an und wirft unkenntliche schwarze Brocken, die er zwischen Hemd und Brust herauszieht, in den Kochtopf; bald schlägt er in seinem Verschlag einen Nagel ein, befestigt ein Brettchen und macht sich ein Bord für sein Brot. Und dies alles verrichtet er schweigend, gleichsam heimlich: ehe man sich versieht, ist er schon nicht mehr da. Es kommt auch vor, daß er auf zwei Tage verschwindet; niemand bemerkt natürlich seine Abwesenheit ... Doch siehe, da ist er wieder und legt verstohlen am Zaun Späne unter einen Dreifuß. Er hat ein kleines Gesicht, gelbliche Augen und eine spitze Nase; die Haare hängen ihm in die Stirn, die Ohren sind riesengroß und durchsichtig wie bei einer Fledermaus, er scheint sich vor zwei Wochen das letztemal rasiert zu haben, doch nie ist der Bart länger oder kürzer. Diesen Stjopuschka traf ich am Ufer der Ista in Gesellschaft eines anderen alten Mannes.

Ich näherte mich ihnen, begrüßte sie und setzte mich zu ihnen. In Stjopuschkas Kameraden erkannte ich auch einen Bekannten:

es war ein freigelassener Bedienter des Grafen Pjotr Iljitsch *** namens Michajlo Saweljew, der Tuman genannt wurde. Er lebte bei einem schwindsüchtigen Kleinbürger in Bolchowo, der eine Herberge hatte, wo ich recht oft einkehrte. Junge Beamte und andere unbedeutende Leute, die auf der Landstraße nach Orjol fahren (Kaufleute, die sich in ihre gestreiften Pfühle vergraben haben, interessiert das nicht), können noch heute in einiger Entfernung des großen Kirchdorfs Troizy dicht an der Straße ein geräumiges, völlig verwahrlostes zweistöckiges Holzhaus mit eingestürztem Dach und zugenagelten Fenstern erblicken. Um die Mittagszeit, bei hellem, sonnigem Wetter, kann man sich nichts Trostloseres als den Anblick dieser Ruine vorstellen. Hier lebte einst Graf Pjotr Iljitsch, ein großer Herr der alten Zeit, berühmt durch seine Gastfreundschaft. Das ganze Gouvernement weilte mitunter bei ihm, tanzte und vergnügte sich beim ohrenbetäubenden Lärm der aus Leibeigenen bestehenden Kapelle, beim Knattern der Feuerwerke und der römischen Kerzen; und höchstwahrscheinlich seufzt und erinnert sich nicht nur *eine* alte Dame, wenn sie an den leerstehenden Prunkräumen vorüberfährt, vergangener Zeiten und der eigenen vergangenen Jugend. Lange tafelte und zechte der Graf, lange ging er freundlich lächelnd unter seinen dienstbeflissenen Gästen umher; aber sein Vermögen reichte leider nicht für das ganze Leben. Völlig ruiniert, begab er sich nach Petersburg, um eine Stelle anzunehmen, und starb dort in einem Hotelzimmer, ehe er etwas gefunden hatte. Tuman hatte bei ihm als Haushofmeister gedient und war noch bei Lebzeiten des Grafen freigelassen worden. Er war ein Mann von siebzig Jahren und hatte ein regelmäßiges, angenehmes Gesicht. Er lächelte fast immer, wie jetzt nur noch Menschen aus der Zeit Katharinas der Großen lächeln: gutmütig und majestätisch zugleich; beim Reden spitzte er langsam die Lippen, kniff freundlich die Augen zu und sprach ein wenig durch die Nase. Ebenso behäbig schneuzte er sich und nahm eine Prise Schnupftabak, als täte er etwas Wichtiges.

»Nun, Michajlo Saweljitsch«, begann ich, »hast du viele Fische gefangen?«

»Belieben Sie, bitte, in den Korb zu sehen: zwei Barsche habe ich gefangen und fünf Schleien ... Zeig mal her, Stjopuschka.«

Stjopuschka hielt mir den Korb hin.

»Wie geht es dir, Stepan?« fragte ich ihn.

»E ... e ... es ... geht, Väterchen ... so sachte ...« antwortete Stepan stotternd, als wälzte er Bleigewichte auf der Zunge.

»Ist Mitrofan wohlauf?«

»Ja, wohlauf, was ... denn sonst, Väterchen?«

Der Arme wandte sich ab.

»Die Fische beißen schlecht an«, begann Tuman, »es ist zu heiß, sie haben sich alle unter die Büsche verkrochen und schlafen. Steck einen Wurm an, Stjopa.« Stjopuschka holte einen Wurm hervor, legte ihn auf die Hand, schlug zweimal auf ihn drauf, steckte ihn an den Angelhaken, spuckte ihn an und reichte ihn Tuman. »Danke, Stjopa ... Und Sie, Väterchen«, fuhr er zu mir gewandt fort, »belieben auf die Jagd zu gehen?«

»Wie du siehst.«

»So, so ... Ist Ihr Hund ein Engländer oder ein Neufundländer?«

Der Alte liebte es, sich bei Gelegenheit von der besten Seite zu zeigen, als wollte er damit sagen: auch wir haben in der Welt gelebt!

»Das weiß ich nicht, aber er ist gut.«

»So, so ... Reiten Sie auch mit Hunden aus?«

»Ich habe zwei Koppeln Jagdhunde.«

Tuman lächelte und neigte den Kopf.

»Es ist tatsächlich so: der eine liebt Hunde, der andere möchte sie nicht geschenkt haben. Ich stelle es mir in meinem einfachen Verstand so vor: Hunde muß man sozusagen mehr der Vornehmheit wegen halten ... Und dann muß auch schon alles übrige in Ordnung sein: die Pferde in gutem Zustand und die Hundewärter, wie es sich gehört, in guter Form, und überhaupt alles an seinem Platz. Der selige Graf – es werde ihm das Himmelreich! – war von Haus aus, um die Wahrheit zu sagen, kein Jäger; aber Hunde hielt er und geruhte zweimal im Jahr mit ihnen auszureiten. Es versammeln sich die Piköre in roten Fräcken mit goldenen Borten vor dem Haus und blasen; Seine Durchlaucht geruhen aus dem Hause zu kommen, und man führt Seiner Durchlaucht das Pferd vor; Seine Durchlaucht belieben aufzusitzen, der Oberjäger hilft ihm in die Steigbügel, nimmt die Mütze vom Kopf und reicht in der Mütze die Zügel hinauf. Seine Durchlaucht geruhen mit der Hetzpeitsche zu knallen, die Piköre stimmen ihr Go-go-go-Geschrei an und reiten vom Hof. Der Leibjäger reitet hinter dem Grafen her, hält an einer seidenen Schnur die beiden Lieblingshunde, paßt auf, wissen Sie ... Und er sitzt, der Leibjäger, hoch auf einem Kosakensattel, ganz rotbäckig, läßt seine Augen in die Runde schweifen und gibt auf alles acht ... Selbstverständlich gibt es bei solcher Gelegenheit auch Gäste. Man amüsiert sich, läßt es aber nicht an der Achtung fehlen ... Ach, da hat er sich losgerissen, der Asiate!« fügte er plötzlich hinzu und ruckte mit der Angel.

»Man sagt, der Graf soll zu leben verstanden haben?« fragte ich.

Der Alte spuckte auf den Wurm und warf die Angel aus.

»Er war ein großmächtiger Herr, ganz bestimmt! Zu ihm kamen gewissermaßen die ersten Persönlichkeiten aus Petersburg. Mit blauen Ordensbändern saßen sie am Tisch und speisten. Nun, er verstand es aber auch zu bewirten! Ließ mich zum Beispiel kommen und sagte: ‚Tuman, ich brauche morgigen Tags lebende Sterlette; laß sie beschaffen, verstehst du mich?' – ‚Zu Befehl, Euer Durchlaucht!' Fertige Kaftane, Perücken, Spazierstöcke, Parfüms, Eau de Cologne erster Sorte, Tabaksdosen und so große Gemälde ließ er sich direkt aus Paris kommen ... Er gab ein Bankett – Herr, Gebieter meines Lebens! Es gab Feuerwerke, Spazierfahrten! Sogar mit Kanonen wurde geschossen. Musikanten allein hatte er stets vierzig Mann bei der Hand. Als Kapellmeister hielt er sich einen Deutschen, dem seine Stellung zu Kopf gestiegen war: er wollte mit den Herrschaften an einem Tisch essen; da befahlen Seine Durchlaucht, ihn zum Teufel zu jagen: ‚Meine Musikanten', sagte er, ‚können auch allein spielen.' Selbstverständlich, wie es der Herr befiehlt. Oder er gibt einen Ball – bis zum Morgen wurde getanzt, und immer meist l'écossaise, maître de tour ... Äh ... äh ... äh ... habe ich dich erwischt, Bürschchen?« Der Alte zog einen kleinen Barsch aus dem Wasser. »Nimm ihn, Stjopa ... Der Herr«, fuhr der Alte fort und warf die Angel wieder aus, »war ein Herr, wie es sich gehört, und war auch eine gute Seele. Es kam vor, daß er einen schlug, doch im nächsten Augenblick hatte er es schon wieder vergessen. Nur eines: er hielt sich Mätressen. Ach, diese Mätressen, Gott verzeih mir! Die haben ihn auch zugrunde gerichtet. Und die meisten waren niederen Standes. Man meint, sie sollten ihm dankbar sein. Aber nein! Verschafft ihnen das Teuerste, was es überhaupt in ganz Europa gibt. Es ist nichts dagegen zu sagen, warum soll man sich nicht ein Vergnügen erlauben, das ist eine herrschaftliche Angelegenheit ... Wozu sich jedoch ausplündern lassen? Besonders eine, Akulina hieß sie, sie ist schon tot – das Himmelreich werde ihr! War ein einfaches Mädchen, die Tochter des Dorfpolizisten in Sitowo, aber so bösartig! Es kam vor, daß sie den Grafen ohrfeigte. Sie hatte ihn völlig behext. Meinen Neffen hat sie unter die Soldaten stecken lassen, weil er ihr Schokolade auf ein neues Kleid geschüttet hatte ... und nicht nur ihn allein. Ja ... aber es war dennoch eine schöne Zeit«, fügte der Alte mit einem tiefen Seufzer hinzu, senkte den Blick und verstummte.

»Der Herr war also, wie ich sehe, streng?« setzte ich das Gespräch nach einer Weile fort.

»Das war damals so Mode, Väterchen«, antwortete der Greis und nickte.

»Jetzt kommt das nicht mehr vor«, bemerkte ich, ohne ein Auge von ihm zu wenden.

Er warf mir einen schrägen Blick zu.

»Jetzt ist es natürlich besser«, murmelte er und warf die Angel weit aus.

Wir saßen im Schatten, aber auch im Schatten war es schwül. Die schwere, brütende Luft stand förmlich still, das erhitzte Gesicht sehnte sich gequält nach einem Windhauch, doch es regte sich kein Lüftchen. Die Sonne stach unerbittlich vom dunkelblauen Himmel. Gerade vor uns auf dem gegenüberliegenden Ufer war ein reifes, mit etwas Wermut durchsetztes Haferfeld, in dem sich kein Ährchen rührte. Etwas unterhalb stand ein Bauernpferd bis an die Knie im Fluß und schlug sich träge mit dem nassen Schweif die Flanken; ab und zu tauchte unter einem überhängenden Busch ein großer Fisch an die Oberfläche, stieß einige Luftblasen aus und sank wieder auf den Grund, wobei er ein leichtes Wellengekräusel auf dem Wasser zurückließ. Die Grillen zirpten im braungewordenen Gras, Wachteln schnarrten lustlos; Habichte strichen über die Felder und blieben häufig mit schnellem Flügelschlag und gespreizten Schwanzfedern in der Luft stehen. Wir saßen regungslos, niedergedrückt von der Hitze. Mit einemmal hörten wir ein Geräusch hinter uns in der Schlucht: jemand stieg zum Quell herab! Ich sah mich um und erblickte einen etwa fünfzigjährigen, ganz mit Straßenstaub bedeckten Bauern in Hemd und Bastschuhen mit einer geflochtenen Tasche und einem Bauernrock auf dem Rücken. Er ging an die Quelle, trank gierig und erhob sich.

»He, Wlas!« rief Tuman, nachdem er ihn scharf angesehen hatte. »Grüß dich, Bruder! Woher des Weges?«

»Grüß dich, Michajla Saweljitsch«, sagte der Bauer, indem er auf uns zukam, »von weither.«

»Wo warst du so lange?« fragte ihn Tuman.

»Ich bin zum gnädigen Herrn nach Moskau gegangen.«

»Weswegen?«

»Ihn um etwas bitten.«

»Worum?«

»Daß er den Pachtzins verringert oder mich auf die Fronarbeit schickt oder mich vielleicht umsiedeln läßt ... Mein Sohn ist gestorben – ich allein schaffe es nicht mehr.«

»Dein Sohn ist gestorben?«

»Ja. Der Verstorbene«, fügte er nach einem kurzen Schweigen hinzu, »lebte als Droschkenkutscher in Moskau; er zahlte auch für mich den Zins.«

»So seid ihr jetzt Pächter?«

»Ja.«

»Was hat denn dein Herr gesagt?«

»Der Herr? Fortgejagt hat er mich! ‚Wie unterstehst du dich', sagt er, ‚geradewegs zu mir zu kommen? Dazu ist doch der Verwalter da! Du hast das zuerst dem Verwalter vorzutragen ... Und wohin sollte ich dich denn umsiedeln? Bezahle erst deine Rückstände.' Er wurde ganz böse.«

»Nun, dann hast du dich auf den Rückweg gemacht?«

»Ja, dann ging ich wieder. Ich wollte mich noch erkundigen, ob der Verstorbene etwas hinterlassen hat, konnte aber nichts ausmachen. Ich sagte zu seinem Wirt: ‚Ich bin Filipps Vater.' Er aber antwortete mir: ‚Wie kann ich das wissen? Dein Sohn hat auch nichts hinterlassen; er schuldet mir noch Geld.' Nun, da bin ich fortgegangen.«

Der Bauer erzählte uns das alles mit einem Lächeln, als handelte es sich um jemand anders, aber seine kleinen zusammengekniffenen Augen glänzten feucht, und seine Lippen zuckten.

»Und jetzt gehst du nach Hause?«

»Wohin sollte ich sonst gehen? Ja, nach Hause. Die Frau bläst wahrscheinlich schon vor Hunger in die Faust.«

»Ja, müßtest du ... das ist ...« begann plötzlich Stjopuschka, verhaspelte sich, verstummte und begann im Topf herumzustochern.

»Wirst du zum Verwalter gehen?« fragte Tuman, der erstaunt auf Stjopuschka geblickt hatte.

»Weswegen sollte ich zu ihm gehen? Ich bin ohnehin schon im Rückstand. Mein Sohn ist vor seinem Tode ein Jahr lang krank gelegen und hat nicht einmal seine eigenen Abgaben zahlen können ... Und ich erst: bei mir ist nichts zu holen ... Was immer du dir ausdenken magst, Bruder – es ist zum Lachen: mein Verstand reicht dazu nicht aus.« Der Bauer begann zu lachen. »Und auf welche Schliche er auch kommen mag, der Kintiljan Semjonytsch ...« Wlas lachte wieder.

»Nun, das ist schlimm, Bruder Wlas«, sagte Tuman gedehnt.
»Wieso schlimm? Ne ...« Seine Stimme überschlug sich. »Ist das eine Hitze«, fuhr er fort und wischte sich den Schweiß von der Stirn.

»Wer ist euer Herr?« fragte ich.

»Graf Valerian Petrowitsch.«

»Ein Sohn des Pjotr Iljitsch?«

»Ja, Pjotr Iljitschs Sohn«, antwortete Tuman. »Der selige Pjotr Iljitsch hat ihm bei Lebzeiten das Dorf, in dem Wlas lebt, verschrieben.«

»Ist er wohlauf?«

»Gottlob, ja«, entgegnete Wlas, »er hat ein dickes rotes Gesicht bekommen.«

»Sehen Sie, Väterchen«, fuhr Tuman zu mir gewandt fort, »in der Nähe von Moskau wäre es nicht schlimm, aber sein Pachtland befindet sich hier.«

»Und was zahlst du an Pachtzins?«

»Fünfundneunzig Rubel«, murmelte Wlas.

»Nun, da sehen Sie es; und er hat sehr wenig Land, das meiste ist herrschaftlicher Wald.«

»Ja, und der soll auch schon verkauft sein«, bemerkte der Bauer.

»Da sehen Sie es ... Stjopa, gib mir einen Wurm ... He, Stjopa! Bist du eingeschlafen?«

Stjopuschka fuhr hoch. Der Bauer setzte sich zu uns. Wir verstummten wieder. Am anderen Ufer stimmte jemand ein Lied an, aber ein so wehmütiges ... Mein armer Wlas wurde ganz traurig ...

Nach einer halben Stunde gingen wir auseinander.

Der Kreisarzt

Einstmals im Herbst erkältete ich mich auf dem Heimweg von einem entlegenen Jagdrevier und wurde krank. Glücklicherweise packte mich das Fieber in einem Gasthof der Kreisstadt; ich schickte nach dem Doktor. Nach einer halben Stunde erschien der Kreisarzt, ein kleiner, magerer und schwarzhaariger Mann. Er verordnete mir das übliche Schwitzmittel, befahl mir, ein Senfpflaster aufzulegen, ließ äußerst geschickt meinen Fünfrubelschein in seinem Ärmelaufschlag verschwinden, wobei er allerdings trocken hustete und zur Seite blickte – und stand schon im Begriff, seiner Wege zu gehen, als er irgendwie ins Reden kam und dablieb. Das Fieber quälte mich; ich sah einer schlaflosen Nacht entgegen und war froh, mit einem braven Menschen plaudern zu können. Man brachte Tee. Mein Doktor begann zu erzählen. Der Gute war nicht dumm, sprach gewandt und recht unterhaltsam. Merkwürdige Dinge geschehen auf der Welt: mit dem einen Menschen lebst du lange zusammen und unterhältst freundschaftliche Beziehungen, hast aber noch kein einziges Mal offen und frisch von der Leber weg mit ihm gesprochen; mit einem anderen dagegen bist du kaum bekannt geworden – und siehe: schon hast du ihm oder hat er dir wie in der Beichte das ganze Herz ausgeschüttet. Ich weiß nicht, womit ich das Vertrauen meines neuen Freundes verdient hatte, aber er biß, wie man so sagt, mir nichts, dir nichts an und erzählte mir eine recht beachtenswerte Begebenheit. Ich werde jetzt seine Erzählung dem geneigten Leser zur Kenntnis bringen und dabei bemüht sein, mich der Worte des Arztes zu bedienen.

»Sie belieben wohl nicht«, begann er mit schwacher und zitternder Stimme (derart wirkt sich der unvergleichliche Berjosower Tabak aus), »Sie belieben wohl nicht den hiesigen Richter Pawel Lukitsch Mylow zu kennen . . .? Nein! Nun, einerlei.« Er hustete und rieb sich die Augen. »Nun, sehen Sie gütigst, die Sache trug sich so – wie soll ich sagen, um nicht zu lügen – während der großen Fasten zu, gerade zur Zeit der Schneeschmelze. Ich sitze also bei ihm, bei unserem Richter, und spiele Preference. Unser Richter ist ein braver Mann und spielt gerne Preference. Plötzlich« – mein Doktor gebrauchte das Wort plötzlich sehr häufig – »sagt man mir: ‚Ein Mann will Sie sprechen.‘ Ich frage: ‚Was will er?‘ Man antwortet mir, er habe ein Schreiben, wahrscheinlich von einem Kranken. ‚Gib her‘, sage ich. Es war tatsächlich von einem Kranken . . . Nun schön, Sie verstehen, das ist unser Brot . . . Es handelte sich um folgendes: Da schreibt mir eine Gutsbesitzerin, eine Witwe: sie sagt, sie fleht, ihre Tochter liegt im Sterben, kommen Sie, um Gottes, unseres Herrn willen. Die Pferde sind schon unterwegs zu Ihnen. Nun, das ist alles nicht so schlimm . . . aber sie wohnt zwanzig Werst von der Stadt entfernt, es ist Nacht, und die Wege sind zum Ausspucken schlecht. Sie lebt zudem in sehr bescheidenen Verhältnissen, mehr als zwei Silberrubel kann man nicht erwarten, und das ist noch zweifelhaft; auch wird man wohl mit groben Bettlaken und irgendwelchen Grützen vorliebnehmen müssen. Aber die Pflicht,

Sie verstehen, geht über alles – ein Mensch liegt im Sterben. Ich übergebe meine Karten dem ständigen Gerichtsbeisitzer Kalliopin und gehe nach Hause. Ich schaue: vor meiner Haustreppe steht ein Wägelchen; die Pferde sind Bauernpferde mit dicken, allzudicken Strohbäuchen und einem völlig verfilzten Fell, und der Kutscher sitzt aus lauter Hochachtung ohne Mütze da. Nun, denke ich mir: deine Herrschaft, Bruder, ißt nicht von goldenen Schüsseln ... Sie belieben zu lachen, doch ich kann Ihnen sagen: ein armer Schlucker wie unsereins muß alles in Erwägung ziehen ... Wenn der Kutscher wie ein Fürst dasitzt, die Mütze nicht abnimmt, in seinen Bart lächelt und mit der Peitsche spielt, kannst du getrost mit zwei Zehnrubelscheinen rechnen! Doch hier, sehe ich, liegt die Sache anders. Aber was läßt sich machen, denke ich, die Pflicht geht über alles. Ich packe die notwendigsten Arzneien zusammen und fahre los. Glauben Sie mir, wir sind mit knapper Not hingekommen. Der Weg war höllisch: Bäche, Schnee, Dreck, Wassertümpel, und dort hat es plötzlich einen Damm durchbrochen – ein Jammer! Aber ich komme an. Ein kleines Gutshaus, mit Stroh gedeckt. In den Fenstern Licht: sie warten also. Mir kommt eine ehrwürdige alte Frau in einer Haube entgegen: ‚Retten Sie mein Kind', sagt sie, ‚es stirbt.' Ich sage: ‚Belieben Sie sich nicht zu beunruhigen ... Wo ist die Kranke?' – ‚Bitte hierher.' Ich schaue: ein sauberes Zimmerchen, in der Ecke das Öllämpchen, im Bett ein etwa zwanzigjähriges Mädchen in bewußtlosem Zustande. Sie glüht förmlich vor Hitze, atmet schwer: hohes Fieber. Im Zimmer sind noch zwei andere Mädchen, ihre Schwestern – verstört und in Tränen. ‚Gestern war sie noch ganz gesund und hat mit Appetit gegessen', sagen sie; ‚heute früh klagte sie über Kopfschmerzen, und gegen Abend gerät sie plötzlich in diesen Zustand ...' Ich sage wieder: ‚Belieben Sie sich nicht zu beunruhigen' – Sie wissen, die ärztliche Pflicht – und mache mich an die Arbeit. Ich lasse sie zur Ader, ordne an, daß man ihr ein Senfpflaster auflege, und verschreibe eine Mixtur. Indessen muß ich sie immerzu ansehen, wissen Sie: bei Gott, ein derartiges Gesicht habe ich noch nie gesehen ... mit einem Wort, eine Schönheit! Mich packt grenzenloses Mitleid. Ihre Züge sind so angenehm, die Augen ... Nun, Gott sei Dank, sie wurde ruhiger; der Schweiß brach aus, sie schien zu sich zu kommen, blickte um sich, lächelte, strich mit der Hand über das Gesicht ... Die Schwestern beugen sich über sie und fragen: ‚Wie fühlst du dich?' – ‚Es ist nichts', antwortet sie und wendet sich zur Wand. Ich schaue – sie ist eingeschlafen. ‚Nun', sage ich ‚müssen wir die Kranke in Ruhe lassen.' Wir schlichen alle auf Zehenspitzen aus dem Zimmer, nur ein Stubenmädchen blieb für alle Fälle zurück. Im Salon steht schon der Samowar auf dem Tisch und eine Flasche Rum: ohne den geht es nicht in unserem Geschäft. Man schenkt mir Tee ein, bittet mich zur Nacht zu bleiben ... Ich willige ein: Wohin sollte ich jetzt auch fahren? Die alte Dame seufzt immerzu. ‚Warum sorgen Sie sich?' sage ich, ‚sie wird leben, belieben Sie sich nicht zu beunruhigen, gehen Sie jetzt lieber selbst zur Ruhe: es ist zwei Uhr.' – ‚Aber lassen Sie mich wecken, wenn etwas passiert.' – ‚Ganz gewiß!' Die Mutter entfernte sich, auch die Töchter gingen in ihre Zimmer, mir wurde im Salon ein Lager bereitet. Ich legte mich nieder, konnte aber nicht einschlafen. Sonderbar! Ich hatte mich doch genügend abgerackert. Meine Kranke ging mir nicht aus dem Sinn. Schließlich hielt ich es nicht mehr aus und stand auf; dachte mir: will doch hingehen und schauen, was mein Patient macht. Ihr Zimmer lag neben dem Salon. Ich erhob mich also und öffnete leise die Tür – das Herz klopfte mir bis zum Halse. Ich sehe: das Stubenmädchen, die Bestie, schläft mit offenem Munde und schnarcht laut. Die Kranke dagegen liegt, das Gesicht mir zugekehrt, mit ausgebreiteten Armen da. Ich trat heran ... Auf einmal öffnet sie die Augen und starrt mich an! ‚Wer ist das, wer ist das?' – Ich wurde ganz konfus und sagte: ‚Fürchten Sie sich nicht, gnädiges Fräulein, ich bin der Doktor, ich bin gekommen, um zu sehen, wie es Ihnen geht.' – ‚Sie sind der Doktor?' – ‚Ja, der Doktor, der Doktor ... Ihre Mutter hat mich aus der Stadt holen lassen; wir haben Sie zur Ader gelassen, gnädiges Fräulein; belieben Sie jetzt zu schlafen, und in ungefähr zwei Tagen wollen wir Sie mit Gottes Hilfe wieder auf die Beine stellen.' – ‚Ach ja, ja, Doktor, lassen Sie mich nicht sterben ... bitte, bitte!' – ‚Was reden Sie denn da, Gott sei mit Ihnen!' Sie hat wieder Fieber, dachte ich bei mir und fühlte ihr den Puls: ja, sie fieberte. Sie blickte mich an und ergriff plötzlich meine Hand. ‚Ich will Ihnen sagen, weshalb ich nicht sterben will, ich will es Ihnen sagen, will es Ihnen sagen ... jetzt sind wir allein; nur müssen Sie es bitte niemandem ... hören Sie ...' Ich beugte mich zu ihr hinab; sie brachte ihre Lippen ganz nah an mein Ohr, ihr Haar berührte meine Wange – ich gestehe, mir begann sich der Kopf zu drehen –, und sie fing an zu flüstern ... Ich konnte nichts verstehen ... Ach, sie phantasiert ja ... Sie flüsterte, flüsterte, aber so schnell und gar nicht auf russisch, hörte plötzlich auf, zuckte zusammen, ließ den Kopf auf das Kissen zurückfallen und drohte mir mit dem Finger: ‚Geben Sie acht, Doktor, keinem Menschen ... ' Irgendwie beruhigte ich sie, gab ihr zu trinken, weckte das Stubenmädchen und ging hinaus.«

Hier nahm der Arzt erbost wieder eine Prise Schnupftabak und verstummte einen Augenblick lang.

»Allerdings«, fuhr er fort, »am nächsten Tag ging es der Kranken gegen alle meine Erwartungen nicht besser. Ich überlegte, überlegte und beschloß plötzlich dazubleiben, obgleich andere Patienten auf mich warteten ... Sie verstehen, daß man nicht leichtfertig verfahren darf: die Praxis leidet sonst darunter. Aber erstens befand sich die Kranke wirklich in einer verzweifelten Lage, und zweitens empfand ich, um die Wahrheit zu sagen, eine starke Zuneigung zu ihr. Auch die ganze Familie gefiel mir sehr. Sie waren zwar arme, doch ungewöhnlich gebildete Leute ... Ihr Vater war ein Gelehrter und Schriftsteller gewesen; er war natürlich arm gestorben, doch war es ihm gelungen, seinen Kindern eine vortreffliche Erziehung angedeihen zu lassen; auch hatte er eine Menge Bücher hinterlassen. Sei es, weil ich mich eifrig um die Kranke bemühte, oder aus irgendwelchen anderen Gründen, jedenfalls, wage ich zu behaupten, gewannen mich die Hausbewohner so lieb wie einen nahen Verwandten ... Die Wegverhältnisse wurden unterdessen hoffnungslos, jeglicher Verkehr mit der Außenwelt hörte sozusagen auf; sogar die Arzneien konnten nur unter den größten Schwierigkeiten aus der Stadt geholt werden ... Der Zustand der Kranken besserte sich nicht ... Tag für Tag, Tag für Tag dasselbe ... Aber dann ... mit einemmal ...« Der Arzt verstummte. »Ich weiß wirklich nicht, wie ich es Ihnen schildern soll ...« Er nahm wieder eine Prise, hustete und trank einen Schluck Tee. »Ich will Ihnen ohne Umschweife sagen, meine Kranke ... also wie soll man ... nun, ich möchte fast sagen, sie hatte sich in mich verliebt ... oder nein ... nicht gerade verliebt ... sondern, übrigens ... wirklich, wie soll man ...« Der Arzt errötete und schlug die Augen nieder.

»Nein«, fuhr er lebhaft fort, »von Liebe kann natürlich keine Rede sein. Man muß schließlich seinen Wert kennen. Sie war ein gebildetes, kluges, belesenes Mädchen, während ich sogar mein Latein vergessen habe – und zwar vollständig. Und was die Figur anbelangt«, der Arzt streifte sich lächelnd mit einem Blick, »so kann ich damit auch keinen Staat machen. Aber als Dummkopf hat mich der Herrgott auch nicht auf die Welt kommen lassen: ich kann Schwarz von Weiß unterscheiden, und manches merke ich auch. Ich begriff zum Beispiel sehr gut, daß Alexandra Andrejewna – sie hieß Alexandra Andrejewna – nicht Liebe zu mir empfand, sondern sozusagen eine freundschaftliche Zuneigung, womöglich Achtung. Obgleich sie sich vielleicht in dieser Hinsicht selbst täuschte, in ihrer Lage wäre das ja nicht ... urteilen Sie selbst ... Übrigens«, fügte der Arzt, der alle diese abgerissenen Sätze in einem Atemzug und mit sichtlicher Verlegenheit vorbrachte, hinzu, »ich habe mich anscheinend ein wenig vergaloppiert ... So werden Sie nichts verstehen ... aber gestatten Sie, daß ich alles der Reihe nach erzähle.«

Er trank sein Glas Tee aus und erzählte in einem ruhigeren Ton weiter.

»Ja, so ist es. Meiner Kranken ging es immer schlechter, schlechter und schlechter. Sie sind kein Mediziner, geehrter Herr, Sie können nicht verstehen, was in unsereinem vor sich geht, besonders in der ersten Zeit, wenn man allmählich begreift, daß die Krankheit stärker ist. Dahin ist alles Selbstvertrauen! Du wirst plötzlich so verzagt, daß es sich gar nicht beschreiben läßt. Es scheint dir, daß du alles, was du wußtest, vergessen hast, daß dir der Kranke kein Vertrauen mehr schenkt und daß auch die anderen bereits merken, daß du ratlos bist, dir nur ungern die Symptome mitteilen, sich mißtrauische Blicke zuwerfen und miteinander tuscheln ... äh, scheußlich! Es gibt doch ein Mittel gegen diese Krankheit, denkst du, du mußt es bloß finden. Ob wohl dieses das richtige ist? Du versuchst es – nein, das war es nicht! Du läßt der Arznei nicht genügend Zeit zum Wirken ... greifst nach dieser und jener. Nimmst sogar das Rezeptbuch zur Hand ... aber hier steht es doch, denkst du, hier! Ja wahrhaftig, zuweilen schlägst du es sogar aufs Geratewohl auf und denkst: vielleicht zeigt dir das Schicksal den richtigen Weg ... Aber der Mensch stirbt inzwischen; und ein anderer Arzt könnte ihn retten ... Ein Konsilium ist nötig, sagst du, ich nehme nicht die Verantwortung auf mich. Zu welchem Narren man sich in solchen Fällen macht! Nun, mit der Zeit wirst du gleichgültiger. Ein Mensch ist gestorben – es ist nicht deine Schuld: du hast dir nichts zuschulden kommen lassen. Und noch ein zweites ist äußerst qualvoll: du siehst, daß man dir blindlings vertraut, fühlst aber, daß du nicht helfen kannst. Und gerade ein solches rückhaltloses Vertrauen faßte die ganze Familie Alexandra Andrejewnas zu mir – sie dachten gar nicht mehr daran, daß bei ihnen eine Tochter in Lebensgefahr schwebte. Ich versicherte ihnen obendrein immerzu, daß es gut stehe, während mir dabei das Herz in die Hosen fiel. Um das Unglück voll zu machen, wurden die Wege so grundlos, daß der Kutscher oft tagelang unterwegs war, um die Medizin zu holen. Ich hielt mich ständig im Zimmer der Kranken auf, war nicht imstande, mich loszureißen, erzählte allerhand komische Anekdoten, verstehen Sie, und spielte Karten mit ihr. Ich saß die Nächte durch bei ihr. Die Mutter dankte mir mit Tränen in den Augen, während ich mir sagte: ich bin deines Dankes nicht wert. Ich gestehe es Ihnen offen – es besteht jetzt kein Grund, es geheimzuhalten –, ich verliebte mich in meine Kranke. Und auch Alexandra Andrejewna gewann mich lieb; zuweilen ließ sie niemanden außer mir ins Zimmer. Sie begann sich mit mir zu unterhalten, fragte mich aus, wo ich studiert hätte, wie ich lebte, wer meine Eltern seien und mit wem ich verkehrte. Dabei wußte ich, daß ihr das Sprechen schadete, aber es ihr verbieten, wissen Sie, es ihr einfach verbieten – das konnte ich nicht. Dazwischen griff ich mir an den Kopf: was tust du, Unmensch? Es kam vor, daß sie meine Hand nahm, sie lange in der ihren hielt und mich ansah, sich dann zur Seite wandte und mit einem Seufzer sagte: ‚Was sind Sie für ein guter Mensch!‘ Ihre Hände glühten, die Augen waren so groß und blickten so schmachtend ... ‚Ja‘, sagte sie, ‚Sie sind ein guter, ein lieber Mensch, Sie sind nicht so wie unsere Nachbarn ... nein, Sie sind nicht so ... wie kommt es nur, daß ich Sie bisher nicht gekannt habe!‘ – ‚Alexandra Andrejewna, beruhigen Sie sich‘, sagte ich, ‚glauben Sie mir, ich fühle ... ich weiß nicht, womit ich Ihre Güte verdient habe ... aber um Gottes willen, beruhigen Sie sich ... alles wird gut werden ... Sie werden gesund werden.‘ Indes muß ich Ihnen sagen«, fügte der Arzt hinzu, sich vorneigend und die Brauen emporziehend, »daß sie mit den Nachbarn deshalb wenig verkehrten, weil ihnen die kleinen nicht standesgemäß schienen, während ihnen ihr Stolz verbot, einen Verkehr mit den reichen anzuknüpfen. Ich sage Ihnen: es war eine sehr gebildete Familie; für mich war es geradezu schmeichelhaft, von ihnen beachtet zu werden. Nur aus meiner Hand nahm sie die Medizin ... richtete sich mit meiner Hilfe auf die Arme, nahm sie ein und schaute mich dabei an ... ganz warm wurde mir ums Herz. Mittlerweile ging es ihr immer schlechter, immer schlechter: sie wird sterben, dachte ich, rettungslos sterben. Glauben Sie mir, am liebsten hätte ich mich selber in den Sarg gelegt: die Mutter und die Schwestern beobachteten mich, blickten mir in die Augen ... ihr Vertrauen begann zu schwinden. Nun, wie steht es, fragten ihre Blicke. Nitschewo, nitschewo – aber was für ein Nitschewo! Es war, um den Verstand zu verlieren. Einmal sitze ich wieder in der Nacht allein bei der Kranken. Eine Magd ist auch im Zimmer und schnarcht laut. Nun, man konnte es dem unglücklichen Mädchen nicht übelnehmen, sie war übermüdet. Alexandra Andrejewna hatte sich den Abend über besonders schlecht gefühlt, das Fieber hatte sie sehr geschwächt. Bis Mitternacht war sie äußerst unruhig gewesen; endlich war sie offenbar eingeschlafen, wenigstens lag sie da, ohne sich zu rühren. Vor dem Heiligenbild in der Ecke brennt das Lämpchen. Ich sitze neben ihr, wissen Sie, bin auch abgestumpft und nicke ein. Plötzlich ist mir, als ob mich jemand anstieße, ich sah mich um ... Herr des Himmels! Alexandra Andrejewna blickt mich unverwandt an ... die Lippen halb geöffnet, die Wangen glühen schier. – ‚Was ist mit Ihnen?' – ‚Doktor, ich werde doch sterben?' – ‚Gott bewahre!' – ‚Nein, Doktor, nein, bitte, sagen Sie nicht, daß ich leben werde ... sagen Sie das nicht ... wenn Sie wüßten ... hören Sie, um Gottes willen, verheimlichen Sie mir nicht meine Lage!' – und dabei atmet sie stoßweise. ‚Wenn ich genau wüßte, daß ich sterben muß, würde ich Ihnen alles sagen ... alles!' – ‚Alexandra Andrejewna, ich bitte Sie!' – ‚Hören Sie, ich schlafe längst nicht mehr, ich beobachte Sie schon lange ... um Gottes willen ... ich glaube Ihnen, Sie sind ein guter Mensch, ein ehrlicher Mensch, ich beschwöre Sie bei allem Heiligen, was es in der Welt gibt – sagen Sie mir die Wahrheit! Wenn Sie wüßten, wie wichtig es für mich ist ... Doktor, sagen Sie mir um Gottes willen, besteht für mich Gefahr?' – ‚Was soll ich Ihnen sagen? Alexandra Andrejewna, ich bitte Sie!' – ‚Um Gottes willen, ich flehe Sie an!' – ‚Ich kann Ihnen nicht verhehlen, Alexandra Andrejewna, es besteht Gefahr, aber Gott ist barmherzig ...' – ‚Ich werde sterben, ich werde sterben ...' Sie freute sich darüber geradezu, ihr Gesicht nahm einen so fröhlichen Ausdruck an; ich erschrak. ‚Haben Sie doch keine Angst, haben Sie keine Angst, mich schreckt der Tod nicht im geringsten.' Sie richtete sich plötzlich auf und stützte sich auf den Ellenbogen. ‚Jetzt ... nun, jetzt kann ich Ihnen sagen, daß ich Ihnen von ganzem Herzen dankbar bin, daß Sie ein herzensguter Mensch sind und daß ich Sie liebe ...' Ich sah sie ganz entgeistert an; es war mir geradezu unheimlich, wissen Sie ... ‚Hören Sie, ich liebe Sie ...' – ‚Alexandra Andrejewna, womit habe ich das verdient?' – ‚Nein, nein, Sie verstehen mich nicht ... du verstehst mich nicht ...' Und auf einmal streckte sie die Hände aus, packte meinen Kopf und küßte mich ...

Glauben Sie mir, ich schrie fast auf ... warf mich auf die Knie und vergrub meinen Kopf in die Kissen. Sie schwieg; ihre Finger bebten auf meinem Haar; ich hörte, daß sie weinte. Ich begann sie zu trösten, ihr zu versichern ... ich weiß wirklich nicht mehr, was ich ihr alles sagte. ‚Wecken Sie das Mädchen, Alexandra Andrejewna', sagte ich, ‚ich danke Ihnen ... glauben Sie mir ... beruhigen Sie sich.' – ‚Das ist doch jetzt gleichgültig', erwiderte sie, ‚Gott mit ihnen, mit allen; mögen sie doch aufwachen und herkommen – es ist alles gleichgültig: ich werde ja sterben ... und warum bist denn du so ängstlich, was befürchtest du? Heb den Kopf ... Oder lieben Sie mich vielleicht nicht, vielleicht habe ich mich getäuscht ... in diesem Fall verzeihen Sie mir.' – ‚Alexandra Andrejewna, was reden Sie da? ... Ich liebe Sie, Alexandra Andrejewna!' Sie sah mir fest in die Augen und öffnete weit ihre Arme. – ‚Dann umarme mich doch ...' Ich gestehe Ihnen offen: ich verstehe nicht, wie ich in jener Nacht nicht verrückt geworden bin. Ich fühle, daß meine Kranke sich zugrunde richtet: ich sehe, daß sie nicht ganz bei klarem Verstand ist; ich verstehe auch, daß sie, wäre sie nicht überzeugt, sterben zu müssen, sich nicht um mich kümmern würde. Es ist doch traurig, mit fünfundzwanzig Jahren sterben zu müssen, ohne jemanden geliebt zu haben: das war es, was sie quälte, weswegen sie sich aus Verzweiflung wenigstens an mich klammerte – verstehen Sie jetzt? Sie hielt mich noch immer umarmt. ‚Schonen Sie mich, Alexandra Andrejewna, und schonen Sie sich selbst', sagte ich. – ‚Wozu', erwiderte sie, ‚worauf sollte ich noch Rücksicht nehmen? Ich muß ja doch sterben ...' Das wiederholte sie beständig. ‚Wenn ich wüßte, daß ich am Leben bleiben und wieder unter anständige Mädchen geraten würde, müßte ich mich schämen, richtig schämen ... aber so?' – ‚Ja, wer hat Ihnen denn gesagt, daß Sie sterben werden?' – ‚Ach, laß das, du wirst mich nicht betrügen, du kannst nicht lügen, sieh dich mal an.' – ‚Sie werden leben, Alexandra Andrejewna, ich werde Sie gesund machen; wir werden Ihre Mutter um ihren Segen bitten ... wir werden uns trauen lassen und glücklich sein.' – ‚Nein, nein, ich habe Ihr Wort, ich muß sterben ... du hast es mir versprochen... du hast mir gesagt ...' Bitter wurde es mir ums Herz, aus vielen Gründen bitter. Und sehen Sie, was für Sachen manchmal geschehen: scheinbar eine Nichtigkeit, tut aber doch weh. Es fiel ihr ein, mich nach meinem Namen zu fragen, nicht nach meinem Familiennamen, sondern nach meinem Taufnamen. Zu allem Unglück heiße ich ausgerechnet Trifon. Ja, ja, mein Herr, Trifon, Trifon

Iwanowitsch. Im Haus heiße ich einfach der Doktor. Nun, es bleibt mir nichts übrig, ich sage: ‚Trifon, gnädiges Fräulein.' Sie kniff die Augen zu, wiegte den Kopf und sagte etwas auf französisch – ach, so etwas Ungutes, und lachte dann, auch in einer unguten Weise. Nun, dergestalt verbrachte ich fast die ganze Nacht mit ihr. Am Morgen ging ich hinaus, wie von Sinnen. Ich betrat ihr Zimmer wieder, als es schon Tag war und wir Tee getrunken hatten. Mein Gott, mein Gott! Sie ist nicht wiederzuerkennen: ein Toter hat mehr Farbe im Gesicht. Ich schwöre Ihnen, ich begreife heute noch nicht, wie ich diese Folter ausgehalten habe. Drei Tage und drei Nächte quälte sich meine Kranke noch . . . und was für Nächte! Was sie mir alles gesagt hat . . .! Und in der letzten Nacht – stellen Sie sich vor – ich sitze bei ihr und bitte Gott nur noch um das eine: nimm sie so schnell wie möglich zu Dir, und auch mich gleich dazu . . . Plötzlich kommt die alte Mutter ins Zimmer. Ich hatte ihr bereits tags zuvor gesagt, daß nur noch wenig Hoffnung bestände und man vielleicht den Geistlichen kommen lassen sollte. Sobald die Kranke die Mutter erblickte, sagte sie: ‚Gut, daß du gekommen bist . . . sieh uns an, wir lieben uns, wir haben uns gegenseitig das Wort gegeben.' – ‚Was redet sie da, Doktor, was sagt sie?' Mir verschlug es den Atem. ‚Sie phantasiert', sagte ich, ‚das Fieber . . .' Und sie: ‚Hör doch damit auf, du hast mir eben noch etwas ganz anderes gesagt und hast auch einen Ring von mir angenommen . . . Was verstellst du dich? Meine Mutter ist gut, sie wird uns verzeihen, sie wird verstehen, ich aber sterbe – warum sollte ich lügen? Gib mir die Hand . . .' Ich sprang auf und rannte aus dem Zimmer. Die Mutter hatte natürlich alles erraten.

Ich will Sie nicht länger ermüden, und offen gestanden, es ist auch für mich schmerzlich, mich an all das wieder zu erinnern. Meine Kranke verschied am nächsten Tag. Frieden ihrer Seele!« sagte der Arzt schnell und seufzte. »Vor ihrem Tod bat sie alle, hinauszugehen und mich mit ihr allein zu lassen. ‚Verzeihen Sie mir', sagte sie, ‚ich habe Ihnen gegenüber vielleicht nicht richtig gehandelt . . . die Krankheit . . . aber glauben Sie mir, ich habe niemanden mehr geliebt als Sie . . . vergessen Sie mich nicht . . . heben Sie meinen Ring auf . . .'«

Der Arzt wandte sich ab; ich ergriff seine Hand.

»Ach«, sagte er, »wir wollen über etwas anderes sprechen, oder wollen Sie nicht ein Spielchen Preference zu einem ganz niedrigen Satz machen? Unsereins, wissen Sie, sollte sich nicht solch erhabenen Gefühlen hingeben. Unsereins sollte sich einzig und allein darum kümmern, daß die Kinder nicht plärren und die Frau nicht keift. Ich bin ja seit jener Zeit eine gesetzliche, wie man es nennt, Ehe eingegangen ... Gewiß doch ... Eine Kaufmannstochter habe ich geheiratet: siebentausend Rubel Mitgift. Sie heißt Akulina; das paßt gut zu Trifon. Ein böses Weib, muß ich Ihnen sagen, doch glücklicherweise schläft sie den ganzen Tag ... Nun, wie steht es mit der Preference?«

Wir setzten uns zu einem Preferencespiel zu einer Kopeke. Trifon Iwanytsch gewann zwei Rubel fünfzig Kopeken und verließ mich spät in der Nacht, sehr zufrieden mit seinem Sieg.

Mein Nachbar Radilow

Im Herbst halten sich die Waldschnepfen häufig in alten Lindenhainen auf. Solche Haine gibt es bei uns im Gouvernement Orjol ziemlich viele. Unsere Vorfahren trennten bei der Wahl ihres Wohnsitzes unbedingt zwei Desjatinen guten Bodens für einen Obstgarten mit Lindenalleen ab. Nach fünfzig, höchstens siebzig Jahren verschwanden diese Anwesen – die »Adelsnester« – allmählich wieder vom Antlitz der Erde; die Häuser verfaulten oder wurden auf Abbruch verkauft, die steinernen Wirtschaftsgebäude verwandelten sich in Trümmerhaufen, die Apfelbäume starben ab oder fanden als Brennholz Verwendung, die Zäune und Gehege fielen der Vernichtung anheim. Nur die Linden wuchsen prächtig wie ehedem weiter und verkünden unserem windigen Geschlecht von den »weiland entschlafenen Vätern und Brüdern«. Ein prächtiger Baum – so eine alte Linde ... Sie bleibt sogar von der erbarmungslosen Axt des russischen Bauern verschont. Ihr Blatt ist klein, die mächtigen Äste haben sich breit nach allen Seiten gestreckt, ewiger Schatten herrscht unter ihnen.

Als ich einmal mit Jermolaj auf der Suche nach Rebhühnern über die Felder streifte, erblickte ich seitwärts einen verwahrlosten Park und begab mich dorthin. Wir waren kaum am Rande des Parks angelangt, als eine Waldschnepfe geräuschvoll aus dem Busch aufflog; ich schoß – und im selben Augenblick schrie jemand einige Schritte von mir entfernt laut auf: das erschrockene Gesicht eines jungen Mädchens schaute hinter den Bäumen hervor und versteckte sich gleich wieder. Jermolaj kam herbeigelaufen: »Was schießen Sie hier? Hier wohnt ein Gutsbesitzer.«

Ich hatte ihm noch nicht geantwortet, mein Hund hatte noch nicht mit edler Würde den erlegten Vogel ganz herbeigebracht, als sich eilige Schritte vernehmen ließen und ein hochgewachsener Mann mit einem Schnurrbart aus dem Dickicht auf mich zutrat und mit unwilliger Miene vor mir stehenblieb. Ich entschuldigte mich, so gut ich konnte, stellte mich vor und bot ihm den Vogel an, den ich auf seinem Besitztum geschossen hatte.

»Gut«, sagte er lächelnd zu mir, »ich nehme Ihr Wild an, aber nur unter der Bedingung, daß Sie bei uns zu Mittag essen.«

Ich war, offen gesagt, nicht sehr erfreut über seine Aufforderung, aber es war unmöglich, sie abzulehnen.

»Ich bin der Besitzer dieses Gutes und Ihr Nachbar, Radilow; vielleicht haben Sie von mir gehört«, fuhr mein neuer Bekannter fort. »Heute ist Sonntag, da wird es wohl bei mir ein anständiges Mittagessen geben, sonst hätte ich Sie nicht eingeladen.«

Ich antwortete, was man in solchen Fällen antwortet, und folgte ihm. Ein kürzlich ausgeharkter Weg führte uns bald aus dem Lindendickicht hinaus; wir kamen in den Gemüsegarten. Zwischen alten Apfelbäumen und verwilderten Stachelbeersträuchern glänzten runde, hellgrüne Kohlköpfe; Hopfen kletterte in Spiralen an hohen Stangen empor; auf den Beeten drängten sich braune, mit vertrockneten Erbsen durchflochtene Gerten; große flache Kürbisse wälzten sich förmlich auf der Erde; Gurken leuchteten gelb und grün unter eckigen, verstaubten Blättern hervor; längs dem Flechtzaun wiegten sich hohe Brennesselstauden; an zwei, drei Stellen wuchsen gruppenweise Jelängerjelieber, Flieder und Heckenrosen – Überreste ehemaliger »Blumenbeete«. Neben einem kleinen, mit rötlichem, schleimigem Wasser gefüllten Frühbeet sah man einen von Wasserlachen umgebenen Brunnen. In den Pfützen plätscherten und watschelten geschäftig Enten; ein Hund nagte, am ganzen Leibe zitternd und mit den Augen blinzelnd, auf einer Lichtung einen Knochen ab; eine scheckige Kuh weidete träge im Gras und warf hin und wieder den Schwanz auf ihren mageren Rücken. Der Fußweg bog zur Seite ab; hinter dicken Bruchweiden und Birken hervor blickte uns ein altes graues Häuschen mit einem Bretterdach und einer schiefen Vortreppe an. Radilow blieb stehen.

»Übrigens«, sagte er und blickte mich dabei treuherzig und offen an, »ich habe es mir jetzt überlegt: vielleicht wollen Sie gar nicht bei mir einkehren, in diesem Fall . . .«

Ich ließ ihn nicht ausreden und versicherte ihm, daß es mir im Gegenteil sehr angenehm wäre, bei ihm zu Mittag zu essen.

»Nun, wie Sie wollen.«

Wir gingen ins Haus. Ein junger Mann in einem langen Rock aus dickem blauem Tuch kam uns an der Haustür entgegen. Radilow befahl ihm sogleich, Jermolaj einen Schnaps zu bringen; mein Jäger machte dem Rücken des großmütigen Spenders eine ehrerbietige Verbeugung. Aus dem Vorzimmer, das mit vielen bunten Bildern beklebt und mit Käfigen behängt war, traten wir in einen kleinen Raum, das Kabinett Radilows. Ich legte meine Jagdausrüstung ab und stellte das Gewehr in die Ecke; der junge Mann im langen Rock bürstete mich geschäftig ab.

»Nun, gehen wir jetzt in den Salon«, sagte Radilow freundlich, »ich werde Sie mit meiner Mutter bekannt machen.«

Ich ging ihm nach. Im Salon saß auf dem mittleren Sofa ein altes Frauchen, nicht sehr groß gewachsen, in braunem Kleid und weißer Haube, mit einem gutmütigen und mageren Gesicht und einem schüchternen, traurigen Blick.

»Hier, Mütterchen, stelle ich dir unseren Nachbarn *** vor.«

Die Greisin erhob sich etwas und verbeugte sich, ohne dabei ihren schweren sackigen Ridikül aus Wollgarn aus den mageren Händen zu lassen.

»Sind Sie schon lange in unserer Gegend?« fragte sie mit schwacher, sanfter Stimme und blinzelte dabei mit den Augen.

»Nein, erst seit kurzem.«

»Und beabsichtigen Sie, längere Zeit hierzubleiben?«

»Wahrscheinlich bis zum Winter.«

Die alte Frau verstummte.

»Und das hier«, fiel Radilow ein und zeigte auf einen langen hageren Menschen, den ich beim Eintritt in den Salon nicht bemerkt hatte, »das ist Fjodor Michejitsch ... Nun, Fedja, zeig dem Gast deine Kunst. Was hast du dich in die Ecke verkrochen?«

Fjodor Michejitsch stand sofort von seinem Stuhl auf, nahm eine elende Geige vom Fensterbrett, faßte den Bogen – nicht am Ende, wie es sich gehört, sondern in der Mitte, stemmte die Geige gegen die Brust, schloß die Augen und begann zu tanzen, wobei er noch ein Liedchen sang und über die Saiten strich. Dem Aussehen nach war er an die siebzig Jahre alt; ein langer Nankingrock schlotterte ihm kläglich um die dürren und knochigen Gelenke. Er tanzte; bald schüttelte er verwegen, bald wiegte er gleichsam ersterbend sein kleines, kahles Köpfchen, reckte seinen sehnigen Hals, stampfte mit den Beinen auf einer Stelle und beugte zuweilen mit sichtbarer Mühe die Knie. Aus seinem zahnlosen Mund kam eine zitternde Greisenstimme. Radilow erriet wohl aus meinem Gesichtsausdruck, daß mir Fedjas »Kunst« kein sonderliches Vergnügen bereitete.

»Nun, es ist gut, Alter, hör auf«, sagte er, »geh dir deine Belohnung holen.«

Fjodor Michejitsch legte die Geige sofort auf das Fensterbrett, verbeugte sich zuerst vor mir als dem Gast, dann vor der alten Dame, dann vor Radilow und ging hinaus.

»Das war auch einmal ein Gutsbesitzer«, fuhr mein neuer Freund fort, »sogar ein reicher, hat aber alles durchgebracht – und so lebt er nun bei mir ... Seinerzeit galt er als der erste Teufelskerl im ganzen Gouvernement; zwei Frauen hat er ihren Männern entführt, Sänger hat er sich gehalten, er selbst hat meisterlich gesungen und getanzt ... Aber wollen Sie nicht einen Wodka? Das Essen steht schon auf dem Tisch.«

Ein junges Mädchen, dasselbe, das ich flüchtig im Garten gesehen hatte, trat ins Zimmer.

»Da ist auch Olga!« bemerkte Radilow, indem er den Kopf leicht zur Seite wandte. »Ich bitte, sie zu lieben und zu achten ... Nun wollen wir zu Mittag essen.«

Wir begaben uns ins Speisezimmer und setzten uns. Während wir aus dem Salon hinübergingen und Platz nahmen, sang Fjodor Michejitsch, dem von der »Belohnung« die Augen glänzten und die Nase funkelte: »Erklinge, Siegesdonnerhall!« Man hatte ihm gesondert in einer Ecke auf einem kleinen Tischchen ein Gedeck ohne Serviette aufgelegt. Der arme Alte konnte sich nicht sonderlicher Reinlichkeit rühmen und wurde deshalb ständig in einiger Entfernung von der übrigen Gesellschaft gehalten. Er bekreuzigte sich, seufzte und begann wie ein Haifisch zu essen. Das Mittagessen war tatsächlich nicht schlecht, und da es ein Sonntagsessen war, ging es nicht ohne zitterndes Gelee und spanischen Wind (eine Süßspeise) ab. Während des Essens geriet Radilow, der zehn Jahr lang in einem Infanterieregiment gedient und einen Feldzug in der Türkei mitgemacht hatte, ins Erzählen; ich hörte ihm aufmerksam zu und beobachtete dabei im stillen Olga. Sie war nicht besonders schön, aber der entschlossene und ruhige Ausdruck ihres Gesichts, die hohe weiße Stirn, ihr reiches Haar und vor allem ihre braunen Augen, klein, aber klug, klar und lebendig, wären auch jedem anderen an meiner Stelle aufgefallen. Sie schien jedem Wort Radilows zu lauschen; nicht Anteilnahme, sondern leidenschaftliche Aufmerksamkeit spiegelte sich auf ihrem Gesicht. Dem Alter nach hätte Radilow ihr Vater sein können; er redete sie mit du an, aber ich erriet sofort, daß sie nicht seine Tochter war. Im Laufe der Unterhaltung erwähnte er seine verstorbene Frau – »ihre Schwester«, fügte er mit einem Blick auf Olga hinzu. Sie errötete jäh und senkte die Augen. Radilow schwieg eine Weile und sprach dann von etwas anderem. Seine Mutter sagte während der ganzen Mahlzeit kein Wort, aß selbst sehr wenig und nötigte auch mich nicht zum Essen. Ihre Züge drückten eine ängstliche und hoffnungslose Erwartung aus – jene greisenhafte Schwermut, bei deren Anblick sich das Herz des Zuschauers so schmerzlich zusammenzieht. Gegen Ende des Mittagessens begann Fjodor Michejitsch den Hausherrn und den Gast zu »preisen«, aber Radilow sah mich an und bat ihn, damit aufzuhören; der Alte fuhr sich mit der Hand über die Lippen, blinzelte, machte eine Verbeugung und setzte sich wieder, aber nur auf den äußersten Rand des Stuhles. Nach dem Mittagessen gingen wir mit Radilow in sein Kabinett.

Alle Menschen, welche ein Gedanke oder eine Leidenschaft stark und ständig beschäftigt, haben etwas Gemeinsames, eine äußerliche Ähnlichkeit in den Ungangsformen, wie verschieden im übrigen ihre Eigenschaften, Fähigkeiten, ihre gesellschaftliche Stellung und Bildung auch sein mögen. Je mehr ich Radilow beobachtete, desto mehr schien er mir zu der Zahl dieser Leute zu gehören. Er sprach über die Wirtschaft, die Ernte, die Heumahd, den Krieg, die bevorstehenden Wahlen und den Klatsch im Landkreis, und er sprach zwanglos, sogar mit Anteilnahme, ließ sich aber plötzlich in den Sessel zurückfallen wie ein von mühsamer Arbeit erschöpfter Mensch und fuhr sich über das Gesicht. Seine ganze gute und warmherzige Seele war anscheinend getränkt und übersättigt von einem einzigen Gefühl. Mich überraschte schon der Umstand, daß ich in ihm keinerlei Leidenschaft entdecken konnte für gutes Essen, für Schnäpse aller Art, für die Jagd, für Kursker Nachtigallen, für Tauben, die an der fallenden Sucht leiden, für die russische Literatur, für Paßgänger, für Ungarinnen, für das Karten- und das Billardspiel, für Tanzabende, für Fahrten in die Gouvernements- und Hauptstädte, für Papiermühlen und Zuckerfabriken, für angestrichene Gartenlauben, fürs Teetrinken, für wildgemachte Troikapferde und nicht einmal für dicke, direkt unter den Achseln gegürtete Kutscher, jene prächtigen Kutscher, bei denen weiß Gott warum bei jeder Drehung des Halses die Augen schielen und aus ihren Höhlen treten ... Was ist denn das für ein Gutsbesitzer, dachte ich. Dabei gab er sich gar nicht den Anschein eines mißmutigen, mit seinem Los unzufriedenen Menschen. Im Gegenteil, er strahlte geradezu kritikloses Wohlwollen, herzliches Entgegenkommen und eine fast beleidigende Bereitwilligkeit aus, jede zufällige Bekanntschaft liebevoll zu pflegen. Allerdings spürte man zu gleicher Zeit, daß er nicht imstande war, sich mit jemandem anzufreunden, einem wirklich nahzukommen, und zwar nicht deshalb, weil er keine anderen Menschen brauchte, sondern weil sich sein ganzes Leben zeitweilig verinnerlicht hatte. Während ich Radilow so betrachtete, konnte ich mir nicht vorstellen, daß er jetzt oder jemals glücklich war. Schön war er auch nicht; aber in seinem Blick, in seinem Lächeln, in seinem ganzen Wesen verbarg sich etwas ungemein Anziehendes – aber es verbarg sich eben. Man bekam geradezu Lust, ihn näher kennenzulernen, ihn liebzugewinnen. Natürlich kam zuweilen in ihm der Gutsbesitzer und der Steppenmensch zum Durchbruch; aber dennoch war er ein prächtiger Mann.

Wir sprachen gerade über den neuen Adelsmarschall des Kreises, als an der Tür Olgas Stimme erklang: »Der Tee ist fertig.« Wir gingen in den Salon hinüber. Fjodor Michejitsch saß wie vorher in seiner Ecke zwischen dem Fenster und der Tür und hielt die Füße bescheiden unter dem Stuhl. Radilows Mutter strickte an einem Strumpf. Durch die geöffneten Fenster strömten aus dem Garten herbstliche Frische und der Duft von Äpfeln herein. Olga füllte geschäftig die Tassen. Ich betrachtete sie jetzt noch aufmerksamer als beim Mittagessen. Wie alle jungen Mädchen in der Provinz sprach sie wenig, doch bemerkte ich an ihr wenigstens nicht den Wunsch, trotz des quälenden Gefühls innerer Leere und geistigen Unvermögens etwas besonders Schönes zu sagen; sie seufzte nicht, gleichsam aus einem Übermaß unerklärlicher Gefühle, verdrehte nicht die Augen und lächelte nicht träumerisch und unbestimmt vor sich hin. Sie blickte ruhig und gleichmütig drein, wie ein Mensch, der von einem großen Glück oder von einer starken Erregung ausruht. Ihr Gang, ihre Bewegungen waren bestimmt und frei. Sie gefiel mir sehr.

Ich kam mit Radilow wieder ins Gespräch. Ich weiß nicht mehr, wie wir auf die bekannte Bemerkung kamen, daß oft die nebensächlichsten Dinge die Menschen stärker beeindrucken als die allerwichtigsten Begebenheiten.

»Ja«, sagte Radilow, »das habe ich selbst erlebt. Ich war, wie Sie wissen, verheiratet. Nicht lange ... drei Jahre; meine Frau starb im Kindbett. Ich dachte, ich würde sie nicht überleben; ich war furchtbar traurig, wie erschlagen, konnte aber nicht weinen – ich ging umher wie ein Irrer. Man richtete die Leiche her, wie es sich gehört, und bahrte sie hier in diesem Zimmer auf dem Tisch auf. Es erschien der Geistliche; es kamen die Sänger, fingen an zu singen, zu beten und Weihrauchfässer zu schwingen; ich verbeugte mich bis zur Erde, vergoß aber keine Träne. Mein Herz und mein Verstand waren förmlich gelähmt – und mein Körper war schwer geworden. So verging der erste Tag. Werden Sie es glauben? In der Nacht bin ich sogar eingeschlafen. Am nächsten Morgen ging ich wieder zu meiner Frau – es war Sommer, die Sonne beschien sie vom Kopf bis zu den Füßen, und so hell ... Mit einemmal sah ich ...« Hier seufzte Radilow unwillkürlich. »Was denken Sie wohl? Das eine Auge war nicht ganz geschlossen, und über dieses Auge lief eine Fliege ... Ich fiel hin wie eine Garbe und schluchzte, als ich wieder zu mir kam, schluchzte – ich konnte mich nicht losreißen.«

Radilow verstummte. Ich blickte ihn an, dann Olga ... Mein Lebtag werde ich nicht den Ausdruck ihres Gesichts vergessen. Die alte Frau legte den Strumpf auf die Knie, holte aus dem Ridikül ein Taschentuch hervor und wischte verstohlen eine Träne fort. Fjodor Michejitsch sprang plötzlich auf, packte seine Geige und stimmte mit heiserer und wilder Stimme ein Liedchen an. Er wollte uns wahrscheinlich aufmuntern, aber wir zuckten bei seinem ersten Ton alle zusammen, und Radilow bat ihn, sich zu beruhigen.

»Übrigens«, fuhr er fort, »was gewesen ist, ist gewesen. Vergangenes läßt sich nicht wiederbringen, und letzten Endes gereicht uns alles in dieser Welt zum Guten, wie, glaube ich, Voltaire gesagt hat«, fügte er rasch hinzu.

»Ganz gewiß«, entgegnete ich. »Man kann im Grunde jedes Unglück ertragen, und es gibt keine noch so schwierige Lage, aus der sich nicht ein Ausweg finden ließe.«

»Meinen Sie?« bemerkte Radilow. »Nun, möglicherweise haben Sie recht. Ich erinnere mich, daß ich in der Türkei halbtot im Lazarett lag; ich hatte ein böses Fieber. Nun, mit unserer Unterbringung ließ sich kein Staat machen – es war eben Krieg – man mußte zufrieden sein, daß es noch so war. Mit einemmal bringt man uns noch mehr Kranke, wohin mit ihnen? Der Arzt läuft hierhin und dorthin – nirgends ein freies Plätzchen. Er tritt auch an mein Bett und fragt den Feldscher: ‚Lebt er?‘ Der antwortet: ‚Am Morgen lebte er noch.‘ Der Arzt beugt sich über mich und hört, daß ich atme. Der gute Mann konnte sich nicht mehr beherrschen: ‚Ach, was für eine zähe Natur', sagt er, ‚der Mann muß doch sterben, unbedingt sterben, aber er röchelt, zieht es hinaus und nimmt unnützerweise anderen den Platz weg.' Nun, dachte ich, es steht schlecht mit dir, Michajlo Michajlytsch... Und doch bin ich gesund geworden und lebe bis auf den heutigen Tag, wie Sie zu sehen belieben. Folglich haben Sie recht.«

»Ich habe in jedem Fall recht«, antwortete ich, »selbst wenn Sie gestorben wären, wären Sie aus Ihrer scheußlichen Lage herausgekommen.«

»Gewiß, gewiß«, setzte er hinzu und schlug mit der Hand kräftig auf den Tisch... »Man muß bloß einen Entschluß fassen. Was hat es für einen Sinn, in einer schwierigen Lage zu verharren? Wozu noch zaudern, es hinausschieben...?«

Olga stand rasch auf und ging in den Garten.

»Nun, Fedja, ein Tanzlied!« rief Radilow.

Fedja sprang auf, schritt mit jenem stutzerhaften, eigenartigen Schritt, mit dem die sprichwörtliche Ziege vor dem zahmen Bären paradiert, durch das Zimmer und stimmte an: »Einstmals, als an unserm Tor...«

An der Vorfahrt erscholl das Rattern eines leichten Wagens, und gleich darauf betrat ein hochgewachsener, breitschultriger und kräftiger Greis das Zimmer, der Einzelhofbesitzer Owsjanikow... Dieser Owsjanikow ist jedoch eine so originelle und beachtenswerte Persönlichkeit, daß wir uns, mit Erlaubnis des Lesers, mit ihm in einem anderen Abschnitt beschäftigen wollen. Jetzt will ich nur noch von mir aus hinzufügen, daß ich mich am nächsten Morgen bei Tagesgrauen mit Jermolaj auf die Jagd und von der Jagd nach Hause begab, daß ich nach einer Woche wieder bei Radilow vorsprach, jedoch weder ihn noch Olga antraf, und daß ich nach weiteren zwei Wochen erfuhr, daß er plötzlich verschwunden sei, seine Mutter verlassen habe und mit seiner Schwägerin irgendwohin gefahren sei. Das ganze Gouvernement geriet in Aufregung und begann über dieses Ereignis zu reden – und ich verstand erst damals den Ausdruck in Olgas Gesicht während der Erzählung Radilows. Es spiegelte nicht nur Anteilnahme wider: es loderte zugleich vor Eifersucht.

Bevor ich mein Gut verließ, besuchte ich Radilows Mutter. Ich traf sie im Salon an; sie spielte mit Fjodor Michejitsch Schwarzer Peter.

»Haben Sie Nachricht von Ihrem Sohn?« fragte ich sie schließlich.

Die alte Frau begann zu weinen. Ich fragte nicht mehr weiter.

Der Hofbesitzer Owsjanikow

Stellt euch, meine lieben Leser, einen beleibten, hochgewachsenen Siebziger vor mit einem Gesicht, das in etwa an den Dichter Krylow erinnert, mit hellen und klugen Augen unter den überhängenden Brauen, von würdevoller Haltung, gemessener Rede und behäbigem Gang, dann habt ihr Owsjanikow. Er trug einen weiten, bis oben zugeknöpften Rock mit langen Ärmeln, ein seidenes lilafarbenes Halstuch, blankgeputzte Stiefel mit Quasten, und er machte überhaupt den Eindruck eines wohlhabenden Kaufmannes. Er hatte wunderschöne weiche weiße Hände; im Lauf der Unterhaltung faßte er oft nach den Knöpfen seines Rockes. Owsjanikow erinnerte mich mit seiner Würde und Ruhe, seiner Bedächtigkeit und Trägheit, seiner Offenherzigkeit und seinem Eigensinn an die Bojaren aus der Zeit vor Peter dem Großen ... Ein weites russisches Gewand hätte ihm gut gestanden. Er war einer der letzten Menschen einer vergangenen Zeit. Alle seine Nachbarn verehrten ihn außerordentlich und rechneten es sich zur Ehre an, mit ihm bekannt zu sein. Seine Standesgenossen, die anderen Einzelhofbesitzer, beteten ihn geradezu an, zogen schon von weitem die Mützen vor ihm und waren stolz auf ihn. Ganz allgemein gesagt, ist es bis auf den heutigen Tag bei uns schwer, einen Einzelhofbesitzer von einem Bauern zu unterscheiden: seine Wirtschaft ist fast noch elender als die eines Bauern, die Kälber kommen nicht aus dem Buchweizen heraus, die Pferde halten sich kaum auf den Beinen, das Geschirr besteht aus Stricken. Owsjanikow bildete eine Ausnahme von der allgemeinen Regel, wenn er auch nicht als reich galt. Er lebte allein mit seiner Frau in einem gemütlichen, sauberen Häuschen, hielt wenig Dienstboten, kleidete seine Leute nach russischer Art und nannte sie seine Arbeiter. Sie bestellten auch sein Land. Er markierte auch nicht den adligen Herrn, spielte sich nicht als Gutsbesitzer auf, »vergaß« sich nicht, wie man sagt, setzte sich niemals bei der ersten Aufforderung und erhob sich unweigerlich beim Eintritt eines neuen Gastes, tat es aber mit so viel Würde, mit so erhabener Liebenswürdigkeit, daß sich der Gast unwillkürlich vor ihm tiefer verneigte. Owsjanikow hielt an den alten Bräuchen nicht aus Aberglauben fest (er hatte ziemlich freie Anschauungen), sondern aus Gewohnheit. So liebte er zum Beispiel keine gefederten Wagen, weil er sie unbequem fand, und fuhr entweder in einer Kalesche oder in einem kleinen hübschen Wagen mit einem Lederkissen und kutschierte selbst seinen braven braunen Traber. Er hielt nur braune Pferde. Der Kutscher, ein junger rotbäckiger Bursche, mit rundgeschnittenem Haar, in einem bläulichen, mit einem Lederriemen gegürteten Bauernrock und einer niedrigen Lammfellmütze, saß ehrerbietig neben ihm. Owsjanikow hielt immer ein Mittagsschläfchen, ging samstags in die Badestube, las nur geistliche Bücher (wobei er sich mit gewichtiger Miene eine runde silberne Brille auf die Nase setzte), stand zeitig auf und ging früh schlafen. Den Bart rasierte er, und das Haar trug er auf deutsche Art. Gäste begrüßte er freundlich und äußerst herzlich, verneigte sich aber nicht tief vor ihnen, zeigte keinerlei unnötige Geschäftigkeit und bewirtete sie nicht mit allem möglichen Gedörrten und Gesalzenen. »Frau«, sagte er gemessen und ohne sich zu erheben, »bring den Gästen etwas zum Naschen.« Er hielt es für sündhaft, Brotgetreide – eine Gottesgabe – zu verkaufen, und verteilte 1840 während der großen Hungersnot und furchtbaren Teuerung seinen ganzen Vorrat an Korn unter die anliegenden Bauern und Gutsbesitzer, die ihm im nächsten Jahr voller Dankbarkeit ihre Schuld in natura zurückerstatteten. Zu Owsjanikow kamen oft Nachbarn mit der Bitte, einen Streit zu schlichten, sie zu versöhnen, und sie fügten sich fast immer seinem Schiedsspruch oder befolgten seinen Rat. Dank ihm teilten viele endgültig das Gemeindeland auf und gingen zur Einzelwirtschaft über ... Aber nach einigen Zusammenstößen mit Gutsbesitzerinnen erklärte er, daß er hinfort jegliche Vermittlung zwischen Personen weiblichen Geschlechts ablehnen werde. Nicht ausstehen konnte er Eilfertigkeit, aufgeregte Geschäftigkeit, Weibergetratsch und Hast. Einmal brach in seinem Hause Feuer aus. Ein Arbeiter stürzte mit dem Geschrei: »Feuer! Feuer!« ins Zimmer. »Nun, weshalb schreist du denn?« sagte Owsjanikow ruhig. »Gib mir die Mütze und meinen Stock.« Er liebte es, die Pferde selbst einzufahren. Einmal raste ein feuriger Bitjuk* mit ihm einen Berg hinunter auf einen Abhang zu. »Ruhig, ruhig, junger Feuerkopf – du wirst dich erschlagen«, bemerkte Owsjanikow gutmütig und flog im nächsten Augenblick samt der Kalesche, einem hinter ihm sitzenden Jungen und dem Pferd in den Abgrund. Zum Glück lag auf dem Boden der Schlucht haufenweise Sand; niemand verletzte sich, nur der Bitjuk hatte sich ein Bein verrenkt. »Nun, da siehst du es«, fuhr Owsjanikow mit ruhiger Stimme fort, während er aufstand, »ich habe es dir ja gesagt.« Er hatte auch eine Frau gefunden, die zu ihm paßte. Tatjana Iljinitschna Owsjanikowa

* Eine Pferderasse (Anmerkung des Übersetzers).

war eine hochgewachsene, würdevolle und schweigsame Frau, die immer ein braunes Kopftuch trug. Sie strömte Kälte aus, obgleich niemand über ihre Strenge klagte, sondern im Gegenteil viele Arme sie »Mütterchen« und ihre Wohltäterin nannten. Die regelmäßigen Züge ihres Gesichts, die großen dunklen Augen und die dünnen Lippen legten noch jetzt Zeugnis ab von ihrer ehemals beachtlichen Schönheit. Kinder hatten die Owsjanikows nicht.

Ich lernte Owsjanikow bei Radilow kennen, was meinen Lesern bereits bekannt ist, und fuhr zwei Tage später zu ihm. Ich traf ihn zu Hause an. Er saß in einem großen Ledersessel und las ein geistliches Buch. Eine graue Katze schnurrte auf seiner Schulter. Er empfing mich nach seiner Gewohnheit freundlich und würdevoll. Wir begannen uns zu unterhalten.

»Nun sagen Sie einmal die Wahrheit, Luka Petrowitsch«, sagte ich unter anderem, »es war doch früher, zu Ihrer Zeit, besser als heutzutage?«

»Einiges war in der Tat besser«, entgegnete er, »wir lebten ruhiger, und die Menschen waren zufriedener, das stimmt schon ... Aber trotzdem ist es jetzt besser, und Ihre Kinder werden es mit Gottes Hilfe noch besser haben.«

»Und ich hatte erwartet, Luka Petrowitsch, daß Sie die alten Zeiten loben würden.«

»Nein. Ich habe keine besondere Veranlassung, die alten Zeiten zu loben. Sie zum Beispiel sind jetzt Gutsbesitzer, ebenso wie es Ihr seliger Großvater war, aber Sie haben nicht mehr die Macht, die er besaß; und auch Sie selbst sind ein anderer Mensch. Wir werden allerdings auch jetzt von anderen Herren unterjocht – ohne das geht es anscheinend nicht. Doch allmählich wird wohl alles ins Gleis kommen. Nein, jetzt werde ich nicht mehr das erleben, was ich in meiner Jugend gesehen habe.«

»Was denn zum Beispiel?«

»Nun, um zum Beispiel wieder auf Ihren Großvater zurückzukommen. Er war ein gewalttätiger Mensch! Er kränkte unsereinen. Sie kennen vielleicht – aber wie sollten Sie auf Ihrem Lande nicht Bescheid wissen – den Keil, der sich von Tscheplygin zu Malinin zieht? Er ist jetzt bei Ihnen mit Hafer bestellt ... Er gehört aber uns, jeder Fußbreit davon gehört uns. Ihr Großvater hat ihn uns weggenommen; er kam einfach herausgeritten, wies mit der Hand darauf und sagte: ‚Mein Besitztum', und er ergriff auch tatsächlich Besitz davon. Mein seliger Vater – Gott schenke ihm die ewige Ruhe! – war ein rechtschaffener, aber hitziger Mann, er ließ es sich nicht gefallen – wer möchte auch seinen Besitz mir nichts, dir nichts verlieren? – und reichte Klage beim Gericht ein. Er reichte sie allein ein, die anderen machten nicht mit, weil sie Angst hatten. Ihrem Großvater wurde es bald hinterbracht: ‚Pjotr Owsjanikow hat Sie verklagt, Sie hätten geruht, ihm einen Acker wegzunehmen.‘ Ihr Großvater sandte sofort seinen Jäger Bausch mit einem Kommando zu uns. Sie ergriffen meinen Vater und brachten ihn auf Ihr Gut. Ich war damals ein kleiner Junge und lief barfuß hinter ihnen her. Nun, sie führten ihn vor Ihr Haus und peitschten ihn unter den Fenstern aus. Ihr Großvater stand auf dem Balkon und sah zu; Ihre Großmutter saß am Fenster und schaute es sich auch an. Mein Vater schrie: ‚Mütterchen, Marja Wasiljewna, treten Sie wenigstens für mich ein, verschonen Sie mich!‘ Aber sie stand nur von ihrem Sitz auf und schaute zu. Darauf ließen sie meinen Vater schwören, daß er auf das Land Verzicht leisten werde, und befahlen ihm, sich noch dafür zu bedanken, daß man ihn am Leben gelassen habe. So blieb auch das Land in Ihrem Besitz. Fragen Sie einmal die Bauern, wie jener Acker genannt wird. Der Knüppelacker heißt er, weil er mit dem Knüppel weggenommen wurde. Aus diesem Grund können wir kleinen Leute den alten Zeiten nicht nachtrauern.«

Ich wußte nicht, was ich Owsjanikow antworten sollte, und wagte es nicht, ihm in die Augen zu schauen.

»Dann fand sich noch ein anderer Nachbar um jene Zeit hier ein – Komow, Stepan Niktopolionytsch. Er hat meinen Vater fast zu Tode gequält: Wenn nicht so, dann auf andere Weise. Er war ein Trunkenbold und liebte es, freien Tisch zu halten; wenn er getrunken hatte und auf französisch ‚c'est bon‘ sagte und sich die Lippen schleckte, dann war es, um alle Heiligenbilder aus der Stube zu tragen! An alle Nachbarn schickte er Einladungen. Die Troikas standen bei ihm fast regelmäßig fahrbereit; und fährst du nicht hin, kommt er sofort selber angestürmt ... Und was für ein merkwürdiger Mensch er war! In nüchternem Zustand log er nicht, aber wie er getrunken hat, beginnt er zu erzählen, daß er in Petersburg drei Häuser auf der Fontanka besitze: ein rotes mit einem Schornstein, ein gelbes mit zwei Schornsteinen und ein blaues ohne Schornstein, ferner drei Söhne (obgleich er gar nicht verheiratet war): einen bei der Infanterie, einen bei der Kavallerie und einen bei sich daheim ... Und er sagt, daß in jedem seiner Häuser einer seiner Söhne wohne, daß zum ältesten Admirale, zum mittleren Generale und zum jüngsten lauter Engländer zu Besuch kämen! Da, er steht auf, und er sagt: ‚Auf das Wohl meines ältesten Sohnes, des ehrenwertesten von allen!‘ und bricht in Tränen aus. Und wehe dem, der nicht mitmachen will. ‚Ich lasse dich erschießen!‘ sagt er, ‚aber nicht begraben ...‘ Und manchmal springt er auf und schreit: ‚Tanzt, ihr guten Leute, zu eurem Vergnügen und zu meinem Ruhm!‘ Nun, tanze also, auch wenn du umfällst, aber tanze. Seine leibeigenen Mädchen richtete er völlig zugrunde. Sie mußten bisweilen die ganze Nacht bis zum Morgen tanzen und singen, und welche am höchsten sang, erhielt eine Belohnung. Wurden sie aber müde, legte er den Kopf in die Hände und begann richtig zu jammern: ‚Ach, ich armes, verlassenes Waisenkind! Alle verlassen mich, ein schutzloses Täubchen!‘ Darauf – ermunterten die Stallburschen die Mädchen gehörig. Auf meinen Vater hatte er es ganz besonders abgesehen: was konnte man tun? Er hat meinen Vater beinahe ins Grab gebracht und hätte ihn wirklich ins Grab gebracht, wäre er nicht selber, gottlob, vorher gestorben: er fiel in betrunkenem Zustand vom Taubenschlag herunter ... Da sehen Sie also, was für allerliebste Nachbarn wir hatten!«

»Wie sich die Zeiten doch geändert haben«, bemerkte ich.

»Ja, ja«, bestätigte Owsjanikow. »Doch nun, um auch das noch zu erwähnen: früher lebten die Edelleute großartiger, von den Magnaten gar nicht zu reden: ich habe sie mir in Moskau angesehen. Es heißt, daß sie auch dort jetzt verschwunden sind.«

»Sie waren in Moskau?«

»Ja, vor langer, sehr langer Zeit. Ich bin jetzt dreiundsiebzig Jahre alt, und nach Moskau bin ich gefahren, als ich sechzehn war.«

Owsjanikow seufzte.

»Wen haben Sie denn dort gesehen?«

»Ich habe viele Magnaten gesehen – jedermann konnte sie sehen; sie lebten offen, prächtig und staunenerregend. Aber keiner vermochte es dem verstorbenen Grafen Alexej Grigorjewitsch Orlow-Tschesmenskij gleichzutun. Ich habe Alexej Grigorjewitsch oft gesehen; mein Onkel diente bei ihm als Hausmeister. Der Graf geruhte in Schabalowka beim Kalugaer Tor zu wohnen. Das war ein Magnat! Solch eine Haltung, solch ein liebenswürdiger Gruß ist nicht vorstellbar und unmöglich zu beschreiben. Schon sein Wuchs, seine Kraft, sein Blick waren imponierend. Solange du ihn nicht kennst, nicht zu ihm ins Zimmer trittst, hast du richtig Angst vor ihm und bist ganz zaghaft; sobald du aber hereinkommst, ist es, als ob dich die Sonne wärmte, und es wird dir ganz froh zumut. Er ließ jeden Menschen vor und machte alles mit. Bei den Trabrennen kutschierte er selbst und fuhr mit jedem um die Wette; und niemals überholte er einen sofort, um ihn nicht zu kränken, ihn nicht zu brüskieren, sondern fuhr erst ganz zum Schluß an ihm vorbei; und dabei war er so freundlich – er tröstete den Gegner und lobte sein Pferd. Er hielt sich Tümmlertauben erster Güte. Manchmal ging er auf den Hof hinaus, nahm in einem Sessel Platz und befahl die Tauben fliegen zu lassen; ringsum standen Leute mit Gewehren auf den Dächern, um die Habichte fernzuhalten. Zu Füßen des Grafen stand ein silbernes, mit Wasser gefülltes Becken, in dem er die Tauben beobachtete. Hunderte von Bettlern und Bedürftigen lebten von seinem Brot ... und wieviel Geld er unter sie verteilte! Wenn er aber böse wurde, war es, als ob der Donner grollte. Alles zitterte, doch niemand brauchte zu weinen – im nächsten Augenblick lächelte er wieder. Wenn er ein Fest gab, bewirtete er ganz Moskau ... Und dabei war er ein kluger Mann, er hat doch die Türken geschlagen ... Auch ringen tat er gern; man brachte ihm Ringkämpfer aus Tula, aus Tambow, aus Charkow – kurz, von überall her. Wen er besiegte, belohnte er; wer aber ihn besiegte, den beschenkte er reich und küßte ihn auf den Mund. Schließlich hat er während meines Aufenthaltes in Moskau ein Schauspiel geboten, wie seinesgleichen ganz Rußland nicht gesehen hatte. Er lud alle Jäger des ganzen Zarenreiches ein, bestimmte den Tag und gab ihnen drei Monate Zeit. Und sie kamen denn auch. Sie brachten ihre Hunde mit und ihre Revierjäger – nun, ein ganzes Heer kam zusammen, ein richtiges Heer! Zuerst wurde ordentlich gefeiert, wie es sich gehört, dann zogen sie zum Stadttor hinaus. Es versammelte sich eine riesige Menschenmenge. Und was glauben Sie? ... Ihres Großvaters Hündin hatte alle anderen überholt.«

»Milowidka etwa?« fragte ich.

»Milowidka, Milowidka ... Der Graf begann, ihn zu bitten: ‚Verkauf mir deine Hündin, nimm, was du haben willst.‘ – ‚Nein, Graf‘, sagte Ihr Großvater, ‚ich bin kein Händler: selbst einen unnützen Lappen würde ich nicht verkaufen, aber ehrenhalber bin ich eher bereit, dir meine Frau abzutreten als Milowidka ... Lieber würde ich mich selbst gefangensetzen lassen.‘ Und Alexej Grigorjewitsch lobte ihn deswegen: ‚Das gefällt mir‘, sagte er. Ihr Großvater nahm die Hündin in seiner Kutsche wieder mit nach Hause, und als Milowidka gestorben war, beerdigte er sie mit Musik im Garten und ließ auf ihr Grab einen Stein mit einer Aufschrift setzen.«

»Dieser Alexej Grigorjewitsch scheint niemanden beleidigt zu haben?« fragte ich.

»Das ist immer so: wer selbst kleinlich ist, sucht mit anderen Leuten Händel.«

»Und was für ein Mensch war dieser Bausch?« fragte ich nach kurzem Schweigen.

»Wie? Sie haben von Milowidka gehört und von Bausch nicht? Er war der Oberjäger und Pikör Ihres Großvaters. Ihr Großvater liebte ihn nicht weniger als Milowidka. Er war ein tollkühner Bursche, und was Ihr Großvater auch befahl – flugs führte er es aus, und wenn er auf des Messers Schneide hinauf mußte. Und wenn er die Hunde hetzte ... ein Stöhnen stand gleichsam in der Luft und erfüllte den ganzen Wald. Und dann wieder konnte er plötzlich bocken, vom Pferd steigen und sich hinlegen ... Sobald die Hunde seine Stimme nicht mehr hörten, war es mit dem Jagen aus! Sie ließen die frische Spur im Stich und nahmen sie um keinen Preis wieder auf. Ihr Großvater tobte: ‚Tot will ich sein, wenn ich den Taugenichts nicht aufhänge! Die Eingeweide kremple ich diesem Antichrist um! Die Fersen ziehe ich ihm durch die Gurgel!‘ Und es endete damit, daß er jemanden hinschickte, um zu fragen, was er habe und weshalb er nicht hetze. Bausch verlangte in solchen Fällen gewöhnlich Branntwein, trank ihn, stand auf und jagte mit lautem Gogogo von neuem davon.«

»Anscheinend lieben Sie auch selbst die Jagd, Luka Petrowitsch?«

»Ich würde sie lieben ... in der Tat – nicht jetzt: jetzt ist meine Zeit vorbei – aber in jungen Jahren ... doch wissen Sie, es paßt nicht zu meinem Stand. Unsereins darf sich nicht mit den Edelleuten auf den gleichen Fuß stellen. Hin und wieder macht sich ja ein Trinker und sonstiger Taugenichts aus unserer Mitte an die Herren heran ... doch was hat er schon davon? Es trägt ihm nur Schande ein. Man gibt ihm ein elendes, stolperndes Pferd, fegt ihm buchstäblich die Mütze vom Kopf, trifft ‚versehentlich‘ mit der Hetzpeitsche statt des Pferdes ihn: und er muß dazu lachen und den anderen als Zielscheibe des Spottes dienen. Nein, sage ich Ihnen: je geringeren Standes man ist, um so zurückhaltender muß man sein, sonst beschmutzt man sich erst recht.«

»Ja«, fuhr Owsjanikow mit einem Seufzer fort, »viel Wasser ist hinabgeflossen, seit ich auf der Welt bin: die Zeitläufte sind anders geworden. Besonders bei den Edelleuten bemerke ich eine große Veränderung. Die kleineren unter ihnen haben entweder alle gedient oder sind nicht mehr seßhaft; und die größeren sind gar nicht mehr wiederzuerkennen. Ich habe mir die großen gelegentlich der Landvermessung näher angesehen. Und ich muß Ihnen gestehen: das Herz freut sich bei ihrem Anblick, so umgänglich und höflich sind sie. Nur über eins wundere ich mich: sie haben alle Wissenschaften studiert, ihre Rede ist so wohlgesetzt, daß man ganz gerührt wird, aber im praktischen Leben kennen sie sich nicht aus und verstehen es nicht, ihren eigenen Vorteil wahrzunehmen: sogar ihr Leibeigener, den sie zum Verwalter gemacht haben, biegt sie hin und her wie einen Bogen. Vielleicht kennen Sie Koroljow, Alexander Wladimirowitsch – jeder Zoll ein Edelmann. Er sieht gut aus, ist reich, hat auf ‚Niversitäten' studiert, ist im Ausland gewesen, spricht ruhig und bescheiden und drückt uns allen die Hand. Kennen Sie ihn ...? Nun, so hören Sie. Vorige Woche kamen wir alle auf Einladung des Mittelsmannes Nikifor Iljitsch in Berjosowka zusammen. Der Mittelsmann Nikifor Iljitsch sagte: ‚Meine Herren, wir müssen unsere Fluren bereinigen, es ist eine Schande, unser Abschnitt ist hinter allen anderen zurückgeblieben, gehen wir also an die Arbeit.' Dann fingen sie an. Es wurde wie üblich geredet und gestritten; unser Mittelsmann wollte nicht zustimmen. Als erster begann Porfirij Owtschinnikow zu krakeelen ... Worüber sich der Mensch bloß aufregte: er selbst besitzt keinen Fußbreit Grund, sondern vertrat nur seinen Bruder. Er schrie: ‚Nein, mich werdet ihr nicht einseifen! Nein, da seid ihr an den Falschen geraten! Die Pläne her! Bringt mir den Landmesser, schleppt den Judas herbei!' – ‚Ja, was fordern Sie denn eigentlich?' – ‚Ihr glaubt wohl, daß ihr einen Dummen gefunden habt? Glaubt ihr, daß ich euch so ohne weiteres meine Forderungen nennen werde? ... Nein, zeigt die Pläne her, sage ich.' Und dabei klopfte er selber mit der Hand auf die vor ihm liegenden Pläne. Marfa Dmitrijewna beleidigte er tödlich. Die schrie: ‚Wie wagen Sie es, meine Reputation zu schmälern?' Und er: ‚Ich wünsche Ihre Reputation nicht meiner braunen Stute.' Mit Mühe und Not ertränkte man ihn in Madeira. Kaum hatte man ihn beruhigt, begannen andere zu meutern. Koroljow, Alexander Wladimirytsch, sitzt, mein Täubchen, in einer Ecke, kaut am Knauf seines Spazierstocks herum und schüttelt nur zuweilen den Kopf. Mir war es geradezu peinlich, es war zum Davonlaufen. Was soll der Mann von uns denken? Siehe, da erhob sich mein Alexander Wladimirytsch und gab zu verstehen, daß er sprechen wolle. Der Mittelsmann wurde unruhig und sagte: ‚Meine Herren, meine Herren, Alexander Wladimirytsch möchte sprechen.' Und man kann nicht umhin, die Edelleute zu loben: alle verstummten sofort. Alexander Wladimirytsch begann also zu reden und sagte, daß wir anscheinend vergessen hätten, weswegen wir zusammengekommen seien; daß die Flurbereinigungen für die Gutsbesitzer zwar zweifellos vorteilhaft seien, im Grund aber doch nur deswegen vorgenommen würden, damit es der Bauer leichter habe, daß er zweckdienlicher arbeiten und seinen Verpflichtungen besser nachkommen könne; denn beim jetzigen Stand wisse er selbst nicht, welches Stück Land ihm gehöre, und oft müsse er fünf Werst weit zum Pflügen fahren – und man könne deswegen auch keinen großen Ertrag von ihm verlangen. Ferner sagte Alexander Wladimirytsch, daß es für einen Gutsbesitzer sündhaft sei, sich nicht um das Wohl seiner Bauern zu kümmern; daß bei richtiger Überlegung ihr Vorteil auch unser Vorteil sei. Letzten Endes sei alles eins: geht es ihnen gut, geht es uns gut, geht es ihnen schlecht, geht es uns schlecht ... und daß es deshalb sündhaft und töricht sei, sich wegen Nichtigkeiten nicht zu einigen ... und so weiter, und so weiter ... Und wie er reden konnte! Es griff einem geradezu ans Herz ... Die Edelleute ließen alle die Nase hängen, und mir selber wären fast die Tränen gekommen. Wahrhaftig, derartige Reden stehen nicht in den alten Büchern ... Und womit endete das Ganze? Er selbst wollte nicht vier Desjatinen Moorland abtreten oder verkaufen. Er sagte: ‚Ich werde dieses Moor mit meinen Leuten trockenlegen und eine Tuchfabrik mit allen Neuheiten und Vollkommenheiten darauf errichten. Ich', sagte er, ‚habe schon diesen Platz ausgewählt; aus ganz bestimmten Erwägungen heraus ...' Wie dem auch sei, schön und gut, aber dann weigerte sich noch Alexander Wladimirytschs Nachbar Anton Karasikow, dem Verwalter Koroljows einhundert Rubel in Papiergeld zu entrichten. So gingen wir denn auseinander, ohne etwas ausgerichtet zu haben. Und Alexander Wladimirytsch glaubt bis auf den heutigen Tag, recht gehandelt zu haben, und spricht noch immer von seiner Tuchfabrik, nur an die Trockenlegung des Moores geht er nicht heran.«

»Und wie bewirtschaftet er sein Gut?«

»Er führt lauter Neuerungen ein. Den Bauern gefällt es nicht – doch auf sie muß man nicht hören. Alexander Wladimirytsch handelt richtig.«

»Wieso denn, Luka Petrowitsch? Ich dachte, Sie hängen am Alten?«

»Mit mir ist das etwas anderes. Ich bin doch weder Edelmann noch ein Gutsbesitzer. Was ist das schon für eine Wirtschaft bei mir? Ich verstehe es auch nicht anders. Ich gebe mir Mühe, gerecht zu sein und gesetzlich zu handeln – und dies sei Gott gedankt! Die jungen Herren lieben nicht die alten Zustände, und ich lobe sie deswegen ... Es ist Zeit, seinen Verstand zu gebrauchen. Nur eins gefällt mir nicht: die jungen Herren wollen allzu gescheit sein. Sie gehen mit dem Bauern um wie mit einer Puppe: drehen und wenden ihn nach allen Seiten, verderben ihn und lassen ihn fallen. Dann bekommt sie wieder der Verwalter, ein Leibeigener, oder ein deutschstämmiger Betriebsleiter in die Finger. Wenn wenigstens einer der jungen Herren ein Beispiel geben wollte und zeigen würde, wie man wirtschaften muß ...! Wie soll denn das enden? Werde ich wirklich so sterben, ohne die neuen Zustände erlebt zu haben? Was soll denn das heißen? Das Alte hat sich überlebt, und das Neue kommt nicht zum Vorschein.«

Ich wußte nicht, was ich Owsjanikow antworten sollte. Er sah sich um, rückte näher an mich heran und fuhr mit halblauter Stimme fort:

»Und haben Sie von Wasilij Nikolajitsch Ljuboswonow gehört?«

»Nein.«

»Erklären Sie mir bitte, was das für Wunderdinge sind. Es übersteigt meinen Verstand. Seine Bauern haben es mir erzählt, aber ich werde daraus nicht klug. Er ist, wie Sie wissen, ein junger Mensch und hat vor kurzem die Erbschaft seiner Mutter angetreten. Er kam also auf sein Gut gefahren. Die Bauern versammelten sich, um sich ihren neuen Herrn anzusehen. Wasilij Nikolajitsch ging zu ihnen hinaus. Die Bauern schauen: welch ein Wunder! Der gnädige Herr trägt eine Halbsamthose wie ein Kutscher, Stiefel mit einer Borte, ein rotes Hemd und einen Kutscherkaftan; er hat sich einen Bart stehen lassen, hat so ein komisches Mützchen – und ist, betrunken oder nicht betrunken, nicht ganz bei vollem Verstand. ‚Grüß euch, Kinder!‘ sagte er, ‚Gott sei mit euch.‘ Die Bauern verneigten sich, schwiegen aber, aus Schüchternheit, wissen Sie. Und auch er schien schüchtern zu sein. Er begann ihnen eine Rede zu halten: ‚Ich bin ein Russe‘, sagte er, ‚und ihr seid Russen; ich liebe alles Russische ... denn russisch ist meine Seele, und auch mein Blut ist russisch ...‘

Und auf einemal kommandierte er: ‚Nun, Kinder, singt ein russisches Volkslied!' Die Bauern begannen vor Angst zu zittern und wurden blöde. Ein Wagemutiger versuchte ein Lied anzustimmen, setzte sich aber gleich auf die Erde und versteckte sich hinter den anderen ... Wundern muß man sich aber über folgendes: es gab bei uns auch früher sonderbare Gutsbesitzer, entsetzliche Herren, notorische Bummler; auch sie kleideten sich gelegentlich wie Kutscher, tanzten und spielten auf der Gitarre, sangen und zechten mit dem Hofgesinde und feierten Feste mit den Bauern ... Dieser Wasilij Nikolajitsch aber ist wie ein unschuldiges Mädchen: er liest immer Bücher und schreibt oder sagt laut Gesänge auf – spricht mit keiner Seele, ist menschenscheu, geht allein im Garten spazieren, als ob er sich langweile oder traurig sei. Der bisherige Verwalter war anfangs ganz verängstigt: vor der Ankunft Wasilij Nikolajitschs lief er zu allen Bauern und verneigte sich vor ihnen – die Katze merkte wohl, wessen Fleisch sie gefressen hatte! Die Bauern schöpften Hoffnung und dachten: warte nur, Bruder! man wird dich schon zur Verantwortung ziehen, Täubchen; man wird dich noch das Tanzen lehren, Blutsauger! Und was kam statt dessen dabei heraus – wie soll ich es Ihnen schildern? Der Herrgott selber würde nicht verstehen, was herauskam! Wasilij Nikolajitsch ließ ihn kommen und sagt, während er errötet und, wissen Sie, ganz schnell atmet: ‚Sei gerecht, unterdrücke niemanden – hörst du?' Seit jenem Tage hat er ihn nicht mehr rufen lassen. Er lebt auf seinem eigenen Gut wie ein Fremder. Nun, der Verwalter erholte sich bald von seinem Schreck, und die Bauern wagen nicht, an Wasilij Nikolajitsch heranzutreten; sie haben Angst. Und noch eins ist verwunderlich: der Herr grüßt die Bauern höflich und sieht sie freundlich an, aber ihnen krampfen sich die Eingeweide vor Angst zusammen. Was für Wunderdinge, Väterchen, sagen Sie nur ...? Oder bin ich zu alt und zu dumm geworden, um das zu begreifen?«

Ich antwortete Owsjanikow, daß Herr Ljuboswonow wahrscheinlich krank sei.

»Wieso krank? Er ist breiter als lang, und er hat ein Gesicht, Gott mit ihm, so breit und rund, trotz seiner Jugend ... aber im übrigen ... weiß der Himmel!« Und Owsjanikow seufzte tief.

»Nun, lassen wir die Edelleute«, begann ich, »was werden Sie mir über die Einzelhofbesitzer sagen, Luka Petrowitsch?«

»Nein, da müssen Sie mich schon entschuldigen«, erwiderte er rasch. »Schließlich ... ich könnte Ihnen auch von diesen erzählen ... doch wozu!« Owsjanikow winkte mit der Hand ab. »Wir wollen lieber Tee trinken ... Die Bauern sind eben Bauern; und was sollten wir schließlich auch anderes sein?«

Er verstummte. Man brachte Tee. Tatjana Iljinitschna erhob sich von ihrem Platz und setzte sich näher zu uns. Im Laufe des Abends ging sie mehrmals geräuschlos hinaus und kam ebenso leise wieder zurück. Im Zimmer herrschte Schweigen. Owsjanikow trank ernst und langsam eine Tassse Tee nach der anderen.

»Heute war Mitja bei uns«, bemerkte Tatjana Iljinitschna halblaut.

Owsjanikow runzelte die Brauen.

»Was will er?«

»Er kam um Verzeihung bitten.«

Owsjanikow wiegte den Kopf.

»Nun, sagen Sie«, fuhr er zu mir gewandt fort, »wie soll man sich seinen Verwandten gegenüber verhalten? Man kann sich nicht ganz lossagen von ihnen ... Der Herrgott hat auch mich mit einem Neffen gesegnet. Er ist ein Junge mit Köpfchen, ein forscher Junge, keine Frage, er hat gut gelernt, nur läßt sich von ihm nichts Gescheites erwarten. Er hatte eine Beamtenstelle, gab sie jedoch auf, weil er nicht befördert wurde ... Ja, ist er denn ein Edelmann? Auch die werden nicht gleich zu Generalen ernannt. Jetzt lebt er ohne feste Arbeit. Auch das wäre noch nicht so schlimm, aber er ist ein Streithammel geworden! Verfaßt für die Bauern Bittschriften, schreibt Berichte, belehrt die Angestellten, weist den Landmessern Fehler nach, treibt sich in den Wirtshäusern herum, verkehrt mit städtischen Kleinbürgern und Hausknechten in den Gasthöfen. Wie lange kann das gut gehen? Die Polizeihauptleute und Kreisrichter haben ihm schon mehrfach gedroht. Aber er versteht Witze zu reißen: er bringt sie zum Lachen und brockt ihnen hinterdrein eine Suppe ein ... Ja, sitzt er denn nicht in deiner Kammer?« fügte er zu seiner Frau gewandt hinzu. »Ich kenne dich doch: du hast so ein empfindsames Herz und nimmst ihn immer in Schutz.«

Tatjana Iljinitschna senkte den Blick, lächelte und wurde rot.

»Da haben wir es!« fuhr Owsjanikow fort ... »Du mußt ihn doch immer verwöhnen! Nun, laß ihn hereinkommen – so mag es denn hingehen, des werten Gastes wegen will ich dem Dummkopf verzeihen ... Nun, rufe ihn schon ...«

Tatjana Iljinitschna ging zur Tür und rief: »Mitja!«

Mitja, ein achtundzwanzigjähriger großer, wohlgestalter und

lockiger Bursche, trat ins Zimmer und blieb bei meinem Anblick an der Schwelle stehen. Seine Kleidung war deutsch, aber allein die unwahrscheinlich hohe Wattierung der Schultern bildete einen unzweideutigen Beweis, daß sie nicht nur ein russischer, sondern geradezu ein reußischer Schneider angefertigt hatte.

»Nun, tritt näher, tritt näher«, sagte der Alte, »was genierst du dich? Bedanke dich bei der Tante: alles verziehen ... Hier, Väterchen, stelle ich Ihnen vor«, fuhr er fort und zeigte dabei auf Mitja, »mein leiblicher Neffe, doch es will mir nicht in den Kopf gehen. Die letzten Zeiten sind gekommen!« Wir machten einander eine Verbeugung. »Nun sag, was hast du wieder angerichtet? Weswegen beschwert man sich über dich?«

Mitja hatte offensichtlich keine Lust, vor mir Erklärungen abzugeben und sich zu rechtfertigen.

»Später, Onkel«, murmelte er.

»Nein, nicht später, sondern jetzt«, fuhr der Alte fort ... »Ich weiß, es ist dir vor dem Herrn Gutsbesitzer peinlich: um so besser – tue Buße. Beliebe nur freundlichst zu reden ... Wir hören.«

»Ich brauche mich nicht zu schämen«, fing Mitja lebhaft an und schüttelte den Kopf. »Urteilen Sie selbst, Onkelchen. Da kommen die Reschetilower Einzelhofbesitzer zu mir und bitten: ‚Tritt für uns ein, Bruder!' – ‚Was habt ihr denn?' – ‚Also höre: unsere Kornspeicher sind in Ordnung, können gar nicht besser sein; auf einmal kommt ein Beamter gefahren und erklärt, daß er die Speicher besichtigen müsse. Er besichtigt sie und erklärt: ›Eure Speicher sind nicht in Ordnung, ernste Mängel, ich muß es der Behörde melden.‹ – ›Worin bestehen denn die Mängel?‹ – ›Das entscheide ich‹, sagte er ... Wir versammeln uns und beschließen, den Beamten, wie es sich gehört, zufriedenzustellen, doch da mischt sich der alte Prochytsch ein und sagt: ›Damit bringt man sie nur auf den Geschmack.‹ Und in der Tat! Gibt es denn gar keine Gerechtigkeit mehr? ... Wir hörten auf den Rat des Alten, der Beamte ärgerte sich, machte eine Anzeige und reichte eine Beschwerde ein. Und jetzt sollen wir uns verantworten.' – ‚Sind denn eure Speicher wirklich in Ordnung?' frage ich. ‚Gott ist unser Zeuge, sie sind in Ordnung, und die gesetzliche Menge Brotgetreide ist vorhanden.' – ‚Nun', sage ich, ‚dann habt ihr nichts zu befürchten', und setzte ihnen eine Bittschrift auf ... Und es steht noch längst nicht fest, wie die Sache entschieden werden wird ... daß man mich bei Ihnen verpetzt hat, ist verständlich: jedem ist sein eigenes Hemd am nächsten.«

»Jedem, nur nicht dir«, sagte der Alte halblaut ... »Und was machst du dir mit den Schutolomower Bauern zu schaffen?«

»Woher wissen Sie das?«

»Wie du siehst, weiß ich es.«

»Auch hier bin ich im Recht. Belieben Sie wieder selbst zu entscheiden. Ihr Nachbar Bespandin hat von den Schutolomower Bauern vier Desjatinen Land umgepflügt. ‚Mein Land', sagt er. Die Schutolomower zahlen einen Pachtzins, ihr Gutsbesitzer ist ins Ausland gefahren – wer soll für sie eintreten, sagen Sie selbst? Und es ist unbestritten ihr verbrieftes Land, das ihnen seit Urzeiten gehört hat. So kamen sie denn zu mir und baten: ‚Setz eine Bittschrift auf.' Ich habe sie geschrieben. Bespandin hat davon gehört und drohte: ‚Ich werde diesem Mitja die Hinterläufe aus den Gelenken reißen, wenn ich ihm nicht gar den Kopf vom Rumpf trenne ...' Wir wollen sehen, wie er ihn abtrennt; einstweilen ist er noch heil.«

»Nun, prahle nicht: es wird kein gutes Ende mit deinem Kopf nehmen«, sagte der Alte, »du bist ein völlig verrückter Mensch.«

»Aber Onkelchen, haben Sie denn nicht selbst zu sagen geruht ...«

»Ich weiß, ich weiß, was du mir sagen willst«, unterbrach ihn der Alte. »Es ist schon so: der Mensch soll rechtschaffen leben und seinen Nächsten helfen. Es kommt vor, daß er dabei auch sich selbst nicht schonen darf ... Aber handelst du denn immer danach? Führt man dich nicht in die Gastwirtschaft, gibt man dir nicht zu trinken, verbeugt man sich nicht vor dir: ‚Dmitrij Alexejitsch, lieber Freund, hilf uns, wir werden uns schon erkenntlich zeigen?' Läßt du dir nicht einen Silberrubel oder einen blauen Schein schnell in die Hand drücken? Nun! Gibt es das etwa nicht? Sag, kommt das nicht vor?«

»Dessen muß ich mich wohl schuldig bekennen«, sagte Mitja mit niedergeschlagenen Augen, »aber von armen Leuten nehme ich nichts und heuchle nicht.«

»Vorläufig nimmst du nichts, wird es dir aber schlecht gehen, wirst du es auch den Armen nehmen. Und du heuchelst nicht ... ach du! Du trittst also immer nur für Heilige ein! ... Und Borka Perechodow hast du vergessen? ... Wer ist für ihn eingetreten? Wer hat ihn in Schutz genommen? He?«

»Perechodow hat durch seine eigene Schuld gelitten, das stimmt ...«

»Er hat Staatsgelder unterschlagen ... Ist das ein Spaß?«

»Ja aber, Onkelchen, bedenken Sie doch: die Armut, die Familie . . .«

»Die Armut, die Armut . . . Er ist ein Trunkenbold und Hasardeur. Das ist er!«

»Er hat vor Kummer zu trinken angefangen«, sagte Mitja leise.

»Vor Kummer! Nun, du hättest ihm ja helfen können, wenn du ein so mitfühlendes Herz hast, anstatt selbst mit einem Trunkenbold in den Schenken zu sitzen. Daß er gut reden kann, ist noch keine Seltenheit.«

»Er ist ein sehr guter Mensch . . .«

»Bei dir sind alle gut . . . Übrigens«, fuhr er zu seiner Fau gewandt fort, »hat man ihm etwas geschickt . . .? – Nun, du weißt schon . . .«

Tatjana Iljinitschna nickte mit dem Kopf.

»Wo hast du dich in diesen Tagen herumgetrieben?« begann der Alte von neuem.

»Ich war in der Stadt.«

»Da hast du wohl die ganze Zeit Billard gespielt, Tee getrunken, auf der Gitarre geklimpert, dich bei den Behörden herumgedrückt, in den Hinterstuben Bittschriften verfaßt und dich in Gesellschaft von Kaufmannssöhnen auf der Straße herumgetrieben? Nicht wahr? Gesteh es nur!«

»Vielleicht war es auch so«, sagte Mitja lächelnd . . . »Ach ja, fast hätte ich es vergessen: Funtikow, Anton Perfenytsch, läßt Sie bitten, am Sonntag bei ihm zu Mittag zu essen.«

»Ich fahre nicht zu diesem Dickwanst. Er wird mir einen gekochten Fisch mit ranziger Butter vorsetzen. Gott mit ihm!«

»Dann habe ich noch Fedosja Michajlowna getroffen.«

»Was für eine Fedosja?«

»Sie gehört dem Gutsbesitzer Garpentschenko, der das Gut Mikulino auf der Auktion gekauft hat. Fedosja ist aus Mikulino. Sie lebte in Moskau als Schneiderin und entrichtete pünktlich ihren Zins: einhundertzweiundachtzig Rubel und fünfzig Kopeken im Jahr . . . Und sie versteht ihr Geschäft: in Moskau hatte sie eine gute Kundschaft. Doch jetzt hat Garpentschenko sie nach Hause kommen lassen und hält sie so, ohne ihr eine bestimmte Arbeit zuzuweisen. Sie würde sich auch gern loskaufen und hat es dem Herrn gesagt, doch hat er sich dazu bisher nicht geäußert. Sie, Onkelchen, kennen doch Garpentschenko; könnten Sie da nicht einmal ein Wörtchen für sie einlegen? Fedosja würde einen hohen Preis zahlen, um sich loszukaufen.«

»Doch nicht etwa von deinem Geld? He? Nun gut, schon gut, ich werde ihm sagen ... Nur weiß ich nicht«, fuhr der Alte mit einem unzufriedenen Gesicht fort, »dieser Garpentschenko ist, mit Verlaub gesagt, ein Ausbeuter: er kauft Wechsel auf, leiht Geld gegen Zinsen aus, kauft Güter auf Auktionen ... Wie ist er bloß in unsere Gegend gekommen? Ach, diese Zugereisten? Es ist nicht leicht, aus ihm klug zu werden. Im übrigen, man wird ja sehen.«

»Bemühen Sie sich, Onkelchen.«

»Gut, ich werde es versuchen. Doch gib acht, daß du mir nicht wieder ... Nun, nun, suche dich nicht zu rechtfertigen ... Gott sei mit dir, Gott sei mit dir! ... Aber sei in Zukunft etwas vorsichtiger, denn sonst, bei Gott, Mitja, nimmt es kein gutes Ende mit dir – bei Gott, du wirst vor die Hunde gehen ... Ich kann dir doch nicht immer aus der Patsche helfen ... ich bin ja selber kein vermögender Mann. Nun, geh jetzt mit Gott!«

Mitja ging hinaus. Tatjana Iljinitschna folgte ihm.

»Gib ihm Tee zu trinken, Verwöhnerin«, rief ihr Owsjanikow nach ... »Kein dummer Junge«, fuhr er fort, »und er hat auch ein gutes Herz, doch ich sorge mich um ihn ... Aber verzeihen Sie, daß ich Sie so lange mit Belanglosigkeiten unterhalten habe.«

Die Tür zum Vorzimmer öffnete sich, und ein kleiner grauhaariger Mann in einem samtenen Gehrock trat ein.

»Ah, Franz Iwanytsch!« rief Owsjanikow aus. »Willkommen, wie geht es Ihnen?«

Gestatten Sie, freundlicher Leser, daß ich Sie auch mit diesem Herrn bekannt mache.

Franz Iwanytsch Lejeune, mein Nachbar und ein Orjoler Gutsbesitzer, hatte auf eine nicht ganz gewöhnliche Weise den Ehrentitel eines russischen Edelmannes erlangt. Er war als Sohn französischer Eltern in Orléans geboren und zusammen mit Napoleon als Trommler zur Eroberung Rußlands aufgebrochen. Anfänglich ging alles wie geschmiert, und unser Franzose zog erhobenen Hauptes in Moskau ein. Doch auf dem Rückmarsch fiel der arme Monsieur Lejeune halberfroren und ohne Trommel den Smolensker Bäuerlein in die Hände. Die Smolensker Bäuerlein sperrten ihn über Nacht in eine leere Walkmühle ein und führten ihn am anderen Morgen zu einem Eisloch neben dem Damm, wo sie den Trommler »de la grande armée« höflichst baten, ihrer Bitte nachzukommen, das heißt unter das Eis zu tauchen. Monsieur Lejeune konnte sich nicht mit ihrem

Vorschlag einverstanden erklären und begann seinerseits die Smolensker Bauern in französischem Dialekt zu überreden, ihn nach Orléans zu entlassen. »Dort, messieurs«, sagte er, »lebt meine Mutter, une tendre mère.« Doch die Bauern schlugen ihm, wohl in Unkenntnis der geographischen Lage von Orléans, weiterhin eine Unterwasserreise längs dem gewundenen Lauf des Flüßchens Glinoterka vor und begannen bereits, ihn mit leichten Stößen in den Nacken und auf den Rücken zu ermuntern, als mit einemmal zur unbeschreiblichen Freude Lejeunes der Ton eines Schlittenglöckchens hörbar wurde und ein riesiger, von einer Troika rehfarbener Wjatkapferde gezogener Schlitten mit einem bunten Teppich über der übertrieben hohen Rückenlehne auf den Damm gefahren kam. Im Schlitten saß ein dicker rotbäckiger Gutsbesitzer in einem Wolfspelz.

»Was treibt ihr da?« fragte er die Bauern.

»Wir ersäufen einen Franzosen, Väterchen.«

»Ach so«, sagte der Gutsbesitzer gleichgültig und wandte sich ab.

»Monsieur! Monsieur!« rief der arme Kerl.

»Ja, ja«, sprach vorwurfsvoll der Wolfspelz. »Mit zwölferlei Sprachen bist du in Rußland eingefallen, hast Moskau niedergebrannt, das Kreuz von Iwan Welikij heruntergeholt und jetzt – Mosjö. Mosjö! mit eingeklemmtem Schwanz! Dem Dieb die wohlverdiente Strafe ... Los, Filjka!«

Die Pferde zogen an.

»Doch übrigens, halt!« fügte der Gutsbesitzer hinzu. »Heh, du Mosjö, kannst du musizieren?«

»Sauvez moi, sauvez moi, mon bon monsieur!« wiederholte Lejeune.

»Ist das ein Volk! Nicht einer von ihnen kann Russisch! Müsik, Müsik! Save Müsik, vu save? Nun, sprich schon! Komprene save Müsik vu? Auf dem Fortepiano schue save?«

Endlich verstand Lejeune, was der Gutsbesitzer wissen wollte, und nickte zustimmend mit dem Kopf.

»Oui, monsieur, oui, oui, je suis musicien; je joue tous les instruments possibles! Oui, monsieur ... Sauvez-moi, monsieur!«

»Nun, dein Gott meint es gut mit dir«, entgegnete der Gutsbesitzer ... »Kinder, laßt ihn laufen; da nehmt zwanzig Kopeken für Wodka.«

»Danke, Väterchen, danke! Belieben Sie ihn zu nehmen!«

Man setzte Lejeune in den Schlitten. Er war ganz außer Atem vor Freude, weinte, zitterte, verbeugte sich, dankte dem Gutsbesitzer, dem Kutscher, den Bauern ... Er hatte nur ein grünes Jäckchen mit rosa Bändern an, und es herrschte eine grimmige Kälte. Der Gutsbesitzer blickte schweigend auf seine blaugefrorenen und steifgewordenen Gliedmaßen, wickelte den Unglücklichen in seinen Pelz und brachte ihn zu sich nach Hause. Das Gesinde lief zusammen. Der Franzose wurde schleunigst erwärmt, gespeist und eingekleidet. Der Gutsbesitzer führte ihn zu seinen Töchtern.

»Nun, Kinder«, sagte er zu ihnen, »ein Lehrer für euch ist gefunden. Ihr habt mich immer gebeten: ‚Laß uns Musik und den französischen Dialekt lernen!' Hier habt ihr einen Franzosen, und Klavier spielen kann er auch ... Nun, Mosjö«, fuhr er fort und zeigte dabei auf ein elendes Fortepiano, das er vor fünf Jahren von einem Juden, der nebenbei mit Eau de Cologne handelte, gekauft hatte. »Zeige uns deine Kunst, schue.«

Lejeune setzte sich mit ersterbendem Herzen auf den Stuhl; er hatte noch nie in seinem Leben ein Fortepiano angerührt.

»Schue doch, schue doch«, wiederholte der Gutsbesitzer.

Voller Verzweiflung schlug der arme Teufel auf die Tasten wie auf eine Trommel, wo er gerade hintraf ... »Ich dachte«, erzählte er später, »daß mich mein Retter am Kragen packen und hinauswerfen würde.« Doch zum größten Erstaunen des unfreiwilligen Improvisators klopfte ihm der Gutsbesitzer nach einiger Zeit anerkennend auf die Schulter und sagte: »Gut, sehr gut; ich sehe, daß du es kannst; geh jetzt und ruh dich aus.«

Nach zwei Wochen übersiedelte Lejeune von diesem Gutsbesitzer zu einem anderen, einem reichen und gebildeten Mann, der an seinem heiteren und bescheidenen Wesen Gefallen gefunden hatte, heiratete dessen Pflegetochter, trat in den Staatsdienst ein, wurde geadelt, verheiratete seine Tochter mit dem Orjoler Gutsbesitzer Lobysanjew, einem verabschiedeten Dragoner und Dichter, und zog selbst nach Orjol.

Eben dieser Lejeune oder, wie man ihn jetzt nennt, Franz Iwanytsch trat in die Stube Owsjanikows, mit dem er befreundet war.

Aber vielleicht ist es meinem Leser schon langweilig geworden, mit mir bei Owsjanikow zu sitzen, und darum hülle ich mich in beredtes Schweigen.

Ljgow

»Wir wollen nach Ljgow fahren«, sagte einmal der dem Leser bereits bekannte Jermolaj zu mir, »dort können wir nach Herzenslust Enten schießen.«

Obgleich für den richtigen Jäger die Wildente nichts besonders Anziehendes darstellt, hörte ich auf den Rat meines Jägers, weil es eben nichts anderes zu schießen gab (es war Anfang September: die Waldschnepfen waren noch nicht da, und ich war es überdrüssig, den Rebhühnern über die Felder nachzulaufen), und begab mich nach Ljgow.

Ljgow ist ein großes Steppendorf mit einer überaus alten eintürmigen Steinkirche und zwei Wassermühlen an dem sumpfigen Flüßchen Rosota. Dieses Flüßchen verwandelte sich fünf Werst unterhalb Ljgow in einen großen Teich, der an den Rändern und stellenweise auch in der Mitte mit dichtem Schilf bewachsen ist, welches im Orjolschen »Mayer« genannt wird. Auf diesem Teich nisteten und lebten in den kleinen Buchten und verborgenen Schlupfwinkeln zwischen dem Schilf Unmengen von Enten aller möglichen Arten: Stockenten, Tauchenten, Spießenten, Krickenten, Knäkenten und andere kleine Entenschwärme hielten sich oder strichen über das Wasser, bei einem Schuß jedoch erhoben sich solche Wolken, daß der Jäger unwillkürlich mit einer Hand an die Mütze griff und ein gedehntes »fu-u!« ausstieß. Wir gingen mit Jermolaj am Teich entlang, aber erstens hält sich die Ente, ein vorsichtiger Vogel, nicht am Ufer auf, und zweitens konnten unsere Hunde, wenn auch eine zurückgebliebene und erfahrene Krickente von uns geschossen wurde und ihr Leben ließ, diese aus dem dichten Mayer nicht apportieren: ungeachtet der edelsten Selbstaufopferung konnten sie weder schwimmen noch auf dem Boden gehen und zerschnitten nur völlig zwecklos ihre kostbaren Nasen an den scharfen Schilfrändern.

»Nein«, sagte schließlich Jermolaj, »so geht es nicht: wir müssen uns ein Boot besorgen ... Wir wollen nach Ljgow zurückgehen.«

Wir gingen. Wir hatten kaum ein paar Schritte gemacht, als uns aus einem dichten Weidenbusch ein recht elender Hühnerhund entgegengelaufen kam; hinter ihm erschien ein Mann mittlerer Statur in einem blauen, sehr abgewetzten Rock, einer gelblichen Weste, einer flüchtig in die schadhaften Stiefel gestopften Hose von der Farbe gris-de lin oder bleu d'amour, einem roten Halstuch und einer einläufigen Flinte auf dem Rücken.

Während unsere Hunde sich in dem gewohnten, ihrer Gattung eigenen chinesischen Zeremoniell mit der ihnen neuen Persönlichkeit beschnupperten, die sich sichtlich fürchtete, den Schwanz einkniff, die Ohren anlegte und sich zähnefletschend auf steifen Beinen schnell mit dem ganzen Körper herumwarf, trat der Fremde an uns heran und verbeugte sich überaus höflich. Dem Aussehen nach war er fünfundzwanzig Jahre alt; sein langes, blondes, stark mit Kwaß getränktes Haar stand in steifen Strähnen in die Höhe, die kleinen braunen Augen blinzelten freundlich, und das ganze, mit einem schwarzen Tuch – sicherlich wegen Zahnschmerzen – umwundene Gesicht lächelte süßlich.

»Gestatten Sie, daß ich mich vorstelle«, begann er mit weicher und einschmeichelnder Stimme, »ich bin der hiesige Jäger Wladimir ... Als ich von Ihrer Ankunft Kenntnis erhielt und vernahm, daß Sie geruht haben, sich an das Ufer unseres Teiches zu begeben, beschloß ich, wenn es Ihnen nicht ungelegen kommt, Ihnen meine Dienste anzubieten.«

Der Jäger Wladimir sprach ganz wie ein junger Schauspieler in der Provinz, welcher die Rollen der ersten Liebhaber spielt. Ich ging auf seinen Vorschlag ein, und ehe wir noch Ljgow erreichten, kannte ich schon seine ganze Lebensgeschichte. Er war ein freigelassener Hofknecht; in seiner frühen Jugend hatte er Musikunterricht genossen, hatte dann eine Stelle als Kammerdiener angenommen, konnte schreiben, las, soviel ich feststellen konnte, irgendwelche Schmöker, lebte jetzt wie so viele in Rußland ohne einen Groschen Bargeld und ohne eine ständige Beschäftigung und nährte sich eigentlich nur vom himmlischen Manna. Er drückte sich ungemein gewählt aus und bildete sich sichtlich viel auf seine Manieren ein; gewiß war er auch ein großer Schürzenjäger und hatte höchstwahrscheinlich Erfolg dabei: die russischen Mädchen lieben Beredsamkeit. Er gab mir unter anderem zu verstehen, daß er zuweilen die umliegenden Gutsbesitzer besuche und in die Stadt zu Gast fahre, Preference spiele und in der Hauptstadt Bekannte habe. Er lächelte meisterhaft und sehr abwechslungsreich; besonders gut stand ihm ein bescheidenes, kaum merkliches Lächeln, welches um seinen Mund spielte, wenn er den Worten anderer lauschte. Er hörte sie bis zu Ende an, war völlig einer Meinung mit ihnen, blieb sich aber doch seines eigenen Wertes bewußt und wollte ihnen anscheinend zu verstehen geben, daß auch er bei Gelegenheit eine Meinung äußern könne. Jermolaj, der nicht sehr gebildet und ganz und gar nicht »subtil« war, begann ihn zu duzen. Sie hätten sehen sollen, mit welch einem Lächeln Wladimir ihn mit Sie anredete ...

»Warum ist Ihr Kopf mit einem Tuch umwickelt!« fragte ich. »Haben Sie Zahnschmerzen?«

»Nein«, entgegnete er, »es ist vielmehr die verderbliche Folge einer Unachtsamkeit. Ich hatte einen Freund, der ein guter Mensch, aber kein Jäger war, wie das so vorkommt. Eines Tages sagt er zu mir: ‚Mein lieber Freund, nimm mich auf die Jagd mit: ich möchte gern erfahren, worin dieses Vergnügen besteht.' Ich wollte natürlich einem Freund keine Bitte abschlagen, besorgte ihm ein Gewehr und nahm ihn auf die Jagd mit. Nachdem wir längere Zeit gejagt hatten, beschlossen wir zu rasten. Ich setzte mich unter einen Baum; er dagegen begann mit dem Gewehr allerlei Kunststücke zu machen, wobei er auf mich zielte. Ich bat ihn, das sein zu lassen, aber aus Unerfahrenheit hörte er nicht auf mich. Ein Schuß krachte, und ich verlor mein Kinn sowie den Zeigefinger der rechten Hand ...«

Wir erreichten Ljgow. Wladimir und Jermolaj entschieden, daß es unmöglich sei, ohne Boot zu jagen.

»Sutschok hat ein Flachboot«, bemerkte Wladimir, »ich weiß aber nicht, wo er es versteckt hat. Man muß zu ihm laufen.«

»Zu wem?« fragte ich.

»Hier lebt ein Mensch, der Sutschok genannt wird.«

Wladimir begab sich mit Jermolaj zu Sutschok. Ich sagte ihnen, daß ich sie bei der Kirche erwarten würde. Während ich mir die Gräber auf dem Friedhof anschaute, stieß ich auf eine schwarzgewordene viereckige Urne mit folgenden Inschriften: auf der einen Seite stand in französischer Schrift: »Ci-gît Théophile-Henri, vicomte de Blangy«, auf der zweiten: »Unter diesem Stein ist der Körper des französischen Untertanen Graf Blangy beigesetzt, geboren 1737, gestorben 1799 im Alter von 62 Jahren«; auf der dritten: »Friede seiner Asche«; und auf der vierten:

»Hier unten ruhet ein Franzose, Emigrant,
Er war von guter Herkunft, trefflichem Verstand.
Nachdem er Weib und Kind verlor durch die Tyrannen,
Verließ er Haus und Hof und zog betrübt von dannen.
Es führte ihn sein Weg nach Rußland nach und nach,
Er fand im Alter dort ein gastfreundliches Dach;
Die Kinder lehrte er, den Eltern bot er Ehre ...
Der Herr enthob ihn hier nun aller Erdenschwere.«

Das Erscheinen Jermolajs, Wladimirs und des Mannes mit dem seltsamen Beinamen Sutschok unterbrach meine Betrachtungen.

Barfuß, in abgerissener Kleidung, mit zerwühltem Haar sah Sutschok wie ein sechzigjähriger verabschiedeter Hausknecht aus.

»Hast du ein Boot?« fragte ich.

»Ein Boot ist da«, antwortete er mit einer hohlen und brüchigen Stimme, »nur ist es sehr schlecht.«

»Was fehlt ihm denn?«

»Es ist aus dem Leim gegangen, und aus den Löchern sind die Pfropfen herausgefallen.«

»Das ist kein großes Unglück«, fiel Jermolaj ein, »man kann es mit Werg abdichten.«

»Gewiß kann man das«, bestätigte Sutschok.

»Wer bist du denn?«

»Der herrschaftliche Fischer.«

»Wie kannst du denn Fischer sein, wenn dein Boot nicht in Ordnung ist?«

»In unserem Fluß gibt es auch keine Fische.«

»Die Fische lieben rostbraunes Moorwasser nicht«, bemerkte mit Wichtigkeit mein Jäger.

»Nun«, sagte ich zu Jermolaj, »besorge Werg und setz das Boot instand, aber spute dich damit.«

Jermolaj ging fort.

»Auf diese Weise können wir womöglich untergehen«, sagte ich zu Wladimir.

»Gott ist barmherzig«, antwortete er. »Jedenfalls darf man annehmen, daß der Teich nicht tief ist.«

»Ja, er ist nicht tief«, bemerkte Sutschok, der mit einer seltsam verschlafenen Stimme sprach, »doch der Grund ist voller Schlamm und Gras, und er ist überhaupt ganz mit Gras zugewachsen. Übrigens gibt es auch tiefe Stellen.«

»Aber wenn das Gras so stark ist«, bemerkte Wladimir, »wird man nicht rudern können.«

»Ja, wer rudert denn in einem Flachboot? Man muß staken. Ich werde mit euch fahren; ich habe eine Stange, aber es geht auch mit einer Schaufel.«

»Mit einer Schaufel ist es ungeschickt, weil man damit stellenweise den Grund nicht erreicht«, sagte Wladimir.

»Es ist wirklich ungeschickt.«

Ich setzte mich auf ein Grab, um die Rückkehr Jermolajs abzuwarten. Wladimir ging anstandshalber etwas zur Seite und setzte sich auch hin. Sutschok blieb mit hängendem Kopf auf demselben Fleck stehen und hielt aus alter Gewohnheit die Arme auf dem Rücken gekreuzt.

»Sage mir, bitte«, begann ich, »lebst du hier schon lange als Fischer?«

»Seit sieben Jahren«, antwortete er, wie aus dem Schlaf geschreckt.

»Und was hast du früher getrieben?«

»Vordem war ich Kutscher.«

»Wer hat dich denn als Kutscher abgesetzt?«

»Die neue Herrin.«

»Welche Herrin?«

»Die uns gekauft hat. Sie belieben sie nicht zu kennen: Aljona Timofejewna, so eine Dicke ... Ältliche.«

»Wie kam sie denn darauf, dich zu einem Fischer zu machen?«

»Gott mag es wissen. Sie kam von ihrem Gut im Gouvernement Tambow zu uns, befahl alle Leute zu versammeln und ging zu uns hinaus. Wir küßten ihr die Hand, und sie war anfänglich ganz freundlich ... Darauf fing sie an, uns der Reihe nach auszufragen: ‚Womit hast du dich beschäftigt, welchen Dienst hast du versehen?' Dann kam die Reihe an mich, und sie fragte: ‚Was bist du gewesen?' Ich antwortete: ‚Kutscher.' – ‚Kutscher? Was bist du für ein Kutscher? Schau dich mal an, was für ein Kutscher du bist. Du taugst nicht zum Kutscher, du sollst bei mir Fischer werden, und rasier den Bart ab. Wenn ich hierherkomme, sollst du Fische für den herrschaftlichen Tisch liefern, hörst du ...?' Seit der Zeit zähle ich eben als Fischer. ‚Und daß du mir den Teich in Ordnung hältst ...' Aber wie soll man ihn in Ordnung halten?«

»Wem habt ihr denn früher gehört?«

»Sergej Sergejewitsch Pechterew. Wir sind ihm durch Erbschaft zugefallen. Doch auch er hat uns nicht lange besessen, im ganzen sechs Jahre. Bei ihm war ich eben Kutscher ... aber nicht in der Stadt – dort ist er mit anderen gefahren.«

»Und bist du von Jugend an immer Kutscher gewesen?«

»Woher denn! Kutscher bin ich erst bei Sergej Sergejewitsch geworden; vordem war ich Koch, aber auch nicht Stadtkoch, sondern nur so, auf dem Gut.«

»Bei wem warst du denn Koch?«

»Bei dem früheren Besitzer, Afanasij Nefedytsch, dem Onkel Sergej Sergejewitschs. Afanasij Nefedytsch hat Ljgow gekauft, und Sergej Sergejewitsch hat es von ihm geerbt.«

»Von wem hat er es gekauft?«
»Von Tatjana Wasiljewna.«
»Von welcher Tatjana Wasiljewna?«
»Von der, die im vorletzten Jahr in Bolochow ... nein, in Karatschow als alte Jungfer gestorben ist ... Sie ist nie verheiratet gewesen. Belieben Sie sie nicht zu kennen? Sie hat uns von ihrem Vater, Wasilij Semjonytsch, übernommen. Sie war lange Zeit unsere Herrin ... an die zwanzig Jahre.«
»Und bei ihr warst du Koch?«
»Zuerst war ich wirklich Koch, aber dann wurde ich auch noch Kofíschnik.«
»Was wurdest du?«
»Kofíschnik.«
»Was ist das für eine Stellung?«
»Das weiß ich nicht, Väterchen. Ich mußte am Büfett stehen und hieß Anton und nicht mehr Kusjma. So hatte es die Herrin anzuordnen geruht.«
»Dein richtiger Name ist Kusjma?«
»Ja.«
»Und warst du die ganze Zeit Kofíschnik?«
»Nein, nicht immer: ich war auch Schauspieler.«
»Was du nicht sagst!«
»Gewiß, das war ich ... und habe Theater gespielt. Unsere Herrin hatte bei sich ein Theater eingeführt.«
»Was für Rollen hast du denn gespielt?«
»Sie meinen ...?«
»Was hast du beim Theater gemacht?«
»Ach, das wissen Sie nicht? Nun, man nahm mich und putzte mich heraus; dann stolzierte ich in meinen schönen Kleidern umher oder stand oder saß, je nachdem wie es nötig war; man sagte mir, was ich sprechen sollte, und ich sprach es. Einmal stellte ich einen Blinden dar ... man legte mir unter jedes Augenlid eine Erbse ... Gewiß!«
»Und was warst du nachher?«
»Dann wurde ich wieder Koch.«
»Warum hat man dich denn zum Koch degradiert?«
»Weil mein Bruder entlaufen war.«
»Nun, und was warst du beim Vater deiner ersten Herrin?«
»Da hatte ich verschiedene Posten: zuerst Laufbote, dann Kammerdiener, Gärtner und schließlich Pikör.«
»Als Pikör? Bist du auch mit Hunden geritten?«
»Ja, ich bin auch mit Hunden geritten, aber ich bin mit dem

Pferde gestürzt, und das Pferd hat sich dabei verletzt. Unser alter Herr war sehr streng; er befahl, mich auszupeitschen und nach Moskau zu einem Schuster in die Lehre zu geben.«

»Wieso in die Lehre? Du bist doch nicht als Kind Pikör geworden?«

»Ich war damals so einige zwanzig Jahre alt.«

»Mit zwanzig ist man doch nicht mehr Lehrling?«

»Es muß wohl gehen, wenn es der Herr befohlen hat. Aber er starb gottlob bald, und ich wurde wieder aufs Gut zurückgeholt.«

»Wann hast du denn die Kocherei gelernt?«

Sutschok hob sein mageres und gelbliches Gesicht und lächelte.

»Ja, braucht man denn da zu lernen? Die Weiber kochen doch.«

»Nun«, sagte ich, »du hast viel gesehen in deinem Leben, Kusjma. Was machst du denn jetzt als Fischer, wenn es bei euch keine Fische gibt?«

»Ich beklage mich nicht, Väterchen! Ich danke Gott, daß man mich zum Fischer ernannt hat. Denn einen anderen, der ebenso alt ist wie ich, Andrej Pupyr, hat die Herrin in den Schöpfraum der Papierfabrik gesteckt. ‚Es ist eine Sünde, sein Brot umsonst zu essen', sagt sie ... Und Pupyr hatte auf eine Gnade gehofft: Ein Neffe zweiten Grades von ihm sitzt im herrschaftlichen Kontor als Kontorist; der hatte versprochen, es der Herrin vorzutragen, sie daran zu erinnern. Ja, erinnern! Er dachte nicht daran ... Und Pupyr hat sich vor meinen Augen vor dem Neffen bis zur Erde verneigt.«

»Hast du eine Familie? Warst du verheiratet?«

»Nein, Väterchen, ich war nicht verheiratet. Die selige Tatjana Wasiljewna – Gott schenke ihr die ewige Ruhe! – erlaubte niemandem zu heiraten. Gott bewahre! Sie sagte immer: ‚Ich lebe doch so, als Jungfer, was für ein Übermut? Was brauchen sie eigentlich?'«

»Wovon lebst du denn jetzt? Bekommst du einen Lohn ausgezahlt?«

»Wie sollte ich einen Lohn bekommen, Väterchen ...! Aber ich werde beköstigt und danke Gott dafür; ich bin sehr zufrieden. Gott schenke unserer Herrin ein langes Leben!«

Jermolaj kam zurück.

»Das Boot ist instand gesetzt«, sagte er barsch. »Hole die Stange – du ...!«

Sutschok lief nach der Stange. Während der ganzen Dauer

meines Gesprächs mit dem armen Alten hatte ihn der Jäger Wladimir mit einem verächtlichen Lächeln betrachtet.

»Ein törichter Mensch«, sagte er, als der weggegangen war, »ein völlig ungebildeter Mensch, einfach ein Bauer, weiter nichts. Als Hofknecht kann man ihn nicht bezeichnen ... und die ganze Zeit hat er geprahlt ... Wie kann der ein Schauspieler sein, urteilen Sie doch selbst! Sie haben unnützerweise geruht, sich mit ihm abzugeben, sich mit ihm zu unterhalten!«

Nach einer Viertelstunde saßen wir bereits im Flachboot Sutschoks. Die Hunde hatten wir in der Hütte unter der Aufsicht des Kutschers Jegudijil zurückgelassen. Wir hatten es nicht besonders bequem, aber Jäger sind nicht wählerisch. Am stumpfen hinteren Ende stand Sutschok und stakte; Wladimir und ich saßen auf einem Brett in der Mitte, während Jermolaj sich ganz vorne eingerichtet hatte. Trotz des Wergs zeigte sich bald Wasser unter unseren Füßen. Zum Glück war das Wetter ruhig, und der Teich war gleichsam eingeschlafen.

Wir kamen ziemlich langsam voran. Der Alte riß mühsam seine mit den grünen Fäden der Unterwasserpflanzen umwickelte Stange aus dem weichen Schlamm; auch die breiten, runden Blätter der Moorlilien behinderten die Fahrt unseres Bootes. Schließlich kamen wir bis zum Schilf, und da ging es los. Die Enten, erschreckt durch unser unerwartetes Erscheinen in ihrem Bereich, gingen geräuschvoll hoch, »rissen« vom Wasser ab, unsere Schüsse knallten einmütig hinter ihnen her, und es war lustig zu sehen, wie diese kurzschwänzigen Vögel sich in der Luft überschlugen und schwer auf das Wasser klatschten. Alle krankgeschossenen Enten bekamen wir natürlich nicht: die leichtverletzten tauchten; einige, die sofort tot waren, fielen in einen so dichten »Mayer«, daß sogar die scharfen Äuglein Jermolajs sie nicht zu entdecken vermochten; trotz alledem füllte sich unser Boot um die Mittagszeit bis über den Rand mit Enten.

Zur größten Genugtuung Jermolajs schoß Wladimir keineswegs gut; nach jedem Fehlschuß wunderte er sich, besah sein Gewehr, blies kopfschüttelnd die Läufe durch, schien erstaunt und gab uns schließlich die Gründe an, weshalb er danebengeschossen habe. Jermolaj schoß siegreich wie immer, ich wie gewöhnlich ziemlich schlecht. Sutschok beobachtete uns mit den Augen eines Menschen, der von Jugend auf in herrschaftlichem Dienst gestanden hat, rief zuweilen: »Da, da, noch eine Ente!« und kratzte sich den Rücken – nicht mit den Händen, sondern indem er die Schulterblätter bewegte. Das Wetter war herrlich:

weiße runde Wolken, die sich klar im Wasser spiegelten, zogen hoch und still über uns dahin; um uns raschelte das Schilf; stellenweise blitzte der Teich wie Stahl in der Sonne. Wir waren gerade im Begriff, ins Dorf zurückzukehren, als sich ein recht unangenehmer Vorfall ereignete.

Wir merkten schon lange, daß das Wasser in unserem Boot langsam stieg. Wladimir hatte den Auftrag, es mit einem Kübel, den mein vorsorglicher Jäger einer unachtsamen Frau stibitzt hatte, auszuschöpfen. Die Sache ging ganz gut, solange Wladimir seiner Obliegenheit nachkam. Gegen Ende der Jagd aber begannen die Enten – gleichsam zum Abschied – sich in solchen Scharen zu erheben, daß wir kaum zum Laden kamen. Während dieser eifrigen Schießerei achteten wir nicht auf den Zustand unseres Bootes, als plötzlich bei einer starken Bewegung Jermolajs (er wollte eine geschossene Ente greifen und drückte mit dem ganzen Körper auf den Bootsrand) unser gebrechliches Fahrzeug sich zur Seite neigte, Wasser schöpfte und feierlich unterging, zum Glück an einer flachen Stelle. Wir schrien auf, aber es war schon zu spät: im nächsten Augenblick standen wir bis an den Hals im Wasser, umringt von den schwimmenden Körpern der toten Enten. Noch jetzt kann ich nicht, ohne zu lachen, an die erschrockenen und bleichen Gesichter meiner Kameraden denken (höchstwahrscheinlich hatte auch mein Gesicht seine Farbe verloren); aber ich gestehe, daß mir in jener Minute durchaus nicht zum Lachen war. Jeder von uns hielt sein Gewehr über den Kopf, und Sutschok hob, wohl aus alter Gewohnheit, den Herrschaften alles nachzumachen, seine Stange in die Höhe. Als erster brach Jermolaj das Schweigen.

»Pfui Teufel!« sagte er und spuckte ins Wasser. »Eine schöne Bescherung! Und alles deinetwegen, du alter Satan«, fügte er, zu Sutschok gewandt, zornig hinzu. »Was hast du für ein Boot?«

»Es ist meine Schuld«, flüsterte der Alte.

»Und auch du bist gut«, fuhr mein Jäger fort, indem er den Kopf in Wladimirs Richtung wandte, »warum hast du nicht aufgepaßt? warum hast du nicht geschöpft? du, du, du ...«

Doch Wladimir dachte nicht mehr daran, sich zu rechtfertigen: er zitterte wie ein Blatt, seine Zähne klapperten, und er lächelte höchst blöde. Dahin waren seine Beredsamkeit, sein Bestreben, gebildet zu erscheinen, und sein Eigendünkel!

Das verdammte Flachboot schwankte leise unter unseren Füßen ... Im Augenblick des Kenterns schien uns das Wasser sehr kalt zu sein, aber wir gewöhnten uns bald daran. Als der erste Schreck vorüber war, sah ich mich um; ringsum, in einer Entfernung von zehn Schritt, wuchs Schilf; über seine Spitzen hinweg sah man in der Ferne das Ufer. Schlimm, dachte ich.

»Was nun?« fragte ich Jermolaj.

»Wir wollen sehen: wir können doch nicht hier übernachten«, antwortete er. »Na, du, halte meine Flinte«, sagte er zu Wladimir.

Wladimir gehorchte ohne Widerrede.

»Ich werde eine Furt suchen gehen«, fuhr Jermolaj mit einer Selbstverständlichkeit fort, als ob in jedem Teich eine Furt sein müsse; er nahm Sutschoks Stange und entfernte sich in Richtung auf das Ufer, wobei er vorsichtig den Boden abtastete.

»Kannst du denn schwimmen?« fragte ich ihn.

»Nein«, ertönte seine Stimme aus dem Schilf.

»Nun, dann wird er ertrinken«, bemerkte gleichmütig Sutschok, der auch vorher nicht vor der Gefahr erschrocken war, sondern sich nur vor unserem Zorn gefürchtet hatte, und jetzt völlig beruhigt nur zuweilen die Luft ausstieß und anscheinend nicht das Bedürfnis hatte, seine Lage zu verändern.

»Und ohne jeden Nutzen wird er zugrunde gehen«, fügte Wladimir mit kläglicher Stimme hinzu.

Über eine Stunde verging, und Jermolaj kehrte nicht zurück. Uns kam diese Stunde wie eine Ewigkeit vor. Anfangs verständigten wir uns mit ihm durch häufiges Anrufen; dann begann er uns seltener zu antworten und verstummte schließlich völlig. Im Dorf läutete es zum Vespergottesdienst. Wir sprachen nicht miteinander, bemühten uns sogar, einander nicht anzusehen. Enten strichen über unsere Köpfe hin; einige wollten neben uns einfallen, stiegen aber plötzlich wie ein Keil in die Höhe und suchten mit Geschrei das Weite. Wir wurden allmählich steif. Sutschok blinzelte, als ob er sich schlafen legen wollte.

Endlich kam zu unserer unbeschreiblichen Freude Jermolaj zurück.

»Nun?«

»Ich war am Ufer und habe eine Furt gefunden ... Laßt uns gehn.«

Wir wollten gleich aufbrechen, er zog aber vorerst unter Wasser eine Schnur aus seiner Hosentasche, schlang sie um die Ruder der erlegten Enten, nahm beide Enden zwischen die Zähne und stapfte voraus; Wladimir folgte ihm, ich ging als dritter, und Sutschok beschloß unseren Zug. Bis zum Ufer waren es ungefähr zweihundert Schritt; Jermolaj ging sicher und ohne anzuhalten (so genau hatte er sich den Weg gemerkt), ab und zu rief er: »Mehr nach links, hier rechts ist eine tiefe Stelle!« Oder: »Mehr nach rechts, hier links bleibt man stecken ...« Zuweilen reichte uns das Wasser bis zum Hals; zweimal kam es dem armen Sutschok, der von uns allen der Kleinste war, in den Mund, und er stieß Luftblasen aus. »Na, na, na!« schrie ihn Jermolaj zornig an, und Sutschok tapste, strampelte mit den Beinen und hopste, bis er auf eine flachere Stelle gelangte; aber selbst in höchster Not entschloß er sich nicht, nach meinem Rockschoß zu greifen. Erschöpft, schmutzig und durchnäßt erreichten wir endlich das Ufer.

Zwei Stunden später saßen wir bereits – abgetrocknet, soweit es möglich war – in einem großen Heuschober und begannen mit dem Abendessen. Der Kutscher Jegudijil, ein äußerst langsamer, schwerfälliger, besonnener und verschlafener Mann, stand an der Tür und traktierte Sutschok eifrig mit Tabak. Ich habe beobachtet, daß Kutscher in Rußland sich sehr schnell anfreunden. Sutschok schnupfte gierig, bis zur Übelkeit: spuckte, hustete und genoß es offensichtlich außerordentlich. Wladimir gab sich ein träumerisches Aussehen, neigt sein Köpfchen zur Seite und sprach wenig. Jermolaj rieb unsere Flinten trocken. Die Hunde wedelten übertrieben schnell mit ihren Ruten in Erwartung der Hafersuppe; die Pferde stampften und wieherten im offenen Schuppen ... Die Sonne ging gerade unter; in breiten Purpurstreifen vergingen ihre letzten Strahlen; die goldenen Wölkchen am Himmel wurden kleiner und kleiner wie eine an Land gespülte zerfließende Welle ... Vom Dorf her erklangen Lieder.

Die Beschinwiese

Es war ein herrlicher Julitag, einer von jenen Tagen, wie sie vorkommen, wenn das Wetter lange Zeit beständig ist. Vom frühen Morgen an ist der Himmel klar; die Morgenröte lodert nicht wie eine Feuersbrunst: sie leuchtet in einer sanften Röte. Die Sonne ist nicht feurig, nicht glühend, wie zu Zeiten sengender Dürre, nicht düster purpurn, wie vor einem Sturm, sondern hell und freundlich strahlend – sie taucht friedlich unter einer langen und schmalen Wolke hervor, leuchtet frisch und verschwindet wieder in deren lilafarbenem Dunst. Der obere schmale Rand der langgestreckten Wolke züngelt in Flammen; ihr Glanz gleicht dem Schimmer gehämmerten Silbers ... Doch da brechen wieder spielende Strahlen hervor – und fröhlich und majestätisch, gleichsam fliegend, erhebt sich das mächtige Gestirn. Um die Mittagszeit formt sich gewöhnlich eine Menge hoher goldgrauer Wolken mit zarten weißen Rändern. Gleich Inseln in einem unendlich sich ergießenden Fluß verstreut, der sie mit tiefdurchsichtigen Wasserarmen gleichmäßiger Bläue umspült, rühren sie sich kaum vom Fleck; weiter weg am Horizont häufen und drängen sie sich, kein Blau zwischen ihnen ist mehr zu sehen; sie selbst jedoch sind von der gleichen Lasur wie der Himmel: sie sind alle erfüllt von Licht und Wärme. Die leichte, blaßlila Tönung des Horizonts ändert sich den ganzen Tag nicht und ist ringsum die gleiche; nirgends türmt sich, braut sich ein Gewitter zusammen, allenfalls ziehen sich bläuliche Streifen von oben nach unten, in denen ein ganz feiner Regen niedergeht. Gegen Abend verschwinden diese Wolken; die letzten von ihnen lagern sich dunkel und unbestimmt wie Rauch in rosa Klumpen der untergehenden Sonne gegenüber; an der Stelle, an der sie ebenso ruhig untergegangen ist, wie sie am Morgen ruhig aufgegangen ist, steht ein flammendes Abendrot eine Weile über der dunkel gewordenen Erde, und friedlich blinkend gleich einer behutsam getragenen Kerze, erstrahlt über ihr der Abendstern. An solchen Tagen sind alle Farben gedämpft, sie sind hell, aber nicht grell; auf allem liegt das Gepräge einer rührenden Sanftmut. Zuweilen sind solche Tage sehr heiß, manchmal »flimmert« es sogar an den Hängen der Felder; aber der Wind vertreibt, zerteilt die gestaute Gluthitze, und Windhosen – das untrügliche Zeichen beständigen Wetters – spazieren in hohen weißen Säulen auf den Wegen zwischen den Äckern. In der trockenen und reinen Luft riecht es nach Wermut, gemähtem Korn und Buchweizen; sogar eine Stunde vor Anbruch der Nacht spürt man noch keine Abkühlung. Ein ähnliches Wetter wünscht sich der Landwirt zur Ernte ...

An einem solchen Tag war ich einmal auf der Birkhuhnjagd im Kreis Tschernoje des Gouvernements Tula. Ich hatte recht viel Wild gefunden und geschossen; die gefüllte Jagdtasche schnitt mir unbarmherzig in die Schulter; das Abendrot erlosch bereits, und in der noch hellen, wenn auch nicht mehr von den Strahlen der untergehenden Sonne erleuchteten Luft verdichteten und breiteten sich die ersten kalten Schatten aus, als ich mich endlich entschloß, nach Hause zu gehen. Mit schnellen Schritten durchquerte ich ein langes buschbestandenes Revier, erstieg einen Hügel und erblickte statt der erwarteten bekannten Ebene mit dem Eichenwäldchen rechts und einer niedrigen weißen Kirche in der Ferne eine ganz andere, mir unbekannte Gegend. Zu meinen Füßen zog sich ein enges Tal dahin; direkt gegenüber erhob sich als steile Wand ein dichter Espenwald. Ich blieb stehen und blickte befremdet um mich ... Sieh mal an! dachte ich, da bin ich ja ganz woanders hingeraten: ich bin zu weit nach rechts gegangen ... Und über mein Versehen verwundert, stieg ich schnell den Hügel hinab. Mich umfing sofort eine unangenehme gestockte Feuchtigkeit, als ob ich einen Keller betreten hätte. Das dichte hohe Gras der Talsohle war naß und lag wie ein weißes flaches Tischtuch vor mir; darauf zu gehen war einigermaßen unheimlich. Ich krabbelte rasch die andere Seite empor und ging, mich links haltend, den Espenwald entlang. Fledermäuse flogen schon über seine schlafenden Wipfel, kreisten geheimnisvoll und flatterten unter dem matthellen Himmel; eilig und zügig flog hoch in der Luft ein verspäteter Habicht seinem Nest zu. Sobald ich an jene Ecke komme, dachte ich, werde ich die Straße vor mir haben. Ich habe einen Umweg von einer Werst gemacht!

Ich gelangte schließlich zur Waldecke, aber dort war keine Straße: vor mir breiteten sich struppige niedrige Büsche aus, und dahinter erstreckten sich endlose kahle Felder. Ich blieb wieder stehen. Welch ein Rätsel! Wo bin ich nur? Ich versuchte mich zu erinnern, wie und wohin ich im Laufe des Tages gegangen war ... »Ach, das ist ja das Parachinsker Bruch!« rief ich schließlich aus. »Natürlich! das dort muß Sindejews Gehölz sein ... Wie bin ich nur hierher geraten? So weit weg ...? Seltsam! Jetzt muß ich mich wieder rechts halten.«

Ich ging nach rechts, quer durch die Büsche. Mittlerweile näherte sich und wuchs die Nacht wie eine Gewitterwolke; es sah aus, als erhöbe sich mit den Abendnebeln die Dunkelheit von allen Seiten und als riesele sie sogar aus der Höhe herab. Ich stieß auf einen versteckten, mit Gras bewachsenen Fußpfad und begab mich auf ihm weiter, wobei ich aufmerksam nach vorne schaute. Ringsum wurde es schnell dunkler und stiller, nur die Wachteln schnarrten zuweilen. Ein kleiner Nachtvogel, der geräuschlos und niedrig auf seinen weichen Schwingen vorüberstrich, stieß fast gegen mich und drehte erschreckt zur Seite ab. Ich kam aus den Büschen heraus und ging auf einem Feldrain weiter. Nur mühsam erkannte ich noch entfernte Gegenstände: matt schimmerten die Felder ringsum; dahinter erhob sich düster die Finsternis und kam mit jedem Augenblick in gewaltigen

Klumpen näher. Dumpf dröhnten meine Schritte in der reglosen Luft. Der blasse Himmel begann wieder zu blauen – aber das war schon das Blau der Nacht. Sternlein blinkten auf und begannen zu flimmern.

Was ich als Gehölz angesehen hatte, erwies sich als dunkler und runder Hügel. »Ja, wo bin ich eigentlich!« sagte ich wieder laut, blieb zum drittenmal stehen und blickte fragend auf meine gelbgefleckte englische Hündin Dianka, entschieden die klügste aller vierfüßigen Kreaturen. Aber die klügste aller vierfüßigen Kreaturen wedelte bloß mit der Rute, blinzelte müde mit schweren Lidern und gab mir keinerlei brauchbaren Rat. Ich schämte mich vor ihr und marschierte verzweifelt los, als hätte ich plötzlich erraten, wohin ich gehen müsse, bog um den Hügel und befand mich in einer flachen, ringsum gepflügten Senke. Sofort beschlich mich ein seltsames Gefühl. Diese Senke hatte fast das Aussehen eines regelrechten Kessels mit abschüssigen Wänden; auf ihrer Sohle ragten einige weiße Felsblöcke – es schien, als seien sie dorthin zu einer heimlichen Beratung zusammengekrochen, und es war in ihr so still und öde, so flach, und der Himmel hing so trübselig über ihr, daß sich mir das Herz zusammenkrampfte. Irgendein Tierchen piepte kläglich und schwach zwischen den Steinen. Ich beeilte mich, wieder auf den Hügel hinaufzusteigen. Bislang hatte ich immer noch nicht die Hoffnung aufgegeben, den Weg nach Hause zu finden, doch nun sah ich ein, daß ich mich endgültig verirrt hatte, und ging einfach, ohne mich noch zu bemühen, die fast völlig im Nebel versunkene Gegend zu erkennen, geradeaus aufs Geratewohl den Sternen nach weiter ... Etwa eine halbe Stunde ging ich so, indem ich mühsam einen Fuß vor den anderen setzte. Mich dünkte, ich sei noch nie in meinem Leben in einer so verlassenen Gegend gewesen: nirgends blinkte ein Lichtschein, kein Laut war zu vernehmen. Ein flacher Hügel wurde vom anderen abgelöst, endlos reihte sich Feld an Feld, Büsche erhoben sich plötzlich unmittelbar vor meiner Nase aus der Erde. Ich ging immer weiter und hatte schon die Absicht, mich bis zum Morgen irgendwo auszustrekken, als ich mit einemmal am Rande eines schrecklichen Abgrundes stand.

Ich zog schnell den erhobenen Fuß zurück und erblickte in dem fast undurchdringlichen Dämmer der Nacht weit unter mir eine riesige Ebene. Ein breiter Fluß begrenzte sie in einem weit ausschwingenden Halbkreis; das stahlblaue Aufblitzen des Wassers zeigte undeutlich hier und da seinen Lauf an. Der Hügel, auf dem ich stand, fiel unversehens in eine fast senkrechte Schlucht ab; seine gewaltigen Umrisse hoben sich dunkel von der bläulichen Luft ab, und unmittelbar unter mir, in dem von der Schlucht und der Ebene gebildeten Winkel, dicht am Fluß, der an dieser Stelle unbeweglich wie ein dunkler Spiegel dalag, direkt unten am Hang, brannten mit roter Flamme und rauchten nebeneinander zwei kleine Feuer. Rings um sie drängten sich Leute, schwankten Schatten, zuweilen wurde die vordere Hälfte eines kleinen Lockenkopfes hell beleuchtet...

Ich erkannte endlich, wohin ich geraten war. Diese Wiese wurde in unserer Gegend die Beschinwiese genannt... Doch von hier nach Hause zu gelangen, besonders bei Nacht, war ganz unmöglich; meine Füße knickten schon vor Müdigkeit ein. Ich beschloß, zu den Feuern zu gehen und in Gesellschaft der Leute, die ich für Viehtreiber hielt, den Morgen abzuwarten. Ich kam wohlbehalten unten an, hatte aber den zuletzt ergriffenen Ast noch nicht losgelassen, als sich plötzlich zwei große, weiße, zottige Hunde mit wütendem Gebell auf mich stürzten. Helle Kinderstimmen ertönten um die Feuer; zwei, drei Knaben sprangen rasch auf. Ich antwortete auf ihre fragenden Rufe. Sie liefen zu mir her, beschwichtigten die Hunde, die besonders das Erscheinen meiner Dianka überrascht hatte, und ich ging zu ihnen hin.

Ich hatte mich getäuscht. Die Leute, die um die Feuer saßen, waren keine Viehtreiber, sondern einfache Bauernkinder aus dem nächsten Dorf, welche die Pferde hüteten. In der heißen Sommerzeit treibt man bei uns die Pferde zur Nacht auf die Weide: bei Tage würden ihnen Fliegen und Bremsen keine Ruhe geben. Die Pferde gegen Abend auszutreiben und beim Morgengrauen heimzutreiben ist ein großes Fest für die Bauernbuben. Barhäuptig und in alten Pelzjacken jagen sie auf den muntersten Kleppern dahin, strampeln mit Armen und Beinen, hüpfen ausgelassen auf dem Pferderücken und kreischen und lachen. Ein leichter Staub erhebt sich und treibt in gelber Säule den Weg entlang, weithin ertönt das einmütige Getrappel, die Pferde laufen mit gespitzten Ohren; allen voran mit hocherhobenem Schweif und ständig den Schritt wechselnd, sprengt irgendein struppiger Fuchs mit Kletten in der wirren Mähne.

Ich sagte den Knaben, daß ich mich verirrt hätte, und setzte mich zu ihnen. Sie fragten, woher ich sei, schwiegen eine Zeitlang und rückten zur Seite. Wir unterhielten uns ein Weilchen. Ich streckte mich unter einem abgefressenen Busch aus und blickte um mich. Es war ein wunderbares Bild: um die Feuer flimmerte ein kreisförmiger rötlicher Widerschein und erstarb, wenn er auf das Dunkel stieß; die aufflackernde Flamme warf hin und wieder einen jähen Abglanz hinter diesen Kreis; eine schmale Lichtzunge leckte zuweilen nach den kahlen Ästen des Weidenbusches und erlosch sofort wieder; spitze lange Schatten drangen dann ihrerseits für einen Augenblick bis an das Feuer vor: das Dunkel kämpfte mit dem Licht. Zuweilen, wenn das Feuer schwächer brannte und der Lichtkreis enger wurde, streckte sich plötzlich aus der dräuenden Finsternis ein brauner Pferdekopf mit Blesse oder ein ganz weißer hervor, blickte uns stumpf und aufmerksam an, eifrig das lange Gras kauend, senkte sich und verschwand sogleich wieder. Man hörte nur, wie er weiterkaute und schnaubte. Von einem erhellten Platz aus ist schwer zu erkennen, was im Dunkel geschieht, und so schien in der Nähe alles wie mit einem schwarzen Vorhang verhängt zu sein; doch weiter zum Horizont hin waren als langgestreckte Flecken undeutlich Hügel und Wälder zu sehen. Der dunkle, klare Himmel stand majestätisch und unermeßlich hoch in seiner ganzen geheimnisvollen Größe über uns. Wohlig dehnte sich die Brust beim Einatmen jenes eigenartigen, träumerischen und frischen Duftes – des Duftes der russischen Sommernacht. Ringsum war fast kein Laut zu hören ... Nur ab und zu plätscherte im nahen Fluß überraschend laut ein großer Fisch und raschelte am Ufer leise das Schilf, leicht gewiegt von einer unterlaufenden Welle ... Nur die Feuerchen knisterten traulich.

Die Knaben saßen im Kreis um sie herum; neben ihnen saßen die zwei Hunde, die mich so gern gefressen hätten. Sie konnten sich noch lange nicht mit meiner Anwesenheit abfinden, blinzelten verschlafen und schielten nach dem Feuer und knurrten zuweilen, sehr ihrer eigenen Würde bewußt; erst knurrten sie, dann winselten sie leise, als bedauerten sie, ihre Absicht nicht ausführen zu können. Im ganzen waren es fünf Knaben: Fedja, Pawluscha, Iljuscha, Kostja und Wanja. Aus ihrer Unterhaltung erfuhr ich ihre Namen und will sie nun dem Leser vorstellen.

Den ersten und ältesten von allen, Fedja, hättet ihr für vierzehnjährig gehalten. Es war ein schlanker Knabe mit hübschen und feinen, etwas weichen Gesichtszügen, lockigen, blonden Haaren, hellen Augen und einem ständigen, halb lustigen, halb zerstreuten Lächeln. Er gehörte allem Anschein nach einer reichen Familie und war nicht, weil er es mußte, sondern nur so, zu seinem Vergnügen, herausgekommen. Er hatte ein buntes Kattunhemd mit gelber Borte an; der kleine neue Bauernrock, den er übergeworfen hatte, wollte kaum auf seinen schmalen Schultern halten; an seinem hellblauen Gürtel hing ein kleiner Kamm. Die Stiefel mit den kurzen Schäften waren seine eigenen – nicht die seines Vaters. Der zweite Knabe, Pawluscha, hatte wirres schwarzes Haar, graue Augen, breite Backenknochen, ein bleiches pockennarbiges Gesicht und einen großen, aber wohlgeformten Mund; sein riesiger Kopf war, wie man sagt, ein richtiger Bierkessel, sein Körper untersetzt und plump. Er war bestimmt nicht schön zu nennen, aber er gefiel mir trotzdem: in seinem Blick lagen Klugheit und Entschlossenheit und in seiner Stimme Kraft. Mit seiner Kleidung konnte er nicht prahlen: sie bestand alles in allem aus einem einfachen Hemd und einer geflickten Hose. Das Gesicht des dritten, Iljuschas, war ziemlich unbedeutend: hakennasig, langgezogen und kurzsichtig, drückte es eine stumpfe, krankhafte Besorgtheit aus; die zusammengepreßten Lippen bewegten sich nicht, die gerunzelten Brauen glätteten sich nicht, als blende ihn ständig das Feuer. Seine blonden, fast weißen Haare ragten in spitzen Büscheln unter der niedrigen Filzmütze hervor, die er sich immer wieder mit beiden Händen über die Ohren zog. Er trug neue Bastschuhe und Fußlappen; ein dicker, dreimal sorgfältig um den Leib geschlungener Strick hielt seine saubere schwarze Bluse zu. Er und Pawluscha sahen nicht älter als zwölfjährig aus. Der vierte, Kostja, ein etwa zehnjähriges Bürschchen, weckte mein Interesse durch seinen nachdenklichen und traurigen Blick. Sein Gesicht war klein, mager, sommersprossig und nach unten zugespitzt wie bei einem Eichhörnchen; die Lippen konnte man kaum erkennen; einen merkwürdigen Eindruck machten seine großen, schwarzen, feuchtglänzenden Augen; sie schienen etwas aussagen zu wollen, wofür die Zunge – zumindest seine Zunge – keine Worte fand. Er war klein, schmächtig gebaut und recht ärmlich gekleidet. Den letzten, Wanja, hätte ich zuerst fast gar nicht bemerkt; er lag still zusammengekauert auf der Erde unter einer Matte und steckte nur zuweilen seinen dunkelblonden Lockenkopf unter ihr hervor. Dieser Knabe war sieben Jahre alt.

So lag ich also etwas abseits unter dem Weidenbusch und betrachtete die Kinder. Ein kleiner Kessel hing über einem der Feuer; in ihm kochten Kartoffeln. Pawluschka gab auf sie acht und stach im Knien mit einem Span in das siedende Wasser. Fedja lag auf einen Ellenbogen gestützt mit ausgebreiteten Rockschößen auf dem Boden. Iljuscha saß neben Kostja und kniff noch immer angestrengt die Augen zusammen. Kostja ließ den Kopf hängen und schaute ins Leere. Wanja rührte sich nicht unter seiner Matte. Ich stellte mich schlafend. Allmählich fingen die Knaben wieder zu reden an.

Zuerst sprachen sie über dieses und jenes, über die morgige Arbeit und die Pferde, aber plötzlich wandte sich Fedja an Iljuscha und fragte ihn, als setzte er ein unterbrochenes Gespräch fort.

»Nun, du hast also den Hausgeist gesehen?«

»Nein, ich habe ihn nicht gesehen, und man kann ihn auch gar nicht sehen«, antwortete Iljuscha mit heiserer und schwacher Stimme, deren Klang ausnehmend gut zu seinem Gesichtsausdruck paßte, »ich habe ihn gehört . . . Und nicht ich allein.«

»Wo hält er sich denn bei euch auf?«

»Im alten Schöpfraum.«

»Geht ihr denn in die Papierfabrik?«

»Gewiß. Ich und mein Bruder Awdjuschka sind als Glätter angestellt.«

»Sieh mal an – Fabrikarbeiter!«

»Nun, wie hast du ihn denn gehört?« fragte Fedja.

»Das war so. Ich mußte einmal mit meinem Bruder Awdjuschka und mit Fjodor Michewskij und mit Iwaschka dem Schieläugigen und mit dem anderen Iwaschka, dem von den Roten Hügeln, und mit Iwaschka dem Einarmigen und noch mit anderen Kindern, im ganzen waren unser zehn Mann – die ganze Schicht; also wir mußten alle im Schöpfraum übernachten, das heißt, nicht deshalb, weil wir gemußt hätten, aber Nasarow, der Aufseher, sagte zu uns: ‚Wozu wollt ihr euch denn, Kinder, nach Hause schleppen? Morgen gibt es viel Arbeit, so bleibt lieber hier, Kinder!‘ So blieben wir denn und lagen alle so beisammen, als Awdjuschka zu reden anfing und sagte: ‚Was nun, Kinder, wenn jetzt der Hausgeist kommt?‘ Kaum hatte Awdej das gesagt, als jemand über unseren Köpfen zu gehen anfing; wir lagen nämlich unten, und er ging oben, beim Rad. Wir hörten, wie er ging, die Dielenbretter bogen sich unter seinen Tritten nur so und krachten nur so; er war also über unsere Köpfe hinweggegangen; plötzlich fing das Wasser an, über das Rad zu rauschen und zu rauschen, und das Rad klapperte und klapperte und drehte sich; aber die Schleuse an der Wasserrinne war herabgelassen. Wir wunderten uns: wer hatte sie aufgezogen, daß das Wasser lief? Aber das Rad drehte sich und drehte sich und blieb stehen. Jener ging oben wieder zur Tür und begann die Treppe herabzusteigen und stieg so langsam herunter, als habe er es kein bißchen eilig; die Stufen ächzten nur so unter ihm ... Nun, jener kam an unsere Tür, wartete und wartete – die Tür flog plötzlich sperrangelweit auf. Wir fuhren zusammen, schauten – nichts ... Plötzlich, siehe da, bei einem Bottich begann sich das Schöpfsieb zu rühren, hob sich, drehte sich, ging so, so durch die Luft, als ob jemand mit ihm schöpfte, und glitt wieder auf seinen Platz zurück. Dann wurde bei einem anderen Bottich die Schöpfkelle vom Nagel genommen und wieder an den Nagel gehängt; dann war es, als ginge jemand zur Tür, und wie er da auf einmal hustete, wie er blökte, genauso wie ein Schaf – und ebenso laut ... Wir kauerten uns zusammen, warfen uns zu Boden und krochen einer unter den anderen ... Wie wir uns damals gefürchtet haben!«

»Sieh mal an!« sagte Pawel. »Warum fing er denn an zu husten?«

»Ich weiß nicht. Vielleicht von der Feuchtigkeit.«

Alle schwiegen.

»Nun, sind die Kartoffeln gar?« fragte Fedja.

Pawluscha untersuchte sie.

»Nein, noch nicht ... Hört doch, wie der geplätschert hat«, fügte er hinzu und blickte zum Fluß hinüber, »das muß ein Hecht gewesen sein ... Und dort fällt eine Sternschnuppe.«

»Nein, ich werde euch was erzählen, Brüder«, sagte Kostja mit dünner Stimme, »hört mal, was mein Vater unlängst erzählt hat.«

»Nun, wir hören«, sagte Fedja mit gönnerhafter Miene.

»Ihr kennt doch Gawrila, den Zimmermann unseres Dorfes?«

»Natürlich kennen wir ihn.«

»Und wißt ihr, warum er immer so traurig ist und immer schweigt? Deswegen ist er so traurig. Er ging einmal, sagte Papa, ging einmal in den Wald, Brüder, um Nüsse zu sammeln. Nun, er ging also Nüsse sammeln in den Wald und verirrte sich; verlief sich, weiß Gott, wohin er sich verlief. Er ging und ging, Brüder – nein! er kann den Weg nicht finden; und draußen wurde es schon Nacht. Da setzte er sich unter einen Baum; wollen wir den Morgen abwarten, dachte er, setzte sich unter einen Baum und schlief ein. Er schlief also ein und hört plötzlich, daß ihn jemand ruft. Er schaut – niemand da. Er schläft wieder ein – wird wieder gerufen. Er schaut und schaut wieder: und vor ihm auf einem Ast sitzt eine Rusalka* und schaukelt sich und stirbt vor Lachen und kann sich vor Lachen nicht halten ... Und der Mond scheint so kräftig und hell und ganz ungewöhnlich – alles ist zu sehen, Brüder. Da ruft sie ihn also und sitzt selber so lichthell und silberweiß auf dem Ast wie eine Plötze oder ein Gründling – und auch eine Karausche ist manchmal so glitzernd und silbrig ... Der Zimmermann Gawrila starb schier, Brüder, aber sie, müßt ihr wissen, lacht schallend und winkt ihn immer so mit der Hand zu sich heran. Schon wollte Gawrila aufstehen und der Rusalka gehorchen, Brüder, aber Gott der Herr, müßt ihr wissen, erbarmte sich seiner: so schlug er ein Kreuz über sich ... Und wie furchtbar schwer es ihm schon fiel, das Kreuz zu schlagen, Brüder! Er sagt: seine Hand sei so schwer wie ein Stein gewesen, bewegte sich einfach nicht ... Ach, du Verflixter, noch einmal! Aber sobald er das Kreuz geschlagen hatte, Brüder, hörte die Rusalka sofort zu lachen auf und begann zu weinen ... Sie weint, Brüder, wischt sich die Augen mit den Haaren, aber ihre Augen sind grün wie unser Hanf. Da schaute ihr Gawrila eine Weile zu und fragte sie: ‚He, du Waldkraut, was weinst du?' Und die Rusalka antwortete ihm: ‚Du hättest dich nicht bekreuzigen sollen, Mensch, dann hättest du mit mir herrlich und in Freuden bis an das Ende der Zeit leben können; ich weine und gräme mich, weil du das Kreuz geschlagen hast; aber nicht ich allein werde mich deshalb härmen, härme auch du dich deswegen bis an dein Lebensende.' Da verschwand sie, Brüder, aber Gawrila wußte mit einemmal, wie er aus dem Wald herauskommen konnte ... Nur daß er seitdem immer so traurig umhergeht.«

»Seltsam!« sagte Fedja nach kurzem Schweigen, »wie kann denn so ein Waldspuk eine christliche Seele verderben, er hat ihr doch nicht gehorcht?«

»Das ist es ja eben!« sagte Kostja. »Und Gawrila erzählte, daß sie ein ganz dünnes, klägliches Stimmchen gehabt habe, wie eine Kröte.«

»Hat das dein Vater selbst erzählt?« fuhr Fedja fort.

»Ja, ich lag auf der Pritsche und habe alles gehört.«

»Merkwürdig! Weshalb muß er traurig sein? Aber er muß ihr gefallen haben, da sie ihn gerufen hat.«

»Ja, er hat ihr gefallen«, fiel Iljuscha ein. »Sie wollte ihn zu

* Wasser-, Feld- und Waldnymphe in der russischen Mythologie (Anmerkung des Übersetzers).

Tode kitzeln, das ist es, was sie wollte. Das machen sie immer so, diese Rusalkas.«

»Es muß doch auch hier Rusalkas geben«, bemerkte Fedja.

»Nein«, antwortete Kostja. »Das hier ist ein reiner freier Ort. Nur – der Fluß ist nahe.«

Alle verstummten. Mit einemmal ertönte irgendwo in der Ferne ein gedehnter, schallender, fast stöhnender Laut, einer jener unerklärlichen nächtlichen Laute, die zuweilen in der tiefsten Stille entstehen, anschwellen, in der Luft stehenbleiben und sich schließlich wie ersterbend ausbreiten. Du lauschst und hörst anscheinend nichts, aber es klingt. Es war, als hätte jemand am Horizont einen langen, langgezogenen Ruf ausgestoßen, jemand anders ihm aus dem Wald mit einem dünnen, scharfen Lachen geantwortet und als glitte ein schwaches zischendes Pfeifen den Fluß hinunter. Die Knaben zuckten zusammen und sahen einander an.

»Die Kraft des Kreuzes bewahre uns!« flüsterte Ilja.

»Ach, ihr Maulaffen!« rief Pawluscha. »Wovor seid ihr erschrocken? Kommt, die Kartoffeln sind weich.« Alle rückten ans Feuer und begannen die dampfenden Kartoffeln zu essen; nur Wanja rührte sich nicht. »Was ist mit dir?« sagte Pawluscha.

Aber der kroch unter seiner Matte nicht hervor. Das Kesselchen leerte sich rasch.

»Habt ihr gehört, Kinder, was neulich bei uns in Warnawizy geschehen ist?« hub Iljuscha an.

»Auf dem Damm?« fragte Fedja.

»Ja, ja, auf dem Damm, dem gebrochenen. Das ist ein unreiner Ort, schon ein sehr unreiner und ein verlassener dazu. Ringsum lauter solche Erdspalten, Schluchten, und die Schluchten voller Schlangen.«

»Nun, was ist dort geschehen? Erzähle ...«

»Das ist geschehen. Du, Fedja, weißt vielleicht nicht, daß dort ein Ertrunkener begraben liegt, der sich vor langer, langer Zeit ertränkt hat, als der Teich noch tief war. Jetzt ist nur noch sein Grab zu sehen, und das kaum mehr: so ein Hügelchen ... Vor etlichen Tagen läßt der Verwalter den Hundewärter Jermil rufen; sagt: ‚Geh auf die Post, Jermil.' Bei uns reitet immer Jermil auf die Post. Seine Hunde sind ihm alle eingegangen: sie wollen aus irgendeinem Grund nicht leben bei ihm und haben auch niemals gelebt bei ihm, aber Hundewärter ist er ein guter, das muß man ihm lassen. Nun, es ritt also Jermil auf die Post, trödelte ein wenig in der Stadt, doch als er wieder heimritt, war er schon angeheitert. Aber die Nacht war eine helle Nacht: der Mond scheint ... So reitet also Jermil über den Damm, da führte ihn nämlich sein Weg vorbei. Es reitet also der Hundewärter Jermil und sieht: auf dem Grab des Ertrunkenen geht ein weißes, lockiges, hübsches Böcklein hin und her. Da denkt sich Jermil: ich werde es mitnehmen, wozu soll es hier umkommen, steigt vom Pferd und nimmt es auf den Arm ... Das Böcklein hat auch nichts dagegen. Aber wie er damit zu seinem Pferd kommt, da scheut das Pferd, schnaubt und schüttelt den Kopf; aber er beruhigte es, saß mit dem Böcklein auf und ritt wieder weiter: das Böcklein hält er vor sich. Er schaut es an, und das Böcklein blickt ihm unverwandt in die Augen. Da wurde Jermil, dem Hundewärter, unheimlich zumute: Ich kann mich doch wirklich nicht erinnern, denkt er, daß mir jemals ein Hammel in die Augen geschaut hätte; aber das macht nichts; er begann ihm so über das Fell zu streichen und sagt: ‚Bäh! bäh!' Aber da fletscht der Hammel plötzlich die Zähne und sagt auch: ‚Bäh, bäh ...'«

Der Erzähler hatte kaum das letzte Wort gesagt, als auf einmal beide Hunde gleichzeitig aufsprangen und mit wütendem Gebell vom Feuer weg in die Finsternis stürzten und verschwanden. Alle Knaben erschraken. Wanja sprang unter seiner Matte hervor. Pawluscha stürzte mit Geschrei den Hunden nach. Ihr Bellen entfernte sich rasch ... Man hörte das Getrappel der in Unruhe geratenen Pferdekoppel. Pawluscha schrie laut: »Grauer! Schwarzer!« ... Nach einigen Augenblicken war das Gebell verstummt; Pawels Stimme drang von weit her ... Es verging einige Zeit; die Knaben sahen sich unschlüssig an, als warteten sie, was da kommen würde ... Plötzlich hörte man den Galopp eines Pferdes; dicht vor dem Feuer blieb es stehen, und Pawluscha sprang, sich an der Mähne haltend, flink herab. Beide Hunde tauchten auch im Bereich des Lichtscheines auf und legten sich sogleich nieder, die roten Zungen herausgestreckt.

»Was gibt es dort?« fragten die Knaben.

»Nichts«, antwortete Pawel und gab dem Pferde einen Klaps, »die Hunde haben etwas gewittert. Ich dachte, es sei ein Wolf«, fügte er gleichmütig hinzu, noch ganz außer Atem.

Unwillkürlich gefiel mir Pawluscha. Er sah hübsch aus in diesem Augenblick. Sein unschönes, durch den schnellen Ritt belebtes Gesicht glühte vor kühnem Mut und harter Entschlossenheit. Ohne einen Stecken in der Hand war er in der Nacht, ohne zu zaudern, allein einem Wolf nachgeritten ... Was für ein prächtiger Junge, dachte ich bei seinem Anblick.

»Hat man hier schon Wölfe gesehen?« fragte der ängstliche Kostja.

»Hier sind immer viele, aber gefährlich sind sie nur im Winter«, antwortete Pawel.

Er hockte sich wieder am Feuer nieder. Im Hinsetzen ließ er eine Hand auf den zottigen Nacken eines der beiden Hunde fallen; das erfreute Tier bewegte lange nicht den Kopf und blickte mit dankbarem Stolz seitwärts auf Pawluscha.

Wanja kroch wieder unter seine Matte.

»Und was für gruselige Sachen du uns erzählt hast, Iljuscha«, hub Fedja von neuem an, dem es als Sohn eines reichen Bauern zukam, das Gespräch zu leiten. Er selbst redete wenig, gleichsam um seiner Würde nichts zu vergeben. »Irgendein Teufelsspuk hat auch die Hunde hier zum Bellen gebracht ... Ja, ich habe gehört, daß jener Ort bei euch als nicht geheuer gilt.«

»Warnawizy? Und ob! und wie nicht geheuer er ist! Man hat dort, wie es heißt, mehr als einmal den alten Herrn gesehen – den verstorbenen Herrn. Er geht, sagt man, in einem langschößigen Kaftan umher, stöhnt und sucht immer etwas auf der Erde. Großvater Trofimytsch hat ihn einmal getroffen. ‚Was beliebst du, Väterchen Iwan Iwanowitsch, auf der Erde zu suchen?‘«

»Er hat ihn gefragt?« unterbrach ihn Fedja erstaunt.

»Ja.«

»Nun, ein schneidiger Kerl, dieser Großvater Trofimytsch ... Na, und der?«

»‚Ich suche die Sprengwurzel‘, sagte er. Und er sprach mit einer so hohlen Stimme: ‚Die Sprengwurzel.‘ – ‚Wozu brauchst du denn, Väterchen Iwan Iwanowitsch, die Sprengwurzel?‘ – ‚Das Grab drückt mich so, Trofimytsch; ich will heraus ...‘«

»Sieh mal an!« bemerkte Fedja, »er hat wohl nicht lange genug gelebt!«

»Welch ein Wunder! Ich glaubte, die Toten könnte man nur am Samstag vor Weihnachten sehen«, sagte Kostja.

»Die Toten kann man jederzeit sehen«, fiel Iljuscha ein, der, soweit ich feststellen konnte, besser als die anderen allen dörflichen Aberglauben kannte ... »Aber am Samstag vor Weihnachten kann dir auch ein Lebender erscheinen, das heißt einer, der im nächsten Jahr sterben muß. Man braucht sich nur in der Nacht vor die Kirchentür zu setzen und auf den Weg zu blicken. Dann gehen sie an dir vorüber, das heißt jene, die im kommenden Jahr sterben müssen. Im vergangenen Jahr hat es die alte Uljana bei uns so gemacht.«

»Nun, und hat sie jemand gesehen?« fragte Kostja neugierig.

»Gewiß. Zuerst saß sie lange, lange, sah niemanden und hörte niemanden ... nur ein Hündchen bellte und bellte irgendwo in der Ferne ... Mit einemmal sieht sie: es kommt auf dem Weg ein Knabe im bloßen Hemdchen daher. Sie schaute genauer hin – Iwaschka Fedosejew kommt ...«

»Der, welcher im Frühjahr gestorben ist?«

»Ja, der. Er geht und hebt das Köpfchen nicht ... Aber die Uljana hat ihn erkannt ... Aber dann sieht sie: eine Frau kommt. Sie schaut, schaut näher hin – ach, du lieber Gott! Sie selber kommt des Weges, die Uljana selber!«

»Wirklich sie selber?« fragte Fedja.

»Bei Gott, sie selber.«

»Aber wieso denn, sie ist ja noch nicht gestorben!«

»Das Jahr ist ja auch noch nicht um. Aber sieh sie dir an: ihre Seele hängt nur noch an einem Faden.«

Alle verstummten wieder. Pawel warf eine Handvoll trockener Äste auf das Feuer. Sie wurden sofort schwarz in der plötzlich auflodernden Flamme, knisterten, rauchten und krümmten sich, wobei sich die versengten Enden hoben. Der Widerschein des Lichtes schlug ruckartig zitternd nach allen Seiten, besonders nach oben. Mit einemmal flog von irgendwoher eine weiße Taube in den Widerschein, kreiste erschreckt auf einer Stelle, ganz übergossen von dem heißen Licht, und verschwand mit hörbarem Flügelschlag.

»Die hat sich verirrt«, bemerkte Pawel, »nun wird sie fliegen, bis sie an etwas anstößt, und wo sie anstößt, übernachtet sie bis zum Morgengrauen.«

»Aber sag, Pawluscha«, fragte Kostja, »war das nicht eine gerechte Seele, die in den Himmel flog?«

Pawel warf wieder eine Handvoll Zweige ins Feuer.

»Vielleicht«, sagte er schließlich.

»Sag bitte, Pawluscha«, begann Fedja, »war bei euch in Schalamowo auch die Himmelserscheinung sichtbar?«

»Als die Sonne nicht mehr zu sehen war? Gewiß.«

»Ihr seid wohl auch erschrocken?«

»Nicht wir allein. Auch unser Herr, obwohl er uns im voraus gesagt hatte, daß es eine Himmelserscheinung geben werde, fing an zu zittern, als es dunkel wurde. Und in der Gesindeküche hat die alte Köchin, als es dämmrig wurde, mit der Ofengabel alle Töpfe im Ofen zerschlagen. ‚Wer soll jetzt noch essen‘, sagte sie, ‚der Weltuntergang ist da.‘ So floß die Kohlsuppe auf die Erde. Und bei uns im Dorf gingen Gerüchte um, daß weiße Wölfe über die Erde laufen und die Menschen auffressen würden, ein Raubvogel würde erscheinen, und vielleicht würde man sogar Trischka, den Antichrist, selber sehen.«

»Was ist das für ein Trischka?« fragte Kostja.

»Das weißt du nicht?« fiel Iljuscha mit Feuereifer ein. »Nun, Bruder, woher bist du denn, daß du Trischka nicht kennst? Schlafmützen sitzen in eurem Dorf, richtige Schlafmützen! Trischka – das wird so ein seltsamer Mensch sein, der da kommt; und kommen wird dieser seltsame Mensch so, daß man ihn nicht wird festnehmen können und ihm auch sonst nichts wird anhaben können: derart seltsam wird er sein. Die Bauern werden zum Beispiel kommen, um ihn zu greifen: sie werden mit Knüppeln auf ihn losgehen, werden ihn umringen, doch er wird ihre Blicke abwenden, daß sie sich untereinander verprügeln werden. Oder man wird ihn einsperren; er aber wird um einen Krug Wasser bitten: bringt man ihm den Krug, schlüpft er hinein und wird nicht mehr gesehen. Man legt ihm Ketten an, er klatscht nur in die Hände, und sie fallen von ihm ab. Nun, und dieser Trischka wird durch die Dörfer und Städte gehen und die Christenmenschen verführen ... und man wird ihm nichts antun können ... So ein seltsamer, tückischer Mensch wird das sein.«

»Nun ja«, fuhr Pawel mit seiner ruhigen Stimme fort, »so wird er sein. So erwartete man ihn auch bei uns. Die Alten sagten, daß Trischka gleich zu Beginn der Himmelserscheinung kommen werde. Es fing an zu dämmern. Das ganze Volk strömte auf die Straße und auf das Feld und harrte der Dinge, die da kommen würden. Bei uns, wißt ihr, ist die Gegend frei und übersichtlich. Mit einemmal sieht man vom Weiler auf dem Berg einen Mann herunterkommen, so einen fremdartigen, mit einem ganz merkwürdigen Kopf ... Alles schreit: ‚Oi, Trischka kommt! oi, Trischka kommt!‘ und stürzt davon. Unser Dorfältester kroch in einen Graben; sein Weib blieb an der Torschwelle hängen und kreischte derart, daß sich ihr eigener Hofhund vor Schreck von der Kette losriß, über den Zaun setzte und im Wald verschwand. Dorofejitsch sprang in den Hafer, hockte sich hin und begann wie eine Wachtel zu schlagen: Vielleicht verschont der Unhold, der Seelenmörder, wenigstens einen Vogel, dachte er ... Derart hatten alle den Kopf verloren! Und der Mensch, der da herankam, war unser Böttcher Wawila; er hatte einen neuen Zuber gekauft und hatte sich den leeren Zuber auf den Kopf gestülpt.«

Alle Knaben lachten und verstummten dann wieder für eine Weile, wie es oft geschieht, wenn Leute sich im Freien unterhalten. Ich blickte auf: feierlich und erhaben stand die Nacht, die kühle Feuchtigkeit des späten Abends war der trockenen Wärme der Mitternacht gewichen, die noch lange wie ein weicher Teppich auf den schlafenden Feldern ruhen würde; es war noch weit bis zu den ersten Geräuschen des Morgens und den ersten Tautropfen. Der Mond stand nicht am Himmel: er ging um diese Zeit erst spät auf. Die zahllosen goldenen Sterne schienen alle geruhsam, hin und wieder blinkend, in der Richtung der Milchstraße zu wandern; und wirklich, wenn man sie betrachtete, fühlte man gleichsam selbst dunkel den pausenlosen, unaufhaltsamen Lauf der Erde ... Ein seltsamer, schriller, schmerzlicher Schrei erscholl plötzlich zweimal nacheinander über dem Fluß und wiederholte sich einige Augenblicke später noch öfter.

Kostja zuckte zusammen ...

»Was ist das?«

»Ein Reiher schreit«, antwortete Pawel ruhig.

»Ein Reiher«, wiederholte Kostja ... »Aber was war denn das, Pawluscha, was ich gestern abend gehört habe«, fügte er nach einer Weile hinzu, »vielleicht weißt du es ...«

»Was hast du gehört?«

»Das habe ich gehört. Ich ging von Kamennaja Grjada nach Schaschkino; zuerst ging ich immer in unserem Nußwald, dann über die kleine Wiese, weißt du, dort, wo sie gekrümmt aus der Schlucht herauskommt – dort ist doch ein tiefes Wasserloch, weißt du, ganz mit Schilf zugewachsen; so gehe ich denn an diesem Loch vorbei, und plötzlich fängt jemand darin so kläglich zu stöhnen an und macht so jämmerlich, jämmerlich: u-u ... u-u ... u-u! Ich bekam eine so furchbare Angst, Bruder: es war ja schon spät, und die Stimme klang so schmerzlich; ich hätte beinahe selber geweint ... Was mag das wohl gewesen sein?«

»In diesem Wasserloch haben im vorvergangenen Jahr die Wilddiebe den Förster Akim ertränkt«, bemerkte Pawluscha, »so klagt vielleicht seine Seele darin.«

»Nein, wirklich«, entgegnete Kostja, indem er seine ohnehin großen Augen noch weiter aufriß ... »Ich habe gar nicht gewußt, daß man Akim in diesem Wasserloch ertränkt hat, sonst hätte ich mich noch viel mehr gefürchtet.«

»Es soll aber auch kleine Frösche geben, die so kläglich schreien«, fuhr Pawel fort.

»Frösche? Nun, nein, das sind keine Frösche. Wie sollten sie ...?« Der Reiher schrie wieder auf dem Fluß. »Oho, du!« sagte Kostja unwillkürlich, »er schreit wie ein Waldschrat.«

»Ein Waldschrat schreit nicht, er ist stumm«, fiel Iljuscha ein, »er klatscht bloß in die Hände und schnarrt ...«

»Hast du ihn denn gesehen, den Waldschrat?« unterbrach ihn Fedja lächelnd.

»Nein, ich habe ihn nicht gesehen, und Gott behüte mich davor: aber andere haben ihn gesehen. Er hat bei uns vor einigen Tagen ein Bäuerlein in die Irre geführt: führte ihn im Kreise, immer im Kreise um dieselbe Lichtung herum ... Nur mit Mühe hat er bei Sonnenaufgang nach Hause gefunden.«

»Nun, und hat er ihn gesehen?«

»Ja. Er sagt, da steht so ein großer, großer Dunkler, Verhüllter, halb hinter einem Baum, genau kannst du es nicht erkennen, als versteckte er sich vor dem Mond, und schaut und schaut mit seinen glosenden Augen, blinzelt mit ihnen und blinkert ...«

»Ach, du!« rief Fedja und zuckte leicht zusammen, »pfui!«

»Aber weshalb ist dieses Heidenzeug nur in die Welt gekommen?« bemerkte Pawel. »Wirklich!«

»Schimpf nicht, paß auf, er hört es«, sagte Ilja.

Dann schwiegen sie wieder.

»Schaut doch, schaut doch, Kinder«, ertönte plötzlich Wanjas kindliches Stimmchen, »schaut doch, Gottes Sternlein – schwärmen wie die Bienen.«

Er streckte sein frisches Gesichtchen unter der Matte hervor, stützte sich auf den Ellenbogen und erhob langsam seine großen, stillen Augen zu Himmel. Die Augen aller Knaben hoben sich zum Himmel und senkten sich lange nicht.

»Sag mal, Wanja«, begann Fedja freundlich, »was macht deine Schwester Anjutka, ist sie gesund?«

»Es geht ihr gut«, antwortete Wanja mit etwas undeutlicher Stimme.

»Frag sie doch, weshalb sie nicht zu uns kommt ...«

»Ich weiß es nicht.«

»Sag ihr, sie möchte kommen.«

»Ich werde es sagen.«

»Sag ihr, daß ich ihr was geben werde.«

»Und mir nichts?«

»Dir auch.«

Wanja seufzte.

»Nun, ich brauche nichts. Gib es lieber ihr: sie ist so eine Gute ...«

Wanja legte wieder seinen Kopf auf die Erde. Pawel erhob sich und nahm das leere Kesselchen in die Hand.

»Wohin?« fragte ihn Fedja.

»Zum Fluß, Wasser schöpfen: ich habe Durst.«

»Paß auf, fall nicht in den Fluß!« rief ihm Iljuscha nach.

»Warum sollte er hineinfallen?« sagte Fedja, »er wird schon achtgeben.«

»Ja, achtgeben! Es passiert allerhand: er bückt sich, schöpft Wasser – und der Wassermann packt ihn an der Hand und nimmt ihn mit. Nachher wird es heißen, der Kleine ist halt ins Wasser gefallen ... Hat sich was: hineingefallen ...! Hört, jetzt ist er ins Schilf gekrochen«, fügte er lauschend hinzu.

Das auseinandergeschobene Schilf raschelte tatsächlich.

»Ist es wahr«, fragte Kostja, »daß Akulina verrückt geworden ist, seit sie im Wasser gesteckt hat?«

»Ja, seit der Zeit ... Wie sie jetzt aussieht! Aber man sagt, daß sie früher eine Schönheit gewesen ist. Der Wassermann hat sie verdorben. Er hat wohl nicht erwartet, daß man sie bald herausziehen würde. Da hat er sie dort bei sich auf dem Grunde verdorben.«

Ich selbst habe diese Akulina oft getroffen. In Lumpen gekleidet, entsetzlich mager, mit einem kohlschwarzen Gesicht, mit irrem Blick und gefletschten Zähnen trampelt sie stundenlang auf einem Fleck, irgendwo auf der Straße, die knochigen Hände fest an die Brust gepreßt, und tritt langsam von einem Fuß auf den andern wie ein wildes Tier in seinem Käfig. Sie versteht nicht, was man ihr sagt, und lacht nur ab und zu krampfhaft.

»Man sagt«, fuhr Kostja fort, »daß Akulina sich deshalb ins Wasser gestürzt hat, weil ihr Liebster sie betrog.«

»Ja, deswegen.«

»Und erinnerst du dich an Wasja?« fügte Kostja traurig hinzu.

»An welchen Wasja?« fragte Fedja.

»An den, der ertrunken ist«, antwortete Kostja, »in diesem Fluß hier. Und was für ein Junge das war, ach! was für ein Junge! Und wie ihn seine Mutter Feklista liebte! Und sie schien es zu ahnen, daß er im Wasser umkommen würde. Wenn Wasja im Sommer mit uns Kindern im Fluß baden ging, begann sie am ganzen Leib zu zittern. Die anderen Weiber kümmerten sich nicht darum, watschelten mit ihren Waschzubern weiter, aber Feklista stellte den Zuber hin und fing an ihn zu rufen: ‚Komm heraus, mein Herzchen, komm heraus! Oh, komm heraus, mein Falke!' Und wie er ertrunken ist, weiß Gott. Er spielte am Ufer, und seine Mutter war ganz in seiner Nähe, sie rechte Heu; auf einmal hörte sie aufsteigende Luftblasen, und wie sie hinschaut, sieht sie nur noch Wasjas Mütze auf dem Wasser schwimmen. Seit dem Tag ist auch Feklistas Kopf nicht mehr in Ordnung. Sie geht zum Fluß und legt sich an der Stelle nieder, an der Wasja ertrunken ist, streckt sich aus und beginnt ein Liedchen zu singen – erinnert ihr euch, Wasja sang immer so ein Liedchen – nun, dieses Liedchen singt sie und weint und weint und klagt Gott ihr Leid.«

»Pawluscha kommt«, sagte Fedja.

Pawel trat mit dem gefüllten Eimerchen ans Feuer.

»Nun, Kinder«, sagte er nach einer Weile, »es steht nicht gut.«

»Was ist denn?« fragte Kostja schnell.

»Ich habe Wasjas Stimme gehört.«

Alle fuhren zusammen.

»Was sagst du? Was sagst du?« flüsterte Kostja.

»Wahrhaftig! Wie ich mich zum Wasser niederbeuge, höre ich, daß mich unter dem Wasser gleichsam etwas mit Wasjas Stimme ruft: ‚Pawluscha, he, Pawluscha, komm hierher.' Ich ging fort. Aber das Wasser habe ich noch eingeschöpft.«

»Ach, du lieber Gott! ach, du lieber Gott!« sagten die Knaben und bekreuzigten sich.

»Dich hat der Wassermann gerufen, Pawel«, fügte Fedja hinzu ... »Und wir haben gerade von Wasja gesprochen.«

»Ach, das ist ein böses Vorzeichen«, sagte Iljuscha gedehnt.

»Nun, macht nichts, meinetwegen«, sagte Pawel entschlossen und setzte sich wieder hin, »deinem Schicksal kannst du nicht entgehen.«

Die Knaben verstummten. Man sah, daß Pawels Worte einen tiefen Eindruck auf sie machten. Sie legten sich neben das Feuer und richteten sich zum Schlafen her.

»Was ist das?« fragte plötzlich Kostja, indem er den Kopf hob.

Pawel lauschte.

»Schnepfen fliegen und pfeifen.«

»Wohin fliegen sie denn?«

»Dorthin, wo es, wie man sagt, keinen Winter gibt.«

»Gibt es denn ein solches Land?«

»Ja.«

»Weit von hier?«

»Weit, weit, hinter den warmen Meeren.«

Kostja seufzte und schloß die Augen.

Es waren schon über drei Stunden verstrichen, seit ich mich zu den Knaben gesellt hatte. Endlich ging der Mond auf; ich bemerkte ihn nicht gleich: so klein und schmal war er. Die mondlose Nacht schien ebenso großartig zu sein wie bisher ... Aber schon hatten sich viele Sterne, die hoch am Himmel gestanden hatten, zum dunklen Rand der Erde geneigt; ringsum herrschte völlige Stille, wie es gewöhnlich erst gegen Morgen still zu werden pflegt; alles lag im tiefen, regungslosen Morgenschlaf. Die Luft roch nicht mehr so stark, sie wurde gleichsam wieder feuchter ... Die Sommernächte sind kurz. Die Unterhaltung der Knaben schlief ein, zugleich mit dem Feuer ... Sogar die Hunde schlummerten; auch die Pferde, soweit ich es bei dem schwachen, flimmernden Licht der Sterne erkennen konnte, ruhten mit gesenkten Köpfen ... Mich umfing ein sanftes Vergessen, das in Schlaf überging.

Ein frischer Lufthauch streifte mein Gesicht. Ich schlug die Augen auf: es tagte. Man sah noch kein Morgenrot, aber im Osten wurde es heller. Ringsum wurde alles, wenn auch noch undeutlich, sichtbar. Der blaßblaue Himmel wurde lichter, kälter, blauer; die Sterne blinkten hier nur mehr in schwachem Licht, dort verschwanden sie; die Erde und das Laub wurden naß von Tau, irgendwoher kamen lebensvolle Töne, Stimmen, ein leichter Morgenwind strich über die Erde. Mein Körper begrüßte ihn mit einem fröhlichen, leichten Erschauern. Ich stand schnell auf und ging zu den Knaben. Sie schliefen alle wie Tote um das glimmende Feuer; nur Pawel richtete sich halb auf und sah mich aufmerksam an.

Ich nickte ihm zu und ging meiner Wege den dampfenden Fluß entlang! Noch war ich keine zwei Werst gegangen, als sich auch schon rings um mich über die breite, feuchte Wiese und vor mir über die grünenden Hügel, von Wald zu Wald, und hinter mir über die lange staubige Straße, über die glitzernden, leuchtenden Büsche und über den Fluß, den unter den leichten Nebeln schamhaft blauenden, zuerst purpurne, dann rote, goldene Ströme jungen Lichtes ergossen ... Alles regte sich, erwachte, begann zu singen, zu lärmen, zu reden. Überall funkelten gleich strahlenden Edelsteinen große Tautropfen: mir entgegen drangen die reinen und hellen, gleichsam auch von der Morgenkühle umspülten Töne einer Glocke, und auf einmal jagte an mir, von den bekannten Knaben angetrieben, die ausgeruhte Pferdekoppel vorüber ...

Zu meinem Bedauern muß ich hinzufügen, daß Pawel im selben Jahr starb. Er ist nicht ertrunken: er verlor sein Leben durch einen Sturz vom Pferd. Schade, er war ein prachtvoller Junge!

Kasjan von der Schönen Aussicht

Ich kehrte eben in einem klapprigen Wägelchen von der Jagd zurück, schlummerte und schwankte hin und her, erdrückt von der schwülen Hitze des wolkenschweren Sommertages (es ist bekannt, daß an solchen Tagen die Hitze mitunter noch unerträglicher ist als an wolkenlosen, besonders wenn es windstill ist), und fügte mich mit mürrischer Geduld in die Wahrscheinlichkeit, von dem feinen weißen Straßenstaub, der ohne Unterlaß auf dem ausgefahrenen Weg von den ausgedörrten und knarrenden Rädern aufgewühlt wurde, langsam aufgefressen zu werden, als mit einemmal durch die ungewöhnliche Unruhe und die aufgeregten Körperbewegungen meines Kutschers, der bislang noch fester als ich geschlummert hatte, meine Neugierde erwachte. Er zerrte an den Leinen, rutschte auf dem Bock hin und her, schrie die Pferde an und sah immer wieder irgendwohin zur Seite. Ich schaute um mich. Wir fuhren über eine breite umgeackerte Ebene: in abschüssigen, wellenförmigen Hängen kamen auf sie niedrige, gleichfalls umgeackerte Hügel zugelaufen; der Blick umfaßte ungefähr fünf Werst kahlen Raum: in der Ferne unterbrachen kleine Birkenwäldchen mit ihren rundgezahnten Wipfeln die fast gerade Linie des Horizontes. Schmale Steige zogen sich über die Felder, verschwanden in kleinen Senken, schlängelten sich längs den Hängen – und auf einem von ihnen, der etwa fünfhundert Schritt vor uns unseren Weg kreuzen mußte, unterschied ich irgendeinen Zug. Ihm galt die Aufmerksamkeit meines Kutschers.

Es war eine Beerdigung. Vorne, in einem Wagen, mit einem einzigen Pferdchen bespannt, fuhr der Geistliche; der Vorsänger saß neben ihm und kutschierte; hinter dem Wagen trugen vier

Bauern mit entblößten Häuptern den Sarg, der mit einem weißen Leintuch bedeckt war; zwei Weiber folgten dem Sarg. Das dünne, jammernde Stimmchen der einen erreichte plötzlich mein Ohr; ich lauschte: sie wehklagte. Traurig ertönte inmitten der weiten Felder dieser zitternde, eintönige, hoffnungslos schmerzliche Gesang. Der Kutscher trieb die Pferde an: er wollte dem Leichenzug zuvorkommen. Einem Toten unterwegs zu begegnen ist ein schlimmes Vorzeichen. Es gelang ihm wirklich vorbeizukommen, ehe der Verstorbene unseren Weg erreicht hatte; aber wir waren noch keine hundert Schritt weitergefahren, als unser Wagen plötzlich einen heftigen Stoß erhielt; er neigte sich zur Seite und fiel beinahe um. Der Kutscher brachte die trabenden Pferde zum Stehen, winkte mit der Hand und spuckte aus.

»Was ist los?« fragte ich.

Mein Kutscher stieg schweigend und ohne sich zu beeilen vom Bock.

»Ja, was ist denn los?«

»Die Achse ist gebrochen ... durchgebrannt«, antwortete er mißmutig und rückte plötzlich so ärgerlich das Hintergeschirr auf dem Seitenpferd zurecht, daß es heftig zur Seite schwankte, das Gleichgewicht jedoch wiederfand, schnaubte, sich schüttelte und sich in aller Ruhe mit dem Gebiß das Vorderbein unterhalb des Knies zu kratzen begann.

Ich stieg aus, stand einige Zeit mit auf dem Weg herum und gab mich düster dem Gefühl peinlicher Ratlosigkeit hin. Das rechte Rad war fast ganz unter den Wagen gekippt und schien in stummer Verzweiflung seine Nabe nach oben zu kehren.

»Was werden wir jetzt tun?« fragte ich endlich.

»Der dort ist schuld!« sagte mein Kutscher und zeigte mit der Peitsche auf den Zug, welcher bereits auf den Weg eingebogen war und sich uns näherte. »Das habe ich schon immer bemerkt«, fuhr er fort, »es ist ein schlechtes Vorzeichen, einem Toten zu begegnen ... Ja.«

Und er beunruhigte wieder das Seitenpferd, das in Anbetracht der schlechten Laune und Grobheit des Kutschers beschlossen hatte, sich nicht zu rühren, und nur ab und zu bescheiden den Schweif schwang. Ich ging ein paar Schritt hin und her und blieb wieder vor dem Rad stehen.

Mittlerweile hatte uns der Tote eingeholt. Der traurige Zug bog still vom Weg auf das Gras ab und zog an unserem Wagen vorüber. Wir nahmen die Mützen ab, verneigten uns vor dem Priester und wechselten einen Blick mit den Trägern. Sie trugen schwer an ihrer Last; hoch wölbte sich ihre mächtige Brust. Von den beiden Weibern, die hinter dem Sarge gingen, war die eine sehr alt und bleich; ihre unbeweglichen, vom Schmerz entstellten Züge wahrten den Ausdruck strenger, feierlicher Wichtigkeit. Sie schritt schweigend einher und führte zuweilen ihre magere Hand an die dünnen, eingefallenen Lippen. Die andere, eine junge Frau von fünfundzwanzig Jahren, hatte feuchte, gerötete Augen, und ihr ganzes Gesicht war vom Weinen angeschwollen; als sie bei uns vorbeischritt, hörte sie mit dem Klagen auf und verdeckte ihr Antlitz mit dem Ärmel ... Doch nun war der Entschlafene an uns vorüber, bog wieder auf den Weg ein, und von neuem ertönte ihr klagender, herzzerreißender Gesang. Mein Kutscher, der schweigend mit den Augen dem gleichmäßig schwankenden Sarg gefolgt war, wandte sich mir zu.

»Sie beerdigen den Zimmermann Martyn«, sagte er, »den Pockennarbigen.«

»Woher weißt du das?«

»Ich habe die Frauen erkannt. Die alte ist seine Mutter und die junge sein Weib.«

»War er denn krank?«

»Ja ... das Fieber ... Vorgestern schickte der Verwalter nach dem Doktor, aber der Doktor war nicht zu Hause ... War ein guter Zimmermann; trank zwar ein wenig, aber Zimmermann war er ein guter. Siehst ja, wie verzweifelt das Weib ist ... Nun, die Weiber müssen die Tränen nicht kaufen. Weibertränen sind dasselbe wie Wasser ... Ja.«

Bei diesen Worten bückte er sich, kroch unter dem Zügel des Seitenpferdes durch und packte mit beiden Händen das Krummholz.

»Nichtsdestoweniger, was werden wir jetzt tun?« bemerkte ich.

Mein Kutscher stemmte zuerst sein Knie gegen die Schulter des Mittelpferdes, zog zweimal den Riemen fest, der das Krummholz spannt, rückte das Sattelkissen zurecht, kroch wieder unter dem Zügel des Seitenpferdes durch, wobei er es im Vorbeigehen ins Maul stieß, ging zum Rad, blieb vor ihm stehen, holte langsam, ohne den Blick von ihm zu wenden, unter dem Schloß seines Kaftans eine Tabaksdose hervor, zog langsam an einem kleinen Riemen ihren Deckel ab, steckte langsam seine zwei dicken Finger in die Dose (sie fanden darin kaum Platz), rieb und rieb den Tabak, rümpfte im voraus die Nase, schnupfte portionsweise, wobei er jede Prise mit anhaltendem Ächzen begleitete, zwinkerte und kniff schmerzhaft die tränenden Augen zusammen und versank in tiefes Nachdenken.

»Also, was?« sagte ich schließlich.

Mein Kutscher steckte die Tabaksdose sorgsam in die Tasche zurück, rückte sich, ohne die Hände zu Hilfe zu nehmen, mit einer einzigen Kopfbewegung den Hut auf die Augenbrauen und kletterte nachdenklich auf den Bock.

»Wohin willst du denn?« fragte ich erstaunt.

»Belieben Sie Platz zu nehmen«, antwortete er ruhig und nahm die Leinen auf.

»Wie werden wir denn fahren?«

»Wir werden schon irgendwie fahren.«

»Aber die Achse ...?«

»Belieben Sie sich zu setzen.«

»Aber die Achse ist doch gebrochen ...«

»Gebrochen oder nicht gebrochen, bis zur neuen Siedlung werden wir schon kommen ... natürlich im Schritt. Hier rechts, hinter dem Wäldchen, ist eine neue Siedlung: Judiny heißt sie.«

»Und du glaubst, daß wir hinkommen?«

Mein Kutscher würdigte mich keiner Antwort.

»Ich werde lieber zu Fuß gehen«, sagte ich.

»Wie Sie belieben ...«

Er schwang die Peitsche, und die Pferde zogen an.

Wir gelangten wirklich bis zu der neuen Siedlung, obgleich sich das rechte Vorderrad kaum am Wagen hielt und sich ungewöhnlich seltsam drehte. Auf einer Anhöhe wäre es um ein Haar heruntergeflogen, aber mein Kutscher stieß einen zornigen Schrei aus, und wir kamen wohlbehalten unten an.

Die neue Siedlung Judiny bestand aus sechs niedrigen und kleinen Hütten, die schon wieder etwas windschief dastanden, obgleich sie wahrscheinlich vor noch nicht langer Zeit errichtet worden waren: einige Gehöfte hatten noch keinen Zaun. Beim Hineinfahren in diese neue Siedlung trafen wir keine Menschenseele; weder Hühner noch Hunde waren auf der Straße zu sehen; nur ein schwarzer Köter mit einem gestutzten Schwanz sprang bei unserem Herannahen hastig aus einem völlig ausgetrockneten Trog, in den ihn wohl die Hitze getrieben hatte, und stürzte, ohne zu bellen, sofort unter ein Tor. Ich trat in die erste Hütte, öffnete die Tür zum Flur und rief nach den Hauswirten – niemand antwortete mir. Ich rief noch einmal: das hungrige Miauen einer Katze ließ sich hinter einer zweiten Tür vernehmen. Ich stieß sie mit dem Fuß auf: eine magere Katze huschte mit funkelnden grünen Augen an mir vorbei. Ich steckte den Kopf ins Zimmer und sah mich um: es war dunkel, rauchig und leer. Ich ging auf den Hof hinaus, auch dort war niemand ... in einem Verschlag blökte ein Kalb; eine lahme, graue Gans watschelte etwas zur Seite. Ich ging zur zweiten Hütte – auch in der zweiten Hütte keine Seele. Ich trat auf den Hof hinaus ...

Mitten auf dem von der Sonne grell beschienenen Hof, sozusagen mitten im Backofen, lag, mit dem Gesicht auf dem Boden und den Kopf mit einem Bauernkittel bedeckt, ein Knabe, wie mir schien. Einige Schritt von ihm entfernt, neben einem schlechten Wägelchen, stand unter einem strohgedeckten Vordach eine magere Mähre in geflicktem Geschirr. Das Sonnenlicht, das durch die engen Ritzen der morschen Strohdecke flutete, lag in kleinen hellen Flecken auf ihrem zottigen, rotbraunen Fell. Darüber schwatzten in einem hohen Starenhäuschen Stare und schauten mit ruhiger Neugierde von ihrem luftigen Häuschen herab. Ich ging zu dem Schlafenden und weckte ihn ...

Er hob den Kopf, erblickte mich und sprang sofort auf die Füße ... »Was, was wollt ihr? was gibt es?« stieß er schlaftrunken hervor.

Ich antwortete ihm nicht gleich: so sehr verblüffte mich sein Äußeres. Stellen Sie sich einen fünfzigjährigen Zwerg vor mit einem kleinen, gebräunten und faltigen Gesicht, einer spitzen Nase, braunen, kaum sichtbaren Augen und lockigen, dichten schwarzen Haaren, die wie der Hut auf einem Pilz breit auf seinem kleinen Köpfchen saßen. Der ganze Körper war äußerst dürftig und mager, und es ist einfach unmöglich, in Worten wiederzugeben, wie ungewöhnlich und seltsam sein Anblick war.

»Was wollt ihr?« fragte er mich wieder.

Ich erklärte ihm, worum es sich handelte; er hörte mich an, ohne seine langsam blinzelnden Augen von mir zu wenden.

»Also, könnten wir nicht eine neue Achse bekommen«, sagte ich schließlich, »ich würde sie mit Vergnügen bezahlen.«

»Wer seid ihr denn? Jäger etwa, he?« fragte er und musterte mich vom Kopf bis zu den Füßen.

»Ja, Jäger.«

»So schießt ihr wohl die Vögelchen des Himmels? ... und die Tiere des Waldes? ... und es ist für euch keine Sünde, Gottes Vöglein zu morden, unschuldiges Blut zu vergießen?«

Der seltsame Alte sprach sehr gedehnt. Der Ton seiner Stimme überraschte mich ebenfalls. Er klang nicht nur keineswegs schwächlich, sondern erstaunlich melodisch, jung und fast frauenhaft zart.

»Eine Achse habe ich nicht«, fügte er nach einem kurzen Schweigen hinzu, »diese da taugt nicht« (er zeigte auf sein Wägelchen), »ihr habt wohl einen großen Wagen.«

»Aber könnte man eine im Dorf finden?«

»Was ist das hier für ein Dorf ...! Hier hat niemand eine Achse ... Und es ist auch niemand zu Hause: alle sind bei der Arbeit. Geht!« sagte er plötzlich und legte sich wieder auf die Erde.

Diesen Schluß hatte ich nicht erwartet.

»Hör mal, Alter«, sagte ich und berührte ihn an der Schulter, »sei so gut und hilf uns.«

»Geht mit Gott! Ich bin müde: ich war in der Stadt«, sagte er und zog sich den Kittel über den Kopf.

»So tu uns doch den Gefallen«, fuhr ich fort, »ich ... ich werde dafür bezahlen.«

»Ich brauche nicht deine Bezahlung.«

»Aber ich bitte dich, Alter ...«

Er richtete sich halb auf, setzte sich und kreuzte seine dünnen Beinchen.

»Ich könnte dich vielleicht auf den Holzschlag führen. Hier haben Holzhändler einen Wald gekauft – Gott sei ihr Richter, sie holzen den Wald ab und haben ein Kontor errichtet – Gott sei ihr Richter. Dort könntest du eine Achse bestellen oder eine fertige kaufen.«

»Großartig!« rief ich erfreut aus. »Großartig! Gehen wir!«

»Eine Eichenachse, eine gute«, fuhr er fort, ohne aufzustehn.

»Ist es weit bis zu diesem Holzschlag?«

»Drei Werst.«

»Nun, was ist schon dabei! Wir können ja mit deinem Wagen hinfahren.«

»Nein ...«

»Nun komm«, sagte ich, »gehen wir, Alter! Mein Kutscher erwartet uns auf der Straße.«

Der Alte stand ungern auf und folgte mir auf die Straße. Mein Kutscher war in gereizter Stimmung: er hatte die Pferde tränken wollen, aber im Brunnen war sehr wenig und dazu noch schlecht schmeckendes Wasser, und gutes Wasser ist, wie die Kutscher sagen, das Allerwichtigste ... Jedoch beim Anblick des Alten grinste er, nickte ihm zu und rief: »Ah, Kasjanuschka! Guten Tag!«

»Guten Tag, Jerofej, gerechter Mensch!« antwortete Kasjan mit trauriger Stimme.

Ich unterrichtete den Kutscher sofort von Kasjans Vorschlag; Jerofej erklärte sich damit einverstanden und fuhr auf den Hof. Während er mit gemessener Eile die Pferde ausspannte, stand der Alte mit einer Schulter ans Tor gelehnt dabei und blickte unlustig bald auf ihn, bald auf mich. Er schien unschlüssig zu sein; soviel ich bemerken konnte, freute ihn unser plötzliches Erscheinen kein bißchen.

»Hat man denn auch dich umgesiedelt?« fragte ihn mit einemmal Jerofej, indem er das Krummholz abnahm.

»Ja, auch mich.«

»Äh«, stieß mein Kutscher durch die Zähne hervor. »Weißt du, der Zimmermann Martyn ... du kennst doch den pockennarbigen Martyn?«

»Gewiß.«

»Nun, er ist gestorben. Wir sind eben seinem Sarg begegnet.«

Kasjan zuckte zusammen.

»Gestorben?« sagte er und senkte die Augen.

»Ja, gestorben. Warum hast du ihn nicht auskuriert, he? Man sagt doch, daß du Kranke kurierst und ein Heilkundiger bist.«

Mein Kutscher amüsierte sich offensichtlich und machte sich über den Alten lustig.

»Ist das dein Wagen?« fragte er, indem er mit der Schulter auf ihn zeigte.

»Ja.«

»Nun, ein Wagen ... ein Wagen!« wiederholte er, packte ihn an den Deichselstangen und kippte ihn beinahe um. »Ein Wagen ...! Ja, womit wollt ihr denn auf den Holzschlag fahren? Zwischen diese Deichselstangen geht eines unserer Pferde gar nicht hinein: unsere Pferde sind groß – was ist das hier eigentlich?«

»Ich weiß nicht, womit ihr fahren werdet«, antwortete Kasjan, »aber keinesfalls mit diesem Tierchen hier«, fügte er mit einem Seufzer hinzu.

»Mit diesem?« fiel ihm Jerofej ins Wort, ging auf die Mähre zu und stieß sie mit dem dritten Finger der rechten Hand verächtlich in den Hals. »Schau«, fügte er vorwurfsvoll hinzu, »sie ist eingeschlafen, die Krähe!«

Ich bat Jerofej, sie schnell anzuspannen. Ich wollte selbst mit Kasjan auf den Holzschlag fahren: dort sind oft Birkhühner. Als der Wagen schon abfahrbereit war und ich es mir samt meinem Hund auf seinem gewellten Lindenboden bequem gemacht hatte und Kasjan schon zu einem Klumpen zusammengerollt mit dem vorherigen traurigen Gesichtsausdruck auf dem vorderen Rand kauerte – trat Jerofej mit einer geheimnisvollen Miene an mich heran und flüsterte mir ins Ohr: »Sie tun gut daran, Väterchen, daß Sie selbst mit ihm fahren. Er ist doch ein Narr im Herrn und hat den Spitznamen Floh. Ich begreife nicht, wie Sie ihn verstehen konnten ...«

Ich wollte Jerofej bedeuten, daß Kasjan bisher den Eindruck eines sehr verständigen Menschen gemacht habe, mein Kutscher fuhr jedoch gleich in demselben Ton fort: »Passen Sie nur auf, daß er Sie auch wirklich hinfährt. Und belieben Sie selbst die Achse auszuwählen: nehmen Sie eine möglichst starke ... Du, Floh«, fügte er laut hinzu, »finde ich in eurer Hütte ein Stücklein Brot?«

»Such, vielleicht findest du etwas«, antwortete Kasjan, ruckte mit der Leine, und wir fuhren los.

Sein Pferdchen lief zu meiner aufrichtigen Verwunderung gar nicht so übel. Kasjan schwieg hartnäckig während der ganzen Fahrt und antwortete nur kurz und unwillig auf meine Fragen. Wir kamen bald auf den Holzschlag, und dort verfügten wir uns in das Kontor, ein hohes Blockhaus, das am Rande einer kleinen Schlucht stand, die flüchtig aufgedämmt und in einen Teich verwandelt worden war. Ich traf in diesem Kontor zwei junge kaufmännische Angestellte mit schneeweißen Zähnen, süßlichen Augen, süßlicher und forscher Redeweise und einem süßlich-gaunerhaften Lächeln, kaufte ihnen eine Achse ab und begab mich auf den Holzschlag. Ich dachte, daß Kasjan beim Pferde bleiben und mich dort erwarten werde, aber er trat plötzlich an mich heran.

»Du gehst wohl Vöglein schießen«, sagte er, »was?«

»Ja, wenn ich welche finde.«

»Ich werde mit dir gehen ... Darf ich?«

»Gewiß, gewiß.«

Und wir gingen. Das abgeholzte Waldstück war ungefähr eine Werst lang. Ich gestehe, daß ich mehr auf Kasjan als auf meinen Hund achtete. Er hieß nicht umsonst der Floh. Sein schwarzes, unbedecktes Köpfchen (sein Haar konnte übrigens jede beliebige Mütze ersetzen) huschte nur so durch die Büsche. Er ging ungewöhnlich flink und hüpfte geradezu beim Gehen, bückte sich beständig, riß irgendwelche Kräuter ab, die er sich unter das Hemd steckte, brummelte etwas vor sich hin und blickte mit einem eigenartigen, forschenden Blick immerzu auf mich und auf meinen Hund. Im niederen Gebüsch, im »Kleinholz« und auf Holzschlägen halten sich häufig kleine graue Vögel auf, die im Sturzflug von Baum zu Baum überwechseln und dabei pfeifen. Kasjan neckte sie, indem er ihren Pfiff nachahmte; ein junges Birkhuhn ging gackernd unter seinen Füßen hoch – er gackerte ihm nach; eine Lerche begann mit zitternden Flügeln und hellem Gesang über ihm zur Erde herabzusinken – Kasjan griff ihr Lied auf. Mit mir sprach er immer noch nicht ...

Das Wetter war herrlich, noch herrlicher als vordem; aber die Hitze nahm noch immer nicht ab. Am klaren Himmel zogen kaum merklich hohe, vereinzelte Wolken dahin: gelblich-weiße wie verspäteter Frühjahrsschnee, flache und längliche wie herabgesunkene Segel. Ihre feingezackten Ränder, leicht und flaumig wie Baumwolle, veränderten sich langsam, aber doch deutlich wahrnehmbar von einem Augenblick zum anderen; diese Wolken zerrannen und spendeten keinen Schatten. Wir streiften lange mit Kasjan über den Holzschlag. Junge, noch nicht ellenhohe Schößlinge umringten mit ihren dünnen, glatten Stämmchen die niedrigen, schwarz gewordenen Baumstümpfe; runde schwammartige Auswüchse mit grauen Rändern (dieselben Auswüchse, aus denen man Zunder kocht) hafteten an diesen Stümpfen; Erdbeeren streckten ihre rosafarbenen Ranken über sie hinweg; große Pilzfamilien standen dichtgedrängt um sie herum. Die Füße verhedderten sich und blieben ständig im langen, von der Sonne erhitzten Grase stecken: überall flimmerte vor den Augen der harte, metallene Glanz des jungen, rötlichen Laubes an den Bäumen; überall prangten die hellblauen Blütentrauben der wilden Erbse, die goldenen Becherchen des Hahnenfußes, die halb lila und halb gelben Blüten des Wachtelweizens; da und dort, neben verwilderten Waldsteigen, auf denen sich die Wagenspuren als Streifchen roten, kurzen Grases eingezeichnet hatten, standen, zu Klaftern geschichtet, von Wind und Regen grau gewordene Brennholzhaufen; sie warfen in schrägen Vierecken einen schwachen Schatten – einen anderen Schatten gab es nirgends. Ein leichter Windhauch regte sich und schlief wieder ein: er weht einem plötzlich ins Gesicht und scheint stärker zu werden, ringsum beginnt alles fröhlich zu rauschen, zu wippen und sich zu bewegen, graziös schwanken die geschmeidigen Enden des Farnkrauts – du begrüßt ihn freudig ... doch schon ist er wieder erstorben und alles wieder still. Nur die Grashüpfer zirpen einträchtig, wie erzürnt – betäubend ist dieser anhaltende, saure und trockene Ton. Er paßt zu der unerbittlichen Glut des Mittags; es ist, als ob er von ihnen geboren, von ihnen aus der glühenden Erde hervorgerufen würde.

Ohne eine einzige Kette gefunden zu haben, kamen wir endlich auf die neuen Schläge. Die Stämme der unlängst gefällten Espen lagen traurig auf dem Boden ausgestreckt und drückten das Gras und niedere Gebüsch nieder; bei einigen hingen noch grüne, aber schon tote Blätter an den unbeweglichen Zweigen, an anderen waren sie bereits vertrocknet und zusammengeschrumpft. Von den frischen goldig-weißen Spänen, die haufenweise um die feuchtglänzenden Baumstümpfe herumlagen, stieg ein eigenartiger, äußerst angenehmer bitterer Geruch auf. Weiter ab, mehr auf den Wald zu, erklangen dumpfe Axthiebe, und von Zeit zu Zeit senkte sich feierlich und still, gleichsam sich verbeugend und die Arme ausbreitend, eine buschige Baumkrone zur Erde.

Lange Zeit fand ich überhaupt kein Wild; endlich flog aus einem breiten, mit Wermut durchsetzten Eichenbusch ein Wachtelhahn heraus. Ich drückte ab; er überschlug sich in der Luft und stürzte zu Boden. Sowie Kasjan meinen Schuß hörte, bedeckte er schnell die Augen mit der Hand und rührte sich nicht, bis ich mein Gewehr wieder geladen und den Hahn aufgehoben hatte. Als ich aber weiterging, näherte er sich der Stelle, auf welche der tote Vogel gefallen war, bückte sich ins Gras nieder, das mit einigen Blutstropfen besprengt war, schüttelte den Kopf und blickte erschreckt auf mich ... Später hörte ich, wie er vor sich hinflüsterte: »Eine Sünde! ... Ach, welch eine Sünde!«

Die Hitze zwang uns schließlich, in den Wald hineinzugehen. Ich warf mich unter einen hohen Haselnußstrauch, über den ein junger, schlanker Ahorn malerisch seine leichten Zweige ausgebreitet hatte. Kasjan setzte sich auf das dicke Ende einer gefällten Birke. Ich betrachtete ihn. In der Höhe schaukelten leicht die Blätter, und ihre fließenden, grünlichen Schatten glitten auf seinem Körper in dem dunklen Bauernrock vor und zurück und huschten über sein kleines Gesicht. Er hielt den Kopf gesenkt. Da mir sein Schweigen langweilig wurde, legte ich mich auf den Rücken und erfreute mich an dem friedlichen Spiel der durcheinandergeschichteten Blätter auf dem fernen, hellen Himmel. Es ist eine äußerst angenehme Beschäftigung, im Wald auf dem Rücken zu liegen und nach oben zu schauen! Es scheint, daß man in ein bodenloses Meer blickt, daß es sich weit *unter* einem ausbreitet, daß die Bäume nicht von der Erde in die Höhe ragen, sondern daß die Wurzeln riesiger Gewächse senkrecht in jene glasklaren Wogen hinabhängen; die Blätter auf den Bäumen blitzen bald wie Edelsteine, bald verdichten sie sich zu einem goldigen, fast schwarzen Grün. Hoch oben steht am Ende eines dünnen Zweiges unbeweglich ein einzelnes Blatt auf einem Fleckchen azurblauen Himmels, und neben ihm schaukelt ein anderes, dessen Bewegungen an das Plätschern eines Fisches erinnern, als ob es sich selbständig regte und nicht vom Winde geschaukelt würde. Gleich zauberhaften unterseeischen Inseln schwimmen leise weiße, runde Wolken heran und ziehen leise vorüber – und da plötzlich beginnen dieses ganze Meer, diese durchsichtige Luft, diese sonnenüberfluteten Blätter und Zweige zu fließen, in einem flüchtigen Glanz zu beben, und ein frisches, zitterndes Murmeln hebt an, das dem endlosen feinen Geplätscher einer auflaufenden Brandungswelle ähnelt. Man bewegt sich nicht – man schaut: und es läßt sich unmöglich in Worte fassen, wie froh und still und süß einem ums Herz wird. Man schaut – und jene tiefe, reine Himmelsbläue ruft auf den Lippen ein Lächeln hervor, das ebenso unschuldig ist wie sie selbst. Man schaut den Wolken zu, die über den Himmel wandern, und es ist einem, als ob gleichzeitig mit ihnen in langsamer Prozession glückliche Erinnerungen an der Seele vorbeizögen, der Blick immer weiter und weiter dränge und uns selbst nachzöge in jenen ruhigen, schimmernden Abgrund, und es ist unmöglich, sich loszureißen von dieser Höhe, von dieser Tiefe ...

»Herr, du Herr!« sagte plötzlich Kasjan mit seiner hellen Stimme.

Erstaunt richtete ich mich auf; er hatte bisher kaum auf meine Fragen geantwortet, und plötzlich redete er mich selbst an.

»Was hast du?« fragte ich.

»Nun, weshalb hast du das Vöglein totgeschossen?« begann er und sah mir dabei gerade ins Gesicht.

»Wieso weshalb ...? Die Wachtel ist Wild: man kann sie essen.«

»Nicht deshalb hast du sie getötet, Herr: warum solltest du sie essen? Du hast sie zu deinem Vergnügen getötet.«

»Aber du selber ißt doch wohl auch Gänse oder Hühner?«

»Jene Vögel sind von Gott für den Menschen bestimmt, aber die Wachtel ist ein freier Vogel, ein Vogel des Waldes. Und nicht sie allein: es gibt viele freie Geschöpfe in Wald und Feld und Fluß und Sumpf und Wiese und Berg und Tal – und es ist eine

Sünde, sie zu töten, und sie sollen so lange auf der Welt leben, wie ihnen bestimmt ist ... Dem Menschen ist eine andere Nahrung bestimmt; eine andere Nahrung und ein anderer Trank: Brot als Gottesgnade und himmlisches Wasser und Haustiere, wie es von alters her war.«

Ich blickte verwundert auf Kasjan. Seine Worte flossen frei, er suchte sie nicht, er sprach mit einer stillen Beseeltheit und bescheidenen Wichtigkeit, zuweilen schloß er die Augen.

»Dann ist es deiner Ansicht nach auch sündhaft, Fische zu töten?« fragte ich.

»Der Fisch hat kaltes Blut«, erwiderte er mit Überzeugung, »der Fisch ist ein stummes Geschöpf. Er fürchtet sich nicht und freut sich nicht: der Fisch ist ein lautloses Geschöpf. Der Fisch spürt nichts, er hat kein lebendiges Blut ... Das Blut«, fuhr er nach einem kurzen Schweigen fort, »ist etwas Heiliges! Das Blut sieht nicht Gottes Sonne, das Blut versteckt sich vor dem Licht ... es ist eine große Sünde, dem Licht das Blut zu zeigen ... eine große Sünde und ein Schrecken ... Oh, ein großer!«

Er seufzte und senkte die Augen. Ich gestehe, daß ich höchst erstaunt auf den seltsamen Alten blickte. Seine Rede klang nicht wie die einfache Rede der Bauern: so sprechen nicht einfache Leute, und auch Schönredner sprechen nicht so. Das war eine überlegt feierliche und eigenartige Sprache ... Ich hatte noch nie etwas Derartiges gehört.

»Sage mir bitte, Kasjan«, begann ich, ohne meinen Blick von seinem leicht geröteten Gesicht zu wenden, »was für ein Gewerbe betreibst du?«

Er antwortete nicht sofort auf meine Frage. Sein Blick wanderte einen Augenblick unruhig umher.

»Ich lebe, wie der Herr mir befiehlt«, sagte er schließlich, »und was ein Gewerbe anbetrifft – nein, ich betreibe kein Gewerbe. Ich bin von klein auf wenig anstellig gewesen; ich arbeite, soviel ich kann, aber ich bin ein schlechter Arbeiter ... wie sollte ich auch! Ich habe keine Kraft, und meine Hände sind ungeschickt. Nun, im Frühjahr fange ich Nachtigallen.«

»Nachtigallen fängst du ...? Eben hast du gesagt, daß man alle Geschöpfe des Waldes und des Feldes und so weiter nicht anrühren darf!«

»Töten darf man sie nicht, das ist richtig; der Tod holt auch so das Seine. Nehmen wir nur den Zimmermann Martyn: er lebte, der Zimmermann Martyn, und hat nicht lange gelebt und ist gestorben; seine Frau grämt sich jetzt um den Mann und wegen der kleinen Kinder ... Gegen den Tod kann weder der Mensch noch irgendein anderes Geschöpf etwas ausrichten. Der Tod flieht nicht, und du kannst ihm nicht entfliehen; aber helfen darf man ihm nicht ... Und ich töte die Nachtigallen nicht – Gott bewahre! Ich fange sie nicht, um sie zu quälen, um ihnen das Leben zu nehmen, sondern zum Vergnügen des Menschen, zur Erheiterung und Freude.«

»Gehst du sie in Kursk fangen?«

»Ich gehe auch nach Kursk und weiter, wie es sich trifft. Ich nächtige in Sümpfen und Wäldern, auf freiem Feld und im Dikkicht: dort pfeifen Schnepfen, quäken Hasen, schnattern wilde Erpel ... Am Abend beobachte ich, in der Dämmerung lausche ich dem Gesang, bei Tagesgrauen werfe ich ein Netz über die Büsche ... Zuweilen singt eine Nachtigall so wehmütig, so süß ... es greift einem ans Herz.«

»Und verkaufst du sie?«

»Ich schenke sie guten Menschen.«

»Und was treibst du noch?«

»Was ich treibe?«

»Womit beschäftigst du dich?«

Der Alte schwieg ein wenig.

»Ich habe keine feste Beschäftigung ... Zum Arbeiten tauge ich nicht. Doch ich kann lesen und schreiben.«

»Du kannst lesen und schreiben?«

»Ja, das kann ich. Gott und gute Menschen haben mir geholfen.«

»Hast du eine Familie?«

»Nein, ich habe keine.«

»Weshalb? Sind alle gestorben?«

»Nein, aber so: es war keine Gelegenheit dazu. Das steht alles bei Gott, wir liegen alle in Gottes Hand; aber der Mensch muß rechtschaffen sein – darauf kommt es an! Gott wohlgefällig, das ist es.«

»Und hast du keine Verwandten?«

»Doch ... nur ... aber ...«

Der Alte wurde verlegen.

»Sag mir bitte«, begann ich, »ich hörte, wie dich mein Kutscher fragte, weshalb du Martyn nicht kuriert hättest. Kannst du denn Kranke heilen?«

»Dein Kutscher ist ein rechtschaffener Mensch«, antwortete Kasjan nachdenklich, »aber er ist auch nicht ohne Sünde. Man nennt mich einen Heilkundigen ... Was bin ich schon für ein

Heilkundiger ...! und wer kann heilen? Das kommt alles von Gott. Doch es gibt ... es gibt Kräuter und Blumen; die helfen wirklich. Der Zweizahn zum Beispiel ist ein gutes Kraut für den Menschen; und der Wegerich auch; darüber braucht man keine Worte zu verlieren; es sind reine Kräuter, Gotteskräuter. Nun, es gibt auch andere: sie helfen, aber es ist Sünde; schon über sie zu sprechen ist Sünde. Allenfalls mit einem Gebet ... Nun, es gibt auch bestimmte Worte ... Und wer glaubt, wird gerettet werden«, fügte er leise hinzu.

»Hast du Martyn nichts gegeben?« fragte ich.

»Ich habe es zu spät erfahren«, antwortete der Alte. »Aber das ist ja einerlei! Wie es eben jedem vorherbestimmt ist. Er war kein Erdenbürger, der Zimmermann Martyn, er war nicht von dieser Welt: das ist schon so. Nein, einen Menschen, dem auf dieser Welt nicht zu leben bestimmt ist, den wärmt auch die Sonne nicht wie einen anderen, und dem gereicht das Brot nicht zum Gedeihen – es ist, als riefe ihn etwas ab ... Ja, Gott gebe seiner Seele den Frieden.«

»Hat man euch schon lange zu uns umgesiedelt?« fragte ich nach einem kurzen Schweigen.

Kasjan fuhr zusammen.

»Nein, erst unlängst: vor vier Jahren. Beim alten Herrn lebten wir alle an unseren alten Stellen, aber die Vormundschaft hat uns umgesiedelt. Unser alter Herr war eine sanfte Seele, ein friedliebender Mensch – ihm werde das Himmelreich! Nun, die Vormundschaft hat natürlich gerecht entschieden; es mußte wohl so kommen.«

»Wo habt ihr denn früher gelebt?«

»Wir kommen von der Schönen Aussicht.«

»Ist das weit von hier?«

»Hundert Werst.«

»War es dort besser?«

»Besser ... viel besser. Dort ist die Gegend offen, flußreich, unsere Heimat, aber hier ist es eng und trocken ... Hier sind wir verwaist. Dort bei uns, in der Schönen Aussicht, gehst du einen Hügel hinauf, gehst hinauf und – Herr, du mein Gott, was erblickst du? he? Da ein Fluß, eine Wiese, ein Wald; dort eine Kirche und dahinter wieder Wiesen. Weit kannst du sehen, weit. Ach, wie weit man sieht ... du schaust und schaust, ach, herrje! Nun, hier ist allerdings der Boden besser: sandiger Lehm, guter sandiger Lehm, sagen die Bauern; aber für mich wächst schließlich überall genug.«

»Nun, Alter, sag mir einmal aufrichtig: du möchtest wohl gern wieder einmal in deiner Heimat weilen?«

»Ja, ich würde sie gern wiedersehen. Aber schließlich ist es überall gut. Ich bin ohne Familie und habe kein Sitzfleisch. Das ist es! Wie lange hältst du es auch zu Hause aus? Wenn du aber zu wandern anfängst, zu wandern«, fuhr der Alte mit erhobener Stimme fort, »wird dir leichter. Die Sonne bescheint dich, und du bist Gott sichtbar; und es singt sich besser. Hier siehst du ein besonderes Kraut wachsen; nun, du bemerkst es und reißt es ab. Dort fließt zum Beispiel klares Wasser aus einer Quelle: heiliges Wasser; nun, du bemerkst auch das und trinkst dich satt. Die Vögel des Himmels singen ... Und hinter Kursk beginnen die Steppen, solche Steppengegenden: welch ein Wunder, welch eine Freude für den Menschen, welch eine Ungebundenheit, welch eine Gnade Gottes! Und sie erstrecken sich, sagen die Leute, bis zu den warmen Meeren hin, wo der Vogel Gamajun, der süßstimmige, lebt, wo die Bäume weder im Herbst noch im Winter das Laub verlieren und goldene Äpfel auf silbernen Zweigen wachsen und jeder Mensch in Zufriedenheit und Gerechtigkeit lebt ... Ich würde gerne dorthin gehen ... Wo bin ich nicht überall schon hingegangen! Nach Romjon bin ich gegangen und nach Simbirsk, der ruhmvollen Stadt, und selbst nach Moskau mit seinen goldenen Zwiebeltürmen; ich bin zur Ernährerin Oka gegangen, zum Täubchen Zna und zum Mütterchen Wolga, und ich habe viele Menschen und gute Christen gesehen und habe in ehrlichen Städten geweilt ... Nun, ich würde auch dorthin gehen ... aber dann ... und wenn auch ... Und nicht allein ich armer Sünder ... viele andere Christen in Bastschuhen gehen und wandern durch die Welt und suchen die Wahrheit ... ja! Und was hat man auch schließlich zu Hause, he? Es ist keine Rechtschaffenheit in den Menschen – das ist es ...«

Die letzten Worte sprudelte Kasjan ganz schnell, fast unhörbar, hervor; dann sagte er noch etwas, was ich nicht mehr verstehen konnte, wobei sein Gesicht einen so seltsamen Ausdruck annahm, daß ich unwillkürlich an die Bezeichnung »Narr im Herrn« erinnert wurde. Er senkte den Blick, hustete und kam gleichsam zu sich.

»Wie lieblich die Sonne scheint!« sagte er halblaut, »welch eine Gnade, o Herr; welch eine Wärme im Wald!«

Er zuckte mit den Schultern, schwieg ein Weilchen, blickte zerstreut um sich und begann leise zu singen. Ich konnte nicht alle Worte seines umständlichen Liedes vernehmen; die folgenden vernahm ich:

»Und Kasjan, das ist mein Name, doch sie nennen mich den Floh ...«

Oh! dachte ich, er dichtet ja. Mit einemmal zuckte er zusammen, verstummte und starrte unverwandt ins Dickicht. Ich wandte den Kopf und erblickte ein kleines, etwa achtjähriges Bauernmädchen in einem blauen Sarafanchen, mit einem karierten Tuch auf dem Kopf und einem geflochtenen Körbchen in seiner sonnenverbrannten nackten Hand. Sie hatte wahrscheinlich nicht erwartet, uns hier anzutreffen; sie war uns, wie man sagt, über den Weg gelaufen und stand nun unbeweglich im grünen Schatten eines Haselnußstrauches und betrachtete mich ängstlich mit ihren schwarzen Augen. Ich hatte sie kaum wahrgenommen, als sie auch schon hinter einen Baum sprang.

»Annuschka! Annuschka! komm her, fürchte dich nicht«, rief der Alte freundlich.

»Ich fürchte mich«, ertönte ein schwaches Stimmchen.

»Fürchte dich nicht, komm zu mir.«

Annuschka verließ schweigend ihr Versteck, ging in einem Halbkreis um uns herum, wobei ihre kleinen Füßchen kaum raschelten im dichten Grase, und trat dicht neben dem Alten aus dem Gebüsch. Das war kein achtjähriges Mädchen, wie ich anfangs nach ihrem kleinen Wuchs gemeint hatte, sondern schon ein etwa dreizehn- oder vierzehnjähriges. Ihr Körper war klein und mager, aber sehr ebenmäßig und graziös gebaut, und das hübsche Gesichtchen zeigte eine verblüffende Ähnlichkeit mit Kasjans eigenem Gesicht, obschon Kasjan alles andere als schön war. Dieselben scharfen Züge, derselbe seltsame, schlaue und zutrauliche, nachdenkliche und durchdringende Blick, dieselben Bewegungen ... Kasjan betrachtete sie aufmerksam; sie stand ihm halb zugewandt da.

»Hast du Pilze gesammelt?« fragte er sie.

»Ja, Pilze«, antwortete sie mit einem scheuen Lächeln.

»Hast du viele gefunden?«

»Ja.«

Sie warf ihm einen schnellen Blick zu und lächelte wieder.

»Sind auch weiße darunter?«

»Ja, auch weiße.«

»Zeig doch, zeig ...«

Sie ließ den Korb zu Boden gleiten und lüftete den Rand eines großen Klettenblattes, mit dem die Pilze bedeckt waren.

»Ach!« sagte Kasjan, indem er sich über den Korb beugte, »und was für prächtige! Oh, du meine Annuschka!«

»Ist das deine Tochter, Kasjan?« fragte ich.

Annuschkas Gesicht überflog eine zarte Röte.

»Nein, nur so, eine Verwandte«, sagte Kasjan mit gespielter Gleichgültigkeit. »Nun, Annuschka, geh wieder«, fügte er gleich hinzu, »geh mit Gott. Und paß auf...«

»Ja, warum soll sie denn zu Fuß gehen?« unterbrach ich ihn. »Wir könnten sie doch mitnehmen...«

Annuschka wurde rot wie eine Mohnblume, ergriff mit beiden Händen die Schnur des Körbchens und blickte unruhig auf den Alten.

»Nein, sie kann auch gehen«, entgegnete der Alte mit derselben gleichgültig trägen Stimme. »Was macht es ihr aus? Sie wird schon hinkommen ... Geh nur!«

Annuschka ging schnell in den Wald und verschwand. Kasjan schaute ihr nach, senkte den Blick und lächelte. In diesem langen Lächeln, in den wenigen Worten, die er zu Annuschka gesagt hatte, selbst im Ton seiner Stimme, wenn er mit ihr sprach, lag eine grenzenlose leidenschaftliche Liebe und Zärtlichkeit. Er blickte wieder in die Richtung, in der sie weggegangen war, lächelte von neuem, strich sich über das Gesicht und schüttelte ein paarmal den Kopf.

»Weshalb hast du sie so schnell weggeschickt«, fragte ich ihn, »ich hätte ihr Pilze abgekauft.«

»Die können Sie auch bei uns zu Hause kaufen, wenn Sie wollen«, antwortete er und gebrauchte dabei zum erstenmal die Anrede »Sie«.

»Du hast da wirklich ein liebes Kind.«

»Nein ... wieso denn ... so ...« antwortete er und verfiel von diesem Augenblick an in seine frühere Schweigsamkeit.

Als ich sah, daß alle meine Bemühungen, ihn wieder zum Sprechen zu bringen, vergeblich waren, begab ich mich auf den Holzschlag. Es war auch nicht mehr ganz so heiß; doch mein Mißerfolg oder, wie man bei uns sagt, Nichterfolg hielt an, und ich kehrte mit dem Wachtelhahn und der neuen Achse in die neue Siedlung zurück. Als wir schon ganz nahe am Gehöft waren, wandte sich Kasjan plötzlich nach mir um.

»Herr, du Herr«, begann er, »ich bin schuldig vor dir, ich habe dir alles Wild verscheucht.«

»Wie denn?«

»Das kann ich eben... Du hast auch einen klugen und gut

abgerichteten Hund, und er konnte doch nichts finden. Wenn man bedenkt, was die Menschen ... die Menschen, he? Dann wieder das Tier ... und was haben die Menschen aus ihm gemacht?«

Es wäre vergeblich gewesen, Kasjan von der Unmöglichkeit, das Wild »besprechen« zu können, überzeugen zu wollen, und so schwieg ich denn. Zudem bogen wir gleich darauf in einen Hof ein.

Annuschka war nicht in der Hütte; sie hatte sich schon beeilt, herzukommen und den Korb mit den Pilzen hinzustellen. Jerofej brachte die neue Achse an, nachdem er sie zuerst einer strengen und ungerechten Kritik unterzogen hatte, und nach einer Stunde fuhr ich vom Hof, wobei ich Kasjan ein wenig Geld hinterließ, das er zuerst nicht annehmen wollte, schließlich aber, nachdem er nachgedacht und es eine Weile in der Hand gehalten hatte, unter das Hemd steckte. Im Verlauf dieser Stunde sprach er kaum ein Wort; er stand wie früher an den Torpfosten gelehnt, antwortete nicht auf die Vorwürfe meines Kutschers und verabschiedete sich von mir äußerst kühl.

Bei meiner Rückkehr hatte ich sofort bemerkt, daß Jerofej wieder äußerst schlechter Laune war ... Und das mit gutem Grund: er hatte nichts Eßbares im Dorf gefunden, und die Tränkgelegenheit für die Pferde war schlecht gewesen. Wir fuhren los. Mit einem Mißvergnügen, das sich sogar auf seinem Hinterkopf spiegelte, saß er auf dem Bock und brannte darauf, sich mit mir zu unterhalten, beschränkte sich jedoch in der Erwartung meiner ersten Frage auf ein halblautes leichtes Brummen und auf belehrende und zuweilen bissige Reden, die er an die Pferde richtete. »Ein Dorf!« brummte er in seinen Bart, »das soll ein Dorf sein! Nicht einmal ein Schluck Kwaß aufzutreiben ... Ach, du Herr meines Lebens! Und das Wasser – einfach pfui!« Er spuckte laut aus. »Keine Gurken, kein Kwaß – einfach nichts ... He du«, fügte er mit erhobener Stimme hinzu und wandte sich dabei an das rechte Seitenpferd, »ich kenne dich, Heuchlerin! Du verstellst dich gern, aber warte nur ...« Und er versetzte ihm einen Peitschenhieb. »Ein ganz durchtriebenes Pferd bist du geworden und warst doch früher ein so folgsames Tier ... Na, na, schau dich noch um ...!«

»Sag, bitte, Jerofej«, begann ich, »was ist dieser Kasjan für ein Mensch?«

Jerofej antwortete mir nicht gleich: er war überhaupt ein bedächtiger und wenig voreiliger Mann; ich merkte aber sofort, daß ihn meine Frage erfreut und beruhigt hatte.

»Der Floh?« begann er schließlich und riß an den Leinen. »Das ist ein sonderbarer Mensch: wie gesagt, ein Narr im Herrn; einen so wunderlichen Menschen wird man nicht leicht ein zweites Mal finden; er ist doch, zum Beispiel, wie er geht und steht, genau wie unser Rehfarbener: er will auch nichts tun, das heißt arbeiten, ja. Nun natürlich, was ist er schon für ein Arbeiter – die Seele hängt ihm ja nur an einem Faden ... aber trotzdem ... Er ist doch schon von klein auf so. Anfangs arbeitete er mit seinen Onkeln in einem Fuhrgeschäft, er hatte drei Onkel; nun, dann aber gab er es auf, es war ihm wohl zu langweilig geworden. Er lebte dann zu Hause, aber dort hielt es ihn auch nicht lange: er ist so ruhelos – wie ein Floh. Er hatte glücklicherweise einen guten Herrn, der ihn gewähren ließ. So treibt er sich denn seitdem herum wie ein streunendes Schaf. Und dabei ist er so sonderbar, weiß Gott warum: bald schweigt er wie ein Baumstumpf, bald fängt er plötzlich zu reden an – und was er da zusammenredet, weiß Gott allein. Ist denn das eine Manier? Das ist doch keine Manier. Ein unbegreiflicher Mensch durch und durch. Aber er singt schön. So feierlich – gar nicht übel, gar nicht übel.«

»Und kann er wirklich Kranke heilen?«

»Was ist das für ein Heilen ...? Woher sollte er ...? So ein Mensch! Mir hat er aber die Skrofeln kuriert ... Woher sollte er etwas können! ein töricher Mensch, in der Tat«, fügte er nach einer Weile hinzu.

»Kennst du ihn schon lange?«

»Schon lange. In Sytschowka waren wir Nachbarn, in der Schönen Aussicht.«

»Und wer ist dieses Mädchen Annuschka, das uns im Walde begegnet ist? Ist sie mit ihm verwandt?«

Jerofej sah mich über die Schulter hinweg an und verzog sein Gesicht zu einem breiten Grinsen.

»Hehe! Ja ... eine Verwandte. Sie ist eine Waise; sie hat keine Mutter, und man weiß auch nicht, wer ihre Mutter gewesen ist. Nun, sie muß wohl mit ihm verwandt sein: ist ihm wie aus dem Gesicht geschnitten ... Nun, sie lebt bei ihm. Ein aufgewecktes Mädchen, nichts dagegen zu sagen; ein hübsches Mädchen, und er, der Alte, hat einen Narren an ihr gefressen; ein hübsches Mädchen. Und er, Sie werden es nicht glauben, er ist imstande und bringt seiner Annuschka, wenn es ihm einfällt, noch Lesen und Schreiben bei. Ja, ja, das ist ihm zuzutrauen: ein so ungewöhnlicher Mensch ist er. So unbeständig, ja widerspruchsvoll ...

Na, na, na?« unterbrach plötzlich mein Kutscher sich selbst, hielt die Pferde an, beugte sich zur Seite und schnupperte in der Luft herum. »Es riecht hier doch nach Brand? Gewiß! Ach, diese neuen Achsen ... Und dabei habe ich sie so geschmiert ... Ich muß Wasser holen gehen: da ist gerade ein Teich.«

Und Jerofej stieg langsam vom Bock, band ein Eimerchen los, ging zum Teich und lauschte, als er zurückgekommen war, mit Genuß dem Zischen der plötzlich vom Wasser bespülten Radnabe ... Auf etwa zehn Werst mußte er noch sechsmal die heißgewordene Achse begießen, und es dunkelte bereits, als wir zu Hause ankamen.

Der Bürgermeister

Fünfzehn Werst von meinem Gut entfernt lebt ein mir bekannter junger Gutsbesitzer, der Gardeoffizier der Reserve Arkadij Pawlytsch Penotschkin. Es gibt viel Wild auf seinen Ländereien, sein Haus ist nach dem Plan eines französischen Architekten erbaut, die Leute sind englisch gekleidet, er gibt ausgezeichnete Diners, empfängt seine Gäste überaus freundlich – und dennoch fährt man ungern zu ihm. Er ist ein besonnener und verläßlicher Mensch, hat die übliche ausgezeichnete Erziehung genossen, hat gedient, in der besten Gesellschaft verkehrt und bewirtschaftet jetzt mit großem Erfolg sein Gut. Arkadij Pawlytsch ist, um es mit seinen eigenen Worten zu sagen, streng, aber gerecht, kümmert sich um das Wohl seiner Untergebenen und bestraft sie – zu ihrem eigenen Besten. »Man muß mit ihnen wie mit Kindern umgehen«, sagt er bei so einer Gelegenheit, »die Unbildung, mon cher; il faut prendre cela en considération.« Er selbst vermeidet im Falle einer sozusagen traurigen Notwendigkeit heftige Bewegungen und liebt es auch nicht, die Stimme zu erheben, sondern zeigt nur mit dem Zeigefinger auf den Schuldigen und sagt ganz sanft: »Ich habe dich doch gebeten, mein Lieber«, oder: »Was ist mir dir, mein Freund, besinne dich«, wobei er nur ein wenig die Lippen zusammenpreßt und den Mund verzieht. Er ist nicht groß, zierlich gebaut, sieht recht gut aus und hat sehr gepflegte Fingernägel; seine rosigen Wangen und Lippen strotzen geradezu von Gesundheit. Er lacht hell und sorglos und kneift freundlich seine klaren grauen Augen zusammen. Er kleidet sich vorzüglich und mit Geschmack, läßt sich französische

Bücher, Zeichnungen und Zeitungen kommen, liest aber sehr ungern: den »Ewigen Juden« hat er nur mit Mühe bewältigt. Er spielt ausgezeichnet Karten. Überhaupt zählt Arkadij Pawlytsch zu den gebildetsten Edelleuten und meistbegehrten Freiern unseres Gouvernements; die Damen sind von ihm entzückt und loben besonders seine Manieren. Er hält sich erstaunlich gut, ist vorsichtig wie eine Katze und war nie in seinem Leben in irgendeine Geschichte verwickelt, obgleich er es liebt, bei Gelegenheit aufzutrumpfen und einen schüchternen Menschen zu verwirren und in Verlegenheit zu bringen. Schlechte Gesellschaft verschmäht er entschieden – aus Furcht, sich zu kompromittieren; in einer frohen Stunde bezeichnet er sich dafür als Anhänger Epikurs, obgleich er im allgemeinen von der Philosophie geringschätzig spricht, die er als nebelhafte Nahrung deutscher Geister oder einfach als Quatsch bezeichnet. Die Musik liebt er auch; beim Kartenspiel singt er durch die Zähne, doch mit Gefühl; er hat Partien aus »Lucia« und der »Nachtwandlerin« behalten, stimmt sie aber immer zu hoch an. Im Winter fährt er nach Petersburg. In seinem Hause herrscht die größte Ordnung; sogar die Kutscher haben sich seinem Einfluß unterworfen, und jeden Tag putzen sie nicht nur die Geschirre und reinigen ihre Röcke, sondern waschen sich sogar das Gesicht. Das Hofgesinde Arkadij Pawlytschs schaut allerdings etwas mürrisch drein, doch ist es bei uns in Rußland schwer, einen mürrischen Menschen von einem verschlafenen zu unterscheiden. Arkadij Pawlytsch spricht mit einer weichen und angenehmen Stimme und läßt jedes Wort langsam und mit Genuß durch seinen herrlichen, parfümierten Schnurrbart strömen; er verwendet auch viele französische Wendungen, wie: »Mais c'est impayable?« – »Mais comment donc!« und so weiter. Trotz alledem besuche wenigstens ich ihn nicht besonders gern, und wenn es nicht wegen der Rebhühner und Birkhühner wäre, würde ich den Verkehr mit ihm wohl ganz einstellen. Eine seltsame Unruhe bemächtigt sich eurer in seinem Haus, sogar der Komfort freut euch nicht, und jedesmal, wenn abends vor euch der geschniegelte Kammerdiener in seiner hellblauen Livree mit wappengeschmückten Knöpfen erscheint und dienstbeflissen anfängt, euch die Stiefel auszuziehen, spürt ihr, daß, wenn anstelle seiner bleichen und hageren Gestalt vor euch plötzlich die auffallend breiten Backenknochen und die unwahrscheinlich stumpfe Nase eines jungen stämmigen Burschen auftauchte, den der gnädige Herr soeben vom Pflug weggeholt hat, der es aber schon fertiggebracht hat, die Nähte des vom Herrn gelieferten blauen Kaftans an zehn Stellen platzen zu lassen – ihr euch ungemein freuen und euch bereitwillig der Gefahr aussetzen würdet, zugleich mit eurem Stiefel eures Beines bis zum Oberschenkelhals hinauf verlustig zu gehen ...

Trotz der Abneigung, die ich gegen Arkadij Pawlytsch empfand, mußte ich einmal bei ihm übernachten. Am nächsten Morgen befahl ich zeitig in der Frühe meinen Wagen anzuspannen, aber er wollte mich nicht ohne Frühstück nach englischer Art fortlassen und führte mich in sein Kabinett. Mit dem Tee zusammen servierte man uns Koteletts, Rührei, Butter, Honig, Käse und anderes mehr. Zwei Kammerdiener in reinen weißen Handschuhen kamen schweigend und flink unseren leisesten Wünschen zuvor. Wir saßen auf einem persischen Diwan. Arkadij Pawlytsch hatte breite seidene Beinkleider und eine schwarze Samtjacke an, einen hübschen Fes mit einer blauen Quaste auf dem Kopf und chinesische gelbe Pantoffeln ohne Absätze an den Füßen. Er trank Tee, lachte, betrachtete seine Nägel, rauchte, steckte sich Kissen unter den Rücken und war überhaupt in glänzender Stimmung. Nachdem er tüchtig und mit Genuß gefrühstückt hatte, goß sich Arkadij Pawlytsch ein Glas Rotwein ein, führte es an die Lippen und runzelte plötzlich die Stirn.

»Warum ist der Wein nicht angewärmt?« fragte er in ziemlich schroffem Ton einen der Kammerdiener.

Der Kammerdiener geriet in Verwirrung, blieb wie angewurzelt stehen und erbleichte.

»Ich frage dich etwas, mein Lieber«, fuhr Arkadij Pawlytsch ruhig fort, ohne ihn aus dem Auge zu lassen.

Der unglückliche Kammerdiener wand sich verlegen, drehte die Serviette in seinen Händen und sagte kein Wort. Arkadij Pawlytsch senkte den Kopf und sah ihn mürrisch an.

»Pardon, mon cher«, sagte er mit einem gewinnenden Lächeln, berührte mit der Hand freundschaftlich mein Knie und blickte wieder auf den Kammerdiener. »Nun, geh!« fügte er nach einem kurzen Schweigen hinzu und klingelte.

Es trat ein dicker, sonnenverbrannter, schwarzhaariger Mann mit einer niedrigen Stirn und völlig verschwommenen Augen ins Zimmer.

»Betreffs Fjodor ... die nötigen Maßnahmen ergreifen«, sagte Arkadij Pawlytsch halblaut und mit vollendeter Selbstbeherrschung.

»Zu Befehl«, sagte der Dicke und ging hinaus.

»Voilà, mon cher, les désagréments de la campagne«,

bemerkte Arkadij Pawlytsch fröhlich. »Ja, wohin wollen Sie denn? ... setzen Sie sich ... bleiben Sie noch ein wenig.«

»Nein«, sagte ich, »ich muß jetzt fahren.«

»Immer auf die Jagd! Ach, diese Jäger! Ja, wohin fahren Sie denn jetzt?«

»Vierzig Werst von hier, nach Rjabowo.«

»Nach Rjabowo? Ach, mein Gott, in diesem Fall werde ich Sie begleiten. Von Rjabowo sind es nur noch fünf Werst bis zu meinem Gut Schipilowka, und in Schipilowka bin ich schon lange nicht gewesen: konnte nie richtig Zeit dazu finden. Das trifft sich ja großartig: Sie jagen heute in Rjabowo und kommen am Abend zu mir. Ce sera charmant. Wir werden zusammen zu Abend speisen – den Koch nehmen wir mit –, und Sie werden bei mir übernachten. Prächtig, prächtig!« fügte er, ohne meine Antwort abzuwarten, hinzu. »C'est arrangé ... He! wer ist dort? Laßt die Kalesche anspannen, aber flink! Sie waren noch nicht in Schipilowka? Es wäre mir peinlich, Ihnen vorzuschlagen, die Nacht in der Hütte meines Bürgermeisters zu verbringen, doch ich weiß, Sie sind anspruchslos und würden in Rjabowo auch in einem Heuschober schlafen ... fahren wir, fahren wir!«

Und Arkadij Pawlytsch stimmte ein französisches Liedchen an.

»Sie wissen es vielleicht nicht«, fuhr er fort und wiegte sich in den Hüften, »aber meine dortigen Bauern zahlen mir einen Pachtzins. Eine konstitutionelle Regierung – was kann man da machen? Doch den Zins zahlen sie mir pünktlich. Ich gestehe, daß ich sie längst zum Frondienst herangezogen hätte, aber es ist zu wenig Land da! Ich begreife auch so nicht, wie sie es schaffen. Im übrigen, c'est leur affaire. Mein Bürgermeister dort ist ein tüchtiger Kerl, une forte tête, ein administrativer Kopf! Sie werden sehen ... Nein, wie gut sich das trifft!«

Es war nichts zu machen. Statt um neun Uhr morgens fuhren wir um zwei weg. Jäger werden meine Ungeduld begreifen. Arkadij Pawlytsch liebte es, sich bei Gelegenheit zu verwöhnen, wie er sich ausdrückte, und nahm eine derartige Menge Wäsche, Vorräte, Kleider, Parfüms, Kissen und verschiedenartige Necessaires mit, daß manch sparsamer, haushälterischer Deutscher damit ein rundes Jahr ausgekommen wäre. Bei jedem Bergabfahren hielt Arkadij Pawlytsch dem Kutscher eine kurze, doch nachdrucksvolle Rede, woraus ich ersehen konnte, daß mein Bekannter ein großer Feigling war. Unsere Reise verlief übrigens glatt; nur auf einer unlängst reparierten Brücke kippte der Wagen mit dem Koch um, und ein Hinterrad quetschte ihm den Bauch.

Arkadij Pawlytsch erschrak sehr, als er seinen ländlichen Kochkünstler stürzen sah, und ließ sofort fragen, ob seine Hände heil geblieben seien. Als er eine bejahende Antwort erhielt, beruhigte er sich sofort wieder. Mit diesen Zwischenfällen dauerte unsere Reise ziemlich lange; ich saß in einer Kalesche mit Arkadij Pawlytsch und verspürte gegen Ende der Fahrt eine tödliche Langeweile, um so mehr, als im Laufe einiger Stunden die Reden meines Bekannten immer inhaltloser wurden und er zuletzt schon anfing, sich als Freigeist aufzuspielen. Endlich kamen wir an, doch nicht in Rjabowo, sondern gleich in Schipilowka: irgendwie hatte es sich so gefügt. An diesem Tage konnte ich ohnehin nicht mehr auf die Jagd gehen und ergab mich daher geduldig in mein Schicksal.

Der Koch war einige Minuten vor uns eingetroffen und hatte anscheinend bereits Zeit gefunden, sich einzurichten und alle nötigen Leute von unserer Ankunft in Kenntnis zu setzen, denn wir begegneten schon am Dorfrand dem Dorfältesten (dem Sohn des Bürgermeisters), einem stämmigen rothaarigen Bauern, einem klafterlangen Kerl, zu Pferde, ohne Mütze und mit einem vorne nicht zugeknöpften neuen Bauernrock. »Wo ist denn Sofron?« fragte ihn Arkadij Pawlytsch. Der Dorfälteste sprang vom Pferd, verbeugte sich tief vor seinem Herrn und sagte: »Seien Sie gegrüßt, Väterchen Arkadij Pawlytsch«, hob dann den Kopf, schüttelte ihn und meldete, daß Sofron nach Perow gefahren sei, daß man aber bereits nach ihm geschickt habe. »Nun, folge uns«, sagte Arkadij Pawlytsch. Der Dorfälteste führte anstandshalber das Pferd etwas beiseite, wälzte sich hinauf und ritt im Trab hinter unserer Kalesche her, wobei er die Mütze in der Hand hielt. Wir fuhren durch das Dorf. Einige Bauern kamen uns in leeren Arbeitswagen entgegen; sie fuhren von der Dreschtenne nach Hause und sangen, wobei sie mit dem ganzen Körper in die Höhe hüpften und mit den Beinen in der Luft baumelten; aber beim Anblick unserer Kalesche und des Dorfältesten verstummten sie jäh, nahmen ihre Wintermützen ab (es war im Sommer) und erhoben sich, als erwarteten sie Befehle. Arkadij Pawlytsch grüßte sie huldvoll. Im ganzen Dorf verbreitete sich sichtlich eine große Erregung. Weiber in buntkarierten Kopftüchern warfen Holzstückchen nach knurrenden oder allzu eifrigen Hunden; ein lahmer Greis mit einem Bart, der gleich unter den Augen anfing, riß ein noch durstiges Pferd von der Tränke, versetzte ihm aus unbekannten Gründen einen Schlag in die Flanke und verbeugte sich erst dann. Kleine Jungen in langen Hemden liefen brüllend zu den Hütten, legten sich mit dem Bauch auf die hohe Türschwelle, senkten die Köpfe, warfen die Beine hoch und kullerten auf diese Weise äußerst flink in den dunklen Flur, von wo sie nicht mehr zum Vorschein kamen. Sogar die Hühner strebten in beschleunigtem Lauf unter das schützende Tor; ein forscher Hahn mit einer schwarzen Brust, die einer Samtweste ähnlich sah, und einem roten, bis zum Kamm zurückgebogenen Schwanz blieb einen Augenblick auf der Straße stehen und war schon gerade im Begriff zu krähen, verlor aber doch im letzten Moment den Kopf und rannte davon. Die Hütte des Bürgermeisters stand abseits von den anderen inmitten dichten, grünen Hanfes. Wir hielten vor dem Tor. Herr Penotschkin erhob sich, warf mit einer malerischen Gebärde den Mantel ab und stieg aus der Kalesche, wobei er leutselig um sich blickte. Die Frau des Bürgermeisters begrüßte uns mit tiefen Bücklingen und küßte dem Herrn die Hand. Arkadij Pawlytsch ließ sich die Hand ordentlich küssen und trat auf die Vortreppe. Im Flur, in einer dunklen Ecke, stand die Frau des Dorfältesten und verneigte sich tief, wagte es aber nicht, sich dem Herrn zu nähern. In der sogenannten kalten Stube, rechts vom Eingang, räumten bereits zwei andere Weiber auf: sie trugen dort allerlei Gerümpel heraus, wie leere Zuber, hartgewordene Pelze, Töpfe mit Butter, eine Wiege mit einem Haufen Lappen und einem bunt angezogenen Kinde, und fegten mit Badestubenwedeln den Staub. Arkadij Pawlytsch schickte sie hinaus und setzte sich auf die Bank unter den Heiligenbildern. Die Kutscher begannen Koffer, Schachteln und andere Gegenstände hereinzutragen, wobei sie sich die größte Mühe gaben, möglichst leise mit ihren schweren Stiefeln aufzutreten.

Indes erkundigte sich Arkadij Pawlytsch beim Dorfältesten nach der Ernte, der Aussaat und anderen Wirtschaftsangelegenheiten. Der Dorfälteste antwortete in befriedigender Weise, aber irgendwie schlaff und ungewandt, als ob er mit steifgefrorenen Fingern seinen Kaftan zuknöpfte. Er stand in der Tür, gab Obacht und sah sich um, damit er dem flinken Kammerdiener nicht den Weg versperrte. Ich konnte sehen, wie hinter seinem breiten Rücken die Frau des Bürgermeisters lautlos eine andere Frau prügelte. Mit einemmal hörte man einen Wagen rattern, der vor der Vortreppe anhielt: der Bürgermeister kam herein.

Dieser nach Arkadij Pawlytschs Worten administrative Mann war von kleiner Statur, breitschultrig, stämmig und grauhaarig; er hatte eine rote Nase, kleine hellblaue Augen und einen fächerartigen Bart. Bei dieser Gelegenheit sei vermerkt, daß es seit dem Bestehen Rußlands hier noch keinen reich gewordenen und dick gewordenen Mann ohne Vollbart gegeben hat; manch einer hat sein Leben lang einen dünnen Spitzbart getragen – plötzlich siehst du, sein Gesicht ist wie mit einem Strahlenkranz umgeben ... woher nur die Haare kommen mögen? Der Bürgermeister hatte wohl in Perow gebummelt: sein Gesicht war ziemlich aufgedunsen, und er roch auch nach Branntwein.

»Ach, unsere Väter, ihr unsere Wohltäter!« hob er in einem so singenden Tonfall und mit einem so gerührten Gesichtsausdruck an, daß man jeden Augenblick Tränen erwartete, »endlich einmal habt ihr geruht, zu uns zu kommen ... Das Händchen, Väterchen, das Händchen«, fügte er hinzu und spitzte schon im voraus die Lippen.

Arkadij Pawlytsch willfahrte seinem Verlangen.

»Nun, Bruder Sofron, wie stehen bei dir die Dinge?« fragte er freundlich.

»Ach, ihr, unsere Väter!« rief Sofron, »ja wie könnte es denn schlecht stehen, da ihr, unsere Väter, unsere Wohltäter, das Dörflein mit eurem Besuch zu erhellen und bis ans Ende der Tage glücklich zu machen geruht habt. Gott sei Dank, Arkadij Pawlytsch, Gott sei Dank! Alles steht gut dank deiner Güte.«

Hier hielt Sofron ein wenig inne, blickte auf seinen Herrn, bat – wie von einem neuen Gefühlsausbruch überwältigt (übrigens trug der Rausch auch sein Teil dazu bei) – noch einmal um die Hand und begann ärger als zuvor zu singen.

»Ach, ihr unsere Väter, ihr unsere Wohltäter ... und ... was schon! Bei Gott, ich bin vor Freude ganz närrisch ... Bei Gott, ich schaue und traue meinen Augen nicht ... Ach, ihr unsere Väter! ...«

Arkadij Pawlytsch sah mich an, lächelte und fragte: »N'est-ce pas que c'est touchant?«

»Ja, Väterchen Arkadij Pawlytsch«, fuhr der unermüdliche Bürgermeister fort, »wieso haben Sie denn? Sie betrüben mich zutiefst, Väterchen; warum haben Sie mich denn nicht von Ihrem Kommen unterrichtet? Wo werden Sie denn die Nacht verbringen? Hier ist es doch schmutzig, voller Kehricht ...«

»Das macht nichts, Sofron, das macht nichts«, antwortete mit einem Lächeln Arkadij Pawlytsch, »es ist schon recht hier.«

»Ja, für wen ist es recht, unsere Väter! für unsereins, einen Bauern, ist es recht; aber ihr ... ach ihr, unsere Väter und Wohltäter, ach, ihr, meine Väter! ... Verzeiht mir Esel, ich habe völlig den Verstand verloren, bei Gott, ich bin ganz närrisch geworden.«

Inzwischen brachte man uns das Abendessen. Arkadij Pawlytsch begann zu essen. Der Alte schickte seinen Sohn hinaus – er mache das Zimmer unnütz heiß.

»Nun was, habt ihr die Landabgrenzung durchgeführt, Alter?« fragte Herr Penotschkin, der sich sichtlich Mühe gab, die bäuerliche Redeweise nachzuahmen, und mir zublinzelte.

»Ja, sie ist durchgeführt, Väterchen: alles dank deiner Gnade. Vorgestern haben wir unterschrieben. Die Chlynowschen haben sich anfangs wohl gesträubt ... Einwände gemacht, das ist wahr, Vater. Sie haben Forderungen gestellt ... und Forderungen gestellt ... weiß Gott, was sie alles gefordert haben; aber das ist ja alles Unsinn, Väterchen, ein dummes Volk. Aber wir, Väterchen, haben uns deiner Gnade würdig gezeigt und den Mittelsmann Mikolaj Mikolajitsch zufriedengestellt; wir haben uns ganz an deinen Befehl gehalten, Väterchen; wie du geruht hast, es zu befehlen, so haben wir es ausgeführt und haben immer mit Wissen von Jegor Dmitritsch gehandelt.«

»Jegor hat es mir gemeldet«, bemerkte Arkadij Pawlytsch wichtig.

»Gewiß, Väterchen, Jegor Dmitritsch, gewiß.«

»Nun, so seid ihr jetzt zufrieden?«

Sofron hatte nur darauf gewartet.

»Ach, ihr, unsere Väter, unsere Wohltäter!« fing er von neuem zu singen an ... »Ja, erbarmen Sie sich über mich ... ja, wir beten ja für euch, unsere Väter, Tag und Nacht beten wir zu Gott ... Allerdings haben wir wenig Land ...«

Penotschkin unterbrach ihn.

»Schon gut, schon gut, Sofron, ich weiß schon, du bist mir treu ergeben ... Nun, wie war der Drusch?«

Sofron seufzte.

»Nun, ihr unsere Väter, der Drusch war nicht besonders gut. Doch erlauben Sie mir, Väterchen, Ihnen zu melden, was sich hier zugetragen hat.« Damit näherte er sich mit ausgebreiteten Armen Herrn Penotschkin, beugte sich vor und kniff ein Auge zu. »Man hat auf unserem Land einen Toten gefunden!«

»Wie denn?«

»Das kann ich mir auch nicht erklären, Väterchen, ihr unsere

Wohltäter! Da muß der Böse seine Hand im Spiel gehabt haben. Glücklicherweise lag er dicht neben einem fremden Rain; aber es läßt sich nicht leugnen, doch noch auf unserem Boden. Ich befahl, ihn sofort auf den fremden Keil zu schleifen, solange es noch möglich war, stellte eine Wache hin und befahl meinen Leuten: ‚Mund halten‘, sage ich. Dem Landkommissar habe ich auf alle Fälle erklärt: ‚Was sind das für Zustände‘, sage ich; habe ihm dann tüchtig Tee zu trinken gegeben und ihn mir verpflichtet ... Und was glauben Sie, Väterchen? Es ist tatsächlich den anderen am Hals hängen geblieben; und ein Leichnam kommt so sicher auf zweihundert Rubel zu stehen – wie das Amen im Gebet.«

Herr Penotschkin lachte sehr über die Finte seines Bürgermeisters und sagte mehrmals zu mir, während er mit dem Kopf auf ihn wies: »Quel gaillard, ah?«

Mittlerweile war es draußen ganz dunkel geworden; Arkadij Pawlytsch befahl, den Tisch abzuräumen und Heu hereinzubringen. Der Kammerdiener breitete für uns Laken aus und legte Kopfkissen hin; wir streckten uns aus.

Sofron ging zu sich hinüber, nachdem er für den morgigen Tag Befehle erhalten hatte. Arkadij Pawlytsch redete noch vor dem Einschlafen allerhand über die vortrefflichen Eigenschaften des russischen Bauern und erwähnte hierbei, daß es, seitdem Sofron Schipilowkas Verwalter sei, bei seinen Bauern keinen Groschen Zahlungsrückstände gebe ... Der Nachtwächter hämmerte aufs Brett; ein kleines Kind, das offensichtlich noch nicht vom Gefühl der erforderlichen Selbstverleugnung durchdrungen war, begann irgendwo in der Hütte zu wimmern ... Wir schliefen ein.

Am nächsten Morgen standen wir recht früh auf. Ich wollte gleich nach Rjabowo fahren, doch Arkadij Pawlytsch wünschte, mir sein Gut zu zeigen, und bat mich, noch etwas dazubleiben, worauf ich einging, weil ich auch selbst Lust hatte, mich von den vortrefflichen Eigenschaften des administrativen Mannes – Sofrons – zu überzeugen. Der Bürgermeister erschien. Er trug einen blauen Bauernrock mit einem roten Gürtel. Er redete viel weniger als gestern, sah seinem Herrn scharf und unverwandt ins Gesicht und beantwortete klar und sachlich dessen Fragen. Wir begaben uns mit ihm auf die Tenne. Sofrons Sohn, der klafterlange Dorfälteste, allem Anschein nach ein äußerst dummer Mensch, kam auch mit; schließlich gesellte sich noch der Gemeindediener Fedosejitsch zu uns, ein ausgedienter Soldat mit einem gewaltigen Schnurrbart und einem höchst merkwürdigen

Gesichtsausdruck: so, als hätte er sich vor sehr langer Zeit über etwas sehr gewundert und wäre seitdem nicht mehr zu sich gekommen. Wir besichtigten die Tenne, die Riege, die Darre, die Scheunen, die Windmühle, den Viehstall, das Gemüse, die Hanfäcker; tatsächlich war alles in bester Ordnung: nur die traurigen Gesichter der Bauern fielen mir auf. Außer um das Nützliche kümmerte sich Sofron auch um das Angenehme: alle Gräben hatte er mit Bruchweiden bepflanzt, zwischen den Getreideschobern auf der Dreschtenne waren Wege angelegt und mit Sand bestreut, auf der Windmühle war eine Wetterfahne in Gestalt eines Bären mit aufgerissenem Rachen und einer roten Zunge angebracht, an die Ziegelwand des Viehstalls hatte er etwas wie ein griechisches Giebeldach angebaut und darunter mit weißer Farbe geschrieben: »Erbaut imdorf Schipilofka im Jahre eintausend Acht hundert Virzich. Diser Fistal.« Arkadij Pawlytsch war tief gerührt; er begann mir auf französisch die Vorteile des Pachtzinses auseinanderzusetzen, wobei er allerdings bemerkte, daß der Frondienst für die Gutsbesitzer vorteilhafter sei – aber mag es so bleiben! – Er begann dem Bürgermeister Ratschläge zu erteilen, wie man Kartoffeln setzen müsse, wie man das Viehfutter zubereiten müsse und so weiter ... Sofron lauschte aufmerksam den Reden seines Herrn, erwiderte zuweilen etwas, pries jedoch Arkadij Pawlytsch nicht mehr als Vater und Wohltäter, sondern wies immer wieder darauf hin, daß sie wenig Land hätten und daß es nicht schaden würde, noch etwas hinzuzukaufen. »Nun, kauft doch etwas auf meinen Namen«, sagte Arkadij Pawlytsch, »ich habe nichts dagegen.« Darauf antwortete Sofron nichts, sondern strich sich nur den Bart. »Aber jetzt könnten wir noch in den Wald reiten«, bemerkte Herr Penotschkin. Man brachte uns sofort Reitpferde, und wir ritten ins »Holz«, wie man bei uns sagt. In diesem »Holz« fanden wir eine Wildnis wie in einem Urwald vor, wofür Arkadij Pawlytsch Sofron lobte und ihm auf die Schulter klopfte. In bezug auf das Forstwesen hatte Herr Penotschkin russische Anschauungen, und er erzählte mir gleich hier eine nach seinen Worten äußerst amüsante Begebenheit, nämlich wie ein spaßiger Gutsbesitzer seinen Heger zur Vernunft gebracht habe, indem er ihm den halben Bart ausgerissen habe als Beweis dafür, daß der Wald durch das Durchforsten nicht dichter wüchse ... Im übrigen scheuten in anderer Beziehung weder Arkadij Pawlytsch noch Sofron Neuerungen. Nachdem wir ins Dorf zurückgekehrt waren, führte uns der Bürgermeister in eine Scheune, um uns eine Windfege, die er unlängst aus Moskau hatte kommen lassen, zu zeigen. Die Windfege arbeitete in der Tat vortrefflich, wenn jedoch Sofron geahnt hätte, welch eine Unannehmlichkeit sowohl ihn als auch den Herrn auf diesem letzten Spaziergang erwartete, wäre er höchstwahrscheinlich zu Hause geblieben.

Folgendes ereignete sich. Beim Heraustreten aus der Scheune bot sich uns dieser Anblick. Ein paar Schritt von der Tür entfernt standen neben einer schmutzigen Pfütze, in der sorglos drei Enten plätscherten, zwei Bauern: ein sechzigjähriger Greis und ein zwanzigjähriger Junge, beide in geflickten Hemden, barfuß und mit Stricken umgürtet. Der Gemeindediener Fedosejitsch sprach eifrig auf sie ein und hätte sie wohl überredet, sich zu entfernen, wenn wir etwas länger in der Scheune geblieben wären; doch bei unserem Anblick stand er stramm und erstarrte zur Bildsäule. Ebenda stand auch der Dorfälteste mit offenem Mund und drohenden Fäusten. Arkadij Pawlytsch runzelte die Stirn, biß sich auf die Lippe und ging zu den Bittstellern. Beide verneigten sich vor ihm bis zu den Füßen.

»Was wollt ihr? Worum bittet ihr?« fragte er in einem strengen Ton und etwas durch die Nase. Die Bauern sahen einander an und sagten kein Wort, sondern kniffen nur die Augen zu, als blendete sie die Sonne, und begannen schneller zu atmen.

»Also was ist los?« fuhr Arkadij Pawlytsch fort und wandte sich gleich darauf an Sofron: »Aus welcher Familie?«

»Aus der Tobolejewschen Sippe«, antwortete der Bürgermeister langsam.

»Nun, was wollt ihr?« fing Herr Penotschkin von neuem an, »seid ihr denn stumm? Sag doch, was du haben willst«, fuhr er fort und nickte dem Alten zu. »Hab doch keine Angst, Narr.«

Der Greis reckte seinen dunkelbraunen, faltigen Hals, öffnete schief die blau angelaufenen Lippen, sagte mit heiserer Stimme: »Tritt für uns ein, Herr!« und verbeugte sich wieder bis zur Erde. Der junge Bauer verbeugte sich auch. Arkadij Pawlytsch blickte würdevoll auf ihre Hinterköpfe, warf sein Haupt zurück und spreizte ein wenig die Beine.

»Was denn? Über wen beklagst du dich?«

»Erbarme dich, gnädiger Herr! Laß mich Atem schöpfen ... wir werden zu Tode gequält.« Dem Alten fiel das Sprechen schwer.

»Wer quält dich zu Tode?«

»Nun, Sofron Jakowlitsch, Väterchen.«

Arkadij Pawlytsch schwieg ein wenig.

»Wie heißt du?«

»Antip, Väterchen.«

»Und wer ist das?«

»Mein Sohn, Väterchen.«

Arkadij Pawlytsch machte wieder eine Pause und bewegte seine Schnurrbartenden.

»Also womit hat er dich zu Tode gequält?« begann er wieder und sah den Alten durch seinen Schnurrbart an.

»Väterchen, er hat mich völlig zugrunde gerichtet. Zwei Söhne hat er außer der Reihe unter die Rekruten gesteckt, und jetzt nimmt er mir auch den dritten. Gestern, Väterchen, hat er mir die letzte Kuh vom Hof getrieben, und Seine Gnaden« – er zeigte auf den Dorfältesten – »hat meine Hausfrau verprügelt.«

»Hm«, machte Arkadij Pawlytsch.

»Laß uns nicht völlig umkommen, unser Ernährer.«

Herr Penotschkin runzelte die Brauen.

»Ja, was bedeutet denn das eigentlich?« fragte er halblaut den Bürgermeister mit einem unzufriedenen Gesichtsausdruck.

»Ein Trunkenbold und Faulenzer«, antwortete der Bürgermeister, »er ist schon seit fünf Jahren mit den Abgaben im Rückstand.«

»Sofron Jakowlitsch hat für mich den rückständigen Zins bezahlt, Väterchen«, fuhr der Alte fort, »es ist jetzt fünf Jahre her, daß er ihn bezahlt hat, und seit er das getan hat, bin ich völlig in seine Knechtschaft geraten, Väterchen, und nun . . .«

»Und weshalb bist du in Rückstand geraten?« fragte Herr Penotschkin drohend. Der Alte ließ den Kopf hängen. »Du liebst wohl zu trinken, dich in den Schenken herumzutreiben?« Der Alte machte den Mund auf, um etwas zu sagen. »Ich kenne euch«, fuhr Arkadij Pawlytsch mit Heftigkeit fort, »eure Sache ist es, zu saufen und auf dem Ofen zu liegen, während ein guter Bauer sich für euch verantworten soll.«

»Und ein Grobian ist er obendrein«, flocht der Bürgermeister in die Rede seines Herrn ein.

»Nun, das versteht sich von selbst. Das ist immer so; das habe ich schon mehr als einmal bemerkt. Das ganze Jahr herumludern, grob sein und jetzt sich einem zu Füßen wälzen.«

»Väterchen Arkadij Pawlytsch«, fing der Alte verzweifelt zu reden an, »erbarme dich, tritt für uns ein; was bin ich denn für ein Grobian? Ich schwöre wie vor Gott dem Herrn, es ist nicht mehr zu ertragen. Sofron Jakowlitsch kann mich nicht leiden; warum er mich nicht leiden kann, möge er vor Gott verantworten! Er ruiniert mich vollends, Väterchen ... Den letzten Sohn ... auch den ...« In den gelben und runzeligen Augen des Alten glitzerte eine Träne. »Erbarme dich, gnädiger Herr, tritt für mich ein ...«

»Und nicht uns allein«, fing der junge Bauer an.

Arkadij Pawlytsch brauste plötzlich auf.

»Wer hat dich gefragt, he? Du wirst nicht gefragt und hast den Mund zu halten ... Was soll das heißen? Den Mund sollst du halten, sagt man dir, den Mund halten! ... Ach, mein Gott, das ist ja geradezu Meuterei. Nein, Bruder, ich rate dir, bei mir nicht zu meutern ... bei mir ...« Arkadij Pawlytsch machte einen Schritt nach vorn, erinnerte sich aber wohl meiner Anwesenheit, wandte sich ab und steckte die Hände in die Hosentaschen. »Je vous demande bien pardon, mon cher«, sagte er mit einem gezwungenen Lächeln, wobei er bedeutungsvoll die Stimme senkte, »cest le mauvais côté de la medaille. Nun gut, nun gut«, fuhr er fort, ohne die Bauern anzusehen, »ich werde anordnen ... es ist gut, geht jetzt.« Die Bauern rührten sich nicht. »Nun, ich habe euch doch gesagt ... gut. Geht jetzt; ich werde anordnen, sagt man euch.«

Arkadij Pawlytsch kehrte ihnen den Rücken. »Ewig Scherereien«, brummte er vor sich hin und ging mit großen Schritten nach Hause. Sofron folgte ihm. Der Gemeindediener riß die Augen auf, als bereitete er sich vor, sehr weit irgendwohin zu springen. Der Dorfälteste scheuchte die Enten aus der Pfütze. Die Bittsteller blieben noch ein wenig auf demselben Fleck stehen, blickten sich an und stapften dann, ohne sich umzusehen, davon.

Zwei Stunden später war ich schon in Rjabowo und machte Anstalten, mit Anpadist, einem mir bekannten Bauern, auf die Jagd zu gehen. Penotschkin war bis zu meiner Abfahrt ärgerlich auf Sofron gewesen. Ich begann mit Anpadist über die Schipilowschen Bauern sowie über Herrn Penotschkin zu sprechen und fragte ihn, ob er den dortigen Bürgermeister kenne.

»Sofron Jakowlitsch? ... den?«

»Was ist das für ein Mensch?«

»Ein Hund und kein Mensch. Einen derartigen Hund wird man bis Kursk nicht finden.«

»Wieso?«

»Ja, Schipilowka gehört ja nur dem Namen nach diesem – wie heißt er doch – Penkin; in Wirklichkeit besitzt er es ja nicht: Sofron besitzt es.«

»Ist das möglich?«

»Er geht damit wie mit seinem Eigentum um. Die Bauern stehen alle bei ihm in der Kreide; sie arbeiten für ihn, als ob sie seine Knechte wären; den einen läßt er Fuhren machen, den anderen schickt er sonstwohin ... er quält sie zu Tode.«

»Sie scheinen wenig Land zu haben?«

»Wenig? Er pachtet allein von den Chlynowschen achtzig Desjatinen und von uns hier einhundertundzwanzig, so hat er volle zweihundert Desjatinen. Die Landwirtschaft ist übrigens nicht sein einziges Gewerbe; er handelt außerdem mit Pferden, Vieh, Butter, Teer, Hanf und allem möglichen ... Er ist klug, sehr klug, und reich ist die Bestie! Am schlimmsten ist seine Streitsucht. Ein Vieh – kein Mensch; wie ich schon sagte: ein Hund, ein Köter; wie er leibt und lebt, ein Köter.«

»Ja, weshalb beklagen sie sich nicht über ihn?«

»Ei seht doch! Was kümmert es den Herrn? Es gibt keine Rückstände; was geht ihn das andere an? Ja, versuch es einmal, dich zu beklagen!« fuhr er nach einem kurzen Schweigen fort, »versuch es mal ... dann wird er dich ... so ...«

Mir fiel Antip ein, und ich erzählte Anpadist, was ich gesehen hatte.

»Nun«, sagte Anpadist, »jetzt wird er ihm völlig den Garaus machen; er wird den Mann umbringen. Der Dorfälteste wird ihn jetzt schlagen. So ein armer hilfloser Teufel! Und weshalb muß er so leiden? Weil er einmal auf einer Versammlung dem Bürgermeister widersprochen hat: jedenfalls konnte er es nicht mehr ertragen ... Ein großes Verbrechen! Seit der Zeit hat er angefangen, den Antip zu drangsalieren. Jetzt wird er ihn erledigen. Er ist doch so ein Vieh, so ein Hund – verzeih mir Gott meine Sünde – er weiß, wen er bedrücken kann. Die älteren und reicheren Bauern, die eine größere Familie haben, rührt er nicht an, der kahlköpfige Satan; aber hier läßt er seiner Natur freien Lauf. Er hat doch die Antipowschen Söhne außer der Reihe als Rekruten weggegeben, der erbarmungslose Räuber, der Hund, verzeih mir, Gott, die Versündigung!«

Wir begaben uns auf die Jagd.

Salzbrunn in Schlesien, im Juli 1847.

Das Kontor

Es war Herbst. Ich ging schon ein paar Stunden mit dem Gewehr über die Felder und wäre wahrscheinlich nicht vor Abend zurückgekehrt in das Einkehrgasthaus an der Landstraße nach Kursk, wo mich meine Troika erwartete, wenn mich nicht ein ungewöhnlich feiner und kalter Regen, der sich unermüdlich und erbarmungslos seit dem frühen Morgen ärger als eine alte Jungfer an meine Fersen heftete, schließlich gezwungen hätte, irgendwo in der Nähe wenigstens eine zeitweilige Unterkunft zu suchen. Während ich noch überlegte, wohin ich gehen sollte, tauchte unerwartet vor meinen Blicken am Rande eines Erbsenfeldes eine niedrige Laubhütte auf. Ich ging hin, schaute unter das Strohdach und gewahrte einen derartig hinfälligen Greis, daß ich sofort an den sterbenden Ziegenbock denken mußte, den Robinson in einer Höhle seiner Insel fand. Der Alte kauerte am Boden, kniff seine trüben kleinen Augen zusammen und kaute eifrig, aber vorsichtig wie ein Hase (der Arme hatte keinen einzigen Zahn mehr) eine harte trockene Erbse, die er beständig von einer Backe in die andere schob. Er war so in seine Beschäftigung vertieft, daß er mich nicht bemerkte.

»Großväterchen! he, Großväterchen!« sagte ich.

Er hörte auf zu kauen, zog die Brauen hoch und öffnete mit Mühe die Augen.

»Was gibt es?« lallte er mit heiserer Stimme.

»Wo ist hier ein Dorf in der Nähe?« fragte ich.

Der Alte fing wieder zu kauen an. Er hatte mich nicht verstanden. Ich wiederholte meine Frage lauter als zuvor.

»Ein Dorf? Wozu brauchst du es?«

»Nun, um Schutz vor dem Regen zu finden.«

»Was?«

»Um Schutz vor dem Regen zu finden.«

»Ja!« Er kratzte seinen sonnenverbrannten Hinterkopf. »Nun, dann geh also los«, fing er plötzlich zu reden an, wobei er mit den Händen herumfuchtelte, »dann ... dann, wenn du am Wäldchen vorbeikommst und weitergehst, kommst du auf einen Weg; laß den Weg liegen und halte dich rechts, immer rechts, immer rechts ... Nun, dann kommst du nach Ananjewo, wenn du nicht bis Sitowka gehst.«

Ich verstand den Alten nur mühsam. Der Schnurrbart störte ihn beim Reden, und auch die Zunge gehorchte ihm nicht recht.

»Von wo bist du denn?« fragte ich ihn.

»Was?«
»Von wo du bist?«
»Aus Ananjewo.«
»Was treibst du denn hier?«
»Was?«
»Was du hier treibst?«
»Ich sitze hier als Wächter.«
»Was bewachst du denn?«
»Die Erbsen.«
Ich mußte lachen.
»Aber ich bitte dich, wie alt bist du denn?«
»Das weiß der liebe Gott.«
»Du siehst wohl nicht mehr gut?«
»Was?«
»Du siehst wohl nicht mehr gut?«
»Schlecht. Manchmal kommt es vor, daß ich überhaupt nichts höre.«
»Wie kannst du dann Wächter sein, ich bitte dich?«
»Das bestimmen die Älteren.«

Die Älteren! dachte ich und sah den armen Alten nicht ohne Mitleid an. Er betastete sich, holte zwischen Rock und Hemd ein Stück trockenes Brot hervor und begann wie ein Kind daran zu lutschen, wobei er die an sich schon eingesunkenen Wangen mit Anstrengung einzog.

Ich ging auf das Wäldchen zu, bog nach rechts ab und immer wieder nach rechts, wie der Alte mir geraten hatte, und gelangte schließlich zu einem großen Dorf mit einer Steinkirche im neuen Stil, das heißt mit Säulen, und einem großen Gutshaus, ebenfalls mit Säulen. Schon von weitem sah ich durch den dichten Regenschleier eine Hütte mit einem Bretterdach und zwei Schornsteinen, höher als die anderen und aller Wahrscheinlichkeit nach die Wohnung des Dorfältesten; ich lenkte meine Schritte dorthin in der Hoffnung, bei ihm einen Samowar, Tee, Zucker und nicht ganz saure Sahne vorzufinden. In Begleitung meines verfrorenen Hundes stieg ich die Vortreppe hinauf, betrat den Flur, öffnete eine Tür, erblickte jedoch anstelle der gewöhnlichen Stubeneinrichtung einige mit Schriftstücken bedeckte Tische, zwei rote Schränke, bespritzte Tintenfässer, bleierne, pudschwere Sandstreubüchsen, unwahrscheinlich lange Federn und anderes mehr. Hinter einem der Tische saß ein zwanzigjähriger junger Mann mit einem aufgedunsenen und kränklichen Gesicht, winzigen Äuglein, einer fleischigen Stirn und endlos langen Schäferhaaren. Er trug, wie es sich gehört, einen grauen Nankingkaftan, der am Kragen und auf dem Bauch blankgescheuert war.

»Was wünschen Sie?« fragte er mich und riß dabei den Kopf hoch, wie ein Pferd, dem man unversehens ans Maul greift.

»Wohnt hier der Verwalter ... oder ...«

»Hier ist das herrschaftliche Hauptkontor«, unterbrach er mich. »Ich sitze hier als Beamter vom Dienst ... Haben Sie denn nicht den Anschlag gesehen? Dazu ist der Anschlag angebracht.«

»Wo könnte ich mich hier ein wenig trocknen? Hat hier jemand im Dorf einen Samowar?«

»Wie sollte es hier keine Samoware geben«, antwortete wichtigtuerisch der Jüngling im grauen Kaftan, »gehen Sie zu Vater Timofej oder in die Gesindestube oder zu Nasar Tarasytsch oder zur Hühnerfrau Agrafena.«

»Mit wem redest du da, du Klotz? läßt einen nicht schlafen, Klotz!« ertönte eine Stimme aus dem Nebenraum.

»Ein Herr ist hereingekommen und fragt, wo er sich trocknen kann.«

»Was für ein Herr?«

»Ich weiß nicht. Er hat ein Gewehr und einen Hund.«

Im Nebenzimmer knarrte ein Bett. Die Tür ging auf, und ein fünfzigjähriger, dicker kleiner Mann mit einem Stiernacken, hervorstehenden Augen, ungewöhnlich runden Wangen und einem glänzenden Gesicht trat ins Zimmer.

»Womit kann ich Ihnen dienen?« fragte er mich.

»Ich will mich trocknen.«

»Hier ist nicht der Ort dazu.«

»Ich wußte nicht, daß hier ein Kontor ist; übrigens bin ich bereit, dafür zu bezahlen ...«

»Es geht schließlich auch hier«, entgegnete der Dicke, »wollen Sie nicht hier eintreten?« Er führte mich in ein anderes Zimmer, aber nicht in das, aus dem er gekommen war. »Ist es hier gut genug?«

»Ja, ja ... Und könnte ich vielleicht Tee mit Sahne bekommen?«

»Natürlich, sofort! Belieben Sie einstweilen die nassen Kleider abzulegen und etwas auszuruhen; der Tee wird gleich fertig sein.«

»Wem gehört dieses Gut?«

»Frau Losnjakowa, Jelena Nikolajewna.«

Er ging hinaus. Ich sah mich um: an der Wand, die mein Zimmer vom Kontor trennte, befand sich ein riesiger Lederdiwan;

zwei gleichfalls mit Leder bezogene Sessel mit sehr hohen Lehnen ragten zu beiden Seiten des einzigen Fensters, das auf die Straße hinausging. An den Wänden, die mit grünen, rosa gemusterten Tapeten beklebt waren, hingen drei mächtige Ölgemälde. Auf dem einen war ein Hühnerhund mit einem hellblauen Halsband und der Aufschrift: »Meines Herzens Freude!« dargestellt; zu Füßen des Hundes floß ein Fluß, an dessen jenseitigem Ufer unter einer Kiefer ein unnatürlich großer Hase mit einem aufgerichteten Löffel saß. Auf dem zweiten Bilde aßen zwei Greise eine Wassermelone: hinter der Wassermelone erblickte man in der Ferne ein griechisches Säulendach mit der Aufschrift: »Tempel der Zufriedenheit.« Auf dem dritten Bild war in liegender Stellung en raccourci eine halbnackte Frau mit roten Knien und sehr dicken Fersen abgebildet. Mein Hund zwängte sich unverzüglich mit großer Anstrengung unter den Diwan und fand dort offenbar sehr viel Staub vor, denn er begann fürchterlich zu niesen. Ich trat ans Fenster. Quer über die Straße vom Herrenhause zum Kontor lagen in schräger Richtung Bretter: eine sehr nützliche Vorsichtsmaßregel, weil es dank unserer Schwarzerde und dem anhaltenden Regen fürchterlich schmutzig war. Auf dem Gutshof, der mit seiner Rückseite zur Straße stand, herrschte das auf Gutshöfen übliche Treiben: Mägde in ausgebleichten Kattunkleidern liefen hin und her; Hofknechte stapften durch den Schmutz, blieben stehen und kratzten sich nachdenklich den Rücken; das an den Zaun gebundene Pferd des Dorfpolizisten bewegte träge seinen Schweif und benagte mit entblößten Zähnen den Zaun; Hühner gackerten; schwindsüchtige Puten riefen und lockten. Auf der Freitreppe eines dunklen und baufälligen Gebäudes, wahrscheinlich der Badestube, saß ein kräftiger Bursche mit einer Gitarre und sang nicht ohne Stolz eine bekannte Romanze:

»Muß ich nun aus dieser wunderschönen,
schönen Gegend in die Ferne ziehn . . .«

Der Dicke kam zu mir ins Zimmer.

»Hier bringt man Ihnen den Tee«, sagte er mit einem freundlichen Lächeln.

Der junge Mann im grauen Kaftan, der »Beamte vom Dienst« aus dem Kontor, stellte auf einen alten Kartentisch den Samowar, eine Teekanne, ein Glas mit einer angeschlagenen Untertasse, ein Sahnetöpfchen und einen Kranz kieselharter Bolchower Kringel. Der Dicke entfernte sich.

»Wer ist das?« fragte ich den Beamten vom Dienst, »der Verwalter?«

»Keineswegs: er war der Hauptkassierer und ist jetzt zum Bürovorsteher befördert worden.«

»Habt ihr denn keine Verwalter?«

»Keineswegs. Wir haben einen Bürgermeister, Michajla Wikulow, aber einen Verwalter haben wir nicht.«

»Dann ist wohl ein Geschäftsführer da?«

»Allerdings: ein Deutscher, Lindemandel, Karlo Karlytsch, nur trifft er keine Anordnungen.«

»Wer trifft dann die Anordnungen?«

»Die Herrin selber.«

»So ist das... Und sitzen bei euch viele Leute im Kontor?«

Der Bursche dachte nach.

»Sechs Mann.«

»Wer denn alles?« fragte ich.

»Also erstens Wasilij Nikolajewitsch als Hauptkassier; dann Pjotr als Kontorist; dann Pjotrs Bruder Iwan als Kontorist; ein anderer Iwan als Kontorist; Koskenkin Narkisow, auch als Kontorist, dann ich – ja, alle kann man auch gar nicht aufzählen.«

»Eure Herrin hat wohl viele Dienstboten?«

»Nein, nicht besonders viele...«

»Wieviel ungefähr?«

»So an die hundertundfünfzig werden es wohl sein.«

Wir schwiegen beide ein Weilchen.

»Nun, sag einmal, kannst du schön schreiben?« begann ich wiederum.

Der Kleine strahlte über das ganze Gesicht, nickte, ging ins Kontor und brachte ein beschriebenes Blatt mit.

»Das ist meine Schrift«, sagte er, immer noch lächelnd.

Ich blickte hin: auf einem Viertelbogen grauweißen Papiers stand in schöner deutlicher Schrift folgendes:

BEFEHL

Von dem Herrschaftlich Ananjewschen privaten Hauptkontor an den Bürgermeister Michajla Wikulow; Nr. 209

Es wird dir befohlen, unmittelbar nach Erhalt dieses festzustellen: wer in der vergangenen Nacht in betrunkenem Zustand und unter Absingen unziemlicher Lieder durch den Englischen Garten gegangen ist und die französische Gouvernante, Madame Eugenie, aufgeweckt und beunruhigt hat, und worauf die Nachtwächter aufgepaßt haben, und wer im Garten als Wächter gesessen hat und eine solche Unordnung zugelassen hat? Es wird dir befohlen, alles oben Erwähnte genau zu untersuchen und darüber unverzüglich an das Hauptkontor Meldung zu erstatten.

Der Bürovorsteher Nikolaj Chwostow

Der Befehl war mit einem riesigen Wappensiegel mit der Inschrift: »Siegel des Herrschaftlich Ananjewschen Hauptkontors« versehen, und darunter stand der Zusatz: »Pünktlich auszuführen. Jelena Losnjakowa.«

»Hat das die Herrin hinzugefügt?«

»Gewiß! Sie geruht immer selbst zu unterschreiben; sonst kann der Befehl nicht in Kraft treten.«

»Werdet ihr jetzt den Befehl dem Bürgermeister schicken?«

»Nein. Er wird selbst herkommen und es lesen; das heißt, man wird es ihm vorlesen, er kann ja nicht lesen.« Der Beamte vom Dienst schwieg wieder ein wenig. »Nun«, fügte er mit einem Lächeln hinzu, »ist es nicht schön geschrieben?«

»Ja, sehr schön.«

»Verfaßt habe ich den Befehl allerdings nicht. Darin ist Koskenkin ein Meister.«

»Wie ...? Werden denn bei euch die Befehle zuerst verfaßt?«

»Wie denn sonst? Man kann sie doch nicht gleich ins reine schreiben.«

»Wie hoch ist dein Gehalt?« fragte ich.

»Fünfunddreißig Rubel und fünf Rubel für Stiefel.«

»Und bist du zufrieden?«

»Gewiß bin ich das. Nicht ein jeder kommt bei uns ins Kontor. Mir hat, aufrichtig gesagt, Gott selbst den Weg gewiesen: mein Großvater war Hofknecht.«

»Und hast du es hier gut?«

»Ja. Allerdings, um die Wahrheit zu sagen«, fuhr er mit einem Seufzer fort, »bei den Kaufleuten zum Beispiel hat es unsereiner besser. Bei einem Kaufmann hat es unsereiner sehr gut. Da ist gestern abend ein Kaufmann aus Wenewo angekommen, und sein Knecht hat mir alles erzählt ... Gut haben sie es, da läßt sich nichts sagen, sehr gut.«

»Wieso? Zahlen denn die Kaufleute ein höheres Gehalt?«

»Gott bewahre! Er wird dich sofort am Kragen packen und an die Luft setzen, wenn du von ihm einen Lohn forderst. Nein, bei einem Kaufmann mußt du auf Treu und Glauben dienen und in der Furcht des Herrn leben. Er gibt dir zu essen und zu trinken und kleidet dich und alles ... Wenn du ihn zufriedenstellst – dann gibt er dir noch mehr. Was ist ein Gehalt! man braucht es überhaupt nicht ... Und der Kaufmann lebt einfach, auf russische, auf unsere Art: du machst mit ihm eine Fahrt – wenn er Tee trinkt, bekommst auch du Tee zu trinken; was er ißt, das ißt auch du. Ein Kaufmann ... nun, wie kann man: ein Kaufmann ist nicht das, was ein Herr ist. Ein Kaufmann läßt seinen Launen nicht freien Lauf; nun, wenn er einmal böse wird, verhaut er dich – und damit ist die Sache erledigt. Er quengelt nicht und drangsaliert einen nicht ... Mit einem Herrn hingegen ist es ein Jammer! Nie kannst du es ihm recht machen: dies ist nicht gut, und jenes stimmt nicht. Du bringst ihm ein Glas Wasser oder das Essen – ‚Ach, das Wasser stinkt, das Essen stinkt!' Du trägst es hinaus, stehst ein wenig hinter der Tür und trägst es wieder hinein – ‚Nun, jetzt ist es gut; jetzt stinkt es nicht.' Und erst die Herrinnen, ich sage Ihnen, die Herrinnen ... oder gar die Fräulein! ...«

»Fedjuschka!« erscholl die Stimme des Dicken aus dem Kontor.

Der Beamte vom Dienst eilte hinaus. Ich trank mein Glas Tee aus, streckte mich auf dem Diwan aus und schlief ein. Ich schlief zwei Stunden.

Als ich erwachte, wollte ich aufstehen, aber die Faulheit siegte. Ich schloß die Augen, schlief aber nicht wieder ein. Hinter der Zwischenwand, im Kontor, wurde leise gesprochen. Ich begann unwillkürlich zuzuhören.

»Gewiß, gewiß, Nikolaj Jeremejitsch«, sagte eine Stimme, »das muß natürlich in Betracht gezogen werden, gewiß ... Hm!« Der Redende hustete.

»Glauben Sie mir, Gawrila Antonytsch«, antwortete die Stimme des Dicken, »wie sollte ich die hiesigen Verhältnisse nicht beurteilen können, sagen Sie selbst.«

»Wer sollte sie besser kennen, Nikolaj Jeremejitsch: Sie sind hier sozusagen der erste Mann am Platz. Nun also, wie steht's?« fuhr die unbekannte Stimme zu reden fort, »zu welchem Preis schließen wir ab, Nikolaj Jeremejitsch? Wollen Sie es mir nicht sagen?«

»Ja, wie schließen wir ab, Gawrila Antonytsch? Das hängt sozusagen von Ihnen ab. Sie scheinen kein großes Interesse daran zu haben.«

»Aber erlauben Sie, Nikolaj Jeremejitsch, was sagen Sie da? Das ist doch unser Geschäft: kaufen, handeln, verkaufen. Wir leben doch davon, Nikolaj Jeremejitsch – sozusagen.«

»Acht Rubel«, sagte der Dicke gedehnt.

Man vernahm einen Seufzer.

»Nikolaj Jeremejitsch, Sie belieben einen hohen Preis zu fordern.«

»Es geht nicht anders, Gawrila Antonytsch; wie vor Gottes Antlitz sage ich, es geht nicht anders.«

Schweigen trat ein.

Ich richtete mich leise auf und lugte durch einen Spalt in der Zwischenwand. Der Dicke saß mit dem Rücken zu mir. Mit dem Gesicht zu ihm saß ein magerer und bleicher, gleichsam mit Fastenöl bestrichener vierzigjähriger Kaufmann. Er wühlte beständig in seinem Bart, blinzelte sehr schnell mit den Augen und zuckte mit den Lippen.

»Wunderbar sozusagen stehen in diesem Jahr die Felder«, hob er wieder an, »ich habe mich auf dem ganzen Weg darüber gefreut. Von Woronesch an ist alles hervorragend – beste Qualität sozusagen.«

»Die Saaten stehen allerdings nicht schlecht«, antwortete der Hauptkontorist, »doch Sie wissen ja, Gawrila Antonytsch: der Herbst verspricht, was der Lenz oft bricht.«

»Es ist in der Tat so, Nikolaj Jeremejitsch, alles liegt in Gottes Hand; Sie beliebten die reine Wahrheit zu sagen ... aber ist nicht Ihr Gast aufgewacht?«

Der Dicke drehte sich im Sessel um und lauschte.

»Nein, er schläft. Übrigens kann man vielleicht ...«

Er ging zur Tür.

»Nein, er schläft«, wiederholte er und kehrte auf seinen Platz zurück.

»Nun, wie steht es denn, Nikolaj Jeremejitsch?« hob der Händler von neuem an, »wir müssen unser Geschäftchen zu Ende führen ... So mag es denn so sein, Nikolaj Jeremejitsch, so mag es denn so sein«, fuhr er fort und blinzelte unablässig, »zwei graue und ein weißer für Euer Gnaden und für die dort« – er wies mit dem Kopf in Richtung Gutshof – »sechs und einen halben. Schlagen Sie ein, nun?«

»Vier graue«, antwortete der Dicke.

»Nun, drei.«

»Vier graue ohne den weißen.«

»Drei, Nikolaj Jeremejitsch.

»Dreieinhalb, und keine Kopeke weniger.«

»Drei, Nikolaj Jeremejtsch.«

»Reden Sie nicht, Gawrila Antonytsch.«

»So ein Dickkopf«, murmelte der Händler. »Dann werde ich lieber mit der Herrin abschließen.«

»Wie Sie wollen«, antwortete der Dicke, »das hätten Sie längst tun können. In der Tat, wozu sich unnütz die Mühe machen? ... Es ist ja so viel einfacher.«

»Nun, gehen Sie, gehen Sie, Nikolaj Jeremejitsch, wer wird denn gleich ärgerlich werden! Ich habe es ja nur so gesagt.«

»Nein, tatsächlich, was soll das ...?«

»Genug ... Ich sage doch, es war ein Scherz. Nun, nimm deine dreieinhalb, was soll man schon mit dir machen?«

»Vier hätte ich nehmen müssen, aber ich Esel habe mich unnötigerweise beeilt«, brummte der Dicke.

»Also dort drüben im Gutshaus heißt es sechseinhalb, Nikolaj Jeremejitsch – für sechseinhalb ist das Korn verkauft.«

»Sechseinhalb, wie gesagt.«

»Nun, also Handschlag darauf, Nikolaj Jeremejitsch!« Der Händler schlug mit seinen gespreizten Fingern in die Hand des Bürovorstehers ein. »Und mit Gott.« Der Händler erhob sich. »So werde ich denn, Väterchen Nikolaj Jeremejitsch, jetzt zur Herrin gehen, werde mich anmelden lassen und zu ihr sagen: Nikolaj Jeremejitsch hat zu sechseinhalb abgeschlossen.«

»Ja, sagen Sie es so, Gawrila Antonytsch.«

»Und jetzt belieben Sie zu empfangen.«

Der Händler händigte dem Bürovorsteher ein kleines Päckchen Papiere aus, verbeugte sich, schüttelte den Kopf, ergriff seinen Hut mit zwei Fingern, rückte sozusagen seine Schultern zurecht, nahm eine freie Haltung an und ging auf angenehm knarrenden Stiefeln hinaus. Nikolaj Jeremejitsch ging zur Wand und begann, soviel ich sehen konnte, die ihm eingehändigten Papiere durchzusehen. In der Tür zeigte sich ein rotbrauner Kopf mit einem dichten Backenbart.

»Nun?« fragte er, »alles in Ordnung?«

»Alles in Ordnung.«

»Wieviel?«

Der Dicke winkte ärgerlich mit der Hand ab und zeigte auf mein Zimmer.

»Schon gut!« erwiderte der Kopf und verschwand.

Der Dicke ging zum Tisch zurück, setzte sich, öffnete ein Buch, nahm das Rechenbrett zur Hand und begann die Kugeln hin und her zu schieben, wozu er nicht den Zeigefinger, sondern den Mittelfinger der rechten Hand gebrauchte: so ist es feiner.

Der Beamte vom Dienst trat ein.

»Was willst du?«

»Sidor ist aus Golopleki zurückgekehrt.«

»Ah! Nun, ruf ihn herein. Doch halt, halt ... geh zuerst nachsehen, ob der fremde Herr immer noch schläft oder schon aufgewacht ist.«

Der Beamte vom Dienst kam vorsichtig in mein Zimmer. Ich legte meinen Kopf auf die Jagdtasche, die mir als Kissen diente, und schloß die Augen.

»Er schläft«, flüsterte der Beamte vom Dienst wieder im Kontor.

Der Dicke brummte etwas vor sich hin.

»Nun, rufe Sidor herein«, sagte er schließlich.

Ich richtete mich wieder auf. Herein kam ein ellenlanger, dreißigjähriger, fülliger, rotbäckiger, blonder Bauer mit einem kleinen lockigen Bart. Er bekreuzigte sich vor dem Heiligenbild, verbeugte sich vor dem Bürovorsteher, nahm seinen Hut in beide Hände und richtete sich auf.

»Guten Tag, Sidor«, sagte der Dicke, während er mit den Kugeln weiterklapperte.

»Guten Tag, Nikolaj Jeremejitsch.«

»Nun, wie war der Weg?«

»Gut, Nikolaj Jeremejitsch. Ein wenig schmutzig.« Der Bauer sprach langsam und leise.

»Ist die Frau gesund?«

»Was sollte ihr fehlen?«

Der Bauer holte tief Atem und setzte einen Fuß vor. Nikolaj Jeremejitsch klemmte die Feder hinters Ohr und schneuzte sich.

»Nun, weswegen bist du gekommen?« fragte er wieder und steckte sein kariertes Taschentuch ein.

»Höre, Nikolaj Jeremejitsch, man fordert von uns Zimmerleute an.«

»Nun, und ...? Habt ihr etwa keine?«

»Wie sollten wir keine haben, Nikolaj Jeremejitsch? Wir leben ja im Wald – das ist bekannt. Es ist nur gerade jetzt Arbeitszeit.«

»Arbeitszeit! Ihr wollt also lieber für Fremde, aber nicht für eure Herrin arbeiten ... Es ist doch egal, wo ihr arbeitet.«

»Die Arbeit ist freilich überall die gleiche, Nikolaj Jeremejitsch ... nur ...«

»Nun?«

»Es handelt sich ... um die Bezahlung.«

»Was nicht noch alles! Sieh mal an, wie verwöhnt ihr seid. Geh zu!«

»Und dann noch eines, Nikolaj Jeremejitsch: Arbeit wird dort höchstens für eine Woche sein, aber festhalten wird man uns einen Monat lang. Bald wird kein Material da sein, bald wird man uns in den Garten schicken, die Wege zu reinigen.«

»Wie dem auch sein mag! Die Herrin hat es selbst zu befehlen geruht, also brauchen wir beide nicht darüber nachzudenken.«

Sidor verstummte und fing an, von einem Fuß auf den andern zu treten.

Nikolaj Jeremejitsch neigte den Kopf zur Seite und klapperte mit den Kugeln eifrig weiter.

»Unsere ... Bauern ... haben mich beauftragt, Nikolaj Jeremejitsch«, hub Sidor schließlich stockend an, »das hier ... Euer Gnaden...« Er steckte seine Hand zwischen Rock und Hemd und zog ein zusammengerolltes Handtuch mit buntem Muster hervor.

»Halt ein, halt ein, du Narr, bist du etwa verrückt geworden?« unterbrach ihn der Dicke eilig. »Geh, geh in meine Hütte«, fuhr er fort und drängte den erstaunten Bauer aus dem Zimmer, »bitte dort meine Frau ... sie wird dir Tee geben; ich komme gleich nach, geh. So hab doch keine Angst, man sagt dir: geh.«

Sidor ging hinaus.

»So ein ... Bär!« brummte der Bürovorsteher hinter ihm her, schüttelte den Kopf und wandte sich wieder seinem Rechenbrett zu.

Mit einemmal erschollen auf der Straße und auf der Vortreppe Rufe: »Kuprja! Kuprja! Kuprja kann man nicht umrennen!« und bald darauf betrat ein kleiner, dem Anschein nach schwindsüchtiger Mensch mit ungewöhnlich langer Nase und großen unbeweglichen Augen in einer sehr stolzen Haltung das Kontor. Gekleidet war er in einen alten, zerrissenen, adelaidefarbenen oder – wie es bei uns heißt – odelloidcfarbenen Gehrock mit einem Plüschkragen und winzigen Knöpfen. Er trug ein Bund Holz auf den Schultern. Um ihn drängten sich fünf Hofknechte, und alle schrien: »Kuprja! Kuprja kann man nicht umrennen! Man hat Kuprja zum Heizer befördert.« Der Mann im Gehrock mit Plüschkragen kümmerte sich nicht im geringsten um das Lärmen seiner Kameraden und verzog keine Miene. Ruhigen Schritts ging er zum Ofen, entledigte sich seiner Last, richtete sich auf, holte aus der hinteren Hosentasche eine Tabaksdose hervor und begann geriebenen, mit Asche vermischten Steinklee in die Nase zu stopfen.

Beim Hereinkommen der lärmenden Schar hatte der Dicke die Brauen gerunzelt und war von seinem Platz aufgestanden; als er jedoch sah, worum es sich handelte, lächelte er und befahl nur, nicht zu schreien, weil im Nebenzimmer ein Jäger schlafe.

»Was für ein Jäger?« fragten zwei auf einmal.

»Ein Gutsbesitzer.«

»Ah!«

»Mögen sie lärmen«, sagte der Mann mit dem Plüschkragen und spreizte seine Finger, »was geht es mich an! Es soll mich nur niemand anrühren. Man hat mich zum Heizer befördert ...«

»Zum Heizer, zum Heizer«, fiel der Haufe freudig ein.

»Die Herrin hat es befohlen«, fuhr er mit einem Achselzucken fort, »und ihr wartet noch ein wenig ... euch wird man zu Schweinehirten befördern. Daß ich ein Schneider bin, und ein guter Schneider, bei den ersten Meistern in Moskau gelernt und für Generale genäht habe, kann mir niemand nehmen. Und womit könnt ihr euch brüsten? Womit? Tagediebe und Schmarotzer seid ihr, weiter nichts. Wenn man mich freiließe – ich werde nicht verhungern und zugrunde gehen; man gebe mir einen Paß – ich werde einen guten Zins zahlen und die Herrschaft zufriedenstellen. Ihr dagegen? Umkommen würdet ihr, umkommen wie die Fliegen, weiter nichts!«

»Da lügst du aber«, unterbrach ihn ein pockennarbiger semmelblonder Bursche mit einem roten Halstuch und durchgescheuerten Ellenbogen, »du hast zwar mit einem Paß gelebt, aber Zins hat die Herrschaft nicht eine Kopeke von dir gesehen, und für dich hast du auch keinen Groschen zurückgelegt: nur mit Mühe hast du dich nach Hause geschleppt und läufst seitdem in ein und demselben Rock herum.«

»Ja, was willst du da machen, Konstantin Narkisytsch!« entgegnete Kuprijan, »es verliebt sich der Mensch – und verloren, vernichtet ist der Mensch. Erlebe du erst einmal, was ich durchgemacht habe, Konstantin Narkisytsch, und dann verurteile mich.«

»Und in wen du dich obendrein verliebt hast! in eine wahre Mißgeburt.«

»Nein, das mußt du nicht sagen, Konstantin Narkisytsch.«

»Ja, wem willst du denn das weismachen? Ich habe sie doch im vergangenen Jahr mit eigenen Augen in Moskau gesehen.«

»Im vergangenen Jahr ist sie allerdings ein wenig häßlicher geworden«, bemerkte Kuprijan.

»Was soll das, meine Herrschaften«, sagte in geringschätzigem, nachlässigem Ton ein großer hagerer Mann mit einem pickelübersäten Gesicht und gekräuseltem, geöltem Haar, wahrscheinlich ein Kammerdiener. »Kuprijan Afanasjitsch soll uns lieber sein Liedchen vorsingen. Nun, stimmen Sie an, Kuprijan Afanasjitsch!«

»Ja, ja!« fielen die andern ein. »Bravo, Alexandra! du weißt Kuprja zu nehmen, nichts dagegen zu sagen ... Sing, Kuprja ... Ein Mordskerl, dieser Alexandra!« Die Hofleute gebrauchen, um sich zärtlicher auszudrücken, oft die weibliche Endsilbe, wenn es sich um einen Mann handelt. »Sing!«

»Hier ist nicht der Ort zum Singen«, entgegnete Kuprijan mit Entschiedenheit, »das hier ist das herrschaftliche Kontor.«

»Ja, was geht das dich an! Du hoffst wohl auch Kontorist zu werden!« antwortete Konstantin mit einem groben Lachen. »Jedenfalls ...«

»Alles liegt in der Macht der Herrschaft«, bemerkte der Arme.

»Seht, seht, worauf er es abgesehen hat! Seht, was das für einer ist! Uh, uh, uh!«

Und alle lachten, einige hüpften sogar vor Freude. Lauter als alle lachte ein fünfzehnjähriger Junge, wahrscheinlich der Sohn eines Aristokraten unter dem Gesinde, denn er trug eine Weste mit Bronzeknöpfen, ein lila Halstuch, und das Wachstum seines Bäuchleins machte schon Fortschritte.

»Nun, hör mal, Kuprja, gesteh es ein«, sagte sichtlich erfreut und zärtlich gestimmt Nikolaj Jeremejitsch in selbstzufriedenem Ton, »es ist doch ziemlich schlecht, Heizer zu sein? Eine traurige Angelegenheit, nicht wahr?«

»Nun, Nikolaj Jeremejitsch«, begann Kuprijan, »Sie sind jetzt bei uns der Hauptkontorist: stimmt, da gibt es keinen Zweifel; aber auch Sie sind einmal in Ungnade gefallen und haben in einer Bauernhütte gelebt.«

»Sieh dich vor und vergiß nicht, mit wem du sprichst«, unterbrach ihn der Dicke heftig, »mit dir, du Narr, scherzt man; du Narr solltest es merken und dankbar sein, daß man sich mit dir Narren abgibt.«

»Das habe ich nur so dahergeredet, Nikolaj Jeremejitsch, entschuldigen Sie...«

»Nur so dahergeredet ...«

Die Tür öffnete sich, und ein Bote kam hereingelaufen.

»Nikolaj Jeremejitsch, die Herrin befiehlt Sie zu sich.«

»Wer ist bei der Herrin?«

»Axinja Nikitischna und der Kaufmann aus Wenewo.«

»Ich komme sofort. Und ihr, Brüder«, fuhr er in warnendem

Ton fort, »geht lieber mit dem neuernannten Heizer von hier fort: der Deutsche könnte hereinkommen und sich hernach beschweren.«

Der Dicke fuhr sich durch die Haare, hustete in die fast völlig vom Rockärmel bedeckte Hand, knöpfte seinen Rock zu und begab sich wiegenden Schrittes zur Herrin. Bald darauf folgte ihm die ganze muntere Schar mit Kuprja. Nur mein alter Bekannter, der Beamte vom Dienst, blieb im Zimmer. Er begann Federn anzuspitzen, schlief jedoch bald ein. Einige Fliegen nützten sofort die günstige Gelegenheit aus und hefteten sich an seinen Mund. Eine Mücke setzte sich auf seine Stirn, stellte ihre Beinchen regelmäßig auseinander und senkte langsam ihren ganzen Stachel in seinen weichen Körper. Der rothaarige Kopf mit dem Backenbart von vorhin zeigte sich wieder in der Tür, schaute sich nach allen Seiten um und trat schließlich mit dem dazugehörigen recht häßlichen Körper ins Kontor.

»Fedjuschka, he, Fedjuschka! immer schläfst du!« sagte der Kopf.

Der Beamte vom Dienst öffnete die Augen und erhob sich.

»Ist Nikolaj Jeremejitsch zur Herrin gegangen?«

»Ja, zur Herrin, Wasilij Nikolajitsch.«

Aha! dachte ich, das ist der Hauptkassier.

Der Hauptkassier begann in der Stube auf und ab zu gehen. Übrigens schlich er mehr, als er ging; er erinnerte überhaupt sehr an eine Katze. Um die Schultern schlotterte ihm ein alter schwarzer Frack mit sehr engen Schößen; die eine Hand hielt er auf der Brust, mit der anderen tappte er beständig nach seiner hohen und enggeknüpften Krawatte aus Roßhaar, und angestrengt drehte er den Kopf. Er trug Schuhe aus Ziegenleder, die nicht knarrten, und trat sehr leise auf.

»Der Gutsbesitzer Jaguschin wollte Sie heute sprechen«, fügte der Beamte vom Dienst hinzu.

»So! er wollte mich sprechen? Was hat er denn gesagt?«

»Er hat gesagt, daß er heute abend bei Tjutjurew ist und Sie dort erwartet. ‚Ich muß nämlich mit Wasilij Nikolajitsch etwas besprechen', aber worum es sich handelt, hat er nicht gesagt; ‚Wasilij Nikolajitsch', sagte er, ‚weiß schon Bescheid.'«

»Hm!« machte der Hauptkassier und trat ans Fenster.

»Ist Nikolaj Jeremejitsch im Kontor?« erscholl im Flur eine laute Stimme, und ein großer, sichtlich wütender Mann, mit unregelmäßigen, doch ausdrucksvollen und kühnen Gesichtszügen und recht ordentlich gekleidet, trat ins Zimmer.

»Ist er nicht hier?« fragte er, nachdem er sich schnell umgesehen hatte.

»Nikolaj Jeremejitsch ist bei der Herrin«, antwortete der Kassier. »Sagen Sie mir, was Sie haben wollen, Pawel Andrejitsch, Sie können es mir sagen ... Was wollen Sie?«

»Was ich will? Sie wollen wissen, was ich will?« Der Kassier nickte schmerzlich mit dem Kopf. »Einen Denkzettel will ich ihm geben, dem nichtsnutzigen Dickwanst, diesem feigen Ohrenbläser... Ich werde ihn lehren, Lügen zu verbreiten!«

Pawel warf sich auf einen Stuhl.

»Was denn, was denn, Pawel Andrejitsch? Beruhigen Sie sich ... Daß Sie sich nicht schämen? Vergessen Sie nicht, von wem Sie sprechen, Pawel Andrejitsch!« stammelte der Kassier.

»Von wem? Was geht es mich an, daß man ihn zum Bürovorsteher gemacht hat! Da haben sie den Richtigen gefunden! Da kann man wirklich sagen, sie haben den Bock zum Gärtner gemacht!«

»Genug, genug, Pawel Andrejitsch, genug! Hören Sie damit auf... was sind das für Dummheiten!«

»Nun wedelt der Fuchs mit dem Schwanz! ... Ich werde ihn hier erwarten«, sagte Pawel zornig und schlug mit der Faust auf den Tisch. »Ah, da kommt er auch schon«, fügte er nach einem Blick durch das Fenster hinzu. »Wenn man den Wolf nennt, kommt er gerennt. Willkommen!« Er erhob sich.

Nikolaj Jeremejitsch kam ins Kontor. Sein Gesicht strahlte vor Zufriedenheit, doch verwirrte ihn der Anblick von Pawel ein wenig.

»Seien Sie gegrüßt, Nikolaj Jeremejitsch«, sagte Pawel bedeutungsvoll und ging ihm dabei langsam entgegen, »seien Sie gegrüßt.«

Der Bürovorsteher antwortete darauf nicht. In der Tür zeigte sich das Gesicht des Kaufmanns.

»Weshalb geruhen Sie mir nicht zu antworten?« fuhr Pawel fort. »Übrigens, nein ... nein«, fügte er hinzu, »so geht das nicht; mit Schreien und Schimpfen erreicht man nichts. Nein, sagen Sie mir lieber im guten, Nikolaj Jeremejitsch, warum verfolgen Sie mich? Weshalb wollen Sie mich zugrunde richten? Nun, so reden Sie doch, reden Sie!«

»Hier ist nicht der Ort, sich mit Ihnen auszusprechen«, antwortete der Bürovorsteher nicht ohne Erregung, »und es ist auch nicht der richtige Zeitpunkt dafür. Nur muß ich sagen, daß ich mich über eines wundere: wie kommen Sie darauf, zu behaupten, daß ich Sie verfolge und zugrunde zu richten beabsichtige? Und wie könnte ich Sie überhaupt verfolgen? Sie sind ja nicht in meinem Kontor angestellt.«

»Das fehlte noch!« antwortete Pawel. »Doch weshalb verstellen Sie sich, Nikolaj Jeremejitsch? Sie verstehen mich doch!«

»Nein, ich verstehe Sie nicht.«

»Nein, Sie verstehen mich.«

»Nein, bei Gott, ich verstehe Sie nicht.«

»Sogar Gott ruft er noch an! Wenn es schon so weit gekommen ist, dann sagen Sie mir: Fürchten Sie Gott nicht? Nun, warum lassen Sie das arme Mädchen nicht in Ruhe? Was wollen Sie von ihr?«

»Von wem sprechen Sie, Pawel Andrejitsch?« fragte der Dicke mit geheucheltem Staunen.

»Aha! er weiß es nicht, was? Ich spreche von Tatjana. Fürchten Sie Gottes Strafe – weshalb quälen Sie sie? Schämen Sie sich: Sie sind ein verheirateter Mann, haben Kinder, die ebenso alt sind wie ich, und mir ist es Ernst ... ich will sie heiraten, ich habe ehrliche Absichten.«

»Was kann ich denn dafür, Pawel Andrejitsch? Die Herrin erlaubt Ihnen nicht zu heiraten: das ist ihr herrschaftlicher Wille. Was habe ich damit zu tun?«

»Was Sie damit zu tun haben? Und haben Sie sich nicht mit der alten Hexe, der Beschließerin, zusammengetan? Hetzen Sie sie nicht auf, was? Sagen Sie, verleumden Sie nicht das schutzlose Mädchen in jeder nur denkbaren Weise? Hat sie es nicht Ihren Schlichen zu verdanken, daß man sie von der Wäscherin zur Geschirrspülerin gemacht hat? Daß man sie schlägt und wie ein Aschenbrödel kleidet? Schämen Sie sich, schämen Sie sich, Sie alter Mann! Sie kann jeden Augenblick der Schlag treffen ... Sie werden sich vor Gott verantworten müssen.«

»Schimpfen Sie nur, Pawel Andrejitsch, schimpfen Sie nur ... ob Sie jedoch lange schimpfen werden?«

Pawel fuhr auf.

»Was! Du willst mir noch drohen?« rief er zornig. »Du glaubst wohl, daß ich mich vor dir fürchte? Nein, Bruder, da bist du an den Falschen geraten! Wovor sollte ich Angst haben? Ich werde überall mein Brot finden. Aber mit dir ist es eine andere Sache. Du kannst nur hier leben, verleumden und stehlen ...«

»Seht doch, wie ihm der Kamm schwillt«, unterbrach ihn der

Bürovorsteher, der allmählich auch die Geduld verlor, »ein Bader, ein simpler Bader, ein Nichts von einem Quacksalber; aber hört ihn euch an – puh, was für eine wichtige Persönlichkeit!«

»Ja, ein Bader, aber ohne diesen Bader würden Euer Gnaden jetzt auf dem Friedhof faulen ... Der Teufel hat mich geritten, ihn gesund zu machen«, fügte er für sich hinzu.

»Du mich gesund gemacht? ... Nein, du wolltest mich vergiften; du hast mir Aloe eingegeben«, fiel ihm der Bürovorsteher ins Wort.

»Warum nicht, wenn bei dir außer Aloe nichts mehr wirkt.«

»Aloe ist von der Medizinalverwaltung verboten«, fuhr Nikolaj fort, »ich werde dich noch verklagen ... du wolltest mich umbringen – das ist es! Aber Gott hat es nicht zugelassen.«

»Hört doch auf, hört doch auf, meine Herren«, begann der Kassier.

»Schweig!« schrie der Kontorist, »er wollte mich ermorden! Verstehst du das?«

»Es liegt mir sehr daran ... höre, Nikolaj Jeremejitsch«, begann Pawel verzweifelt, »ich bitte dich zum letzten Male ... du hast mich gereizt ... es geht über meine Kräfte. Laß uns in Ruhe, verstehst du? Sonst nimmt es mit einem von uns ein schlimmes Ende, das sage ich dir.«

Der Dicke geriet außer sich.

»Ich fürchte dich nicht, hörst du, du Säugling«, schrie er. »Ich bin schon mit deinem Vater fertig geworden und habe schon ihm die Hörner gebrochen – laß dir das eine Lehre sein, paß auf!«

»Erinnere mich nicht an den Vater, Nikolaj Jeremejitsch, erinnere mich ja nicht an ihn.«

»Oho! willst du mir Vorschriften machen?«

»Ich sage dir: erinnere mich nicht an meinen Vater.«

»Und ich sage dir, vergiß dich nicht ... Wie sehr dich auch die Herrin brauchen mag, wenn sie zwischen uns beiden wählen muß, wirst du, Täubchen, den kürzeren ziehen. Sich aufzulehnen ist niemandem erlaubt, sieh dich vor!« Pawel zitterte am ganzen Leib. »Und der Magd Tatjana geschieht es recht ... Warte nur, sie wird noch ganz anderes erleben.«

Pawel stürzte mit erhobenen Fäusten vor, und der Kontorist stürzte schwer zu Boden.

»Legt ihn in Ketten, legt ihn in Ketten!« stöhnte Nikolaj Jeremejitsch.

Das Ende dieser Szene wage ich nicht zu beschreiben; ich fürchte ohnehin schon, die Gefühle des Lesers verletzt zu haben.

Ich kehrte am selben Tage heim. Nach einer Woche erfuhr ich, daß Frau Losnjakowa sowohl Pawel als auch Nikolaj auf ihren Posten belassen, die Magd Tatjana jedoch verschickt habe: offenbar hatte sie wohl keine Verwendung mehr für sie.

Birjuk

Ich kehrte gegen Abend allein in einem leichten Wagen von der Jagd zurück. Nach Hause waren es noch acht Werst; meine gute Traberstute lief unverdrossen auf dem staubigen Weg dahin, schnaubte nur zuweilen und spitzte die Ohren; mein müder Hund lief wie angebunden hinter dem Wagen einher und wich nicht einen Schritt von den Hinterrädern. Ein Gewitter zog herauf. Vor mir stieg eine riesige lila Wolke langsam über den Wald empor; über mir und mir entgegen jagten langgestreckte graue Wolken; die Bruchweiden schwankten und raschelten erregt. Die schwüle Hitze wich plötzlich einer feuchten Kühle; die Schatten verdichteten sich rasch. Ich versetzte dem Pferd einen Schlag mit den Zügeln, fuhr einen Hang hinunter, durchquerte das ausgetrocknete, mit Weidengebüsch bestandene Bett eines Baches, fuhr auf der anderen Seite die Steigung hinauf und in einen Wald hinein. Der Weg schlängelte sich vor mir durch dichtes Haselnußgestrüpp, das schon im Dunkeln lag; ich kam nur mühsam vorwärts. Die Droschke sprang über die harten Wurzeln hundertjähriger Eichen und Linden, welche fortwährend die tiefen, ausgefahrenen Geleise, die Spuren von Wagenrädern überquerten; mein Pferd begann zu stolpern. Ein starker Wind heulte unvermittelt in der Höhe auf, die Bäume rauschten, schwere Regentropfen klatschten nieder, schlugen auf die Blätter, ein Blitz zuckte, und das Gewitter brach los. Es goß in Strömen. Ich fuhr im Schritt weiter, mußte aber bald anhalten, weil mein Pferd einsank und ich nichts sah. Ich suchte Schutz unter einem ausladende Busch. In gebückter Haltung und mit verhülltem Kopf wartete ich geduldig das Ende des Unwetters ab, als ich mit einemmal beim grellen Schein eines Blitzes auf dem Weg vor mir eine hohe Gestalt wahrzunehmen glaubte. Ich blickte angestrengt nach der Richtung – die Gestalt stand wie aus dem Boden gewachsen neben meiner Droschke.

»Wer ist da?« fragte eine laute Stimme.

»Wer bist du selbst?«

»Ich bin der hiesige Waldhüter.«

Ich nannte meinen Namen.

»Ach, ich weiß! Fahren Sie nach Hause?«

»Ja, aber du siehst ja, was für ein Gewitter ist.«

»Ja, ein Gewitter«, antwortete die Stimme.

Ein weißer Blitz beleuchtete den Waldhüter vom Kopf bis zu den Füßen; ein kurzer, knatternder Donnerschlag krachte sogleich darauf, der Regen setzte mit verdoppelter Heftigkeit ein.

»Das geht nicht so bald vorüber«, fuhr der Waldhüter fort.

»Was tun?«

»Ich könnte Sie in meine Hütte führen«, sagte er stockend.

»Sei so gut.«

»Belieben Sie Platz zu nehmen.«

Er ging zum Kopf meines Pferdes, faßte es am Zügel und zog es vom Fleck. Wir fuhren los. Ich hielt mich am Sitz der Droschke fest, die wie ein »Nachen im Meer« schaukelte, und rief meinen Hund. Meine arme Stute patschte mühselig durch den Schmutz, glitt aus und stolperte; der Waldhüter schwankte vor den Deichselstangen nach rechts und links wie eine Geistererscheinung. Wir fuhren recht lange; endlich blieb mein Führer stehen und sagte ruhig: »Da sind wir zu Hause, Herr.« Das Zauntürchen knarrte; einige Welpen begannen einmütig zu bellen. Ich hob den Kopf und gewahrte beim Schein eines Blitzes eine kleine Hütte inmitten eines geräumigen, mit Weidengeflecht umzäunten Hofes. Aus einem Fensterchen fiel ein trüber Lichtschein. Der Waldhüter führte das Pferd bis vor die Vortreppe und klopfte an die Tür. »Gleich, gleich«, erscholl ein dünnes Stimmchen, man hörte das Patschen nackter Füße, der Riegel wurde zurückgeschoben, und ein zwölfjähriges Mädchen, mit einer Laterne in der Hand, zeigte sich auf der Schwelle.

»Leuchte dem Herrn«, sagte er zu ihr; »ich werde noch seine Droschke in den Schuppen stellen.«

Das Mädchen sah mich an und ging hinein. Ich folgte ihr.

Die Hütte des Waldhüters bestand aus einem verräucherten, niedrigen und leeren Zimmer ohne Pritschen und Zwischenwände. Ein schadhafter Pelz hing an der Wand. Auf dem Regal lag eine einläufige Flinte, in einer Ecke türmte sich ein Haufen Lumpen; zwei große Töpfe standen am Ofen. Ein Kienspan brannte auf dem Tisch, flackerte traurig auf und blakte. In der Mitte der Hütte hing eine Wiege am Ende einer langen Stange.

Das Mädchen löschte die Laterne, setzte sich auf einen winzigen Schemel und begann mit der rechten Hand die Wiege zu schaukeln, während es mit der linken den Kienspan schneuzte. Ich schaute mich um – das Herz tat mir weh: es ist nicht lustig, nachts in eine Bauernhütte zu kommen. Das Kind in der Wiege atmete schwer und schnell.

»Bist du denn allein hier?« fragte ich das Mädchen.

»Ja«, hauchte es kaum hörbar.

»Bist du die Tochter des Waldhüters?«

»Ja«, flüsterte sie.

Die Tür knarrte, und der Waldhüter trat gebückt über die Schwelle. Er hob die Laterne vom Boden auf, trat an den Tisch und zündete sie an.

»Sie sind wohl nicht an Kienspäne gewöhnt«, sagte er und schüttelte seine Locken.

Ich betrachtete ihn. Selten hatte ich einen so prächtigen Burschen gesehen. Er war groß, breitschultrig und ebenmäßig gebaut. Unter dem nassen Hemd zeichneten sich deutlich seine mächtigen Muskeln ab. Ein schwarzer gelockter Bart verdeckte zur Hälfte sein düsteres und männliches Gesicht; unter den zusammengewachsenen breiten Brauen schauten kühn zwei kleine braune Augen hervor. Er stemmte seine Hände leicht in die Seiten und blieb vor mir stehen.

Ich dankte ihm und fragte nach seinem Namen.

»Man nennt mich Foma«, antwortete er, »und mit dem Spitznamen Birjuk*.«

»Ach, du bist Birjuk?«

Ich betrachtete ihn mit verdoppelter Neugierde. Ich hatte von meinem Jermolaj und von anderen oft Geschichten über den Waldhüter Birjuk gehört, den alle Bauern der Umgebung wie das Feuer fürchteten. Nach ihren Worten hatte es noch niemals auf der Welt einen derartigen Meister in seinem Fach gegeben: »Nicht ein Bündel Reisig läßt er dich wegschleppen; jederzeit, und sei es um Mitternacht, fällt er über dich her, nicht lauter als der Schnee, und glaube ja nicht, daß du dich widersetzen kannst – er ist gewandt und stark wie der Teufel... Und mit nichts kann man ihn bestechen: weder mit Schnaps noch mit Geld; auf keinen Köder beißt er an. Mehrfach haben schon gute Menschen sich vorgenommen, ihn aus der Welt zu befördern, aber nein – es gelingt nicht.«

* Birjuk nennt man im Gouvernement Orjol einen einsamen und mürrischen Menschen (Anmerkung des Verfassers).

So lautete das Urteil der dortigen Bauern über Birjuk.

»Du also bist Birjuk«, wiederholte ich, »ich habe von dir schon gehört, Bruder. Du sollst niemandem etwas durchgehen lassen.«

»Ich tue nur meine Pflicht«, antwortete er mürrisch, »es ziemt sich nicht, das herrschaftliche Brot umsonst zu essen.«

Er zog unter dem Gürtel ein Beil hervor, hockte sich auf die Erde und begann Kienspäne zu klieben.

»Hast du keine Hausfrau?«

»Nein«, antwortete er und schwang kräftig das Beil.

»Ist sie gestorben?«

»Nun ... ja ... sie ist gestorben«, fügte er hinzu und wandte sich ab.

Ich schwieg; er hob den Blick und sah mich an.

»Mit einem vorbeikommenden Stadtmenschen ist sie durchgegangen«, sagte er mit einem bitteren Lächeln. Das Mädchen blickte zu Boden; das Kind wachte auf und begann zu schreien: das Mädchen ging zur Wiege. »Na, gib ihm das«, sagte Birjuk und drückte ihm ein schmutziges Hörnchen in die Hand. »Auch den da hat sie verlassen«, fuhr er halblaut fort und zeigte dabei auf das Kind. Er ging zur Tür, blieb dort stehen und wandte sich um.

»Sie, Herr«, begann er, »werden wohl unser Brot nicht essen, und ich habe außer Brot ...«

»Ich bin nicht hungrig.«

»Nun, wie Sie wollen. Den Samowar könnte ich Ihnen aufstellen, aber ich habe keinen Tee ... Ich werde nach Ihrem Pferde sehen.«

Er ging hinaus und schlug die Tür zu. Ich sah mich noch einmal um. Die Hütte schien mir noch trostloser als vorhin. Der bittere Geruch kalten Rauches erschwerte mir in unangenehmer Weise das Atmen. Das Mädchen rührte sich nicht vom Fleck und hob nicht den Blick; hin und wieder gab sie der Wiege einen Stoß oder zog zaghaft das heruntergerutschte Hemd auf die Schulter; ihre nackten Füße hingen bewegungslos herab.

»Wie heißt du?« fragte ich.

»Ulita«, sagte sie und senkte noch mehr ihr trauriges Gesichtchen.

Der Waldhüter trat ein und setzte sich auf die Bank.

»Das Gewitter verzieht sich«, bemerkte er nach einem kurzen Schweigen. »Wenn Sie befehlen, werde ich Sie aus dem Walde hinausgeleiten.«

Ich stand auf. Birjuk nahm das Gewehr und besah die Pulverpfanne.

»Was bedeutet das?« fragte ich.

»Im Wald ist was los. An der Kobyljewschlucht wird ein Baum gefällt«, fügte er als Antwort auf meinen fragenden Blick hinzu.

»Kann man das von hier hören?«

»Vom Hof hört man es.«

Wir gingen zusammen hinaus. Der Regen hatte aufgehört. Fernab türmten sich noch schwere Wolkenberge, hin und wieder flammten lange Blitze auf; über unseren Köpfen erblickte man jedoch bereits hier und da den dunkelblauen Himmel, Sterne blinkten zwischen den dünnen, dahinjagenden Wolken auf. Die Umrisse der regennassen, vom Winde geschüttelten Bäume begannen aus der Dunkelheit hervorzutreten. Wir lauschten. Der Waldhüter nahm die Mütze ab und blickte zu Boden. »Da ... dort«, sagte er plötzlich und streckte die Hand aus, »sieh mal an, was für eine Nacht er sich ausgesucht hat.« Ich hörte nichts außer dem Rauschen der Blätter. Birjuk führte das Pferd aus dem Schuppen. »Aber auf diese Weise«, fügte er laut hinzu, »wird er mir am Ende noch entgehn.«

»Ich werde mit dir gehn . . . willst du?«

»Schön«, sagte er und stieß das Pferd rückwärts in den Schuppen zurück, »wir werden ihn im Handumdrehn fangen, und dann werde ich Sie hinausführen. Gehen wir.«

Wir brachen auf: Birjuk vorneweg und ich hinter ihm. Weiß der Himmel, wie er den Weg fand, aber er blieb nur selten stehen und auch nur, um auf die Axthiebe zu lauschen. »Sieh mal an«, stieß er zwischen den Zähnen hervor, »hören Sie, hören Sie!«

»Ja, wo denn?«

Birjuk zuckte mit den Schultern. Wir stiegen in eine Schlucht hinab. Der Wind legte sich für einen Augenblick – der Ton gleichmäßiger Axthiebe drang deutlich an mein Ohr. Birjuk sah mich an und nickte mit dem Kopf. Wir gingen weiter über nasses Farnkraut und Nesseln. Man hörte ein anhaltendes dumpfes Krachen . . .

»Er hat ihn gefällt«, murmelte Birjuk.

Unterdessen klärte sich der Himmel weiter auf; im Wald wurde es allmählich heller. Wir kamen endlich aus der Schlucht heraus. »Warten Sie hier«, flüsterte mir der Waldhüter zu, bückte sich, hob das Gewehr hoch und verschwand im Gebüsch. Ich begann angestrengt zu lauschen. Durch den ständigen Lärm des Windes hindurch glaubte ich in der Nähe schwache Töne zu vernehmen: eine Axt haute vorsichtig Äste ab, Wagenräder knarrten, ein Pferd prustete. »Wohin? Halt!« donnerte plötzlich Birjuks eiserne Stimme. Eine andere Stimme begann kläglich wie ein Hase zu schreien ... Es begann ein Ringkampf. »Nein, nein ...« wiederholte Birjuk außer Atem, »du entkommst mir nicht ...« Ich stürzte in die Richtung des Lärmes, stolperte bei jedem Schritt und gelangte auf den Kampfplatz. Auf dem Boden neben dem gefällten Baum hockte der Waldhüter, hielt den Dieb fest und band ihm mit einem Gürtel die Hände auf den Rücken. Ich trat näher. Birjuk erhob sich und stellte den Dieb auf die Füße. Ich erblickte einen Bauern in nassen Lumpen und mit einem zerzausten Bart. Ein elendes, bis zum halben Rücken mit einer eckigen Bastmatte zugedecktes Pferdchen stand mit einem Wagengestell daneben. Der Waldhüter sagte kein Wort; der Bauer schwieg ebenfalls und schüttelte nur ab und zu den Kopf.

»Laß ihn laufen«, flüsterte ich Birjuk ins Ohr, »ich werde den Stamm bezahlen.«

Birjuk faßte mit der linken Hand schweigend das Pferd am Schopf; mit der rechten hielt er den Dieb am Gürtel fest. »Nun, dreh dich um, Krähe«, sagte er rauh. »Nehmen Sie das Beilchen mit«, murmelte der Bauer. »Weshalb soll es verlorengehen?« sagte der Waldhüter und hob das Beil auf. Wir brachen auf. Ich ging als letzter ... Es begann wieder zu tröpfeln, und bald goß es in Strömen. Mit Mühe gelangten wir bis zur Hütte. Birjuk ließ das gefangene Pferd mitten auf dem Hof stehen, führte den Bauern ins Zimmer, lockerte den Knoten des Gürtels und setzte ihn in eine Ecke. Das Mädchen, das neben dem Ofen eingeschlafen war, sprang auf und starrte uns schweigend mit erschrockenen Augen an. Ich setzte mich auf die Bank.

»Äh, wie es gießt«, bemerkte der Waldhüter. »Sie werden warten müssen. Wollen Sie sich nicht hinlegen?«

»Danke.«

»Ich würde ihn Eurer Gnaden wegen in die Kammer sperren«, fuhr er fort und zeigte dabei auf den Bauern, »aber der Riegel ...«

»Laß ihn hier, rühr ihn nicht an«, unterbrach ich Birjuk.

Der Bauer sah mich mißtrauisch an. Ich gab mir innerlich das Wort, den armen Kerl, koste es, was es wolle, zu befreien. Er saß unbeweglich auf der Bank. Beim Schein der Laterne konnte ich sein runzeliges Trinkergesicht, die vorstehenden gelben

Brauen, die unruhigen Augen und mageren Gliedmaßen sehen... Das Mädchen legte sich dicht bei seinen Füßen auf den Fußboden und schlief wieder ein. Birjuk saß am Tisch und stützte den Kopf in die Hände. Ein Heimchen zirpte in der Ecke... Der Regen trommelte aufs Dach und floß an den Fenstern herunter. Alle schwiegen.

»Foma Kusmitsch«, begann plötzlich der Bauer mit einer dumpfen, zerschlagenen Stimme, »he, Foma Kusmitsch!«

»Was willst du?«

»Laß mich los.«

Birjuk antwortete nicht.

»Laß mich gehn ... aus Hunger und Not ... laß mich gehn!«

»Ich kenne euch«, antwortete der Waldhüter mürrisch, »euer ganzes Dorf ist so ... ein Dieb auf dem anderen.«

»Laß mich gehen«, wiederholte der Bauer, »der Verwalter ... wir sind ausgeplündert, sooo ... laß mich gehen.«

»Ausgeplündert! ... Deswegen darf man noch lange nicht stehlen.«

»Laß mich gehn, Foma Kusmitsch ... richte mich nicht zugrunde. Der Euere, du weißt es selbst, wird mich fressen . . .«

Birjuk wandte sich ab. Der Bauer schlotterte wie im Fieber, warf den Kopf zurück und atmete stoßweise.

»Laß mich gehn«, wiederholte er in einer traurigen Verzweiflung, »um Gottes willen laß mich gehn! Ich werde bezahlen, sieh so, bei Gott! Bei Gott, aus Hunger ... die Kinder wimmern, du weißt es selbst, wie schwer wir es haben.«

»Trotzdem hast du nicht zu stehlen.«

»Das Pferdchen«, fuhr der Bauer fort, »nimm auch das Pferdchen, wenn es sein soll ... das einzige Tier, das ich habe ... laß mich gehn!«

»Man sagt dir, es geht nicht. Ich bin auch nicht mein eigener Herr: man wird mich zur Verantwortung ziehen. Und euch darf man auch nicht verwöhnen.«

»Laß mich gehn. Die Not, Foma Kusmitsch, allein die Not, wie es eben so ist ... laß mich gehen!«

»Ich kenne euch!«

»Laß mich gehen!«

»Laß das unnütze Reden; sitz ruhig, sonst kannst du was erleben bei mir, verstehst du? Siehst du denn nicht den Herrn?«

Der Arme senkte den Blick ... Birjuk gähnte und legte den Kopf auf den Tisch. Der Regen hörte noch immer nicht auf. Ich wartete, was da kommen würde.

Mit einemmal richtete sich der Bauer auf. Seine Augen glühten, und das Gesicht brannte. »Nun, dann friß, ersticke, du ...« fing er mit schmalen Augen und heruntergezogenen Mundwinkeln an, »du Mörder, verfluchter, nun trinke das Christenblut, trinke ...«

Der Waldhüter wandte sich um.

»Dir sage ich das, dir, Asiate, Blutsauger, dir!«

»Bist du etwa betrunken, daß du schimpfen mußt?« sagte der Waldhüter erstaunt. »Oder bist du gar verrückt geworden?«

»Betrunken! Aber nicht von deinem Geld, Mörder, verdammter ... Du Vieh, Vieh, Vieh!«

»Ach du ... aber ich werde dich ...!«

»Was kümmert's mich? Mit mir ist es sowieso aus – erledigt. Was soll ich ohne Pferd anfangen? Schlage nur zu – es ist *ein* Ende; ob ich Hungers sterbe oder so – das bleibt sich eins. Soll alles zugrunde gehen: die Frau, die Kinder – sollen sie alle verrecken ... aber dich werden wir uns noch langen, warte nur!«

Birjuk stand auf.

»Hau zu, hau zu!« schrie der Bauer mit gellender Stimme, »na, hau zu, hau zu, hau zu!« Das Mädchen sprang rasch vom Fußboden auf und starrte ihn an. »Hau zu, hau zu!«

»Schweig!« donnerte der Waldhüter und ging auf ihn zu.

»Genug, genug, Foma«, rief ich, »laß ihn gehen ... Gott mit ihm.«

»Ich werde nicht schweigen«, fuhr der Unglückliche fort, »jetzt ist alles gleich – verrecken muß ich so und so. Du Seelenverkäufer, du Vieh ... kein Unglück ist groß genug für dich ... Aber warte, du wirst nicht mehr lange prahlen! Man wird dir die Gurgel schon zuziehen, warte nur!«

Birjuk packte ihn an der Schulter ... Ich stürzte vor, um dem Bauern beizustehen.

»Rühren Sie ihn nicht an, Herr!« schrie der Waldhüter.

Ich fürchtete seine Drohung nicht und streckte bereits die Hand aus, aber zu meinem größten Erstaunen riß er mit einem Ruck den Gürtel von den Ellenbogen des Bauern herunter, packte ihn am Kragen, zog ihm die Mütze über die Augen, öffnete die Tür und stieß ihn hinaus.

»Scher dich zum Teufel mit deinem Pferd!« schrie er ihm nach, »aber paß auf, ein zweites Mal wirst du ...«

Er kam zurück in die Hütte und begann im Winkel zu kramen.

»Nun, Birjuk«, sagte ich schließlich, »du hast mich überrascht: ich sehe, du bist ein prächtiger Kerl.«

»Ach, lassen Sie das, Herr«, unterbrach er mich ärgerlich, »reden Sie nur nicht darüber. – Doch ich werde Sie jetzt lieber hinausgeleiten«, fügte er hinzu, »das Ende des Regens werden Sie doch nicht abwarten ...«

Auf dem Hof knarrten die Räder des Bauernwagens.

»Da hat er sich getrollt«, brummte er, »aber ich werde ihn schon ...«

Nach einer halben Stunde verabschiedete er sich von mir am Waldrand.

Zwei Gutsbesitzer

Ich hatte bereits die Ehre, meine geneigten Leser, Ihnen einige meiner Gutsnachbarn vorzustellen; gestatten Sie mir bei dieser Gelegenheit (für uns Schriftsteller ist alles »bei Gelegenheit«), Sie mit zwei weiteren Gutsbesitzern bekannt zu machen, bei denen ich oft auf die Jagd gegangen bin, zwei ehrenwerten, wohlgesonnenen Herren, die die allgemeine Achtung mehrerer Landkreise genossen.

Ich werde Ihnen zuerst den Generalmajor a. D. Wjatscheslaw Ilarionowitsch Chwalynskij schildern. Stellen Sie sich einen hochgewachsenen und früher einmal stattlichen, jetzt aber etwas rundlichen, jedoch noch keineswegs hinfälligen, ja sogar kaum gealterten Mann vor in reiferen Jahren, sozusagen in seinen besten Jahren. Allerdings, die einstmals regelmäßigen und jetzt noch angenehmen Züge seines Gesichts haben sich etwas verändert, er hat Hängebacken bekommen, ein Kranz kleiner Fältchen hat sich strahlenförmig um die Augen gelegt, von den Zähnen sind manche schon nicht mehr, wie Saadi laut Puschkin* gesagt haben soll; die hellbraunen Haare haben, wenigstens soweit sie noch vorhanden sind, eine lila Tönung angenommen dank einer Mixtur, gekauft auf dem Pferdemarkt in Romjon von ei-

* Eine Anspielung auf die Verse in Puschkins »Eugen Onegin«:
Die, denen ich im Freundeskreise
Die ersten Strophen las, sind heut,
Wie Saadi sagt, auf manche Weise
Schon nicht mehr oder weit zerstreut.
(Anmerkung des Übersetzers)

nem Juden, der sich als Armenier ausgab. Doch Wjatscheslaw Ilarionowitsch hat einen forschen Gang und ein volltönendes Lachen; er klirrt mit den Sporen, zwirbelt seinen Schnurrbart und nennt sich letzthin einen greisen Kavalleristen, während man weiß, daß tatsächliche Greise sich niemals als Greise bezeichnen. Gewöhnlich trägt er einen bis oben zugeknöpften Rock, eine hohe Krawatte mit gestärktem Kragen und graugesprenkelte Hosen nach militärischem Schnitt; den Hut zieht er sich so tief in die Stirn, daß der ganze Hinterkopf unbedeckt bleibt. Er ist ein sehr guter Mensch, hat aber recht eigenartige Ansichten und Gewohnheiten. Zum Beispiel: er kann mit unbemittelten Edelleuten oder solchen, die keinen Rang haben, unmöglich wie mit seinesgleichen umgehen. Wenn er mit ihnen spricht, sieht er sie gewöhnlich von der Seite an, wobei er seine Backe fest auf den harten Kragen stützt, oder er stiert sie plötzlich mit einem klaren und unbeweglichen Blick an, schweigt ein wenig und bewegt die ganze Kopfhaut samt den Haaren; er spricht sogar manche Worte anders aus und sagt zum Beispiel nicht: »Danke, Pawel Wasiljitsch«, oder: »Bitte hierher, Michajlo Iwanytsch«, sondern: »Dank, Pall Asilitsch« oder: »Bitte hieher, Michal Wanytsch.« Jedoch mit Leuten, die auf den niedrigsten gesellschaftlichen Stufen stehen, geht er noch viel seltsamer um: er sieht sie überhaupt nicht an und wiederholt, bevor er ihnen seine Wünsche mitteilt oder einen Befehl erteilt, einige Male nacheinander mit einem besorgten und träumerischen Gesichtsausdruck: »Wie heißt du? . . . wie heißt du?«, wobei er das erste Wort »wie« ungewöhnlich stark betont und die anderen sehr schnell hintereinander ausspricht, was dem ganzen Satz eine große Ähnlichkeit mit dem Schnarren eines Wachtelhahns verleiht. Er ist immer geschäftig und sehr knauserig, aber ein schlechter Wirt: als Verwalter hat er einen ausgedienten kleinrussischen Wachtmeister angestellt, der ein ungewöhnlich dummer Mensch ist. Was übrigens das Wirtschaften anlangt, so hat noch niemand bei uns einen gewissen hohen Petersburger Beamten übertrumpft, welcher, nachdem er aus den Berichten seines Verwalters ersehen hatte, daß die Korndarren auf seinem Gut oft abbrannten, wobei viel Getreide zugrunde ging, den strengsten Befehl erteilte: in Zukunft keine Garben in die Darre zu bringen, bevor das Feuer vollständig erloschen sei. Derselbe hohe Beamte hatte den Plan gefaßt, alle seine Felder mit Mohn zu besäen, infolge einer äußerst einfachen Kalkulation: Mohn ist teurer als Roggen, folglich ist es vorteilhaft, Mohn anzubauen.

Er befahl auch den leibeigenen Frauen, Kokoschniks* nach einem aus Petersburg zugeschickten Modell zu tragen; und die Weiber auf seinen Gütern tragen tatsächlich bis auf den heutigen Tag Kokoschniks ... jedoch über den Kopftüchern ... Doch kehren wir zu Wjatscheslaw Ilarionowitsch zurück. Wjatscheslaw Ilarionowitsch ist ein großer Verehrer des schönen Geschlechts; sobald er auf dem Boulevard seiner Kreisstadt eine gutaussehende Dame erblickt, geht er sofort hinter ihr her und – was ein sehr merkwürdiger Umstand ist – fängt dabei an zu hinken. Er spielt gern Karten, aber nur mit gesellschaftlich unter ihm stehenden Menschen; sie reden ihn mit »Euer Exzellenz« an, während er sie nach Herzenslust auszankt und verspottet. Wenn er aber einmal mit dem Gouverneur oder mit einem hohen Beamten spielt, geht eine merkwürdige Veränderung mit ihm vor: er lächelt, nickt mit dem Kopf, schaut ihnen in die Augen – ist ganz Honig – und klagt nicht einmal, wenn er verliert. Wjatscheslaw Ilarionowitsch liest wenig; beim Lesen bewegt er ständig den Schnurrbart und die Augenbrauen, als ließe er gleichsam eine Welle von unten nach oben über sein Gesicht gleiten. Besonders ausdrucksvoll ist diese willkürliche Bewegung auf dem Gesicht Wjatscheslaw Ilarionowitschs, wenn er einmal (selbstverständlich in Gegenwart von Gästen) die Spalten des »Journal des Débats« überfliegt. Bei den Wahlen spielt er eine ziemlich wichtige Rolle, lehnt jedoch aus Geiz den ehrenamtlichen Titel eines Wahlvorstehers ab. »Meine Herren«, sagt er gewöhnlich zu den Edelleuten, die an ihn herantreten, in einem gönnerhaften und selbstbewußten Ton, »ich danke Ihnen vielmals für die Ehre, aber ich habe beschlossen, meine Mußezeit der Einsamkeit zu widmen.« Nach diesen Worten bewegt er mehrere Male den Kopf nach links und rechts und stützt dann seine Backen und sein Kinn würdevoll auf seine Krawatte. Er war in seiner Jugend Adjutant eines bedeutenden Würdenträgers gewesen, den er immer mit Namen und Vatersnamen nennt; es wird behauptet, daß er nicht nur die Obliegenheiten eines Adjutanten auf sich genommen habe, sondern daß er auch zum Beispiel in voller Paradeuniform und mit geschlossenem Kragen seinen Vorgesetzten in der Badestube gestäupt habe – aber man kann nicht jedem Gerücht Glauben schenken. Übrigens, auch General Chwalynskij selbst liebt es nicht, über seine Dienstzeit zu sprechen, was überhaupt recht merkwürdig ist; im Krieg ist er

* Kokoschnik: Kopfputz der russischen Frauen (Anmerkung des Übersetzers).

anscheinend auch nicht gewesen. General Chwalynskij wohnt allein in einem kleinen Häuschen; das Glück des Ehelebens hat er in seinem Leben nicht gekostet und gilt deswegen heute noch als Freier, sogar als ein sehr vorteilhafter Freier. Dafür geht seine Haushälterin, eine fünfunddreißigjährige schwarzäugige rundliche Frau mit schwarzen Augenbrauen und einem Schnurrbart, an Werktagen in gestärkten Kleidern und zieht an Sonntagen sogar Mullärmel an. Sehr gut macht sich Wjatscheslaw Ilarionowitsch auf großen offiziellen Diners, welche die Gutsbesitzer zu Ehren von Gouverneuren oder von anderen hochgestellten Persönlichkeiten geben; man kann sagen: hier ist er völlig in seinem Element. In solchen Fällen sitzt er gewöhnlich, wenn nicht an der rechten Seite des Gouverneurs, so doch nicht weit von ihm; bei Beginn des Essens ist er mehr auf die Wahrung der eigenen Würde bedacht, lehnt sich in seinem Stuhl zurück und läßt seinen Blick, ohne den Kopf zu wenden, seitwärts über die Hinterköpfe und Stehkragen der Gäste gleiten; dafür wird er recht lustig, wenn das Mahl sich seinem Ende nähert, fängt an nach allen Seiten zu lächeln (in der Richtung des Gouverneurs hatte er von Anfang an gelächelt) und bringt zuweilen sogar einen Trinkspruch aus auf das Wohl des herrlichen Geschlechts, der Zierde unseres Planeten, wie er sich ausdrückt. Eine gute Figur macht General Chwalynskij auch bei öffentlichen feierlichen Anlässen, wie bei Examen, kirchlichen Weiheakten, in Versammlungen und auf Ausstellungen; bei der Austeilung des Segens versteht er es meisterhaft, an den Altar heranzutreten. Bei Abfahrten, Flußüberquerungen und bei ähnlichen Gelegenheiten lärmen und schreien die Leute Wjatscheslaw Ilarionowitschs nicht, sondern sagen im Gegenteil, wenn sie das Volk beiseite drängen oder nach der Kalesche rufen, in einem angenehmen gutturalen Bariton: »Gestattet, gestattet, laßt General Chwalynskij durch«, oder: »Die Equipage des Generals Chwalynskij.« Die Equipage Chwalynskijs ist allerdings recht altmodisch; die Livreen der Lakaien sind ziemlich abgenützt (daß die Livreen grau mit roter Verbrämung sind, brauche ich wohl kaum zu erwähnen); die Pferde haben auch schon recht lange gelebt und viel in ihrem Leben geleistet, aber auf Eleganz erhebt Wjatscheslaw Ilarionowitsch keinen Anspruch und erachtet es auch als seinem Stande nicht angemessen, den Leuten einen blauen Dunst vorzumachen. Sehr redebegabt ist Chwalynskij nicht, oder er hat vielleicht keine Gelegenheit, seine Redegewandtheit zu zeigen, weil er weder einen Streit noch überhaupt eine Widerrede duldet und jedes längere Gespräch, besonders mit jüngeren Leuten, geflissentlich meidet. Das ist in der Tat sicherer; mit der heutigen Jugend ist es eine Not: sofort treten sie aus der Botmäßigkeit heraus und verlieren den nötigen Respekt. Vor Höherstehenden schweigt Chwalynskij meist, und unter ihm Stehende, die er offensichtlich verachtet, mit denen allein er aber Umgang pflegt, redet er kurz und schroff an, wobei er beständig Wendungen wie die folgenden gebraucht: »Da reden Sie allerdings Dumm-hei-ten«, oder: »Ich sehe mich, geehrter Herr, schließlich gezwungen, Ihnen klarzumachen ...« oder: »Sie sollten doch schließlich wissen, mit wem Sie es zu tun haben«, und dergleichen mehr. Ihn fürchten besonders Postmeister, Gerichtsbeisitzer und Stationsvorsteher. Bei sich zu Hause empfängt er niemanden und lebt, wie man hört, wie ein Geizhals. Trotz alledem ist er ein vortrefflicher Gutsbesitzer. Einen Veteranen, einen uneigennützigen Menschen mit Grundsätzen, einen vieux grognard nennen ihn die Nachbarn. Einzig der Staatsanwalt erlaubt sich zu lächeln, wenn in seiner Gegenwart die vortrefflichen und soliden Eigenschaften des Generals Chwalynskij erwähnt werden – doch wozu verleitet einen nicht der Neid ...

Aber wir wollen jetzt zum anderen Gutsbesitzer übergehen.

Mardarij Apollonytsch Stegunow ähnelte in nichts Chwalynskij; er hatte wohl kaum jemals irgendwo gedient und niemals für schön gegolten. Mardarij Apollonytsch ist ein kleiner, rundlicher, kahlköpfiger Greis mit einem Doppelkinn, weichen Händen und einem ordentlichen Bäuchlein. Er ist sehr gastfrei und ein großer Spaßmacher; er lebt sozusagen nur seinem Vergnügen; Sommer und Winter trägt er einen gestreiften wattierten Schlafrock; nur in einem ist er General Chwalynskij gleich: er ist auch Junggeselle. Er besitzt fünfhundert Seelen. Mardarij Apollonytsch befaßt sich mit seinem Gut recht oberflächlich; er hatte, um mit der Zeit zu gehen, vor zehn Jahren bei Butenow in Moskau eine Dreschmaschine gekauft, sie in die Scheune gestellt und sich damit zufriedengegeben. Höchstens an einem schönen Sommertag befiehlt er einmal, den Jagdwagen anzuspannen, und fährt hinaus, um die Saaten anzusehen und Kornblumen zu pflücken. Mardarij Apollonytsch lebt völlig nach alter Art. Auch sein Haus ist wie in der alten Zeit eingerichtet: im Vorraum riecht es, wie es sich gehört, nach Kwaß, Talgkerzen und Leder; hier befindet sich auch rechter Hand ein Büfett mit Pfeifen und Handtüchern; im Speisezimmer Familienbilder, Fliegen, ein großer Geranientopf, ein verstimmtes Fortepiano; im Gästezimmer drei Diwane, drei Tische, zwei Spiegel, eine krächzende Uhr mit schwarzgewordenem Emaillezifferblatt und bronzenen, geschnitzten Zeigern; im Kabinett ein mit Papieren bedeckter Tisch, bläuliche Wandschirme, die mit Bildern aus verschiedenen Zeitschriften des vorigen Jahrhunderts beklebt sind, Schränke mit übelriechenden Büchern, Spinnen und schwarzem Staub, ein weicher Sessel, ein italienisches Fenster und eine fest zugenagelte Tür in den Garten ... Mit einem Wort: alles, wie es üblich ist. Mardarij Apollonytsch hat eine Menge Dienstboten, und alle sind nach alter Art in lange blaue Kaftane mit hohen Kragen, Hosen unbestimmter Farbe und kurze gelbliche Westen gekleidet. Sie reden die Gäste mit »Väterchen« an. Seine Wirtschaft leitet ein Verwalter aus dem Bauernstand, mit einem Bart über den ganzen Pelz, sein Haus aber ein runzeliges und geiziges altes Weib mit einem braunen Kopftuch. Im Pferdestall stehen bei Mardarij Apollonytsch dreißig Pferde verschiedener Größe; er fährt in einer zu Hause gebauten Kalesche aus, die hundertundfünfzig Pud wiegt. Gäste nimmt er sehr freudig auf und bewirtet sie aufs beste, das heißt, er beraubt sie infolge der nachlassenden Qualität der russischen Küche jeder Möglichkeit, sich bis zum späten Abend mit etwas anderem als mit Preferencespielen zu befassen. Er selbst aber beschäftigt sich nie mit irgend etwas und hat es sogar aufgegeben, das »Schlafbüchlein« zu lesen. Jedoch derartige Gutsbesitzer gibt es bei uns in Rußland noch eine ganze Menge, und es fragt sich, was mich veranlaßt haben mag, von ihm zu sprechen. Gestatten Sie mir, statt einer Antwort einen meiner Besuche bei Mardarij Apollonytsch zu schildern.

Ich kam bei ihm im Sommer um sieben Uhr abends an. Sie hatten eben die Abendandacht gehalten, und der Priester, ein junger und dem Anschein nach sehr schüchterner Mensch, der erst vor kurzem aus dem Seminar entlassen worden war, saß im Salon neben der Tür auf der äußersten Kante eines Stuhles. Wie gewöhnlich nahm mich Mardarij Apollonytsch sehr freundlich auf: er freute sich aufrichtig über jeden Gast und war auch selbst ein herzensguter Mensch. Der Priester stand auf und griff nach seinem Hut.

»Wart noch, wart noch, Väterchen«, sagte Mardarij Apollonytsch, ohne meine Hand loszulassen, »geh noch nicht weg ... Ich habe befohlen, dir einen Wodka zu bringen.«

»Ich trinke nicht«, sagte der Priester in höchster Verlegenheit und errötete bis zu den Ohren.

»Was sind das für Dummheiten! Wie sollte man in eurem Stand nicht trinken!« antwortete Mardarij Apollonytsch. »Mischka! Juschka! einen Wodka für das Väterchen.«

Juschka, ein hochgewachsener und magerer achtzigjähriger Greis, trat mit dem gefüllten Schnapsglas auf einem dunklen verzierten Tablett, das mit fleischfarbenen Flecken bemalt war, ins Zimmer.

Der Priester machte Anstalten, sich zu weigern.

»Trink, Väterchen, zier dich nicht, das gefällt mir nicht«, bemerkte der Gutsbesitzer vorwurfsvoll.

Der arme junge Mensch ergab sich in sein Schicksal.

»Nun jetzt, Väterchen, kannst du gehen.«

Der Priester fing an, Verbeugungen zu machen.

»Schon gut, schon gut, geh nur... Ein ausgezeichneter Mensch«, fuhr Mardarij Apollonytsch fort, während er ihm nachblickte, »ich bin sehr zufrieden mit ihm; nur ist er noch sehr jung. Er predigt in einem fort, und Wodka will er auch nicht trinken. Aber was machen Sie, mein Bester? ... Wie geht's, wie steht's? Wir wollen auf den Balkon gehen – welch ein herrlicher Abend!«

Wir gingen auf den Balkon hinaus, nahmen Platz und begannen uns zu unterhalten. Mardarij Apollonytsch sah nach unten und geriet plötzlich in furchtbare Erregung.

»Wessen Hühner sind das? wessen Hühner sind das?« schrie er, »wessen Hühner spazieren im Garten umher? ... Juschka! Juschka! geh und stelle sofort fest, wessen Hühner im Garten herumspazieren! ... wessen Hühner sind es? Wie oft habe ich es schon verboten, wievielmal habe ich es nicht schon gesagt!«

Juschka lief fort.

»Was für eine Unordnung!« redete er vor sich hin, »es ist furchtbar!«

Die armen Hühner – ich habe sie noch jetzt vor Augen: zwei gesprenkelte und ein weißes mit einem Schopf – fuhren seelenruhig fort, unter den Apfelbäumen umherzugehen und ihren Gefühlen ab und zu durch anhaltendes Gackern Luft zu machen, als mit einemmal Juschka ohne Mütze und mit einem Stecken in der Hand und drei andere erwachsene Hofleute sich geschlossen auf sie stürzten. Der Spaß ging los. Die Hühner schrien, flatterten, sprangen und gackerten ohrenbetäubend; die Hofleute liefen, stolperten und fielen; der Herr schrie vom Balkon wie ein Rasender herunter: »Fang, fang! Fang, fang, fang, fang, fang! ... Wessen Hühner sind das, wessen Hühner sind das?« Endlich gelang es einem Hofknecht, die schopfige Henne zu fangen, indem er sie mit der Brust auf die Erde drückte; doch im selben Augenblick sprang ein elfjähriges, ganz zerzaustes Mädchen mit einer Gerte in der Hand von der Straße über den geflochtenen Gartenzaun.

»Aha! da sieht man, wessen Hühner es sind«, rief der Gutsbesitzer triumphierend aus. – »Des Kutschers Jermil Hühner sind es! da hat er seine Natalka nach ihnen geschickt ... Parascha hat er natürlich nicht geschickt«, fügte der Gutsbesitzer halblaut hinzu und lächelte bedeutungsvoll. »He, Juschka, laß die Hühner laufen, fang mir die Natalka!«

Bevor jedoch der außer Atem geratene Juschka die erschrokkene Kleine erreicht hatte, ergriff die plötzlich aufgetauchte Haushälterin sie an der Hand und versetzte ihr ein paar Hiebe auf den Rücken.

»So ist's recht, so ist's recht«, sekundierte ihr der Gutsbesitzer, »so, so, so! so, so, so! Und nimm ihr die Hühner weg, Awdotja«, fügte er mit lauter Stimme hinzu und wandte sich mit heiterem Gesicht an mich: »Wie hat Ihnen, mein Lieber, diese Jagd gefallen? Ich bin dabei sogar in Schweiß geraten, sehen Sie.«

Und Mardarij Apollonytsch brach in ein fröhliches Lachen aus.

Wir blieben auf dem Balkon. Es war wirklich ein ungewöhnlich schöner Abend.

Man brachte uns Tee.

»Sagen Sie einmal, Mardarij Apollonytsch«, begann ich, »sind das Ihre ausgesiedelten Gehöfte dort an der Straße hinter der Schlucht?«

»Ja, es sind meine, und was ist damit? ...«

»Wie haben Sie denn das gemacht, Mardarij Apollonytsch? Das ist doch sündhaft. Man hat den Bauern elende kleine Hütten hingestellt; ringsum ist kein Baum zu sehen; sie haben keine Gärtchen; es ist nur ein Brunnen vorhanden, und der taugt nichts. Konnten Sie denn wirklich keinen geeigneteren Platz finden? Und man sagt, Sie hätten ihnen sogar ihre alten Hanfäcker genommen ...«

»Ja, was kann man gegen die Landabgrenzung machen?« antwortete mir Mardarij Apollonytsch. »Mir sitzt diese Abgrenzung hier.« Er zeigte auf seinen Hinterkopf. »Ich sehe auch wirklich nicht den Nutzen dieser Landabgrenzung ein. Und daß ich ihnen die Hanfäcker weggenommen habe und keine Hausgärtchen habe ausheben lassen – darüber, mein Lieber, weiß ich schon am besten Bescheid. Ich bin ein einfacher Mensch, ich handle nach alter Art. Nach meinem Dafürhalten ist es so: wenn du ein Herr bist – bist du ein Herr, und wenn du ein Bauer bist, so bist du ein Bauer. So ist das.«

Auf einen so klaren und überzeugenden Beweis konnte man natürlich nichts erwidern.

»Zudem«, fuhr er fort, »sind das auch schlechte, in Ungnade gefallene Bauern. Dort sind vor allem zwei Familien; schon mein seliger Vater, Gott gebe ihm die ewige Ruhe, mochte sie nicht, mochte sie durchaus nicht. Und ich, kann ich Ihnen sagen, glaube an folgendes Kennzeichen: wenn der Vater ein Dieb ist, so ist auch der Sohn ein Dieb; daran können Sie nichts ändern ... Oh, das Blut, das Blut – das ist etwas Großes! Ich gestehe Ihnen offen ein, daß ich aus jenen zwei Familien außer der Reihe Burschen unter die Soldaten oder sonstwohin gesteckt habe – wie es sich gerade traf; aber sie sterben nicht aus, was kann man da machen? Sie sind verdammt fruchtbar, die Verfluchten.«

Mittlerweile war es ganz windstill geworden. Nur ab und zu drang noch ein frischer Luftzug bis zu uns vor und trug, bevor er sich vor dem Hause endgültig legte, das Geräusch regelmäßiger und häufiger Schläge aus der Richtung des Pferdestalls an unser Ohr. Mardarij Apollonytsch, der gerade die gefüllte Untertasse an den Mund geführt hatte und bereits seine Nasenlöcher aufriß, ohne das bekanntlich kein echter Russe den Tee schlürft, verhielt ... lauschte ... nickte mit dem Kopf, nahm einen Schluck und sagte, während er die Untertasse auf den Tisch stellte, mit dem freundlichsten Lächeln und als schlage er unbewußt den Takt zu den Hieben: »Tschuki-tschuki-tschuk! Tschuki-tschuki-tschuk!«

»Was bedeutet das?« fragte ich erstaunt.

»Dort wird auf meinen Befehl ein Schlingel bestraft. Kennen Sie den Büfettdiener Wasja?«

»Welchen Wasja?«

»Der, welcher uns neulich beim Mittagessen bedient hat. Er trägt noch einen so großen Backenbart.«

Die grimmigste Entrüstung hätte dem klaren und sanften Blick des Mardarij Apollonytsch nicht standhalten können.

»Was ist denn, junger Mann, was ist denn ...« hob er an und schüttelte den Kopf, »bin ich etwa ein Bösewicht, daß Sie mich so ansehen? ‚Liebe und züchtige', wie Sie selbst wissen.«

Nach einer Viertelstunde verabschiedete ich mich von Mardarij Apollonytsch. Bei der Fahrt durchs Dorf erblickte ich den

Büfettdiener Wasja. Er ging auf der Straße und knackte Nüsse. Ich befahl dem Kutscher zu halten und rief ihn an.

»Nun, Bruder, dich hat man heute bestraft?« fragte ich ihn.

»Woher wissen Sie das?«

»Dein Herr hat es mir gesagt.«

»Der Herr selber?«

»Wofür hat er dich denn bestrafen lassen?«

»Mit gutem Grund, Väterchen, mit gutem Grund. Mir nichts, dir nichts wird bei uns niemand bestraft; so eine Ordnung gibt es bei uns nicht – nein, nein. Unser Herr ist nicht so; unser Herr ... so einen Herrn findet man im ganzen Gouvernement nicht wieder.«

»Fahr zu«, sagte ich zum Kutscher. Da ist es, das alte Rußland, dachte ich auf der Heimfahrt.

Lebedjan

Ein Hauptvorzug der Jagd, meine freundlichen Leser, besteht darin, daß sie einen zwingt, beständig umherzufahren, was für einen unbeschäftigten Menschen sehr angenehm ist. Allerdings ist es zuweilen, besonders bei regnerischem Wetter, nicht allzu vergnüglich, auf Feldwegen herumzukutschieren, aufs Geratewohl einen Umweg abzuschneiden, jeden Bauern, der einem begegnet, mit der Frage anzuhalten: »He, mein Lieber, wie fahre ich von hier nach Mordowka?« und in Mordowka von einer begriffsstutzigen Frau (die Bauern sind alle auf dem Felde) zu erfragen, ob es bis zu den Herbergen an der Landstraße weit sei und wie man dahin gelange – um, nachdem man zehn Werst gefahren ist, nicht in den Herbergen, sondern in dem nahezu verfallenen Gutsdörfchen Chudobubnowo anzukommen, zum größten Erstaunen einer ganzen Herde von Schweinen, die bis an die Ohren im dunkelbraunen Schlamm der Straße stecken und durchaus nicht darauf gefaßt sind, gestört zu werden. Es bereitet auch kein Vergnügen, über holperige Brücken zu fahren, Abhänge hinunterzurutschen, sumpfige Bäche zu überqueren; es ist nicht lustig, tagelang auf dem grünlichen Meer der Landstraßen zu fahren oder, was Gott verhüten möge, für einige Stunden vor einem bunten Werstpfosten mit der Zahl 22 auf der einen und 23 auf der anderen Seite im Schmutz steckenzubleiben; es ist nicht schön, wochenlang sich von Eiern, Milch und dem gepriesenen Schwarzbrot zu ernähren ... Nichtsdestoweniger werden alle diese Unbequemlichkeiten und störenden Zwischenfälle durch Vorteile und Vergnügungen anderer Art aufgewogen. Doch beginnen wir mit unserer eigentlichen Geschichte.

Im Hinblick auf alles oben Gesagte erübrigt es sich, dem Leser zu erklären, auf welche Weise ich vor fünf Jahren nach Lebedjan kam, als gerade der Jahrmarkt zu Ende ging. Ein Jäger kann eines schönen Morgens von seinem mehr oder weniger angestammten Gut in der Absicht wegfahren, am nächsten Abend wieder daheim zu sein, und nachdem er unaufhörlich auf Bekassinen geschossen hat, schließlich die gesegneten Ufer der Petschora erreichen; zudem ist jeder Liebhaber von Flinten und Hunden immer auch ein leidenschaftlicher Verehrer des edelsten Tieres auf der Welt – des Pferdes. Ich kam also in Lebedjan an, stieg im Gasthaus ab, kleidete mich um und begab mich auf den Jahrmarkt. Der Kellner, ein langer und sehniger zwanzigjähriger Bursche mit einem einschmeichelnden nasalen Tenor, hatte bereits Zeit gefunden, mir mitzuteilen, daß Seine Durchlaucht, der Fürst N., der Remontenaufkäufer des ***schen Regiments, bei ihnen im Gasthaus abgestiegen sei, daß viele andere Herren angekommen seien, daß an den Abenden Zigeuner singen und im Theater der »Pan Twardowski« gegeben werde; daß die Pferde recht hoch im Preise stünden und daß im übrigen gute Pferde beigetrieben worden seien.

Auf dem Jahrmarktsplatz standen endlose Reihen von Wagen und hinter den Wagen Pferde aller möglichen Arten: Rennpferde, Zugpferde, Schlachtpferde, Zuchtpferde, Droschkenpferde und einfache Bauernpferde. Einige, wohlgenährt und glatt, nach der gleichen Farbe zusammengestellt, mit bunten Decken zugedeckt, kurz und hoch angebunden, schielten ängstlich rückwärts auf die ihnen nur allzu gut bekannten Peitschen ihrer Besitzer, der Roßhändler; Gutspferde, hundert, zweihundert Werst weit aus adligen Gutshöfen in der Steppe unter der Aufsicht eines hinfälligen Kutschers und einiger hartschädeliger Stallburschen hergetrieben, hoben und senkten ihre langen Hälse, scharrten mit den Vorderhufen und nagten vor Langeweile an den Balken, an die man sie festgebunden hatte; mutige Wjatkas* schmiegten sich dicht aneinander; in majestätischer Ruhe, wie Löwen, standen Apfelschimmel, rabenschwarze und weiße Traber mit breiten Hinterbacken, gewellten Schweifen und zottigen

* Kleine, meist falbe oder fuchsfarbene Doppelklepper aus Wjatka (Anmerkung des Übersetzers).

Fesseln da. Kenner blieben achtungsvoll vor ihnen stehen. In den von Wagen gebildeten Straßen drängten sich Leute jeglichen Standes, Alters und Aussehens: Pferdehändler in blauen Kaftanen und hohen Mützen schauten listig umher und warteten auf Käufer; glotzäugige, lockige Zigeuner stürzten wie besessen hierhin und dorthin, sahen den Pferden ins Maul, hoben ihnen die Hufe und Schweife hoch, schrien, schimpften, dienten als Vermittler, losten oder scharwenzelten um einen Offizier von der Remontekommission in Schirmmütze und Uniformmantel mit Biberkragen.

Ein stämmiger Kosak saß auf einem mageren Wallach und bot ihn zum Kauf »mit allem« an, das heißt mit Sattel und Zaumzeug. Bauern in Pelzen mit Löchern unter den Armen zwängten sich entschlossen durch die Menge, warfen sich zehn Mann hoch in den Wagen, vor den das Pferd gespannt war, das »ausprobiert« werden sollte, oder handelten mit Hilfe eines findigen Zigeuners irgendwo seitab bis zur völligen Entkräftung, schlugen hundertmal ein, wobei der Käufer wie der Händler jeweils auf seinem Preis bestand, während das Streitobjekt, eine elende, mit einer verrutschten Matte bedeckte Mähre, nur mit den Augen blinzelte, als ginge es nicht um sie selber ... und in der Tat: ist es nicht einerlei, wer sie schlagen wird? Breitstirnige Gutsbesitzer mit gefärbten Schnurrbärten und würdevollen Gesichtern unter den Schirmmützen und in nur übergeworfenen Joppen mit baumelnden Ärmeln redeten herablassend dickbäuchige Händler mit weichen Hüten und grünen Handschuhen an. Offiziere verschiedener Regimenter stießen sich ebenfalls herum; ein ungewöhnlich langer Kürassier deutscher Abstammung fragte gelassen einen lahmen Händler: »Wieviel will Er für dieses braune Pferd bekommen?« Ein strohblonder neunzehnjähriger Husar suchte ein Seitenpferd zu einem bauchengen Paßgänger; ein Fuhrmann mit einem niedrigen, von einer Pfauenfeder umwundenen Hut und in einem braunen Bauernrock mit Lederärmeln, die er hinter den engen grünen Gürtel gesteckt hatte, suchte ein Stangenpferd. Die Kutscher flochten ihren Pferden die Schweife, machten die Mähnen naß und gaben ihren Herren ehrerbietige Ratschläge. Parteien, die einen Handel abgeschlossen hatten, eilten ins Gasthaus oder in die Schenke, je nach den Verhältnissen ... Und dies alles brodelte, schrie, wimmelte, zankte und versöhnte sich, schimpfte und lachte, im Schmutz bis an die Knie. Ich wollte eine Troika brauchbarer Pferde für meine Kalesche kaufen; meine fingen an zu versagen. Ich fand zwei, aber das dritte konnte ich nicht so schnell beibringen. Nach dem Mittagessen, das zu beschreiben ich vermeide (schon Aeneas wußte, wie schmerzlich die Erinnerung an früheren Kummer ist), begab ich mich in das sogenannte Kaffeehaus, in dem sich an jedem Abend die Remonteaufkäufer, Gestütsbesitzer und sonstigen Ankömmlinge versammelten. Im Billardzimmer, das in bleigraue Schwaden von Tabakrauch gehüllt war, hielten sich zwanzig Menschen auf. Da waren die aufgeräumten jungen Gutsbesitzer in Ungarröcken und grauen Beinkleidern, mit langen Koteletten und geölten Schnurrbärten, die offen und forsch um sich blickten; die anderen Edelleute, in Kasaks, mit ungewöhnlich kurzen Hälsen und verschwommenen Augen, schnauften mühsam; die Aufkäufer saßen etwas abseits; die Offiziere unterhielten sich ungezwungen miteinander. Am Billard spielte Fürst N., ein zweiundzwanzigjähriger junger Mensch mit einem lustigen, doch etwas verächtlichen Gesicht, in aufgeknöpftem Rock, einem roten seidenen Hemd und breiten Atlashosen; er spielte mit dem Leutnant a. D. Viktor Chlopakow.

Der Leutnant a. D. Viktor Chlopakow, ein kleiner, magerer dreißigjähriger Mann mit dunkler Gesichtsfarbe, schwarzem Haar, grauen Augen und einer Stupsnase, besuchte fleißig Wahlversammlungen und Jahrmärkte. Er hatte einen hüpfenden Gang, vollführte mit seinen runden Händen die ausgefallensten Bewegungen, hatte die Mütze schief aufgesetzt und krempelte die Ärmel seines mit graublauem Kaliko gefütterten Waffenrockes auf. Herr Chlopakow verstand es, sich an reiche Petersburger Schlingel heranzumachen; er rauchte, trank, spielte mit ihnen Karten und duzte sie. Weswegen sie sich mit ihm abgaben, war recht schwer zu verstehen. Er war weder klug noch spaßig, und zum Narren eignete er sich auch nicht. Allerdings ging man mit ihm freundschaftlich-geringschätzig um – wie mit einem guten, aber hohlköpfigen Burschen; sie waren mit ihm zwei, drei Wochen gut Freund und grüßten ihn dann mit einemmal nicht mehr, und auch er hörte auf, sie zu grüßen. Die Eigenart des Leutnants Chlopakow bestand darin, daß er ein und zuweilen zwei Jahre lang – bei passenden und unpassenden Gelegenheiten – ständig ein und dieselben Redewendungen gebrauchte, die zudem gar nicht amüsant waren, aber, der Himmel mag wissen warum, von allen komisch gefunden wurden. Vor acht Jahren sagte er bei jedem Schritt: »Ihnen meine Verehrbietung, ich danksage Ihnen untertänigst«, und seine damaligen Gönner kugelten sich vor Lachen und veranlaßten ihn, »meine

Verehrbietung« zu wiederholen; darauf begann er, einen recht komplizierten Ausdruck zu gebrauchen: »Nein, da müssen Sie schon, keskeseh – das kam beim Kommen heraus«, und mit dem gleichen glänzenden Erfolg; vor zwei Jahren erfand er etwas anderes: »Ne vou erhitzen pa, Mann Gottes, in ein Ziegenfell gehüllt«, und so weiter. Doch immerhin! Diese, wie Sie sehen, keineswegs geistreichen Einfälle versorgten ihn mit Speise, Trank und Kleidung. (Sein Gut hatte er längst durchgebracht und lebte seitdem völlig auf Kosten seiner Freunde.) Beachten Sie, daß er sonst durchaus keine angenehmen Eigenschaften besaß; allerdings rauchte er täglich an die hundert Pfeifen Tabak, hob beim Billardspiel das rechte Bein über den Kopf hinaus und ließ beim Zielen das Queue ungestüm durch die Hand hin und her gleiten – aber derlei Vorzüge imponieren ja nicht jedem. Er trank auch tüchtig ... doch ist es schwer, sich dadurch in Rußland auszuzeichnen ... Mit einem Wort: sein Erfolg war für mich ein Rätsel ... Es sei denn, er verdankte ihn dem Umstand, daß er sehr vorsichtig war: er erzählte nichts weiter und sagte nie etwas Abfälliges über einen anderen.

Nun, dachte ich, als ich Chlopakow erblickte, was für eine Redensart mag er heute benutzen?

Der Fürst schoß eine weiße Kugel ins Loch.

»Dreißig und keins mehr«, brüllte ein schwindsüchtiger Markör mit dunklem Gesicht und Ringen unter den Augen.

Der Fürst jagte polternd eine gelbe ins äußerste Loch.

»Äh«, grunzte anerkennend mit dem ganzen Bauch ein dicker Händler, der in der Ecke an einem wackeligen Tischchen mit einem Bein saß, räusperte sich und erschrak über seine Kühnheit. Aber zum Glück hatte ihn niemand gehört. Er erholte sich und glättete seinen Bart.

»Sechsunddreißig und sehr schwach!« schrie der Markör durch die Nase.

»Nun, was sagst du dazu, mein Lieber?« fragte der Fürst Chlopakow.

»Was? Selbstverständlich rrrakaliooon, wie es leibt und lebt, rrrakaliooon!«

Der Fürst prustete vor Lachen.

»Wie, wie? Wiederhole!«

»Rrrakaliooon!« wiederholte selbstzufrieden der Leutnant a. D.

Da haben wir's! dachte ich.

Der Fürst trieb eine rote Kugel ins Loch.

»Ach! nicht so, Fürst, nicht so«, mischte sich plötzlich ein blonder kleiner Offizier mit geröteten Augen, einer winzigen Nase und einem kindlich verschlafenen Gesicht ein. »Sie machen es nicht richtig ... man hätte ... es anders ...«

»Wie denn?« fragte ihn der Fürst über die Schulter.

»Man hätte ... eine Triplette ...«

»Wirklich?« murmelte der Fürst.

»Nun, Fürst, gehen wir heute abend zu den Zigeunern?« fiel der verwirrte junge Mensch ein. »Stjoschka wird singen ... Iljuschka ...«

Der Fürst antwortete ihm nicht.

»Rrrakaliooon, mein Lieber«, sagte Chlopakow und kniff verschmitzt ein Auge zu.

Und der Fürst lachte.

»Neunundreißig, und niemand mehr«, verkündete der Markör.

»Niemand mehr ... warte mal, wie ich diese gelbe ...«

Chlopakow fiedelte mit dem Queue auf der Hand, zielte und schoß vorbei.

»He, rrrakaliooon«, rief er ärgerlich aus.

Der Fürst lachte wieder.

»Wie, wie, wie?«

Aber Chlopakow wollte sein Wort nicht wiederholen: man muß sich doch etwas zieren.

»Sie beliebten danebenzuschießen«, bemerkte der Markör. »Gestatten Sie es anzukreiden ... Vierzig und sehr schwach.«

»Ja, meine Herren«, sagte der Fürst, wobei er sich an die ganze Gesellschaft wandte und übrigens niemanden besonders ansah, »Sie wissen doch, heute im Theater müssen wir die Werschembizkaja herausrufen.«

»Gewiß, gewiß, unbedingt«, riefen einige Herren durcheinander, sehr geschmeichelt, auf ein fürstliches Wort antworten zu können. »Die Werschembizkaja ...«

»Die Werschembizkaja ist eine hervorragende Schauspielerin und viel bedeutender als die Sopijakowa«, piepste aus einer Ecke ein unansehnliches Männlein mit einem kleinen Schnurrbart und einer Brille. Der Unglückliche! Im geheimen seufzte er sehr nach der Sopijakowa, doch der Fürst würdigte ihn nicht einmal eines Blickes.

»Kellner, he, eine Pfeife!« brummte ein hochgewachsener Herr mit regelmäßigen Zügen und einer sehr vornehmen Haltung in seine Krawatte, allem Anschein nach ein Falschspieler.

Der Kellner lief nach der Pfeife und meldete, als er zurückkam, Seiner Durchlaucht, daß der Droschkenkutscher Baklaga Seine Durchlaucht zu kommen bitte.

»So! nun, sag ihm, er soll warten, und bring ihm einen Schnaps.«

»Zu Befehl.«

Baklaga hieß, wie man mir später erzählte, ein junger, hübscher und überaus verwöhnter Kutscher; der Fürst liebte ihn, schenkte ihm Pferde, fuhr mit ihm um die Wette, verbrachte ganze Nächte mit ihm ... Diesen selben Fürsten, der früher ein Wildfang und ein Verschwender war, würden Sie heute nicht wiedererkennen ... Wie ist er doch parfümiert, zugeknöpft und stolz! Wie geht er im Dienst auf – und vor allem – wie vernünftig ist er geworden!

Der Tabakrauch begann mich allzu stark in die Augen zu beißen. Nachdem ich ein letztes Mal den Ausruf Chlopakows und das Lachen des Fürsten angehört hatte, begab ich mich auf mein Zimmer, in dem mir mein Diener bereits auf einem engen, durchgesessenen Roßhaardiwan das Bett gemacht hatte.

Am nächsten Tage ging ich in die Höfe, um mir Pferde anzusehen, und begann bei dem bekannten Händler Sitnikow. Durch das Pförtchen betrat ich den mit Sand bestreuten Hof. Vor der weit offenen Tür des Pferdestalls stand der Besitzer selbst, ein nicht mehr junger, großer und dicker Mann in einem kurzen Hasenpelz mit aufgeschlagenem und halb eingeknicktem Kragen. Sobald er mich erblickte, kam er mir langsam entgegen und sagte, während er mit beiden Händen die Mütze auf dem Kopf festhielt, in einem singendem Tonfall: »Äh! Ich habe die Ehre! Sie wollen wohl meine Pferde sehen?«

»Ja, ich will mir die Pferde ansehen.«

»Und was für Pferde sollen es sein?«

»Zeigen Sie, was Sie haben.«

»Mit größtem Vergnügen.«

Wir gingen in den Pferdestall. Einige weiße Kläffer sprangen vom Heu auf und liefen schwanzwedelnd auf uns zu; ein alter, langbärtiger Ziegenbock ging unzufrieden zur Seite; drei Stallburschen in heilen, aber schmutzigen Pelzen verneigten sich stumm vor uns. Rechts und links standen in künstlich erhöhten Ständen ungefähr dreißig gutgepflegte und trefflich geputzte Pferde. Auf den Querbalken flatterten Tauben umher und gurrten.

»Zu welchem Zweck brauchen Sie ein Pferdchen: zum Fahren oder zur Zucht?«

»Sowohl zum Fahren als auch zur Zucht.«

»Wir verstehen, wir verstehen, wir verstehen«, sagte der Händler in angemessenen Abständen. »Petja, zeig dem Herrn den Gornostaj.«

Wir gingen auf den Hof hinaus.

»Ja, soll ich nicht ein Bänkchen aus dem Haus für Sie bringen lassen? Nicht nötig? ... Nun, wie Sie belieben.«

Hufschlag ertönte auf den Dielenbrettern, eine Peitsche knallte, und Petja, ein vierzigjähriger, pockennarbiger, sonnengebräunter Bursche sprang zugleich mit einem grauen, recht stattlichen Hengst aus der Stalltür, ließ ihn steigen, lief mit ihm zweimal um den Hof und stellte ihn geschickt auf den Vorführungsplatz. Gornostaj streckte sich, schnaubte pfeifend, schlug mit dem Schweif, verzog das Maul und sah mich von der Seite an.

Ein abgerichteter Vogel, dachte ich.

»Laß ihn frei stehn, laß ihn frei stehn«, sagte Sitnikow und sah mich an.

»Wie gefällt er Ihnen?« fragte er schließlich.

»Das Pferd ist nicht übel – die Vorderfüße lassen zu wünschen übrig.«

»Die Füße sind ausgezeichnet!« entgegnete Sitnikow mit Überzeugung, »und das Hinterteil ... belieben Sie zu sehen ... wie ein Ofen, man kann sich darauf schlafen legen.«

»Die Fesseln sind zu lang.«

»Wieso sind sie lang, erbarmen Sie sich! Laß ihn laufen, Petja, laß ihn laufen, aber im Trab, im Trab, im Trab ... laß ihn nicht springen.«

Petja lief mit Gornostaj wieder über den Hof. Wir schwiegen alle eine Weile.

»Nun, stell ihn auf seinen Platz zurück«, sagte Sitnikow, »und führ uns den Falken vor.«

Der Falke, schwarz wie ein Käfer, ein Hengst holländischen Schlages mit abschüssiger Kruppe und eingezogenen Flanken, erwies sich als nicht viel besser denn Gornostaj. Er gehörte zu den Pferden, von denen Liebhaber sagen, daß sie »hacken, schlagen und gefangennehmen«, das heißt, sie kehren und werfen beim Laufen die Vorderfüße nach rechts und links, kommen aber langsam vorwärts. Kaufleute mittlerer Jahre lieben solche Pferde: ihr Lauf erinnert sie an den verwegenen Schritt eines forschen Kellners; sie sind gut im Einspänner, für eine Spazierfahrt am Nachmittag: in stutzerhaftem Gang und mit gekrümmtem Hals ziehen sie fleißig eine geschmacklose Droschke, beladen mit dem stummen, vollgefressenen Kutscher, einem in die Ecke gedrückten Kaufmann, der an Sodbrennen leidet, und einer schlaffen Kaufmannsfrau in einem hellblauen seidenen Mäntelchen und lila Kopftuch. Ich nahm auch den Falken nicht. Sitnikow zeigte mir noch einige Pferde ... Eines, ein Apfelschimmelhengst Wojejkowschen Schlages, gefiel mir endlich. Ich konnte mich nicht beherrschen und klopfte ihm wohlwollend die Kruppe. Sitnikow nahm sofort eine gleichgültige Miene an.

»Wie ist er denn, fährt er gut?« fragte ich. (Von einem Traber sagt man nicht: er läuft.)

»Er fährt schon«, antwortete gleichmütig der Händler.

»Kann man es sehen?«

»Weshalb nicht? Selbstverständlich. He, Kusja, spann den Dogonaj in die Droschke ein.«

Kusja, der Bereiter, ein Meister seines Faches, fuhr auf der Straße dreimal an uns vorbei. Gut läuft das Pferd, fällt nicht aus dem Trab, wirft nicht das Hinterteil hoch, setzt den Fuß frei vor, hebt den Schweif an und »hält« ihn – eine Seltenheit.

»Was verlangen Sie für ihn?«

Sitnikow nannte einen unerhörten Preis. Wir fingen gleich auf der Straße zu handeln an, als mit einemmal um die Ecke polternd eine sehr schöne Kutschertroika gefahren kam und geschickt vor dem Sitnikowschen Tor zum Halten gebracht wurde. In einem eleganten kleinen Wagen saß Fürst N. – und neben ihm Chlopakow! Baklaga lenkte die Pferde ... und wie er sie lenkte! Er wäre durch einen Ohrring durchgefahren, der Räuber! Die braunen Seitenpferde – klein, lebendig, mit schwarzen Augen und Füßen – brennen geradezu, stehen sprungbereit; ein Pfiff – und sie sind verschwunden. Das kastanienbraune Stangenpferd steht majestätisch, den Kopf wie ein Schwan zurückgeworfen, die Brust herausgestreckt, die Beine gleich Pfeilen; bewegt den Kopf und kneift stolz die Augen zusammen ... Ein herrlicher Anblick! Damit könnte selbst der Zar Iwan Wasiljewitsch am hohen Feiertag spazierenfahren.

»Euer Durchlaucht! seien Sie willkommen!« schrie Sitnikow.

Der Fürst sprang vom Wagen. Chlopakow stieg langsam auf der anderen Seite aus.

»Sei gegrüßt, mein Lieber ... Hast du Pferde?«

»Wie sollte ich für Euer Durchlaucht keine Pferde haben! Bitte treten Sie ein ... Petja, führ den Pfau vor! und laß den Lobenswerten fertig machen. Und mit Ihnen, Väterchen«, wandte er sich an mich, »werden wir ein andermal abschließen ... Fomka, ein Bänkchen für Seine Durchlaucht.«

Aus einem besonderen Pferdestall, den ich zuerst nicht bemerkt hatte, führte man den Pfau heraus. Das mächtige dunkelbraune Roß sprang mit allen vieren in die Luft. Sogar Sitnikow wandte den Kopf zur Seite und kniff die Augen zu.

»Uh, rrrakaliooon«, rief Chlopakow. »Schämsa.*«

Der Fürst lachte.

Der Pfau wurde mit Mühe zum Stehen gebracht; er schleifte den Stallburschen nur so über den Hof; endlich gelang es, ihn an die Wand zu drücken. Er schnaubte, zitterte und machte sich sprungbereit, während Sitnikow ihn noch reizte, indem er die Peitsche schwang.

»Wohin guckst du? ich werde dir gleich ... uh!« sprach der Händler freundlich drohend und freute sich selbst an seinem Hengst.

»Wieviel?« fragte der Fürst.

»Für Euer Durchlaucht fünftausend.«

»Drei.«

»Es geht nicht, Euer Durchlaucht, haben Sie ein Einsehen ...«

»Man sagt drei, rrrakaliooon«, mischte sich Chlopakow ein.

Ich wartete nicht das Ende des Handels ab und ging weg. An der äußersten Ecke der Straße bemerkte ich, angeklebt über dem Tor eines grauen Hauses, einen großen Papierbogen. Darauf war oben mit Tinte ein Pferd mit einem röhrenartigen Schweif und einem endlos langen Hals gezeichnet, und unter den Hufeisen des Pferdes standen in einer altmodischen Schrift folgende Worte: »Hier werden Pferde verschiedener Farben verkauft, die auf den Jahrmarkt in Lebedjan aus dem bekannten Steppengestüt des Tambowschen Gutsbesitzers Anastasij Iwanytsch Tschernobaj gebracht worden sind. Diese Pferde sind in bester Ordnung; sie sind gut eingefahren und lammfromm. Die Herren Käufer wollen freundlichst nach Anastasij Iwanytsch selbst fragen; sollte Anastasij Iwanytsch abwesend sein, werden sie gebeten, sich an den Kutscher Nasar Kobyschkin zu wenden. Meine Herren Käufer, erweisen Sie einem alten Mann die Ehre Ihres Besuches.«

Ich blieb stehen. Gut, dachte ich, ich werde mir die Pferde aus dem bekannten Steppengestüt des Herrn Tschernobaj ansehn.

Ich wollte durch das Pförtchen eintreten, fand es aber ausnahmsweise verschlossen. Ich klopfte.

* J'aime ça (Anmerkung des Verfassers).

»Wer ist da ... Ein Käufer?« piepte eine weibliche Stimme.

»Ja, ein Käufer.«

»Sofort, Väterchen, sofort.«

Das Pförtchen öffnete sich. Ich erblickte eine fünfzigjährige Frau mit schlichtem Haar und einem nicht zugeknöpften Pelz.

»Belieben Sie, mein Ernährer, einzutreten; ich werde Sie gleich Anastasij Iwanytsch melden ... Nasar, he, Nasar!«

»Was ist los?« fragte aus dem Stall eine Greisenstimme.

»Mach die Pferde zurecht: ein Käufer ist gekommen.«

Die Alte lief ins Haus.

»Ein Käufer, ein Käufer«, brummte Nasar hinter ihr her. »Ich habe noch nicht allen die Schweife gewaschen.«

Oh, Arkadien! dachte ich.

»Sei mir gegrüßt, Väterchen, ich habe die Ehre«, erklang gemessen hinter meinem Rücken eine volle und angenehme Stimme. Ich sah mich um: vor mir stand in einem blauen langschößigen Mantel ein Greis mittlerer Statur, mit weißem Haar, einem angenehmen Lächeln und wunderschönen hellblauen Augen.

»Pferde brauchst du? Gewiß, Väterchen, gewiß ... Aber willst du nicht zuerst hereinkommen und Tee trinken?«

Ich lehnte ab und bedankte mich.

»Nun, wie du willst. Du mußt mich entschuldigen, Väterchen: ich bin noch von der alten Art.« Herr Tschernobaj sprach, ohne sich zu beeilen, und betonte das ‚o‘. »Bei mir, weißt du, ist alles einfach ... Nasar, he, Nasar«, fügte er gedehnt hinzu, ohne die Stimme zu erheben.

Nasar, ein runzeliger Greis mit einer Habichtsnase und einem keilförmigen Bärtchen, zeigte sich auf der Schwelle der Stalltür.

»Was für Pferde, Väterchen, brauchst du?« fuhr Herr Tschernobaj fort.

»Nicht allzu teure, eingefahrene, für eine Kibitka*.«

»Bitte schön ... ich habe auch solche, bitte schön ... Nasar, Nasar, zeig dem Herrn den grauen Wallach, weißt du, den, der am Rand steht, und die braune Stute mit der Blesse oder auch die andere braune, die von Krosotka, weißt du?«

Nasar ging in den Stall zurück.

»Führ sie gleich so mit den Stallhalftern heraus«, rief Herr Tschernobaj hinter ihm her. »Bei mir, Väterchen«, fuhr er fort und sah mich dabei offen und sanftmütig an, »ist es nicht so wie bei den Händlern, hol sie der Kuckuck! Sie benutzen alles mög-

* Reisewagen mit Verdeck (Anmerkung des Übersetzers).

liche – Ingwer, Salz, Treber* – Gott mit ihnen ... Aber bei mir liegt alles, wie du siehst, offen auf der Hand, ohne Kniffe.«

Die Pferde wurden herausgeführt. Sie gefielen mir nicht.

»Nun, stell sie mit Gott in ihre Stände zurück«, sagte Anastasij Iwanytsch. »Zeige uns andere.«

Es wurden andere vorgeführt. Schließlich wählte ich eins, das billiger war. Wir begannen zu handeln. Herr Tschernobaj erhitzte sich nicht, sprach so verständig und rief mit solch einem Ernst Gott als Zeugen an, daß ich nicht anders konnte, als seinem Alter »die Ehre zu erweisen«; ich gab ihm ein Handgeld.

»Erlaube mir jetzt«, sagte Anastasij Iwanytsch, »dir das Pferd nach altem Brauch von Rockschoß zu Rockschoß zu übergeben ... Du wirst mir dafür dankbar sein ... es ist doch ein ganz frisches! wie ein Nüßchen ... noch ganz unberührt ... ein Steppenkind! Es geht in jedem Anspann.«

Er bekreuzigte sich, nahm den Schoß seines Mantels in die Hand, ergriff den Halfterstrick und übergab mir das Pferd.

»Behalte es jetzt mit Gott ... Willst du noch immer keinen Tee?«

»Nein, ich danke Ihnen bestens: ich muß nach Hause.«

»Wie du wünschst ... Und mein Kutscher soll dir das Pferd jetzt nachführen?«

»Ja jetzt, wenn Sie gestatten.«

»Bitte, mein Täubchen, bitte ... Wasilij, he, Wasilij, geh mit dem Herrn; bring das Pferd hin und nimm das Geld in Empfang. Nun, leb wohl, Väterchen, Gott mir dir.«

Man brachte das Pferd zu mir. Am anderen Tage zeigte es sich, daß es dämpfig und lahm war. Ich ließ es anspannen: mein Pferd ging rückwärts, und wenn man ihm einen Schlag mit der Peitsche versetzte, bockte es, keilte und legte sich hin. Ich ging sofort zu Herrn Tschernobaj.

Ich fragte: »Ist er zu Hause?«

»Ja.«

»Was ist denn das?« sagte ich, »Sie haben mir ja ein dämpfiges Pferd verkauft.«

»Ein dämpfiges? ... Gott bewahre!«

»Außerdem ist es lahm und nicht zugfest.«

»Lahm ist es? Ich weiß nicht ... offenbar hat dein Kutscher es verdorben ... aber ich kann wie vor Gott schwören ...«

* Von Salz und Trebern werden die Pferde dick (Anmerkung des Verfassers).

»Eigentlich müßten Sie es zurücknehmen, Anastasij Iwanytsch.«

»Nein, Väterchen, sei mir nicht böse: wenn es einmal aus dem Hof ist, ist die Sache erledigt. Du hättest vorher nachsehen sollen.«

Ich verstand, was los war, ergab mich in mein Schicksal, lachte und ging weg. Zum Glück hatte ich nicht ein zu hohes Lehrgeld bezahlt.

Nach zwei Tagen fuhr ich fort und kehrte nach einer Woche auf der Rückfahrt wieder in Lebedjan ein. Im Kaffeehaus fand ich fast dieselben Leute vor und traf den Fürsten N. wieder am Billardtisch. Doch im Geschick des Herrn Chlopakow war bereits der übliche Umschwung eingetreten. Der strohblonde kleine Offizier hatte ihn in der Gunst des Fürsten abgelöst. Der arme Leutnant a. D. versuchte, noch einmal in meiner Gegenwart sein Wort anzubringen – vielleicht zieht es noch wie ehedem –, aber der Fürst lächelte nicht einmal, sondern runzelte sogar die Stirn und zuckte die Achseln. Herr Chlopakow senkte die Augen, machte sich ganz klein, schlich in eine Ecke und begann schweigend sein Pfeifchen zu stopfen ...

Tatjana Borisowna und ihr Neffe

Geben Sie mir Ihre Hand, mein freundlicher Leser, und fahren Sie mit mir. Das Wetter ist herrlich; milde blaut der Maienhimmel; die glatten jungen Blätter der Bruchweiden glänzen, als ob sie frisch gewaschen wären; der breite und ebene Weg ist ganz bedeckt mit jenem feinen rotstengeligen Gras, das die Schafe so gern abrupfen; rechts und links wogt leise an den langen Hängen der langsam abfallenden Hügel grüner Roggen; zarte Schatten kleiner Wolken gleiten stellenweise über ihn hin. In der Ferne dunkeln Wälder, funkeln Teiche, schimmern Dörfer; Lerchen steigen zu Hunderten, singen, lassen sich wie ein Stein fallen, verharren mit ausgestrecktem Hals auf Erdklumpen; Saatkrähen bleiben auf dem Wege vor Ihnen stehen, sehen Sie an, ducken sich, lassen Sie vorbeifahren, hüpfen ein paarmal und fliegen schwerfällig zur Seite; auf dem Berge hinter der Schlucht pflügt ein Bauer; ein braunes Fohlen mit einem kurzen Schweifchen und einer wirren Mähne läuft auf unsicheren Beinchen hinter der Mutter einher: man hört sein dünnes Wiehern. Wir fahren in ein Birkengehölz; ein starker, frischer Duft beengt angenehm die Brust. Vor uns ist ein Zaun. Der Kutscher klettert vom Bock, die Rosse schnauben, die Seitenpferde schauen sich um, das Mittelpferd bewegt den Schweif und lehnt den Kopf an das Krummholz ... kreischend öffnet sich das Tor. Der Kutscher setzt sich wieder ... »Fahr zu!« Vor uns ist ein Dorf. Nachdem wir an fünf Gehöften vorbeigefahren sind, biegen wir nach rechts ab, fahren in eine Senke hinunter und auf einen Damm hinauf. Hinter einem kleinen Teich ragt aus runden Apfelbaum- und Fliederkuppen ein einstmals rotes Bretterdach mit zwei Schornsteinen hervor; der Kutscher hält sich links vom Zaun und fährt unter dem Gewinsel und heiseren Gebell dreier betagter Köter in das weit offene Tor hinein, wendet flott auf dem weiten Hof zwischen Pferdestall und Scheune, grüßt forsch die alte Beschließerin, die seitwärts über die hohe Schwelle der offenen Speisekammertür tritt, und hält endlich vor der Treppe eines dunkeln Häuschens mit blanken Fensterscheiben ... Wir sind bei Tatjana Borisowna. Und da macht sie auch schon selbst das Schiebefensterchen auf und nickt uns zu ... »Guten Tag, Mütterchen!«

Tatjana Borisowna ist eine fünfzigjährige Frau mit großen, hervorstehenden grauen Augen, einer etwas stumpfen Nase, roten Wangen und einem Doppelkinn. Ihr Gesicht strahlt vor Herzlichkeit und Güte. Sie war einmal verheiratet; aber bald wurde sie Witwe. Tatjana Borisowna ist eine sehr bemerkenswerte Frau. Sie lebt, ohne auszufahren, auf ihrem kleinen Gut, sieht selten ihre Nachbarn und empfängt und liebt nur junge Leute. Sie war das Kind sehr armer Eltern und hatte keinerlei Erziehung genossen, das heißt, sie spricht nicht Französisch; selbst in Moskau ist sie nie gewesen – und sie gibt sich trotz all dieser Mängel so schlicht und gut, denkt und empfindet so frei, ist so wenig angesteckt von den üblichen Leiden einer kleinen Gutsbesitzersfrau, daß es wirklich unmöglich ist, sich nicht darüber zu wundern ... Und in der Tat: eine Frau lebt jahraus, jahrein auf dem Lande, in der Einsamkeit – und klatscht nicht, piepst nicht, knickst nicht, regt sich nicht auf, erstickt nicht vor Lachen, zittert nicht vor Neugier ... ein wahres Wunder! Sie trägt gewöhnlich ein graues Taftkleid und eine weiße Haube mit herunterhängenden lila Bändern; sie liebt gut zu essen, jedoch mit Maß; das Kochen, Dörren und Einsalzen überläßt sie der Beschließerin. Womit beschäftigt sie sich denn den ganzen Tag? werden Sie fragen ... Liest sie? Nein, sie liest nicht; und um die

Wahrheit zu sagen, die Bücher werden auch nicht für sie gedruckt ... Wenn sie keine Gäste hat, sitzt meine Tatjana Borisowna im Winter am Fenster und strickt einen Strumpf; im Sommer geht sie in den Garten, pflanzt und begießt Blumen, spielt stundenlang mit den jungen Kätzchen, füttert die Tauben ... Mit der Wirtschaft beschäftigt sie sich wenig. Wenn aber ein Gast kommt, irgendein junger Nachbar, den sie gern hat, wird Tatjana Borisowna ganz munter; sie setzt ihn hin, gibt ihm Tee zu trinken, hört seine Geschichten an, lacht, tätschelt ihm zuweilen die Wange, spricht aber selbst wenig; sie tröstet ihn, wenn er unglücklich ist oder einen Kummer hat, und erteilt ihm gute Ratschläge. Wieviel Menschen haben ihr nicht die tiefsten häuslichen Geheimnisse anvertraut und sich bei ihr ausgeweint! Sie setzt sich dem Gast gegenüber, stützt sich still auf den Ellenbogen und sieht ihm mit so warmer Teilnahme in die Augen, lächelt so freundlich, daß dem Gast unwillkürlich der Gedanke kommt: Was bist du für eine prächtige Frau, Tatjana Borisowna! Ich werde dir alles erzählen, was ich auf dem Herzen habe. In ihren kleinen, heimeligen Zimmern fühlt sich der Mensch wohl und geborgen; bei ihr im Haus ist immer schön Wetter, wenn man sich so ausdrücken darf. Tatjana Borisowna ist eine bewundernswerte Frau, aber niemand wundert sich darüber. Ihr gesunder Menschenverstand, ihre Festigkeit und Unabhängigkeit, ihre warme Anteilnahme an Freude und Leid anderer, mit einem Wort: alle ihre Vorzüge sind gleichsam mit ihr zur Welt gekommen, haben sie gar keine Mühen und Anstrengungen gekostet ... Man kann sie sich gar nicht anders vorstellen; folglich besteht auch kein Grund, ihr für irgend etwas dankbar zu sein. Ganz besonders liebt sie es, den Spielen und Späßen der Jugend zuzusehen; sie verschränkt die Arme unter der Brust, lehnt den Kopf zurück, kneift die Augen zusammen und sitzt lächelnd da, seufzt plötzlich und sagt: »Ach ihr, meine Kinderchen, meine Kinderchen!« Man bekommt geradezu Lust, zu ihr zu gehen, ihre Hand zu ergreifen und zu sagen: »Hören Sie, Tatjana Borisowna, Sie kennen Ihren eigenen Wert nicht, Sie sind doch bei all Ihrer Einfachheit und Unbildung ein ungewöhnliches Geschöpf.« Schon ihr Name klingt vertraut und anheimelnd, ist angenehm auszusprechen, ruft ein liebevolles Lächeln hervor. Wie oft habe ich zum Beispiel einen Bauern, dem ich begegnete, gefragt: »Wie muß ich fahren, mein Lieber, um, nun, sagen wir, nach Gratschewka zu kommen?« – »Fahren Sie, Väterchen, zuerst nach Wjasowoje und von dort zu Tatjana Borisowna, und von Tatjana Borisowna wird Ihnen jeder den Weg zeigen.« Und beim Namen Tatjana Borisownas wird der Bauer in einer besonderen Weise den Kopf zurückwerfen. Sie hält ihren Verhältnissen entsprechend nur wenig Dienerschaft. Das Haus, die Waschküche, die Vorratskammer und die Küche verwaltet die Beschließerin Agafja, ihre frühere Wärterin, ein äußerst gutmütiges, weinerliches und zahnloses Geschöpf; zwei stämmige Mägde mit kräftigen taubenfarbenen Wangen wie Antonowkaäpfel unterstehen ihr. Das Amt des Hausmeisters, des Kammerdieners und Büfettiers bekleidet der siebzigjährige Diener Polikarp, ein großer Sonderling, sehr belesen, ehemaliger Geigenspieler, ein Verehrer Viottis, ein persönlicher Feind Napoleons oder, wie er ihn nennt, Bonapartischkas, und ein leidenschaftlicher Liebhaber von Nachtigallen. Er hält immer fünf oder sechs bei sich im Zimmer; bei Frühlingsbeginn sitzt er tagelang neben den Käfigen und wartet auf das erste »Rollen«; wenn er es dann abgewartet hat, schlägt er die Hände vors Gesicht, stöhnt: »Ach, wie traurig, wie traurig!« und beginnt erbärmlich zu schluchzen. Dem Polikarp ist der eigene Enkel, Wasja, ein zwölfjähriger Junge mit einem Lockenkopf und blanken Augen, als Gehilfe beigegeben; Polikarp liebt ihn abgöttisch und mäkelt von früh bis spät an ihm herum. Er nimmt sich auch seiner Erziehung an. Er spricht: »Wasja, sage: Bonapartischka, der Räuber.« – »Und was wirst du mir dafür geben, Großvater?« – »Was ich dir geben werde? ... nichts werde ich dir geben ... Wer bist du denn? Du bist doch ein Russe!« – »Ich bin ein Amtschanin, Großvater: ich bin in Amtschensk geboren.« – »Oh, du Dummkopf! und wo liegt denn Amtschensk?« – »Wie soll ich das wissen?« – »Amtschensk liegt in Rußland, du Narr.« – »Und was hat das zu sagen, daß es in Rußland liegt?« – »Wieso hat das nichts zu sagen? Den Bonapartischka hat Seine Durchlaucht der selige Fürst Michajlo Ilarionowitsch Golenischtschew-Kutusow Smolenskij mit Gottes Hilfe aus Rußland hinauszutreiben geruht. Aus diesem Anlaß ist auch das Liedchen entstanden: ‚Napoleon hat nichts zu lachen, er bangt um seine Siebensachen ...‘ Verstehst du: er hat dein Vaterland befreit.« – »Was geht das mich an?« – »Ach, du dummer Junge, du dummer! ... Wenn Seine Durchlaucht der Fürst Michajlo Ilarionowitsch den Bonapartischka nicht vertrieben hätte, würde dich jetzt irgend so ein Musjö mit dem Stock auf den Scheitel schlagen. Er würde so an dich herantreten und sagen: ‚Komang wu porte wu?‘ und dann einfach klatsch, klatsch ...« – »Und ich würde ihm meine

Faust in den Wanst stoßen.« – »Und er würde sagen: ‚Bonschur, bonschur, wene isi', und dich am Haarschopf packen, am Haarschopf.« – »Und ich würde ihm die Beine, die Beine, die o-beinigen ...« – »Es ist wahr, sie haben O-Beine. Nun, und wenn er anfängt dir die Hände zu binden?« – »Ich würde mich nicht ergeben; ich würde den Kutscher Michej zu Hilfe rufen.« – »Nun, Wasja, und der Franzose wird doch mit Michej nicht fertig werden?« – »Wie könnte er das! Michej ist so stark.« – »Und was würdet ihr mit ihm anstellen?« – »Wir würden ihm die Jacke vollhauen, die Jacke.« – »Und er würde Pardon schreien: ‚pardon, pardon, sewuplej!'« – »Wir aber würden antworten: für dich gibt es kein Sewuplej, du Franzose! ...« – »Bravo, Wasja! ... Nun, so schrei doch: ‚Der Räuber Bonapartischka!'« – »Gib mir erst Zucker!« – »Ach, du ...«

Mit den Gutsbesitzersfrauen verkehrt Tatjana Borisowna wenig; sie fahren ungern zu ihr, und sie versteht nicht, sie zu unterhalten, sie nickt bei dem Geplätscher ihrer Reden ein, fährt zusammen, gibt sich Mühe, die Augen aufzureißen, und schlummert von neuem ein. Tatjana Borisowna liebt Frauen überhaupt nicht. Einer ihrer Freunde, ein guter, stiller junger Mann, hatte eine Schwester von achtunddreißigeinhalb Jahren, ein seelengutes, aber verdrehtes, überspanntes, exaltiertes Frauenzimmer. Ihr Bruder erzählte ihr oft von seiner Nachbarin. Eines schönen Morgens ließ das alte Mädchen, ohne ein böses Wort fallen zu lassen, ihr Pferd satteln und ritt zu Tatjana Borisowna hinüber. In ihrem langen Kleid, mit Hut, einem grünen Schleier und aufgelösten Locken, betrat sie das Vorzimmer und lief an dem erstarrten Wasja, der sie für eine Waldnymphe hielt, vorbei in den Salon. Tatjana Borisowna erschrak; sie wollte sich erheben, aber die Füße versagten ihr den Dienst. »Tatjana Borisowna«, hob der Gast mit einer flehenden Stimme an, »entschuldigen Sie meine Kühnheit; ich bin die Schwester Ihres Freundes Alexej Nikolajewitsch und habe von ihm so viel über Sie gehört, daß ich beschlossen habe, Sie kennenzulernen.« – »Sie erweisen mir viel Ehre«, sagte die erstaunte Hausherrin. Die Besucherin warf ihren Hut ab, schüttelte ihre Locken, setzte sich neben Tatjana Borisowna und nahm ihre Hand. »Das ist sie also«, begann sie mit einer nachdenklichen und bewegten Stimme, »das ist dieses gute, lichte, edle, heilige Wesen! Das ist sie, diese einfache und zugleich tiefe Frau! Wie freue ich mich, wie freue ich mich! Wie sehr werden wir einander lieben! Endlich werde ich ausruhen ... Genauso habe ich Sie mir vorgestellt«, fügte sie flüsternd hinzu und blickte dabei Tatjana Borisowna fest in die Augen. »Nicht wahr, Sie sind mir nicht böse, meine Liebe, meine Gute?« – »Um Himmels willen, ich bin sehr froh ... Darf ich Ihnen Tee anbieten?« Der Gast lächelte herablassend. »Wie wahr, wie unreflektiert!« flüsterte sie auf deutsch, gleichsam für sich. »Lassen Sie sich umarmen, meine Liebe!«

Das alte Mädchen saß drei Stunden lang bei Tatjana Borisowna und redete ununterbrochen. Sie bemühte sich, ihrer neuen Bekannten ihre eigene Bedeutsamkeit klarzumachen. Nachdem der unerwartete Besuch sie verlassen hatte, ging die arme Gutsbesitzerin sofort in die Badestube, trank Lindenblütentee und legte sich ins Bett. Am nächsten Tage kam das alte Mädchen wieder, blieb vier Stunden lang sitzen und entfernte sich mit dem Versprechen, Tatjana Borisowna täglich zu besuchen. Sie hatte sich vorgenommen, ein von der Natur so reich bedachtes Geschöpf zur vollen Entwicklung zu bringen, seine Erziehung zu vollenden – und hätte sie wahrscheinlich ganz umgebracht, wenn erstens ihre Begeisterung für die Freundin ihres Bruders nach zwei Wochen nicht einer grenzenlosen Enttäuschung gewichen wäre; und zweitens, wenn sie sich nicht in einen durchreisenden jungen Studenten verliebt hätte, mit dem sie sofort lebhaft und leidenschaftlich zu korrespondieren begann; in ihren Schreiben erteilte sie ihm wie üblich ihren Segen zu einem heiligen und herrlichen Leben, brachte »sich selbst ganz« zum Opfer, wollte nur seine Schwester heißen, erging sich in Naturbeschreibungen, erwähnte Goethe, Schiller, Bettina und die deutsche Philosophie – und brachte den armen Jüngling schließlich in einen Zustand düsterer Verzweiflung. Doch die Jugend triumphierte: eines schönen Morgens erwachte er mit einem so rasenden Haß auf »seine Schwester und seinen besten Freund«, daß er in der Erregung um ein Haar seinen Kammerdiener verprügelt hätte und noch lange Zeit nachher bei jeder Anspielung auf die erhabene und selbstlose Liebe außer sich geriet ... Seit der Zeit aber begann Tatjana Borisowna noch mehr als bisher jede Annäherung an ihre Nachbarinnen zu meiden.

Ach ja! Nichts auf der Welt hat Bestand. Alles, was ich Ihnen über das Leben und Treiben meiner lieben Gutsbesitzerin erzählt habe, gehört der Vergangenheit an; der Friede, der in ihrem Hause herrschte, ist für immer gestört. Bei ihr lebt jetzt bereits über ein Jahr ein Neffe, ein Künstler aus Petersburg. Das ist so gekommen.

Vor acht Jahren lebte bei Tatjana Borisowna ein zwölfjähriger

Junge, eine Vollwaise, der Sohn ihres verstorbenen Bruders, Andrjuscha. Andrjuscha hatte helle feuchte Augen, einen kleinen Mund, eine regelmäßige Nase und eine schöne hohe Stirn. Er sprach mit einer leisen und süßen Stimme, hielt sich sauber und anständig, umschmeichelte die Gäste, lauschte ihrer Unterhaltung und küßte mit waisenhafter Hingabe der Tante die Hand. Manchmal war man kaum eingetreten, und schon brachte er einen Sessel. Er machte nie dumme Streiche: man hörte ihn kaum; er saß ruhig und bescheiden in einer Ecke hinter einem Buch, sogar ohne sich anzulehnen. Beim Eintritt eines Gastes stand mein Andrjuscha auf, lächelte höflich und errötete; wenn der Gast hinausging, setzte er sich wieder, holte aus der Tasche einen Spiegel und eine Bürste hervor und glättete sein Haar. Von klein auf liebte er das Zeichnen. Sobald er einen Fetzen Papier fand, bat er gleich die Beschließerin Agafja um eine Schere, schnitt das Blatt sorgfältig zu einem Viereck zurecht, umsäumte es und machte sich an die Arbeit; er zeichnete ein Auge mit einer riesigen Pupille oder eine griechische Nase, ein Haus mit einem Schornstein und einer spiralförmigen Rauchfahne, einen Hund en face, der einer Bank ähnlich sah, einen Baum mit zwei Täubchen, und schrieb darunter: »Gezeichnet von Andrej Belowsorow, an dem und dem Tag auf dem Gut Malyje Bryki.« Besonders fleißig arbeitete er die letzten zwei Wochen vor Tatjana Borisownas Namenstag: er erschien als erster zur Gratulation und übergab eine mit einem rosa Bändchen verschnürte Rolle. Tatjana Borisowna küßte den Neffen auf die Stirn und löste den Knoten: das Blatt rollte auf und zeigte dem neugierigen Blick des Beschauers einen runden, kühn entworfenen Tempel mit Säulen und einem Altar in der Mitte; auf dem Altar loderte ein Herz und lag ein Kranz, oben aber stand in deutlicher Schrift auf einem gewundenen breiten Band: »Seiner Tante und Wohltäterin Tatjana Borisowna Bogdanowa von ihrem ehrerbietigen und sie liebenden Neffen als Zeichen seiner tiefsten Anhänglichkeit.« Tatjana Borisowna küßte ihn noch einmal und schenkte ihm einen Silberrubel. Sehr hingezogen zu ihm fühlte sie sich übrigens nicht. Andrjuschas Kriecherei gefiel ihr gar nicht. Mittlerweile wuchs Andrjuscha heran; Tatjana Borisowna begann sich um seine Zukunft zu sorgen. Ein unerwarteter Vorfall half ihr aus der Verlegenheit ...

Einmal – es dürfte schon acht Jahre her sein – kehrte bei ihr ein gewisser Herr Benewolenskij, Pjotr Michailytsch, Staatsrat und Kavalier, ein. Herr Benewolenskij war früher einmal

Beamter in der nächsten Kreisstadt gewesen und hatte fleißig Tatjana Borisowna besucht; später war er nach Petersburg übergesiedelt, ins Ministerium eingetreten, hatte eine recht hohe Stellung erreicht und bei einer seiner häufigen Dienstfahrten sich seiner alten Bekannten erinnert; er kehrte bei ihr mit der Absicht ein, zwei Tage in der ländlichen Stille von den Dienstobliegenheiten auszuruhen. Tatjana Borisowna nahm ihn mit gewohnter Herzlichkeit auf, und Herr Benewolenskij ... Doch bevor wir in unserer Erzählung fortfahren, gestatten Sie, freundlicher Leser, Sie mit dieser neuen Persönlichkeit bekannt zu machen.

Herr Benewolenskij war ein rundlicher, mittelgroßer, dem Aussehen nach weichlicher Mann mit kurzen Beinen und runden Händchen; er trug einen weiten und peinlich sauberen Frack, eine hohe und breite Krawatte, schneeweiße Wäsche, eine goldene Uhrkette auf der seidenen Weste, einen Ring mit Stein am Zeigefinger und eine blonde Perücke; er sprach sanft und überzeugend, trat leise auf, lächelte angenehm, blickte freundlich um sich, versenkte sein Kinn auf angenehme Weise in seine Krawatte und war überhaupt ein angenehmer Mensch. Der Herrgott hatte ihn auch mit dem besten Herzen ausgestattet: er weinte und jauchzte leicht; zudem glühte er in selbstloser Leidenschaft für die Kunst, in einer schon wirklich selbstlosen Leidenschaft, weil nämlich Herr Benewolenskij, wenn man die Wahrheit sagen will, geradezu nichts von Kunst verstand. Es ist sogar verwunderlich, woher, kraft welcher geheimnisvollen und unbegreiflichen Gesetze diese Leidenschaft über ihn gekommen war. Dem Aussehen nach war er ein verläßlicher, sogar ein durchschnittlicher Mensch ... übrigens gibt es bei uns in Rußland recht viel solche Leute.

Die Liebe zur Kunst und zu den Künstlern verleiht diesen Menschen eine unbeschreibliche Süßlichkeit; mit ihnen zusammenzukommen, mit ihnen zu sprechen ist qualvoll: richtige Knüppel, mit Honig bestrichen. Sie nennen zum Beispiel niemals Raffael – Raffael oder Correggio – Correggio: »Göttlicher Sanzio, unvergleichlicher de Allegris«, sagen sie und betonen dabei unbedingt das O. Jedes einheimische, selbstgefällige, mittelmäßige Talent preisen sie als ein Genie oder richtiger als »Chemie«; der blaue Himmel Italiens, die Zitronenbäume des Südens und die wohlriechenden Dämpfe der Ufer der Brenta nehmen in ihren Unterhaltungen kein Ende. »Ach, Wanja, Wanja«, oder: »Ach, Sascha, Sascha«, sagen sie gefühlvoll zueinander, »wir sollten in den Süden, in den Süden ... du und ich, wir sind doch in der Seele Griechen, alte Griechen!« Man kann sie auf Ausstellungen vor gewissen Erzeugnissen gewisser russischer Maler beobachten. (Ich muß bemerken, daß zum größten Teil alle diese Herren gewaltige Patrioten sind.) Bald treten sie zwei Schritt zurück und werfen den Kopf in den Nacken, bald nähern sie sich wieder dem Bild; ihre Äuglein bedecken sich mit einem öligen Schimmer. »Ei, mein Gott!« rufen sie schließlich mit vor Erregung bebender Stimme, »die Seele darin, die Seele! ach, wieviel Herz, wieviel Herz! was hat er da an Seele hineingelegt, welch einen Seelenreichtum! ... Und der Entwurf! Welch ein meisterhafter Entwurf!« Und was für Gemälde bei ihnen selbst in den Salons hängen! Was für Künstler des Abends zu ihnen kommen, bei ihnen Tee trinken und ihren Gesprächen lauschen! Was für perspektivische Ansichten der eigenen Zimmer mit einer Bürste im rechten Feld, einem Häufchen Kehricht auf der sauberen Diele, einem gelben Samowar auf dem Tisch am Fenster und dem Hausherrn selbst in Schlafrock und Käppchen, mit was für einem grellen Lichtfleck auf der Wange sie ihnen bringen! Was für langhaarige Musensöhne mit fiebrig-spöttischem Lächeln sie besuchen! Was für blaßgrüne Jungfrauen bei ihnen am Klavier kreischen! Denn bei uns in Rußland ist es nun einmal so: *einer* Kunst allein kann der Mensch sich nicht hingeben – gib ihm alles! Aus diesem Grund ist es durchaus nicht verwunderlich, daß diese Herren Liebhaber auch die russische Literatur, insbesondere die dramatische, stark begünstigen ... Das Buch »Angebliche Künstler« ist für sie geschrieben: der tausendmal geschilderte Kampf des verkannten Talents mit den Menschen, mit der ganzen Welt erschüttert sie bis auf den Grund ihrer Seele.

Am Tage nach der Ankunft des Herrn Benewolenskij hieß Tatjana Borisowna beim Tee ihren Neffen, dem Gast seine Zeichnungen zu zeigen. »Zeichnet er denn?« fragte Herr Benewolenskij erstaunt und wandte sich interessiert Andrjuscha zu. »Gewiß, er zeichnet«, sagte Tatjana Borisowna, »er ist ganz versessen darauf! Und ganz allein, ohne Lehrer.« – »Ach, zeigt es mir doch, zeigt es doch«, fiel Herr Benewolenskij ein. Andrjuscha brachte dem Gast sein Heftchen, wobei er lächelte und errötete. Herr Benewolenskij fing an, es mit Kennermiene durchzublättern. »Gut, junger Mann«, sagte er endlich, »gut, sehr gut!« Und er streichelte Andrjuscha den Kopf. Andrjuscha küßte flugs seine Hand. »Sagen Sie doch, welch ein Talent! Ich beglückwünsche Sie, Tatjana Borisowna, ich gratuliere.« – »Ja, was hilft das, Pjotr Michajlytsch, ich kann hier keinen Lehrer für ihn finden. Einen aus der Stadt kommen zu lassen kostet zuviel; bei meinen Nachbarn Artamanow ist ein Maler, und, wie man sagt, ein vortrefflicher, doch gestattet ihm die Gutsfrau nicht, fremden Leuten Stunden zu geben. Sie sagt, er würde sich dabei den Geschmack verderben.« – »Hm«, machte Herr Benewolenskij, wurde nachdenklich und blickte Andrjuscha von unten her an. »Nun, darüber wollen wir noch sprechen«, fügte er plötzlich hinzu und rieb sich die Hände. Am selben Tag noch bat er Tatjana Borisowna um eine Unterredung unter vier Augen. Sie schlossen sich ein. Nach einer halben Stunde riefen sie Andrjuscha. Andrjuscha kam herein. Herr Benewolenskij stand am Fenster, mit leicht geröteten Wangen und glänzenden Augen. Tatjana Borisowna saß in einer Ecke und wischte sich die Tränen aus den Augen. »Nun, Andrjuscha«, sagte sie endlich, »bedanke dich bei Pjotr Michajlytsch: er nimmt dich in seine Obhut, und du fährst mit ihm nach Petersburg.« Andrjuscha erstarrte zur Bildsäule. »Sagen Sie mir offen«, begann Herr Benewolenskij in einem würdevollen und herablassenden Ton, »wollen Sie ein Künstler werden, junger Mensch, fühlen Sie die heilige Berufung zur Kunst?« – »Ich will ein Künstler werden, Pjotr Michajlytsch«, bestätigte Andrjuscha mit bebender Stimme. – »Das freut mich sehr. Es wird Ihnen natürlich«, fuhr Herr Benewolenskij fort, »sehr schwerfallen, sich von Ihrer verehrten Tante zu trennen, Sie müssen die lebhafteste Dankbarkeit für sie empfinden.« – »Ich vergöttere meine Tante«, unterbrach ihn Andrjuscha und begann mit den Augen zu zwinkern. – »Gewiß, gewiß, das ist durchaus verständlich und macht Ihnen viel Ehre; stellen Sie sich aber dafür vor, welche Freude mit der Zeit ... Ihre Erfolge ...« – »Umarme mich, Andrjuscha«, murmelte die gute Gutsbesitzerin. Andrjuscha warf sich ihr an die Brust. »Und jetzt danke deinem Wohltäter ...« Andrjuscha umarmte Herrn Benewolenskijs Bauch, hob sich auf die Zehenspitzen und erhaschte seine Hand, welche der Wohltäter zwar zurückzog, ohne sich aber damit sonderlich zu beeilen ... Man muß doch dem Kind eine Freude bereiten, seinem Wunsch willfahren, und man darf sich auch selbst ein wenig verwöhnen. Zwei Tage später fuhr Herr Benewolenskij fort und nahm seinen Schutzbefohlenen mit.

Im Lauf der ersten drei Jahre nach der Trennung schrieb Andrjuscha recht häufig und legte den Briefen zuweilen Zeichnungen bei. Herr Benewolenskij fügte von sich aus ab und zu einige – meist lobende – Worte hinzu; dann kamen die Briefe immer seltener und hörten schließlich ganz auf. Ein ganzes Jahr schwieg der Neffe; Tatjana Borisowna fing schon an, sich zu beunruhigen, als sie plötzlich ein Schreiben folgenden Inhalts bekam:

Mein liebes Tantchen!

Vor vier Tagen ist mein Beschützer Pjotr Michajlytsch gestorben. Ein Schlaganfall hat mich dieser letzten Stütze beraubt. Ich bin jetzt allerdings schon zwanzig; im Laufe von sieben Jahren habe ich bedeutende Fortschritte gemacht; ich baue auf mein Talent und kann davon meinen Lebensunterhalt bestreiten; ich bin nicht kleinmütig, aber schicken Sie mir immerhin, wenn Sie können, für die erste Zeit zweihundertundfünfzig Papierrubel. Ich küsse Ihre Händchen und verbleibe usw.

Tatjana Borisowna sandte dem Neffen zweihundertundfünfzig Rubel. Nach zwei Monaten verlangte er mehr; sie kratzte das letzte zusammen und schickte es ihm. Es waren noch keine sechs Wochen seit der zweiten Sendung vergangen, als er zum drittenmal um Geld bat, angeblich, um Farben für ein von der Fürstin Terterescheneva bestelltes Porträt zu kaufen. Tatjana Borisowna schlug es ihm ab. »In diesem Fall«, schrieb er ihr, »beabsichtige ich, zu Ihnen aufs Land zur Wiederherstellung meiner Gesundheit zu kommen.« Und wirklich kehrte Andrjuscha im Mai desselben Jahres nach Malyje Bryki zurück.

Tatjana Borisowna erkannte ihn zuerst nicht. Dem Brief nach erwartete sie einen kränklichen, mageren Menschen und erblickte jetzt einen breitschultrigen, dicken jungen Mann mit einem breiten Gesicht und fettem lockigem Haar. Der schmächtige und bleiche Andrjuscha hatte sich in einen stämmigen Andrej Iwanow Belowsorow verwandelt. Nicht nur sein Äußeres hatte sich verändert. Die übergroße Schüchternheit, Vorsicht und Sauberkeit früherer Jahre war einer kecken Angeberei und unerträglichen Schlampigkeit gewichen; im Gehen schwankte er nach rechts und links, er ließ sich in die Sessel fallen, lehnte sich auf den Tisch, rekelte sich und gähnte aus vollem Hals; sein Benehmen gegen die Tante und gegen die Leute war unverschämt. Ich bin halt ein Künstler, ein freier Kosak! Habt Achtung vor unsereinem! Mitunter nahm er tagelang keinen Pinsel in die Hand; dann überkam ihn die sogenannte Eingebung, und er stellte sich ganz fürchterlich an: ungeschickt, laut und tölpelhaft – wie betrunken; die Wangen bedeckte ein unschönes Rot, die Augen wurden glanzlos; er fing an, über sein Talent zu sprechen, über seine Erfolge, darüber, wie er sich entwickele, wie er vorankomme ... In

Wahrheit hatte es sich aber herausgestellt, daß seine Fähigkeiten knapp zu leidlichen kleinen Bildchen reichten. Er war völlig ungebildet und las nichts; wozu braucht auch ein Künstler zu lesen? Die Natur, die Freiheit, die Poesie – das ist sein Element. Schüttele nur deine Locken und schluchze wie eine Nachtigall! Schön ist der russische Wagemut, aber er steht nicht jedem zu Gesicht, und die unbegabten Poleschajews zweiter Hand sind unerträglich. Unser Andrej Iwanytsch blieb bei der Tante wohnen: das geschenkte Brot schmeckte ihm anscheinend gut. Den Gästen flößte er tödliche Langeweile ein. Er konnte sich ans Klavier setzen (Tatjana Borisowna hatte auch ein Klavier) und anfangen, mit einem Finger »Die verwegene Troika« zusammenzusuchen; oder er griff Akkorde, hämmerte auf den Tasten herum und grölte stundenlang die Romanzen Warlamows »Die einsame Kiefer« oder »Nein, Doktor, nein, komm nicht«, während seine Augen im Fett schwammen und die Wangen wie Trommeln glänzten ... Oder er donnerte mit einemmal los: »Entweicht, ihr Feuer der Leidenschaft ...« Tatjana Borisowna schrak zusammen.

»Es ist merkwürdig«, bemerkte sie mir gegenüber einmal, »was für Lieder heute gedichtet werden, so ganz verwegene; zu meiner Zeit kannten wir andere Lieder: wenn es auch traurige Lieder waren, so war es doch immerhin angenehm, ihnen zu lauschen ...

Zum Beispiel:

O komm, o komm zu mir ins Grün,
Ich harr umsonst am Raine;
O komm, o komm zu mir ins Grün,
Allwo ich stündlich weine ...
Du kommst wohl einmal sicherlich,
Doch wird es spät sein, fürchte ich.«

Tatjana Borisowna lächelte verschmitzt.

»Ich lei-de, ich lei-de«, heulte im Nebenzimmer der Neffe los.

»Hör doch auf, Andrjuscha!«

»Meine Seele schmachtet in der Tre-ennung«, fuhr der unerbittliche Sänger fort.

Tatjana Borisowna schüttelte den Kopf.

»Ach, diese Künstler!«

Seitdem ist ein Jahr vergangen. Belowsorow lebt bis auf den heutigen Tag bei seiner Tante und ist immer im Begriff, nach Petersburg zu fahren. Er ist auf dem Land unglaublich dick geworden. Die Tante – wer hätte das geglaubt? – hat an ihm einen Narren gefressen, und die Jungfrauen der umliegenden Güter verlieben sich in ihn ...

Viele der früheren Bekannten fahren nicht mehr zu Tatjana Borisowna.

Der Tod

Ich habe einen Nachbarn: er ist junger Gutsbesitzer und junger Jäger. Eines schönen Julimorgens ritt ich zu ihm und schlug ihm vor, mit mir auf die Birkhuhnjagd zu gehen. Er war einverstanden. »Nur wollen wir«, sagte er, »durch meinen Buschwald zu Suscha reiten; ich werde mir bei der Gelegenheit Tschaplygino ansehen; Sie kennen doch meinen Eichenwald? Er wird abgeholzt!«

»Gut, reiten wir.«

Er befahl, das Pferd zu satteln, zog eine grüne Joppe mit Bronzeknöpfen an, die Eberköpfe darstellten, hing sich eine bestickte Jagdtasche, eine silberne Feldflasche und ein neues französisches Gewehr um, betrachtete sich mit Wohlgefallen von allen Seiten im Spiegel und rief seinen Hund Espérence, den ihm eine Kusine, ein altes Mädchen mit einem vorzüglichen Herzen, aber ohne Haare, geschenkt hatte. Wir brachen auf. Mein Nachbar nahm den Dorfpolizisten Archip mit, einen untersetzten dikken Bauern mit viereckigem Gesicht und vorsintflutlich entwikkelten Backenknochen, und den erst vor kurzem eingetroffenen Verwalter aus den Ostseeprovinzen, einen neunzehnjährigen, mageren, blonden, kurzsichtigen Jüngling mit herabhängenden Schultern und einem langen Hals, Herrn Gottlieb von der Kock. Mein Nachbar war erst vor kurzem Besitzer dieses Gutes geworden. Er hatte es von einer Tante geerbt, der wirklichen Geheimrätin Kardon-Katajewa, einer ungewöhnlich dicken Frau, die sogar, wenn sie im Bett lag, anhaltend und kläglich stöhnte. Wir kamen in den Buschwald. »Wartet hier auf mich auf der Lichtung«, sagte Ardalion Michajlytsch (mein Nachbar) zu seinen Begleitern. Der Deutsche machte eine Verbeugung, stieg vom Pferd, zog aus der Tasche ein Bändchen hervor – anscheinend einen Roman von Johanna Schopenhauer – und setzte sich unter einen Busch. Archip blieb in der Sonne stehen und rührte sich eine Stunde lang nicht. Wir stöberten in den Büschen herum und fanden nicht eine einzige Kette. Ardalion Michajlytsch erklärte, daß er sich in den Hochwald begeben wolle. Ich selber glaubte an diesem Tag nicht recht an mein Jagdglück und beeilte mich, ihm zu folgen. Wir kamen auf die Lichtung zurück. Der Deutsche merkte die Seite an, stand auf, steckte das Buch in die Tasche und stieg nicht ohne Mühe auf seine kupierte, ausrangierte Stute, die bei der geringsten Berührung wieherte und auskeilte. Archip fuhr aus seinem Dösen auf, zerrte gleichzeitig an beiden Zügeln, strampelte mit den Beinen und brachte schließlich das verdutzte und unter seiner Last gebeugte Pferdchen vom Fleck. Wir ritten los.

Der Wald Ardalion Michajlytschs war mir von Kindheit an bekannt. Ich war oft mit meinem französischen Erzieher, Monsieur Désiré Fleury, einer Seele von Mensch (der übrigens um ein Haar meine Gesundheit für immer ruiniert hätte, indem er mich zwang, abends die Arznei Lerois einzunehmen), nach Tschaplygino gegangen. Dieser ganze Wald bestand aus zwei- bis dreihundert gewaltigen Eichen und Eschen. Ihre stattlichen, mächtigen Stämme hoben sich majestätisch-dunkel vom goldiglichten Grün der Haselnußsträucher und Ebereschen ab; weiter oben standen sie schlank gegen das durchsichtige Blau des Himmels und breiteten schließlich zeltartig ihre knorrigen Äste aus; Habichte, Rotfuß- und Turmfalken schossen pfeifend unter den regungslosen Kronen umher, bunte Spechte hämmerten laut auf der dicken Borke. Mit einemmal verbreitete sich das klangvolle Lied der Schwarzdrossel im dichten Laubwerk und wechselte mit dem melodischen Schrei des Pirols; unten im Buschwerk zwitscherten und sangen Grasmücken, Zeisige und Goldhähnchen; auf den Pfaden liefen schnellfüßige Finken; vorsichtig lauschend hoppelte ein Schneehase am Waldrand; ein rotbraunes Eichhörnchen sprang munter von Baum zu Baum und setzte sich plötzlich mit hochaufgerichtetem Schwanz nieder. Im Gras, neben großen Ameisenhaufen, blühten im leichten Schatten feingliedriger schöner Farnkrautblätter Veilchen und Maiglöckchen und wuchsen Täublinge, Nagelschwämme, Pfifferlinge, Eichegerlinge, Steinpilze und rote Fliegenpilze; auf kleinen Lichtungen zwischen den großen Büschen war alles rot von Walderdbeeren ... Und welch ein herrlicher Schatten im Walde war! Während der größten Hitze in der Mittagszeit war es unten Nacht: Stille, Duft, Frische! ... Frohe Stunden hatte ich in Tschaplygino verlebt, und deswegen, ich gestehe es, ritt ich jetzt nicht ohne ein trauriges Gefühl in den mir nur allzu gut bekannten Wald.

Der mörderische, schneelose Winter des Jahres 1840 hatte meine alten Freunde – die Eichen und Eschen – nicht verschont; dürr und kahl, hier und dort mit ein wenig schwindsüchtigem Grün bedeckt, ragten sie traurig über die jungen Schößlinge der Birken und Espen empor, die »sie abgelöst, aber nicht ersetzt« hatten. Einige, die unten noch belaubt waren, reckten gleichsam vorwurfsvoll und verzweifelt ihre leblosen, versehrten Äste in die Höhe; bei anderen ragten aus dem zwar noch ziemlich dichten, wenn auch nicht mehr wie vordem reichen und üppigen Laubwerk dicke, trockene, tote Zweige hervor; von einigen fiel bereits die Rinde ab; andere endlich waren schon umgefallen und faulten gleich Leichnamen auf der Erde. Wer hätte so etwas ahnen können? Schatten in Tschaplygino, Schatten konnte man nirgends mehr finden! Ich dachte beim Anblick der sterbenden Bäume: Ihr schämt euch, und es ist bitter für euch, nicht wahr? Und mir fiel Kolzows Vers ein:

Wohin entschwand dein Lebenssaft,
Die Tapferkeit, die stolze Kraft?
Wo ist jetzt deine grüne Pracht,
Dein tiefes Rauschen, deine Macht?

»Wie ist denn das, Ardalion Michajlytsch«, fing ich an, »warum hat man denn diese Bäume nicht gleich im nächsten Jahr umgehauen? Jetzt wird man doch für sie nicht den zehnten Teil ihres früheren Wertes bekommen.«

Er zuckte bloß mit den Schultern.

»Sie hätten meine Tante fragen müssen; Käufer waren genug da, sie hatten das Geld mit sich und waren kaum loszubringen.«

»Mein Gott, mein Gott«, rief von der Kock bei jedem Schritt in seiner Muttersprache aus, »ist das ein Jammer! ist das ein Jammer!«

Sein besonderes Mitleid erregten die umgestürzten Eichen – und in der Tat: manch ein Müller hätte sie gut bezahlt. Dagegen bewahrte der Dorfpolizist Archip eine unerschütterliche Ruhe; er jammerte nicht ein bißchen; im Gegenteil, es machte ihm Spaß, über die Stämme hinwegzusetzen, wobei er noch mit der Reitpeitsche nach ihnen schlug.

Wir näherten uns dem Holzschlag, als plötzlich nach dem Krachen eines fallenden Baumes ein Aufschrei und laute Rufe an unser Ohr drangen; nach einigen Augenblicken sprang ein junger, bleicher und zerzauster Bauer aus dem Dickicht heraus und kam uns entgegengelaufen.

»Was ist los? Wohin läufst du?« fragte ihn Ardalion Michajlytsch.

Er blieb sofort stehen.

»Ach, Väterchen Ardalion Michajlytsch, ein Unglück ist geschehen.«

»Was gibt's?«

»Den Maxim, Väterchen, hat ein Baum gestreift.«

»Wieso denn? ... Den Händler Maxim?«

»Ja, den Händler, Väterchen. Wir fällten eine Esche, er stand dabei und sah uns zu ... Er stand und stand und ging dann zum Brunnen, um Wasser zu holen; er war wohl durstig geworden. Mit einemmal krachte die Esche und fiel gerade auf ihn. Wir schrien alle: ‚Lauf, lauf, lauf, lauf' ... Er hätte sich zur Seite werfen sollen, aber er lief geradeaus ... er hatte wohl den Kopf verloren. Die Esche deckte ihn mit den oberen Zweigen zu. Der Himmel mag wissen, warum sie so schnell gestürzt ist. Vielleicht war sie herzfaul.«

»Nun, und hat sie Maxim erschlagen?«

»Ja, Väterchen.«

»Ist er wirklich tot?«

»Nein, Väterchen, noch lebt er, aber seine Arme und Beine sind gebrochen. Ich wollte gerade zu Seliwerstytsch, dem Arzt, laufen.«

Ardalion Michajlytsch befahl dem Dorfpolizisten, ins Dorf zu reiten, um Seliwerstytsch zu holen, und ritt selbst in scharfem Trab auf den Holzschlag zu ... Ich hinter ihm.

Wir fanden den armen Maxim auf der Erde liegend. Ungefähr zehn Bauern umstanden ihn. Wir stiegen von den Pferden. Er stöhnte kaum, riß nur zuweilen die Augen weit auf, blickte gleichsam erstaunt um sich und biß sich auf die blau angelaufenen Lippen ... Sein Kinn zitterte, die Haare klebten an der Stirn, die Brust hob sich unregelmäßig; er lag im Sterben. Der leichte Schatten einer jungen Linde spielte still auf seinem Gesicht.

Wir beugten uns über ihn. Er erkannte Ardalion Michajlytsch.

»Väterchen«, fing er kaum hörbar an, »nach dem Popen ... befehlen Sie ... zu schicken. Der Herr ... hat mich bestraft ... die Beine, die Arme, alles gebrochen ... heute ... ist Sonntag .. und ich ... und ich ... habe den Burschen nicht freigegeben.«

Er schwieg. Das Atmen fiel ihm schwer.

»Und mein Geld ... der Frau ... der Frau geben Sie es ...

nach der Abrechnung ... Onisim weiß ... was ich ... jedem schuldig bin ...«

»Wir haben nach dem Arzt geschickt, Maxim«, sagte mein Nachbar, »vielleicht wirst du noch nicht sterben.«

Er öffnete die Augen und hob mit Mühe die Brauen und Wimpern.

»Nein, ich werde sterben. Da ... da nähert er sich, da ist er, da ... Verzeiht mir, Leute, wenn ich euch ...«

»Gott wird dir verzeihen, Maxim Andrejitsch«, sagten dumpf wie aus einem Mund die Bauern und nahmen die Mützen ab, »vergib du uns.«

Plötzlich schüttelte er verzweifelt den Kopf, streckte schmerzhaft die Brust heraus und sank wieder zurück.

»Wir können ihn doch nicht hier sterben lassen«, rief Ardalion Michajlytsch aus, »Kinder, holt von dem Wagen dort die Matte, wir tragen ihn ins Krankenhaus.«

Zwei Männer rannten zum Wagen.

»Ich habe bei Efim ... in Sytschow ...« flüsterte der Sterbende, »gestern ein Pferd gekauft ... habe ein Handgeld gegeben ... so gehört das Pferd mir ... der Frau ... auch ...«

Man versuchte, ihn auf die Matte zu legen ... Er schüttelte sich, wie ein zu Tode getroffener Vogel, und streckte sich ...

»Er ist tot«, murmelten die Bauern.

Wir bestiegen schweigend unsere Pferde und ritten weg.

Der Tod des armen Maxim stimmte mich nachdenklich. Bewundernswert stirbt der russische Bauer! Seinen Zustand vor dem Ende kann man weder Gleichgültigkeit noch Stumpfheit nennen; er stirbt, als vollziehe er einen Ritus: kaltblütig und schlicht.

Vor einigen Jahren erlitt bei einem anderen meiner Nachbarn ein Bauer in der Darre schwere Brandwunden. (Er wäre auch in der Darre geblieben, wenn ihn nicht ein Städter, der gerade da war, halbtot herausgezogen hätte: er stürzte sich in eine Tonne mit Wasser, und mit einem Anlauf drückte er die Tür unter dem brennenden Vordach ein.) Ich ging in seine Hütte. Es war dunkel in der Hütte, schwül, stickig. Ich fragte: »Wo ist der Kranke?« – »Dort, Väterchen, auf der Ofenbank«, antwortete mir in singendem Tonfall die trübsinnig dahinbrütende Frau. Ich trete heran – da liegt der Bauer, hat sich mit seinem Schafpelz zugedeckt und atmete schwer. »Nun, wie fühlst du dich?« Der Kranke auf dem Ofen plagt sich, versucht sich aufzurichten und ist dabei voller Wunden und liegt im Sterben.

»Bleib liegen, bleib liegen ... nun, wie geht es dir?« – »Ganz schlecht«, antwortet er. – »Hast du Schmerzen?« Er schweigt. »Brauchst du etwas?« Er schweigt. »Kann ich dir vielleicht Tee schicken?« – »Es ist nicht nötig.« Ich ging von ihm weg und setzte mich auf die Bank. Ich sitze eine Viertelstunde, eine halbe Stunde – Grabesstille herrscht in der Hütte. In der Ecke, hinter dem Tisch, unter den Ikonen, versteckt sich ein fünfjähriges Mädchen und ißt ein Stück Brot. Die Mutter droht ihr zuweilen. Im Flur wurde herumgegangen, geklopft, geredet; die Schwägerin hobelt Kraut. »Ah, Axinja«, sagt schließlich der Kranke. – »Was willst du?« – »Gib mir Kwaß.« Axinja gibt ihm Kwaß. Ich frage im Flüsterton: »Hat man ihm die Sakramente gegeben?« – »Ja.« Nun, dann ist ja alles in Ordnung: er wartet auf den Tod, und das ist alles. Ich hielt es nicht aus und ging fort.

Dann, erinnere ich mich, kehrte ich einmal bei dem mir bekannten Feldscher Kapiton, einem leidenschaftlichen Jäger, im Krankenhaus des Dorfes Krasnogorje ein.

Dieses Krankenhaus war in einem ehemaligen Flügel des Herrenhauses untergebracht; die Gutsbesitzerin hatte es selbst gegründet, das heißt, sie hatte befohlen, über der Tür ein hellblaues Brett mit der weißen Aufschrift »Krankenhaus von Krasnogorje« festzunageln, und sie hatte Kapiton ein schönes Album eingehändigt, in welchem die Namen der Kranken vermerkt werden sollten. Auf der ersten Seite dieses Albums hatte einer der Speichellecker und Schüsselschlecker der wohltätigen Gutsbesitzerin folgende Verse verewigt:

Ce temple fut ouvert par la Beauté;
Dans ces beaux lieux, où règne l'allégresse,
De vos seigneurs admirez la tendresse,
Bon habitant de Krasnogorié! –

und ein anderer Herr hatte unten hinzugefügt:

Et moi aussi j'aime la nature!
Jean Kobyliatnikow.

Der Feldscher kaufte aus eigener Tasche sechs Betten und begann mit Gottes Hilfe das Gottesvolk zu kurieren. Außer ihm gehörten noch zwei Menschen zum Bestand des Krankenhauses: der verrückte Holzschnitzer Pawel und ein altes Weib mit verdorrtem Arm, Melikitrissa, als Köchin. Sie beide bereiteten die Arzneien, trockneten Heilkräuter und stellten sie zum Ziehen auf; auch bändigten sie die Fieberkranken. Der verrückte

Holzschnitzer blickte mürrisch drein und war wortkarg; des Nachts sang er das Lied »von der schönen Venus« und trat an jeden Vorbeifahrenden mit der Bitte heran, ihm zu erlauben, ein Mädchen Malanja, das schon längst gestorben war, zu heiraten. Das Weib mit dem verdorrten Arm schlug ihn und ließ ihn die Puten hüten. – Ich saß also einmal beim Feldscher Kapiton. Wir hatten eben angefangen, von unserer letzten Jagd zu sprechen, als mit einemmal ein Wagen auf den Hof fuhr, vor den ein ungewöhnlich dickes grau-blaues Pferd, wie es nur Müller besitzen, gespannt war. Im Wagen saß ein stämmiger Bauer, in neuem Rock, mit einem scheckigen Bart. »Ah, Wasilij Dmitritsch«, rief Kapiton vom Fenster aus, »seien Sie willkommen ... Der Müller aus Ljubowschin«, flüsterte er mir zu. Der Bauer kroch langsam und ächzend vom Wagen, betrat das Zimmer des Feldschers, suchte mit den Augen Ikonen und bekreuzigte sich. »Nun, Wasilij Dmitritsch, was gibt es Neues? ... Aber Sie sind doch krank! Sie sehen nicht gut aus.« – »Ja, Kapiton Timofejitsch, etwas ist mit mir nicht in Ordnung.« – »Was fehlt Ihnen?« – »Sehen Sie, Kapiton Timofejitsch, vor einiger Zeit kaufte ich in der Stadt Mühlsteine; ich fuhr mit ihnen nach Hause und habe mich wohl beim Abladen der Steine vom Wagen überhoben ... Es gab bei mir innerlich einen Ruck, als ob etwas abgerissen wäre ... und seitdem stimmt es nicht mehr. Heute geht es mir ganz schlecht.« – »Hm«, machte Kapiton und nahm eine Prise, »also ein Bruch. Und wie lange ist es her, daß Ihnen das zugestoßen ist?« – »Zehn Tage.« – »Zehn?« Der Feldscher zog die Luft durch die Zähne ein und schüttelte den Kopf. »Laß dich untersuchen ... Nun, Wasilij Dmitritsch«, sagte er endlich, »du Armer tust mir leid, aber es steht nicht gut mir dir; du bist ernstlich krank; bleibe hier bei mir; ich werde mir die größte Mühe geben, stehe aber im übrigen für nichts ein.« – »Ist es wirklich so schlimm?« sprach der erstaunte Müller vor sich hin. »Ja, Wasilij Dmitritsch, es steht schlimm; wenn Sie zwei Tage früher zu mir gekommen wären, hätte ich Ihnen leicht helfen können; aber jetzt haben Sie eine Entzündung, das ist es; jeden Augenblick kann daraus der kalte Brand entstehen.« – »Das ist doch nicht möglich, Kapiton Timofejitsch?« – »Ich sage Ihnen, wie es ist.« – »Wie kann das denn sein?« Der Feldscher zuckte die Achseln.

»Und soll ich sterben wegen so einem Dreck?« – »Das sage ich nicht. Aber bleiben Sie hier.« Der Bauer überlegte, überlegte, blickte auf den Fußboden, sah uns an, kratzte sich den Hinterkopf und griff nach der Mütze. »Wohin wollen Sie, Wasilij Dmitritsch?« – »Wohin? Das versteht sich doch von selbst – nach Hause, wenn es so schlimm ist. Ich muß doch alles ordnen, wenn es so steht.« – »Aber Sie werden sich sehr schaden, Wasilij Dmitritsch, ich bitte Sie; ich wundere mich, daß Sie überhaupt herfahren konnten; bleiben Sie hier.« – »Nein, mein lieber Kapiton Timofejitsch, wenn ich sterben muß, so will ich zu Hause sterben; warum sollte ich hier sterben, während zu Hause wer weiß was los ist.« – »Man weiß noch nicht, Wasilij Dmitritsch, wie die Sache ausgehen wird ... Gewiß, es besteht Gefahr, sogar große Gefahr, das ist ohne Zweifel ... aber gerade deswegen müssen Sie hierbleiben.« Der Bauer schüttelte den Kopf. »Nein, Kapiton Timofejitsch, ich bleibe hier nicht ... aber wollen Sie mir nicht eine Medizin verschreiben?« – »Die Medizin allein wird nichts nützen.« – »Ich bleibe nicht hier, das ist mein letztes Wort.« – »Nun, wie du willst, aber mach mir später keine Vorwürfe.«

Der Feldscher riß ein Blatt aus dem Album, schrieb ein Rezept darauf und gab noch einige Ratschläge. Der Bauer nahm den Zettel, gab Kapiton einen halben Rubel, ging hinaus und setzte sich auf den Wagen. »Nun, leben Sie wohl, Kapiton Timofejitsch, behalten Sie mich in gutem Andenken und vergessen Sie nicht die Waisen, wenn etwas ...« – »Bleib hier, Wasilij!« Der Bauer warf bloß den Kopf zurück, versetzte dem Pferd einen Schlag mit der Leine und fuhr vom Hof. Ich ging auf den Weg hinaus und sah ihm nach. Die Straße war schmutzig und holprig; der Müller fuhr vorsichtig, ohne sich zu beeilen, lenkte geschickt das Pferd und tauschte mit den Entgegenkommenden Grüße aus ... Vier Tage danach starb er.

Es ist überhaupt erstaunlich, wie russische Menschen sterben. Viele Verewigte kommen mir jetzt in den Sinn. Ich denke an dich, mein alter Freund, du ewiger Student Awerin Sorokoumow, du vortrefflicher, edler Mensch. Ich sehe wieder dein schwindsüchtiges grünliches Gesicht, deine dünnen blonden Haare, dein sanftes Lächeln, deinen seelenvollen Blick, deine langen Gliedmaßen; und ich höre deine schwache freundliche Stimme. Du lebtest bei dem großrussischen Gutsbesitzer Gur Krupjanikow, lehrtest seine Kinder Fofa und Sjosa lesen und schreiben, Geographie und Geschichte, ertrugst geduldig die derben Späße des Herrn Gur selbst, die groben Liebenswürdigkeiten des Hausmeisters und die schlechten Streiche der bösen Buben; mit einem bitteren Lächeln, aber ohne zu murren, kamst du den launenhaften Wünschen der gelangweilten Herrin nach; wie erholtest du dich, wie glücklich warst du dafür an manch einem Abend nach dem Essen, wenn du, endlich ledig aller Verpflichtungen und Beschäftigungen, dich an das Fenster setztest, nachdenklich dein Pfeifchen anzündetest oder heißhungrig eine dicke, schmutzige, fast unkenntlich gewordene Zeitschrift durchblättertest, welche der Landmesser aus der Stadt, ein obdachloser armer Teufel wie du, mitgebracht hatte! Wie gefielen dir dann alle möglichen Verse und Erzählungen, wie leicht kamen Tränen in deine Augen, wie heiter konntest du lachen, welch eine aufrichtige Liebe zu den Menschen, welch ein edles Empfinden für alles Gute und Schöne erfüllte deine reine junge Seele! Eines muß man wohl sagen: durch besondere Klugheit zeichnetest du dich nicht aus; die Natur hatte dich weder mit einem guten Gedächtnis noch mit Fleiß ausgestattet; an der Universität galtest du als einer der schlechtesten Studenten; bei den Vorlesungen schliefst du, beim Examen – schwiegst du feierlich; aber wessen Augen strahlten vor Freude, wem verschlug es den Atem bei dem Erfolg eines Freundes? Awerin ... Wer glaubte blindlings an die hohe Berufung seiner Freunde, wer prahlte mit ihnen, verteidigte sie mit Verbissenheit? Wer kannte weder Neid noch Selbstsucht, wer opferte sich in uneigennütziger Weise auf, wer unterstellte sich bereitwillig Leuten, die nicht wert waren, seine Schuhriemen zu lösen? Immer du, nur du, unser guter Awerin! Ich erinnere mich wohl: mit gebrochenem Herzen trenntest du dich von deinen Freunden, als du eine Hauslehrerstelle angenommen hattest; schlimme Vorahnungen quälten dich ... Und mit Recht: auf dem Lande hattest du es nicht gut; hier konntest du niemandem andächtig zuhören, über niemanden staunen, niemanden lieben ... Sowohl die ungebildeten als die gebildeten Gutsbesitzer gingen mit dir um, wie man mit einem Lehrer eben umgeht: die einen grob, die anderen geringschätzig. Zudem machtest du auch eine schlechte Figur: du warst schüchtern, errötetest, schwitztest, stottertest ... Sogar deine Gesundheit stellte die frische Landluft nicht wieder her: du schmolzest dahin wie eine Kerze, du Ärmster! Dein Zimmer lag allerdings nach dem Garten hinaus; Faulbaum, Apfelbäume, Linden streuten ihre leichten Blütenblätter dir auf den Tisch, auf das Tintenfaß, auf die Bücher; an der Wand hing ein hellblaues, seidenes kleines Kissen für die Uhr, welches dir eine gefühlvolle deutsche Gouvernante mit einem blonden Lockenkopf und blauen Augen beim Abschied geschenkt hatte; zuweilen besuchte dich ein alter

Freund aus Moskau und versetzte dich mit fremden oder sogar mit eigenen Versen in Begeisterung; doch die Einsamkeit, die unerträgliche Plackerei des Hauslehrerdaseins, die Unmöglichkeit, sich frei zu machen, die endlosen Herbste und Winter und die unerbittliche Krankheit ... Armer, armer Awerin!

Ich besuchte Sorokoumow nicht lange vor seinem Tode. Er konnte schon fast nicht mehr gehen. Der Gutsbesitzer Gur Krupjanikow setzte ihn nicht auf die Straße, hörte aber auf, ihm das Gehalt zu zahlen, und nahm einen anderen Lehrer für Sjosa ... Fofa kam ins Kadettenkorps. Awerin saß am Fenster in einem alten Voltairesessel. Das Wetter war herrlich. Der klare Herbsthimmel blaute heiter über der dunkelbraunen, ihrer Blätter beraubten Lindenallee; hie und da pendelten und flüsterten noch einige letzte leuchtend goldene Blätter an den Zweigen. Der hartgefrorene Boden dampfte und taute an der Sonne, deren schräge rosige Strahlen obenhin das farblose Gras streiften; die Luft schien leise zu knistern; klar und vernehmlich erklangen im Garten die Stimmen der Arbeiter. Awerin stak in einem fadenscheinigen Bucharaschlafrock; ein grünes Halstuch warf einen leichenhaften Widerschein auf sein entsetzlich abgemagertes Gesicht. Er freute sich sehr über mein Kommen, streckte mir die Hand entgegen, begann zu sprechen und bekam einen Hustenanfall. Ich ließ ihm Zeit, sich zu erholen, und setzte mich zu ihm ... Auf Awerins Knien lag ein Heft mit sorgfältig abgeschriebenen Gedichten von Kolzow; er zeigte mit einem Lächeln darauf. »Das war ein Dichter«, flüsterte er und hielt mit Mühe den Husten zurück; dann begann er mit kaum hörbarer Stimme zu deklamieren:

»Hat man dem Falken die Flügel gebunden?
Hat keinen Weg er ins Freie gefunden?«

Ich unterbrach ihn: der Arzt hatte ihm zu sprechen verboten. Ich wußte, womit ich ihn erfreuen konnte. Sorokoumow hatte niemals, wie man zu sagen pflegt, die Fortschritte der Wissenschaft verfolgt, aber er war doch neugierig zu erfahren, wohin die großen Geister jetzt vorgedrungen waren. Es kam vor, daß er irgendwo eines Kameraden habhaft wurde, ihn in eine Ecke drückte und auszufragen begann: er hörte ihm zu, staunte, glaubte ihm alles aufs Wort und wiederholte es nachher so, wie er es gehört hatte. Besonders die deutsche Philosophie hatte es ihm angetan. Ich fing an, ihm von Hegel zu erzählen (Geschehnisse längst vergangener Zeiten, wie Sie sehen). Awerin nickte zustimmend mit dem Kopf, zog die Augenbrauen hoch, lächelte und flüsterte: »Ich verstehe, ich verstehe ... ah! das ist gut, das ist gut! ...« Die kindliche Neugierde des sterbenden, obdachlosen und vereinsamten armen Menschen rührte mich, ich gestehe es, zu Tränen. Ich muß hier bemerken, daß Awerin im Gegensatz zu allen Schwindsüchtigen sich keinen Illusionen in bezug auf seine Krankheit hingab ... und trotzdem: er seufzte nicht, klagte nicht und erwähnte nicht ein einziges Mal seine Lage ...

Als er etwas zu Kräften gekommen war, fing er an von Moskau zu sprechen, von den Kameraden, von Puschkin, vom Theater, von der russischen Literatur; er erinnerte sich an unsere kleinen Feste, an die leidenschaftlichen Debatten in unserem Kreise, erwähnte mit Bedauern die Namen von zwei, drei verstorbenen Freunden ...

»Erinnerst du dich an Dascha?« fügte er schließlich hinzu, »das war eine goldene Seele! das war ein Herz! und wie sie mich liebte! ... Was ist aus ihr geworden? ... sie ist wohl vertrocknet, dahingesiecht ... die Ärmste?«

Ich wagte es nicht, den Kranken zu enttäuschen; wozu brauchte er auch zu wissen, daß seine Dascha jetzt unglaublich dick war, sich mit Kaufleuten – den Brüdern Kondatschkow – herumtrieb, Weiß und Rot auflegte, piepste und schimpfte?

Aber, dachte ich, während ich auf sein abgezehrtes Gesicht blickte, könnte man ihn nicht von hier fortschaffen? Vielleicht besteht noch eine Möglichkeit, ihn gesund zu machen ... Doch Awerin ließ mich meinen Vorschlag gar nicht bis zu Ende entwickeln.

»Nein, Bruder, danke«, sagte er, »es ist einerlei, wo ich sterbe. Ich werde ja nicht mehr bis zum Winter leben ... Wozu noch unnütz anderen Leuten zur Last fallen? Auch bin ich an dieses Haus jetzt gewöhnt. Die Herrschaften sind allerdings ...«

»Böse, nicht wahr?« fiel ich ein.

»Nein, nicht böse! Irgendwie hölzern. Doch im übrigen kann ich mich nicht über sie beklagen. Dann sind da auch die Nachbarn: der Gutsbesitzer Kasatkin hat eine Tochter, ein gebildetes, liebenswürdiges, herzensgutes Mädchen ... sie ist gar nicht stolz ...«

Sorokoumow mußte wieder husten.

»Es wäre alles nicht so schlimm«, fuhr er fort, nachdem er wieder zu Atem gekommen war, »wenn sie mir erlaubten, ein Pfeifchen zu rauchen ... Ich werde auch noch, bevor ich sterbe, eine Pfeife rauchen«, fügte er mit einem listigen Augenzwinkern hinzu. »Ich habe, Gott sei Dank, lange genug gelebt und habe viele gute Menschen gekannt ...«

»Schreib doch wenigstens deinen Verwandten«, unterbrach ich ihn.

»Was hat das für einen Sinn, den Verwandten zu schreiben. Helfen können sie mir nicht; wenn ich gestorben bin, werden sie es erfahren. Aber wir wollen jetzt nicht darüber sprechen. Erzähle mir lieber, was du im Ausland gesehen hast.«

Ich fing an zu erzählen. Sein Blick saugte sich an meinen Lippen fest. Gegen Abend fuhr ich fort, und nach zehn Tagen bekam ich folgenden Brief von Herrn Krupjanikow:

Ich habe die Ehre, Ihnen, sehr geehrter Herr, hiermit mitzuteilen, daß Ihr Freund, der Student Herr Awerin, der in meinem Hause lebte, vor vier Tagen um zwei Uhr nachmittags gestorben und heute auf meine Kosten auf dem Friedhof meines Kirchspiels beerdigt worden ist. Er bat mich, Ihnen die beiliegenden Bücher und Hefte zu übersenden. In seinem Nachlaß fanden sich zweiundzwanzig Rubel und fünfzig Kopeken, welche mit seinen anderen Sachen seinen Angehörigen zugestellt werden sollen. Ihr Freund verschied bei vollem Bewußtsein und, möchte ich sagen, mit wahrer Teilnahmslosigkeit, indem er keine Spur von Bedauern zeigte, auch nicht, als wir uns mit der ganzen Familie von ihm verabschiedeten. Meine Gemahlin, Kleopatra Alexandrowna, läßt Sie grüßen. Der Tod Ihres Freundes hat ihre Nerven angegriffen; was mich betrifft, so bin ich, Gott sei Dank, gesund und habe die Ehre zu verbleiben

Ihr ergebener Diener G. Krupjanikow.

Viele andere Todesfälle fallen mir noch ein; alle lassen sich nicht aufzählen. Ich werde mich mit einem begnügen. Eine alte Gutsbesitzerin starb in meiner Gegenwart. Der Priester begann über ihr die Sterbegebete zu lesen, bemerkte jedoch mit einemmal, daß die Kranke tatsächlich starb, und reichte ihr schnell das Kreuz. Die Gutsbesitzerin rückte unwillig von ihm ab: »Wohin eilst du, Väterchen?« sprach sie mit schwerer Zunge, »du kommst schon noch zurecht ...« Sie küßte das Kreuz, steckte die Hand unter das Kissen und tat ihren letzten Atemzug. Unter dem Kopfkissen lag ein Silberrubel: sie wollte den Priester für die Sterbegebete selbst bezahlen ...

Ja, bewundernswert sterben die russischen Menschen!

Die Sänger

Das Dörfchen Kolotowka, das früher einer Gutsbesitzerin gehört hatte, die wegen ihres bösen und schroffen Wesens in der ganzen Umgebung nur Stryganicha genannt wurde (ihr eigentlicher Name blieb unbekannt), und das jetzt im Besitz irgendeines Petersburger Deutschen war, liegt am Hang eines kahlen Hügels, der von oben bis unten durch eine gräßliche Schlucht gespalten ist, die sich gähnend wie ein Abgrund – zerklüftet und ausgewaschen – mitten auf der Straße dahinzieht und die ärger als ein Fluß – über einen Fluß läßt sich wenigstens eine Brücke schlagen – beide Hälften des armen Dörfchens voneinander trennt. Einige dürftige Bruchweiden klettern ängstlich an den sandigen Hängen der Schlucht hinab; auf ihrem Grund liegen gewaltige Platten lehmigen Gesteins. Ein unerfreulicher Anblick, wahrhaftig! – und dennoch ist allen Bewohnern der Umgebung der Weg nach Kolotowka gut bekannt: sie fahren oft und gern dahin.

Am Kopf der Schlucht, nur einige Schritte von dem Punkt entfernt, wo sie als enger Spalt beginnt, steht allein, abseits von den anderen, eine kleine viereckige Hütte. Sie ist mit Stroh gedeckt und hat einen Schornstein; ein Fenster ist wie ein spähendes Auge auf die Schlucht gerichtet, und an den Winterabenden schimmert es – von innen beleuchtet – weithin durch den trüben Frostnebel und blinkt gar manchem vorüberfahrenden Bäuerlein als Leitstern. Über der Tür der Hütte ist ein hellblaues Brett angebracht: diese Hütte ist eine Schenke, also eine »Zufluchtsstätte«. In dieser Schenke wird der Branntwein wahrscheinlich auch nicht unter dem gesetzlichen Preis verkauft, aber sie wird viel fleißiger besucht als sämtliche umliegenden Einrichtungen gleicher Art. Die Ursache dafür ist der Schankwirt Nikolaj Iwanytsch.

Nikolaj Iwanytsch, einst ein stattlicher, rotbäckiger Bursche mit einem Lockenkopf, jetzt ein ungewöhnlich dicker, bereits ergrauter Mann mit einem aufgedunsenen Gesicht, gutmütig schlauen Augen und einer fetten Stirn, die von den vielen Runzeln wie mit Fäden durchzogen ist, lebt schon über zwanzig Jahre in Kolotowka. Nikolaj Iwanytsch ist ein rühriger und gewandter Mann, wie es die meisten Schankwirte sind. Ohne sich durch besondere Liebenswürdigkeit oder Gesprächigkeit auszuzeichnen, besitzt er die Gabe, Gäste anzuziehen und bei sich festzuhalten, die anscheinend einen großen Spaß daran haben, vor dem Schanktisch unter dem ruhigen und freundlichen, wenngleich scharf beobachtenden Blick des phlegmatischen Wirtes zu sitzen. Er hat viel gesunden Menchenverstand; er ist mit der Lebensweise der Gutsbesitzer ebenso vertraut wie mit jener der Bauern und der Städter; in manch schwierigem Fall könnte er gute Ratschläge erteilen, doch als vorsichtiger Mann und Egoist zieht er es vor, sich neutral zu verhalten oder höchstens einmal durch versteckte, gleichsam absichtslos hingeworfene Andeutungen seine Gäste – und auch da nur ihm genehme Gäste – auf den Pfad der Wahrheit zu führen. Er kennt sich in allem aus, was für den Russen wichtig und wissenswert ist: in Pferden und Vieh, in Holz und Ziegeln, in jeglichem Geschirr, in Galanteriewaren und Lederwaren und in Liedern und Tänzen. Wenn er keine Gäste hat, sitzt er gewöhnlich – die dünnen Beinchen untergeschlagen – wie ein Sack auf der Erde vor der Tür seiner Hütte und tauscht ein paar freundliche Worte mit allen Vorübergehenden aus. Er hat in seinem Leben viel gesehen, hat manches Dutzend kleiner Gutsbesitzer überlebt, die bei ihm einkehrten, um sich »den Mund zu spülen«, er weiß alles, was hundert Werst im Umkreis geschieht, wenn er sich auch nie verplappert, ja, er läßt es sich nicht einmal anmerken, daß ihm sogar das bekannt ist, was selbst der scharfsinnigste Landkommissar nur vermutet. Er schweigt lieber, lächelt vor sich hin und rückt die Gläser zurecht. Die Nachbarn schätzen ihn: der Zivilgeneral Schtscherepetenko, der ranghöchste Gutsbesitzer des Kreises, grüßt ihn jedesmal herablassend, wenn er an seinem Häuschen vorbeifährt. Nikolaj Iwanytsch ist ein Mann von Einfluß; er veranlaßte einen bekannten Pferdedieb, das Pferd zurückzugeben, das er vom Hof eines seiner Bekannten entführt hatte; er brachte die Bauern eines Nachbardorfes zur Vernunft, die einen neuen Verwalter nicht annehmen wollten, und so weiter. Im übrigen darf man nicht denken, daß er derlei aus Liebe zur Gerechtigkeit oder aus Achtung vor dem Nächsten getan hätte – o nein! Er ist einzig darum bemüht, all dem vorzubeugen, was irgendwie seine Ruhe stören könnte. Nikolaj Iwanytsch ist verheiratet und hat auch Kinder. Sein Weib ist eine schroffe, spitznasige und aufgeweckte Städterin und hat in der letzten Zeit – ähnlich wie ihr Mann – an Körperfülle zugenommen. Er verläßt sich in allem auf sie, auch das Geld hat sie in Verwahrung. Die betrunkenen Schreihälse fürchten sie; sie selbst mag derlei Gäste gar nicht: man hat wenig Nutzen und viel Geschrei von ihnen; die schweigsamen und mürrischen Gäste sind eher nach ihrem Herzen. Die Kinder Nikolaj Iwanytschs sind noch klein; die ersten sind alle gestorben, aber die verbliebenen sind nach den Eltern geraten: es macht einem Freude, die klugen Gesichtlein dieser gesunden Kinder zu betrachten.

Es war ein unerträglich heißer Julitag, als ich – langsam einen Fuß vor den anderen setzend – zusammen mit meinem Hund die Kolotowkaschlucht in Richtung der »Zufluchtsstätte« emporkletterte. Die Sonne am Himmel war wie in einem Wutausbruch entbrannt; sie sengte und stach unerträglich; die Luft war ganz mit würgendem Staub erfüllt. Die schwarzglänzenden Dohlen und Krähen hockten mit offenen Schnäbeln da und blickten kläglich auf die Vorübergehenden, als bäten sie um Mitleid; nur die Spatzen jammerten nicht, sondern plusterten ihr Gefieder auf, schilpten noch lauter als sonst, rauften sich an den Zäunen, flogen gemeinsam vom staubigen Weg auf und schwebten als graue Wolken über den grünen Hanffeldern. Der Durst quälte mich. Wasser gab es weit und breit nicht: in Kolotowka trinken die Bauern wie in vielen anderen Steppendörfern, da es keine Quellen und Brunnen gibt, eine Art flüssiger Brühe aus dem Teich ... Doch wer könnte diesen widerlichen Trank Wasser nennen? Ich wollte Nikolaj Iwanytsch um ein Glas Bier oder Kwaß bitten.

Offen gestanden bietet Kolotowka zu keiner Jahreszeit einen ergötzlichen Anblick; aber ein besonders trauriges Gefühl erweckt das Dörfchen, wenn die blendende Julisonne ihre erbarmungslosen Strahlen herabschießt auf die graubraunen, halb eingestürzten Dächer der Häuser und auf diese tiefe Schlucht und auf die ausgedörrte staubige Viehtrift, auf der hoffnungslos magere, langbeinige Hühner umherirren, und auf die grauen Balkenwände aus Eschenholz mit Löchern statt Fenstern, die Reste eines ehemaligen Herrenhauses, jetzt ringsum mit Brennesseln, Steppengras und Wermut überwuchert, und auf den mit Gänseflaum bedeckten, schwarzen, gleichsam aus flüssigem Eisen bestehenden Teich, umgeben von einem halb eingetrockneten Lehmrand und einem schiefen Damm, neben dem auf einem flachgetrampelten, aschgrauen Stücklein Erde Schafe sich kläglich aneinanderdrängen, die kaum atmen und vor Hitze niesen und in stumpfer Geduld die Köpfe möglichst tief neigen, als warteten sie darauf, daß diese unerträgliche Glut endlich vorübergehe.

Mit müden Schritten näherte ich mich dem Anwesen Nikolaj Iwanytschs, wobei ich wie gewöhnlich das Staunen der Kinder erregte, das sich bis zum angestrengt sinnlosen Starren steigerte, und die Hunde in Wut versetzte, was sich in derart heiserem und zornigem Bellen äußerte, als risse bei ihnen inwendig alles entzwei, so daß sie später husten mußten und Erstickungsanfälle bekamen, als plötzlich auf der Schwelle der Schenke ein hochgewachsener Mann ohne Mütze im Friesmantel und mit tiefsitzendem hellblauem Gürtel auftauchte. Es schien ein Knecht zu sein; dichtes graues Haar stand unordentlich über seinem faltigen mageren Gesicht. Er rief jemanden herbei, indem er eifrig mit den Händen winkte, die offensichtlich viel weiter ausholten, als er es beabsichtigte. Man merkte ihm an, daß er schon etwas getrunken hatte.

»Komm doch, komm«, stammelte er und hob mit Mühe seine dichten Brauen, »beeile dich, Morgatsch, mach schon! nein wirklich, wie du kriechst, Brüderchen! Das ist nicht gut, Brüderchen! Hier wartet man auf dich, und du kriechst ... komm!«

»Ich komme ja schon«, erscholl eine brüchige Stimme, und rechts vom Haus erschien ein kleiner, dicker und lahmer Mann. Er trug eine recht saubere Tuchjoppe, in die er jedoch nur einen Arm gesteckt hatte; die hohe, spitze, bis auf die Augenbrauen heruntergezogene Mütze verlieh seinem runden, weichen Gesicht ein schlaues und zugleich lächerliches Aussehen. Seine kleinen gelben Augen huschten hin und her, auf den dünnen Lippen haftete ein verhalten gespanntes Lächeln, während die lange und spitze Nase herausfordernd wie ein Steuer in die Luft ragte.

»Ich komme, mein Lieber«, fuhr er fort und humpelte auf die Schenke zu; »weswegen rufst du mich? Wer wartet auf mich?«

»Weshalb ich dich rufe?« sagte vorwurfsvoll der Mann im Friesmantel. »Was bist du für ein komischer Kauz, mein lieber Morgatsch: man ruft dich in die Schenke, und du fragst noch: ‚Weshalb?' Dabei warten alle guten Leute auf dich: Turok-Jaschka, der Wilde Herr und der Arbeitsvermittler aus Schisdra. Jaschka hat mit dem Arbeitsvermittler um ein achtel Faß Bier gewettet, wer den anderen besiegt, das heißt, besser singt ... verstehst du?«

»Jaschka wird singen?« fragte der Mann, der Morgatsch genannt wurde, lebhaft. »Und lügst du auch nicht, Obalduj?«

»Ich lüge nicht«, antwortete Obalduj mit Würde, »aber du kommst kaum vorwärts. Da er die Wette eingegangen ist, wird er wohl singen; was für ein Einfaltspinsel du bist, was für ein Lump, Morgatsch!«

»Nun, dann komm, alter Knabe«, entgegnete Morgatsch.

»Nun, dann gib mir wenigstens einen Kuß, Bruderherz«, lallte Obalduj und breitete weit die Arme aus.

»Nur keine Zärtlichkeiten«, antwortete Morgatsch verächtlich und stieß ihn mit dem Ellenbogen zurück, worauf sie beide gebückt durch die niedrige Tür in die Hütte traten.

Das Gespräch, das ich angehört hatte, erregte meine lebhafte Neugierde. Ich hatte schon oft von Jaschka-Turok als dem besten Sänger im Umkreis gehört, und nun bot sich mir plötzlich eine Gelegenheit, ihn im Wettbewerb mit einem anderen Meister zu hören. Ich beschleunigte meine Schritte und trat in die Wirtschaft ein.

Höchstwahrscheinlich haben noch nicht viele meiner Leser Gelegenheit gehabt, in Dorfschenken hineinzuschauen; unsereiner aber, ein Jäger, kehrt überall ein. Ihre Einrichtung ist höchst einfach. Sie bestehen gewöhnlich aus einem dunklen Flur und einer weißen Stube, die durch eine Scheidewand, hinter die kein Besucher treten darf, in zwei Hälften geteilt ist. In der Scheidewand befindet sich der Länge nach über einem breiten Eichentisch eine große Öffnung. Auf diesem Tisch oder Büfett wird der Branntwein verkauft. Gegenüber der Öffnung stehen auf Regalen versiegelte Behälter verschiedener Größe. Im vorderen, für die Gäste bestimmten Teil der Hütte befinden sich Bänke, zwei, drei leere Fässer und in der Ecke ein Tisch. Die Dorfschenken sind gewöhnlich recht dunkel, und fast nie wird man an den Balkenwänden die geschmacklosen bunten Bilder sehen, welche in fast keiner Bauernstube fehlen.

Als ich in die »Zufluchtsstätte« eintrat, war bereits eine recht zahlreiche Gesellschaft versammelt.

Hinter dem Schanktisch stand wie üblich, fast die ganze Breite der Öffnung einnehmend, Nikolaj Iwanytsch in einem bunten Kattunhemd, und mit einem trägen Lächeln auf seinen weichen Wangen schenkte er gerade mit seiner fleischigen weißen Hand zwei Gläser Branntwein für die soeben hereingekommenen Freunde Morgatsch und Obalduj ein; hinter ihm sah man in der Ecke am Fenster seine wachsame Frau. In der Mitte des Zimmers stand Jaschka-Turok, ein hagerer und wohlgebauter dreiundzwanzigjähriger junger Mann in einem langschößigen hellblauen Nankingkaftan. Er sah wie ein kecker Fabrikarbeiter aus, und er schien sich keiner ausgezeichneten Gesundheit rühmen zu können. Seine eingefallenen Wangen, die großen, unruhigen grauen Augen, die gerade Nase mit den dünnen beweglichen

Nasenflügeln, die weiße fliehende Stirn mit den zurückgeworfenen hellbraunen Locken, die starken, aber hübschen ausdrucksvollen Lippen – sein ganzes Gesicht verriet eine eindrucksfähige und leidenschaftliche Natur. Er befand sich in einem Zustand hoher Erregung: er blinzelte mit den Augen, atmete unregelmäßig, seine Hände zitterten wie im Fieber. Er hatte tatsächlich Fieber, das plötzliche Fieber der Aufregung, das alle Leute kennen, die vor einer Versammlung sprechen oder singen sollen. Neben ihm stand ein vierzigjähriger breitschultriger Mann mit hervorstehenden Backenknochen, einer niedrigen Stirn, schmalen Tatarenaugen, einer kurzen flachen Nase, einem viereckigen Kinn und schwarzem, glänzendem, borstenartig struppigem Haar. Den Ausdruck seines dunklen, bleigrau getönten Gesichts, und insbesondere den seiner bleichen Lippen, hätte man beinahe wild nennen können, wenn es nicht so ruhig nachdenklich gewesen wäre. Er rührte sich fast nicht und blickte nur langsam, wie ein Stier im Joch, um sich. Gekleidet war er in einen abgetragenen Rock mit glatten Kupferknöpfen; ein altes schwarzes Seidentuch umschlang seinen ungewöhnlich starken Nacken. Man nannte ihn den Wilden Herrn. Gerade ihm gegenüber saß auf der Bank unter den Heiligenbildern Jaschkas Rivale – der Arbeitsvermittler aus Schisdra: das war ein kleinerer, stämmiger, dreißigjähriger Mann, pockennarbig und kraushaarig, mit einer Stupsnase, lebhaften kastanienbraunen Äuglein und einem dünnen Bärtchen. Er schaute keck um sich, setzte sich auf seine Hände und ließ sorglos die Füße baumeln, die in eleganten, mit einer Borte verzierten Stiefeln staken. Er trug einen neuen dünnen Bauernrock aus grauem Tuch mit einem Halbsamtkragen, von dem der Rand des roten Hemdes, welches am Halse fest zugeknöpft war, scharf abstach. In der gegenüberliegenden Ecke, rechts neben der Tür, saß am Tisch irgendein Bäuerlein in einer engen fadenscheinigen Bluse mit einem großen Loch auf der Schulter. Das Sonnenlicht floß in dünnem, gelblichem Strahl durch die verstaubten Scheiben zweier kleiner Fensterchen und war anscheinend nicht in der Lage, die Dämmerung, die gewöhnlich in dem Zimmer herrschte, zu erhellen: alle Gegenstände waren spärlich, gleichsam fleckenhaft beleuchtet. Dafür war es in dem Raum beinahe kühl, und das Gefühl der Schwüle und Hitze, das auf mir lastete, fiel wie eine Bürde von meinen Schultern, sobald ich über die Schwelle trat. Meine Ankunft, das konnte ich bemerken, brachte die Gäste Nikolaj Iwanytschs anfangs etwas in Verlegenheit; als sie jedoch sahen, daß er mich wie einen

Bekannten begrüßte, beruhigten sie sich und kümmerten sich nicht weiter um mich. Ich verlangte ein Glas Bier und setzte mich in die Ecke neben den Bauern in der zerrissenen Bluse.

»Nun also, was ist denn?« grölte plötzlich Obalduj, der eben ein volles Glas heruntergekippt hatte, und begleitete seinen Ausruf mit jenen seltsamen Handbewegungen, ohne die er anscheinend nicht in der Lage war ein einziges Wort zu sagen. »Worauf soll man noch warten? Anfangen, dann eben anfangen. Nicht wahr, Jascha?«

»Anfangen, anfangen«, pflichtete Nikolaj Iwanytsch ihm bei.

»Gut, fangen wir an«, sagte kaltblütig mit einem selbstbewußten Lächeln der Arbeitsvermittler, »ich bin bereit.«

»Auch ich bin bereit«, sagte Jakow in großer Erregung.

»Nun, dann beginnt, Kinder, beginnt«, piepste Morgatsch.

Doch ungeachtet des einmütig geäußerten Wunsches fing niemand an; der Arbeitsvermittler stand nicht einmal von seiner Bank auf – alle schienen gleichsam auf etwas zu warten.

»Fang an«, sagte mürrisch und schroff der Wilde Herr.

Jakow zuckte zusammen. Der Arbeitsvermittler erhob sich, zog seinen Gürtel fest und hustete.

»Wer soll anfangen?« fragte er mit veränderter Stimme den Wilden Herrn, der immer noch unbeweglich mitten im Zimmer stand, die dicken Beine gespreizt und die mächtigen Hände fast bis an die Ellenbogen in die Hosentaschen versenkt.

»Du, du, Arbeitsvermittler«, stammelte Obalduj, »fang du an, Brüderchen.«

Der Wilde Herr sah ihn stirnrunzelnd an. Obalduj stieß einen schwachen Laut aus, wurde furchtbar verlegen, starrte auf die Zimmerdecke, zuckte die Achseln und verstummte.

»Losen«, sagte der Wilde Herr gedehnt, »und das Achtel auf den Schanktisch.«

Nikolaj Iwanytsch bückte sich und hob ächzend das Achtel vom Boden auf den Tisch.

Der Wilde Herr sah Jakow an und sagte: »Nun!«

Jakow wühlte in seinen Taschen, holte einen Groschen hervor und kennzeichnete ihn mit einem Zahn. Der Arbeitsvermittler zog unter seinem Rockschoß einen neuen Lederbeutel heraus, löste – ohne sich zu beeilen – die Schnur, schüttete eine Menge Kleingeld auf die Hand und suchte einen neuen Groschen aus. Obalduj hielt seine alte Mütze mit dem zerknitterten und abstehenden Schirm hin; Jakow und der Arbeitsvermittler warfen jeder seinen Groschen hinein.

»Nimm einen heraus«, wandte sich der Wilde Herr an Morgatsch.

Morgatsch lächelte geschmeichelt, nahm die Mütze in beide Hände und begann sie zu schütteln.

Augenblicklich trat tiefe Stille ein: die Groschen klimperten leise beim Zusammenprallen. Ich sah aufmerksam in die Runde: auf allen Gesichtern lag eine gespannte Erwartung; sogar der Wilde Herr kniff die Augen zusammen; auch mein Nachbar, der Bauer mit der zerrissenen Bluse, reckte neugierig den Hals. Morgatsch steckte die Hand in die Mütze und holte den Groschen des Arbeitsvermittlers hervor: alle atmeten auf. Jakow wurde rot, und der Arbeitsvermittler strich sich mit der Hand übers Haar.

»Ich hab's doch gesagt, daß du anfangen sollst«, rief Obalduj, »ich hab's doch gesagt!«

»Nun, nun, gackere nicht«, sagte der Wilde Herr verächtlich. »Fang an«, fuhr er zu dem Arbeitsvermittler gewandt fort.

»Welches Lied soll ich denn singen?« fragte letzterer, der jetzt allmählich in Erregung geriet.

»Welches du willst«, antwortete Morgatsch. »Sing, was dir einfällt.«

»Natürlich, welches du willst«, fügte Nikolaj Iwanytsch hinzu und kreuzte langsam seine Arme auf der Brust. »Darin bist du völlig frei. Sing, was du willst, nur singe gut; wir werden nachher schon nach bestem Gewissen entscheiden.«

»Selbstverständlich, nach bestem Gewissen«, fiel Obalduj ein und leckte den Rand seines leeren Glases.

»Laßt mir etwas Zeit, meine Lieben, mich zu räuspern«, begann der Arbeitsvermittler und fuhr sich mit der Hand unter den Rockkragen.

»Nun, nun, beeil dich – fang an!« entschied der Wilde Herr und senkte den Blick.

Der Arbeitsvermittler dachte ein wenig nach, warf den Kopf zurück und trat vor. Jakows Blick saugte sich an ihm fest.

Bevor ich jedoch mit der Schilderung des Wettbewerbes selbst beginne, erscheint es mir nicht überflüssig, einige Worte über die einzelnen handelnden Personen meiner Ezählung zu sagen. Die Lebensgeschichte von einigen unter ihnen war mir schon bekannt, als ich sie in der »Zufluchtsstätte« traf; über die anderen unterrichtete ich mich in der Folgezeit.

Wir wollen mit Obalduj beginnen. Der eigentliche Name dieses Mannes war Jewgraf Iwanow; doch niemand in der ganzen

Umgebung nannte ihn anders als Obalduj*, und er selbst bezeichnete sich mit diesem Spitznamen, so sehr haftete er ihm an. Und in der Tat, er paßte auch vortrefflich zu seinen unbedeutenden, ständig erregten Zügen. Er war ein verbummelter, unverheirateter Gutsknecht, von dem sich seine eigenen Besitzer schon vor langer Zeit losgesagt hatten und der, ohne Anstellung und ohne einen Groschen Gehalt, dennoch Mittel und Wege fand, jeden Tag auf fremde Kosten zu zechen. Er hatte eine Menge Bekannte, die ihm Branntwein und Tee zu trinken gaben, ohne zu wissen, warum sie es taten, da er in Gesellschaft nicht nur nicht unterhaltend war, sondern im Gegenteil allen lästig fiel mit seinem sinnlosen Gerede, seiner unerträglichen Aufdringlichkeit, den fieberhaften Körperbewegungen und dem beständigen unnatürlichen Lachen. Er konnte weder singen noch tanzen, hatte in seinem Leben nie ein kluges, ja nicht einmal vernünftiges Wort gesagt: immer quatschte er und flunkerte er drauflos – ein richtiger Obalduj! Und dabei gab es keine Zecherei im Umkreis von vierzig Werst, bei der sich seine langaufgeschossene Gestalt nicht zwischen den Gästen bewegt hätte – man hatte sich an ihn gewöhnt, und man ertrug seine Anwesenheit wie ein notwendiges Übel. Es ist wahr, man behandelte ihn geringschätzig, doch seine tölpelhaften Ausbrüche zu zügeln verstand allein der Wilde Herr.

Morgatsch ähnelte Obalduj in keiner Weise. Zu ihm paßte auch sein Spitzname Morgatsch**, obgleich er mit den Augen nicht mehr als andere Leute blinzelte; die Russen sind bekanntlich Meister im Erfinden von Spitznamen. Ungeachtet meiner Bemühungen, etwas Genaueres über die Vergangenheit dieses Menschen zu erfahren, blieben in seinem Lebenslauf für mich – und wahrscheinlich auch für viele andere – dunkle Stellen, die – wie sich die Schriftsteller ausdrücken – ins tiefe Dunkel des Unbekannten gehüllt sind. Ich erfuhr bloß, daß er einmal Kutscher bei einer alten kinderlosen Gutsbesitzerin gewesen, mit einer ihm anvertrauten Troika durchgebrannt und ein ganzes Jahr verschollen geblieben, doch – nachdem er sich anscheinend selber von den Nachteilen und dem Elend des Vagabundierens überzeugt hatte – aus eigenem Antrieb, aber schon lahm, zurückgekommen sei, sich seiner Herrin zu Füßen geworfen habe, im Laufe einiger Jahre durch ein musterhaftes Verhalten seinen Fehltritt gutgemacht und allmählich ihre Gunst sowie schließ-

* Obalduj = Tölpel, Klotz.

** Morgatsch = Blinzler (Anmerkungen des Übersetzers).

lich ihr volles Vertrauen gewonnen habe und zum Verwalter aufgerückt sei. Nach dem Tode seiner Herrin trat er mit einemmal, man weiß nicht, auf welche Weise, als Freigelassener auf, ließ sich als Kleinbürger eintragen, knüpfte geschäftliche Verbindungen an, wurde wohlhabend und führte jetzt ein schönes Leben. Er ist erfahren, weiß, was er will, ist weder böse noch gut, sondern eher berechnend; er ist ein geriebener Kunde, der die Menschen kennt und sie für seine Zwecke einzuspannen versteht. Er ist vorsichtig und gleichzeitig unternehmend wie ein Fuchs, geschwätzig wie ein altes Weib, wird sich aber niemals verplappern, sondern jeden anderen aushorchen; er spielt übrigens nicht den Einfaltspinsel, wie das manche Schlauberger gleichen Schlages tun; es würde ihm auch schwerfallen, sich zu verstellen: ich habe nie durchdringendere und klügere Augen als seine winzigen, listigen »Gucker« gesehen. Ihr Blick ist nie unbefangen und offen, sondern stets lauernd und forschend. Zuweilen denkt er wochenlang über eine scheinbar einfache Sache nach, dann wiederum entschließt er sich plötzlich zu einem tollkühnen Unternehmen, das ihm dem Anschein nach das Genick brechen muß ... du schaust – alles ist dennoch gelungen, ist wie geölt gegangen. Er hat Glück und glaubt an sein Glück – und an Vorzeichen. Er ist überhaupt sehr abergläubisch. Man liebt ihn nicht, weil er selbst sich um niemanden kümmert, doch man achtet ihn. Seine ganze Familie besteht aus einem Sohn, den er abgöttisch liebt und der es – von einem solchen Vater erzogen – wohl noch weit bringen wird. »Der kleine Morgatsch schlägt ganz nach dem Vater«, sagen schon jetzt halblaut die Alten, wenn sie an Sommerabenden zu einem Plausch vor dem Hause sitzen; und alle verstehen, was damit gemeint ist, und fügen kein Wort mehr hinzu.

Über Jakow-Turok und den Arbeitsvermittler ist nicht viel zu sagen. Jakow, mit dem Beinamen der Türke, weil er tatsächlich von einer gefangenen Türkin abstammte, war von Natur aus ein Künstler im wahrsten Sinn des Wortes und seinem Beruf nach Pulpeschöpfer in der Papierfabrik eines Kaufmanns; und was den Arbeitsvermittler anbetrifft, über dessen Lebenslauf ich nichts erfahren habe, wie ich zugeben muß, schien er mir ein wendiger und kecker Kleinbürger zu sein. Doch es lohnt sich, über den Wilden Herrn etwas ausführlicher zu sprechen.

Der erste Eindruck, den der Anblick dieses Menschen machte, war der einer groben, plumpen und unnachgiebigen Kraft. Er war ungeschlacht, »zusammengekeilt«, wie man bei uns sagt, aber er strahlte eine geradezu unverwüstliche Gesundheit aus, und – so merkwürdig es klingt – seine bärenhafte Gestalt war nicht ohne eine gewisse eigenartige Grazie, die vielleicht in seinem unbedingten ruhigen Vertrauen auf seine eigene Macht gegründet war. Es war auf den ersten Blick schwer zu entscheiden, welchem Stand dieser Herkules angehörte; er ähnelte weder einem Dienstboten noch einem Kleinbürger noch einem verarmten Amtsschreiber im Ruhestand noch einem bankrotten, kleinen adligen Gutsbesitzer – Hundewärter oder Raufbold: er war vielmehr ein Typ für sich. Niemand wußte, woher er in unseren Kreis gekommen war; man munkelte, daß er von Einzelhofbauern abstamme und früher irgendwo gedient habe, doch man wußte nichts Genaues darüber, und von wem hätte man auch etwas erfahren können? Bestimmt nicht von ihm selbst! Es gab keinen schweigsameren und mürrischeren Menschen als ihn. Ebenso konnte niemand mit Bestimmtheit sagen, wovon er lebte; er betrieb kein Gewerbe, fuhr zu niemandem, hatte fast keine Bekannten, wohl aber Geld; wenn auch nicht viel, aber immerhin. Sein Auftreten war nicht gerade bescheiden – in ihm war überhaupt nichts Bescheidenes –, aber unauffällig; er lebte, als bemerkte er niemanden um sich und als brauchte er entschieden keinen Menschen. Der Wilde Herr (diesen Beinamen hatte man ihm gegeben; sein eigentlicher Name war Perewlesow) war eine sehr einflußreiche Persönlichkeit im ganzen Kreis; man fügte sich ihm sofort und mit Bereitwilligkeit, obgleich er gar kein Recht hatte, irgend jemandem etwas zu befehlen, und auch selbst nicht den geringsten Anspruch darauf erhob, daß ihm die Leute, mit denen er zufällig zusammenkam, gehorchten. Wenn er etwas sagte, unterwarf man sich ihm; Stärke siegt immer. Er trank fast gar nicht, verkehrte nicht mit Frauen und liebte leidenschaftlich den Gesang. In diesem Menschen war viel Rätselhaftes; es war, als ob irgendwelche gewaltigen Kräfte mißmutig in ihm ruhten, als wüßten sie, daß sie, einmal befreit, einmal losgelassen, sich selbst und alles, womit sie in Berührung kämen, zerstören müßten; und ich täusche mich schwerlich, wenn nicht im Leben dieses Menschen schon einmal so ein Ausbruch stattgefunden hatte, wenn er, durch die Erfahrung belehrt und mit knapper Not dem Untergang entronnen, sich jetzt nicht selber in strengster Zucht hielt. Besonders beeindruckte mich an ihm ein Gemisch von angeborener natürlicher Wildheit und einer gleichfalls angeborenen Hochherzigkeit, eine Mischung, wie ich sie bei keinem anderen Menschen angetroffen habe.

Der Arbeitsvermittler trat also vor, schloß halb die Augen und fing an, im höchsten Falsett zu singen. Seine Stimme war recht angenehm und weich, wenn auch ein klein wenig heiser; er spielte mit dieser Stimme und sprang mit ihr um wie mit einem Kreisel, trillerte, stieg beständig von der Höhe in die Tiefe hinab und wieder hinauf zu den höchsten Tönen, die er zu halten und in die Länge zu ziehen sich mühte, verhielt und griff dann plötzlich wieder das frühere Motiv mit übermütiger Verwegenheit auf. Seine Übergänge waren manchmal recht gewagt, zuweilen recht drollig; einem Kenner hätten sie viel Freude gemacht; ein Deutscher wäre entrüstet gewesen. Das war ein russischer tenore di grazia, ténor léger. Er sang ein lustiges Tanzlied, dessen Worte, soweit ich sie durch die endlosen Ausschmückungen, hinzugefügten Konsonanten und Ausrufe hindurch erhaschen konnte, folgendermaßen lauteten:

»Ich junger Junge werde mir
Ein Stückchen Land umpflügen;
Das soll mir jungem Jungen hier
Als Blumenbeet genügen.«

Er sang; alle lauschten mit großer Aufmerksamkeit. Offensichtlich fühlte er, daß er es mit Kennern zu tun hatte, und fuhr deshalb, wie man so sagt, einfach aus der Haut. Man versteht wirklich etwas von Gesang in unserer Heimat, und nicht umsonst ist das Kirchdorf Sergijewskoje an der Landstraße nach Orjol in ganz Rußland seines besonders angenehmen und abgestimmten Gesanges wegen berühmt. Lange sang der Arbeitsvermittler, ohne seine Zuhörer eigentlich zu rühren; ihm fehlte die Unterstützung durch einen Chor; schließlich, bei einem besonders glücklichen Übergang, der sogar dem Wilden Herrn ein Lächeln abnötigte, hielt es Obalduj nicht mehr aus und schrie vor Vergnügen auf. Alle rührten sich. Obalduj und Morgatsch begannen halblaut einzufallen, mitzusingen, ihm zuzurufen: »Flott ... höher, du Schelm! ... höher, halte den Ton, du Natterbrut! ... Halt ihn noch länger! ... Verstärke ihn noch, du Hund. Möge ein Ungeheuer deine Seele verderben!« und anderes mehr. Hinter dem Schanktisch wiegte Nikolaj Iwanytsch zustimmend den Kopf nach rechts und nach links. Obalduj fing schließlich an zu stampfen, die Füße herumzuwerfen und mit den Schultern zu zucken; Jakows Augen flammten wie Kohlen, sein ganzer Körper zitterte wie Espenlaub, und er lächelte blöde vor sich hin. Einzig der Gesichtsausdruck des Wilden Herrn blieb unverändert, und er rührte sich nicht vom Fleck; nur sein auf den Arbeitsvermittler gerichteter Blick wurde etwas milder, obgleich der Ausdruck seiner Lippen verächtlich blieb. Ermutigt durch die Anzeichen des allgemeinen Wohlgefallens, geriet der Arbeitsvermittler in einen derartigen Schwung, begann er solche Kunststücklein auszuführen, dermaßen mit der Zunge zu schnalzen und zu trommeln und derart ungestüm zu gurgeln, daß, als er endlich erschöpft, bleich und in Schweiß gebadet den Oberkörper zurückwarf und den letzten ersterbenden Ton ausstieß, ihm *ein* allgemeiner wilder Aufschrei antwortete. Obalduj warf sich ihm an den Hals und fing an, ihn mit seinen langen, knochigen Händen zu würgen; auf dem fetten Gesicht Nikolaj Iwanytschs zeigte sich etwas Farbe, und er erschien geradezu verjüngt; Jakow schrie wie besessen: »Bravo, bravo!« Sogar mein Nachbar, der Bauer in der zerrissenen Bluse, hielt es nicht mehr aus, schlug mit der Faust auf den Tisch und rief: »Aha, gut! Hol's der Teufel, gut!« und spuckte mit Entschiedenheit zur Seite.

»Nun, Bruder, du hast uns erfreut!« schrie Obalduj und entließ den erschöpften Sänger nicht aus seiner Umarmung, »du hast uns Freude bereitet, das kann man wohl sagen! Gesiegt hast du, Bruder, gesiegt! Ich gratuliere – das Achtel ist dein! Jaschka reicht bei weitem nicht an dich heran ... das sage ich dir: bei weitem nicht ... verlaß dich auf mich!« Und er drückte den Arbeitsvermittler wieder an seine Brust.

»So laß ihn doch endlich los, du Plagegeist«, sagte Morgatsch ärgerlich, »laß ihn doch sich auf die Bank setzen; du siehst ja, daß er müde ist ... was bist du für ein Tölpel, Bruder! wahrlich, ein Tölpel! Du klebst an ihm wie eine Klette.«

»Nun, meinethalben, mag er sich setzen, und ich werde auf sein Wohl trinken«, sagte Obalduj und ging an den Schanktisch. »Auf deine Rechnung, Brüderchen«, fügte er, zu dem Arbeitsvermittler gewandt, hinzu.

Der nickte, setzte sich auf die Bank, entnahm seiner Mütze ein Handtuch und fing an, sich das Gesicht abzutrocknen. Obalduj leerte mit gieriger Hast sein Glas, räusperte sich und nahm nach Art schwerer Trinker eine besorgte Miene an.

»Du singst gut, Bruder, wirklich gut«, bemerkte Nikolaj Iwanytsch freundlich, »aber jetzt bist du an der Reihe, Jascha: paß auf, laß dich nicht einschüchtern. Wir werden sehen, wer wen, wir werden sehen ... Aber der Arbeitsvermittler singt gut, bei Gott, er singt gut.«

»Sehr gut«, bemerkte Nikolaj Iwanytschs Frau und blickte Jakow lächelnd an.

»Gut-ha«, wiederholte halblaut mein Nachbar.

»Ah, du Hinterwäldler«, brüllte plötzlich Obalduj los, trat auf den Bauern in der zerrissenen Bluse zu, zeigte mit dem Finger auf ihn, hüpfte umher und lachte aus vollem Hals, »Polecha, Polecha*, gut-ha! Horch-ha! Wie bist du, Hinterwäldler, hierhergekommen?« schrie er zwischen seinen Lachsalven.

Der arme Bauer wurde ganz verwirrt und war schon im Begriff aufzustehen, um schnell wegzugehen, als sich mit einemmal die eherne Stimme des Wilden Herrn vernehmen ließ.

»Was ist das für ein unerträgliches Tier?« stieß er zwischen den Zähnen hervor.

»Ich wollte nichts«, stammelte Obalduj, »ich wollte nichts ... ich habe das nur so ...«

»Nun gut, so halt endlich den Mund!« entgegnete der Wilde Herr. »Jakow, fang an.«

Jakow griff sich mit der Hand an den Hals.

»Was, mein Lieber, ich ... Hm! ... Ich weiß wirklich nicht, was ...«

»Laß das, hab keine Angst! Schäm dich nicht! ... Zier dich nicht ... sing, wie Gott es dich heißt.«

Jakow schwieg eine kleine Weile, sah in die Runde und bedeckte seine Augen mit der Hand. Aller Blicke sogen sich an ihm fest, besonders die des Arbeitsvermittlers, auf dessen Gesicht sich hinter dem gewöhnten Selbstvertrauen und triumphierenden Siegesbewußtsein unwillkürlich eine leise Unruhe zeigte. Er lehnte sich an die Wand, steckte wieder die Hände unter sich, baumelte aber nicht mehr mit den Füßen. Als Jakow endlich die Hand von seinem Gesicht nahm, war es von einer leichenhaften Blässe; die Augen unter den gesenkten Wimpern waren kaum zu sehen. Er holte tief Atem und begann zu singen ... Der erste Ton seiner Stimme war schwach und unsicher; er kam scheinbar nicht aus seiner Brust, sondern von irgendwoher in der Ferne, als wäre er gleichsam zufällig in das Zimmer gedrungen. Seltsam berührte dieser bebende klingende Ton uns alle; wir sahen einander an, und die Frau Nikolaj Iwanytschs richtete sich gerade auf. Auf diesen ersten folgte ein zweiter, stärkerer und anhaltenderer Ton, der aber immer noch vibrier-

* Polecha werden die Bewohner eines Waldstreifens im südlichen Teil des Gouvernements Orjol genannt, die die Gewohnheit haben, an jeden Anruf ein ha anzuhängen. (Anmerkung des Verfassers)

te, wie eine plötzlich von einem starken Finger angeschlagene Saite, die in den letzten, schnell ersterbenden Schwingungen bebt, auf den zweiten ein dritter – und ein schwermütiges Lied strömte dahin und wurde allmählich immer voller und breiter. Er sang: »Nicht ein Weg nur führte durch das Feld«, und uns allen wurde warm und weh ums Herz. Ich gestehe, daß ich selten eine ähnliche Stimme gehört habe: sie war ein wenig angeschlagen und klang etwas brüchig, am Anfang sogar schmerzlich, doch in ihr lag sowohl unverfälschte tiefe Leidenschaft als auch Jugend, Kraft, Süße und eine hinreißend-sorglose, wehmütige Trauer. Die wahrheitsliebende heiße Seele des russischen Menschen schwang und atmete in ihr und griff uns ans Herz, griff genau an die russischen Saiten unserer Herzen. Das Lied wuchs und weitete sich, Jakow überkam offensichtlich ein Rausch: er war jetzt nicht mehr zaghaft, er gab sich ganz seinem Glück hin; seine Stimme zitterte nicht mehr – sie bebte, doch mit dem kaum merkbaren Beben innerer Leidenschaft, das wie ein Pfeil in die Seele des Zuhörers dringt, und wurde immer stärker und voller. Ich erinnere mich, einmal am Abend bei Ebbe auf dem flachen, sandigen Strand des Meeres, das in der Ferne drohend und wuchtig rauschte, eine große weiße Möwe gesehen zu haben: sie saß unbeweglich da, ihre seidige Brust dem purpurnen Abendrot zugekehrt, und breitete nur zuweilen ihre langen Flügel dem vertrauten Meer und der tief am Horizont stehenden glutroten Sonne entgegen – an sie mußte ich denken, während ich Jakow zuhörte. Er sang in völligem Vergessen seines Rivalen und seiner Zuhörer, aber dennoch sichtlich getragen, wie ein kühner Schwimmer von den Wellen, von unserem Schweigen, unserem leidenschaftlichen Mitgehen. Er sang, aus jedem Ton seiner Stimme wehte uns etwas Heimatliches und unübersehbar Weites an, gleichsam als breitete sich die bekannte Steppe vor uns aus und erstreckte sich in endlose Fernen. Ich spürte, wie die Tränen in meinem Innern zu sieden und mir in die Augen zu steigen begannen; ein verhaltenes dumpfes Schluchzen überraschte mich plötzlich ... ich sah mich um – die Frau des Schankwirts lag mit der Brust auf dem Fensterbrett und weinte. Jakow warf ihr einen flüchtigen Blick zu und sang noch klangvoller, noch süßer als zuvor. Nikolaj Iwanytsch senkte den Blick, Morgatsch wandte sich ab; Obalduj, im Innersten aufgewühlt, stand mit blöde geöffnetem Munde da; das graue Bäuerlein schluchzte leise in der Ecke und bewegte mit einem bitteren Flüstern den Kopf hin und her; und über das eiserne Gesicht des Wilden Herrn floß langsam, unter den tief gesenkten Wimpern hervor, eine schwere Träne; der Arbeitsvermittler hielt die geballte Faust an die Stirn gepreßt und rührte sich nicht... Ich weiß nicht, wie sich die allgemeine Verzückung entladen hätte, wenn Jakow nicht plötzlich auf einem hohen, ungewöhnlich dünnen Ton abgebrochen hätte, als ob ihm die Stimme versagt hätte. Kein Ausruf folgte, es rührte sich nicht einmal jemand; es war, als warteten alle, ob er nicht weitersingen werde; er aber öffnete die Augen, wie erstaunt über unser Schweigen, blickte fragend in die Runde und sah, daß er gesiegt hatte...

»Jascha«, sagte der Wilde Herr und legte ihm die Hand auf die Schulter und – verstummte.

Wir alle standen wie erstarrt. Der Arbeitsvermittler stand leise auf und ging zu Jakow hin. »Du ... es ist deine ... du hast gewonnen«, brachte er schließlich mühsam hervor und stürzte aus dem Zimmer.

Seine rasche, entschiedene Bewegung löste gleichsam die Verzauberung: alles fing mit einemmal geräuschvoll und freudig zu reden an. Obalduj machte einen Luftsprung, fing an zu stammeln und mit den Armen wie mit Windmühlenflügeln herumzufuchteln; Morgatsch ging hinkend zu Jakow und begann ihn zu küssen; Nikolaj Iwanytsch erhob sich und erklärte feierlich, daß er von sich aus ein zweites Achtel Bier spende; auf den Zügen des Wilden Herrn spielte ein gutes Lächeln, das ich auf diesem Gesicht nie zu sehen erwartet hätte; das graue Bäuerlein rieb sich in seiner Ecke mit beiden Ärmeln Augen, Wangen, Nase und Bart und wiederholte beständig: »O wie schön, bei Gott, wie schön; nun, sei ich ein Hundesohn, aber wie schön!« – und die Frau Nikolaj Iwanytschs, deren Gesicht ganz rot geworden war, stand schnell auf und ging hinaus. Jakow genoß seinen Sieg wie ein Kind; sein Gesicht war wie verwandelt; besonders seine Augen strahlten förmlich vor Glück. Man schleppte ihn zum Schanktisch; er rief das weinende graue Bäuerlein herbei und schickte den Sohn des Wirtes hinaus, den Arbeitsvermittler zu holen, aber der Junge konnte ihn nicht finden, und es begann das Fest. »Du wirst noch mehr singen, du wirst uns bis zum Abend vorsingen«, wiederholte Obalduj und streckte seine Arme nach oben.

Ich warf noch einen Blick auf Jakow und ging hinaus. Ich wollte nicht bleiben – ich fürchtete, den Eindruck, den ich eben gewonnen hatte, zu verderben. Doch die Hitze war immer noch unerträglich. Sie hing wie eine schwere Schicht dicht über der Erde; es sah aus, als ob am dunkelblauen Himmel kleine helle

Flämmchen in einem ganz feinen, fast schwarzen Staub kreisten. Ringsum ertönte kein Laut; es lag etwas Hoffnungsloses, Geknechtetes in diesem tiefen Schweigen der entkräfteten Natur. Ich schleppte mich bis zu einem Heuschober und legte mich auf das eben erst gemähte, doch schon fast dürre Gras. Lange konnte ich nicht einschlummern; lange klang mir Jakows unwiderstehliche Stimme in den Ohren; schließlich überwältigten mich dennoch die Hitze und die Müdigkeit, und ich fiel in einen bleischweren Schlaf. Als ich erwachte, war es bereits dunkel; das ringsum ausgebreitete Gras duftete stark und hatte etwas Feuchtigkeit angezogen; zwischen den dünnen Stangen des halb abgetragenen Daches blinkten schwach kleine bleiche Sterne. Ich trat hinaus. Die Abendröte war schon längst erloschen; am Horizont war nur noch ein weißer Streifen sichtbar; dennoch spürte man in der vor kurzem glühend heißen Luft durch die nächtliche Kühle hindurch noch die Wärme, und die Brust lechzte nach einem frischen Hauch. Es gab keinen Wind und auch keine Wolken; der Himmel war ringsum klar und durchsichtig-dunkel, unzählige Sterne flimmerten kaum sichtbar an ihm. Im Dorf blinkten Lichter; aus der nahen, hell erleuchteten Schenke drang ein dumpfer unregelmäßiger Lärm, aus dem ich, wie mir schien, Jakows Stimme heraushörte. Ein plötzliches lautes Lachen tönte von Zeit zu Zeit von dort herüber. Ich trat ans Schiebefenster und preßte mein Gesicht an die Scheibe. Ich sah ein unschönes, wenn auch buntes und lebendiges Bild; alle waren betrunken, alle! Auch Jakow. Er saß mit nackter Brust auf einer Bank, griff und zupfte träge die Saiten einer Gitarre und sang mit heiserer Stimme irgendeinen Gassenhauer. Seine nassen Haare hingen in Strähnen über sein erschreckend bleiches Gesicht. In der Mitte der Schenke tanzte hopsend der völlig aufgelöste Obalduj ohne Kaftan vor dem Bauern im grauen Rock; das Bäuerlein stampfte und scharrte seinerseits mühsam mit den müden Füßen, lächelte sinnlos durch seinen zerwühlten Bart und winkte zuweilen mit einer Hand, so als wollte es sagen: Nur immer zu! Nichts konnte komischer sein als sein Gesicht; wie sehr er sich auch mühte, seine Brauen hochzuziehen, die schwergewordenen Wimpern wollten sich nicht heben, sondern blieben auf seinen kaum noch sichtbaren, glanzlosen, aber glückseligen Äuglein liegen. Er befand sich in jenem lieblichen Zustand des völlig Bezechten, wenn jeder Vorübergehende, der ihm ins Gesicht schaut, unweigerlich sagt: »Du bist gut, Brüderchen, du bist gut!« Morgatsch, rot wie ein Krebs, lächelte giftig mit weit aufgerissenen Nasenlöchern aus einer Ecke; nur Nikolaj Iwanytsch bewahrte, wie es sich für einen guten Wirt gehört, unverändert seine Ruhe. Viele neue Gesichter waren in der Stube, doch den Wilden Herrn sah ich nicht.

Ich wandte mich ab und begann mit schnellen Schritten den Hügel, auf dem Kolotowka liegt, hinabzusteigen. Am Fuße dieses Hügels erstreckt sich eine weite Ebene; in die Finsternis der abendlichen Nebelwolken gehüllt, sah sie noch unermeßlicher aus und schien mit dem dunklen Himmel in eines zusammenzufließen. Ich ging mit großen Schritten den Weg am Hang entlang, als plötzlich irgendwo weit in der Ebene die helle Stimme eines Jungen laut wurde: »Antropka, Antropka-a-a«, schrie er mit starrköpfiger und weinerlicher Verzweiflung und zog lange, lange die letzte Silbe aus.

Er verstummte für einige Augenblicke und fing dann von neuem zu schreien an. Seine Stimme verbreitete sich hell in der regungslosen, leise schlummernden Nachtluft. Mindestens dreißigmal rief er den Namen Antropka, als plötzlich vom anderen Ende der Wiese, wie aus einer anderen Welt, kaum hörbar die Antwort kam.

»Was gi-i-i-bt's?«

Die Stimme des Jungen antwortete sofort freudig-erbost.

»Komm sofort her, du Teufel, du Waldgei-i-i-ist!«

»Wa-a-a-ru-u-u-um?«

»Weil der Vater dich hauen wi-i-i-ill«, antwortete schnell die Knabenstimme.

Eine Antwort ließ sich nicht mehr vernehmen, und der Junge begann aufs neue Antropka zu beschwören. Seine Rufe, die immer seltener und schwächer wurden, drangen noch an mein Ohr, als es schon ganz dunkel geworden war und ich um die Ecke des Waldes bog, der mein Gut umgab, welches vier Werst von Kolotowka entfernt lag.

»Antropka-a-a-a«, glaubte ich noch immer in der Luft zu vernehmen, die erfüllt war von den Schatten der Nacht.

Pjotr Petrowitsch Karatajew

Vor fünf Jahren mußte ich einmal im Herbst auf der Straße von Moskau nach Tula fast einen ganzen Tag auf einer Poststation sitzen, weil keine Pferde da waren. Ich kehrte von der Jagd heim und war so unvorsichtig gewesen, meine Troika vorauszuschicken. Der Stationsvorsteher, ein schon alter, mürrischer Mensch, mit Haaren, die ihm bis auf die Nase hingen, mit kleinen verschlafenen Augen, antwortete auf alle meine Klagen und Bitten mit einem kurzen Knurren, schlug wütend die Türe zu, als verwünschte er selbst seinen Dienst, und schalt, wenn er vor das Haus trat, die Kutscher, die mit pudschweren Krummhölzern in der Hand langsam durch den Schmutz stapften oder auf der Bank saßen, gähnten und sich kratzten und den zornigen Ausrufen ihres Vorgesetzten wenig Beachtung schenkten. Ich hatte schon dreimal Tee getrunken, ein paarmal vergeblich zu schlafen versucht und alle Aufschriften auf den Fenstern und Wänden gelesen: ich langweilte mich entsetzlich. In kalter hoffnungsloser Verzweiflung starrte ich auf die hochgestellten Deichselstangen meines Tarantases, als mit einemmal ein Glöckchen ertönte und ein kleiner Wagen, mit einer Troika abgejagter Pferde bespannt, vor der Treppe hielt. Der Ankömmling sprang vom Wagen und trat mit dem Ruf: »Rasch neue Pferde!« in die Stube. Während er mit dem üblichen seltsamen Erstaunen die Antwort des Vorstehers, daß es eben keine Pferde gebe, anhörte, konnte ich mit der ganzen gierigen Neugierde eines sich langweilenden Menschen meinen neuen Bekannten vom Kopf bis zu den Füßen mustern. Er war dem Aussehen nach etwa dreißig Jahre alt. Die Pocken hatten ihre unverwischbaren Spuren auf seinem trockenen, gelblichen, mit unangenehmem Kupferrot abgetönten Gesicht hinterlassen; das blau-schwarze lange Haar lag hinten in Ringen auf dem Kragen und kräuselte sich vorne in verwegenen Ringeln; die kleinen verquollenen Augen waren recht ausdruckslos; auf der Oberlippe standen einige Härchen. Er war wie ein tollköpfiger Gutsbesitzer oder ein Besucher von Pferdemärkten mit einem bunten, ziemlich schmutzigen kurzen Rock, einer verblichenen, seidenen lila Krawatte, einer Weste mit kupfernen Knöpfen und grauen, unten sehr weiten Hosen bekleidet, unter denen die Spitzen seiner ungeputzten Stiefel kaum hervorschauten. Er roch stark nach Tabak und Schnaps; an seinen roten dikken Fingern, die von Rockärmeln fast verdeckt wurden, staken silberne Tularinge. Derartigen Typen begegnet man in Rußland nicht zu Dutzenden, sondern zu Hunderten; die Bekanntschaft mit ihnen bereitet einem, offen gesagt, nicht das geringste Vergnügen; aber trotz des Vorurteils, mit dem ich den Ankömmling betrachtete, konnte ich nicht umhin, den sorglos gutmütigen und leidenschaftlichen Ausdruck seines Gesichts zu bemerken.

»Auch der Herr wartet bereits über eine Stunde«, sagte der Vorsteher, indem er auf mich zeigte.

Über eine Stunde! Der Bösewicht machte sich über mich lustig.

»Vielleicht hat der es nicht so eilig wie ich«, antwortete der Ankömmling.

»Das kann ich nicht beurteilen«, sagte der Vorsteher mürrisch.

»So geht es wirklich nicht! Sind tatsächlich keine Pferde da?«

»Es ist unmöglich. Ich habe nicht ein einziges Pferd.«

»Nun, so lassen Sie für mich den Samowar aufstellen. Dann ist nichts zu machen, dann muß ich eben warten.«

»Haben Sie schon Tee getrunken?« fragte er mich.

»Ja.«

»Wollen Sie nicht noch einmal mir zur Gesellschaft Tee trinken?«

Ich erklärte mich einverstanden. Der dicke braune Samowar erschien zum viertenmal auf dem Tisch. Ich holte eine Flasche Rum hervor. Ich hatte mich nicht getäuscht, indem ich meinen Begleiter für einen adligen Kleingrundbesitzer hielt. Er hieß Pjotr Petrowitsch Karatajew.

Wir fingen an, uns zu unterhalten. Es war noch keine halbe Stunde seit seiner Ankunft vergangen, als er mir schon mit der gutmütigsten Offenheit seine ganze Lebensgeschichte erzählte.

»Jetzt fahre ich nach Moskau«, sagte er beim vierten Glas Tee, »auf dem Gut habe ich jetzt nichts mehr zu suchen.«

»Weshalb nicht?«

»Es ist nun einmal so. Meine Wirtschaft hat sich aufgelöst; es ist wahr, meine Bauern habe ich ausgeplündert; dann kamen die schlechten Jahre: Mißernten, allerlei Unglücksfälle, wissen Sie ... Übrigens«, fügte er hinzu und sah traurig zur Seite, »was bin ich denn für ein Landwirt!«

»Wieso denn?«

»Aber nein«, unterbrach er mich, »sind denn die guten Wirte so wie ich? Sehen Sie«, fuhr er fort, wobei er den Kopf zur Seite neigte und fleißig an seiner Pfeife sog, »wenn Sie mich so sehen, mögen Sie denken, daß ich ... und ich muß in der Tat gestehen, daß ich eine durchschnittliche Bildung erhalten habe; man hat es an nichts fehlen lassen. Sie müssen es mir nicht übelnehmen, ich bin ein offenherziger Mensch, und schließlich ...«

Er beendete seine Rede nicht und winkte mit der Hand ab. Ich versicherte ihm, daß er sich täusche, daß ich sehr froh sei, ihn getroffen zu haben, und so weiter, und bemerkte dann, daß man zur Verwaltung eines Gutes doch wohl keiner sehr hohen Bildung bedürfe.

»Einverstanden«, antwortete er, »ich bin mit Ihnen einverstanden. Immerhin ist aber eine besondere Befähigung dazu nötig. Manch einer behandelt den Bauern hundsgemein, und es schadet nicht, aber ich ... Darf ich fragen: sind Sie selbst aus Petersburg oder aus Moskau?«

»Ich bin aus Petersburg.«

Er blies eine lange Rauchfahne durch die Nase.

»Ich fahre nach Moskau, um eine Stelle anzunehmen.«

»Wo wollen Sie denn eintreten?«

»Das weiß ich nicht; wie es sich machen wird. Offen gesagt, mir graut vor dem Dienst, vor der Verantwortung. Ich habe immer auf dem Gut gelebt; ich bin es so gewohnt, wissen Sie ... aber was ist da zu machen ... die Notlage! Ach, wenn die Not nicht wäre!«

»Dafür werden Sie in der Hauptstadt leben.«

»In der Hauptstadt! ... Nun, ich weiß nicht, was es in der Hauptstadt Gutes gibt. Wir werden ja sehen, vielleicht ist es auch gut ... Aber etwas Besseres als ein Gut kann es wohl nicht geben.«

»Ja, können Sie denn nicht weiter auf Ihrem Gut leben?«

Er seufzte.

»Das ist nicht mehr möglich. Wahrscheinlich gehört es auch nicht mehr mir.«

»Wieso?«

»Ja, da hat sich ein guter Mensch – ein Nachbar eingefunden ... ein Wechsel ...«

Der arme Pjotr Petrowitsch fuhr mit der Hand über das Gesicht, dachte über etwas nach und warf den Kopf zurück.

»Nun, was tut's ... Und schließlich«, fügte er nach einem kurzen Schweigen hinzu, »ich brauche mich bei niemandem zu beklagen – ich bin selbst an allem schuld. Ich spielte gern den großen Herrn! Ich liebe es, hol's der Teufel, den großen Herrn zu spielen!«

»Da haben Sie wohl auf Ihrem Gut lustig gelebt?« fragte ich.

»Ich hatte, werter Herr«, antwortete er mit Abständen zwischen den einzelnen Worten und blickte mir gerade in die Augen, »zwölf Koppeln Jagdhunde, Jagdhunde, wie es solche, ich versichere Ihnen, wenige gibt.« Er sprach das Wort wenige in singendem Tonfall aus. »Einen Hasen erledigten sie im Handumdrehen, und erst einen Fuchs – wie die Schlangen, einfach wie

Nattern! Und auch mit meinen Windhunden konnte ich mich sehen lassen. Jetzt gehört das alles der Vergangenheit an; es besteht kein Grund aufzuschneiden. Ich ging auch mit der Flinte auf die Jagd. Ich hatte einen Hund ‚Komtesse': eine ungewöhnlich gute Vorstehhündin; sie witterte alles mit erhobener Nase. Es kam vor, daß ich mit ihr an ein Moor herantrat und sagte: ‚Schersch!' Wenn sie nicht zu suchen anfing, konntest du mit einem Dutzend Hunden durchgehen, ohne etwas zu finden. Aber stand sie einmal vor, so war sie bereit, an der Stelle zu sterben. Und im Zimmer benahm sie sich so höflich. Reichte man ihr ein Stück Brot mit der linken Hand und sagte: ‚Der Jude hat davon abgebissen', so nahm sie es nicht; gab man es ihr jedoch mit der Rechten und sagte: ‚Das Fräulein hat davon gegessen', schnappte sie sofort danach und verzehrte es. Ich hatte einen Welpen von ihr, einen ausgezeichneten jungen Hund, und ich wollte ihn nach Moskau mitnehmen, aber ein Freund hat sich ihn zusammen mit meinem Gewehr ausgebeten; er sagte: ‚In Moskau wirst du, Brüderchen, dafür keine Zeit haben; dort wird dich etwas ganz anderes, Brüderchen, in Anspruch nehmen.' So ließ ich ihm den Welpen und auch die Flinte; es ist eben alles dageblieben.«

»Aber Sie hätten auch in Moskau auf die Jagd gehen können.«

»Nein, wozu? Wenn du es nicht verstanden hast, dich zu halten, so dulde jetzt. Doch sagen Sie mir lieber, ob das Leben in Moskau teuer ist.«

»Nein, es ist nicht besonders teuer.«

»Nicht besonders? ... Aber sagen Sie mir bitte, es gibt doch in Moskau Zigeuner?«

»Was für Zigeuner?«

»Wie man sie auf den Jahrmärkten antrifft.«

»Ja, in Moskau ...«

»Oh, das ist fein. Ich liebe Zigeuner, hol's der Teufel, ich liebe sie ...«

Und die Augen Pjotr Petrowitschs blitzten in einer verwegenen Lustigkeit auf. Mit einemmal aber rückte er unruhig auf der Bank umher, wurde nachdenklich, senkte den Kopf und streckte mir die Hand mit seinem leeren Glase hin.

»Geben Sie mir etwas von Ihrem Rum«, sagte er.

»Es ist aber kein Tee mehr da.«

»Das tut nichts. So, ohne Tee ... ach!«

Karatajew legte sein Gesicht in die Hände und stützte seine Ellenbogen auf den Tisch. Ich betrachtete ihn schweigend und erwartete bereits, jene gefühlvollen Ausrufe zu hören und womöglich sogar jene Tränen zu sehen, mit denen ein Betrunkener so freigebig ist, war aber, als er den Kopf hob, beeindruckt von dem tieftraurigen Ausdruck seines Gesichts.

»Was haben Sie?«

»Ach nichts ... mir fiel längst Vergangenes ein. Da ist so eine Geschichte. Ich könnte sie Ihnen erzählen, aber ich möchte Sie nicht belästigen ...«

»Aber ich bitte Sie!«

»Ja«, fuhr er mit einem Seufzer fort, »es kommen Dinge vor ... wie zum Beispiel auch in meinem Leben. Gut, wenn Sie wollen, werde ich es Ihnen erzählen. Übrigens weiß ich nicht ...«

»Erzählen Sie, lieber Pjotr Petrowitsch.«

»Nun gut, es ist ja weiter nicht schlimm ... Sehen Sie«, fing er an, »aber ich weiß wirklich nicht ...«

»Lassen Sie es gut sein, lieber Pjotr Petrowitsch ...«

»Meinetwegen. So hören Sie denn, was mir sozusagen zugestoßen ist. Ich lebte auf dem Gut ... Mit einemmal gewann ich ein Mädchen lieb, ach, und was für ein Mädchen das war ... eine Schönheit, und so klug und gut! Man rief sie Matrjona. Sie war ein ganz einfaches Mädchen, das heißt, Sie verstehen, eine Leibeigene, einfach eine Arbeiterin. Aber sie gehörte nicht mir, sondern einer anderen Gutsbesitzerin – das war eben das Unglück. Nun, ich verliebte mich also in sie – es ist wirklich eine Anekdote – und auch sie sich in mich. Matrjona begann mich zu bitten, sie von ihrer Herrin loszukaufen; und ich selbst hatte auch schon daran gedacht ... Ihre Herrin war reich und ein schreckliches altes Frauenzimmer; sie lebte fünfzehn Werst von mir entfernt. So ließ ich also, wie man zu sagen pflegt, eines schönen Tages eine Troika vor meinen leichten Wagen spannen – in der Mitte ging bei mir ein Paßgänger, ein herrliches Tier, der deswegen auch Lampurdos hieß –, zog mich etwas besser an und fuhr zu Matrjonas Herrin. Ich kam an: ein großes Haus mit Seitenflügeln und einem Garten ... An der Vortreppe wartete Matrjona auf mich, sie wollte mir etwas sagen, küßte mir aber nur die Hand und trat zur Seite. Ich ging in das Vorzimmer hinein und fragte: ‚Ist die Herrin zu Hause?‘

Ein langer Diener erkundigte sich: ‚Wen soll ich melden?‘ Ich sagte: ‚Melde, mein Lieber, der Gutsbesitzer Karatajew ist in einer geschäftlichen Angelegenheit gekommen.‘ Der Diener ging fort; ich wartete und dachte: Was wird nun kommen? Wahrscheinlich wird die Bestie einen unverschämt hohen Preis fordern, nicht umsonst ist sie reich. Womöglich wird sie fünfhundert Rubel haben wollen. Endlich kam der Diener zurück und sagte: ‚Bitte.' Ich folgte ihm ins Gästezimmer. In einem Sessel saß eine kleine, gelbliche alte Frau und blinzelte mit den Augen. ‚Was wünschen Sie?' Ich hielt es für angebracht, wissen Sie, zuerst zu erklären, daß ich froh sei, sie kennenzulernen. ‚Sie täuschen sich, ich bin nicht die Hausfrau, ich bin ihre Verwandte ... Was wollen Sie haben?' Ich bemerkte, daß ich mit der Besitzerin zu sprechen wünsche. ‚Marja Iljinitschna empfängt heute nicht: sie ist unwohl. Was wünschen Sie?' Was ist da zu machen, dachte ich bei mir, ich werde ihr mein Anliegen vortragen. Die Alte ließ mich ausreden. ‚Matrjona? was für eine Matrjona?' – ‚Matrjona Fjodorowna, Kuliks Tochter.' – ‚Fjodor Kuliks Tochter? ... Ja, woher kennen Sie die?' – ‚Ich bin mit ihr durch einen Zufall bekannt geworden.' – ‚Und weiß sie von Ihrer Absicht?' – ‚Ja.' Die Alte verstummte. ‚Ich werde mir den Nichtsnutz vornehmen ...' Ich war, gestehe es, überrascht. ‚Warum denn, ich bitte Sie! ... Ich bin bereit, für sie eine Summe zu entrichten, deren Höhe Sie bloß zu bestimmen brauchen.' Die alte Vettel zischte mich an: ‚Da haben Sie sich das Richtige ausgedacht, um uns in Erstaunen zu versetzen! Sie meinen wohl, daß wir Ihr Geld sehr brauchen? ... Aber ich werde sie schon ... ich werde ihr schon die Mucken ausprügeln.' Die Alte bekam vor Wut einen Hustenanfall. ‚Hat sie es etwa nicht gut bei uns? ... Ach, sie ist eine Teufelin, Gott verzeihe mir die Sünde.' Ich gestehe es, ich brauste auf: ‚Weshalb drohen Sie dem armen Mädchen? Worin hat sie sich denn vergangen?' Die Alte bekreuzigte sich. ‚Ach, du mein großer Gott! Jesus Christus! Ja, kann ich denn nicht mit meinen Leuten nach meinem Belieben verfahren?' – ‚Aber sie gehört doch gar nicht Ihnen?' – ‚Nun, darüber bestimmt Marja Iljinitschna, das ist nicht Ihre Sache, Väterchen! Und Matrjoschka werde ich schon zeigen, wessen Leibeigene sie ist.' Ich gestehe, ich warf mich fast auf die verfluchte Alte, aber mir fiel Matrjona ein, und meine Arme sanken herab. Ich wurde so zaghaft, daß ich es gar nicht wiedergeben kann; ich begann die Alte zu bitten: ‚Nehmen Sie, was Sie wollen.' – ‚Ja wozu brauchen Sie sie denn?' – ‚Sie gefällt mir nun einmal, Matuschka; versetzen Sie sich in meine Lage ... Erlauben Sie mir, Ihnen die Hand zu küssen.' Und ich küßte dem Drachen wirklich die Hand. ‚Nun', brummte die Hexe, ‚ich werde Marja Iljinitschna Bericht erstatten; kommen Sie nach zwei Tagen wieder, um zu erfahren, was sie beschlossen hat.‘ Ich fuhr in großer Unruhe nach Hause. Ich begann einzusehen, daß ich meine Sache schlecht eingefädelt hatte; ich hatte unnützerweise meine Zuneigung verraten und hatte mich zu spät wieder in die Gewalt bekommen. Nach zwei Tagen fuhr ich wieder hin. Man führte mich in das Kabinett. Eine Menge Blumen ... alles sehr schön eingerichtet; sie selbst saß in einem eigenartigen Sessel und hatte den Kopf auf das Kissen gelehnt; die Verwandte von vorgestern war auch zugegen und außerdem noch irgendein semmelblondes Fräulein in einem grünen Kleid mit einem schiefen Mund, wahrscheinlich eine Gesellschafterin. Die Alte brummte: ‚Bitte, nehmen Sie Platz.‘ Ich setzte mich. Sie fing an mich auszufragen, wie alt ich sei, wo ich gedient habe, was ich zu tun beabsichtige, und alles von oben herab und wichtigtuerisch. Ich gab genau über alles Auskunft. Die Alte nahm ein Tuch vom Tisch und fächelte sich damit Luft zu ... ‚Katerina Karpowna‘, sagte sie dann, ‚hat mich von Ihrer Absicht unterrichtet; ich habe es mir aber zur Regel gemacht, keine Leute abzugeben. Es ist nun einmal ungehörig und schickt sich auch nicht in einem ordentlichen Haus: das ist keine Art und Weise. Ich habe bereits alles Nötige veranlaßt‘, sagte sie. ‚Sie brauchen sich nicht weiter zu beunruhigen.‘ – ‚Ich bitte Sie, davon kann nicht die Rede sein ... aber vielleicht benötigen Sie Matrjona Fjodorowna?‘ – ‚Nein‘, sagte sie, ‚ich brauche sie nicht.‘ – ‚Weshalb wollen Sie sie mir dann nicht abtreten?‘ – ‚Deshalb, weil ich es nicht will: ich will es nicht, und damit ist die Sache erledigt. Ich habe schon‘, sagte sie, ‚die entsprechenden Anordnungen getroffen: sie wird auf ein Gut in der Steppe gebracht.‘ Ich war wie vom Donner gerührt. Die Alte sagte zwei Worte auf französisch zu dem grünen Fräulein, worauf die hinausging. ‚Ich‘, sprach sie weiter, ‚bin eine Frau mit festen Grundsätzen, und auch meine Gesundheit ist schwach: ich kann keine Aufregungen vertragen. Sie sind noch ein junger Mensch, und ich als alte Frau kann Ihnen wohl Ratschläge erteilen. Wäre es nicht besser, einen Hausstand zu gründen, zu heiraten, sich nach einer guten Partie umzusehen; reiche Bräute sind rar, doch ein armes, aber dafür tugendhaftes Mädchen ließe sich finden.‘ Ich, wissen Sie, starrte die Alte an und begriff kein Wort von dem, was sie da vorbrachte; ich hörte, daß vom Heiraten die Rede war, und dabei klang mir unentwegt das Gut in der Steppe in den Ohren. Heiraten! ... was nicht noch, zum Teufel ...«

Hier verhielt der Erzähler plötzlich und sah mich an.

»Sie sind doch nicht verheiratet?«

»Nein.«

»Nun natürlich, ich hielt es nicht aus: ‚Um Himmels willen, Mütterchen, was erzählen Sie mir da? Was hat das mit Heiraten zu tun? Ich möchte bloß erfahren, ob Sie mir Ihre Magd Matrjona abtreten wollen oder nicht?' Die Alte begann zu stöhnen: ‚Ach, er hat mich aufgeregt; ach, sagt ihm, daß er weggehn soll! ach! . . .' Die Verwandte stürzte zu ihr hin und schrie auf mich ein. Die Alte stöhnte weiter: ‚Womit habe ich das verdient? . . . Bin ich denn nicht mehr Herr in meinem eigenen Hause? ach, ach!' – Ich ergriff meinen Hut und stürzte wie ein Irrer hinaus.

Vielleicht«, fuhr der Erzähler fort, »werden Sie mich deswegen verurteilen, daß ich ein Mädchen niederen Standes so liebgewonnen hatte: ich beabsichtige auch nicht, mich zu rechtfertigen . . . es war nun einmal so gekommen! . . . Glauben Sie mir, ich fand Tag und Nacht keine Ruhe . . . der Gedanke, das arme Mädchen unglücklich gemacht zu haben, ließ mir keine Ruhe. Sobald ich mir vorstellte, wie sie die Gänse im Bauernkittel auf die Weide treibt, wie sie auf Befehl der Herrin knapp gehalten wird und wie der Dorfälteste, ein Bauer in Transtiefeln, sie mit Schimpfworten belegt, trat mir der kalte Schweiß auf die Stirn. Nun, ich ertrug es nicht, ich ließ auskundschaften, auf welches Gut man sie verschickt hatte, und ritt dahin. Ich langte erst am Abend des zweiten Tages an. Einen derartigen Streich hatte man mir offensichtlich nicht zugetraut und hatte keine auf mich bezüglichen Befehle erteilt. Ich begab mich, als wäre ich ein Nachbar, direkt zum Ältesten; als ich auf den Hof kam, sah ich Matrjona, das Gesicht in die Hände gestützt, auf der Haustreppe und wies auf den Hinterhof, ins Feld. Ich ging in die Stube, plauderte mit dem Dorfältesten, log ihm die Hucke voll, erspähte einen günstigen Augenblick und ging zu Matrjona hinaus. Die Ärmste hängte sich mir an den Hals. Sie war bleich und mager geworden, mein Täubchen. Ich, wissen Sie, redete ihr gut zu: ‚Weine nicht, Matrjona, weine nicht', und dabei rannen mir selber die Tränen über die Wangen . . . Schließlich jedoch fing auch ich an, mich ihrer zu schämen, und sagte zu ihr: ‚Matrjona, mit Weinen ist unserem Kummer nicht abzuhelfen, es muß etwas geschehen: wir müssen, wie man sagt, entschlossen handeln; du mußt mit mir fliehen, das ist es, was wir tun müssen.' Matrjona erschrak zu Tode . . . ‚Wie wäre das möglich! Ich würde doch dabei umkommen, sie würden mich dann vollends zugrunde richten!' – ‚Du Dummchen, wer wird dich denn finden?' –

‚Sie werden mich finden, ganz bestimmt werden sie mich finden. Ich danke Ihnen, Pjotr Petrowitsch; ich werde in meinem Leben nicht Ihre Freundlichkeit vergessen, aber jetzt überlassen Sie mich schon meinem Schicksal; es ist mir anscheinend doch so bestimmt.' – ‚Ach, Matrjona, Matrjona, und ich hielt dich für ein Mädchen mit Charakter.' Und in der Tat, sie hatte viel Charakter ... sie war eine Seele von Mensch, eine goldene Seele! ‚Weswegen solltest du denn hierbleiben! Schlimmer kann es doch nicht mehr werden. Nun, erzähle doch: hast du die Fäuste des Dorfältesten zu spüren bekommen, was?' Matrjona errötete, und ihre Lippen begannen zu zittern. ‚Meinetwegen wird man meiner Familie das Leben zur Hölle machen.' – ‚Nun, deine Familie ... wird man sie etwa verschicken?' – ‚Gewiß, meinen Bruder wird man unbedingt verschicken.' – ‚Und den Vater?' – ‚Nun, den Vater wird man nicht verschicken; er ist der einzige gute Schneider, den wir haben.' – ‚Nun, siehst du, und dein Bruder wird deswegen nicht umkommen.' – Glauben Sie mir: nur mit Mühe gelang es mir, sie zu überreden; sie begann auch damit, daß ich die Verantwortung für alles zu tragen hätte ... ‚Das ist nicht deine Sache', sagte ich. Ja, und dann habe ich sie auch wirklich entführt, nicht gleich, sondern das nächste Mal; ich kam in der Nacht mit einem Wagen an – und fuhr mit ihr fort.«

»Und fuhren mit ihr fort?«

»Ja ... Nun, dann lebte sie eben bei mir. Mein Haus war klein, und ich hatte wenig Dienstboten. Ich kann wohl ohne Übertreibung sagen, daß meine Leute mich schätzten; sie hätten mich um keinen Preis verraten. Nun begann für mich ein herrliches Leben. Matrjonuschka erholte sich und blühte auf; und ich verliebte mich bis über die Ohren in sie ... Und was war sie auch für ein herrliches Mädchen! Woher sie bloß alles hatte? Sie konnte singen und tanzen und auf der Gitarre spielen ... Den Nachbarn zeigte ich sie nicht, denn ehe man sich versieht, würden sie es herumerzählt haben. Aber ich hatte einen Busenfreund, Gornostajew Pantelej – kennen Sie ihn vielleicht? Der war völlig vernarrt in sie; er küßte ihr wie einer Dame die Hand ... Und ich kann Ihnen versichern, Gornostajew ist nicht meinesgleichen: er ist ein gebildeter Mensch, er hat den ganzen Puschkin gelesen; wenn er sich mit Matrjona und mir unterhielt, hörten wir mit offenem Munde zu. Er lehrte sie schreiben, so ein Sonderling! Und ich kleidete sie besser, als die Frau des Gouverneurs angezogen war; ich ließ ihr einen kurzen Pelz aus himbeerfarbenem Samt mit einer Pelzborte machen ... wie wunderbar stand ihr dieser Pelz! Diesen Pelz hatte eine Moskauer Madame nach dem neuesten Schnitt angefertigt ... Was für ein herrliches Geschöpf war doch diese Matrjona! Sie konnte gelegentlich stundenlang in Gedanken versunken dasitzen, auf den Fußboden starren und nicht mit der Wimper zucken: und ich sitze auch da, schaue sie an und kann mich nicht satt sehen, als hätte ich sie noch nie gesehen ... Sie lächelt, und mein Herz zuckt zusammen, als ob jemand es gekitzelt hätte. Ein anderes Mal beginnt sie mit einemmal zu lachen, zu scherzen, zu tanzen; sie umarmt mich so heftig, so leidenschaftlich, daß mir schwindelt. Zuweilen dachte ich den ganzen Tag darüber nach, womit ich ihr eine Freude machen könnte. Und glauben Sie mir, ich beschenkte sie nur, um zu sehen, wie sie, mein Herzblatt, sich freuen würde, wie sie vor Freude erröten, wie sie mein Geschenk anprobieren würde, mit ihm an mich herantreten und mich küssen würde. Ich weiß nicht, auf welche Weise ihr Vater Kulik von der Sache Wind bekommen hatte; er kam her, um uns zu sehen, und brach in Tränen aus. Aber natürlich vor Freude, oder was hatten Sie sich gedacht? Wir überhäuften Kulik mit Geschenken. Sie brachte ihm zum Schluß noch einen Fünfrubelschein heraus – und er warf sich ihr zu Füßen; so ein komischer Kauz! In dieser Weise lebten wir fünf Monate; ich hätte auch nichts dagegen gehabt, mit ihr mein ganzes Leben so zu verbringen – aber mein verfluchtes Schicksal! ...«

Pjotr Petrowitsch hielt inne.

»Was wurde denn daraus?« fragte ich ihn mit Anteilnahme.

Er winkte mit der Hand ab.

»Alles ging zum Teufel. Ich habe sie auch wirklich zugrunde gerichtet. Meine Matrjonuschka liebte über alles das Schlittenfahren und kutschierte oft selbst; sie zog ihr Pelzchen und gestickte Fausthandschuhe an und feuerte die Pferde mit lautem Zuruf an. Um niemanden zu treffen, fuhren wir immer abends aus. Aber einmal war so ein herrlicher, frostiger, klarer, windstiller Tag, daß wir einfach losfuhren. Matrjona nahm die Leinen. Ich war gespannt, wohin sie fahren würde. Doch nicht etwa nach Kukujewka, dem Gut ihrer Herrin? Tatsächlich, sie fuhr nach Kukujewka. Ich sagte zu ihr: ‚Rasende, wohin fährst du?' Sie sah mich über die Schulter an und lächelte: Was kostet die Welt! Ah, dachte ich, wenn es so steht! ... Es ist doch schön, am herrschaftlichen Hause vorbeizufahren? ... nicht wahr, es ist doch schön – sagen Sie selbst? So fuhren wir also.

Mein Paßgänger schwamm nur so, die Seitenpferde fegten dahin – da war auch schon die Kirche von Kukujewka zu sehen, da kam uns ein alter grüner Herrschaftsschlitten entgegengekrochen, und ein Diener steht hinten darauf. Die Herrin, die Herrin! Ich bekam es mit der Angst zu tun, aber Matrjona zog den Pferden eins mit der Leine über und hielt gerade auf das Fuhrwerk zu. Der Kutscher – verstehen Sie – wollte, als er sah, daß ihm irgendein Alchimeres entgegengeflogen kam, ausweichen, machte aber eine zu scharfe Wendung und warf den Schlitten in eine Schneewehe hinein. Das Glas klirrte, die Herrin schrie: ‚Ai, ai, ai! Ai, ai, ai!' Die Gesellschafterin piepste: ‚Haltet sie, haltet sie!' – und wir jagten, was das Zeug hielt, vorbei. Im Weiterfahren dachte ich: Das wird böse ausgehen; ich hätte ihr nicht erlauben sollen, nach Kukujewka zu fahren. Was glauben Sie? die Herrin hatte doch Matrjona und auch mich erkannt; sie reichte sofort Klage gegen mich ein: ein von mir entlaufenes Mädchen lebt bei dem Edelmann Karatajew; sie versprach auch gleich, wie es sich gehört, sich erkenntlich zu erweisen. Bald darauf erschien bei mir der Kreispolizeichef; ich kannte den Kreispolizeichef Stepan Sergejitsch Kusowkin als einen guten Menschen, das heißt, im Grunde war er kein guter Mensch. Er kam also an und sagte: ‚So und so, Pjotr Petrowitsch, wie ist denn das mit Ihnen? Ich trage eine große Verantwortung, und die Gesetze sind in dieser Beziehung eindeutig.' Ich antwortete ihm: ‚Darüber werden wir uns natürlich unterhalten, aber wollen Sie nicht zuerst einen kleinen Imbiß nach der Fahrt einnehmen?' Damit war er einverstanden, sagte aber: ‚Die Gerechtigkeit verlangt es, Pjotr Petrowitsch, urteilen Sie selbst.' – ‚Natürlich die Gerechtigkeit', sagte ich, ‚selbstverständlich ... aber da habe ich gehört, daß Sie ein schwarzes Pferdchen haben, haben Sie nicht Lust, es gegen meinen Lampurdos einzutauschen? Aber ein Mädchen Matrjona Fedorowna ist nicht bei mir.' – ‚Nun', sagte er, ‚Pjotr Petrowitsch, das Mädchen ist bei Ihnen, wir leben ja schließlich nicht in der Schweiz ... aber mein Pferdchen können wir gegen Ihren Lampurdos eintauschen; man kann ihn, wenn es nicht anders geht, auch so annehmen.' Dieses Mal gelang es mir also, ihn noch irgendwie hinauszukomplimentieren. Aber die alte Gutsbesitzerin machte noch größere Anstrengungen als bisher: ‚Zehntausend Rubel sollen mir nicht leid tun', sagte sie. Sehen Sie, bei meinem Anblick war ihr plötzlich der Gedanke gekommen, mich mit ihrer grünen Gesellschafterin zu verheiraten – das habe ich erst später erfahren; deswegen hatte sie sich so furchtbar geärgert. Auf was für Gedanken diese Damen auch nicht verfallen! ... aus Langeweile jedenfalls ... Es stand schlecht mit mir: ich sparte nicht mit Geld und hielt Matrjona versteckt – es nutzte alles nicht. Sie trieben mich in die Enge und machten mich ganz elend. Ich geriet in Schulden und verlor meine Gesundheit. Einmal lag ich in der Nacht auf dem Bett und dachte: Herr du mein Gott, wofür muß ich leiden? Was soll ich machen, wenn ich mir diese Liebe nicht aus dem Herzen reißen kann? Nun, ich kann es eben nicht ... Mit einemmal schlüpft Matrjona zu mir ins Zimmer. Ich hatte sie zu dieser Zeit auf einem Weiler zwei Werst von meinem Haus entfernt untergebracht. Ich erschrak. ‚Was, hat man auch dort dich gefunden?' – ‚Nein, Pjotr Petrowitsch', sagte sie, ‚niemand beunruhigt mich in Bubnowo, aber wie lange kann das so gehen? Mir will das Herz brechen, Pjotr Petrowitsch; Sie tun mir so leid, mein Wohltäter; ich werde im Leben nicht Ihre Freundlichkeit vergessen, aber ich bin jetzt gekommen, um mich von Ihnen zu verabschieden.' – ‚Was denn, was, du Verrückte? ... wieso dich verabschieden? ... wieso?' – ‚Nun so, ich werde hingehen und mich ausliefern.' – ‚Ja, ich werde dich Verrückte auf den Dachboden sperren ... willst du mich vielleicht umbringen?' Das Mädchen schwieg und sah auf den Boden. ‚Nun, so rede doch, sage etwas!' – ‚Ich will Ihnen nicht länger Unannehmlichkeiten bereiten, Pjotr Petrowitsch.' Da rede einer mit ihr! ... ‚Ja, weißt du denn nicht, du Törin; weißt du nicht, du Ver ... Verrückte ...'«

Und Pjotr Petrowitsch brach in ein bitteres Schluchzen aus.

»Und was glauben Sie«, fuhr er fort, schlug mit der Faust auf den Tisch und versuchte die Brauen zu runzeln, während die Tränen immer noch über seine erhitzten Wangen liefen. »Das Mädchen hat sich wirklich ausgeliefert; sie ging hin und lieferte sich aus ...«

»Die Pferde stehen bereit«, rief der Stationsvorsteher feierlich, während er ins Zimmer kam.

Wir erhoben uns beide.

»Was wurde denn aus Matrjona?« fragte ich.

Karatajew machte eine Handbewegung.

Ein Jahr nach meiner Begegnung mit Karatajew kam ich zufällig nach Moskau. Eines Vormittags trat ich in ein Café hinter der Jägerzeile, ein echt moskauisches Café. Im Billardzimmer sah man zwischen den Rauchschwaden unklar gerötete

Gesichter, Schnurrbärte, Haarschöpfe, altmodische Ungarröcke und neueste Jacken auftauchen. Magere Greise in bescheidenen Gehröcken lasen russische Zeitungen. Die Bedienung flitzte geschickt mit Tabletts umher und lief geräuschlos auf den grünen Teppichen. Kaufleute tranken mit qualvoller Anspannung Tee. Plötzlich kam aus dem Billardzimmer ein etwas zerzauster Mann heraus, der nicht mehr ganz sicher auf den Beinen war. Er steckte die Hände in die Hosentaschen, senkte den Kopf und schaute blöde um sich.

»Ba, ba, ba, Pjotr Petrowitsch ... Wie geht es Ihnen?«

Pjotr Petrowitsch warf sich mir beinahe an den Hals und schleppte mich ein wenig schwankenden Schrittes in ein kleines gesondertes Gemach.

»Hier werden Sie es bequem haben«, sagte er, während er mich fürsorglich in einem Sessel unterbrachte. »Kellner, Bier! Nein, ich meine Champagner! Nun, ich muß wohl sagen, das habe ich nicht erwartet, wirklich nicht erwartet ... Seit wann sind Sie hier? für wie lange? Da hat Sie der Herrgott, wie man sagt, hergeführt ...«

»Erinnern Sie sich ...«

»Wie sollte ich mich nicht erinnern, wie sollte ich nicht!« unterbrach er mich geschäftig, »alte Geschichten ... alte Geschichten ...«

»Nun, was treiben Sie hier, mein lieber Pjotr Petrowitsch?«

»Ich lebe, wie Sie zu sehen belieben. Hier läßt sich gut leben, die Leute sind hier entgegenkommend; hier habe ich mich beruhigt.«

Er seufzte und hob die Augen gen Himmel.

»Haben Sie eine Anstellung?«

»Nein, noch nicht, doch ich werde bald eine Stelle antreten. Aber zum Kuckuck mit dem Dienst! ... Die Menschen – das ist die Hauptsache. Ich habe hier vortreffliche Menschen kennengelernt.«

Ein Junge trat mit einer Flasche Champagner auf einem schwarzen Tablett ein.

»Da ist auch ein guter Mensch ... Nicht wahr, Wasja, du bist ein guter Mensch? Auf dein Wohl!«

Der Junge blieb stehen, warf höflich den Kopf zurück, lächelte und ging hinaus.

»Ja, die Menschen hier sind gut«, fuhr Pjotr Petrowitsch fort, »sie haben Gefühl, eine Seele ... Wenn Sie wollen, werde ich Sie bekannt machen. Es sind prachtvolle Burschen ... sie werden sich freuen. Ich werde ihnen sagen ... Bobrow ist gestorben, schade.«

»Welcher Bobrow?«

»Sergej Bobrow. Er war ein ausgezeichneter Mensch; er hat sich meiner angenommen, als ich hier fremd und unerfahren war. Pantelej Gornostajew ist auch gestorben. Alle sind gestorben, alle!«

»Haben Sie die ganze Zeit in Moskau gelebt? Sind Sie nicht auf Ihr Gut gefahren?«

»Mein Gut? ... mein Gut ist verkauft.«

»Verkauft?«

»Auf einer Auktion. Schade, daß Sie es nicht gekauft haben.«

»Wovon werden Sie denn leben, Pjotr Petrowitsch?«

»Ich werde wohl nicht verhungern! Wenn ich kein Geld mehr habe, werde ich Freunde haben. Was ist Geld? – Staub! Was ist Gold? – Staub!«

Er kniff die Augen zusammen, wühlte mit der Hand in der Hosentasche und hielt mir auf der Handfläche zwei Fünfer und einen Groschen hin.

»Was ist das? Doch nur Staub!« Und die Münzen flogen auf die Erde. »Aber sagen Sie mir lieber, ob Sie Poleschajew gelesen haben.«

»Ja.«

»Haben Sie Motschalow im Hamlet gesehen?«

»Nein, ich habe ihn nicht gesehen.«

»Sie haben ihn nicht gesehen, nicht gesehen ...« Karatajews Gesicht verlor alle Farbe, die Augen liefen unruhig umher; er wandte sich ab, seine Lippen bebten leise. »Ach, Motschalow, Motschalow! ‚Nicht mehr zu sein – zu sterben',« sprach er mit dumpfer Stimme.

»Nicht mehr zu sein und wissen:
Der Schlaf beendet meinen Gram und meine Leiden,
Das Los der Lebenden! Das ist erstrebenswert.
In Schlaf versinken ... in den ewgen Schlaf ...

... den ewgen Schlaf, den ewgen Schlaf«, wiederholte er mehrmals.

»Sagen Sie, bitte«, fing ich an; aber er fuhr mit Leidenschaft fort:

»Wer würde noch die Last, den Spott des Lebens tragen,
Die Willkür der Tyrannen, wie gekränkter Stolz.

Verschmähter Liebe abgrundtiefen Kummer,
Und Undank als getreuer Dienste Lohn ...
Wenn uns ein einzger Schlag den Frieden geben könnte,
Die ewge Ruh! Oh, denke meiner Sünden
In deinem heiligen Gebet.«

Er ließ den Kopf auf den Tisch fallen und fing an zu stammeln und verworrenes Zeug zu reden.

»Und einen Monat später«, sprach er mit erneuter Kraft,

»Ein einz'ger kurzer Mond – noch hatte sie die Schuhe
Nicht ausgetragen, darin sie in Tränen
Dem Sarge meines armen Vaters folgte ...
O Gott! Ein unvernünftig stummes Tier
Hätt länger als wie sie getrauert ...«

Er hob sein Glas Champagner an die Lippen, leerte es aber nicht und fuhr fort:

»Wegen Hekuba?
Was ist er Hekuba, und was sie ihm!
Weswegen weint er noch um sie?
Und ich! ... verachteter, verzagter Sklave –
Wer nennt mich untauglich und einen feigen Hund?
Wer sagt mir offen ins Gesicht: Du lügst?
Ich hätte eine Kränkung wohl ertragen;
Ich habe Mut und bin auch nicht gehässig,
Und eine Schmähung trifft mich nicht ins Herz.«

Karatajew ließ sein Glas fallen und griff sich an den Kopf. Ich glaubte, ihn verstanden zu haben.

»Nun, was tut es«, sagte er schließlich, »an Vergangenes soll man nicht denken ... ist es nicht so?« Er lachte. »Auf Ihr Wohl!«

»Werden Sie in Moskau bleiben?« fragte ich ihn.

»Ich werde in Moskau sterben.«

»Karatajew«, erscholl es im Nebenzimmer, »Karatajew, wo bist du? Komm her, du lieber Mensch!«

»Man ruft mich«, sagte er und stand mit Mühe von seinem Platz auf. »Leben Sie wohl; kommen Sie bei mir vorbei, wenn es sich machen läßt, ich wohne in der***.«

Unvorhergesehener Umstände wegen mußte ich am nächsten Tag Moskau verlassen und bin nicht mehr mit Pjotr Petrowitsch Karatajew zusammengekommen.

Das Stelldichein

Ich saß im Herbst, Mitte September, in einem Birkenwäldchen. Vom Morgen an fiel ein feiner Regen, der zwischendurch von einem warmen Sonnenschein unterbrochen wurde; es war unbeständiges Wetter. Der Himmel überzog sich bald ganz mit weißen Wolken, bald klarte er einen Augenblick auf, und dann lugte zwischen den auseinandergeschobenen Wolken ein Stückchen blauer Himmel hell und freundlich wie ein herrliches Auge hervor. Ich saß da, schaute um mich und lauschte. Kaum hörbar raschelte das Laub über mir; allein am Ton dieses Raschelns konnte man die Jahreszeit feststellen. Das war nicht das heitere, lachende Beben des Frühlings, nicht das weiche Flüstern, das anhaltende Gemurmel des Sommers, nicht das zaghafte und kalte Stammeln des Spätherbstes, sondern ein kaum vernehmbares verträumtes Lispeln. Ein schwacher Wind berührte kaum die Spitzen der Bäume. Das Innere des regenfeuchten Wäldchens änderte sich beständig, je nachdem, ob die Sonne schien oder ob sie von Wolken verdeckt wurde; bald wurde es in ihm hell, als ob alles mit einemmal ringsum lächelte: die dünnen Stämme der nicht allzu dicht stehenden Birken nahmen den zarten Glanz weißer Seide an, die auf der Erde liegenden kleinen Blätter glänzten und leuchteten wie rotes Gold, und die hübschen Stengel des hohen buschigen Farnkrautes, welches bereits seine herbstliche Farbe angenommen hatte, die jener überreifen Weinlaubes glich, flimmerten vor den Augen in ihrem beständigen Durcheinanderwogen und Sichüberschneiden; bald wurde ringsum alles wieder etwas blauer: die grellen Farben erloschen augenblicks, die Birken standen ganz weiß und glanzlos da, weiß wie frisch gefallener Schnee, den die frostig spielenden Strahlen der Wintersonne noch nicht berührt haben; und heimlich, arglistig begann wieder der feinste Sprühregen im Walde zu wispern und niederzugehen. Das Laub der Birken war noch fast ganz grün, wenn auch merklich farbloser als im Sommer; vereinzelt stand nur hier und da eine junge, ganz rote oder goldene Birke, und es war schön zu sehen, wie sie hell in der Sonne aufleuchtete, wenn deren Strahlen blitzend und bunt plötzlich das dichte Gespinst ihrer dünnen, eben vom funkelnden Regen abgespülten Zweiglein durchdrangen. Nicht ein Vogel war zu hören: alle waren irgendwo untergekrochen und verstummt; vereinzelt nur erscholl wie ein stählernes Glöcklein das spöttische Stimmchen der Meise. Bevor ich in diesem Birkenwäldchen haltgemacht hatte, war ich mit meinem Hunde durch ein hohes Espengehölz gegangen. Ich gebe zu, daß ich die Espe mit ihrem blaßlila Stamm und ihrem metallisch grau-grünen Laub, das sie nach Möglichkeit in die Höhe streckt und als zitternden Fächer in der Luft ausbreitet, nicht besonders liebe; ich liebe nicht das ewige Schaukeln ihrer unreinlichen Blätter, die ungeschickt an ihren langen Stielen befestigt sind. Schön ist sie nur zuweilen an Sommerabenden, wenn sie, einzeln über niederem Gebüsch aufragend, die rotschimmernden Strahlen der untergehenden Sonne zurückwirft und glänzt und zittert, von der Wurzel bis zur Spitze in ein gleichmäßiges flammendes Gelbrot getaucht – oder wenn sie an einem klaren windigen Tag auf dem Hintergrund des blauen Himmels geräuschvoll dahinflutet und plappert und jedes ihrer Blätter, von diesem Fluten ergriffen, sich losreißen und gleichsam davonfliegen will. Aber ich liebe diesen Baum überhaupt nicht und ging deswegen, ohne im Espenwald anzuhalten, um mich zu erholen, bis zu dem Birkenhain, richtete mich unter einem Baum, dessen Zweige nahe über der Erde anfingen und mich deswegen vor dem Regen schützen konnten, ein und versank, nachdem ich mich am Anblick meiner Umgebung erfreut hatte, in jenen ungestörten sanften Schlaf, den nur Jäger kennen.

Ich kann nicht sagen, wie lange ich geschlafen hatte; als ich aber die Augen öffnete, war das Innere des Waldes voller Sonne, und durch das freudig rauschende Laub strömte und strahlte in alle Richtungen der grellblaue Himmel; ein aufkommender Wind hatte die Wolken vertrieben; das Wetter hatte aufgeklart, und man spürte in der Luft jene besondere trockene Frische, welche das Herz mit einem frohen Mut erfüllt und fast immer einen friedlichen klaren Abend nach einem unwirtlichen Tage anzeigt. Ich wollte gerade aufstehen und von neuem mein Glück versuchen, als meine Augen plötzlich an einer reglosen menschlichen Gestalt hängenblieben. Ich sah genauer hin: es war ein junges Bauernmädchen. Sie saß zwanzig Schritt von mir entfernt, hielt den Kopf nachdenklich gesenkt und die Hände auf den Knien; in der einen, die halb geöffnet war, lag ein dichter Strauß Feldblumen, der bei jedem Atemzug leise auf ihren karierten Rock glitt. Ein sauberes weißes Hemd, das am Hals und an den Handgelenken zugeknöpft war, schmiegte sich in kurzen weichen Falten an ihre Gestalt; zwei Reihen gelber großer Glasperlen liefen vom Hals auf die Brust hinab. Sie war sehr hübsch. Dichtes Haar von einer wunderschönen aschblonden Farbe schaute in zwei sorgfältig geflochtenen Halbkreisen unter einem roten Kopftuch hervor, das fast bis auf die elfenbeinweiße Stirn heruntergezogen war; der übrige Teil ihres Gesichtes zeigte kaum merklich jenes Goldbraun, das nur eine dünne Haut annimmt. Ich konnte ihre Augen nicht sehen, denn sie hob sie nicht; aber ich sah deutlich ihre schmalen hohen Augenbrauen und ihre langen Wimpern: sie waren feucht, und auf einer ihrer Wangen glänzte in der Sonne die trocken gewordene Spur einer Träne, die an den etwas bleichen Lippen stehengeblieben war. Ihr ganzes Köpfchen war allerliebst; auch die etwas dicke und rundliche Nase verdarb es nicht. Mir gefiel besonders der Ausdruck ihres Gesichts: so schlicht und sanft war es, so traurig und so voller kindlichen Staunens über die eigene Traurigkeit. Sie wartete offenbar auf jemanden; im Walde knackte etwas leise: sie hob sofort den Kopf und sah sich um; im lichten Schatten vor mir blitzten für einen Augenblick ihre großen, hellen und wie bei einer Hirtin ängstlichen Augen auf. Sie lauschte einige Sekunden, ohne die weit geöffneten Augen von der Stelle abzuwenden, wo das Geräusch zu vernehmen gewesen war, seufzte, wandte still den Kopf, bückte sich noch tiefer und begann langsam die Blumen zu ordnen. Ihre Lider röteten sich, die Lippen zuckten bitter, und eine neue Träne quoll unter den dichten Wimpern hervor, blieb auf der Wange hängen und glitzerte hell. So verstrich eine geraume Zeit; das arme Mädchen rührte sich nicht, bewegte nur ab und zu traurig die Hand und lauschte, lauschte immerzu ... Wieder erscholl ein Geräusch im Walde – sie fuhr zusammen. Das Geräusch verstummte nicht, sondern wurde deutlicher, kam näher, endlich vernahm man entschiedene, schnelle Schritte. Sie richtete sich gerade auf und schien ängstlich zu werden; ihr aufmerksamer Blick wurde unsicher und entzündete sich voller Erwartung. Im Dickicht wurde die Gestalt eines schnell ausschreitenden Mannes sichtbar. Sie sah genau hin, wurde plötzlich rot, lächelte froh und glücklich, wollte aufspringen und sank sofort wieder zusammen, wurde bleich und verwirrt und hob erst dann ihren flackernden, fast flehenden Blick dem Ankömmling entgegen, als er neben ihr stehenblieb.

Ich betrachtete ihn neugierig aus meinem Versteck heraus. Ich gestehe, er machte auf mich keinen angenehmen Eindruck. Er war allen Anzeichen nach der verwöhnte Kammerdiener eines jungen reichen Herrn. Seine Kleidung sollte guten Geschmack verraten und zugleich betont nachlässig wirken: er trug einen kurzen, bis oben zugeknöpften bronzefarbenen Mantel, den ihm wohl sein Herr aus seiner Garderobe geschenkt hatte, eine rosa Halsbinde mit lila Enden, eine schwarze Samtmütze, die bis auf die Augenbrauen herabgezogen war, mit einer goldenen Tresse. Der runde Kragen seines weißen Hemdes stützte ihm unbarmherzig die Ohren und schnitt ihm in die Wangen, und die gestärkten Manschetten bedeckten die ganze Hand bis zu den roten, krummen Fingern, die mit silbernen und goldenen Ringen mit Vergißmeinnichttürkisen geschmückt waren. Sein rotbäckiges rundes und unverschämtes Gesicht gehörte zu den Gesichtern, die, wie ich bemerkt habe, fast immer einen Mann aufbringen und leider sehr oft den Frauen gefallen. Er gab sich offensichtlich Mühe, seinen ziemlich groben Zügen einen verächtlichen und gelangweilten Ausdruck zu verleihen; beständig kniff er seine ohnehin winzigen milchig-grauen Augen zusammen, runzelte die Stirn, zog die Mundwinkel herab, gähnte gezwungen, und bald glättete er mit einer nachlässigen, wenn auch nicht sehr gut gespielten Ungezwungenheit seinen verwegen aufgezwirbelten Backenbart, bald zupfte er an den gelben Haaren auf seiner dikken Oberlippe, mit einem Wort, er stellte sich unmöglich an. Es begann in dem Augenblick, da er das junge Bauernmädchen erblickte, das ihn erwartete; langsam, schaukelnden Schrittes trat er an sie heran, blieb etwas stehen, zuckte mit den Schultern, steckte beide Hände in die Manteltaschen, würdigte das arme Mädchen kaum eines flüchtigen und gleichgültigen Blicks und ließ sich auf die Erde nieder.

»Nun«, begann er und blickte, weiterhin gähnend und mit dem Fuß wippend, zur Seite, »bist du schon lange hier?«

Das Mädchen konnte ihm nicht sofort antworten.

»Schon lange, Viktor Alexandrytsch«, sagte es schließlich mit kaum hörbarer Stimme.

»Ah!« Er nahm die Mütze ab, fuhr sich großspurig über das dichte, enganliegende Haar, das schier über den Brauen anfing, blickte würdevoll um sich und bedeckte wieder sorgsam sein wertvolles Haupt. »Ich hatte es ganz vergessen. Zudem regnete es auch!« Er gähnte wieder. »Ich habe unglaublich viel zu tun: man weiß nicht, wo einem der Kopf steht, und er schimpft noch. Morgen fahren wir ...«

»Morgen?« hauchte das Mädchen und sah ihn erschrocken an.

»Ja, morgen ... Nun, nun, nun, ich bitte sehr«, fiel er eilig und ärgerlich ein, als er sah, daß sie zitterte und den Kopf neigte, »ich bitte sehr, Akulina, weine nicht. Du weißt, daß ich das nicht leiden kann.« Er rümpfte seine stumpfe Nase. »Sonst werde ich gleich weggehn ... Was für Dummheiten – zu flennen!«

»Nun, ich weine nicht, ich weine nicht«, sagte Akulina schnell und würgte an ihren Tränen. »Also Sie fahren morgen?« fügte sie nach einem kurzen Schweigen hinzu. »Wann werde ich Sie wiedersehen, Viktor Alexandrytsch?«

»Wir werden uns schon einmal wiedersehen! Wenn nicht im nächsten Jahr, dann später einmal. Mein Herr beabsichtigt anscheinend, in Petersburg in den Staatsdienst einzutreten«, fuhr er geringschätzig und ein wenig näselnd fort, »möglicherweise fahren wir auch ins Ausland.«

»Sie werden mich vergessen, Viktor Alexandrytsch«, sagte Akulina traurig.

»Nein, warum denn? Ich werde dich nicht vergessen: sei du nur gescheit, mach keine Narreteien, hör auf deinen Vater ... Und ich werde dich nicht vergessen – nei-ein.« Dabei streckte er sich seelenruhig aus und gähnte wieder.

»Vergessen Sie mich nicht, Viktor Alexandrytsch«, fuhr sie mit flehender Stimme fort. »Ich habe Sie doch so geliebt, und für Sie scheint alles ... Sie sagen, ich soll auf meinen Vater hören, Viktor Alexandrytsch ... Ja, wie soll ich denn ihm gehorsam sein?«

»Na und?« Er lag auf dem Rücken, die Hände unter dem Kopf verschränkt, und die Worte schienen aus seinem Magen zu kommen.

»Ja wie denn, Viktor Alexandrytsch, Sie wissen doch selbst ...«

Sie verstummte. Viktor spielte mit seiner stählernen Uhrkette.

»Du bist kein dummes Mädchen, Akulina«, sagte er schließlich, »deswegen rede auch kein törichtes Zeug. Ich will doch nur dein Bestes, verstehst du mich? Du bist gewiß nicht dumm, nicht ganz ein Bauernmädchen, sozusagen; auch deine Mutter war nicht immer ein Bauernweib. Immerhin bist du ungebildet und mußt deswegen folgen, wenn man dir etwas sagt.«

»Aber es ist furchtbar, Viktor Alexandrytsch.«

»I-i, was für ein Unsinn, meine Liebe: wo hast du da etwas Schreckliches entdeckt? Was hast du da?« fügte er hinzu und rückte näher an sie heran. »Blumen?«

»Ja, Blumen«, antwortete Akulina traurig. »Hier habe ich Nieswurz gesammelt«, fuhr sie etwas lebhafter fort, »das ist für Kälber gut. Und das da ist Zweizahn – gegen die Skrofeln.

Schauen Sie einmal, was für ein wundervolles Blümchen; so ein herrliches Blümchen habe ich noch mein Lebtag nicht gesehen. Das sind Vergißmeinnicht . . . und diese habe ich für Sie gepflückt«, fügte sie hinzu und holte unter einer gelben Schlüsselblume einen kleinen Strauß hellblauer Kornblumen hervor, der mit einem dünnen Grashalm umwunden war. »Wollen Sie?«

Viktor streckte träge seine Hand aus, nahm die Blumen, roch daran, begann sie in den Fingern hin und her zu drehen, stierte mit einer nachdenklichen Wichtigkeit in die Luft. Akulina betrachtete ihn . . . In ihrem traurigen Blick lag so viel zärtliche Hingabe, andächtige Ergebenheit und Liebe. Sie hatte Angst vor ihm und wagte nicht zu weinen, nahm von ihm Abschied und freute sich an ihm ein letztes Mal; er aber lag hingerekelt wie ein Sultan und ertrug mit großmütiger Geduld und Herablassung ihre Vergötterung. Ich gestehe, ich blickte mit Entrüstung auf sein rotes Gesicht, aus welchem durch die gespielt geringschätzige Gleichgültigkeit hindurch befriedigte, übersättigte Eitelkeit hervorschaute. Akulina war so schön in diesem Augenblick: ihre ganze Seele breitete sich vertrauend, leidenschaftlich vor ihm aus, streckte sich ihm entgegen, schmiegte sich an ihn, und er . . . er ließ die Kornblumen ins Gras fallen, holte aus einer Seitentasche des Mantels ein kleines rundes Glas in einer Bronzefassung hervor und wollte es sich ins Auge klemmen; doch so sehr er sich auch bemühte, es mit der gerunzelten Braue, der hochgezogenen Wange und sogar mit der Nase festzuhalten – das Einglas glitt immer wieder ab und fiel ihm in die Hand.

»Was ist das?« fragte schließlich die erstaunte Akulina.

»Ein Lorgnon«, antwortete er wichtig.

»Wozu braucht man das?«

»Um besser sehen zu können.«

»Zeigen Sie es mir.«

Viktor runzelte die Stirn, gab ihr aber das Glas.

»Paß auf, zerbrich es nicht.«

»Hab keine Angst, ich werde es nicht zerbrechen.« Sie führte es zaghaft ans Auge. »Ich sehe nichts«, sagte sie kindlich unschuldig.

»Ja, mach das eine Auge zu«, sagte er im Ton eines unzufriedenen Lehrers. Sie schloß das Auge, vor das sie das Glas hielt. »Doch nicht das, nicht das, du Dumme, das andere!« rief Viktor und nahm ihr das Glas weg, ohne ihr Zeit gelassen zu haben, ihren Fehler gutzumachen.

Akulina wurde rot, lächelte kaum merklich und wandte sich ab.

»Offenbar taugt es nicht für unsereins.«

»Das fehlte noch gerade.«

Die Arme verstummte und seufzte tief.

»Ach Viktor Alexandrytsch, wie sollen wir ohne Sie auskommen«, sagte sie plötzlich.

Viktor rieb das Lorgnon mit dem Rockschoß ab und steckte es wieder in die Tasche.

»Ja, ja«, fing er endlich wieder an, »für dich wird es anfangs natürlich schwer sein.« Er klopfte ihr herablassend auf die Schulter; sie nahm leise seine Hand von ihrer Schulter und küßte sie zaghaft. »Schon gut, schon gut, du bist wirklich ein gutes Mädchen«, fuhr er fort und lächelte selbstzufrieden, »aber was ist da zu machen? Sage doch selber! Mein Herr und ich können doch nicht hierbleiben; jetzt ist es bald Winter, und im Winter ist es auf dem Lande – das weißt du selber – garstig. Ganz anders ist es in Petersburg. Dort gibt es Wunderdinge, die du, Dummchen, dir nicht einmal im Traum vorstellen kannst. Die Häuser, die Straßen, die Gesellschaft, die Bildung – du kommst aus dem Staunen überhaupt nicht heraus.« Akulina hörte ihm mit gespannter Aufmerksamkeit, mit leichtgeöffneten Lippen wie ein Kind zu. »Übrigens«, fügte er hinzu und drehte sich auf die andere Seite, »wozu erzähle ich dir das alles? Du bist ja doch nicht imstande, es zu verstehen.«

»Warum nicht, Viktor Alexandrytsch? Ich verstehe Sie, ich habe alles verstanden.«

»Sieh doch mal an!«

Akulina senkte die Augen.

»Früher haben Sie mit mir nicht so gesprochen, Viktor Alexandrytsch«, sagte sie, ohne den Blick zu heben.

»Früher? ... früher! ... Hört einmal! ... früher!« bemerkte er entrüstet.

Beide schwiegen ein Weilchen.

»Aber es ist Zeit für mich zu gehen«, sagte Viktor und stützte sich schon auf einen Ellenbogen.

»Warten Sie noch ein bißchen«, sagte Akulina mit flehender Stimme.

»Worauf soll ich noch warten? Ich habe mich doch schon von dir verabschiedet.«

»Bleiben Sie noch«, wiederholte Akulina.

Viktor legte sich wieder hin und begann zu pfeifen. Akulina

wandte kein Auge von ihm. Ich konnte bemerken, daß sie allmählich in Erregung geriet: ihre Lippen zuckten, und in ihre bleichen Wangen stieg eine feine Röte ...

»Viktor Alexandrytsch«, begann sie zuletzt mit bebender Stimme, »es ist sündhaft ... es ist bei Gott sündhaft, Viktor Alexandrytsch!«

»Was ist sündhaft?« fragte er mit gerunzelten Brauen, hob ein wenig den Kopf und kehrte ihn ihr zu.

»Es ist sündhaft, Viktor Alexandrytsch. Wenn Sie mir zum Abschied wenigstens ein gutes Wörtchen sagen wollten; wenigstens ein gutes Wörtchen mir armer Waise sagen wollten ...«

»Ja, was soll ich dir denn sagen?«

»Das weiß ich nicht, das wissen Sie besser, Viktor Alexandrytsch. Sie verlassen mich jetzt, und wenn Sie wenigstens ein gutes Wörtchen ... womit habe ich das verdient?«

»Wie seltsam du bist! Was kann ich denn?«

»Wenigstens ein Wörtchen ...«

»Nun leiert sie ein und dasselbe«, sagte er ärgerlich und stand auf.

»Ärgern Sie sich nicht, Viktor Alexandrytsch«, fügte sie rasch hinzu und hielt mit Mühe die Tränen zurück.

»Ich ärgere mich nicht, aber du bist eine Närrin ... Was erwartest du? Ich kann dich doch nicht heiraten? Ich kann es doch unmöglich! Na also, was willst du denn? was?« Er starrte sie an, als erwarte er eine Antwort, und spreizte die Finger.

»Ich will ... ich will nichts«, antwortete sie stammelnd und wagte es kaum, ihm ihre zitternden Hände entgegenzustrecken, »aber wenn sie mir bloß ein Wörtchen zum Abschied ...«

Und sie brach in ein hemmungsloses Weinen aus.

»Na, da haben wir es, jetzt heult sie«, sagte Viktor kaltblütig und zog sich die Mütze von hinten bis auf die Augen.

»Ich will ja nichts haben«, fuhr sie aufschluchzend fort und bedeckte das Gesicht mit beiden Händen, »aber was werde ich denn jetzt für einen Stand in der Familie haben, wie soll ich denn da weiterleben? Was wird mit mir geschehen, was wird aus mir Armen werden? Mit einem Ungeliebten wird man mich Waise verheiraten ... Mein armes Köpfchen!«

»Singe nur, singe nur deine Klagelieder«, sagte Viktor halblaut und trat von einem Fuß auf den andern.

»Und wenn er bloß ein Wörtchen, wenigstens ein ... ‚Sieh mal, Akulina, ich ...‘«

Ein plötzliches herzzerreißendes Schluchzen ließ sie ihre Rede nicht beenden – sie warf sich mit dem Gesicht ins Gras und weinte, weinte bitterlich ... ihr ganzer Körper zuckte krampfhaft, und ihr Hinterkopf fuhr ruckweise in die Höhe ... Der lange zurückgehaltene Gram machte sich endlich in einem Tränenstrom Luft. Viktor blieb noch ein Weilchen stehen, zuckte schließlich die Achseln, machte kehrt und ging mit großen Schritten fort.

Es vergingen einige Augenblicke ... Sie wurde still, hob den Kopf, sprang auf, blickte um sich und schlug die Hände zusammen; sie wollte ihm nachlaufen, aber die Füße versagten ihr den Dienst, und sie sank in die Knie ... Ich hielt es nicht mehr aus und stürzte zu ihr hin; kaum aber hatte sie mich gewahrt, als ihre Kräfte wiederkehrten – sie sprang mit einem leisen Schrei auf und verschwand hinter den Bäumen; die zerstreuten Blumen blieben auf der Erde liegen.

Ich blieb ein Weilchen stehen, hob das Kornblumensträußchen auf und ging aus dem Gehölz ins freie Feld hinaus. Die Sonne stand tief am blaßhellen Himmel; ihre Strahlen waren schon matter und kälter geworden: sie strahlten nicht, sie zerflossen in einem gleichmäßigen, fast wäßrigen Licht. Es war eine halbe Stunde vor Sonnenuntergang, das Abendrot begann schon schwach zu glühen. Ein scharfer Wind wehte stoßweise über ein gelbes, ausgetrocknetes Stoppelfeld mir entgegen; kleine verschrumpelte Blätter stoben vor ihm eilig in die Höhe und flogen vor mir über den Weg und um die Waldecke; die dem Felde zugekehrte Seite des Gehölzes zitterte und leuchtete kräftig, aber nicht grell; überall auf dem rötlichen Gras, an den Stroh- und Grashalmen glänzten und wogten die langen Fäden des Altweibersommers. Ich blieb stehen ... Mir wurde traurig zumute; aus dem unfrohen, wenn auch frischen Lächeln der absterbenden Natur schien verzagt die Angst vor dem nahen Winter hervorzulugen. Hoch über mir flog mit schwerem, schneidendem Flügelschlag ein vorsichtiger Rabe, wandte den Kopf, sah mich von der Seite an, schwang sich höher und verschwand mit kurzem Gekrächze hinter dem Wald; ein großer Schwarm Tauben kam rasch von der Dreschtenne angeflogen, wirbelte plötzlich durcheinander und ließ sich geschäftig auf den Stoppeln nieder – ein Anzeichen des Herbstes! Jemand fuhr hinter dem kahlen Hügel vorbei, der leere Wagen ratterte laut ...

Ich kam nach Hause; doch das Bild der armen Akulina stand noch lange vor meinen Augen, und ich bewahre bis auf den heutigen Tag ihre längst verwelkten Kornblumen auf.

Der Hamlet des Kreises Schtschigry

Auf einer meiner Jagdfahrten bekam ich eine Einladung zum Mittagessen bei dem reichen Gutsbesitzer und großen Jäger Alexander Michajlytsch G***. Sein Gut lag fünf Werst von dem kleinen Dorf entfernt, in welchem ich mich damals aufhielt. Ich zog den Frack an, ohne den ich niemandem rate auch nur auf die Jagd zu fahren, und begab mich zu Alexander Michajlytsch. Das Essen war auf sechs Uhr angesetzt; ich kam um fünf an und traf bereits einen ganzen Haufen von Edelleuten in Uniformen, in schwarzen Anzügen und in ziemlich unbestimmter Kleidung an. Der Hausherr begrüßte mich freundlich, lief aber sofort in den Anrichteraum. Er erwartete einen hohen Würdenträger und spürte eine gewisse Aufregung, die seinem Reichtum und seiner unabhängigen Stellung keineswegs angemessen war. Alexander Michajlytsch war nie verheiratet gewesen und liebte die Frauen nicht; es war eine reine Herrengesellschaft. Er lebte auf großem Fuß, hatte die Gemächer seines Großvaters vergrößert und schön eingerichtet, ließ sich in jedem Jahr für fünfzehntausend Rubel Wein aus Moskau kommen und erfreute sich überhaupt allgemeiner Wertschätzung. Alexander Michajlytsch hatte vor langer Zeit den Dienst quittiert und strebte keinerlei Auszeichnungen an ... Was veranlaßte ihn also, sich um den Besuch eines so hohen Gastes zu bemühen und sich am Tag des Festessens vom frühen Morgen an aufzuregen? Das bleibt ins Dunkel der Ungewißheit gehüllt, wie sich ein mir bekannter Rechtsanwalt auszudrücken pflegte, wenn man ihn fragte, ob er freiwillig gebotene Bestechungsgelder annehme.

Nachdem ich mich vom Wirt getrennt hatte, begann ich in den Zimmern umherzugehen. Ich kannte die meisten Gäste überhaupt nicht; etwa zwanzig saßen bereits an den Kartentischen. Unter diesen Liebhabern des Preferencespiels befanden sich zwei Militärs mit vornehmen, aber etwas müden Gesichtern, einige Staatsbeamte in hohen engen Halsbinden und mit hängenden gefärbten Schnurrbärten, wie sie nur entschlossene, doch regierungstreue Männer tragen (diese regierungstreuen Männer nahmen die Karten mit wichtiger Miene auf und schielten, ohne den Kopf zu drehen, heimlich nach den Neuankömmlingen), und fünf oder sechs Beamte aus der Kreisstadt mit runden Bäuchlein, weichen schwitzenden Händen und bescheiden-bewegungslosen Füßchen (diese Herren sprachen mit weicher Stimme, lächelten sanft nach allen Richtungen, hielten die Karten dicht an der Manschette, schlugen nicht auf den Tisch, wenn sie einen Trumpf ausspielten, sondern ließen die Karte im Gegenteil wellenartig auf das grüne Tuch fallen und gaben beim Ablegen eines Stiches einen überaus höflichen und schicklichen Krächzer von sich). Die übrigen Adligen saßen auf Diwanen oder standen in Gruppen an den Türen und Fenstern; ein nicht mehr junger Gutsbesitzer mit stark weiblichem Äußeren stand in der Ecke, fröstelte, errötete und spielte in seiner Verlegenheit auf dem Bauch mit einem Anhängsel seiner Uhr, obgleich ihn niemand beachtete; einige Herren in Fräcken mit runden Schößen und karierten Beinkleidern, die vom »lebenslänglichen Zunftmeister« Firs Kljuchin in Moskau angefertigt waren, unterhielten sich sehr angeregt und ungezwungen und drehten dabei lebhaft ihre fetten und kahlen Nacken nach allen Seiten; ein junger, etwa zwanzigjähriger, kurzsichtiger blonder Mann, vom Kopf bis zu den Füßen ganz in Schwarz gekleidet, war offensichtlich befangen, lächelte aber höhnisch . . .

Ich begann mich bereits zu langweilen, als sich plötzlich ein Herr Wojnizyn zu mir gesellte, ein junger Mensch, der sein Studium nicht beendet hatte und im Hause Alexander Michajlytschs als . . . es ist schwer zu sagen, als was eigentlich, lebte. Er schoß ausgezeichnet und konnte Hunde dressieren. Ich hatte ihn schon in Moskau kennengelernt. Er gehörte zu den jungen Leuten, die in jedem Examen »zur Salzsäule erstarrten«, das heißt auf die Fragen des Professors mit Schweigen antworteten. Man nannte diese Herren auch, um sich gewählter auszudrücken, Backenbärte. (Geschehnisse längst vergangener Zeiten, wie Sie zu sehen belieben.) Das ging folgendermaßen zu: es wurde zum Beispiel Wojnizyn aufgerufen. Wojnizyn, der bis dahin schweißgebadet, unbeweglich und aufrecht in seiner Bank gesessen und ebenso langsam wie gedankenlos um sich geblickt hatte, stand auf, knöpfte hastig seinen Uniformrock bis oben zu und schob sich von der Seite an den Examenstisch heran. »Bitte nehmen Sie sich einen Zettel«, sagte der Professor liebenswürdig. Wojnizyn streckte die Hand aus und berührte mit zitternden Fingern das Häufchen Zettel. »Lassen Sie gefälligst das Aussuchen«, bemerkte mit zitternder Stimme irgendein hinzugezogener, doch gereizter alter Professor einer anderen Fakultät, der mit einemmal eine heftige Abneigung gegen den unglücklichen Backenbart empfand. Wojnizyn ergab sich in sein Los, nahm einen Zettel, zeigte die Nummer und ging zum Fenster, wo er sich hinsetzte, bis sein Vorgänger die ihm gestellte Frage beantwortet hatte. Am Fenster ließ Wojnizyn kein Auge vom Zettel, höchstens sah er zwischendurch einmal wie vordem in die Runde, aber im übrigen rührte er kein Glied. Schließlich ist sein Vorgänger fertig, man sagt zu ihm: »Gut, Sie können gehen«, oder sogar: »Gut, sehr gut«, je nach seiner Leistung. Jetzt wird Wojnizyn aufgerufen; Wojnizyn steht auf und geht festen Schrittes zum Tisch. »Lesen Sie die gezogene Frage vor«, sagt man ihm. Wojnizyn hebt den Zettel mit beiden Händen bis an seine Nase, liest langsam und läßt die Hände langsam sinken. »Nun, bitte, beantworten Sie die Frage«, sagt gelangweilt derselbe Professor, lehnt sich zurück und kreuzt die Arme auf der Brust. Grabesstille tritt ein. »Nun, worauf warten Sie?« Wojnizyn schweigt. Der hinzugezogene alte Professor beginnt sich zu ärgern. »So sagen Sie doch etwas!« Mein Wojnizyn schweigt, als wäre er erstarrt. Sein geschorener Hinterkopf ragt steil und unbeweglich den neugierigen Blicken aller seiner Kameraden entgegen. Dem hinzugezogenen Professor treten die Augen fast aus den Höhlen: er haßt jetzt endgültig Wojnizyn. »Das ist aber seltsam«, bemerkt ein anderer Examinator. »Was stehen Sie denn da wie ein Stummer? Wenn Sie es nicht wissen, dann sagen Sie es.« – »Gestatten Sie mir, einen anderen Zettel zu nehmen«, bringt der Unglückliche dumpf hervor. »Nun, meinetwegen«, sagt der Hauptexaminator und winkt mit der Hand. Wojnizyn nimmt wieder einen Zettel, geht wieder zum Fenster, kommt wieder zum Tisch zurück und schweigt wieder wie ein Erschlagener. Der hinzugezogene alte Professor ist imstande, ihn lebendig aufzufressen. Endlich jagt man ihn fort und gibt ihm null Punkte. Sie denken: jetzt wird er wenigstens weggehen! Weit gefehlt! Er geht auf seinen Platz zurück, sitzt dort, ohne sich zu rühren, bis zum Ende des Examens und ruft im Weggehen aus: »Hol's der Kuckuck! Welch eine verzwickte Frage!« Dann geht er den ganzen Tag durch die Straßen Moskaus, greift sich zuweilen an den Kopf und klagt bitter über sein unseliges Los. Ein Buch rührt er natürlich nicht an, und am anderen Morgen wiederholt sich die ganze Geschichte von neuem.

Eben dieser Wojnizyn gesellte sich zu mir. Wir sprachen von Moskau, über die Jagd ...

»Wollen Sie«, flüsterte er mir plötzlich zu, »daß ich Sie mit dem größten Witzbold bekannt mache?«

»Seien Sie so freundlich.«

Wojnizyn führte mich zu einem kleinen Mann mit hohem Haarschopf und Schnurrbart, der einen braunen Frack und eine bunte Halsbinde trug. Seine galligen beweglichen Züge verrieten allerdings Klugheit und Bosheit. Ein flüchtiges, giftiges Lächeln spielte beständig um seine Lippen; seine kleinen zusammengekniffenen Augen schauten keck unter den ungleichmäßigen Wimpern hervor. Neben ihm stand ein dicker, schwammiger, honigsüßer und einäugiger Gutsbesitzer. Er lachte im voraus über die Witze des Kleinen und schmolz geradezu vor Vergnügen. Wojnizyn stellte mich dem Witzbold, der Pjotr Petrowitsch Lupichin hieß, vor. Wir machten uns bekannt und tauschten die ersten Begrüßungsworte aus.

»Gestatten Sie mir, Ihnen meinen besten Freund vorzustellen«, sagte Lupichin plötzlich mit einer schneidenden Stimme und faßte den honigsüßen Gutsbesitzer an der Hand. »Ja sträuben Sie sich doch nicht, Kirila Selifanytsch«, fügte er hinzu, »man wird Sie nicht beißen. Hier«, fuhr er fort, während der verwirrte Kirila Selifanytsch sich so ungeschickt verbeugte, als ob ihm der Bauch fortrollen wollte, »hier empfehle ich Ihnen einen prächtigen Edelmann. Er erfreute sich bis zu seinem fünfzigsten Lebensjahr einer ausgezeichneten Gesundheit, als es ihm plötzlich einfiel, seine Augen kurieren zu lassen, wodurch er auf einem Auge erblindete. Seit der Zeit kuriert er mit demselben Erfolg seine Bauern. Und sie dienen ihm natürlich mit derselben Ergebenheit . . .«

»Nein, so ein . . .« murmelte Kirila Selifanytsch und brach in ein schallendes Gelächter aus.

»Vollenden Sie doch Ihren Satz, mein Freund, vollenden Sie ihn«, fiel Lupichin ein. »Man kann Sie ja unversehens zum Richter ernennen, und passen Sie auf, man wird es auch tun. Das Denken werden Ihnen vermutlich die Beisitzer abnehmen; aber man muß doch imstande sein, gelegentlich einen fremden Gedanken auszusprechen. Es kann ja der Fall eintreten, daß der Gouverneur ankommt und fragt: ‚Weshalb stottert der Richter?‘ Nehmen wir an, man antwortet ihm: ‚Er hat einen Schlaganfall erlitten.‘ – ‚Dann laßt ihn zur Ader‘, wird er sagen. Und in Ihrer Stellung ist es doch unschicklich . . .«

Der honigsüße Gutsbesitzer kugelte sich vor Lachen.

»Wie er lacht«, fuhr Lupichin fort und blickte grimmig auf den wogenden Bauch Kirila Selifanytschs. »Und weshalb sollte er nicht lachen?« fügte er, an mich gewandt, hinzu. »Er ist satt, gesund, hat keine Kinder, die Bauern sind nicht verpfändet, und er kuriert sie, seine Frau ist nicht ganz normal . . .« Kirila Selifanytsch wandte sich etwas zur Seite, als habe er nicht richtig verstanden, fuhr aber fort zu lachen ... »Ich lache, und dabei ist meine Frau mit dem Landvermesser durchgegangen.« Er grinste. »Wußten Sie das nicht? Aber gewiß! Sie ist mir nichts, dir nichts weggelaufen und hat mir einen Brief hinterlassen: Vergib mir halt, mein teurer Pjotr Petrowitsch! Von der Leidenschaft umgarnt, entferne ich mich mit dem Freunde meiner Seele ... Und der Landvermesser hat nur damit Eindruck gemacht, daß er sich die Fingernägel nicht schnitt und enganliegende Beinkleider trug. Sie wundern sich? Ich bin nun einmal ein offenherziger Mensch. Und was ist denn dabei? Ein einfacher Steppenmensch ist es eben gewohnt, die Wahrheit geradeheraus zu sagen. Aber lassen Sie uns ein wenig auf die Seite gehen ... Was sollen wir neben dem zukünftigen Richter stehen ...«

Er hakte sich bei mir ein, und wir gingen zum Fenster.

»Ich gelte hier als Witzbold«, sagte er mir im Lauf unserer Unterhaltung, »glauben Sie es nicht. Ich bin nur ein erbitterter Mensch und schimpfe laut; deswegen nehme ich auch kein Blatt vor den Mund. Und weshalb sollte ich mir auch einen Zwang auferlegen? Ich kümmere mich um keines Menschen Meinung und will nichts erreichen; ich bin boshaft – was ist schon dabei? Ein boshafter Mensch braucht wenigstens keinen Verstand. Und Sie glauben nicht, wie erfrischend es ist ... Betrachten Sie zum Beispiel unseren Hausherrn! Weswegen, ich bitte Sie, hetzt er sich ab, schaut auf die Uhr, lächelt, schwitzt, setzt eine gewichtige Miene auf und gibt uns nichts zu essen? Welch ein Ereignis – ein Würdenträger wird erwartet! Da, da läuft er wieder; er hinkt sogar, sehen Sie doch!«

Und Lupichin fing an zu lachen.

»Es ist schade, daß keine Damen da sind«, fuhr er mit einem tiefen Seufzer fort, »ein Herrenessen! Eine Gesellschaft mit Damen ist für unsereinen ein gefundenes Fressen. Sehen Sie doch, sehen Sie«, rief er plötzlich aus, »da kommt Fürst Koselskij – da, dieser große bärtige Mann mit den strohgelben Handschuhen. Man sieht gleich, daß er im Ausland gewesen ist ... und immer kommt er zu spät. Dumm, kann ich Ihnen sagen, wie ein Paar Kaufmannspferde; und wenn Sie sehen könnten, wie herablassend er unseresgleichen anredet, wie großmütig er über die Liebenswürdigkeiten unserer hungrigen Mütter und Töchter zu lächeln geruht! ... Er macht auch selbst zuweilen Witze, obgleich er nur vorübergehend hier lebt; und was das erst für Witze sind! Als ob er mit einem stumpfen Messer eine Schnur zerschnitte. Er kann mich nicht leiden ... Ich werde hingehen und ihn begrüßen.«

Und Lupichin lief dem Fürsten entgegen.

»Und dort kommt mein persönlicher Feind«, sagte er, als er unvermittelt wieder neben mir auftauchte, »sehen Sie den dicken Mann mit dem braunen Gesicht und der Igelfrisur – den dort, der die Mütze in der Hand zerknüllt, an der Wand entlanggeht und wie ein Wolf nach allen Seiten schaut? Ich habe ihm für vierhundert Rubel ein Pferd verkauft, welches tausend Rubel wert war, und dieses stumme Geschöpf hat jetzt das volle Recht, mich zu verachten; zudem ist er selbst derart begriffsstutzig, besonders morgens vor dem Teetrinken oder gleich nach dem Mittagessen, daß er einen Gruß mit der Frage: ‚Was wünschen Sie?' beantwortet. Aber dort kommt der General«, fuhr Lupichin fort, »ein Zivilgeneral im Ruhestand, ein verarmter General. Er hat eine Rübenzuckertochter und eine skrofulöse Fabrik ... Verzeihung, das stimmt nicht ... aber Sie verstehen es wohl. Ah, da ist auch unser Architekt! Ein Deutscher mit einem Schnurrbart, der sich in seinem Fach nicht auskennt – welch eine Seltenheit! ... Wozu braucht er übrigens auch tüchtig zu sein? Wenn er nur Bestechungsgelder zu nehmen und möglichst hohe Säulen für unsere altadeligen Herren aufzuführen versteht!«

Lupichin brach wieder in ein schallendes Gelächter aus ... Plötzlich aber verbreitete sich eine nervöse Unruhe im ganzen Haus. Der Würdenträger war angekommen. Der Hausherr stürzte ins Vorzimmer. Ihm folgten einige treue Hausgenossen und dienstbeflissene Gäste ... Das laute Sprechen verwandelte sich in ein sanftes angenehmes Gemurmel gleich dem frühlingshaften Summen der Bienen in den heimatlichen Stöcken. Nur die unermüdliche Wespe Lupichin und die prächtige Drohne Koselskij senkten ihre Stimmen nicht ... Und endlich trat die Bienenkönigin – der Würdenträger – ein. Die Herzen flogen ihm entgegen, die Sitzenden standen auf; sogar der Gutsbesitzer, der das Pferd so billig von Lupichin gekauft hatte, machte eine Verbeugung. Der hohe Herr trat überaus würdevoll auf: indem er wie zum Gruß den Kopf zurückwarf, sprach er einige beifällige Worte, die alle mit einem gedehnt und durch die Nase ausgesprochenen »äh« anfingen; mit einer an Hunger grenzenden Empörung blickte er auf den Bart des Fürsten Koselskij und reichte dem bankrotten Etats-General mit der Fabrik und der Tochter den Zeigefinger der linken Hand. Nach einigen Minuten, in deren Verlauf der Würdenträger zweimal Zeit fand zu bemerken, daß er sehr froh sei, zum Essen nicht zu spät gekommen zu sein, begab sich die ganze Gesellschaft ins Eßzimmer, die Trümpfe voran.

Soll ich nun dem Leser berichten, wie man den Würdenträger auf den ersten Platz zwischen den General und den Gouvernementsadelsmarschall, einen Menschen mit einem offenen und würdigen Gesichtsausdruck, der völlig im Einklang mit seiner gestärkten Manschette, seiner umfangreichen Weste und seiner runden Tabaksdose mit französischem Tabak stand, setzte; wie der Hausherr geschäftig herumwirtschaftete, hin und her lief, die Gäste bewirtete, im Vorbeilaufen den Rücken des Würdenträgers anlächelte, wie ein Schüler in der Ecke stand, um ein Tellerchen Suppe oder Stückchen Braten weiterzureichen; wie der Haushofmeister einen anderthalb Ellen langen Fisch mit einem Bukett im Maul hereinbrachte; wie die grimmig dreinschauenden Diener in Livree mißmutig jedem Edelmann bald Malaga, bald Dry-Madeira anboten und wie fast alle Edelleute, besonders die älteren, gleichsam widerwillig, nur aus Pflichtgefühl, ein Gläschen nach dem andern leerten; wie schließlich die Champagnerpfropfen knallten und man Trinksprüche auszubringen begann? – Dies alles ist wohl dem Leser nur allzu gut bekannt. Beachtenswert erschien mir jedoch die Anekdote, welche der Würdenträger in einem allgemeinen freudigen Schweigen zum besten gab. Irgend jemand, anscheinend der verarmte General, ein Mensch, der die neueste Literatur kannte, erwähnte den Einfluß der Frauen, insonderheit auf junge Leute. »Ja, ja«, hakte der hohe Herr ein, »das ist so; aber man muß die jungen Leute in strengem Gehorsam halten, sonst sind sie womöglich imstande, beim Anblick eines jeden Weiberrockes den Verstand zu verlieren.« Ein kindliches, frohes Lächeln huschte über die Gesichter aller Gäste; im Blick eines Gutsbesitzers schimmerte sogar Dankbarkeit. »Dieweil junge Leute dumm sind.« Der Würdenträger änderte zuweilen, wahrscheinlich um seinen Worten mehr Gewicht zu verleihen, die übliche Betonung eines Wortes. »Nehmen wir beispielsweise meinen Sohn Iwan«, fuhr er fort, »der Esel ist erst zwanzig und spricht eines schönen Tages plötzlich zu mir: ‚Erlauben Sie mir, Papachen, zu heiraten.‘ Ich sage zu ihm: ‚Dummkopf, diene zuerst einmal als Beamter!‘ Darauf Verzweiflung, Tränen ... jedoch bei mir ...« Das Wort »mir« sprach der Würdenträger mehr mit dem Bauch als mit den Lippen aus; dann schwieg er etwas und sah majestätisch seinen Nachbarn, den General, an, wobei der die Augenbrauen höher zog, als man erwarten würde. Der Etats-General neigte den

Kopf höflich ein wenig zur Seite und fing an, ungewöhnlich schnell mit dem dem General zugewandten Auge zu blinzeln. »Und nun«, begann der Würdenträger von neuem, »nun schreibt er mir selbst und dankt mir, daß ich ihn in seiner Dummheit belehrt habe ... Also so muß man vorgehen ...« Alle Gäste waren natürlich derselben Meinung wie der Erzähler und schienen gleichsam erfrischt durch das Vergnügen und die Belehrung, die sie genossen hatten ... Nach dem Essen erhob sich die ganze Gesellschaft und begab sich mit einem größeren, aber immer noch schicklichen und dieser Gelegenheit angemessenen Lärm in den Salon ... Man setzte sich an die Kartentische.

Irgendwie schlug ich die Zeit bis zum Abend tot und begab mich, nachdem ich dem Kutscher befohlen hatte, meinen Wagen um fünf Uhr morgens anzuspannen, zur Ruhe. Es stand mir aber noch bevor, im Laufe dieses Tages die Bekanntschaft eines beachtenswerten Menschen zu machen.

Da das Haus überfüllt war, schlief keiner der Gäste allein. In dem kleinen, grünlichen und etwas feuchten Zimmer, in das mich der Hausmeister Alexander Michajlytschs führte, befand sich bereits ein anderer, völlig entkleideter Gast. Bei meinem Anblick schlüpfte er schnell unter die Decke, die er sich bis an die Nase zog, wühlte sich ein wenig in die lockeren Daunen ein und lag still da, wobei er scharf unter dem runden Rand seiner papierenen Nachtmütze hervorlugte. Ich trat an das andere Bett (es waren im ganzen zwei Betten im Zimmer), zog mich aus und legte mich in die feuchten Laken. Mein Nachbar bewegte sich auf seinem Bett ... Ich wünschte ihm eine gute Nacht.

Es verging eine halbe Stunde. Trotz all meiner Anstrengungen konnte ich nicht einschlafen: in einer endlosen Reihe zogen an meinem Geiste, einer nach dem anderen, unnütze und unklare Gedanken, hartnäckig und einförmig gleich Eimern einer Wasserschöpfmaschine, vorbei.

»Sie schlafen wohl nicht«, sagte mein Nachbar.

»Wie Sie sehen«, antwortete ich, »aber auch Sie können anscheinend nicht schlafen?«

»Ich kann nie schlafen.«

»Weshalb denn?«

»Es ist einmal so. Ich weiß nicht, wie ich einschlafe; ich liege, liege und schlafe schließlich ein.«

»Warum gehen Sie denn zu Bett, bevor Sie schlafen wollen?«

»Was soll ich denn sonst tun?«

Ich antwortete nicht auf diese Frage meines Nachbarn.

»Ich wundere mich«, fuhr er nach einem kurzen Schweigen fort, »warum es hier keine Flöhe gibt. Woher sollten sie aber auch kommen?«

»Sie scheinen sie geradezu zu vermissen«, bemerkte ich.

»Nein, ich vermisse sie nicht; aber ich liebe in allem die Folgerichtigkeit.«

Sieh mal an, dachte ich, was er für Worte gebraucht!

Der Nachbar schwieg wieder ein wenig.

»Wollen Sie mit mir wetten?« sagte er mit einemmal ziemlich laut.

»Worauf?«

Mein Nachbar fing an, mich zu amüsieren.

»Hm ... worauf? Also darauf: ich bin überzeugt, daß Sie mich für einen Esel halten.«

»Aber ich bitte Sie«, murmelte ich aufs höchste erstaunt.

»Für einen Steppenmenschen, einen Flegel ... Geben Sie es zu ...«

»Ich habe nicht das Vergnügen, Sie zu kennen«, entgegnete ich, »woraus könnten Sie schließen ...«

»Woraus! Ja, allein aus dem Ton Ihrer Stimme: Sie antworten mir so nachlässig ... Aber ich bin durchaus nicht das, was Sie denken ...«

»Gestatten Sie einmal ...«

»Nein, gestatten *Sie*. Erstens spreche ich Französisch ebenso gut wie Sie, und Deutsch sogar besser; zweitens habe ich drei Jahre im Ausland gelebt: allein in Berlin acht Monate. Ich habe Hegel studiert, mein hochverehrter Herr, und kenne Goethe auswendig; außerdem war ich lange verliebt in die Tochter eines deutschen Professors und habe zu Hause eine schwindsüchtige junge Dame geheiratet, die zwar keine Haare hatte, aber eine sehr bemerkenswerte Persönlichkeit war. Folglich bin ich Ihresgleichen und nicht ein Steppenmensch, wie Sie glauben ... Auch bin ich von der Reflexion angesteckt, und es ist nichts Unmittelbares in mir.«

Ich hob den Kopf und blickte mit doppelter Aufmerksamkeit auf den Sonderling. Beim trüben Licht der Nachtlampe konnte ich kaum seine Züge erkennen.

»Jetzt sehen Sie mich an«, fuhr er fort, nachdem er seine Nachtmütze zurechtgerückt hatte, »und fragen sich wahrscheinlich selbst: Wie habe ich ihn denn heute gar nicht bemerkt? Ich werde Ihnen sagen, weshalb Sie mich nicht bemerkt haben: deswegen, weil ich die Stimme nicht erhöhe, weil ich mich hinter anderen verstecke, hinter den Türen stehe, mit niemandem spreche; weil der Hausmeister, wenn er an mir vorübergeht, im voraus seinen Ellenbogen bis zu der Höhe meiner Brust hebt ... Und weswegen geschieht das alles? Aus zweierlei Gründen: erstens bin ich arm, und zweitens habe ich mich in mein Los ergeben ... Sagen Sie aufrichtig: Sie haben mich doch nicht bemerkt?«

»Ich hatte tatsächlich nicht das Vergnügen ...«

»Nun ja, nun ja«, unterbrach er mich, »das wußte ich ja.« Er setzte sich auf und kreuzte die Arme auf der Brust; der lange Schatten seiner Nachtmütze knickte sich von der Wand auf die Decke ein.

»Aber gestehen Sie es ein«, sagte er plötzlich und sah mich dabei von der Seite an, »ich muß Ihnen als ein großer Sonderling vorkommen, als ein Original, wie man sagt, oder vielleicht, bitte, als etwas noch Schlimmeres: vielleicht denken Sie, daß ich den Sonderling spiele?«

»Ich kann Ihnen nur wiederholen, daß ich Sie nicht kenne ...«

Er senkte für einen Augenblick die Augen.

»Weshalb ich mit Ihnen, einem mir völlig unbekannten Menschen, so überraschend in ein Gespräch gekommen bin, weiß allein der Himmel!« Er seufzte. »Doch wohl nicht etwa infolge einer Seelenverwandtschaft? Sie und ich, wir sind beide ordentliche Menschen, das heißt, wir sind Egoisten: weder kümmern Sie sich um mich noch ich mich um Sie im geringsten; ist dem nicht so? Aber wir können beide nicht schlafen: warum soll man da nicht etwas schwatzen? Ich bin eben in Fahrt, und das kommt bei mir äußerst selten vor. Sie müssen wissen, daß ich sehr schüchtern bin, und zwar nicht deswegen, weil ich ein Provinzler, ohne Rang und arm bin, sondern weil ich ein Mensch von schrecklicher Eigenliebe bin. Zuweilen jedoch verschwindet unter dem Einfluß segensreicher Umstände, Zufälligkeiten, welche ich übrigens weder nennen noch voraussehen kann, meine Zaghaftigkeit vollständig, wie eben jetzt zum Beispiel. Sie könnten mich jetzt meinetwegen dem Dalai Lama gegenüberstellen – ich würde auch ihn um eine Prise Schnupftabak angehen. Aber vielleicht wollen Sie schlafen.«

»Im Gegenteil«, antwortete ich hastig, »es bereitet mir ein großes Vergnügen, mich mit Ihnen zu unterhalten.«

»Das heißt, ich amüsiere Sie, wollen Sie sagen ... um so besser ... ich kann Ihnen also verraten, daß man mich hier ein Original nennt, das heißt, es nennen mich so die Leute, denen unter anderen Nichtigkeiten zufällig auch mein Name unterläuft: ‚Niemand sorgt sich sehr um mein Ergehen mehr.' Sie wollen mich damit verletzen ... o Gott! wenn Sie wüßten ... ich leide ja gerade darunter so unsäglich, daß in mir nichts Originelles ist, entschieden nichts, außer solchen Ausbrüchen wie eben jetzt mein Gespräch mit Ihnen zum Beispiel; doch diese Ausbrüche sind ja keinen kupfernen Groschen wert. Das ist die allerbilligste und gemeinste Art von Originalität.«

Er wandte mir sein Gesicht zu und warf die Hände hoch. »Hochverehrter Herr!« rief er aus. »Ich bin der Meinung, daß überhaupt nur die Originale ein schönes Leben auf dieser Erde haben; nur sie sind berechtigt zu leben. ‚Mon verre n'est pas grand, mais je bois dans mon verre', hat jemand gesagt. Sehen Sie«, fügte er halblaut hinzu, »wie rein meine französische Aussprache ist. Was nützt es, daß dein Kopf groß und geräumig ist, daß du alles verstehst, viel weißt, mit der Zeit gehst – wenn du nichts Besonderes, Eigenes hast! Die große Zahl von Gemeinplätzen auf der Welt um einen vermehren – ja, wem bereitet das die geringste Freude? Nein, lieber dumm sein, aber doch in seiner Art! Seinen Geruch, seine eigene Witterung haben, darauf kommt es an! Und Sie brauchen nicht zu denken, daß meine Ansprüche hinsichtlich dieser Witterung hoch sind ... Gott bewahre! Es gibt eine Unmenge derartiger Originale: wo du nicht hinschaust, erblickst du ein Original; jeder lebende Mensch ist ein Original, einzig und allein ich bin nicht unter sie geraten!«

»Welch hohe Erwartungen habe ich nicht in meiner Jugend erweckt«, fuhr er nach einem kurzen Schweigen fort, »welch eine hohe Meinung hatte ich selber von meiner Person vor meiner Reise ins Ausland und auch noch in der ersten Zeit nach meiner Rückkehr! Nun, im Ausland habe ich Augen und Ohren offengehalten, habe sehr zurückgezogen gelebt, wie es sich auch für unsereinen ziemt, der sich alles merkt, alles begreift und der zum Schluß, wie es sich herausstellt, von nichts eine blasse Ahnung hat!«

»Ein Original, ein Original!« begann er von neuem und schüttelte vorwurfsvoll den Kopf. »Man nennt mich ein Original ... in Wirklichkeit aber erweist es sich, daß es auf der Welt keinen weniger originellen Menschen als Ihren ergebenen Diener gibt. Ich bin wohl schon als Nachahmung eines anderen Menschen auf die Welt gekommen ... Wahrhaftig! Ich lebe auch eigentlich nur als Nachäffung einiger Schriftsteller, deren Werke ich gelesen habe, lebe im Schweiße meines Angesichts; ich habe schließlich auch nicht aus eigenem Antrieb studiert, mich verliebt und geheiratet, sondern gewissermaßen so, als erfüllte ich etwas wie eine Pflicht, wie eine Aufgabe ... wer kennt sich da aus!«

Er riß die Nachtmütze vom Kopf und warf sie auf das Bett.

»Wenn Sie wollen, werde ich Ihnen mein Leben erzählen«, sagte er mit stockender Stimme, »oder besser gesagt, einige Begebenheiten aus meinem Leben.«

»Seien Sie so freundlich.«

»Ach nein, lieber werde ich Ihnen erzählen, wie ich geheiratet habe. Die Heirat ist doch eine wichtige Angelegenheit, der Prüfstein für den ganzen Menschen; in ihr erscheint wie in einem Spiegelbild ... aber dieser Vergleich ist zu abgenutzt ... Gestatten Sie, daß ich ein wenig Tabak ...«

Er holte unter dem Kopfkissen seine Tabaksdose hervor, öffnete sie und fing wieder zu reden an, wobei er mit der offenen Dose herumfuchtelte.

»Versetzen Sie sich doch einmal, hochverehrter Herr, in meine Lage ... Sagen Sie doch selbst, welchen, nun welchen, um Himmels willen, welchen Nutzen konnte ich aus der Enzyklopädie Hegels ziehen? Was haben diese Enzyklopädie und das russische Leben gemeinsam? Und wie wollen Sie sie auf unser Leben anwenden, und nicht nur die Enzyklopädie, sondern überhaupt die deutsche Philosophie, ja die ganze Wissenschaft?«

Er hüpfte im Bett hoch, preßte böse die Zähne zusammen und brummte: »So also, so steht es! ... Weshalb hast du dich denn ins Ausland geschleppt? Weswegen bist du nicht zu Hause geblieben und hast an Ort und Stelle das Leben deiner Umgebung studiert? Du hättest seine Erfordernisse und Zukunftsmöglichkeiten kennengelernt und wärst auch sozusagen in bezug auf deine Berufung mit dir ins reine gekommen ... Aber ich bitte Sie«, fuhr er mit veränderter Stimme, wie um sich zu rechtfertigen, schüchtern fort, »wie sollte unsereiner das erfassen, was noch kein noch so Kluger in einem Buch geschrieben hat? Ich würde gern beim russischen Leben Unterricht nehmen, aber es schweigt, mein Liebchen: ‚Verstehe mich halt so!' Das übersteigt aber mein Können; gebt mir ein Ergebnis, zeigt mir eine Schlußfolgerung ... Eine Schlußfolgerung? Da hast du auch eine Schlußfolgerung: lausche mal unseren Moskauer Nachtigallen, möchte ich sagen. Aber darin besteht ja das Unglück, daß sie wie die Kursker Nachtigallen flöten und nicht wie Menschen sprechen ... Ich habe überlegt und überlegt – die Wissenschaft ist doch dem Anschein nach überall die gleiche, und es gibt auch nur eine Wahrheit – und fuhr dann mit Gott in ein fremdes Land, zu den Heiden ... Was wollen Sie! Die Jugend, der Stolz haben mich betört. Ich wollte, wissen Sie, nicht vorzeitig fett werden, obwohl es, wie man sagt, gesund sein soll. Übrigens, wer von Natur mager ist, setzt auch kein Fett an.

Doch«, fuhr er nach einigem Nachdenken fort, »es scheint, daß ich Ihnen versprochen habe zu erzählen, auf welche Weise ich geheiratet habe. So hören Sie denn! Erstens gebe ich Ihnen bekannt, daß meine Frau nicht mehr auf der Welt ist, und zweitens ... und zweitens sehe ich, daß ich Ihnen meine Jugend werde erzählen müssen, sonst werden Sie nichts verstehen ... Sie wollen doch nicht schlafen?«

»Nein«.

»Ausgezeichnet. So hören Sie einmal ... wie unfein Herr Kontagrjuchin im Nebenzimmer schnarcht! Ich stamme von armen Eltern – ich sage Eltern, weil ich der Überlieferung nach außer meiner Mutter auch einen Vater gehabt habe. Ich erinnere mich nicht an ihn; es heißt, er sei kein bedeutender Mensch gewesen: rothaarig, mit einer großen Nase und Sommersprossen, und daß er nur mit einem Nasenloch Tabak geschnupft habe; im Schlafzimmer meiner Mutter hing sein Porträt, in einer roten Uniform mit einem schwarzen Kragen bis an die Ohren, außerordentlich häßlich. Zuweilen führte man mich an diesem Bild vorbei, wenn ich verprügelt werden sollte, und meine Mutter pflegte bei dieser Gelegenheit immer auf ihn zu zeigen und zu sagen: ‚Er würde dich noch ganz anders!' Sie können sich vorstellen, wie mich das anfeuerte. Ich hatte weder einen Bruder noch eine Schwester; das heißt, um die Wahrheit zu sagen, es gab schon noch einen zurückgebliebenen Bruder mit der englischen Krankheit am Hinterkopf, aber er ist sehr früh gestorben ... Und weshalb mußte die englische Krankheit im Kreis Schtschigry des Gouvernements Kursk auftreten? Doch es handelt sich nicht darum. Mit meiner Erziehung beschäftigte sich meine Mutter, mit dem ganzen strebsamen Eifer einer Gutsbesitzerin in der Steppe: sie beschäftigte sich damit vom glorreichen Tage meiner Geburt an bis zu meinem sechzehnten Lebensjahr ... Sie folgen doch dem Lauf meiner Geschichte?«

»Gewiß. Fahren Sie fort.«

»Nun gut. Kaum daß ich sechzehn geworden war, verjagte meine Mutter, ohne zu zögern, meinen französischen Erzieher, den Deutschen Filipowitsch, einen sogenannten ‚Neschiner Griechen', brachte mich nach Moskau, schrieb mich auf der Universität ein und gab ihren Geist auf, nachdem sie mich meinem leiblichen Onkel, dem Rechtsanwalt Koltun-Bobur, übergeben hatte, einem Vogel, der nicht nur im Kreise Schtschigry bekannt ist. Mein leiblicher Onkel, der Rechtsanwalt Koltun-Bobur, raubte mich, wie es üblich ist, völlig aus ... aber es handelt sich wiederum nicht darum. Die Universität bezog ich – darin muß ich meiner Mutter Gerechtigkeit widerfahren lassen – recht gut vorbereitet; aber der Mangel an Originalität kündigte sich bereits damals an. Meine Jugend unterschied sich in nichts von derjenigen anderer Jünglinge: ich wuchs, ebenso dumm und schlaff, gleichsam unter einem Pfühl, heran, begann ebenso früh Verse auswendig aufzusagen – und zu versauern unter dem Vorwand schwärmerischer Neigungen ... wozu? Nun, zum Erhabenen ... und so weiter. An der Universität schlug ich keinen anderen Weg ein: ich geriet gleich in einen Kreis. Damals waren andere Zeiten ... Doch vielleicht wissen Sie nicht, was ein Kreis ist? Ich erinnere mich, daß Schiller irgendwo sagt:

Gefährlich ist's, den Leu zu wecken,
Und schrecklich ist des Tigers Zahn,
Jedoch der schrecklichste der Schrecken,
Das ist der Mensch in seinem Wahn.

Er wollte, ich versichere Ihnen, nicht das sagen; er wollte sagen: ‚das ist ein ›Kreis‹ ... in der Stadt Moskau!'« fügte er auf deutsch hinzu.

»Was finden Sie denn so Schreckliches an einem Kreis?« fragte ich.

Mein Nachbar ergriff seine Nachtmütze und zog sie sich bis auf die Nase.

»Was ich daran Schreckliches finde?« rief er aus. »Das will ich Ihnen gleich sagen: ein Kreis bedeutet das Ende jeder eigenen Entwicklung; ein Kreis ist ein häßlicher Ersatz für Geselligkeit, Frauen, Leben; ein Kreis ... oh, ja warten Sie einen Augenblick; ich werde Ihnen sagen, was ein Kreis ist! Ein Kreis ist ein faules und schlaffes Neben- und Miteinanderleben, dem man den Sinn und das Aussehen einer vernünftigen Sache beilegt; in einem Kreise gibt es anstelle von Unterhaltungen Gerede, er lehrt Sie ein fruchtloses Schwatzen, hält Sie von stiller, sinnvoller Arbeit ab, impft Ihnen die literarische Krätze ein und nimmt Ihnen schließlich die jugendliche Kraft und Frische Ihrer Seele. Ein Kreis – das ist die Banalität und Langeweile unter dem

Namen der Brüderlichkeit und Freundschaft, die Verquickung von Mißverständnissen und Ansprüchen unter dem Vorwand der Offenherzigkeit und Teilnahme; in einem Kreise hat niemand – dank dem Recht jedes Freundes, jederzeit und zu jeder Stunde seine schmutzigen Finger in das Innerste eines Kameraden zu versenken – einen reinen, unberührten Fleck auf seiner Seele; in einem Kreis verneigt man sich vor einem leeren Phrasendrescher, einem eitlen Klugredner, einem vorzeitigen Greis, man trägt einen talentlosen Dichter, der aber ‚verborgene' Gedanken hat, auf den Händen; in einem Kreis sprechen siebzehnjährige Knaben schlau und altklug über Frauen und die Liebe, in Gegenwart von Frauen aber schweigen sie oder sprechen mit ihnen wie mit einem Buch – und worüber sie nicht mit ihnen sprechen! Im Kreis gedeiht eine witzige Schönrednerei; im Kreis paßt einer auf den anderen nicht weniger auf als ein Polizeibeamter ... Oh, ein Kreis! du bist nicht ein Kreis: du bist ein Zauberkreis, in dem manch ein ordentlicher Mensch zugrunde gegangen ist.«

»Nun, da übertreiben Sie, gestatten Sie mir, das zu bemerken«, unterbrach ich ihn.

Mein Nachbar sah mich schweigend an.

»Vielleicht, der Himmel mag es wissen, vielleicht. Ja, unsereinem ist ja auch nur das eine Vergnügen geblieben – zu übertreiben. Auf diese Art habe ich also vier Jahre in Moskau verlebt. Ich bin nicht imstande, Ihnen, hochverehrter Herr, zu schildern, wie schnell, wie unglaublich schnell diese Zeit verging; es ist sogar traurig und schmerzlich, daran zu denken. Wenn man am Morgen aufstand, war es, als ob man auf einem Rodelschlitten einen Berg hinuntersauste ... eh du es gewahr wirst, bist du bereits am Ende angekommen; schon ist es Abend, schon zieht dir der verschlafene Diener einen Rock an – du machst dich fertig und begibst dich zu einem Freund, um dort dein Pfeifchen zu rauchen, schwachen Tee gläserweise zu trinken und über die deutsche Philosophie, die Liebe, das ewige Strahlen des Geistes und andere abseitige Gegenstände zu sprechen. Aber auch hier fand ich originelle Leute, Menschen mit einer Eigenart: sosehr sich manch einer auch anstrengte, sich in das Joch zu zwingen versuchte, dennoch behauptete die Natur ihr Recht; nur ich Unglücklicher knetete mich wie weiches Wachs, und meine Natur setzte dem nicht den geringsten Widerstand entgegen! Mittlerweile wurde ich einundzwanzig. Ich gelangte in den Genuß meines Erbes, oder richtiger, desjenigen Teiles meines Erbes, welchen mein Vormund mir zu belassen für gut befunden hatte, stellte dem entlassenen Hofknecht Wasilij Kadrajschew eine Vollmacht zur Verwaltung aller meiner Stammgüter aus und fuhr ins Ausland, nach Berlin. Im Ausland verbrachte ich, wie ich Ihnen zu erzählen bereits das Vergnügen hatte, drei Jahre. Und was kam dabei heraus? Auch dort, im Ausland, blieb ich dasselbe unoriginelle Geschöpf. Einmal kann gar keine Rede davon sein, daß ich das eigentliche Europa, die europäische Lebensform im entferntesten kennengelernt hätte; ich hörte die deutschen Professoren und las die deutschen Bücher am Ort ihres Entstehens ... darin bestand der ganze Unterschied. Ich lebte ganz für mich allein, wie ein Mönch; ich beschnupperte mich mit Oberleutnants der Reserve, die gleich mir vom Wissensdurst geplagt wurden und im übrigen äußerst begriffsstutzig und nicht redegewandt waren, verkehrte mit stumpfsinnigen Familien aus Pensa und anderen Getreidegouvernements, besuchte Kaffeehäuser, las Journale und ging am Abend ins Theater. Mit den Einheimischen kam ich wenig zusammen, unterhielt mich mit ihnen irgendwie gezwungen und sah keinen von ihnen bei mir, mit Ausnahme von zwei oder drei aufdringlichen Jüngelchen jüdischer Abstammung, die mich besuchten, um von mir Geld zu borgen – weil ihnen ‚der Russe' traut. Ein seltsames Spiel des Zufalls führte mich schließlich in das Haus eines meiner Professoren, und zwar auf folgende Weise: ich kam zu ihm, um mich für sein Kolleg eintragen zu lassen, und er lud mich plötzlich für den Abend zu sich ein. Dieser Professor hatte zwei siebenundzwanzigjährige Töchter, solche stämmige – Gott sei mit ihnen – mit prachtvollen Nasen, gelocktem Haar, hellblauen Augen und roten Händen mit weißen Nägeln. Eine hieß Linchen, die andere Minchen. Ich fing an, den Professor regelmäßig zu besuchen. Ich muß Ihnen sagen, daß dieser Professor nicht dumm, aber furchtbar zerstreut war: auf dem Katheder sprach er ziemlich zusammenhängend, zu Hause aber recht unklar, und die Brille hatte er immer in die Stirn geschoben; zudem war er ein äußerst gelehrter Mann ... Und was geschah? Mit einemmal schien es mir, daß ich in Linchen verliebt sei, und volle sechs Monate lang schien es mir immer so. Ich sprach mit ihr eigentlich wenig, meistens sah ich sie nur an: aber ich las ihr verschiedene rührende Geschichten vor, drückte ihr im geheimen die Hände und gab mich am Abend neben ihr Träumereien hin, wobei ich beharrlich auf den Mond oder bloß so in die Höhe guckte. Zudem kochte sie so herrlichen Kaffee! ... Es schien, was könnte man noch mehr wünschen? Nur eines machte mich stutzig: gerade in den Augenblicken der, wie man sagt, unaussprechbaren Glückseligkeit hatte ich immer, ich weiß nicht wovon, ein Gefühl der Übelkeit, und ein beklemmender kalter Schauder lief mir über den Magen. Schließlich ertrug ich dieses Glück nicht mehr und nahm Reißaus. Zwei volle Jahre verbrachte ich nach diesem Erlebnis noch im Ausland: ich war in Italien, ich stand in Rom vor dem Abendmahl und in Florenz vor der Venus; mich überkam zuweilen plötzlich eine übertriebene Begeisterung, als würde ich von Wut gepackt; am Abend schrieb ich Verse, ich begann ein Tagebuch zu führen; mit einem Wort, ich benahm mich auch hier, wie es alle tun. Und sehen Sie, wie leicht es dabei ist, originell zu sein. Ich verstehe zum Beispiel nichts von der Malerei und der Bildhauerkunst ... ich brauchte es bloß laut zu sagen ... nein, wie könnte man so etwas tun! Nimm einen Führer und laufe dir Fresken ansehen ...«

Er senkte wieder den Blick und riß von neuem die Nachtmütze vom Kopf.

»Endlich kehrte ich heim«, fuhr er mit müder Stimme fort, »und kam in Moskau an. In Moskau geschah mit mir eine erstaunliche Veränderung. Im Ausland hatte ich meistenteils geschwiegen, hier aber fing ich mit einemmal überraschend forsch zu reden an und begann mir gleichzeitig weiß der Himmel was auf mich selbst einzubilden. Es fanden sich herablassende Leute, denen ich fast ein Genie zu sein schien; die Damen lauschten teilnehmend meinem Schwadronieren; ich verstand es aber nicht, mich auf der Höhe meines Ruhmes zu halten. Eines schönen Morgens enstand eine Klatscherei über mich (ich weiß nicht, wer sie in Umlauf gesetzt hat: wahrscheinlich irgendeine alte Jungfer männlichen Geschlechts, in Moskau gibt es eine Menge solcher alter Jungfern) – sie entstand und begann Schößlinge und Ausläufer gleich einer Erdbeere zu treiben. Ich verwickelte mich darin, wollte herausspringen, die klebrigen Fäden zerreißen – doch es gelang mir nicht. Ich fuhr weg. Auch hier erwies ich mich als ein törichter Mensch; ich hätte in aller Ruhe diese Unbill vorübergehen lassen sollen, wie man ein Nesselfieber vorüberziehen läßt, und dieselben herablassenden Leute hätten mir wieder ihre Arme geöffnet, dieselben Damen hätten wieder meine Reden belächelt ... Das Unglück ist: ich bin kein origineller Mensch. Plötzlich erwachte in mir, belieben Sie zu sehen, das Gewissen: ich begann mich zu schämen, daß ich immerzu schwatzte, ohne Unterlaß schwatzte – gestern im ‚Arbat‘, heute in der ‚Röhre‘, morgen im ‚Siwzewyj Wraschok‘, und immer über ein und dasselbe ... Aber wenn das verlangt wird? Sehen Sie sich einmal die richtigen Kämpfer auf diesem Gebiet an: ihnen macht das nichts aus; im Gegenteil, einzig und allein das wollen sie haben; manch einer arbeitet das zwanzigste Jahr mit der Zunge, und immer in der gleichen Richtung ... Was bedeuten Selbstbewußtsein und Ehrgeiz! Auch ich war ehrgeizig und bin es auch jetzt noch ein wenig ... Das Schlimme war auch hier, daß ich, ich muß es wieder sagen, als ein nicht origineller Mensch auf halbem Wege steckenblieb: die Natur hätte mir sehr viel mehr Ehrgeiz oder gar keinen mitgeben sollen. In der ersten Zeit ging es mir wirklich recht schlecht; zudem hatte die Reise ins Ausland endgültig meine Mittel erschöpft, und eine Kaufmannsfrau mit einem jungen, aber schon schlaffen Körper wie Gelee wollte ich nicht heiraten; ich fuhr auf mein Gut. Ich glaube«, fügte mein Nachbar hinzu und sah mich dabei wieder von der Seite an, »daß ich die ersten Eindrücke des Landlebens, die Hinweise auf die Schönheiten der Natur, die wohltuende Stille des Alleinseins und das übrige übergehen kann.«

»Gewiß, gewiß«, entgegnete ich.

»Um so mehr«, fuhr der Erzähler fort, »als das alles Quatsch ist, jedenfalls soweit es mich betrifft. Ich langweilte mich auf dem Lande wie ein eingesperrter Welpe, obgleich mir, ich gestehe es, bei meiner Rückkehr auf der ersten Fahrt durch ein bekanntes Birkengehölz in einem unklaren Gefühl freudiger Erwartung schwindlig wurde und mein Herz heftig zu pochen begann. Doch gehen, wie Sie selbst wissen, diese unklaren Erwartungen nie in Erfüllung, und es treten im Gegenteil ganz andere, völlig unerwartete Dinge ein, wie Verluste an Vieh, rückständige Zahlungen, öffentliche Versteigerungen und so weiter und so weiter ... Während ich mich von Tag zu Tag mit Hilfe des Bürgermeisters Jakow durchschlug, der den früheren Verwalter abgelöst hatte und sich in der Folgezeit als ein ebensolcher, wenn nicht noch größerer Halunke erwies und der außerdem mein Dasein mit dem Geruch seiner Teerstiefel verpestete, erinnerte ich mich einmal an eine bekannte Familie in der Nachbarschaft, die aus einer Oberstenwitwe und zwei Töchtern bestand. Ich ließ anspannen und fuhr zu den Nachbarn. Diesen Tag werde ich nie vergessen: nach sechs Monaten heiratete ich die zweite Tochter der Frau Oberst.«

Der Erzähler senkte den Kopf und hob die Hände zum Himmel.

»Trotzdem«, fuhr er eifrig fort, »möchte ich Ihnen durchaus nicht eine schlechte Meinung von der Verstorbenen beibringen. Gott bewahre! Sie war das edelste und beste Geschöpf, ein liebendes und zu allerlei Opfern fähiges Geschöpf, obgleich ich Ihnen, unter uns gesagt, gestehen muß, daß ich, wenn mir nicht das Unglück widerfahren wäre, sie zu verlieren, höchstwahrscheinlich heute nicht in der Lage wäre, mit Ihnen zu sprechen, weil bis auf den heutigen Tag der Balken in meiner Scheune noch ganz ist, an dem ich mich viele Male aufhängen wollte.

Einige Birnensorten«, begann er wieder nach einem kurzen Schweigen, »müssen einige Zeit unter der Erde im Keller lagern, um ihren eigentlichen Geschmack zu bekommen; meine Selige gehörte offensichtlich zu dieser Art von Naturprodukten. Erst jetzt kann ich ihr ganz gerecht werden. Erst jetzt erweckt in mir zum Beispiel die Erinnerung an einige Abende, die ich vor der Hochzeit mit ihr verbrachte, nicht nur nicht die geringste Bitterkeit, sondern rührt mich im Gegenteil fast zu Tränen. Sie waren nicht wohlhabend; ihr sehr altertümliches, hölzernes, aber bequemes Haus stand auf einem Hügel zwischen einem verwahrlosten Garten und einem zugewachsenen Hof. Am Fuß des Hügels floß ein Fluß, der durch das dichte Laubwerk kaum zu sehen war. Eine große Terrasse führte vom Haus in den Garten, vor der Terrasse erstreckte sich ein längliches, mit Rosen bestandenes Blumenbeet; an jedem Ende des Beetes wuchsen zwei Akazien, die in ihrer Jugend vom verstorbenen Besitzer in Form einer Schraube ineinandergeflochten worden waren. Etwas weiter ab stand mitten im Gestrüpp einer nicht mehr genutzten und verwilderten Himbeerpflanzung ein Gartenhaus, dessen Wände innen sehr schön bemalt waren, das aber von außen derartig morsch und baufällig aussah, daß einem bei seinem Anblick angst und bange wurde. Von der Terrasse führte eine Glastür in den Salon, und im Salon bot sich dem neugierigen Blick des Beobachters folgendes Bild: in den Ecken buntbemalte Öfen, rechts ein verstimmtes Klavier mit einem Haufen handgeschriebener Noten darauf, ein mit einem verschossenen weißgemusterten hellblauen Stoff bezogener Diwan, ein runder Tisch, zwei Etageren mit Porzellan- und Glasperlennippes aus der Zeit Katharinas, an der Wand das bekannte Porträt einer blonden Jungfrau mit einer Taube auf der Brust und mit verdrehten Augen, auf dem Tisch eine Vase mit frischen Rosen ... Sehen Sie, wie genau ich es beschreibe. In diesem Salon, auf ebendieser Terrasse hat sich auch die ganze Tragikomödie meiner Liebe abgespielt. Die Nachbarin selbst war ein böses Weib mit einem ständigen erbosten Krächzen im Halse, ein herrschsüchtiges, zänkisches Geschöpf; eine der beiden Töchter – Wera – unterschied sich in nichts von den gewöhnlichen jungen Damen in der Provinz, die andere – Sofja ... in Sofja verliebte ich mich. Beide Schwestern hatten noch einen anderen kleinen Raum, ihr gemeinsames Schlafzimmer, mit zwei unschuldigen hölzernen Betten, gelblichen Alben, Reseda, ziemlich schlechten Bleistiftzeichnungen ihrer Freunde und Freundinnen (unter ihnen fiel ein Herr mit einem ungewöhnlich energischen Gesichtsausdruck und einer noch charaktervolleren Unterschrift auf, der in seiner Jugend übertriebene Erwartungen geweckt und, wie wir alle, mit nichts geendet hatte), mit Büsten von Goethe und Schiller, deutschen Büchern, vertrockneten Kränzchen und anderen als Andenken zurückgelassenen Gegenständen. Ich ging jedoch selten und ungern in dieses Zimmer: aus irgendeinem Grunde benahm es mir dort den Atem. Zudem – es ist eigenartig – gefiel mir Sofja am besten, wenn ich ihr den Rücken zuwandte, oder auch noch, wenn ich an sie dachte oder vielmehr von ihr träumte, besonders abends, auf der Terrasse. Ich schaute dann ins Abendrot, auf die Bäume, auf die kleinen grünen Blätter, die bereits dunkel geworden waren, aber sich noch scharf vom rosa Himmel abhoben; im Salon saß Sofja am Klavier und spielte immer wieder irgendeine geliebte, leidenschaftlich verträumte Stelle aus Beethoven; die böse Alte saß auf dem Diwan und schnarchte friedlich; im Speisezimmer, das von einem Strom roten Lichtes erfüllt war, hantierte Wera mit dem Tee; der Samowar summte unternehmungslustig, als freute er sich über etwas; mit lustigem Knistern zerbrachen die Kringelchen, die Löffel klirrten hell auf den Untertassen; der Kanarienvogel, welcher den ganzen Tag unbarmherzig geschmettert hatte, verstummte mit einemmal und zwitscherte nur ab und zu, gleichsam als fragte er etwas: aus einer durchsichtigen, leichten Wolke fielen im Vorüberziehen einige Tropfen ... Und ich saß und saß, lauschte und lauschte, schaute, mein Herz weitete sich, und es schien mir wieder, daß ich sie liebte. Unter der Einwirkung eines solchen Abends bat ich einmal die Alte um die Hand ihrer Tochter, und zwei Monate später heiratete ich. Ich glaubte sie zu lieben ... Es wäre wohl jetzt an der Zeit, sich darüber klarzuwerden, aber ich weiß bei Gott auch jetzt noch nicht, ob ich Sofja geliebt habe. Sie war ein gutes, kluges, schweigsames Geschöpf mit einem warmen Herzen; aber weiß der Himmel wovon, vom langen Leben auf dem Lande oder aus irgendwelchen anderen Gründen, es verbarg sich auf dem Grund ihrer Seele (wenn die Seele überhaupt einen Grund hat) eine Wunde oder, besser gesagt, es tropfte eine ganz kleine Wunde, die nicht verheilen konnte, ja die weder sie noch ich bezeichnen konnte. Daß diese Wunde vorhanden war, erriet ich natürlich erst nach der Eheschließung. Was habe ich mir für Mühe mit ihr gegeben: nichts wollte helfen. Ich hatte als Knabe einen Zeisig, den eine Katze einmal in den Krallen gehalten hatte; er wurde gerettet und gepflegt, aber mein armer Zeisig erholte sich nicht; er plusterte sich auf, siechte dahin, hörte auf zu singen ... es endete damit, daß einmal in der Nacht eine Ratte zu ihm ins offene Bauer eindrang und ihm den Schnabel abbiß, worauf er endlich zu sterben beschloß. Ich weiß nicht, welche Katze meine Frau in den Pfoten gehalten hat, nur schmollte und siechte sie dahin wie mein unglücklicher Zeisig. Zuweilen wünschte sie sichtlich selbst, sich aufzurütteln, in der frischen Luft, in der Sonne und auf freiem Felde zu frohlocken; sie versuchte es – und rollte sich zu einem Knäuelchen zusammen. Und sie liebte mich doch: wievielmal hat sie mir versichert, daß ihr nichts weiter zu wünschen übrigbleibe – pfui, hol es der Teufel! und dabei wurden ihre Augen ganz dunkel. Ich dachte, vielleicht gibt es etwas in ihrer Vergangenheit, und zog Erkundigungen ein: nichts stellte sich heraus. Nun urteilen Sie selbst: ein origineller Mensch hätte die Achsel gezuckt, hätte vielleicht zweimal geseufzt und dann angefangen, auf seine Art zu leben; ich nicht originelles Geschöpf begann aber, mir die Scheunenbalken anzusehen. Meine Frau hatte in einem solchen Grade alle Gewohnheiten einer alten Jungfer angenommen – Beethoven, nächtliche Spaziergänge, Reseda, Briefeschreiben an Freunde, Alben und so weiter –, daß sie außerstande war, sich an eine andere Art von Leben, besonders an das einer Hausfrau, zu gewöhnen; und dabei ist es doch für eine verheiratete Frau lächerlich, sich einer unnennbaren Trauer hinzugeben und am Abend zu singen: ‚Weck sie nicht auf bei Tagesgraun' ...

In dieser Weise waren wir drei Jahre glückselig; im vierten starb Sofja im ersten Wochenbett, und – es ist merkwürdig, ich hatte schon vorausgefühlt, daß sie nicht imstande sein würde, mich mit einer Tochter oder einem Sohn – und die Welt mit einem neuen Bewohner zu beschenken. Ich erinnere mich an ihr Begräbnis. Es war im Frühling. Unsere Pfarrkirche ist klein und alt, der Ikonostas* ist schwarz geworden, die Wände sind kahl,

* Ikonostas = Bilderwand, die in orthodoxen Kirchen (an Stelle

der Ziegelfußboden stellenweise aufgebrochen; über jeder Nische hängt eine große altertümliche Ikone. Man trug den Sarg hinein und stellte ihn in der Mitte vor der Königstüre* auf, deckte ein ausgeblichenes Leichentuch darüber und stellte drei Armleuchter um ihn herum. Der Gottesdienst begann. Ein hinfälliger Vorsänger mit einem kleinen Zopf am Hinterkopf und einem tiefsitzenden grünen Gürtel nuschelte traurig vor sich hin. Der gleichfalls alte Geistliche, mit einem gutmütigen und kurzsichtigen Blick, in einem lila Priestergewand mit gelben Streifen, amtierte für sich und den Diakon. In der ganzen Breite der offenen Fenster flutete und flüsterte das junge frische Laub der Trauerbirken; von draußen wehte der Duft frischen Grases herein; die rote Flamme der Wachskerzen verblaßte im frohen Licht des Frühlingstages; das Tschilpen der Spatzen füllte die ganze Kirche, und zuweilen erscholl unter der Kuppel der helle Ruf einer hereingeflogenen Schwalbe. Im Goldstrahl der Sonnenstäubchen hoben und senkten sich schnell die hellbraunen Köpfe der wenigen Bauern, die fleißig für die Verstorbene beteten; in dünnen, bläulichen Streifen drang der Rauch aus den Öffnungen des Weihrauchgefäßes. Ich blickte auf das tote Antlitz meiner Frau ... Herr des Himmels! selbst der Tod, der Tod sogar hatte sie nicht erlöst, hatte nicht ihre Wunde geheilt: derselbe schmerzliche, schüchterne, stumme Ausdruck – als fühle sie sich im Sarg noch nicht wohl ... Bitter regte sich in mir das Blut. Sie war ein liebes gutes Geschöpf, aber sie hat für sich gut getan zu sterben!«

Der Erzähler hatte rote Wangen bekommen, und seine Augen schimmerten feucht.

»Nachdem ich endlich«, begann er von neuem, »die tiefe Niedergeschlagenheit, die sich meiner nach ihrem Tode bemächtigte, überwunden hatte, faßte ich den Entschluß, mich, wie man sagt, an die Arbeit zu machen. Ich trat in den Staatsdienst der Gouvernementsstadt ein; aber in den hohen Amtsstuben der Behörde bekam ich Kopfschmerzen, die Augen machten mir auch zu schaffen; es kamen noch andere Gründe hinzu ... und ich reichte mein Abschiedsgesuch ein. Ich dachte daran, nach Moskau zu fahren, aber einmal fehlte mir das Geld dazu, und dann ... ich sagte Ihnen bereits, daß ich mich in mein Los ergeben hatte.

von Chorschranken) den Altarraum vom übrigen Kirchenraum abtrennt.

* Königstüre = mittlere Haupttüre des Ikonostas (Anmerkungen des Übersetzers).

Diese Ergebenheit in mein Schicksal kam plötzlich und zugleich allmählich über mich. Innerlich hatte ich mich schon längst ergeben, aber mein Verstand wollte sich noch nicht unterwerfen. Ich schob die Schuld an der friedlichen Einstellung meiner Gefühle und Gedanken auf den Einfluß des Landlebens und meines Unglücks ... Andererseits merkte ich schon längst, daß fast alle meine Nachbarn, sowohl die jungen als auch die alten, die anfangs durch meine Bildung, meine Auslandsreise und die übrigen Vorteile meiner Erziehung eingeschüchtert worden waren, nicht nur Zeit gefunden hatten, sich völlig an mich zu gewöhnen, sondern bereits begonnen hatten, mich grob oder achtungslos zu behandeln, meinen Ausführungen nicht bis zum Ende zu lauschen und im Gespräch mit mir auf Höflichkeitsphrasen zu verzichten. Ich habe vergessen, Ihnen zu erzählen, daß ich mich im Laufe des ersten Jahres nach meiner Heirat aus Langeweile auf literarischem Gebiet versucht und sogar eine Erzählung an eine Zeitschrift eingeschickt hatte; ich bekam jedoch nach einiger Zeit vom Herausgeber einen höflichen Brief, in welchem unter anderem gesagt war, daß man mir keineswegs den Verstand, wohl aber das Talent aberkennen müsse und daß es in der Literatur einzig auf das Talent ankomme. Außerdem kam mir zu Ohren, daß ein durchreisender Moskauer, übrigens der beste Junge von der Welt, auf einer Abendgesellschaft beim Gouverneur nebenbei von mir als von einem Menschen, dessen Fähigkeiten im Leerlauf verbraucht worden seien, gesprochen hatte. Aber mein halb freiwilliges Blindsein hielt immer noch an: ich wollte nicht, wissen Sie, mich selbst aufgeben. Eines schönen Morgens endlich gingen mir die Augen auf. Dies geschah auf folgende Weise. Es kehrte bei mir der Kreispolizeichef in der Absicht ein, mich auf eine eingestürzte Brücke in meinem Gutsbezirk aufmerksam zu machen, zu deren Instandsetzung mir entschieden das Geld fehlte. Dieser nachsichtige Hüter der Ordnung machte mir, während er zu einem Gläschen Wodka einen Störrücken verzehrte, in väterlicher Weise Vorwürfe wegen meiner Unachtsamkeit, ging im übrigen auf meine Lage ein und riet mir, den Bauern nur zu befehlen, das Loch mit Dung vollzupacken, zündete sein Pfeifchen an und fing an, über die bevorstehenden Wahlen zu sprechen. Um den ehrenhaften Posten des Gouvernementsadelsmarschalls bewarb sich damals ein gewisser Orbassanow, ein eitler Schreihals; außerdem war er bestechlich. Auch war er weder reich noch ein angesehener Mann. Ich sprach meine Meinung über ihn in ziemlich achtungsloser

Weise aus: ich gestehe es, ich blickte auf Herrn Orbassanow herab. Der Polizeichef sah mich an, klopfte mir gutmütig auf die Schulter und sagte: ‚Ach, Wasilij Wasiljewitsch, Leuten wie Ihnen und mir steht es nicht zu, über solche Männer eine Meinung zu äußern: wie könnten wir uns das erlauben?... Das Heimchen bleibe hinterm Ofen.' – ‚Aber ich bitte Sie', antwortete ich ärgerlich, ‚was für ein Unterschied besteht denn zwischen mir und Herrn Orbassanow?' Der Polizeichef nahm die Pfeife aus dem Munde, riß die Augen auf – und platzte heraus. ‚Nun, Sie Spaßvogel', stieß er endlich zwischen Tränen hervor, ‚da haben Sie aber etwas gesagt... ach nein, so einer!' und bis zu seiner Abfahrt hörte er nicht auf, über mich zu spotten, stieß mich zuweilen mit dem Ellenbogen in die Rippen und duzte mich bereits. Schließlich fuhr er weg. Dieser Tropfen hatte nur noch gefehlt; die Schale floß über. Ich durchquerte ein paarmal das Zimmer, blieb vor dem Spiegel stehen, blickte lange, lange auf mein verwirrtes Gesicht, streckte langsam die Zunge heraus und schüttelte mit einem bitteren Lächeln den Kopf. Der Vorhang vor meinen Augen war gefallen: ich sah deutlich, deutlicher als mein Gesicht im Spiegel, was für ein leerer, bedeutungsloser, unnützer, unorigineller Mensch ich war.«

Der Erzähler schwieg.

»In einer Tragödie Voltaires«, fuhr er dann traurig fort, »freut sich irgendein Herr darüber, daß er an der äußersten Grenze des Unglücks angelangt sei. Obgleich an meinem Schicksal nichts Tragisches ist, habe ich, ich gestehe es, etwas Ähnliches empfunden. Ich lernte das giftig-kalte Entzücken der Verzweiflung kennen; ich erfuhr, wie süß es ist, einen ganzen Morgen lang auf dem Bett zu liegen und in aller Ruhe den Tag und die Stunde seiner Geburt zu verfluchen – ich konnte mich nicht auf einmal in mein Los schicken. Und in der Tat, sagen Sie doch selbst: der Geldmangel fesselte mich an das mir verhaßte Leben auf dem Land; ich eignete mich weder zur Landwirtschaft noch zum Dienst noch zur Literatur; den Gutsbesitzern ging ich aus dem Wege, Bücher mochte ich nicht mehr lesen; für wäßrig-weiche und schmerzlich-gefühlvolle junge Damen, die ihre Locken schüttelten und fieberhaft das Wort Leben aussprachen, stellte ich nichts Unterhaltendes mehr vor, seitdem ich zu schwatzen und mich zu begeistern aufgehört hatte; ganz zurückgezogen zu leben verstand und vermochte ich auch nicht... Ich begann, was glauben Sie wohl? Ich begann zu den Nachbarn zu fahren. Geradezu trunken von Selbstverachtung unterzog ich mich absichtlich allen möglichen kleinen Erniedrigungen. Bei Tisch wurden die Schüsseln an mir vorbeigetragen, man begegnete mir kalt und hochmütig, schließlich beachtete man mich überhaupt nicht mehr; man erlaubte mir nicht einmal, an einer allgemeinen Unterhaltung teilzunehmen, und ich selbst pflichtete zuweilen aus meinem Winkel dem dümmsten Schwätzer absichtlich bei, der in *jener* Zeit, in Moskau, mit Begeisterung den Staub meiner Schuhe, den Rand meines Mantels geküßt hätte ... Ich gestattete sogar mir selber nicht zu denken, daß ich mich dem bitteren Vergnügen der Ironie hingäbe ... Ich bitte Sie, was ist das für eine Ironie, mit sich selber allein! So habe ich einige Jahre nacheinander gelebt, und so lebe ich auch jetzt noch ...«

»Das ist aber wirklich schon die Höhe«, knurrte im Nebenzimmer die verschlafene Stimme des Herrn Kontagrjuchin, »welch ein Idiot hat sich da einfallen lassen, die ganze Nacht hindurch zu sprechen?«

Der Erzähler schlüpfte schnell unter die Decke, schaute unter ihr ängstlich hervor und drohte mir mit dem Finger.

»Ts, ts«, flüsterte er und sagte, als entschuldigte und verbeugte er sich in der Richtung der Stimme Kontagrjuchins: »Gewiß, gewiß, entschuldigen Sie ... Er darf schlafen, er muß schlafen«, fuhr er wieder im Flüsterton fort, »er muß Kräfte sammeln, um, nun – wenn auch nur dazu, um morgen mit demselben Vergnügen zu essen. Wir haben kein Recht, ihn zu stören. Zudem habe ich Ihnen wohl alles erzählt, was ich berichten wollte; wahrscheinlich wollen auch Sie schlafen. Ich wünsche Ihnen eine gute Nacht.«

Der Erzähler wandte sich mit fieberhafter Eile ab und wühlte den Kopf in die Kissen.

»Lassen Sie mich wenigstens wissen«, fragte ich, »mit wem ich das Vergnügen gehabt habe ...«

Er hob geschwind den Kopf.

»Nein, um Gottes willen«, unterbrach er mich, »fragen Sie nicht nach meinem Namen! weder mich noch die anderen! Mag ich für Sie ein unbekanntes Geschöpf, der vom Schicksal geschlagene Wasilij Wasiljewitsch bleiben. Zudem kommt mir als einem nicht originellen Menschen auch kein besonderer Name zu ... Wenn Sie mir aber unbedingt irgendeinen Namen geben wollen, so nennen Sie ... nennen Sie mich den Hamlet des Kreises Schtschigry. Es gibt in jedem Kreis viele solcher Hamlets, aber vielleicht ist Ihnen noch keiner begegnet. Und nun leben Sie wohl.«

Er wühlte sich wieder in sein Daunenkissen ein, und am anderen Morgen, als man mich wecken kam, war er schon nicht mehr im Zimmer. Er war vor Tagesanbruch weggefahren.

Tschertopchanow und Nedopjuskin

An einem heißen Sommertag kehrte ich einmal im Wagen von der Jagd zurück. Jermolaj, der neben mir saß, schlummerte und nickte mit dem Kopf. Die schlafenden Hunde unter unseren Füßen wurden durchgerüttelt, als ob sie tot wären. Der Kutscher strich mit der Peitsche die Stechbremsen von den Rücken der Pferde. Eine leichte Wolke weißen Staubes trieb hinter dem Wagen her. Wir kamen in einen Buschwald. Der Weg wurde holpriger, die Räder fingen an, die Äste zu streifen. Jermolaj fuhr auf und sah sich um. »Äh«, sagte er, »hier muß es doch Birkhühner geben. Wir wollen einmal aussteigen.« Wir hielten an und gingen in die Büsche hinein. Mein Hund stieß auf eine Kette. Ich schoß und lud wieder mein Gewehr, als plötzlich hinter mir ein lautes Prasseln hörbar wurde und ein Reiter, der die Büsche mit den Händen auseinanderschob, an mich heranritt. »Gestatten Sie mir zu erfahren«, redete er mich in hochnäsigem Ton an, »mit welchem Recht Sie hier auf die Jagd gehen, verehrter Herr?« Der Unbekannte sprach ungewöhnlich schnell, abgerissen und durch die Nase. Ich sah ihm ins Gesicht: noch nie hatte ich etwas Derartiges gesehen. Stellen Sie sich, meine freundlichen Leser, einen kleinen weißblonden Menschen mit einer roten Stupsnase und einem äußerst langen rotbraunen Schnurrbart vor. Eine spitze persische Mütze mit himbeerfarbenem Tuchdeckel bedeckte seine Stirn bis an die Augenbrauen. Er trug einen gelben schäbigen Rock mit schwarzen Halbsamtrüschen auf der Brust und verblichenen silbernen Tressen auf allen Nähten; über seiner Schulter hing ein Jagdhorn, im Gürtel stak ein Dolch. Ein magerer, ramsnasiger Fuchs drehte sich unter ihm, als ob er versengt wäre; zwei magere Windhunde mit krummen Pfoten kringelten sich unter den Füßen des Pferdes. Das Gesicht, der Blick, die Stimme, jede Bewegung, das ganze Wesen des Unbekannten drückten tollen Mut und maßlosen, nie dagewesenen Stolz aus; seine blaßblauen, gläsernen Augen irrten und schielten nach allen Seiten wie bei einem Betrunkenen; er warf den Kopf zurück, blies die Wangen auf, prustete und bebte am ganzen Körper, gleichsam in einem Übermaß an Würde – ganz wie ein Pfau. Er wiederholte seine Frage.

»Ich wußte nicht, daß man hier nicht schießen darf«, antwortete ich.

»Sehr geehrter Herr«, fuhr er fort, »Sie befinden sich hier auf meinem Land.«

»Schon recht, ich werde weggehen.«

»Aber ge- äh, gestatten Sie mir zu erfahren«, entgegnete er, »ob ich die Ehre habe, mich mit einem Edelmann auseinanderzusetzen.«

Ich nannte meinen Namen.

»In diesem Fall bitte ich Sie weiterzujagen. Ich bin selber ein Edelmann und bin sehr froh, einem Standesgenossen einen Gefallen zu erweisen. Mein Name ist Pantelej Tschertopchanow.« Er bückte sich, stieß einen Hetzruf aus und versetzte dem Pferd einen Schlag auf den Hals; das Pferd schüttelte wild den Kopf, bäumte sich und warf sich zur Seite, wobei es einem der Hunde auf die Pfote trat. Der Hund winselte durchdringend auf. Tschertopchanow brauste auf, zischte, schlug das Pferd mit der Faust zwischen die Ohren, sprang schneller als ein Blitz zur Erde, besah die Pfote des Hundes, spuckte auf die Wunde, versetzte ihm einen Fußtritt in die Seite, damit er still sei, klammerte sich an den Widerrist des Pferdes und steckte den Fuß in den Bügel. Das Pferd riß das Maul hoch, hob den Schweif und stürzte sich seitwärts in die Büsche: er hinter ihm her, auf einem Bein hüpfend; schließlich kam er doch in den Sattel, schwang wie ein Rasender die Reitpeitsche, stieß ins Horn und jagte davon. Noch hatte ich mich von dem plötzlichen Auftauchen Tschertopchanows nicht erholt, als mit einemmal fast geräuschlos ein wohlbeleibter Mann von vierzig Jahren auf einem schwarzen Pferdchen aus den Büschen herausgeritten kam. Er hielt, nahm eine grüne lederne Schirmmütze vom Kopf und fragte mich mit einer dünnen weichen Stimme, ob ich nicht einen Reiter auf einem Fuchs gesehen hätte, was ich bejahte.

»In welcher Richtung hat er geruht weiterzureiten?« fuhr er im selben Ton fort, ohne seine Mütze aufzusetzen.

»Dorthin.«

»Ich danke Ihnen bestens.«

Er schnalzte mit den Lippen, bearbeitete die Seiten seines Pferdes mit den Beinen und entfernte sich im Schaukeltrab nach der ihm gewiesenen Richtung. Ich sah ihm nach, bis seine gehörnte Schirmmütze im Gezweig verschwunden war. Dieser neue Unbekannte ähnelte in seinem Äußeren durchaus nicht seinem Vorgänger. Sein weiches und kugelrundes Gesicht drückte Schüchternheit, Gutmütigkeit und Demut aus, die ebenfalls weiche und runde, mit blauen Äderchen durchzogene Nase verriet Genußsucht. Vorne auf dem Kopf hatte er nicht mehr ein einziges Härchen, hinten standen dünne rotbraune Borsten; die gleichsam mit Riedgras aufgeschlitzten kleinen Augen blinzelten freundlich; die roten und saftigen Lippen lächelten süß. Er hatte einen sehr abgetragenen, aber sauberen Gehrock mit einem Stehkragen und kupfernen Knöpfen an; seine Tuchhöschen waren hoch heraufgerutscht; über dem gelben Rand seiner Stiefel schaute ein Stückchen seiner dicken Waden hervor.

»Wer ist das?« fragte ich Jermolaj.

»Das ist Nedopjuskin, Tichon Iwanytsch. Er lebt bei Tschertopchanow.«

»Ist er so arm?«

»Er ist es wohl; aber auch Tschertopchanow hat ja keinen kupfernen Groschen.«

»Warum hat er sich dann bei ihm niedergelassen?«

»Sie haben sich wohl angefreundet. Sie sind immer zusammen ... Es ist schon so: wohin das Roß mit den Hufen, dahin geht auch der Krebs mit der Schere.«

Wir traten aus den Büschen heraus; mit einemmal gaben neben uns zwei Jagdhunde Laut, und ein ausgewachsener Hase flüchtete über den schon ziemlich hohen Haferschlag. Hinter ihm her sprangen aus dem Waldrand Jagdhunde und Barsois hervor, und nach den Hunden stürzte Tschertopchanow selber heraus. Er schrie nicht, rief nicht: Faß ihn! hetzte nicht: er verlor den Atem, er verschluckte sich; aus seinem offenen Mund kamen hier und da abgerissene, sinnlose Töne; er ritt mit weit aufgerissenen Augen und schlug sein armes Pferd wie rasend mit der Reitpeitsche. Die Windhunde waren fast am Ziel ... der Hase setzte sich und schlug einen Haken rückwärts und stürzte sich an Jermolaj vorbei ins Gebüsch ... Die Windhunde jagten an uns vorbei. »Lau-auf, lau-auf!« stieß der Jäger angestrengt und stotternd, mit ersterbender Stimme hervor. »Laß ihn nicht entwischen, mein Lieber!« Jermolaj schoß ... der verwundete Hase überschlug sich und glitt ein Stück auf dem glatten und trockenen Grase weiter, sprang noch einmal in die Höhe und quäkte kläglich in den Zähnen des zupackenden Hundes. Die Jagdhunde stürmten ebenfalls herbei.

Tschertopchanow flog wie ein Tümmler vom Pferd, zückte

seinen Dolch, lief mit gespreizten Beinen an die Hunde heran, entriß ihnen unter grimmigen Verwünschungen den zerrissenen Hasen und stieß ihm mit verzerrtem Gesicht den Dolch bis an den Griff in den Hals ... stieß den Dolch hinein und brach in den Jagdruf aus. Tichon Iwanytsch zeigte sich am Waldrand. »Go-go-go-go-go-go-go«, fing Tschertopchanow zum zweiten Male zu schreien an ... »Go-go-go-go«, wiederholte sein Kamerad ruhig.

»Eigentlich sollte man gegenwärtig im Sommer doch nicht jagen«, bemerkte ich und wies auf den niedergetretenen Hafer.

»Es ist mein Feld«, antwortete noch ganz außer Atem Tschertopchanow.

Er brach den Hasen auf und gab die Pfoten den Hunden.

»Das nächste Mal bin ich an der Reihe, mein Lieber«, sagte er nach Jägerbrauch zu Jermolaj. »Und Ihnen, verehrter Herr, danke ich«, fügte er in demselben kurzen und schroffen Ton hinzu.

Er bestieg sein Pferd.

»Erlauben Sie mir zu erfahren ... es ist mir entfallen ... Ihr Name und Familienname?«

Ich stellte mich noch einmal vor.

»Es freut mich sehr, Sie kennenzulernen. Ich bitte Sie, mich bei Gelegenheit zu besuchen ... Ja, wo ist denn dieser Fomka, Tichon Iwanytsch?« fuhr er ärgerlich fort. »Wir haben ohne ihn den Hasen erbeutet.«

»Sein Pferd ist gestürzt«, antwortete mit einem Lächeln Tichon Iwanytsch.

»Wieso gestürzt? Orbassan ist gestürzt? Pfui Teufel! Wo ist er, wo?«

»Dort, hinter dem Wald.«

Tschertopchanow schlug seinem Pferd mit der Reitpeitsche auf das Maul und jagte Hals über Kopf davon. Tichon Iwanytsch machte mir zwei Verbeugungen – für sich und für seinen Kameraden – und ritt wieder im Trab ins Gebüsch hinein.

Diese beiden Herren erregten in hohem Grad meine Neugierde. Was konnte zwei so verschiedenartige Geschöpfe in einer unverbrüchlichen Freundschaft verbinden? Ich begann Erkundigungen einzuziehen. Folgendes erfuhr ich.

Pantelej Jeremejitsch Tschertopchanow galt in der ganzen Gegend als ein gefährlicher und verrückter Mensch, als sehr stolz und streitsüchtig. Er hatte sehr kurze Zeit beim Militär gedient und hatte »wegen einer Unannehmlichkeit« in dem Rang seinen

Abschied genommen, der zu der Meinung Anlaß gegeben hat, daß ein Huhn kein Vogel sei. Er stammte aus einem alten, einstmals reichen Haus; seine Väter hatten als üppige Steppengrundbesitzer gelebt, das heißt, sie nahmen geladene und ungeladene Gäste auf, verpflegten sie aufs beste, überließen den fremden Kutschern ein »Viertel« Hafer für jede Troika, hielten sich Musikanten, Sänger, Possenreißer und Hunde, bewirteten an Festtagen das Volk mit Branntwein und Dünnbier, fuhren im Winter in eigenen schweren Karossen nach Moskau und saßen zuweilen monatelang ohne einen Groschen da und nährten sich von den Erzeugnissen des Gutes. Der Vater Pantelej Jeremejitschs erbte das Gut bereits in einem sehr heruntergewirtschafteten Zustand; er lebte seinerseits auch recht lustig und hinterließ bei seinem Tod seinem einzigen Erben Pantelej das verpfändete Gütchen Bessonowo mit fünfunddreißig männlichen, sechsundsiebzig weiblichen Seelen und vierzehn Desjatinen schlechtes Land in der Einöde von Kolobrodowo, für welche sich übrigens keine Besitztitel unter den Papieren des Verstorbenen fanden. Es muß zugegeben werden, der Selige hatte sich auf eine äußerst merkwürdige Weise um seinen Besitz gebracht, die »wirtschaftliche Kalkulation« hatte ihn zugrunde gerichtet. Seiner Meinung nach schickte es sich nicht für einen Edelmann, von Händlern, Städtern und diesen ähnlichen Räubern, wie er sich ausdrückte, abhängig zu sein: Er richtete bei sich alle möglichen Gewerbe und Werkstätten ein. »Sowohl anständiger als auch billiger«, pflegte er zu sagen, »ist die wirtschaftliche Kalkulation.« Diese verderbliche Ansicht behielt er bis an sein Lebensende; sie hat ihn auch arm gemacht. Dafür belustigte er sich auf alle erdenkliche Art und Weise. Er gab jedem Einfall nach. Unter anderen Spielereien baute er einmal nach eigenen Plänen eine derart gewaltige Familienkutsche, daß sie, ungeachtet der einmütigen Anstrengungen der Bauernpferde, die aus dem ganzen Dorf zusammengetrieben waren, mitsamt ihren Eigentümern an der ersten Berglehne umfiel und auseinanderbrach. Jeremej Lukitsch (der Vater Pantelejs hieß Jeremej Lukitsch) befahl, an der Berglehne ein Denkmal zu errichten, und ließ sich dadurch im übrigen keineswegs aus der Ruhe bringen. Dann fiel ihm ein, eine Kirche zu bauen, selbstverständlich allein, ohne Hinzuziehung eines Architekten. Er verheizte einen ganzen Wald, um Ziegel zu brennen, legte ein riesiges Fundament wie für eine Gouvernementskathedrale, errichtete die Wände, fing an, die Kuppel zu wölben: die Kuppel fiel herunter. Er versuchte es von neuem – die Kuppel brach wieder zusammen; ein drittes Mal – die Kuppel stürzte zum drittenmal ein. Mein Jeremej Lukitsch wurde nachdenklich: da ist etwas nicht in Ordnung, dachte er ... da muß eine verfluchte Zauberei im Spiel sein ... und mit einemmal befahl er, alle alten Weiber im Dorf durchzuprügeln. Die Weiber wurden ausgepeitscht, aber es gelang trotzdem nicht, die Kuppel zu schließen. Er fing an, die Hütten der Bauern nach einem neuen Plan umzubauen – und alles nach der wirtschaftlichen Kalkulation; er stellte drei Höfe in Form eines Dreiecks zusammen und ließ in der Mitte einen Baum mit einem bunten Starenhäuschen und einer Flagge errichten. Fast jeden Tag dachte er sich etwas Neues aus: bald ließ er aus Kletten eine Suppe kochen, bald den Pferden die Schwänze abschneiden, um daraus Schirmmützen für das Gesinde machen zu lassen, oder er nahm sich vor, Nesseln statt Flachs anzubauen und die Schweine mit Pilzen zu füttern. Übrigens betrafen seine Einfälle nicht allein wirtschaftliche Dinge; er kümmerte sich auch um das Wohl seiner Bauern. Nachdem er einmal in den »Moskauer Nachrichten« einen Artikel des Charkower Gutsbesitzers Chrjaka-Chrupjorskij über den Nutzen der Sittlichkeit für die Bauern gelesen hatte, erließ er am nächsten Tag an seine Bauern den Befehl, unverzüglich den Artikel des Charkower Gutsbesitzers auswendig zu lernen. Die Bauern taten, wie geheißen; der gnädige Herr fragte sie, ob sie verstünden, was dort aufgeschrieben sei? Der Aufseher antwortete: »Wie sollte man das nicht verstehen?« Um dieselbe Zeit befahl er, alle seine Untertanen der Ordnung und wirtschaftlichen Kalkulation wegen zu numerieren und jedem auf dem Kragen seine Nummer aufzunähen. Wenn er einem auf der Straße begegnete, so schrie der Betreffende schon von weitem: »Die und die Nummer kommt gegangen!« und der gnädige Herr antwortete freundlich: »Geh mit Gott!«

Jedoch ungeachtet der Ordnung und der wirtschaftlichen Kalkulation geriet Jeremej Lukitsch nach und nach in eine sehr schwierige Lage: er fing an, zuerst seine Güter zu verpfänden und dann auch zu verkaufen; das letzte Ahnennest, das Gut mit der unvollendeten Kirche, kaufte bereits der Staat, zum Glück nicht mehr zu Lebzeiten Jeremej Lukitschs – er hätte diesen Schlag nicht überlebt –, sondern erst zwei Wochen nach dessen Tod. Es gelang ihm noch, in seinem Hause und in seinem Bett, umgeben von seinen Leuten und unter Aufsicht seines Arztes zu sterben; der arme Pantelej aber bekam nur noch Bessonowo.

Pantelej erfuhr von der Krankheit seines Vaters während seiner Dienstzeit, auf dem Höhepunkt der oben erwähnten »Unannehmlichkeit«. Er war gerade neunzehn Jahre alt geworden. Von Kindheit an war er nie von Hause weggewesen und unter der Obhut seiner Mutter, der seelenguten, aber bornierten Wasilisa Wasiljewna, zu einem Mutter- und Herrensöhnchen herangewachsen. Sie allein nahm sich seiner Erziehung an; Jeremej Lukitsch, der in seine Wirtschaftspläne vertieft war, hatte dafür keine Zeit. Er hatte allerdings einmal eigenhändig den Sohn dafür bestraft, weil er ein Wort falsch aussprach, doch an jenem Tag bedrückte Jeremej Lukitsch ein tiefes und verborgenes Leid: sein bester Hund war gegen einen Baum gerannt und hatte sich das Genick gebrochen. Übrigens beschränkte sich die Fürsorge Wasilisa Wasiljewnas auf *eine* qualvolle Anstrengung: im Schweiße ihres Angesichts nahm sie für ihn als Erzieher einen ausgedienten elsässischen Soldaten, einen gewissen Bierkopf, an und zitterte bis zu ihrem Tode wie ein Blatt vor ihm: Nun, dachte sie, wenn er mir kündigt, bin ich verloren! Was fange ich bloß an? Wo soll ich einen anderen Lehrer finden? Schon diesen habe ich mit größter Mühe der Nachbarin abspenstig gemacht! Bierkopf, der ein gewitzter Bursche war, nutzte sofort seine Ausnahmestellung aus: soff wie ein Faß und schlief vom Morgen bis zum Abend. Nachdem der »Lehrplan« durchgenommen war, trat Pantelej seinen Dienst an. Wasilisa Wasiljewna war um die Zeit schon nicht mehr am Leben. Sie starb ein halbes Jahr vor diesem wichtigen Ereignis vor Schreck: ihr war im Traum ein weißer Mensch rittlings auf einem Bären mit der Aufschrift auf der Brust: »Der Antichrist« erschienen. Jeremej Lukitsch folgte bald seiner besseren Hälfte.

Pantelej ritt bei der ersten Nachricht von der Erkrankung des Vaters Hals über Kopf nach Hause, fand aber seinen Erzeuger nicht mehr am Leben vor. Wie groß aber war das Erstaunen des ehrerbietigen Sohnes, als er sich völlig unerwartet von einem reichen Erben in einen armen Teufel verwandelt sah! Nicht viele sind imstande, einen so jähen Wechsel hinzunehmen; Pantelej wurde menschenscheu und verbittert. Aus einem ehrlichen, reichbegabten und guten, wenn auch unberechenbaren und hitzigen Menschen wurde ein stolzer, händelsuchender Raufbold. Er hörte auf, mit den Nachbarn zu verkehren – vor den reichen schämte er sich, die armen verabscheute er –, und ging mit allen, sogar mit den Behörden, in unerhört frecher Weise um: Ich bin halt einer vom Uradel! Um ein Haar hätte er einmal den Polizeihauptmann erschossen, der mit der Mütze auf dem Kopf zu ihm ins Zimmer kam. Die amtlichen Stellen zahlten ihm natürlich sein Benehmen heim und ließen ihn bei passender Gelegenheit ihre Macht fühlen, doch man fürchtete ihn, denn er war schrecklich hitzig und schlug einem beim zweiten Wort vor, sich mit Messern zu stechen. Bei der geringsten Widerrede bekam Tschertopchanow blutunterlaufene Augen, die Stimme versagte ihm ... »Ich we-we-we-werde Sie«, stammelte er, »und koste es mich den Kopf! ...« Er wollte die Wände hochgehen. Abgesehen davon war er ein sauberer Mensch, der in keine Affäre verwickelt war. Selbstverständlich fuhr kein Mensch zu ihm ... Bei alledem hatte er in seiner Art ein gutes, sogar großes Herz: Ungerechtigkeit und Unterdrückung anderer ertrug er nicht; für seine Bauern stand er wie ein Fels. »Wie«, rief er aus und schlug sich wütend vor die Stirn, »meine Bauern anrühren, meine? Dann will ich nicht Tschertopchanow heißen ...«

Tichon Iwanytsch Nedopjuskin konnte sich nicht wie Tschertopchanow seiner Abstammung rühmen. Sein Vater war der Sohn eines Einzelhofbauern und erst nach vierzigjähriger Dienstzeit geadelt worden. Der Vater Nedopjuskins gehörte zu den Leuten, welche das Unglück mit einer Erbitterung verfolgt, die wie persönlicher Haß anmutet. Volle sechzig Jahre lang, von seiner Geburt bis zu seinem Tod, kämpfte der Arme mit allen Nöten, Leiden und Sorgen, die kleinen Leuten anzuhaften pflegen; er sprang wie ein Fisch auf dem Eis, hungerte, schlief nicht genug, machte Bücklinge, schuftete, verzagte und mühte sich ab, zitterte über jeder Kopeke, wurde wirklich »unschuldig« im Dienst zurückgesetzt und starb schließlich, nicht gerade auf dem Dachboden und nicht gerade in einem Kellerloch, doch ohne für sich oder für seine Kinder ein Auskommen geschaffen zu haben. Das Schicksal hatte ihn eingekreist wie einen Hasen beim Kesseltreiben. Er war ein guter und ehrlicher Mensch, nahm jedoch Bestechungsgelder: dem Rang entsprechend von zehn Kopeken bis zu zwei Silberrubeln. Nedopjuskin hatte eine magere und schwindsüchtige Frau; er hatte auch Kinder, die zum Glück alle früh starben, bis auf Tichon und eine Tochter mit dem Spitznamen Mitrodora, eine Modenärrin, welche nach vielen traurigen und lächerlichen Vorkommnissen einen im Ruhestand lebenden Rechtsanwalt heiratete. Dem älteren Herrn Nedopjuskin gelang es noch bei Lebzeiten, Tichon eine Anstellung in einer staatlichen Kanzlei zu beschaffen; gleich nach dem Tode des

Vaters gab aber Tichon den Dienst auf. Die ständigen Aufregungen, der qualvolle Kampf gegen Hunger und Kälte, die traurige, vergrämte Mutter, die geschäftige Verzweiflung des Vaters, die rohe Bedrückung durch den Hausbesitzer und den Krämer, all diese tägliche, andauernde Trübsal entwickelte in Tichon eine unaussprechliche Schüchternheit: beim bloßen Anblick eines Vorgesetzten zitterte und erstarrte er wie ein gefangener Vogel. Er quittierte den Dienst. Die gleichgültige und vielleicht auch spöttische Natur stattet die Menschen mit allerlei Fähigkeiten und Neigungen aus, die durchaus nicht im Einklang mit deren gesellschaftlicher Stellung und deren Mitteln stehen; mit der ihr eigenen Sorgfältigkeit und Liebe formte sie aus Tichon, dem Sohn eines armen Beamten, ein gefühlvolles, faules, weiches, empfängliches Wesen, ein Wesen, das ausschließlich auf Genuß ausgerichtet und mit einem ungewöhnlich feinen Geruchs- und Geschmackssinn ausgestattet war ... formte es, schliff es sorgfältig ab und – überließ es ihrem Erzeugnis, bei einer Kost von Sauerkohl und stinkigen Fischen heranzuwachsen. Und nun war dieses Erzeugnis herangewachsen und fing an, wie man es zu bezeichnen pflegt, zu »leben«. Da ging der Spaß los. Das Schicksal, welches unablässig den Vater Nedopjuskin verfolgt hatte, nahm sich jetzt auch den Sohn vor: es war offenbar auf den Geschmack gekommen. Aber mit Tichon verfuhr es anders; es quälte ihn nicht – es trieb seine Kurzweil mit ihm. Es führte ihn nie an den Rand der Verzweiflung, nötigte ihn nicht, die beschämenden Qualen des Hungerns durchzumachen, schleifte ihn aber durch ganz Rußland, von Welikij Ustjug nach Zarewo-Kokschajsk, von einer erniedrigenden und lächerlichen Stellung zur anderen: hier erhob es ihn zum »Majordomus« einer zänkischen und galligen Wohltäterin, dort brachte es ihn als Kostgänger bei einem reichen, geizigen Kaufmann unter, bald machte es ihn zum Vorsteher der Privatkanzlei eines glotzäugigen Gutsbesitzers, der die Haare auf englische Art geschnitten trug, bald beförderte es ihn halb zum Haushofmeister, halb zum Hofnarren eines Jägers mit Hunden ... Mit einem Wort, das Schicksal zwang den armen Tichon, tropfenweise und bis auf den letzten Rest den ganzen bitteren und giftigen Trank der Abhängigkeit zu trinken. Er hatte in seinem Leben der drückenden Launenhaftigkeit, der schläfrigen und böswilligen Langeweile des müßigen Herrenlebens gedient ... Wievielmal schwor er, mit sich allein in seinem Zimmer, wenn er endlich von der Schar der Gäste, die sich zur Genüge über ihn lustig gemacht hatte, entlassen war, in brennender Scham und mit kalten Tränen der Verzweiflung in den Augen, am nächsten Morgen heimlich wegzulaufen, sich wenigstens eine Schreiberstelle in der Stadt zu verschaffen oder lieber gleich auf der Straße Hungers zu sterben. Aber erstens hatte er nicht die Kraft dazu; zweitens war er zu schüchtern, und wie sollte er schließlich eine Stelle finden, wen sollte er darum bitten? »Keiner wird mich nehmen«, flüsterte der Unglückliche, indem er sich traurig auf seinem Bett herumwarf, »keiner wird mich nehmen!« Und am nächsten Tag machte er sich wieder daran, seine schwere Arbeit zu verrichten. Seine Lage war um so qualvoller, als dieselbe fürsorgliche Natur sich nicht die Mühe genommen hatte, ihm wenigstens ein Quentchen jener Fähigkeiten und Gaben zuzuteilen, ohne die es fast unmöglich ist, den Beruf eines Narren auszuüben. Er verstand es zum Beispiel nicht, bis zum Umfallen in einem gewendeten Bärenpelz zu tanzen, in unmittelbarer Nähe knallender Hetzpeitschen noch liebenswürdig zu lächeln und Witze zu reißen; wenn er bei zwanzig Grad Frost nackt draußen stehen mußte, erkältete er sich manchmal; sein Magen vertrug weder ein Gemisch von Branntwein mit Tinte und anderem Zeug noch kleine Fliegenpilze und Täublinge in Essig. Weiß der Himmel, was aus Tichon geworden wäre, wenn nicht der letzte seiner Wohltäter, ein reich gewordener Steuerpächter, in einer frohen Stunde den Einfall gehabt hätte, seinem Testament den Zusatz beizufügen: und Sjosa (Tichon genannt) Nedopjuskin vermache ich als ewigen und erblichen Besitz mein wohlerworbenes Gut Besselendejewka mit allen Nutzungen. Einige Tage darauf rührte den Wohltäter bei einer Sterlettsuppe der Schlag. Es entstand eine große Aufregung; das Gericht kam angefahren und versiegelte alles, wie es sich gehört. Die Verwandten versammelten sich; man öffnete das Testament, las es und ließ Nedopjuskin kommen. Nedopjuskin erschien. Der größte Teil der Versammlung wußte, in welcher Eigenschaft Tichon Iwanytsch bei dem Verstorbenen in Dienst gestanden hatte; er wurde mit lauten Ausrufen und spöttischen Glückwünschen begrüßt. »Der Gutsbesitzer! da ist er, der neue Gutsbesitzer!« schrien die übrigen Erben. »Das ist schon«, rief ein bekannter Spaßmacher und Witzbold, »das kann man aber wirklich sagen ... das ist tatsächlich ... ein ... was man einen Erben nennen kann.« Und alle platzten los. Nedopjuskin vermochte lange Zeit nicht an sein Glück zu glauben. Man zeigte ihm das Vermächtnis – er errötete, kniff die Augen zu, winkte mit den Händen ab und brach in Tränen aus. Das Gelächter der

Versammlung ging in ein lautes einmütiges Brüllen über. Das Gut Besselendejewka zählte im ganzen zweiundzwanzig Seelen; niemand trauerte ihm groß nach, warum sollte man sich da nicht, wenn sich die Gelegenheit dazu bot, einen Spaß erlauben? Nur ein Erbe aus Petersburg, ein wichtiger Mann mit einer griechischen Nase und dem ehrbarsten Gesichtsausdruck, Rostislaw Adamytsch Stoppel, konnte nicht an sich halten; er trat neben Nedopjuskin und sah ihn hochmütig über die Schulter an. »Soviel ich bemerken konnte, standen Sie, mein lieber Herr«, sagte er verächtlich-nachlässig, »bei dem hochachtbaren Fjodor Fjodorowitsch als Narr in Diensten?« Der Herr aus Petersburg drückte sich unerträglich klar, forsch und korrekt aus. Der verwirrte und erregte Nedopjuskin verstand nicht, was der ihm unbekannte Herr sagte, die anderen aber verstummten sofort, der Witzbold lächelte herablassend. Herr Stoppel rieb sich die Hände und wiederholte seine Frage. Nedopjuskin hob erstaunt die Augen und öffnete den Mund. Rostislaw Adamytsch kniff höhnisch die Augen zusammen.

»Ich gratuliere Ihnen, mein lieber Herr, ich gratuliere«, fuhr er fort, »nicht jeder in der Tat, kann man wohl sagen, wäre bereit, auf derartige Weise sein Brot zu verdienen, aber de gustibus non est disputandum, das heißt, jeder hat seinen Geschmack . . . Ist es nicht wahr?«

In den hinteren Reihen kreischte jemand kurz, aber wohlerzogen, vor Erstaunen und Entzücken auf.

»Erzählen Sie uns doch«, fuhr Herr Stoppel fort, der sich durch das Lächeln aller Anwesenden stark ermutigt fühlte, »welcher Begabung verdanken Sie vor allem Ihr Glück? Nein, schämen Sie sich nicht, sagen Sie es ruhig; wir sind hier sozusagen unter uns, en famille. Nicht wahr, meine Herrschaften, wir sind hier en famille?«

Der Erbe, an den Rostislaw Adamytsch sich zufällig gewandt hatte, verstand leider kein Französisch und beschränkte sich deswegen darauf, sich leicht und zustimmend zu räuspern. Dafür fiel ein anderer Erbe, ein junger Mensch mit gelben Flecken auf der Stirn, eilig mit einem: »Oui, oui, selbstverständlich«, ein.

»Vielleicht«, begann Herr Stoppel von neuem, »können Sie auf den Händen gehen, wobei Sie die Beine sozusagen nach oben strecken?«

Nedopjuskin schaute gequält in die Runde – alle Gesichter lächelten gehässig, aller Augen glänzten feucht vor Vergnügen.

»Oder vielleicht können Sie wie ein Hahn krähen?«

Ringsum brach ein Gelächter aus, das sofort von der Erwartung noch besserer Späße unterdrückt wurde.

»Oder vielleicht haben Sie auf der Nase ...«

»Hören Sie auf«, unterbrach plötzlich eine scharfe und laute Stimme Rostislaw Adamytsch, »schämen Sie sich nicht, einen armen Menschen zu quälen?«

Alle sahen sich um. In der Tür stand Tschertopchanow. Als Neffe vierten Grades des verstorbenen Steuerpächters hatte auch er eine Einladung zu dem Familientreffen erhalten. Die ganze Zeit über, während das Testament verlesen wurde, hatte er sich, wie er es gewöhnlich tat, stolz abseits von den anderen gehalten.

»Hören Sie auf«, wiederholte er und warf stolz den Kopf zurück.

Herr Stoppel drehte sich schnell um und fragte, als er einen ärmlich gekleideten, unansehnlichen Menschen erblickte, halblaut seinen Nachbarn (Vorsicht schadet nie): »Wer ist das?«

»Tschertopchanow, nichts von Bedeutung«, flüsterte der ihm ins Ohr.

Rostislaw Adamytsch gab sich ein hochmütiges Aussehen.

»Was sind Sie denn für ein Kommandeur«, sprach er durch die Nase und kniff die Augen zusammen, »erlauben Sie mir, Sie zu fragen, was für ein Vogel sind Sie?«

Tschertopchanow explodierte, wie Pulver durch einen Funken. Eine tolle Wut raubte ihm den Atem.

»De-de-de-de-de«, zischte er wie ein Erstickender und donnerte plötzlich los: »Wer ich bin? wer ich bin? Ich bin Pantelej Tschertopchanow, ich gehöre dem Uradel an, mein Urahne hat dem Kaiser gedient; und wer bist du?«

Rostislaw Adamytsch erbleichte und wich zurück. Eine derartige Abfuhr hatte er nicht erwartet.

»Ich ein Vogel, ich, ich ein Vogel ...«

Tschertopchanow stürzte vor; Stoppel sprang in großer Erregung zurück, die Gäste warfen sich dem erregten Gutsbesitzer entgegen.

»Schießen, sich schießen, sofort auf Taschentuchlänge sich schießen«, schrie der rasend gewordene Pantelej, »oder bitte mich um Entschuldigung, und auch ihn ...«

»Entschuldigen Sie sich, entschuldigen Sie sich«, murmelten rings um Stoppel die aufgeregten Erben, »er ist ja verrückt und imstande, Sie zu erstechen.«

»Verzeihen Sie, verzeihen Sie, ich wußte nicht«, stammelte Stoppel, »ich wußte nicht ...«

»Entschuldige dich auch bei ihm«, beharrte der unerbittliche Pantelej.

»Entschuldigen auch Sie«, fügte Rostislaw Adamytsch zu Nedopjuskin gewandt hinzu, der wie im Fieber zitterte.

Tschertopchanow beruhigte sich, trat an Tichon Iwanytsch heran, nahm ihn bei der Hand, blickte herausfordernd in die Runde und verließ, da er nicht einem einzigen Blick begegnete, inmitten eines tiefen Schweigens zusammen mit dem neuen Besitzer des wohlerworbenen Gutes Besselendejewka feierlich das Zimmer.

Seit dem Tage trennten sich die beiden nicht mehr. Das Gut Besselendejewka lag nur acht Werst von Bessonowo entfernt. Die grenzenlose Dankbarkeit Nedopjuskins ging bald in unterwürfige Verehrung über. Der schwache, weiche und nicht ganz saubere Tichon neigte sich in den Staub vor dem furchtlosen und uneigennützigen Pantelej. Welch ein Mut! dachte er manchmal still für sich, er spricht mit dem Gouverneur und schaut ihm gerade in die Augen ... Herr du meine Güte, gerade in die Augen.

Er staunte über ihn bis zum Befremden, bis an die Grenze seines seelischen Fassungsvermögens, hielt ihn für einen ungewöhnlichen, klugen, gelehrten Menschen. Und wirklich konnte man Tschertopchanows Erziehung, so mangelhaft sie auch war, im Vergleich mit der Erziehung Tichons als glänzend bezeichnen. Tschertopchanow las allerdings wenig Russisch und verstand schlecht Französisch, dermaßen schlecht, daß er einmal auf die Frage eines Schweizer Erziehers: »Vous parlez français, monsieur?« antwortete: »Schö nicht verstehe«, und nach einigem Nachdenken hinzufügte: »pa.« Immerhin hatte er behalten, daß es auf der Welt einen sehr scharfsinnigen Schriftsteller Voltaire gegeben hatte und daß der preußische König Friedrich der Große sich auch auf militärischem Gebiet ausgezeichnet hatte. Von den russischen Schriftstellern verehrte er Derschawin und liebte er Marlinskij; seinen besten Rüden nannte er Amalat-Beg.

Einige Tage nach meiner ersten Begegnung mit den beiden Freunden begab ich mich nach Bessonowo zu Pantelej Jeremejitsch. Sein kleines Häuschen war von weitem sichtbar: es stand auf einem kahlen Fleck, in einer Entfernung von einer halben Werst vom Dorf, wie ein Habicht auf dem Sturzacker. Das ganze Gehöft Tschertopchanows bestand aus vier baufälligen Gebäuden verschiedener Größe, nämlich aus dem Wohnhaus, dem

Pferdestall, einer Scheune und einer Badestube. Jeder der vier Holzbauten stand für sich allein: man sah weder Zäune noch Pforten. Mein Kutscher hielt unentschlossen beim halbverfaulten und verunreinigten Brunnen an. Bei der Scheune rissen einige magere und zerzauste Windhundwelpen an einem Pferdekadaver, wahrscheinlich dem von Orbassan; einer von ihnen hob die blutige Schnauze, bellte hastig ein wenig und machte sich wieder daran, die freiliegenden Rippen zu benagen. Neben dem Pferd stand ein siebzehnjähriger Junge mit einem runden gelben Gesicht, als Bedienter gekleidet und barfuß; er beaufsichtigte mit wichtiger Miene die seiner Obhut anvertrauten Hunde und versetzte ab und zu den allergierigsten mit der Hetzpeitsche einen Hieb.

»Ist der Herr zu Hause?« fragte ich.

»Weiß der Himmel, wo er ist«, antwortete der Junge, »klopfen Sie an.«

Ich sprang von der Droschke und ging zur Vortreppe des Hauses.

Die Behausung Tschertopchanows hatte ein überaus trauriges Aussehen: die Balken waren schwarz geworden und hatten sich »mit dem Bauch« nach außen geworfen, der Schornstein war umgefallen, die Ecken waren morsch und hatten sich verschoben, die kleinen trüben grau-blauen Fensterchen schauten unsäglich mißmutig unter dem über sie gestülpten struppigen Dach hervor: manche altgewordenen Straßendirnen haben solche Augen. Ich klopfte an; niemand antwortete. Ich hörte aber hinter der Tür die deutlich ausgesprochenen Worte:

»A, be, ce – nun, du Esel«, sprach eine heisere Stimme: »a, be, ce, de . . . aber nein! de, gut, friß, friß! Nun, friß doch, du Esel!«

Ich klopfte ein zweites Mal.

Dieselbe Stimme schrie: »Komm herein, wer ist da?«

Ich trat in einen leeren kleinen Vorraum und erblickte durch die geöffnete Tür Tschertopchanow. In einem schmutzigen Bucharaschlafrock, breiten Beinkleidern und mit einem Käppchen auf dem Kopf saß er auf einem Stuhl; mit der einen Hand drückte er einem jungen Pudel das Maul zu, während er in der anderen ein Stück Brot direkt über seiner Nase hielt.

»Ah«, sagte er würdevoll, ohne sich vom Fleck zu rühren, »ich bin sehr erfreut über Ihren Besuch. Bitte nehmen Sie Platz. Ich plage mich hier mit Wensor . . . Tichon Iwanytsch«, fügte er mit erhobener Stimme hinzu, »komm bitte her. Ein Gast ist angekommen.«

»Sofort, sofort«, antwortete aus dem Zimmer nebenan Tichon Iwanytsch. »Mascha, gib mir die Krawatte!«

Tschertopchanow wandte sich wieder Wensor zu und legte ihm das Stück Brot auf die Nase. Ich blickte um mich. Im Raum gab es außer einem von Feuchtigkeit verzogenen Ausziehtisch auf dreizehn ungleich langen Beinen und vier durchgesessenen Strohstühlen keine Möbel; von den vor sehr langer Zeit geweißten Wänden mit blauen sternförmigen Flecken war an vielen Stellen der Kalk abgeblättert; zwischen den Fenstern hing ein zerbrochener und matter Spiegel in einem riesigen Rahmen aus rotem Holz. In den Ecken standen lange Pfeifen und Gewehre; von der Decke hingen dicke schwarze Spinnwebfäden herab.

»A, be, ce, de, e«, sprach Tschertopchanow langsam und schrie dann plötzlich wütend: »Friß, friß, friß! . . . So ein dummes Tier! . . . friß!«

Der unglückliche Pudel aber zitterte nur und konnte sich nicht entschließen, das Maul aufzumachen; er blieb mit krampfhaft untergeklemmtem Schwanz sitzen, verzog das Maul, blinzelte wehmütig und kniff die Augen zu, als spräche er zu sich: Du kannst ja mit mir machen, was du willst!

»So friß, nun, faß!« wiederholte unermüdlich der Gutsbesitzer.

»Sie haben ihn eingeschüchtert«, bemerkte ich.

»Nun, dann fort mit ihm.«

Er gab ihm einen Fußtritt. Der arme Hund stand leise auf, ließ das Brot von der Nase auf die Erde fallen und ging tief beleidigt, gleichsam auf Zehenspitzen, ins Vorzimmer. Und auch mit Recht: ein fremder Mensch ist zum erstenmal angekommen, und mit ihm geht man so um.

Die Tür zum Nebenzimmer wurde vorsichtig geöffnet, und Herr Nedopjuskin trat lächelnd und freundlich grüßend ins Zimmer.

Ich erhob mich und machte ihm eine Verbeugung.

»Machen Sie keine Umstände, machen Sie keine Umstände«, flüsterte er.

Wir setzten uns. Tschertopchanow ging ins Nebenzimmer.

»Sind Sie schon lange in unserem gelobten Land?« hob Nedopjuskin mit weicher Stimme an, nachdem er sich geräuspert und anstandshalber seinen Mund mit den Fingern bedeckt hatte.

»Seit zwei Monaten.«

»So, so.«

Wir schwiegen ein wenig.

»Wir haben sehr schönes Wetter in diesem Jahr«, fuhr Nedopjuskin fort und sah mich dabei dankbar an, so als ob das Wetter von mir abhinge, »das Getreide steht hervorragend.«

Ich neigte den Kopf zum Zeichen meiner Zustimmung. Wir schwiegen wieder eine Weile.

»Pantelej Jeremejitsch hat gestern zwei Hasen zu erbeuten geruht«, nahm Nedopjuskin, der sich offensichtlich Mühe gab, das Gespräch zu beleben, einen neuen Anlauf, »ja, ausnehmend große Hasen.«

»Hat Herr Tschertopchanow gute Hunde?«

»Hervorragende«, antwortete Nedopjuskin erfreut, »man kann wohl sagen, die besten im ganzen Gouvernement.« Er rückte näher an mich heran. »Ja, sehen Sie, Pantelej Jeremejitsch ist so ein Mensch! Was immer er wünscht, was ihm auch einfällt – im Handumdrehen ist es gemacht, ist es im Gang. Ich sage Ihnen, Pantelej Jeremejitsch ...«

Tschertopchanow kam ins Zimmer. Nedopjuskin lächelte, verstummte und wies mit den Augen auf ihn, als wollte er sagen: Überzeugen Sie sich selbst. Wir fingen an, über die Jagd zu sprechen.

»Wollen Sie, daß ich Ihnen meine Meute zeige?« fragte mich Tschertopchanow und rief, ohne meine Antwort abzuwarten, Karp.

Es trat ein stämmiger Bursche in einem grünen Nankingrock mit hellblauem Kragen und den Knöpfen einer Dienerlivree ein.

»Befiehl Fomka«, sagte Tschertopchanow kurz, »Amalat und Sajga herzuführen, aber in gutem Zustand, verstehst du?«

Karp lächelte über das ganze Gesicht, stieß einen unbestimmbaren Laut aus und ging hinaus. Fomka erschien, gekämmt, zugeknöpft, in Stiefeln und mit den Hunden. Aus Höflichkeit lobte ich die dummen Tiere (alle Windhunde sind ungewöhnlich dumm). Tschertopchanow spuckte Amalat direkt in die Nasenlöcher, was – nebenbei gesagt – diesem Hund nicht das geringste Vergnügen bereitete. Nedopjuskin tätschelte Amalats Rücken ebenfalls. Tschertopchanow taute allmählich völlig auf, er hörte auf, den Streitlustigen hervorzukehren und zu schnauben; sein Gesichtsausdruck veränderte sich. Er sah mich und Nedopjuskin an ...

»Eh«, rief er plötzlich aus, »was soll sie da allein sitzen? Mascha! ah, Mascha! komm einmal her!«

Jemand bewegte sich im Nebenzimmer, aber es erfolgte keine Antwort.

»Ma-a-scha«, wiederholte Tschertopchanow freundlich, »komm herein; fürchte dich nicht.«

Die Tür öffnete sich leise, und ich erblickte eine zwanzigjährige, hoch und schlank gewachsene Frau mit einem braunen Zigeunergesicht, gelblich-grauen Augen und einem kohlschwarzen Zopf; große, blendendweiße Zähne schimmerten hinter vollen und roten Lippen. Sie hatte ein weißes Kleid an; ein hellblauer Schal, der am Hals mit einer Nadel festgesteckt war, verdeckte bis zur Hälfte ihre feinen, rassigen Hände. Sie machte zwei Schritte mit der verlegenen Unbeholfenheit eines Wildlings, blieb stehen und senkte die Augen.

»Gestatten Sie, daß ich Sie bekannt mache«, sagte Pantelej Jeremejitsch, »wenn sie auch nicht meine rechtmäßige Frau ist, bitte ich doch, sie als meine Frau anzusehen.«

Mascha errötete leicht und lächelte verwirrt. Ich machte ihr eine tiefe Verbeugung. Sie gefiel mir sehr. Die feine Adlernase mit den weitgeöffneten, halb durchsichtigen Nasenflügeln, die kühne Wölbung der hohen Brauen, die bleichen, ein klein wenig eingefallenen Wangen – alle Züge ihres Gesichts drückten eigenwillige Leidenschaft und sorglose Kühnheit aus; unter dem geflochtenen Zopf liefen über den breiten Nacken zwei Strähnen glänzender Härchen hinab – ein Zeichen von Rasse und Kraft.

Sie ging zum Fenster und setzte sich. Ich wollte nicht ihre Verlegenheit erhöhen und fing an, mich mit Tschertopchanow zu unterhalten. Mascha wandte leicht den Kopf und begann mißtrauisch, heimlich, wild und schnell auf mich zu blicken. Ihr Blick zuckte über mich hin wie der Zungenstachel einer Schlange. Nedopjuskin setzte sich zu ihr und flüsterte ihr etwas ins Ohr. Sie lächelte wieder. Wenn sie lächelte, runzelte sie leicht die Nase und entblößte die obere Zahnreihe, was ihrem Gesicht einen halb katzen-, halb löwenhaften Ausdruck verlieh ...

Oh, du bist mir ein richtiges Kräutlein Rührmichnichtan, dachte ich, während ich meinerseits ebenfalls ihre biegsame Figur, ihre eingesunkene Brust und die eckigen, schnellen Bewegungen heimlich betrachtete.

»Nun, Mascha«, fragte Tschertopchanow, »man muß doch den Gast mit irgend etwas bewirten, nicht wahr?«

»Wir haben Eingemachtes«, antwortete sie.

»Nun, so gib uns das Eingemachte her und bring auch Wodka mit. Und höre, Mascha«, rief er ihr nach, »hole auch die Gitarre.«

»Wozu die Gitarre? Ich werde nicht singen.«

»Weshalb nicht?«

»Ich habe keine Lust.«

»Ach, Dummheiten; du wirst schon wollen, wenn ...«

»Wenn?« fragte Mascha und runzelte schnell die Brauen.

»Wenn man dich bitten wird«, vollendete Tschertopchanow nicht ohne Verwirrung.

»Ah!«

Sie ging hinaus, kam bald mit dem Eingemachten und mit Wodka zurück und setzte sich wieder ans Fenster. Auf ihrer Stirn sah man noch die Falte; beide Brauen hoben und senkten sich wie die Fühler einer Wespe ... Haben Sie, mein Leser, bemerkt, was für ein böses Gesicht eine Wespe hat? Nun, dachte ich, es wird ein Gewitter geben. Die Unterhaltung wollte nicht in Gang kommen. Nedopjuskin war ganz verstummt und lächelte gezwungen vor sich hin; Tschertopchanow keuchte, errötete und riß die Augen auf: ich wollte schon wegfahren. Plötzlich stand Mascha auf, öffnete das Fenster, streckte den Kopf hinaus und schrie zornig eine vorübergehende Bäuerin an: »Axinja!« Das Weib zuckte zusammen, wollte sich umdrehen, glitt aber aus und klatschte schwer zu Boden. Mascha warf sich in den Stuhl zurück und lachte hellauf; Tschertopchanow lachte auch, Nedopjuskin quietschte vor Entzücken. Wir schüttelten uns alle. Das Gewitter hatte sich mit einem einzigen Blitz entladen ... die Luft hatte sich gereinigt.

Eine halbe Stunde später hätte uns niemand mehr erkannt: wir schwatzten und waren ausgelassen wie Kinder. Mascha tollte am meisten von uns allen, Tschertopchanow verschlang sie geradezu mit den Augen. Ihr Gesicht war bleicher geworden, die Nasenlöcher hatten sich geweitet, ihre Blicke flammten und verdunkelten sich in einem. Der Wildling war in ihr erwacht. Nedopjuskin watschelte auf seinen dicken kurzen Beinen hinter ihr her wie ein Erpel hinter einer Ente. Sogar Wensor kroch unter dem Tisch im Vorzimmer hervor, blieb auf der Schwelle stehen, sah uns zu und fing unvermittelt zu springen und zu bellen an. Mascha flog in das andere Zimmer, holte die Gitarre, warf den Schal ab, setzte sich schnell, hob den Kopf und stimmte ein Zigeunerlied an. Ihre Stimme tönte und zitterte wie ein gesprungenes gläsernes Glöckchen, schwoll an und erstarb ... es wurde einem warm und schmerzlich ums Herz ... »Ei, flamme und sprich!« Tschertopchanow begann zu tanzen, Nedopjuskin zu stampfen und zu trippeln. Maschas Körper wand sich wie Birkenrinde im Feuer: die feinen Finger huschten flink über die

Gitarre, der braune Hals hob sich langsam unter der doppelten Bernsteinkette. Bald verstummte sie plötzlich, ließ sich entkräftet zurücksinken, zupfte gleichsam unlustig die Saiten, und Tschertopchanow blieb stehen, zuckte nur mit der Schulter und trat auf der Stelle, während Nedopjuskin mit dem Kopf wakkelte wie eine chinesische Porzellanfigur; bald wieder brach ihr Lied mit erneuter Leidenschaft hervor, sie richtete sich gerade auf und streckte die Brust heraus, und Tschertopchanow hockte wieder bis auf den Fußboden nieder und sprang bis an die Decke, drehte sich wie ein Kreisel und schrie: »Lustig.«

»Lustig, lustig, lustig, lustig!« wiederholte Nedopjuskin.

Spät am Abend fuhr ich von Bessonowo fort.

Tschertopchanows Ende

1

Zwei Jahre nach meinem Besuch bei Pantelej Jeremejitsch begannen seine Nöte – ja, Nöte. Ärger, Mißerfolge und sogar Unglück waren ihm bis dahin zugestoßen, er beachtete sie aber nicht und fuhr fort, wie bisher zu »herrschen«. Der erste Schlag, der ihn traf, war für ihn der allerempfindlichste: Mascha trennte sich von ihm.

Es ist schwer zu sagen, was sie bewogen haben mag, sein Haus, in dem sie sich anscheinend so wohl fühlte, zu verlassen. Tschertopchanow glaubte bis an das Ende seiner Tage, daß ein gewisser junger Nachbar, ein Ulanenrittmeister der Reserve, der Jaff genannt wurde und der nach Ansicht Pantelej Jeremejitschs nur damit bei Frauen Erfolg hatte, daß er beständig seinen Schnurrbart zwirbelte, sich stark pomadisierte und bedeutungsvoll mit den Augen zwinkerte, an Maschas Verrat schuld sei; man muß jedoch eher annehmen, daß hier der zigeunerhafte Wandertrieb, der in Maschas Adern pulsierte, zum Durchbruch kam. Wie dem auch sei, eines schönen Sommerabends schnürte Mascha einige Lumpen in ein Bündel und verließ Tschertopchanows Haus.

Die letzten drei Tage hatte sie zusammengekauert und an die Wand gedrückt wie ein krankgeschossener Fuchs in einer Ecke gesessen; ohne mit einem Menschen ein Wort zu sprechen, saß sie gedankenversunken da, ließ ihre Blicke durch das Zimmer streifen, zog die Augenbrauen hoch, entblößte leicht die obere Zahnreihe und kreuzte die Arme, als hüllte sie sich in ein Tuch.

Derartige Anwandlungen waren auch früher über sie gekommen, waren aber immer bald vorübergegangen; Tschertopchanow wußte dies, beunruhigte sich deswegen nicht und ließ sie in Ruhe. Als er aber aus dem Hundezwinger zurückkam, in dem nach den Worten seines Pikörs die letzten beiden Windhunde sich unwohl fühlten, und das Dienstmädchen traf, welches ihm mit zitternder Stimme ausrichtete, daß Marja Akinfijewna ihn grüßen und ihm sagen lasse, daß sie ihm alles Gute wünsche, zu ihm aber nicht mehr zurückkehren werde – drehte sich Tschertopchanow zweimal um seine Achse, stieß ein heiseres Brüllen aus und machte sich an die Verfolgung des Flüchtlings, nachdem er noch schnell eine Pistole eingesteckt hatte.

Er holte sie zwei Werst von seinem Haus entfernt ein, bei einem Birkenwäldchen, auf der Landstraße in die Kreisstadt. Die Sonne stand niedrig über dem Horizont, und alles war in rötliches Licht getaucht: die Bäume, das Gras und die Erde.

»Zu Jaff! zu Jaff!« stöhnte Tschertopchanow, als er Mascha erblickte. »Zu Jaff!« wiederholte er, während er auf sie zulief und fast bei jedem Schritt stolperte.

Mascha blieb stehen und wandte sich nach ihm um. Sie stand mit dem Rücken zum Licht und sah ganz schwarz aus, als wäre sie aus dunklem Holz geschnitzt. Nur das Weiße ihrer Augen schimmerte gleich zwei silbernen Mandeln, während die Augen selbst – die Pupillen – noch dunkler erschienen.

Sie warf ihr Bündel zur Seite und kreuzte die Arme.

»Du gehst zu Jaff, du Taugenichts!« wiederholte Tschertopchanow und wollte sie an der Schulter packen, hielt aber verblüfft inne und wurde auf der Stelle verlegen, als er ihrem Blick begegnete.

»Ich gehe nicht zu Herrn Jaff, Pantelej Jeremejitsch«, antwortete Mascha ruhig und leise, »aber mit Ihnen kann ich nicht länger leben.«

»Wieso kannst du nicht? Weswegen denn? Womit habe ich dich denn beleidigt?«

Mascha schüttelte den Kopf.

»Sie haben mich keineswegs beleidigt, Pantelej Jeremejitsch, ich habe nur Sehnsucht bekommen . . . ich danke Ihnen für alles, aber bleiben kann ich nicht – nein!«

Tschertopchanow war baß erstaunt; er schlug sich sogar auf die Schenkel und machte einen kleinen Luftsprung.

»Wie ist denn das möglich? Du hast bei mir gelebt, hast außer Vergnügen und Muße nichts gekannt – und mit einemmal hat dich die Sehnsucht gepackt! ‚Hol ihn der Kuckuck, ich werde ihn verlassen', hast dir ein Kopftuch umgebunden und bist einfach weggegangen. Und bei mir wurde dir alle Achtung erwiesen, nicht anders als einer gnädigen Frau . . .«

»Das brauche ich ja gar nicht«, unterbrach ihn Mascha.

»Wieso brauchst du es nicht? Von einer vorbeiziehenden Zigeunerin bist du zur gnädigen Frau aufgestiegen, und du sagst: ‚Das brauche ich nicht!' Wieso brauchst du es nicht, du Teufelsbrut? Wie kann man das glauben? Dahinter steckt ein Verrat, ein Verrat!«

Er fing wieder an zu zischen.

»Ich habe mit keinem Gedanken an Verrat gedacht und denke auch jetzt nicht daran«, sprach Mascha mit ihrer singenden und klaren Stimme, »ich sagte Ihnen schon, daß mich das Fernweh gepackt habe.«

»Mascha!« rief Tschertopchanow und schlug sich mit der Hand auf die Brust, »höre nun auf; gut, du hast mich gequält, laß es jetzt um Gottes willen gut sein! Bedenke doch, was Tischa sagen wird; habe doch wenigstens mit dem Mitleid!«

»Grüßen Sie Tichon Iwanytsch von mir und sagen Sie ihm . . .«

Tschertopchanow warf die Arme hoch.

»Aber nein, du irrst dich – du wirst nicht fortgehen! Dein Jaff wird nicht erleben, daß du kommst!«

»Herr Jaff«, fing Mascha an . . .

»Was ist das für ein *Herr* Jaff«, äffte Tschertopchanow sie nach. »Er ist der größte Gauner und geriebenste Kunde, den es auf der Welt gibt, und er hat eine Fratze wie ein Affe.«

Eine volle halbe Stunde kämpfte Tschertopchanow mit Mascha. Bald trat er nahe an sie heran, bald sprang er zurück, drohte ihr mit den Fäusten, verneigte sich tief vor ihr, weinte, schimpfte . . .

»Ich kann nicht«, wiederholte Mascha, »mir ist so traurig zumute . . . ich würde vor Gram vergehen.« Allmählich nahm ihr Gesicht einen so gleichgültigen, fast schläfrigen Ausdruck an, daß Tschertopchanow fragte, ob man ihr nicht ein Betäubungsmittel zu trinken gegeben habe.

»Der Gram«, sagte sie zum zehntenmal.

»Und wenn ich dich totschieße?« schrie er plötzlich und zog die Pistole aus der Tasche.

Mascha lächelte. Ihr Gesicht belebte sich.

»Gut, töten Sie mich, Pantelej Jeremejitsch: es steht in Ihrem Belieben, aber zurückkehren werde ich nicht.«

»Du wirst nicht zurückkehren?« Tschertopchanow spannte den Hahn.

»Ich komme nicht zurück, mein Lieber. Nie im Leben komme ich zurück. Mein Wort ist fest.«

Tschertopchanow drückte ihr plötzlich die Pistole in die Hand und setzte sich auf die Erde.

»Nun, dann schieß du mich tot! Ohne dich will ich nicht weiterleben. Du bist meiner überdrüssig geworden, so hat alles andere für mich jeden Reiz verloren.«

Mascha bückte sich, hob ihr Bündel auf, legte die Pistole, den Lauf von Tschertopchanow abgekehrt, ins Gras und trat nahe an ihn heran.

»Ach, mein Täubchen, warum quälst du dich? Kennst du denn uns Zigeunerinnen nicht? Das ist doch unsere Art, wir sind es so gewohnt. Wenn der Wandertrieb über uns kommt, zieht es die Seele fort in ein fernes Land – wie könnte man da noch bleiben? Behalte du deine Mascha in treuer Erinnerung – so eine Freundin wirst du nicht wieder finden, und auch ich werde dich, meinen Falken, nicht vergessen; aber unser Zusammenleben ist zu Ende.«

»Ich habe dich geliebt, Mascha«, murmelte Tschertopchanow in die Finger, mit denen er sein Gesicht bedeckte.

»Auch ich habe Sie geliebt, mein Freund, Pantelej Jeremejitsch.«

»Ich habe dich geliebt; ich liebe dich rasend, bis zum Wahnsinn – und wenn ich bedenke, daß du so mir nichts, dir nichts bei voller Gesundheit mich verläßt und anfangen wirst, dich in aller Welt herumzutreiben, dann stelle ich mir vor, daß du, wenn ich nicht so ein Hungerleider wäre, mich nicht verlassen würdest.«

Als Antwort auf diese Worte lächelte Mascha nur.

»Und dabei hast du mich noch dein Aschenputtel genannt!« sagte sie und schlug Tschertopchanow heftig auf die Schulter.

Er sprang auf.

»Nun, dann nimm wenigstens Geld von mir – wie solltest du denn sonst, ohne einen Pfennig? Am besten aber: erschieß mich! Ich spreche im vollen Ernst: schieß mich hier auf der Stelle tot.«

Mascha schüttelte wieder den Kopf.

»Dich totschießen? Und wofür, mein Täubchen, wird man denn nach Sibirien verschickt?«

Tschertopchanow zuckte zusammen.

»Also du willst es nur deswegen nicht tun, aus Angst vor der Zwangsarbeit ...«

Er warf sich wieder ins Gras.

Mascha stand kurze Zeit schweigend über ihm.

»Du tust mir leid, Pantelej Jeremejitsch«, sagte sie mit einem Seufzer, »du bist ein guter Mensch ... aber da ist nichts zu machen: leb wohl.«

Sie wandte sich ab und machte zwei Schritte. Es wurde schon Nacht, und von überall her flossen dunkle Schatten heran. Tschertopchanow sprang schnell auf und faßte Mascha von hinten an beiden Ellenbogen.

»So gehst du wirklich, du Schlange? Zu Jaff!«

»Leb wohl«, wiederholte Mascha deutlich und scharf, riß sich los und ging fort.

Tschertopchanow sah ihr nach, lief zu der Stelle, wo die Pistole lag, ergriff sie, zielte und schoß ... Bevor er jedoch abdrückte, riß er die Hand hoch: die Kugel summte über Maschas Kopf hinweg. Sie sah sich im Gehen nach ihm um – und ging wiegenden Schrittes weiter, gleichsam als wolle sie ihn necken.

Er schlug die Hände vors Gesicht und stürzte fort.

Er war aber noch keine fünfzig Schritt gelaufen, als er wie angewurzelt stehenblieb. Die bekannte, allzu bekannte Stimme drang bis zu ihm. Mascha sang. »O du herrliche, schöne Jugendzeit«, sang sie; jeder Ton breitete sich klagend und heiß in der stillen Abendluft aus. Tschertopchanow lauschte. Die Stimme entfernte sich immer weiter; bald schien sie zu ersterben, bald drang sie wieder zu ihm, kaum hörbar, aber doch voll bebender Glut ...

Das tut sie mir zum Trotz, dachte Tschertopchanow, stöhnte aber gleich darauf: »Ach nein! sie verabschiedet sich damit von mir für immer« – und fing fassungslos zu weinen an.

Am nächsten Tag erschien er in der Wohnung des Herrn Jaff, der sich als Mann von Welt, die ländliche Einsamkeit scheuend, in der Kreisstadt, »näher bei den jungen Damen«, wie er sich ausdrückte, niedergelassen hatte. Tschertopchanow traf Jaff nicht zu Hause an: nach Angabe des Kammerdieners war er am Tag zuvor nach Moskau gefahren.

»Dann stimmt es«, rief Tschertopchanow wutschnaubend aus, »sie haben sich verabredet; sie ist mit ihm geflohen ... aber warte!«

Trotz des Widerstandes des Kammerdieners drang er in das Kabinett des jungen Rittmeisters ein. Im Kabinett hing über dem Diwan ein Ölgemälde des Hausherrn in Ulanenuniform.

»Ah, da bist du ja, du schwanzloser Affe!« donnerte Tschertopchanow, sprang auf den Diwan und schlug mit der Faust ein großes Loch in die straffgespannte Leinwand.

»Sage deinem Taugenichts von Herrn«, wandte er sich dann an den Kammerdiener, »daß in Ermangelung seiner leiblichen abscheulichen Fresse der Edelmann Tschertopchanow sein Konterfei entstellt hat; und daß er, wenn er von mir Genugtuung haben will, wohl wissen wird, wo der Edelmann Tschertopchanow zu finden ist! Und wenn nicht, werde ich ihn selbst finden. Auf dem Grund des Meeres werde ich den niederträchtigen Affen aufsuchen!«

Nachdem Tschertopchanow dieses gesagt hatte, sprang er vom Diwan herunter und entfernte sich würdevoll.

Der Rittmeister Jaff verlangte jedoch von ihm keinerlei Genugtuung – er traf auch nirgends mit ihm zusammen –, und Tschertopchanow hatte nicht die Absicht, seinen Feind aufzusuchen; so kam es zu keiner Affäre zwischen ihnen. Von Mascha hörte man bald nichts mehr, Tschertopchanow begann sich dem Trunk zu ergeben, besann sich aber wieder eines Besseren. Doch nun traf ihn der zweite Schicksalsschlag.

2

Er bestand darin, daß sein Busenfreund Tichon Iwanytsch starb. Während der letzten zwei Jahre vor seinem Ende hatte sich seine Gesundheit ständig verschlechtert: er begann an Atemnot zu leiden, nickte beständig ein und kam, wenn er aufwachte, nur langsam zu sich: der Kreisarzt versicherte, daß er kleine Schlaganfälle habe. Die letzten drei Tage vor Maschas Weggang, die Tage, an denen die Sehnsucht sie überkommen hatte, lag Nedopjuskin bei sich in Besselendejewka krank darnieder: er hatte sich stark erkältet. Um so unerwarteter traf ihn Maschas Schritt: er traf ihn beinahe härter als Tschertopchanow selbst. Bei seiner sanften und schüchternen Gemütsart ließ er sich außer der innigsten Anteilnahme für seinen Freund und einem schmerzhaften Befremden nichts anmerken ... aber innerlich zerbrach alles, und es wurde ganz leer in ihm. »Sie hat die Seele aus mir herausgenommen«, flüsterte er vor sich hin, während er auf seinem geliebten Wachstuchdiwan saß und die Daumen drehte. Sogar als Tschertopchanow sich erholte, erholte sich Nedopjuskin nicht, sondern spürte weiterhin, daß es »innerlich in ihm leer sei«. – »Hier«, pflegte er zu sagen und zeigte dabei auf die Mitte der Brust, etwas über dem Magen. So schleppte er sich bis zum Winter durch. Bei den ersten Frösten wurde es mit seiner Atemnot besser, dafür traf ihn aber nicht ein kleiner, sondern ein richtiger Schlag. Er verlor nicht gleich das Bewußtsein; er konnte noch Tschertopchanow rufen und auf den verzweifelten Ausruf seines Freundes: »Was? wie kannst du nur, Tischa, mich ohne meine Erlaubnis verlassen, nicht anders als Mascha?« mit schwerer Zunge antworten: »Ich Pa ... e ... lej Je ... e ... itsch wi .. ja ... ih .. gern ... ge ... or ... en« Dies hinderte ihn aber nicht, am selben Tage zu sterben, ohne den Kreisarzt abzuwarten, dem beim Anblick seines kaum erkalteten Körpers in einer traurigen Erkenntnis der Vergänglichkeit alles Irdischen nur übrigblieb, um etwas Wodka mit gedörrtem Störrücken zu bitten. Wie zu erwarten war, hatte Tichon Iwanytsch sein Gut seinem hochverehrten Wohltäter und großmütigen Beschützer Pantelej Jeremejitsch Tschertopchanow vermacht; doch brachte es dem hochverehrten Wohltäter wenig Nutzen, weil es bald darauf öffentlich versteigert wurde – teilweise deshalb, um die Auslagen für ein Grabdenkmal, eine Statue, zu decken, die Tschertopchanow (in dem sich offensichtlich die väterliche Ader regte) über den Gebeinen seines Freundes zu errichten sich ausgedacht hatte. Diese Statue, die einen betenden Engel darstellen sollte, bestellte er in Moskau; der ihm empfohlene Kommissionär sandte ihm, in der Annahme, daß es in der Provinz wenig Kenner der Bildhauerkunst gebe, anstelle eines Engels die Göttin Flora, die viele Jahre lang einen der verwahrlosten Moskauer Vorstadtgärten aus der Epoche Katharinas geziert hatte – schon deswegen, weil der Kommissionär diese übrigens sehr elegante Rokokostatue (mit runden Händchen, gewellten Locken, einer Rosengirlande auf der entblößten Brust und leicht vornübergeneigt) umsonst bekommen hatte. So steht bis auf den heutigen Tag die mythische Göttin, das eine Füßchen graziös erhoben, über dem Grab Tichon Iwanytschs und blickt mit einem echt pompadourhaften Gesichtsausdruck auf die um sie weidenden Kälber und Schafe, diese treuen Besucher unserer dörflichen Friedhöfe.

3

Nachdem Tschertopchanow seinen Freund verloren hatte, fing er wieder zu trinken an, und diesmal schon viel gründlicher. Seine Geschäfte gerieten völlig in Unordnung. Er konnte nicht mehr auf die Jagd gehen, weil ihm die Mittel dazu fehlten, er hatte überhaupt kein Geld mehr, und die letzten Dienstboten liefen fort. Pantelej Jeremejitsch war völlig vereinsamt: es war niemand da, mit dem er hätte ein Wort wechseln, geschweige denn sich aussprechen können. Nur sein Stolz war nicht geringer geworden. Im Gegenteil: je schlimmer es mit ihm stand, um so anmaßender, hochmütiger und unzugänglicher wurde er. Er zog sich schließlich ganz von allen Menschen zurück. Nur ein Vergnügen, eine Freude war ihm geblieben: ein wundervolles Reitpferd, ein Grauschimmel Donscher Rasse, dem er den Namen Malek-Adel gegeben hatte, wirklich ein hervorragendes Tier.

Das Pferd war auf folgende Weise in seinen Besitz gekommen. Als er einmal durch ein Dorf in der Nachbarschaft ritt, vernahm Tschertopchanow einen Heidenlärm und das Geschrei eines Haufens Bauern bei der Schenke. Inmitten der Menge hoben und senkten sich beständig, an ein und derselben Stelle, kräftige Männerarme.

»Was gibt es da?« fragte er in dem ihm eigenen gebieterischen Ton ein altes Weib, das auf der Schwelle seines Hauses stand.

Am Türrahmen lehnend schaute die Alte verschlafen in die Richtung der Schenke. Ein strohblonder Junge in einem Kattunhemd und mit einem Zypressenkreuzchen auf der nackten Brust saß mit gespreizten Beinen und geballten Fäustchen zwischen ihren Bastschuhen; ein Küken mühte sich dicht neben ihnen, eine trockene Roggenbrotrinde zu zerkleinern.

»Das weiß der Himmel, Väterchen«, antwortete die Alte, bückte sich und legte ihre runzelige dunkle Hand auf den Kopf des Knaben, »es heißt, unsere Männer schlagen einen Juden.«

»Wieso einen Juden? welchen Juden?«

»Das mag der Herrgott wissen, Väterchen. Ein Jude ist bei uns aufgetaucht; niemand weiß, woher er gekommen sein mag. Wasja, geh zur Mutter, mein Liebling; ksch, ksch, du freches ...«

Das Weib verscheuchte das Küken, und Wasja klammerte sich an ihren Rock.

»Und so haut man ihn denn, mein lieber Herr.«

»Wieso haut man ihn? wofür?«

»Das weiß ich nicht, Väterchen. Er wird es wohl verdient haben. Und warum sollte man ihn auch nicht schlagen? Er hat doch, Väterchen, Christus gekreuzigt.«

Tschertopchanow spornte sein Pferd an, schlug es mit der Reitpeitsche auf den Hals, jagte gerade auf den Haufen zu und hieb, in seiner Mitte angelangt, mit derselben Reitpeitsche rechts und links unterschiedslos auf die Bauern ein, wobei er in abgerissenen Sätzen hervorstieß: »Eigen ... mächtigkeit! Eigen ... mä ... chtigkeit! das Gesetz muß bestrafen, aber nicht Pri ... vat ... per ... so ... nen! Das Gesetz! das Gesetz! Das Ge ... setz!«

Es waren noch keine zwei Minuten vergangen, als bereits die Menge nach allen Richtungen zurückgewichen war – und vor der Tür der Schenke auf der Erde wurde ein kleines, mageres, beschmutztes, zerzaustes und zerfetztes Wesen in einem Nankingrock sichtbar ... Das bleiche Gesicht, die verdrehten Augen, der offenstehende Mund ... was bedeutet das: das äußerste Entsetzen oder schon den Tod selbst?

»Warum habt ihr den Juden totgeschlagen«, rief Tschertopchanow laut und schwang drohend die Reitpeitsche.

Ein schwaches Gemurmel erhob sich in der Menge als Antwort. Der eine rieb sich die Schulter, der zweite die Seite, der dritte faßte an seine Nase.

»Der kann tüchtig dreinschlagen«, erscholl es in den hinteren Reihen.

»Mit der Reitpeitsche«, ließ sich eine andere Stimme vernehmen, »das kann jeder.«

»Warum habt ihr den Juden totgeschlagen, ihr rasenden Asiaten, frage ich«, wiederholte Tschertopchanow.

Doch da sprang das am Boden liegende Wesen rasch auf, lief zu Tschertopchanow und klammerte sich krampfhaft an den Rand seines Sattels.

Der Haufe brach in ein einmütiges Gelächter aus.

»Er lebt ja«, klang es wieder aus den hinteren Reihen, »die zähe Katze.«

»Euer Hochwohlgeboren, schützen Sie mich, retten Sie mich!« stammelte indessen der unglückliche Jude, wobei er seine Brust fest an Tschertopchanows Fuß preßte, »sonst werden sie mich totschlagen, totschlagen, Euer Hochwohlgeboren!«

»Weswegen wollen sie dich totschlagen?« fragte Tschertopchanow.

»Das kann ich bei Gott nicht sagen! Bei ihnen hat das Vieh zu krepieren angefangen ... da mutmaßen sie ... und ich habe doch ...«

»Nun, das werden wir später untersuchen«, unterbrach ihn Tschertopchanow, »jetzt aber halte dich an meinem Steigbügel fest und folge mir. Und ihr!« fügte er zum Haufen gewandt hinzu, »wißt ihr, wer ich bin? Ich bin der Gutsbesitzer Pantelej Tschertopchanow und lebe auf dem Gut Bessonowo; wenn ihr es für gut erachtet, könnt ihr gegen mich eine Klage einreichen – und gleichzeitig auch gegen den Juden!«

»Weshalb eine Klage einreichen?« sagte mit einer tiefen Verbeugung ein gesetzter Graubart, der wie ein Patriarch aus alter Zeit aussah. Den Juden hatte er übrigens nicht weniger als die anderen geprügelt. »Wir, Väterchen Pantelej Jeremejitsch, kennen Euer Gnaden gut, wir sind Euer Gnaden sehr dankbar, daß Sie uns belehrt haben.«

»Wozu verklagen?« fielen andere ein. »Aber an jenem Nichtchristen werden wir schon noch unser Mütchen kühlen! Er wird uns nicht entgehen! Wir werden ihn sozusagen wie einen Hasen im Feld ...«

Tschertopchanow zuckte mit dem Schnurrbart, lachte kurz auf – und ritt im Schritt nach Hause auf sein Gut – in Begleitung des Juden, welchen er in derselben Weise von seinen Bedrückern befreit hatte, wie seinerzeit Tichon Nedopjuskin.

4

Einige Tage darauf meldete ihm der einzige minderjährige Diener, der noch bei ihm geblieben war, daß irgendein Reiter angekommen sei und ihn sprechen wolle. Tschertopchanow trat auf die Vortreppe heraus und erblickte den ihm bekannten kleinen Juden rittlings auf einem herrlichen Donpferd, das stolz und ohne sich zu rühren mitten auf dem Hof stand. Der Jude war barhaupt; er hielt seine Mütze unter die Achsel geklemmt, die Füße hatte er nicht in die Steigbügel, sondern in die Steigbügelriemen gesteckt; seine zerrissenen Rockschöße hingen zu beiden Seiten des Sattels herab. Beim Anblick Tschertopchanows schmatzte er mit den Lippen, zuckte er mit den Ellenbogen und schlug er die Seiten des Pferdes mit den Beinen. Tschertopchanow jedoch antwortete nicht nur nicht auf seine Begrüßung, sondern wurde böse und brauste plötzlich auf: ein dreckiger Jude wagte es, auf einem so herrlichen Pferde zu sitzen ... welch eine Unschicklichkeit.

»He, du äthiopische Fresse«, schrie er, »steig sofort ab, wenn du nicht willst, daß man dich in den Dreck herunterzerrt!«

Der Jude gehorchte augenblicklich, ließ sich wie ein Sack vom Sattel fallen und näherte sich mit dem Zügel in der Hand lächelnd und mit vielen Verbeugungen Tschertopchanow.

»Was brauchst du?« fragte ihn Tschertopchanow würdevoll.

»Belieben Euer Hochwohlgeboren sich das Pferdchen anzusehen!« sagte der Jude, ohne mit seinen Verbeugungen innezuhalten.

»Hm ... ja ... es ist ein gutes Pferd. Woher hast du es? Wahrscheinlich hast du es gestohlen?«

»Wie können Sie nur, Euer Hochwohlgeboren! Ich bin ein ehrlicher Jude, ich habe es nicht gestohlen, ich habe es für Euer Wohlgeboren in der Tat besorgt. Und welche Mühe ich mir damit gegeben habe! Dafür ist es auch ein Roß! Ein zweites Roß wie dieses kann man unmöglich am ganzen Don finden. Sehen Sie doch nur, Euer Wohlgeboren, was das für ein Pferd ist! Bitte hierher! Tpru, tpru ... dreh dich ... zeige dich von der Seite! Wir wollen den Sattel abnehmen. Wie gefällt er Ihnen, Euer Wohlgeboren?«

»Es ist ein gutes Pferd«, wiederholte Tschertopchanow mit gespielter Gleichgültigkeit, indes sein Herz stürmisch zu pochen begann. Er war ein leidenschaftlicher Liebhaber und Kenner von »Pferdefleisch«.

»Streicheln Sie ihn doch, Euer Wohlgeboren! Streicheln Sie seinen Hals, sehen Sie, so, hi-hi-hi.«

Tschertopchanow legte gleichsam widerwillig seine Hand auf den Hals des Pferdes, klopfte ihn zweimal und strich dann mit den Fingern vom Widerrist über den Rücken; als er bis zu der bestimmten Stelle über den Nieren gekommen war, drückte er sie leicht nach Liebhaberart. Das Roß bog sofort das Rückgrat durch, blickte seitwärts mit seinem hochmütigen schwarzen Auge auf Tschertopchanow, schnaubte und trat von einem Vorderfuß auf den anderen.

Der Jude lachte und klatschte sogar leicht in die Hände.

»Er erkennt seinen Herrn an, Euer Wohlgeboren, seinen Herrn!«

»Rede keinen Unsinn«, unterbrach ihn Tschertopchanow ärgerlich, »ich bin nicht in der Lage, dieses Roß von dir zu kaufen, und Geschenke habe ich bisher nicht nur nicht von einem Juden, sondern auch vom Herrgott selbst nicht angenommen!«

»Aber ich bitte Sie! Wie könnte ich es wagen, Ihnen etwas zu schenken!« rief der Jude aus. »Kaufen Sie das Roß, Euer Wohlgeboren ... und auf die Bezahlung – werde ich warten.«

Tschertopchanow versank in Nachdenken.

»Was verlangst du für das Pferd?« preßte er schließlich zwischen den Zähnen hervor.

Der Jude zuckte mit der Achsel.

»Das, was ich selbst dafür gezahlt habe. Zweihundert Rubel.«

Das Pferd war den doppelten, wenn nicht den dreifachen Preis wert.

Tschertopchanow wandte sich zur Seite und gähnte nervös.

»Und wann verlangst du das Geld?« fragte er mit gerunzelten Brauen, ohne den Juden anzusehen.

»Wann es Euer Wohlgeboren genehm sein wird.«

Tschertopchanow warf den Kopf zurück, ohne aufzublicken.

»Das ist keine Antwort. Rede vernünftig, Höllenbrut! Meinst du, daß ich von dir Gefälligkeiten annehmen werde?«

»Nun, sagen wir in sechs Monaten«, sagte der Jude schnell, »sind Sie einverstanden?«

Tschertopchanow antwortete nicht.

Der Jude versuchte, ihm in die Augen zu sehen.

»Sind Sie einverstanden? Befehlen Sie, das Pferd in den Stall zu bringen?«

»Den Sattel brauche ich nicht«, sagte Tschertopchanow abgerissen, »nimm den Sattel mit, hörst du?«

»Gewiß, gewiß, ich werde ihn mitnehmen«, stammelte der Jude erfreut und schwang sich den Sattel auf den Rücken.

»Und das Geld«, fuhr Tschertopchanow fort, »erhältst du in sechs Monaten. Und nicht zweihundert, sondern zweihundertfünfzig. Halt den Mund! zweihundertfünfzig schulde ich dir.«

Tschertopchanow konnte sich immer noch nicht entschließen aufzublicken. Sein Stolz hatte noch nie in einem solchen Maß gelitten. Es ist offensichtlich ein Geschenk, das mir der arme Teufel aus Dankbarkeit macht, dachte er bei sich. Er hätte diesen Juden umarmen und ihn verprügeln können ...

»Euer Wohlgeboren«, begann der Jude sich ermannend und grinsend, »man müßte jetzt nach russischem Brauch von einem Rockschoß in den andern ...«

»Was dir nicht einfällt? Ein Hebräer ... und spricht von russischen Bräuchen! He! wer ist da? Nimm das Pferd, führ es in den Stall und schütt ihm Hafer vor! Ich komme gleich selbst, um nach dem Rechten zu sehen. Und merke dir: sein Name ist Malek-Adel!«

Tschertopchanow war schon die Treppenstufen hinaufgestiegen, machte aber jäh kehrt, lief zu dem Juden zurück und drückte ihm kräftig die Hand. Der bückte sich und spitzte bereits die Lippen, doch Tschertopchanow sprang zurück, sagte halblaut: »Erzähle niemandem davon!« und verschwand hinter der Tür.

5

Seit jenem Tag war Malek-Adel die Hauptbeschäftigung, die Hauptsorge, die größte Freude im Leben Tschertopchanows. Er gewann ihn lieb, wie er selbst Mascha nicht geliebt hatte, und faßte zu ihm eine größere Zuneigung als zu Nedopjuskin. Und es war auch ein Pferd! Feuer, rein Feuer, einfach Pulver ... und eine Würde wie in einem Bojaren! Unermüdlich, ausdauernd, willig, alles konnte man von ihm verlangen; sein Unterhalt kostete fast nichts: wenn nichts anderes da war, schluckte er die Erde unter seinen Füßen. Er ging im Schritt – als ob er einen auf Händen trage; im Trab – wie ein Schaukeln in der Hängewiege, und in gestrecktem Lauf konnte ihn selbst der Wind nicht einholen. Niemals geriet er außer Atem, weil er eine tiefe Brust hatte. Die Beine waren aus Stahl; daß er einmal stolpern könnte, war undenkbar! Es machte ihm nichts aus, über einen Graben oder über einen Staketenzaun zu setzen; und wie klug er war! Auf einen Ruf kam er sofort mit erhobenem Kopf angelaufen; wenn man ihm befahl, an einer Stelle zu bleiben, und selbst wegging, rührte er sich nicht vom Fleck; näherte man sich ihm dann wieder, so wieherte er ganz leise, wie um zu sagen: »Hier bin ich.« Vor nichts fürchtete er sich. In pechschwarzer Nacht, im Schneegestöber fand er den Weg; von einem Fremden ließ er sich nicht anfassen: er biß ihn. Auch ein Hund durfte sich ihm nicht nähern: er schlug ihn sofort mit dem Vorderfuß auf die Stirn – tjuk! und der hatte aufgehört zu leben. Ein ehrgeiziges Roß: die Reitgerte durfte man über ihm höchstens zur Zierde schwenken, doch Gott schütze einen davor, ihn damit zu berühren! Mit einem Wort: ein Kleinod und nicht ein Pferd!

Tschertopchanows Mund war des Lobes übervoll, wenn er anfing, seinen Malek-Adel zu beschreiben. Und wie er ihn pflegte und putzte! Sein Fell schimmerte wie Silber – aber nicht wie altes, sondern wie neues, mit einem dunklen Glanz; wenn man mit der Hand darüberstrich, fühlte es sich wie Samt an. Der Sattel, die Schabracke, das Zaumzeug – das ganze Geschirr war in einem Maße aufeinander abgestimmt, geputzt und gepflegt, daß man darauf hätte zeichnen können. Tschertopchanow – was kann man mehr verlangen? – flocht seinem Liebling eigenhändig das Stirnhaar, wusch ihm den Schweif und die Mähne mit Bier und schmierte ihm sogar öfters die Hufe mit Holzteer ein.

Zuweilen setzte er sich auf Malek-Adel und ritt – nicht zu seinen Nachbarn, mit denen verkehrte er nach wie vor nicht, sondern über ihre Felder, an ihren Gehöften vorbei ... »Weidet, ihr Esel, eure Blicke von weitem an ihm!« Wenn er hörte, daß irgendwo eine Jagd geritten wurde, zu der sich reiche Herren versammelt hatten, begab er sich sofort dorthin und vollführte Reiterkunststücke fernab am Horizont; seine Zuschauer, von denen er keinen nahe an sich heranließ, staunten über die Schönheit und Schnelligkeit seines Pferdes. Einmal jagte ein Jagdherr mit seinem ganzen Gefolge hinter ihm her; als er sah, daß sich die Entfernung zu Tschertopchanow vergrößerte, schrie er im vollen Lauf aus Leibeskräften: »He du! Höre! Nimm, was du willst, für dein Pferd. Es soll mir auf einen Tausender mehr oder weniger nicht ankommen! Ich bin bereit, Frau und Kinder dafür herzugeben! Nimm das Letzte von mir!«

Tschertopchanow hielt plötzlich an. Der Jäger flog auf ihn zu.

»Sag, mein Bester«, schrie er, »was verlangst du, mein leiblicher Vater?«

»Wenn du ein König bist«, sagte Tschertopchanow langsam (und er hatte in seinem Leben nichts von Shakespeare gehört), »gib mir dein ganzes Königreich für mein Pferd – und ich werde es verschmähen!« Sprach's, brach in ein Gelächter aus, ließ Malek-Adel steigen, wendete ihn in der Luft allein auf der Hinterhand wie einen Kreisel – und marsch-marsch! Er sauste nur so über das Stoppelfeld hin. Der Jagdherr (es heißt, es soll ein reicher Fürst gewesen sein) warf seine Mütze zur Erde und ließ sich mit dem Gesicht in die Mütze fallen! Eine halbe Stunde blieb er so liegen.

Und wie sollte Tschertopchanow sein Pferd nicht schätzen! War er doch durch dieses wieder zu einer Überlegenheit gelangt, zu einer letzten, unbestreitbaren Überlegenheit über alle seine Nachbarn!

6

Indessen verstrich die Zeit, der Zahlungstermin rückte näher, und Tschertopchanow hatte weder zweihundertfünfzig noch fünfzig Rubel. Was tun, woher Hilfe holen? Nun, entschied er schließlich, wenn der Jude kein Erbarmen zeigt, wenn er die Frist nicht noch einmal verlängert, werde ich ihm das Haus und das Land überlassen, mich selber aber auf mein Roß schwingen und in die weite Welt hinausreiten! Verhungern werde ich eher, als daß ich mich von Malek-Adel trenne! Er regte sich furchtbar darüber auf und wurde fast tiefsinnig; doch jetzt erbarmte sich das Schicksal seiner, zum ersten und zugleich zum letzten Male, und lächelte ihm zu: irgendeine entfernte Tante, die Tschertopchanow nicht einmal dem Namen nach kannte, vermachte ihm in ihrem Testament eine in seinen Augen enorme Summe, volle zweitausend Rubel! Und er erhielt dieses Geld gerade zum richtigen Zeitpunkt: einen Tag vor dem Eintreffen des Juden. Tschertopchanow verlor fast den Verstand vor Freude – griff aber auch nicht zur Schnapsflasche: seit dem Tag, an dem Malek-Adel zu ihm gekommen war, hatte er nicht einen Tropfen Alkohol in den Mund genommen. Er lief in den Pferdestall und küßte seinen Freund viele Male auf beide Seiten des Mauls über den Nüstern, dort, wo die Pferde eine so weiche Haut haben. »Nun bleiben wir immer zusammen!« rief er aus und klopfte Malek-Adel den Hals unter der gekämmten Mähne. Ins Haus zurückgekehrt, zählte er zweihundertundfünfzig Rubel ab und versiegelte sie in einem Umschlag. Dann dachte er, auf dem Rücken liegend und sein Pfeifchen rauchend, darüber nach, was er mit dem übrigen Gelde anfangen solle – und zwar, was für Hunde er sich zulegen werde: natürlich reinrassige aus Kostroma, und auf jeden Fall rotscheckige. Er plauderte sogar etwas mit Perfischka, dem er eine neue Bedientenlivree mit gelben Streifen auf allen Nähten versprach – und legte sich in der glücklichsten Gemütsverfassung schlafen.

Er hatte einen bösen Traum: es war ihm, als sei er zur Jagd ausgeritten, aber nicht auf Malek-Adel, sondern auf einem seltsamen kamelähnlichen Tier; ihm kommt ein schneeweißer Fuchs entgegengelaufen ... Er will die Hetzpeitsche schwingen und die Hunde auf ihn hetzen – aber in seinen Händen ist statt der Hetzpeitsche ein Bastwisch, und der Fuchs läuft vor ihm her und streckt ihm die Zunge heraus. Er springt von seinem Kamel, stolpert und fällt ... gerade einem Polizisten in die Arme, der ihn zum Generalgouverneur bringt, in welchem er Jaff erkennt.

Tschertopchanow erwachte. Es war dunkel im Zimmer; die Hähne hatten gerade zum zweitenmal gekräht ...

Irgendwo ganz in der Ferne wieherte ein Pferd.

Tschertopchanow hob den Kopf ... noch einmal drang ein schwaches Wiehern an sein Ohr.

Das ist Malek-Adel, der da wiehert! ging es ihm durch den Kopf ... das ist sein Wiehern! Aber warum von so weit her? Herr des Himmels ... Das kann doch nicht sein ...

Ihm brach der kalte Schweiß aus; er sprang augenblicklich aus dem Bett, fand im Dunkeln seine Stiefel und Kleider, zog sich an, holte den Pferdestallschlüssel unter dem Kopfkissen hervor und stürzte hinaus.

7

Der Pferdestall befand sich ganz am Ende des Hofes; die eine Wand grenzte ans offene Feld. Tschertopchanow steckte nicht gleich den Schlüssel ins Schloß – seine Hände zitterten – und drehte ihn nicht sofort um ... Er blieb ein Weilchen, ohne sich zu rühren, mit verhaltenem Atem stehen: wenn sich doch etwas hinter der Tür rührte! »Maleschka! Malez!« rief er halblaut: ringsum Grabesstille! Tschertopchanows Hand ruckte unwillkürlich am Schlüssel: die Tür knarrte und ging auf ... folglich war sie nicht verschlossen gewesen. Er trat über die Schwelle und rief wieder sein Pferd – dieses Mal mit seinem vollen Namen: »Malek-Adel!« Doch der treue Kamerad antwortete nicht, nur eine Maus raschelte im Stroh. Da stürzte Tschertopchanow zu jenem der drei Stände, in welchem Malek-Adel stehen mußte. Er gelangte ohne weiteres in diesen Stand, obwohl ringsum pechrabenschwarze Nacht herrschte ... der Stand war leer! Tschertopchanow taumelte; unter seiner Schädeldecke fing gleichsam eine Glocke zu dröhnen an. Er wollte etwas sagen, brachte aber nur ein paar Zischlaute hervor, griff atemlos mit den Händen nach oben, nach unten, an die Wände, tastete sich auf versagenden Knien in den zweiten, den dritten, fast bis oben mit Heu gefüllten Stand, stieß an die eine Stallwand, an die andere, fiel, überschlug sich, richtete sich wieder auf und stürzte plötzlich Hals über Kopf durch die halbgeöffnete Tür ins Freie ...

»Gestohlen! Perfischka! Perfischka! Er ist gestohlen!« brüllte er wie von Sinnen.

Perfischka flog Hals über Kopf im bloßen Hemd aus dem Schuppen heraus, in dem er schlief.

Wie Betrunkene stießen beide – der Herr und sein einziger Diener – mitten auf dem Hof zusammen; wie Versengte drehten sie sich voreinander um die eigene Achse. Weder war der Herr in der Lage zu erklären, worum es sich handelte, noch konnte der Diener verstehen, was man von ihm wollte. »Ein Unglück! ein Unglück!« stammelte Tschertopchanow. »Ein Unglück! ein Unglück!!« wiederholte der Junge. »Die Laterne! zünde die Laterne an und bring sie her! Licht! Licht!« entrang es sich schließlich erstickt der Brust Tschertopchanows. Perfischka stürzte ins Haus.

Aber es war nicht so einfach, die Laterne anzuzünden und Feuer zu machen: Streichhölzer waren in damaliger Zeit in Rußland eine Seltenheit; in der Küche waren die letzten Kohlen längst verloschen – Feuerstein und Zünder ließen sich nicht gleich finden und arbeiteten schlecht. Mit klappernden Zähnen entriß Tschertopchanow das Feuerzeug den Händen des ganz verdatterten Perfischka und begann selbst Feuer zu schlagen: die Funken regneten reichlich, noch reichlicher regnete es Flüche und zwischendurch sogar ein Stöhnen – aber der Schwamm fing entweder nicht zu glimmen an, oder er erlosch: ungeachtet der einmütigen Anstrengungen von vier angespannten Wangen und Lippen! Endlich, nach fünf Minuten, nicht eher, leuchtete der Talglichtstummel auf dem Boden der zerbrochenen Laterne auf, und Tschertopchanow stürzte in Begleitung von Perfischka in den Pferdestall, hob die Laterne über seinen Kopf und blickte um sich ...

Alles leer!

Er lief auf den Hof hinaus, durchquerte ihn nach allen Richtungen – das Pferd war nirgends! Der Flechtzaun, welcher das Gehöft Pantelej Jeremejitschs umgab, war längst morsch geworden, hatte sich an vielen Stellen auf die Seite gelegt und ruhte auf der Erde ... Neben dem Stall war er in der Breite von etwa einem Klafter ganz umgefallen. Perfischka machte Tschertopchanow auf diese Stelle aufmerksam.

»Gnädiger Herr! Sehen Sie sich das hier an: das war heute nicht so. Da ragen auch noch die Pfähle aus der Erde heraus: das bedeutet, daß sie jemand herausgedreht hat.«

Tschertopchanow eilte mit der Laterne herbei, beleuchtete mit ihr den Boden ...

»Hufe, Hufe, Hufeisenabdrücke, Spuren, frische Spuren«, stieß er hastig hervor. »Hier hat man ihn durchgeführt, hier, hier!«

Augenblicklich sprang er über den Zaun und lief mit dem Ruf: »Malek-Adel! Malek-Adel!« ins offene Feld hinaus.

Perfischka blieb verdutzt am Zaun zurück. Der kleine Lichtkreis der Laterne entschwand schnell seinen Blicken, verschluckt von der tiefen Dunkelheit der mond- und sternlosen Nacht.

Immer schwächer und schwächer drangen die verzweifelten Ausrufe Tschertopchanows an sein Ohr.

8

Es tagte bereits, als er heimkehrte. Er sah nicht mehr wie ein Mensch aus, die Kleidung war verdreckt, das Gesicht hatte einen wilden und furchtbaren Ausdruck angenommen, die Augen stierten finster und stumpf. Mit heiserem Flüstern verjagte er Perfischka und schloß sich in seinem Zimmer ein. Er hielt sich vor Müdigkeit kaum auf den Beinen, legte sich aber nicht aufs Bett, sondern setzte sich neben der Tür auf einen Stuhl und griff sich an den Kopf.

Gestohlen! . . . gestohlen!

Aber auf welche Weise hatte der Dieb es fertiggebracht, in der Nacht aus dem verschlossenen Stall Malek-Adel zu stehlen? Malek-Adel, der auch am Tag keinen Fremden an sich heranließ, ohne zu klopfen, ohne ein Geräusch zu vollführen, zu stehlen? Und wie ist es zu erklären, daß nicht ein einziger Hofhund gebellt hat? Es waren allerdings nur zwei ganz junge Hunde da, und dic pflegten sich vor Hunger und Kälte in die Erde zu vergraben – aber immerhin!

»Pantelej Jeremejitsch! Pantelej Jeremejitsch!« ließ sich eine zaghafte Stimme hinter der Tür vernehmen.

Tschertopchanow sprang auf.

»Wer ist da?« schrie er außer sich.

»Das bin ich, Ihr Diener Perfischka.«

»Was brauchst du? Oder hat er sich eingefunden? Ist er nach Hause gekommen?«

»Nein, nein, Pantelej Jeremejitsch; aber der Jude, der ihn verkauft hat . . .«

»Nun?«

»Er ist hier.«

»Go-go-go-go-go!« ließ Tschertopchanow den Jagdruf erschallen und stieß die Tür auf. »Schleppe ihn hierher, bring ihn her!«

Beim Anblick der plötzlich aufgetauchten zerzausten und verwilderten Gestalt seines »Wohltäters« wollte der Jude, der hinter dem Rücken Perfischkas stand, Fersengeld geben, doch holte ihn Tschertopchanow in zwei Sätzen ein und krallte sich in seinen Hals.

»Ah! um das Geld bist du gekommen! um das Geld!« krächzte er, als würgte nicht er jemanden, sondern als würgte ihn jemand, »in der Nacht hast du ihn gestohlen, und bei Tag kommst du um das Geld? Ah? ah?«

»Ich bitte Sie, Eu-er Wohlge-boren«, stöhnte der Jude.

»Sag, wo ist mein Pferd? Wo hast du es versteckt? Wem hast du es verkauft? Sprich, sprich, sprich doch!«

Der Jude konnte bereits nicht mehr stöhnen; auf seinem blau angelaufenen Gesicht war sogar der Ausdruck des Schreckens verschwunden; die Arme hingen schlaff herab; sein Körper, der von Tschertopchanow wild geschüttelt wurde, schwankte wie ein Schilfrohr hin und her.

»Das Geld werde ich dir bezahlen, werde ich dir voll auszahlen, bis auf die letzte Kopeke«, schrie Tschertopchanow, »aber ich werde dich wie das erbärmlichste Küken erwürgen, wenn du mir nicht sofort sagst . . .«

»Sie haben ihn ja bereits erwürgt, gnädiger Herr«, bemerkte seelenruhig der Diener Perfischka.

Jetzt erst besann sich Tschertopchanow.

Er ließ den Hals des Juden los; dieser sackte zusammen. Tschertopchanow fing ihn auf, setzte ihn auf eine Bank, goß ihm ein Glas Branntwein in den Hals – und brachte ihn zu sich. Nachdem ihm dieses gelungen war, knüpfte er mit ihm ein Gespräch an.

Es stellte sich heraus, daß der Jude vom Diebstahl Malek-Adels nichts wußte. Und aus welchem Grunde sollte er auch ein Pferd stehlen, das er selbst für seinen »hochverehrten Pantelej Jeremejitsch« besorgt hatte?

Darauf führte ihn Tschertopchanow in den Pferdestall.

Zusammen untersuchten sie die Stände, die Krippen, das Türschloß, wühlten das Heu und das Stroh um und gingen dann auf den Hof hinaus; Tschertopchanow zeigte dem Juden die Pferdehufspuren am Zaun – und schlug sich plötzlich auf die Schenkel.

»Halt!« rief er. »Wo hast du das Pferd gekauft?«

»Im Kreis Maloarchangelsk, auf dem Jahrmarkt in Werchosensk«, antwortete der Jude.

»Von wem?«

»Von einem Kosaken.«

»Halt! War es ein junger oder ein alter Kosak?«

»Er war in mittleren Jahren; ein gesetzter Mann.«

»Aber wie war er selbst? Was machte er für einen Eindruck? Jedenfalls war er doch ein ausgemachter Gauner?«

»Jedenfalls ein Gauner, Euer Wohlgeboren.«

»Und was erzählte dir dieser Gauner? Besaß er schon lange dieses Pferd?«

»Ich glaube, er sagte, schon lange.«

»Nun, dann kann es auch niemand anders als er gestohlen haben! Sag doch selbst, hör zu, stell dich hier hin ... wie heißt du?«

Der Jude fuhr zusammen und warf Tschertopchanow einen Blick zu. »Wie *ich* heiße?«

»Ja, wie ruft man dich?«

»Moschel Lejba.«

»Nun, sag doch selbst, Lejba, mein Freund – du bist ein kluger Mensch: wem außer seinem alten Herrn hätte sich Malek-Adel in die Hände gegeben! Er hat ihn doch gesattelt, aufgezäumt und die Stalldecke von ihm genommen – dort liegt sie auf dem Heu! ... Er hat hier wie zu Hause geschaltet und gewaltet! Malek-Adel hätte ja jeden anderen außer seinem Herrn unter die Füße getreten! Er hätte einen Krach gemacht, daß das ganze Dorf aufgewacht wäre! Siehst du das ein?«

»Gewiß, gewiß, das sehe ich ein, Euer Wohlgeboren.«

»Nun, folglich muß man vor allen Dingen diesen Kosaken finden!«

»Wie soll man ihn denn finden, Euer Wohlgeboren? Ich habe ihn überhaupt nur ein einziges Mal gesehen, und wo mag er jetzt sein, und wie heißt er? Ai, wai, wai!« fügte er hinzu und schüttelte traurig seine Schläfenlocken.

»Lejba«, schrie plötzlich Tschertopchanow, »Lejba, schau mich einmal an! Ich habe doch den Verstand verloren, ich bin außer mir! ... Ich werde Hand an dich legen, wenn du mir nicht hilfst!«

»Ja, wie kann ich denn ...«

»Wir wollen zusammen fahren – und den Dieb suchen!«

»Wohin werden wir denn fahren?«

»Auf Jahrmärkte, auf große Verkehrsstraßen, auf kleine Wege, zu Pferdedieben, in Städte, in Dörfer, in Weiler – überall, überallhin! Und wegen der Unkosten mache dir keine Gedanken: ich habe, mein Lieber, eine Erbschaft gemacht! Ich werde die letzte Kopeke dranwenden – aber meinen Freund werde ich wiedererlangen! Und der Kosak, unser Übeltäter, wird uns nicht entgehn! Wohin er sich wendet, dorthin fahren auch wir! Kriecht er unter die Erde, so kriechen wir ihm nach! Reist er zum Teufel, so folgen wir ihm zum Satan selber!«

»Nun, wozu zum Satan?« bemerkte der Jude, »es geht auch ohne ihn.«

»Lejba!« fiel Tschertopchanow ein, »du bist zwar ein Jude und hast einen heidnischen Glauben – aber deine Seele ist besser als diejenige manch eines Christen! Erbarme dich meiner! Es hat keinen Zweck, daß ich allein fahre, allein kann ich diese Sache nicht bewerkstelligen. Ich bin ein Hitzkopf – und du hast ein Köpfchen, ein goldenes Köpfchen! Euer Stamm ist nun einmal so: ohne Wissenschaft habt ihr alles erreicht. Vielleicht denkst du: woher sollte er Geld bekommen haben? Komm mit mir ins Haus – und ich werde dir all mein Geld zeigen. Nimm es, nimm das Kreuzchen von meinem Hals – nur gib mir Malek-Adel zurück, nur ihn, nur ihn!«

Es schüttelte Tschertopchanow wie im Fieber; der Schweiß lief in Strömen von seiner Stirn, mischte sich mit seinen Tränen und verlor sich in seinem Schnurrbart. Er drückte Lejba die Hände, flehte ihn an, küßte ihn beinahe ... Er gebärdete sich wie toll. Der Jude versuchte etwas zu entgegnen, zu versichern, daß er sich unmöglich frei machen könne, daß er Geschäfte habe ... Kein Gedanke! Tschertopchanow wollte davon nichts hören. Es war nichts zu machen: der arme Lejba erklärte sich einverstanden.

Am anderen Tag verließ Tschertopchanow in einem Bauernwagen zusammen mit Lejba Bessonowo. Der Jude sah ein wenig verwirrt aus; er hielt sich mit einer Hand an der Stange fest und wurde mit seinem ganzen kraftlosen Körper auf dem rüttelnden Sitz hochgeworfen; die andere Hand drückte er an seine Brust, wo ein in Zeitungspapier gewickeltes Päckchen Geldscheine verborgen lag; Tschertopchanow saß da wie ein Ölgötze, ließ nur seine Blicke umherwandern, und atmete mit voller Brust; in seinem Gürtel steckte ein Dolch.

»Nun hüte dich, boshafter Räuber«, murmelte er, als sie auf die große Straße einbogen.

Sein Haus hatte er dem Dienerjungen Perfischka und einer alten tauben Köchin, die er aus Mitleid aufgenommen hatte, anvertraut.

»Ich werde zu euch auf Malek-Adel zurückkommen«, rief er ihnen zum Abschied zu, »oder ich kehre überhaupt nicht mehr zurück!«

»Du solltest mich wenigstens heiraten«, witzelte Perfischka und stieß die Köchin mit dem Ellenbogen an, »die Rückkehr des Herrn werden wir doch nicht mehr erleben, und so muß man ja vor Langeweile umkommen.«

9

Es verging ein Jahr ... ein ganzes Jahr: es kam keine Nachricht von Pantelej Jeremejitsch. Die Köchin starb; Perfischka stand auch schon im Begriff, das Haus zu verlassen und sich in die Stadt zu begeben, wohin ihn ein Vetter, der dort als Friseurgehilfe arbeitete, lockte – als sich plötzlich die Nachricht verbreitete, daß der gnädige Herr zurückkehre! Der Diakon des Kirchspiels hatte von Pantelej Jeremejitsch selbst einen Brief erhalten, in welchem er ihn von seiner Absicht, nach Bessonowo heimzukehren, unterrichtete und ihn bat, die Dienerschaft hiervon in Kenntnis zu setzen, damit alles für seinen Empfang vorbereitet werde. Diese Worte faßte Perfischka so auf, daß man halt den Staub ein wenig zusammenkehren müsse – im übrigen schenkte er diesem Gerücht nicht viel Glauben; er mußte sich aber davon überzeugen, daß der Diakon die Wahrheit gesagt hatte, als ein paar Tage darauf Pantelej Jeremejitsch selbst, in höchsteigener Person, auf Malek-Adel auf den Hof geritten kam.

Perfischka stürzte zu seinem Herrn hin, um ihm den Bügel zu halten und beim Absteigen behilflich zu sein; doch der sprang selbst vom Pferde, blickte triumphierend um sich und rief laut: »Ich habe gesagt, daß ich Malek-Adel finden werde – und ich habe ihn gefunden, meinen Feinden und dem Schicksal zum Trotz.« Perfischka wollte ihm die Hand küssen, doch Tschertopchanow achtete nicht auf den Eifer seines Dieners. Er ging mit großen Schritten auf den Pferdestall zu und führte Malek-Adel am Zügel hinter sich. Perfischka sah sich seinen Herrn genauer an – und wurde ganz verzagt: »Wie mager und alt er im Lauf eines Jahres geworden ist, und wie streng und hart seine Gesichtszüge geworden sind!« Dabei sollte Pantelej Jeremejitsch sich doch freuen, daß er erreicht hatte, was er sich vorgenommen hatte; und er freute sich ja auch in der Tat ... aber trotzdem war Perfischka ganz verzagt, es war ihm sogar unheimlich zumute. Tschertopchanow stellte das Pferd in seinen früheren Stand, schlug es leicht auf die Kruppe und sagte: »So, nun bist du wieder zu Hause! Nun paß mal auf ...« Am selben Tag stellte er einen zuverlässigen fronfreien armen Bauern als Wächter an, richtete sich wieder in seinen Zimmern ein und fing an, wie früher zu leben ...

Jedoch nicht so wie früher ... doch darüber später.

Am Tage nach seiner Heimkehr rief Pantelej Jeremejitsch Perfischka zu sich und erzählte ihm in Ermangelung eines anderen Zuhörers – selbstverständlich ohne seiner Würde etwas zu vergeben und im Baß –, auf welche Weise es ihm gelungen war, Malek-Adel zu finden. Während des Berichtes saß Tschertopchanow mit dem Gesicht zum Fenster und rauchte eine lange Pfeife; Perfischka stand auf der Türschwelle, hielt die Hände auf dem Rücken, blickte achtungsvoll auf den Hinterkopf seines Herrn und lauschte der Erzählung, wie Pantelej Jeremejitsch nach vielen vergeblichen Bemühungen und vielem unnützen Umherfahren endlich auf den Jahrmakt in Romjon gekommen war, bereits allein, ohne den Juden Lejba, der wegen der Schwäche seines Charakters nicht durchgehalten und ihn heimlich verlassen hatte; wie er am fünften Tag, schon im Begriff wegzufahren, noch ein letztes Mal durch die Wagenreihen gegangen war und wie er mit einemmal zwischen drei anderen Pferden Malek-Adel an eine Stange gebunden erblickt hatte. Wie er ihn sofort erkannt hatte und wie Malek-Adel ihn erkannt, zu wiehern, an seinem Strick zu zerren und mit dem Huf die Erde zu scharren begonnen hatte.

»Und er war nicht bei einem Kosaken«, fuhr Tschertopchanow, immer noch im Baß und ohne den Kopf zu wenden, fort, »sondern bei einem Zigeuner, einem Pferdehändler; ich hing mich natürlich gleich an mein Pferd und wollte es mit Gewalt wieder in Besitz nehmen, aber der Zigeuner, die Bestie, begann, wie mit heißem Wasser verbrüht, über den ganzen Platz zu brüllen und bei Gott zu beteuern, daß er das Pferd von einem anderen Zigeuner gekauft habe, und er wolle Zeugen stellen, die das bestätigen konnten ... Ich spuckte aus und bezahlte ihm das Geld: hol ihn der Teufel! Für mich ist die Hauptsache, daß ich meinen Freund und mit ihm den Frieden meiner Seele wiedergefunden habe. Vordem hatte ich im Kreis Karatschew auf einen Wink von Lejba hin einen Kosaken, den ich für den Dieb meines Pferdes hielt, überfallen und ihm die ganze Fresse kaputtgeschlagen; es stellte sich aber heraus, daß der Kosak der Sohn eines Popen war, und ich mußte ihm für die Verunehrung hundertzwanzig Rubel Schmerzensgeld zahlen. Nun, Geld kann man wieder erwerben, die Hauptsache ist: Malek-Adel ist wieder bei mir! Und für dich, Porfirij, habe ich nur eine Anweisung: sobald du, was Gott verhüten möge, in der Gegend einen Kosaken erblickst, so lauf und bringe mir in derselben Sekunde, ohne ein Wort zu verlieren, mein Gewehr, und ich werde schon wissen, was ich zu tun habe!«

So sprach Pantelej Jeremejitsch zu Perfischka; so redete sein Mund; aber innerlich war er nicht so ruhig, wie er behauptete.

O weh! Im Grunde seiner Seele war er nicht so felsenfest davon überzeugt, daß das Pferd, das er mitgebracht hatte, tatsächlich Malek-Adel war!

10

Es brach eine schwere Zeit für Pantelej Jeremejitsch an. Vor allen Dingen fehlte ihm gerade der innere Friede. Es gab allerdings auch gute Tage: das in ihm erwachte Mißtrauen kam ihm dann unsinnig vor; er vertrieb den törichten Gedanken wie eine lästige Fliege und lachte sogar über sich selbst; aber es kamen auch schlechte Tage: der unabweisbare Gedanke begann von neuem wie eine Maus unter der Diele ganz leise an seinem Herzen zu nagen und zu zehren – und er quälte sich verbissen und heimlich. Den ganzen denkwürdigen Tag über, an dem er Malek-Adel gefunden hatte, empfand Tschertopchanow nur eine beseligende Freude ... aber als er am nächsten Morgen, unter dem niedrigen Dach der Einfahrt, seinen Fund, neben dem er die Nacht verbracht hatte, zu satteln begann, verspürte er zum erstenmal einen leisen Stich ... Er schüttelte bloß den Kopf – aber das Samenkorn hatte Wurzel gefaßt. Während der Heimreise, die eine Woche währte, erwachten in ihm nur selten Zweifel: sie wurden stärker und vernehmlicher, sobald er in sein Bessonowo zurückgekehrt war, sobald er sich an dem Ort befand, wo der frühere, ohne Zweifel echte Malek-Adel gelebt hatte ... Er legte den Weg zum größten Teil im Schritt zurück, mit kurzen Galopps zwischendurch, blickte um sich, rauchte sein Stummelpfeifchen und dachte an nichts; höchstens kam ihm einmal der Gedanke: Was die Tschertopchanows sich vornehmen, das setzen sie auch durch! mit ihnen ist nicht zu spaßen! – und er lächelte dazu; aber sobald er zu Hause angekommen war, wurde es anders. Alles das behielt er natürlich für sich; schon seine Eigenliebe hätte ihm nie erlaubt, seine innere Unruhe zu zeigen. Er hätte jeden in Stücke gerissen, der auch nur eine entfernte Andeutung gemacht hätte, daß der neue Malek-Adel wohl nicht der alte sei; er nahm die Glückwünsche zu der »gelungenen Auffindung« von den wenigen Menschen, mit denen er zusammenkam, entgegen; doch er suchte nicht diese Begegnung, er vermied es noch mehr als zuvor, Leute zu treffen – ein schlechtes Zeichen! Er examinierte, falls man sich so ausdrücken darf, Malek-Adel fast ständig; er ritt mit ihm irgendwohin weit ins Freie hinaus und stellte ihn auf die Probe; oder er stahl sich heimlich in den Pferdestall, schloß die Tür hinter sich ab, stellte sich dicht vor das Pferd, sah ihm in die Augen und fragte im Flüsterton: »Bist du es? bist du es? bist du es? ...« oder er betrachtete es stundenlang aufmerksam – bald mit einem erfreuten: »Ja, das ist er! natürlich ist er es!« – bald wieder voller Zweifel und in großer Ratlosigkeit.

Und nicht nur die körperlichen Abweichungen *dieses* Malek-Adel von *jenem*, deren Zahl übrigens nicht groß war, verwirrten Tschertopchanow: bei jenem waren der Schweif und die Mähne nicht so dicht, die Ohren spitzer, die Fesseln kürzer und die Augen klarer – doch konnte einem das alles nur so scheinen; mehr als dieses machten Tschertopchanow die charakterlichen Unterschiede der beiden Pferde stutzig. *Jener* hatte andere Angewohnheiten, das ganze Benehmen war anders. Zum Beispiel sah sich *jener* Malek-Adel jedesmal um und wieherte leise, wenn Tschertopchanow in den Stall kam; *dieser* dagegen kaute ruhig sein Heu weiter oder döste mit gesenktem Kopf in völliger Teilnahmslosigkeit vor sich hin. Beide rührten sich nicht vom Fleck, wenn der Herr aus dem Sattel sprang; doch folgte *jener* sofort der Stimme, wenn man ihn rief, während *dieser* wie ein Baumstumpf stehenblieb. *Jener* galoppierte ebenso schnell, sprang aber weiter und höher; *dieser* hatte einen freieren Schritt und einen mehr stoßenden Trab, er schlug zudem zuweilen mit dem hinteren Hufeisen an das vordere an: bei *jenem* kam so etwas Schändliches nie vor – Gott bewahre! *Dieser,* dachte Tschertopchanow, spielt immer so dumm mit den Ohren – *jener* dagegen legte ein Ohr zurück und beobachtete seinen Herrn! Wenn *jener* bemerkte, daß es neben ihm schmutzig war, schlug er sofort mit der Hinterhand an die Wand des Standes; *diesem* war es einerlei, ob der Dung ihm bis an den Bauch reichte. Wenn man *jenen* zum Beispiel gegen den Wind stellte, tat er einen tiefen Atemzug und schüttelte sich, *dieser* hingegen schnaubte nur; *jenem* war der Regen unangenehm, *diesem* macht die Feuchtigkeit nichts aus ... *Dieser* ist gröber, entschieden gröber! Er ist nicht so zutraulich wie *jener* und ist auch im Maul härter – das steht einmal fest! *Jenes* war ein liebes Pferd – aber *dieses* ...

Solcherlei Gedanken überkamen zuweilen Tschertopchanow und stimmten ihn traurig. Dagegen ließ er wie zu anderen Zeiten sein Pferd in voller Karriere über den frischen Sturzacker sausen oder zwang es, auf die Sohle einer ausgespülten Schlucht hinab- und die gegenüberliegende steile Böschung wieder hinaufzuspringen, und sein Herz erstarb vor Entzücken, ein schriller Schrei entrang sich seiner Brust, und er wußte, wußte es ganz gewiß, daß er auf dem wahren, unbestreitbar echten Malek-Adel saß, denn welches andere Pferd wäre in der Lage gewesen, das zu vollbringen, was dieses leistete?

Aber auch hier ging nicht alles nach Wunsch. Das lange Suchen nach Malek-Adel hatte Tschertopchanow viel Geld gekostet; an die Kostromahunde dachte er schon gar nicht mehr und ritt nur wie früher in der Umgegend umher. Da stieß Tschertopchanow eines Morgens fünf Werst von Bessonowo auf dieselbe fürstliche Jagdgesellschaft, vor welcher er vor anderthalb Jahren so schneidige Reiterkunststücke vollführt hatte. Und es fügte sich so, daß – wie damals – auch jetzt ein Hase vor den Hunden aus einer Furche am Hang hochging. Atu! ihm nach, atu! ... Die ganze Jagd brauste dahin, und Tschertopchanow brauste mit, nur nicht zusammen mit ihr, sondern seitlich in einer Entfernung von zweihundert Schritt – genau wie damals. Eine gewaltige Bodenkluft, die höhersteigend immer schmaler wurde, durchschnitt schräg den Hang und versperrte Tschertopchanow den Weg. Dort, wo er über sie hinwegsetzen mußte – und wo er vor eineinhalb Jahren über sie tatsächlich hinweggesetzt war –, war sie immer noch acht Schritt breit und zwei Klafter tief. Im Vorgefühl des Triumphes, des auf so merkwürdige Weise sich wiederholenden Triumphes, brach Tschertopchanow siegesgewiß in ein Go-go-go-Geschrei aus und schüttelte die Hetzpeitsche; die Jäger ritten selbst, was ihre Pferde hergaben, wandten dabei aber kein Auge von dem verwegenen Reiter – sein Pferd flog dahin wie ein Pfeil, da war schon die Erdspalte gerade vor seiner Nase – nun, nun, mit einem Satz, wie damals! ...

Doch Malek-Adel stemmte sich jäh dagegen, schwang sich nach links und jagte längs der Schlucht weiter, sosehr ihm auch Tschertopchanow den Kopf zur Seite, zur Schlucht hin, herumriß ...

Der Feigling! er hat sich nicht getraut!

Da ließ Tschertopchanow in glühender Scham und flammendem Zorn, fast weinend, die Zügel hängen und trieb das Pferd geradeaus den Berg hinauf, nur fort, fort von jenen Jägern, um nur nicht zu hören, wie sie sich über ihn lustig machten, um nur schnell aus ihrem verfluchten Gesichtskreis zu verschwinden!

Mit wundgepeitschten Flanken und schweißtriefend kam Malek-Adel auf den Hof gejagt, und Tschertopchanow schloß sich gleich in sein Zimmer ein.

»Nein, das ist er nicht; das ist nicht mein Freund! Der hätte sich das Genick gebrochen – aber mich nicht im Stich gelassen!«

11

Folgende Begebenheit »erledigte«, wie man sich ausdrückt, Tschertopchanow vollends. Auf Malek-Adel ritt er einmal die Hinterhöfe des Pfarrdorfes entlang, welches die Kirche umgab, zu dessen Pfarre auch das Gut Bessonowo gehörte. Die Pelzmütze bis auf die Augen heruntergezogen, gebeugt, beide Hände auf den Sattelknopf gestützt, bewegte er sich langsam vorwärts; er war in einer trüben Stimmung. Plötzlich rief ihn jemand an.

Er hielt das Pferd an, hob den Kopf und erblickte seinen Korrespondenten, den Diakon. Mit einer graubraunen dreieckigen Mütze auf den graubraunen, zu einem Zopf geflochtenen Haaren, in einem gelben Nankingkaftan, der weit unter der Taille mit einem hellblauen Fetzen umgürtet war, war der Diener des Altars herausgekommen, um sein Gemüse zu besehen, und hatte, als ihm Pantelej Jeremejitsch zu Gesicht kam, es für seine Pflicht gehalten, ihn seiner Hochachtung zu versichern – vielleicht gelingt es bei dieser Gelegenheit wenigstens, etwas von ihm zu erbitten! Es ist bekannt, daß ohne derartige Hintergedanken geistliche Personen mit weltlichen nie ein Gespräch anknüpfen.

Doch Tschertopchanow war es nicht um den Diakon zu tun; er antwortete kaum auf dessen Verbeugung, stieß etwas zwischen den Zähnen hervor und hob schon die Reitpeitsche ...

»Was haben Sie doch für ein herrliches Pferd!« beeilte sich der Diakon hinzuzufügen, »man kann es wirklich aufrichtig loben.

Sie sind in der Tat ein ungewöhnlich kluger Mann; einfach wie ein Löwe!« Der Vater Diakon war als Schönredner bekannt, sehr zum Verdruß des Vaters Pope, dem diese Gabe nicht gegeben war und dem sogar der Wodka nicht die Zunge löste. »Das eine Tier haben Sie durch die Anschläge böser Menschen verloren«, fuhr der Diakon fort, »und haben, ohne den Mut sinken zu lassen, sondern, im Gegenteil, im Vertrauen auf Gottes Hilfe ein anderes erworben, das keineswegs geringer, eher sogar noch besser ist ... weil ...«

»Was lügst du da zusammen?« unterbrach ihn Tschertopchanow düster, »was für ein anderes Pferd? Dieses ist dasselbe; es ist Malek-Adel, den ich gefunden habe. Da redet er ins Blaue hinein ...«

»E! E! E! E!« äußerte gedehnt, gleichsam um Zeit zu gewinnen, der Diakon und spielte dabei mit den Fingern in seinem Bart, während er Tschertopchanow mit seinen hellen, gierigen Augen ansah. »Wie ist denn das, mein Herr? Ihr Pferd hat man doch, wenn ich mich recht erinnere, im vergangenen Jahr zwei Wochen nach dem Erntedankfest gestohlen, und jetzt haben wir Ende November.«

»Nun ja, und was will das besagen?«

Der Diakon fuhr fort, mit den Fingern in seinem Bart zu spielen.

»Folglich ist mehr als ein Jahr seit der Zeit vergangen, und Ihr Pferd ist ebenso wie damals heute noch ein geapfelter Grauschimmel; es ist sogar ein wenig dunkler geworden. Wie ist denn das? Grauschimmel werden doch in einem Jahr um vieles weißer.«

Tschertopchanow zuckte zusammen, als hätte jemand mit einem Spieß seinem Herzen einen Stich versetzt. Denn in der Tat: die Farbe grauer Pferde ändert sich doch! Wie ist ihm bloß etwas so Einfaches nicht früher eingefallen?

»Laß mich in Ruhe, Verruchter«, fuhr er plötzlich mit wildblitzenden Augen den überrascht dastehenden Diakon an und war im nächsten Augenblick verschwunden.

Nun ist alles aus!

Jetzt ist wirklich alles zu Ende, alles in Scherben, die letzte Karte ausgespielt. Alles ist mit einemmal zusammengebrochen vor dem einen Wort: werden weißer!

Lauf nur, lauf, du Verfluchter! Diesem Wort wirst du nicht entfliehn!

Tschertopchanow jagte nach Hause und schloß sich wieder ein.

12

Daß dieser elende Klepper nicht Malek-Adel war, daß zwischen ihm und Malek-Adel nicht die geringste Ähnlichkeit bestand, daß jeder halbwegs vernünftige Mensch dieses auf den ersten Blick sehen mußte, daß er, Pantelej Jeremejitsch, sich geirrt hatte, nein, daß er geflissentlich sich getäuscht, mit voller Absicht sich betrogen hatte – über all das bestand nunmehr nicht der geringste Zweifel! Tschertopchanow ging in seinem Zimmer auf und ab und machte in immer gleicher Weise an jeder Wand kehrt wie ein Tier im Käfig. Seine Eigenliebe litt unerträglich; aber nicht nur die Qual gekränkten Ehrgefühls folterte ihn: Verzweiflung überkam ihn, er erstickte vor Wut, Rachedurst loderte in ihm auf. Aber gegen wen? an wem sollte er sich rächen? Am Juden, an Jaff, an Mascha, am Diakon, an dem Kosaken, der ihn bestohlen hatte, an allen Nachbarn, an der Menschheit, an sich selbst? Seine Gedanken verwirrten sich. Die letzte Karte war ausgespielt! Dieser Vergleich gefiel ihm. Und wiederum ist er eine Null, der am meisten verachtete Mensch, die Zielscheibe des allgemeinen Gelächters und Spottes, ein ausgemachter Tölpel, ein Gegenstand des Spottes – für einen Diakon! Er stellte sich vor, er hatte es deutlich vor Augen, wie dieser Schurke anfing, von dem Grauschimmel und von seinem dummen Herrn zu erzählen ... O verflucht! Vergeblich versuchte Tschertopchanow, sich in seinem Zorn zu mäßigen; umsonst hielt er sich vor, daß dieses Pferd, wenn es auch nicht Malek-Adel ist, immerhin sehr brauchbar sei und ihm viele Jahre gute Dienste leisten könne: auf der Stelle wies er diesen Gedanken leidenschaftlich weit von sich, als enthielte er eine neue Beleidigung für jenen Malek-Adel, vor dem er sich ohnehin schuldig fühlte ... Das fehlte noch! Dieses Wrack, diese Schindmähre hatte er, wie ein Blinder, wie ein Idiot, mit jenem, mit Malek-Adel verglichen! Und was die Dienste anbelangt, die dieser Klepper ihm leisten könnte ... ja würde er es denn jemals für wert erachten, sich auf ihn zu setzen? Für nichts in der Welt! Nie! Einem Tataren ihn abgeben, den Hunden als Fraß vorwerfen – etwas anderes ist er nicht wert ... Ja! Das wird das beste sein!

Über zwei Stunden ging Tschertopchanow in seinem Zimmer auf und ab.

»Perfischka«, kommandierte er plötzlich. »Gehe augenblicklich in die Schenke und schleppe einen halben Eimer Wodka herbei! Hörst du? Einen halben Eimer, und mach schnell! Daß der Schnaps in dieser Sekunde hier auf meinem Tisch steht!«

Der Wodka zögerte nicht, auf dem Tisch von Pantelej Jeremejitsch zu erscheinen, und er fing an zu trinken.

13

Wer damals Tschertopchanow gesehen hätte, wer Zeuge der mürrischen Wut, mit der er ein Glas nach dem anderen leerte, hätte sein können, hätte wohl unwillkürlich Angst bekommen. Es wurde Nacht; ein Talglicht brannte trübe auf dem Tisch. Tschertopchanow hatte aufgehört, von einer Ecke in die andere zu laufen; er saß da mit rotem Kopf und glasigen Augen, die er bald zur Erde senkte, bald hartnäckig auf das dunkle Fenster gerichtet hielt; er stand auf, goß sich Wodka ein, leerte sein Glas, setzte sich wieder hin und stierte von neuem, ohne sich zu rühren, auf einen Punkt – nur sein Atem fing an, schneller zu gehen, und sein Gesicht wurde immer röter. In ihm schien irgendein Entschluß zu reifen, der ihn selbst verwirrte, an den er sich aber allmählich gewöhnte; ein und derselbe Gedanke rückte unablässig und zäh immer näher und näher, gewann als ein und dasselbe Bild vor seinem geistigen Auge immer deutlicher Gestalt, in seinem Herzen wurde unter dem erhitzenden Einfluß eines schweren Rausches die Erregung der Wut von einem Gefühl der Bestialität verdrängt, und ein unheilverkündendes Lächeln trat auf seine Lippen ...

»Nun ist es aber Zeit!« sagte er in einem sachlichen, beinahe gelangweilten Ton, »genug des Nichtstuns!«

Er trank das letzte Glas Wodka aus, nahm von einem Brett über dem Bett seine Pistole, dieselbe Pistole, mit der er auf Mascha geschossen hatte, lud sie, steckte »für alle Fälle« ein paar Zündhütchen in die Tasche und ging in den Pferdestall.

Der Wächter kam herbeigelaufen, als er die Tür öffnete, aber er schrie ihn an: »Das bin ich! Siehst du das nicht? Scher dich fort!« Der Wächter trat etwas zur Seite. »Geh schlafen!« schrie Tschertopchanow wieder, »hier gibt es nichts für dich zu bewachen! So ein Wunderding! welch ein Kleinod!« Er ging in den Stall. Malek-Adel ... der falsche Malek-Adel lag auf seiner Streu. Tschertopchanow stieß ihn mit dem Fuß an und sagte: »Steh auf, Krähe!« Darauf band er den Strick von der Krippe los, nahm die Decke vom Rücken und warf sie auf die Erde, wandte das gehorsame Pferd roh in seinem Stand um, führte es auf den Hof und vom Hof weiter ins freie Feld hinaus, zum äußersten Erstaunen des Wächters, welcher durchaus nicht begreifen konnte, wohin sich sein Herr mitten in der Nacht mit einem nicht aufgezäumten Pferd am Zügel begab. Er wagte es natürlich nicht, ihn zu fragen, sondern folgte ihm nur mit den Blicken, bis er an einer Wegbiegung, die zum nächsten Walde führte, verschwand.

14

Tschertopchanow ging mit großen Schritten, ohne stehenzubleiben und ohne sich umzusehen; Malek-Adel – wir wollen ihn bis zum Ende so nennen – folgte ihm ergeben. Es war eine ziemlich helle Nacht; Tschertopchanow konnte den gezackten Umriß des vor ihm als schwarze Masse liegenden Waldes erkennen. Umfangen von der nächtlichen Kühle, wäre er sicherlich von dem genossenen Wodka berauscht geworden, wenn nicht ein anderer, stärkerer Rausch ihn erfaßt hätte. Sein Kopf wurde schwer, das Blut pochte vernehmlich in seinem Hals und in den Ohren, aber er ging festen Schrittes vorwärts und wußte, wohin er ging.

Er hatte beschlossen, Malek-Adel zu töten; den ganzen Tag über hatte er darüber allein nachgedacht ... Jetzt war er entschlossen!

Er ging an diese Arbeit nicht gerade ruhig, aber selbstbewußt und ohne Zweifel heran, wie ein Mensch, der sich einer Pflicht unterzieht. Ihm schien das eine sehr einfache Sache zu sein: indem er den falschen Malek-Adel tötete, rechnete er mit einem Schlage mit allen ab: er bestrafte sich selbst für seine Dummheit, rechtfertigte sich vor seinem wirklichen Freund und zeigte der ganzen Welt (Tschertopchanow kümmerte sich sehr um die Meinung der »ganzen Welt«), daß mit ihm nicht zu spaßen sei ... Die Hauptsache aber war: zugleich mit dem Usurpator würde er sich selbst töten, denn wozu sollte er noch leben? Wie er sich das alles in seinem Kopf zurechtlegte und weshalb es ihm so einfach erschien – ist nicht leicht zu erklären, wenn es auch nicht völlig unmöglich ist: aufs tiefste gekränkt, einsam, ohne eine ihm nahestehende menschliche Seele, ohne einen Groschen Geld und dazu mit dem vom Schnaps erhitzten Blut befand er sich in einem an Wahnsinn grenzenden Zustand, und es besteht kein Zweifel darüber, daß in den allerunsinnigsten Handlungen Geisteskranker in ihren Augen eine gewisse Logik liegt und daß sie sogar im Recht zu sein glauben. Von seinem Recht war Tschertopchanow in jedem Fall vollkommen überzeugt; er schwankte nicht, er eilte, das Urteil an einem Schuldigen zu vollstrecken, ohne sich im übrigen völlig klar darüber zu sein, wen er eigentlich so nannte. Aufrichtig gesagt: er dachte wenig an das, was er vorhatte. »Man muß, man muß ein Ende machen«, wiederholte er immer wieder zu sich selbst, stumpf und streng, »ein Ende muß man machen.«

Der unschuldig Schuldige trottete ergeben hinter seinem Rükken einher ... doch im Herzen Tschertopchanows war kein Mitleid.

15

Nicht weit vom Waldrand, zu dem er sein Pferd geführt hatte, erstreckte sich eine kleine Schlucht, die zur Hälfte mit Eichengestrüpp vollgewachsen war. Tschertopchanow stieg in sie hinab ... Malek-Adel stolperte und wäre um ein Haar auf ihn gefallen.

»Willst du mich erdrücken, Verfluchter!« rief Tschertopchanow und riß, wie um sich zu verteidigen, die Pistole aus der Tasche. Er empfand keine Empörung, sondern nur mehr jene besondere seelische Stumpfheit, die sich eines Menschen kurz vor Vollendung einer verbrecherischen Handlung bemächtigen soll. Doch die eigene Stimme erschreckte ihn – so wild erklang sie unter den überhängenden dunklen Zweigen in der dumpfen eingeschlossenen Feuchtigkeit der Waldschlucht! Als Antwort auf seinen Ausruf flog zudem plötzlich irgendein großer Vogel im Wipfel des Baumes über seinem Kopf auf ... Tschertopchanow zuckte zusammen. Es war, als hätte er einen Zeugen für seine Tat geweckt – und wo? an diesem entlegenen Ort, an dem er keinem lebendigen Wesen hätte begegnen sollen ...

»Hau ab, Teufel, in alle vier Winde!« stieß er zwischen den Zähnen hervor, ließ den Zügel Malek-Adels fahren und versetzte ihm einen Schlag auf die Schulter mit dem Griff der Pistole. Malek-Adel warf sich unverzüglich herum, kletterte aus der Schlucht heraus und lief weg. Aber nicht lange war sein Hufschlag zu hören. Ein aufkommender Wind störte und verdeckte alle Geräusche.

Tschertopchanow selbst kroch langsam aus der Schlucht heraus, gelangte an den Waldrand und machte sich auf den Heimweg. Er war unzufrieden mit sich selbst; die Schwere, die er im Kopf und im Herzen spürte, dehnte sich auf alle Glieder aus; er schritt dahin: böse, finster, unbefriedigt, hungrig, gleichsam als hätte ihn jemand beleidigt, ihm seine Beute entrissen, seine Nahrung ...

Einem Selbstmörder, der bei der Ausführung seiner Absicht gestört worden ist, sind derartige Empfindungen bekannt.

Plötzlich stieß ihn etwas von hinten zwischen den Schultern an. Er sah sich um ... Malek-Adel stand mitten auf dem Weg. Er war seinem Herrn gefolgt, hatte ihn mit dem Maul berührt ... hatte sich zur Stelle gemeldet ...

»Ah!« schrie Tschertopchanow. »Du selbst, du bist selbst zu deinem Tod gekommen? Da nimm ihn!«

In Sekundenschnelle riß er die Pistole heraus, spannte den Hahn, setzte den Lauf an die Stirn Malek-Adels und drückte ab ...

Das arme Pferd taumelte zur Seite, steilte, sprang zehn Schritt zurück, brach plötzlich schwer zusammen, röchelte und wälzte sich in Todeskrämpfen auf der Erde ...

Tschertopchanow hielt sich mit beiden Händen die Ohren zu und lief fort. Die Knie knickten unter ihm ein. Der Rausch, die Wut, das stumpfe Selbstbewußtsein – alles war mit einemmal verflogen. Geblieben war nur das Gefühl der Scham und der Gemeinheit – und die Erkenntnis, die unzweifelhafte Einsicht, daß er dieses Mal auch sich selbst erledigt habe.

16

Sechs Wochen später hielt es der Diener Perfischka für notwendig, den Polizeihauptmann, der am Gutshof von Bessonowo vorbeifuhr, anzuhalten.

»Was willst du?« fragte ihn der Hüter der Ordnung.

»Ich bitte Euer Wohlgeboren, zu uns ins Haus zu kommen«, antwortete der Junge mit einer tiefen Verbeugung, »Pantelej Jeremejitsch steht anscheinend im Begriff zu sterben; und so fürchte ich mich.«

»Was sagst du? sterben?« forschte der Polizeihauptmann.

»Genau so. Anfangs hat er jeden Tag Wodka zu sich genommen, doch jetzt hat er sich ins Bett gelegt und ist schon so mager geworden! Und ich glaube, daß er jetzt auch nichts mehr versteht ... Er kann gar nicht mehr sprechen.«

Der Polizeihauptmann stieg aus seinem Wagen.

»Hast du wenigstens den Priester gerufen? Hat dein Herr gebeichtet? Hat er das Abendmahl genommen?«

»Keineswegs.«

Der Polizeihauptmann runzelte die Stirn.

»Wie hast du das nur unterlassen können, mein Lieber? Das geht doch nicht so? Oder weißt du nicht, daß man damit eine große Verantwortung auf sich nimmt – wie?«

»Ich habe ihn ja vorgestern und gestern gefragt«, fiel der eingeschüchterte Dienerjunge ein: »,Befehlen Sie nicht, Pantelej Jeremejitsch, den Priester zu holen?' – ,Schweig, du Esel', antwortete er mir, ,kümmere dich nicht um fremde Angelegenheiten.' Und heute, als ich ihm Bericht erstattete, hat er mich nur angesehen und den Schnurrbart bewegt.«

»Und hat er viel Wodka getrunken?« fragte der Polizeihauptmann.

»Arg viel! Doch seien Sie doch so gut, Euer Wohlgeboren, und kommen Sie zu uns ins Haus.«

»Nun, führe mich!« murrte der Polizeihauptmann und folgte Perfischka.

Es bot sich ihm ein seltsamer Anblick.

Im feuchten und dunklen hinteren Zimmer des Hauses lag auf einer ärmlichen Bettstelle, mit einer Pferdedecke zugedeckt und einem zottigen Filzüberwurf als Kopfkissen, Tschertopchanow; er war nicht mehr bleich, sondern hatte schon die gelblichgrüne Farbe eines Leichnams, die eingesunkenen Augen staken tief in ihren Höhlen unter matt schimmernden Lidern, die immer noch rote Nase stach spitz über dem zerzausten Schnurrbart hervor. Er lag dort, gekleidet in seinen unvermeidlichen Jagdrock, mit Patronen auf der Brust, und in tscherkessische blaue Beinkleider. Die kaukasische Pelzmütze mit dem himbeerroten Deckel verdeckte seine Stirn bis zu den Augenbrauen. In der einen Hand hielt Tschertopchanow die Hetzpeitsche, in der anderen einen genähten Tabaksbeutel, das letzte Geschenk Maschas. Auf dem Tisch neben dem Bett stand ein leeres Litermaß, und an seinem Kopfende erblickte man zwei mit Stecknadeln an der Wand befestigte Aquarellzeichnungen: auf der einen war, soviel man sehen konnte, ein dicker Mann mit einer Gitarre abgebildet – wahrscheinlich Nedopjuskin; die andere stellte einen galoppierenden Reiter dar. Das Pferd ähnelte jenen sagenhaften Tieren, welche Kinder auf Wände und Zäune zu zeichnen pflegen; die sorgfältig retuschierte Apfelzeichnung seines Fells und die Patronen auf der Brust des Reiters, die dünnen Spitzen seiner Stiefel und der gewaltige Schnurrbart ließen keinen Zweifel daran aufkommen, daß diese Zeichnung Pantelej Jeremejitsch auf dem Rücken von Malek-Adel darstellte.

Der erstaunte Polizeihauptmann wußte nicht, was er tun sollte. Totenstille herrschte in dem Raum. Er ist wohl schon gestorben, dachte er und sagte laut: »Pantelej Jeremejitsch, Pantelej Jeremejitsch!«

Dann geschah etwas Ungewöhnliches. Die Augen Tschertopchanows öffneten sich langsam, die erloschenen Pupillen bewegten sich zuerst von rechts nach links, darauf von links nach rechts, blieben auf dem Besucher haften, erblickten ihn ... irgend etwas schimmerte in ihrem trüben Weiß auf, die Andeutung eines Blickes wurde in ihnen sichtbar – die blauen Lippen öffneten sich langsam, und eine heisere – wirklich schon eine Stimme aus dem Grabe ließ sich vernehmen.

»Der uradelige Edelmann Pantelej Tschertopchanow stirbt; wer kann ihn daran hindern? Er schuldet niemandem etwas und stellt keine Forderungen ... laßt ihn allein, Leute, geht!«

Die Hand mit der Hetzpeitsche versuchte sich zu heben ... umsonst! Die Lippen klebten wieder zusammen, die Augen schlossen sich – und wieder lag Tschertopchanow auf seinem harten Lager unbeweglich und platt ausgestreckt mit aneinandergelegten Fußsohlen.

»Laß es mich wissen, wenn er stirbt«, flüsterte der Polizeihauptmann im Hinausgehen Perfischka zu, »und den Popen, meine ich, kann man auch jetzt noch holen, man muß doch die Ordnung einhalten und ihn versehen.«

Perfischka ging am selben Tage zum Popen; und am nächsten Morgen mußte er dem Polizeihauptmann die Mitteilung machen, daß Pantelej Jeremejitsch in der Nacht gestorben sei.

Als er beerdigt wurde, folgten zwei Menschen seinem Sarg: der Dienerjunge Perfischka und Moschel Lejba. Die Nachricht von Tschertopchanows Tod hatte ihn irgendwie erreicht, und er zögerte nicht, seinem Wohltäter die letzte Ehre zu erweisen.

Die lebende Reliquie

Heimatland der langen Leiden,
Land des Reußenvolkes du!

F. Tjutschew

Ein französisches Sprichwort sagt: Ein trockener Fischer und ein nasser Jäger bieten einen traurigen Anblick. Da ich niemals Leidenschaft für die Fischerei gehegt habe, kann ich nicht beurteilen, wie einem Fischer bei schönem, klarem Wetter zumute ist und inwieweit an regnerischen Tagen die Genugtuung, die ihm ein reicher Fang bereitet, die Unannehmlichkeit, naß zu werden, aufwiegt. Doch für den Jäger ist Regen ein wahres Elend. Eben einem solchen Elend war ich mit Jermolaj bei einer unserer Birkhuhnjagden im Kreis Beloje ausgesetzt. Vom ersten Morgengrauen an regnete es ohne Unterlaß. Was taten wir nicht alles, um dem Regen zu entgehen! Die Gummimäntel zogen wir uns fast über die Köpfe, und unter die Bäume stellten wir uns, damit es weniger tropfe ... Die wasserdichten Mäntel, ganz abgesehen davon, daß sie beim Schießen hinderlich waren, ließen das Wasser auf eine geradezu schamlose Weise durch; unter den Bäumen wiederum, wo es anfänglich nicht zu tropfen schien, brach dann mit einemmal die ganze im Laub aufgespeicherte Nässe durch, jedes Zweiglein bedachte uns wie eine Dachrinne, ein kaltes Bächlein stahl sich unter die Halsbinde und rann uns das Rückgrat hinunter ... Das war schon das Letzte! wie sich Jermolaj ausdrückte. »Nein, Pjotr Petrowitsch«, rief er schließlich, »so geht es nicht! Man kann heute nicht auf die Jagd gehen. Den Hunden rinnt die Nase voll, die Gewehre versagen ... Pfui! Was für ein Vorhaben!«

»Was sollen wir denn tun?« fragte ich.

»Folgendes wollen wir tun. Wir fahren nach Alexejewka. Dort gibt es, Sie wissen es vielleicht gar nicht, einen kleinen Weiler, der Ihrer Mutter gehört; acht Werst werden es von hier sein. Dort übernachten wir, und morgen ...«

»Kehren wir hierher zurück?«

»Nein, nicht hierher ... Ich kenne hinter Alexejewka Plätze ... die bedeutend besser für Birkhühner sind als die hiesigen!«

Ich wollte meinen treuen Begleiter nicht weiter ausfragen, warum er mich nicht gleich auf jene Plätze geführt habe, und wir gelangten noch am selben Tag in Mamachens Weiler, von dessen Existenz ich bisher, ehrlich gesagt, keine Ahnung gehabt hatte. Bei diesem Weiler befand sich ein kleines Wohnhaus, das zwar sehr baufällig, aber unbewohnt und daher sauber war; ich verbrachte darin eine ziemlich geruhsame Nacht.

Am nächsten Tag erwachte ich sehr zeitig in der Frühe. Die Sonne war kaum aufgegangen; am Himmel zeigte sich kein einziges Wölkchen; ringsum glänzte alles in einem starken doppelten Glanz: im Glanz der jungen Morgenstrahlen und des gestrigen Sturzregens. Während mein zweirädriger Jagdwagen angespannt wurde, erging ich mich ein wenig in dem früheren Obstgarten, der jetzt völlig verwildert war und das Wohnhaus von allen Seiten mit seiner duftenden, saftigen Wildnis umgab. Ach, wie schön es war in der frischen Luft, unter dem klaren Himmel, an dem die Lerchen hingen und flatterten und aus dem die Silbertöne ihrer hellen Stimmen herunterperlten! Auf ihren Flügeln hatten sie wohl die Tauperlen emporgetragen, denn ihre Lieder schienen mit Tau benetzt zu sein. Ich nahm sogar die Mütze vom Kopf und atmete freudig, mit voller Brust... Am Hang einer flachen Schlucht, dicht am Flechtzaun, sah ich einen Bienenstand; ein schmaler Pfad führte zu ihm und schlängelte sich zwischen dichten Wänden aus Steppengras und Brennesseln hindurch, aus denen – weiß Gott von woher angeweht – spitze Stengel dunkelgrünen Hanfes emporragten.

Ich ging diesen Pfad entlang und gelangte zum Bienenstand. Neben diesem stand ein aus Weidenruten geflochtener Schuppen, in welchem die Bienenstöcke den Winter über aufbewahrt werden. Ich warf einen Blick durch die halbgeöffnete Tür: drinnen war es dunkel, still und trocken; es roch nach Minze und Melisse. In einer Ecke waren Stellagen angebracht, und auf ihnen lag unter einer Decke eine kleine Gestalt... Ich wollte wieder fortgehen...

»Herr, gnädiger Herr! Pjotr Petrowitsch!« vernahm ich da plötzlich eine Stimme, schwach, langsam und heiser, wie ein Rascheln im Riedgras.

Ich blieb stehen.

»Pjotr Petrowitsch! Treten Sie näher, bitte!« wiederholte die Stimme. Sie drang aus der Ecke zu mir, in welcher ich die Stellagen bemerkt hatte.

Ich näherte mich – und erstarrte vor Verwunderung. Vor mir lag ein lebendiges menschliches Wesen, aber was war das für eines?

Der Kopf völlig eingetrocknet, bronzefarben – nichts dazugetan, nichts weggenommen – eine Ikone alten Stils; die Nase schmal wie ein Messerrücken; die Lippen kaum zu sehen, nur die Zähne schimmern weiß und die Augen, und unter dem Kopftuch hervor fallen dünne Strähnen gelben Haares auf die Stirn. Am Kinn, auf einer Falte der Decke, bewegen sich langsam, mit den Fingern wie mit Stöckchen ausgreifend, zwei winzige, gleichfalls bronzefarbene Hände. Ich schaue aufmerksamer hin: das Gesicht ist keineswegs häßlich, sogar schön, aber schrecklich, ungewöhnlich. Und dieses Gesicht erscheint mir noch schrecklicher, als auf ihm, auf seinen metallischen Wangen, ich sehe es deutlich – ein Lächeln ... ein Lächeln aufglimmt und sich nicht auszubreiten vermag.

»Sie erkennen mich nicht, Herr?« flüsterte die Stimme wiederum; sie glitt wie ein Hauch aus den fast regungslosen Lippen. »Ja, wie sollten Sie auch! Ich bin Lukerja ... Erinnern Sie sich? welche die Reigen bei Ihrer Mutter in Spasskoje anführte ... Erinnern Sie sich, ich war auch die Vorsängerin.«

»Lukerja!« rief ich aus. »Du bist es? Ist das möglich?«

Ich wußte nicht, was ich sagen sollte, und blickte wie betäubt auf dieses dunkle, regungslose Gesicht mit den auf mich gerichteten hellen und toten Augen. Wie war das möglich? Diese Mumie war Lukerja, die größte Schönheit in unserem ganzen Hofgesinde? die große, üppige, weiße, rotbäckige Lukerja? die ewig lachende, singende und tanzende Lukerja? Lukerja, die kluge Lukerja, der alle unsere jungen Burschen nachliefen, nach der ich selber im geheimen seufzte, ich – ein sechzehnjähriges Bürschchen!

»Ich bitte dich, Lukerja«, sagte ich schließlich, »was ist geschehen mit dir?«

»Das Elend ist über mich gekommen! Aber ekelt Euch nicht, Herr, habt keinen Abscheu vor meinem Unglück. Setzt Euch auf diesen Zuber – näher, sonst könnt Ihr mich nicht verstehen ... Ihr hört ja, zu welch einer herrlichen Stimme ich gekommen bin ... Wie ich mich freue, daß ich Euch zu Gesicht bekommen habe! Wie seid Ihr nach Alexejewka geraten?«

Lukerja sprach leise und schwach, aber ohne Pause.

»Jermolaj, der Jäger, hat mich hergeführt. Aber erzähle mir doch ...«

»Von meinem Elend soll ich erzählen? Wenn der Herr belieben ... Zugestoßen ist es mir schon lange, vor sechs oder sieben Jahren. Man hatte mich gerade Wasilij Poljakow versprochen – erinnert Euch! So ein Stattlicher mit einem Lockenkopf war es, er hat noch bei Ihrer Mutter als Büfettdiener gearbeitet. Ihr wart damals nicht mehr im Dorf, sondern schon nach Moskau gefahren, um zu lernen ... Wasilij und ich liebten uns gar sehr; nicht aus dem Kopf wollte er mir gehen; es war im Frühjahr. Da, eines Nachts, es ging schon auf den Morgen zu ... konnte und konnte ich nicht einschlafen: die Nachtigall im Garten sang so zauberhaft süß ... Da hielt ich es nicht mehr aus, erhob mich und ging auf die Vortreppe hinaus, um ihr zuzuhören. Sie schlägt und schluchzt und schlägt ... und auf einmal kam es mir vor, als riefe jemand mit Wasjas Stimme leise: Luscha! ... Ich blickte zur Seite, wollte mich umdrehen, trat in meiner Verschlafenheit daneben, flog geradewegs neben der Treppe hinab – und schlug mit dem vollen Gewicht auf! Und anfänglich schien es auch, als hätte ich mir gar nicht sonderlich wehe getan, denn ich stand gleich wieder auf und kehrte in mein Zimmer zurück. Nur in meinem Innern, in den Eingeweiden, war gleichsam etwas gerissen ... Laßt mich Luft holen ... einen Augenblick ... Herr.«

Lukerja verstummte, während ich sie erstaunt betrachtete. Ich wunderte mich vor allem darüber, daß sie fast heiter erzählte, ohne Ächzen und Seufzen, ohne sich zu beklagen oder um Mitleid zu betteln.

»Seit jenem Vorfall«, fuhr Lukerja fort, »schrumpfte ich langsam ein und kam immer mehr von Kräften; dann bekam ich den schwarzen Brand; das Gehen fiel mir schwer, und bald konnte ich die Beine überhaupt nicht mehr bewegen; bald war es auch mit dem Stehen und Sitzen vorbei; am liebsten wäre ich immer gelegen. Auch essen und trinken wollte ich nicht mehr: immer schlimmer und schlimmer wurde es. Eure Mutter hat mich in ihrer Güte den Ärzten gezeigt und in das Krankenhaus geschickt. Aber Linderung haben sie mir nicht verschafft. Und kein einziger Arzt konnte überhaupt sagen, was für eine Krankheit ich habe. Was haben sie nicht alles angestellt mit mit! Mit einem glühenden Eisen den Rücken gebrannt, nackt in gestoßenes Eis gesetzt – nichts hat geholfen. Schließlich verknöcherte ich und wurde ganz steif ... Darauf haben die Herren beschlossen, daß ich nicht mehr zu kurieren sei; und weil es auch unziemlich ist, in einem herrschaftlichen Haus einen Krüppel zu halten ... nun, so haben sie mich eben hierhergeschickt – weil ich hier Bekannte habe. Und so lebe ich denn hier, wie Ihr seht ...«

Lukerja verstummte wiederum und versuchte wiederum zu lächeln.

»Aber nichtsdestoweniger, deine Lage ist doch entsetzlich!«

rief ich aus ... und ohne zu wissen, was ich noch sagen sollte, fügte ich hinzu: »Und was hat denn Wasilij Poljakow gemacht?«

Das war eine sehr dumme Frage.

Lukerja wandte ihren Blick etwas zur Seite.

»Was Poljakow gemacht hat? Ein bißchen gejammert, ein bißchen getrauert – und eine andere geheiratet, ein Mädchen aus Glinnoje. Kennen Sie Glinnoje? Es ist nicht weit von hier. Agrafena hieß man sie. Er hat mich sehr geliebt, aber er war ein junger Mann – da konnte er doch nicht ledig bleiben. Und was für eine Gefährtin hätte ich ihm schon sein können? Er hat eine hübsche und gute Frau gefunden – auch Kinder haben sie, Er lebt hier beim Nachbarn als Verwalter. Ihre Mutter hat ihm einen Paß ausgestellt und ihn freigelassen, und es geht ihm, Gott sei Dank, sehr gut.«

»So liegst du denn hier die ganze Zeit?« fragte ich wiederum.

»Ja, Herr, so liege ich – und schon das siebente Jahr. Im Sommer liege ich hier in diesem Bienenschuppen, und wenn es kalt wird, trägt man mich in den Vorraum der Badestube. Dann liege ich dort.«

»Wer pflegt dich denn? Kümmert sich jemand um dich?«

»Gute Menschen gibt es auch hier. Die lassen mich nicht im Stich. Und ich brauche ja auch wenig Pflege. Essen, das Wichtigste, tue ich fast gar nichts, und Wasser – da steht es, im Krüglein: immer vorrätig, reines, frisches Quellwasser. Nach dem Krüglein kann ich selber langen: ein Arm kann sich immer noch bewegen. Nun, und dann ist auch ein kleines Mädchen hier, ein Waisenkind; nein, nein – auf die kann ich mich verlassen, Gott lohne es ihr. Eben war sie hier ... Sind Sie ihr nicht begegnet? So eine Hübsche, Blonde. Sie bringt mir Blumen; und ich habe Blumen so gern. Gartenblumen gibt es bei uns nicht – es waren wohl welche da, aber sie sind eingegangen. Aber die Feldblumen sind ja auch schön; sie duften noch besser als Gartenblumen. Zum Beispiel die Maiglöckchen ... was gibt es Angenehmeres?«

»Und ist es dir nicht langweilig, hast du nicht Angst, meine arme Lukerja?«

»Was soll man tun? Ich will nicht lügen – anfangs fiel es mir sehr schwer; aber dann gewöhnte ich mich daran und lernte, geduldig zu werden – macht nichts; manchen geht es noch schlechter.«

»Wie ist das möglich?«

»Nun, mancher hat kein Dach über dem Kopf! Mancher ist blind oder taub! Ich dagegen, Gott sei Dank, sehe ausgezeichnet und höre alles. Selbst wenn ein Maulwurf in der Erde wühlt, höre ich es. Und jeglichen Duft nehme ich wahr ... mag er auch noch so schwach sein! Wenn der Buchweizen im Feld aufblüht oder die Linde im Garten – niemand braucht es mir zu sagen: ich rieche es sofort und als erste von allen. Nur der Wind muß von dorther wehen. Nein, warum Gott erzürnen? – vielen geht es schlechter als mir. Nur um ein Beispiel zu nennen: mancher gesunde Mensch kann sehr leicht sündigen; von mir jedoch ist sogar die Sünde abgerückt. Neulich hat mich Vater Alexej, unser Geistlicher, auf die Kommunion vorbereitet und gesagt: ‚Du hast ja gar nichts zu beichten: kannst du denn in deinem Zustand sündigen?‘ Aber ich habe ihm geantwortet: ‚Und die Gedankensünden, Väterchen?‘ – ‚Nun‘, sagte er und lachte dabei, ‚das sind keine schweren Sünden.‘ – Vielleicht habe ich tatsächlich nicht einmal viel in Gedanken gesündigt«, fuhr Lukerja fort, »denn ich habe mir beigebracht: nicht denken, und vor allem – nicht erinnern. So vergeht die Zeit schneller.«

Ich gestehe, daß ich mich wunderte.

»Du bist immer mutterseelenallein, Lukerja; wie bringst du es fertig, dich der Gedanken zu erwehren? Oder schläfst du immer?«

»O nein, Herr! Ich kann nicht jederzeit schlafen. Wenn ich auch keine großen Schmerzen habe, so tut es doch ganz inwendig weh, und in den Knochen auch; es läßt mich nicht schlafen, wie es sich gehört. Nein ... aber so, ich liege herum, liege still für mich da – und denke nicht; ich spüre, daß ich lebe, atme – und bin einfach hier. Ich schaue und horche. Die Bienen in den Stöcken summen und surren; eine Taube setzt sich auf das Dach und beginnt zu gurren; die Gluckhenne kommt mit ihren Küchlein herein, um Krümel aufzupicken; und mitunter verfliegt sich ein Spatz oder ein Schmetterling – dann habe ich meine Freude an ihnen. Vor zwei Jahren haben sogar Schwalben dort in der Ecke ein Nest gebaut und ihre Jungen ausgebrütet. Wie unterhaltsam es doch war! Die eine fliegt zum Nestchen, krallt sich fest, füttert die Jungen – und husch, ist sie draußen. Du schaust – schon wird sie von der anderen abgelöst. Manchmal fliegt sie auch nicht herein, sondern schießt nur an der geöffneten Tür vorbei, aber die Jungen fangen gleich zu schreien an und reißen die Schnäbel auf ... Ich habe im nächsten Jahr wieder auf sie gewartet, aber ein hiesiger Jäger soll sie, wie man sagt, erschossen haben. Was für einen Nutzen er sich erhofft haben mag? Die ganze Schwalbe ist doch nicht größer als ein Käfer ... Wie bös doch ihr Herren Jäger seid!«

»Ich schieße keine Schwalben«, beeilte ich mich zu versichern.

»Und einmal«, hob Lukerja wieder an, »nein, war das ein Spaß! Ein Hase kam hereingelaufen, wahrhaftig! Vielleicht waren die Hunde hinter ihm her – nun, er kugelte geradewegs zur Tür herein ... Ganz nahe setzte er sich hin, und lange blieb er sitzen – aber immer mümmelte er mit der Nase und bewegte er den Schnurrbart – ganz wie ein Offizier! Und dabei schaute er mich an. Er hatte, scheint es, begriffen, daß er sich vor mir nicht zu fürchten brauchte. Schließlich stand er auf, hoppelte zur Tür, auf der Schwelle sah er sich noch einmal nach mir um – und fort war er. So ein drolliger Kerl!«

Lukerja blickte mich an ... nun, ist das etwa nicht spaßig? Um ihr einen Gefallen zu erweisen, lachte ich. Sie biß sich auf die eingetrockneten Lippen.

»Nun, im Winter geht es mir natürlich schlechter, weil es dunkel ist; eine Kerze anstecken ist zu schade, und wozu auch? Ich kann zwar lesen und habe immer gerne gelesen, doch was sollte ich lesen? Bücher gibt es hier nicht, und selbst wenn es sie gäbe, wie sollte ich ein Buch halten? Vater Alexej hat mir zur Zerstreuung einen Kalender gebracht, doch als er sah, daß es nutzlos war, hat er ihn wieder genommen und fortgetragen. Aber wenn es auch finster ist, gibt es doch allerhand zu hören: ein Heimchen zirpt, oder eine Maus beginnt irgendwo zu nagen .. Das ist ganz hübsch! Nur nicht denken!«

»Und dann spreche ich auch zuweilen Gebete«, fuhr Lukerja fort, nachdem sie sich ein wenig erholt hatte. »Nur kenne ich zu wenig echte und wirkliche Gebete. Und weshalb sollte ich auch dem Herrgott lästig fallen? Worum könnte ich ihn bitten? Er weiß besser als ich, was mir nottut. Er hat mir ein Kreuz auferlegt – folglich liebt er mich. So sind wir angewiesen, derlei zu verstehen. Ich bete das Vaterunser, das Gebet zur Gottesmutter, den Akathist für alle Betrübten – und liege wieder gedankenlos da und starre vor mich hin. Es ist gar nicht so schlimm.«

Es vergingen zwei Minuten. Ich unterbrach das Schweigen nicht und rührte mich nicht auf dem schmalen Zuber, der mir als Sitzgelegenheit diente. Die grausame, steinerne Unbeweglichkeit des unglücklichen, lebenden Wesens, das vor mir lag, hatte sich auch mir mitgeteilt: ich war förmlich erstarrt.

»Höre, Lukerja«, begann ich schließlich, »höre, was für einen

Vorschlag ich dir mache. Wenn du willst, treffe ich die entsprechenden Anordnungen: und man wird dich in ein Krankenhaus überführen, in ein schönes, städtisches Krankenhaus! Wer weiß, vielleicht kannst du noch geheilt werden? In jedem Fall wirst du nicht mehr allein sein ...«

Lukerja bewegte kaum merklich die Augenbrauen.

»Ach nein, Herr«, flüsterte sie besorgt, »bringt mich nicht ins Krankenhaus, rührt mich nicht an. Ich würde mich dort doch mehr quälen ... Wer soll mich schon kurieren ... Da kam einmal ein Doktor hierhergefahren; untersuchen wollte er mich. Ich bat ihn: ‚Beunruhigen Sie mich nicht, um Christi willen.' Kein Gedanke! Er drehte mich nach allen Seiten, streckte mir Arme und Beine und bog mir Finger und Zehen auseinander. ‚Das tue ich für die Wissenschaft', sagte er; ‚deshalb bin ich ein beamteter und gelehrter Mann! Und unterstehe dich ja nicht', sagte er, ‚dich mir zu widersetzen, weil mir für meine Leistungen ein Orden umgehängt worden ist und ich mich für euch Dummköpfe plage.' Dann hat er mich ein wenig gezaust und ein wenig gezupft, meine Krankheit beim Namen genannt – ganz gelehrt – und ist wieder fortgefahren. Eine Woche lang haben mir nachher alle Knochen weh getan. Sie sagen, daß ich immer allein, mutterseelenallein sei. Aber das stimmt nicht. Ich bin nicht immer allein. Es kommen Leute zu mir. Ich bin friedlich und störe niemanden. Die Bauernmädchen kehren bei mir ein und machen ein Schwätzchen; eine Pilgerin verirrt sich und erzählt von Jerusalem, von Kiew und von den heiligen Städten. Und ich finde es auch gar nicht schrecklich, allein zu sein. Das ist mir sogar lieber, wahrhaftig! Herr, laßt mich hier, bringt mich nicht ins Krankenhaus ... Vergelt's Euch Gott, Ihr seid gut, aber rührt mich nicht an, Täubchen ...«

»Nun, wie du willst, wie du willst, Lukerja. Ich meinte es ja nur gut mit dir ...«

»Ich weiß schon, Herr, daß Ihr es gut meint, aber, lieber Herr, wer kann einem anderen helfen? Wer kann dem Nächsten ins Herz sehen? Jeder Mensch muß sich selbst helfen! Ihr werdet es vielleicht nicht glauben – aber ich liege manchmal so da ... und es ist mir, als wäre ich ganz allein auf der Welt. Nur ich allein lebe! Und es kommt mir vor, als hielte etwas seine schützende Hand über mich ... Dann packt mich die Nachdenklichkeit – es ist ganz merkwürdig!«

»Worüber denkst du denn dann nach, Lukerja?«

»Das kann ich Euch gar nicht sagen, Herr: es läßt sich nicht erklären. Man vergißt es nachher auch wieder. Aber es kommt wie eine Wolke und zieht über mich hinweg, es ist so erfrischend, und es wird so schön, doch was es ist – das begreifst du nicht! Nur kommt mir der Gedanke: wenn Leute um mich wären, würde nichts dergleichen geschehen – und ich bekäme nichts zu spüren als mein Unglück.«

Lukerja seufzte beschwerlich. Die Brust gehorchte ihr nicht – ebensowenig wie die anderen Glieder.

»Wie ich Euch so anschaue, Herr«, begann sie von neuem, »tut es Euch aufrichtig leid um mich. Aber Ihr braucht mich kein bißchen zu bedauern, wirklich nicht! Ich will Euch zum Beispiel folgendes sagen: Ich bin auch jetzt noch zuweilen ... Ihr erinnert Euch doch, wie ausgelassen ich seinerzeit war? Ein Teufelsmädchen! ... und wißt Ihr, was? Ich singe auch jetzt noch zuweilen Lieder.«

»Lieder? ... Du?«

»Ja, Lieder, alte Lieder, Reigenlieder, Wahrsagelieder, Festtagslieder, was mir gerade einfällt! Ich habe doch so viele gekannt und habe sie noch nicht vergessen. Nur Tanzlieder singe ich nicht. In meiner jetzigen Lage – da schickt sich so etwas nicht.«

»Wie singst du sie denn ... lautlos, so in Gedanken?«

»Manchmal lautlos und manchmal vernehmlich. Laut kann ich nicht, aber immerhin – es ist zu verstehen. Ich habe Euch schon gesagt, daß immer ein Mädchen zu mir kommt. Sie ist zwar ein Waisenkind, aber sehr gelehrig und verständig. Der bringe ich also meine Lieder bei: vier hat sie schon übernommen von mir. Ihr glaubt es nicht? Wartet, ich werde Euch gleich ...«

Lukerja sammelte sich ... Der Gedanke, daß dieses halbtote Wesen sich zum Singen anschickte, erfüllte mich unwillkürlich mit Grauen. Doch ehe ich noch ein Wort sagen konnte, schwang in meinem Ohr ein langgezogener, kaum vernehmbarer, doch reiner und richtiger Ton ... ihm folgte ein zweiter und ein dritter. Lukerja sang das Lied »In den Wiesen«. Sie sang, ohne den Ausdruck ihres versteinerten Gesichts zu verändern, nicht einmal die Augen bewegten sich. Aber dieses ärmliche, angestrengte, wie ein Rauchfähnchen zitternde Stimmchen sang so rührend, und sie wollte ihre ganze Seele in diesem Liedchen verströmen lassen ... Ich verspürte kein Entsetzen mehr: unsägliche Trauer preßte mir das Herz zusammen.

»Aber ich kann nicht mehr!« sagte sie plötzlich, »die Kräfte reichen nicht ... Allzusehr habe ich mich über Euch gefreut.«

Sie schloß die Augen.

Ich legte die Hand auf ihre winzigen, kalten Finger ... Sie blickte mich an – und ihre dunklen Lider, wie bei alten Statuen mit goldig schimmernden Wimpern umsäumt, schlossen sich wieder. Einen Augenblick später blitzten sie noch einmal im Halbdunkel auf ... Eine Träne hatte sie genetzt.

Ich rührte mich noch immer nicht.

»Was habe ich nur?« sagte Lukerja plötzlich mit überraschend starker Stimme und bemühte sich, durch weites Öffnen der Augen die haftende Träne fortzublinzeln. »Ich sollte mich schämen. Was will ich nur? Das ist mir schon lange nicht mehr widerfahren ... das letzte Mal, als Wasja Poljakow bei mir war, im vergangenen Frühjahr. Solange er dasaß und mit mir redete – nun, da ging es; doch als er fort war, habe ich still vor mich hingeweint! Woher das nur gekommen sein mag? Uns Frauen sitzen die Tränen sehr locker ... Herr«, fügte Lukerja hinzu, »Ihr habt doch ein Taschentuch ... Ekelt Euch nicht, trocknet mir die Augen.«

Ich beeilte mich, ihr den Wunsch zu erfüllen – und ließ ihr mein Taschentuch. Sie wollte es zuerst nicht nehmen ... »Was soll ich mit einem solchen Geschenk anfangen?« Das Tüchlein war sehr einfach, aber rein und weiß. Dann ergriff sie es mit ihren schwachen Fingern und ließ es nicht mehr los. Schon an die Dunkelheit gewöhnt, in der wir beide uns befanden, konnte ich deutlich ihre Züge unterscheiden, konnte ich sogar die leichte Röte bemerken, welche durch die Bronze ihres Gesichts hindurchschimmerte, und konnte ich in diesem Gesicht – so schien es mir wenigstens – die Spuren ihrer früheren Schönheit entdecken.

»Ihr habt mich gefragt, Herr«, begann Lukerja wiederum, »ob ich schlafe. Ich schlafe eigentlich recht selten, habe jedoch immer Träume – schöne Träume! Niemals sehe ich mich krank: im Traum bin ich jedesmal gesund und jung ... Nur eins ist schlimm: wenn ich aufwache, möchte ich mich gern wohlig rekeln und strecken – aber ich bin ja wie zusammengeschmiedet. Einmal hatte ich einen sehr wunderlichen Traum! Wollt Ihr, daß ich ihn erzähle? Nun, dann hört ... Es war mir, als stünde ich in einem Feld, und ringsum war lauter hohes, reifes, goldenes Korn ... Und neben mir lief ein rotbraunes, giftig-böses Hündchen – das wollte mich immer beißen. Und in der Hand hatte ich eine Sichel, aber keine gewöhnliche Sichel, sondern den Mond selbst, wie er ist, wenn er eine Sichel bildet. Und mit diesem Mond mußte ich das ganze Kornfeld säuberlich abmähen. Aber die Hitze setzte mir arg zu, und der Mond blendete mich, und die Müdigkeit stellte sich ein; doch rings um mich wuchsen Kornblumen, und was für große! Und alle wandten mir die Köpfchen zu. Ich dachte mir: Ich will sie alle pflücken. Wasja hat versprochen herzukommen – da will ich mir zuerst ein Kränzchen winden; mit dem Mähen werde ich schon fertig. Ich begann also die Kornblumen zu pflücken, aber sie zerrannen mir eine nach der anderen zwischen den Fingern, ich wußte mir nicht zu helfen! Und ich konnte mir keinen Kranz winden. Aber schon hörte ich, wie jemand auf mich zukam, immer näher kam und dabei rief: ‚Luscha! Luscha!' ... Ach, dachte ich mir, wie schade! nun bin ich nicht fertig geworden. Aber das macht nichts, ich will mir statt der Kornblumen den Mond auf den Kopf setzen. Ich setzte also den Mond auf, wie einen Kokoschnik* – und begann im nämlichen Augenblick selber zu strahlen und erleuchtete ringsum das Feld. Ich blickte mich um – auf den Spitzen der Kornähren glitt jemand eilends auf mich zu, aber nicht Wasja – sondern Christus selbst! Woran ich erkannte, daß es Christus selbst war, kann ich nicht sagen, so wird Er auch nicht gemalt – aber es konnte nur Er sein! Bartlos, hochgewachsen, jung, ganz weiß gekleidet, nur der Gürtel golden, kam er auf mich zu und streckte mir die Hand entgegen. ‚Fürchte dich nicht, meine auserkorene Braut', sprach er, ‚folge Mir nach; du wirst bei Mir im Himmelreich die Reigen anführen und paradiesische Tanzlieder singen.' Ich schmiegte mich sogleich an seine Hand. Wie mir da dieses Hündchen an die Beine fuhr ... aber schon schwebten wir empor! Er voran ... Seine Flügel, lang wie bei einer Möwe, breiteten sich über den ganzen Himmel aus – und ich hinter Ihm her. Und das Hündchen mußte von mir ablassen. Erst da begriff ich, daß dieses Hündchen – meine Krankheit ist und daß im Himmelreich kein Platz für sie sein wird.«

Lukerja verstummte einen Augenblick lang.

»Und dann hatte ich noch ein Traumgesicht«, begann sie von neuem, »aber vielleicht war es auch eine Erscheinung, ich weiß es nicht mehr. Es war mir, als ob ich in diesem Schuppen läge und meine verstorbenen Eltern zu Besuch kämen – Väterchen und Mütterchen – und sich tief vor mir verneigten, ohne selber ein Wort zu sprechen. Da fragte ich sie: ‚Warum verneigt ihr euch, Väterchen und Mütterchen, vor mir?' – ‚Deshalb', antworteten sie, ‚weil du dadurch, daß du auf dieser Welt soviel

* Ein spitzbogenähnlicher Kopfputz der russischen Frauen (Anmerkung des Übersetzers).

leiden mußt, nicht nur deiner eigenen Seele Erleichterung verschaffst, sondern auch uns eine große Last abgenommen hast. Auch uns ist es in jener Welt viel erträglicher geworden. Mit dem Verbüßen deiner Sünden bist du fertig; jetzt hilfst du unsere Sünden tilgen.' Und nachdem sie das gesagt hatten, verneigten sich die Eltern wieder – und dann waren sie nicht mehr zu sehen: nur die Wände standen da. Ich habe dann viel darüber nachgedacht, was es gewesen sein könnte. Sogar dem geistlichen Vater habe ich es erzählt. Aber er war der Meinung, daß es keine Erscheinung gewesen sein könnte, weil solche nur Personen geistlichen Standes zuteil würden.

Und dann hatte ich wieder einmal einen Traum«, fuhr Lukerja fort. »Ich sah mich auf der Landstraße unter einer Weide sitzen, mit einem angespitzten Stöckchen in der Hand, einen Sack auf dem Rücken und ein Tuch um den Kopf geschlungen – wie eine richtige Pilgerin! Und ich mußte eine weite, weite Wallfahrt machen. Und lauter Pilger gingen an mir vorbei; sie gingen langsam, gleichsam widerwillig, alle in einer Richtung; ihre Gesichter waren verwelkt und sahen einander alle sehr ähnlich. Und zwischen ihnen drängte und zwängte sich eine Frau, die um einen ganzen Kopf größer war als die übrigen, und sie hatte ein besonderes, ganz fremdartiges, nicht russisches Gewand an. Und ihr Gesicht war auch ein besonderes, ein strenges Fastengesicht. Und es war, als hielten sich alle von ihr fern; und mit einemmal machte sie kehrt – und kam geradewegs auf mich zu. Sie blieb stehen und betrachtete mich; Augen hatte sie wie ein Falke: gelb, groß und hell – fast durchsichtig. Da fragte ich sie: ‚Wer bist du?' Und sie antwortete: ‚Ich bin dein Tod.' Doch statt zu erschrecken, erfüllte mich eine große Freude, und ich bekreuzigte mich! Und diese Frau, mein Tod, sprach: ‚Es tut mir leid, Lukerja, aber ich kann dich nicht mitnehmen ... Leb wohl!' Ach Gott, wie traurig mir da zumute wurde ... ‚Nimm mich mit, Mütterchen', sagte ich, ‚Täubchen, nimm mich mit!' Und mein Tod wandte sich nach mir um und begann mich zu schelten ... Ich verstand, daß sie mir mein letztes Stündlein angab, aber so unverständlich und unklar ... So nach Peter und Paul etwa ... Damit erwachte ich ... So merkwürdige Träume habe ich also!«

Lukerja hob den Blick zur Decke und wurde nachdenklich ...

»Nur eins ist schlimm: es vergeht manchmal eine ganze Woche, ohne daß ich ein einziges Mal schlafen kann. Im vorigen Jahr ist eine Gutsbesitzerin durchgefahren, sie hat mich besucht und mir ein Fläschchen mit einer Medizin gegen die Schlaflosigkeit geschenkt; zehn Tropfen sollte ich jeweils einnehmen. Das hat mir sehr geholfen, und ich konnte schlafen; nur ist das Fläschchen jetzt längst leer ... Wißt Ihr nicht, was für eine Medizin das gewesen sein mag und wie man sie bekommen könnte?«

Die durchreisende Gutsbesitzerin hatte Lukerja augenscheinlich Opium gegeben. Ich versprach ihr, ein solches Fläschchen zu besorgen, und konnte mich abermals nicht laut genug über ihre Geduld wundern.

»Ach, Herr!« entgegnete sie. »Was redet Ihr da? Das soll Geduld sein? Simeon der Säulensteher, ja, der hatte Geduld, eine wahrhaft große Geduld: dreißig Jahre lang ist er auf einer Säule gestanden! Und ein anderer Büßer hat sich bis zur Brust in die Erde eingraben lassen, und die Ameisen haben sein Gesicht verzehrt ... Und ein anderer Schriftkundiger hat mir erzählt: es habe ein Land gegeben, und dieses Land hätten die Heiden erobert, und sie hätten alle seine Bewohner gemartert und ermordet; und was die Bewohner auch versucht hätten, sich zu befreien wären sie nicht imstande gewesen. Aber dann sei unter den Bewohnern eine heilige, wundertätige Jungfrau aufgetreten; sie habe ein großes Schwert genommen, eine zwei Pud schwere Rüstung angelegt, sei gegen die Heiden gezogen und habe sie alle zurück über das Meer getrieben. Und als sie dieses Werk vollbracht hatte, habe sie zu ihnen gesagt: ‚Jetzt verbrennt mich, weil ich das Gelübde abgelegt habe, für mein Volk den Feuertod zu sterben.' Und darauf hätten die Heiden sie gepackt und verbrannt, aber ihr Volk sei von dieser Zeit an für immer befreit gewesen! Das war eine Heldentat! Aber ich? das läßt sich gar nicht vergleichen ...«

Ich wunderte mich im stillen, wohin und in welcher Gestalt die Legende der Jeanne d'Arc gewandert war, und fragte Lukerja nach einer kleinen Pause, wie alt sie sei.

»Achtundzwanzig ... oder neunundzwanzig ... Dreißig werden es noch nicht sein. Aber weshalb die Jahre zählen? Ich werde Euch noch etwas erzählen ...«

Lukerja begann plötzlich dumpf zu hüsteln und zu stöhnen.

»Du redest zu viel«, bemerkte ich, »das kann dir schaden.«

»Das ist wahr«, flüsterte sie kaum hörbar, »mit unserer Unterhaltung ist es aus; aber was tut es schon! Wenn Ihr jetzt wegfahrt, habe ich Zeit genug zum Schweigen. Wenigstens habe ich mich einmal aussprechen können ...«

Ich begann mich von ihr zu verabschieden, wiederholte mein

Versprechen, ihr die Medizin zu schicken, und bat sie noch einmal, gut nachzudenken und mir zu sagen, ob sie noch etwas brauchte.

»Gar nichts brauche ich; ich bin, Gott sei Dank, mit allem zufrieden«, stieß sie mit großer Anstrengung, aber dennoch sehr gerührt, hervor. »Schenke Gott allen Gesundheit! Aber, Herr, könnt Ihr nicht Eurer Mutter zureden, den hiesigen Bauern – sie sind recht arm – eine Kleinigkeit vom Pachtzins abzulassen? Sie haben zu wenig Grund und Boden und fast kein Weideland ... Sie würden für Euch beten ... Ich dagegen brauche nichts und bin mit allem zufrieden.«

Ich gab Lukerja das Wort, Ihre Bitte zu erfüllen, und ging schon auf die Tür zu, als sie mich noch einmal zurückrief.

»Wißt Ihr noch, Herr«, sagte sie – und etwas Wundervolles blitzte in ihren Augen auf und umspielte ihre Lippen, »was für einen herrlichen Zopf ich hatte? Könnt Ihr Euch erinnern? – bis an die Knie! Ich konnte mich lange nicht entschließen ... Das waren Haare ... Aber wie sollte ich sie mir kämmen? In meiner Lage! ... Da habe ich sie mir abschneiden lassen ... Ja ... Nun, lebt wohl, Herr! Ich kann nicht mehr ...«

Am gleichen Tag noch, bevor ich mich auf die Jagd begab, hatte ich eine Unterredung bezüglich Lukerjas mit dem Aufseher des Weilers. Ich erfuhr von ihm, daß man sie im Dorf die »lebende Reliquie« nannte und daß sie im übrigen niemandem zur Last fiele; kein Mensch hätte von ihr jemals eine Klage oder ein Murren gehört. »Sie verlangt nichts für sich, im Gegenteil – sie ist für alles dankbar; und so still, so still ist sie, daß es sich gar nicht sagen läßt. Von Gott gezeichnet«, schloß der Aufseher, »wahrscheinlich für ihre Sünden; aber darum kümmern wir uns nicht. Oder daß wir sie vielleicht verurteilten – nein, wir verurteilen sie nicht. Mag sie in Frieden leben!«

Ein paar Wochen später erfuhr ich, daß Lukerja gestorben sei. Der Tod war tatsächlich »nach Peter und Paul« gekommen, um sie zu holen. Man erzählte, daß sie an ihrem Todestag immer Glockengeläute vernommen habe, obwohl es von Alexejewka bis zur Kirche über fünf Werst sind und obwohl es nicht Sonntag war. Im übrigen habe Lukerja gesagt, daß dieses Läuten nicht von der Kirche, sondern »von oben« komme. Wahrscheinlich hatte sie nicht gewagt zu sagen: vom Himmel.

Es rattert!

»Ich muß Ihnen melden«, sagte Jermolaj, der zu mir in die Hütte trat – ich hatte gerade zu Mittag gegessen und mich auf ein Feldbett gelegt, um nach einer ziemlich erfolgreichen, doch ermüdenden Birkhuhnjagd ein wenig auszuruhen; es war Mitte Juli, und es herrschte eine unglaubliche Hitze –, »ich muß Ihnen melden, daß wir keinen Schrot mehr haben.«

Ich sprang vom Bett auf.

»Keinen Schrot mehr haben! Wie ist das möglich! Wir haben doch vom Gut an die dreißig Pfund mitgenommen! einen ganzen Sack voll!«

»Das ist richtig; es war ein großer Sack: es hätte für zwei Wochen langen sollen. Aber weiß der Kuckuck! vielleicht hat er ein Loch bekommen, jedenfalls ist kein Schrot mehr da ... es reicht noch etwa für zehn Schuß.«

»Was sollen wir denn jetzt anfangen? Wir haben die besten Stellen vor uns – für morgen hat man uns sechs Ketten in Aussicht gestellt.«

»Schicken Sie mich nach Tula. Es ist nicht weit von hier: nur fünfundvierzig Werst. Ich werde in kürzester Zeit zurück sein und werde, wenn Sie es befehlen, ein ganzes Pud Schrot mitbringen.«

»Wann willst du denn fahren?«

»Meinetwegen sofort. Worauf sollen wir noch warten? Nur eine Schwierigkeit ist dabei: man wird Pferde mieten müssen.«

»Wieso Pferde mieten müssen? Wozu sind denn unsere da?«

»Mit unseren kann man nicht fahren. Das Mittelpferd ist lahm ...«

»Seit wann denn?«

»Seit kurzem; der Kutscher brachte es zum Beschlagen, da hat man es eben vernagelt, es muß wohl ein schlechter Schmied gewesen sein. Jetzt kann es nicht einmal auftreten. Der Vorderfuß. So hält es ihn ... wie ein Hund.«

»Hat man ihm wenigstens das Eisen abgerissen?«

»Nein, aber man muß es unbedingt abreißen ... man hat ihm wohl den Nagel ins lebende Fleisch hineingetrieben.«

Ich ließ den Kutscher kommen. Es erwies sich, daß Jermolaj nicht gelogen hatte: das Mittelpferd konnte in der Tat nicht auftreten. Ich befahl ihm sofort, das Eisen abzureißen und das Pferd auf feuchten Lehm zu stellen.

»Nun, soll ich Pferde für eine Fahrt nach Tula mieten?« drängte Jermolaj.

»Ja, kann man denn in diesem abgelegenen Nest Pferde auftreiben?« rief ich ärgerlich aus.

Das Dorf, in dem wir uns befanden, war abgelegen, ohne Leben, seine sämtlichen Bewohner schienen bettelarm zu sein; mit Mühe fanden wir eine, wenn auch nicht weiße, so doch einigermaßen geräumige Hütte.

»Man kann Pferde auftreiben«, erwiderte Jermolaj mit seiner gewohnten Ruhe. »Was Sie über dieses Dorf gesagt haben, ist richtig; doch hat hier ein sehr kluger und reicher Bauer gelebt. Er hatte neun Pferde. Er selbst ist gestorben, und sein ältester Sohn verfügt jetzt über alles. Er ist ein ungewöhnlich dummer Mensch, hat es aber noch nicht fertiggebracht, das väterliche Gut zu vergeuden. Wir werden von ihm Pferde bekommen. Wenn Sie befehlen, werde ich ihn holen. Seine Brüder sollen fixe Jungen sein ... doch er ist nichtsdestoweniger ihr Oberhaupt.«

»Warum ist denn das so?«

»Weil er der Älteste ist! Folglich müssen die Jüngeren sich ihm unterwerfen!« Hier machte Jermolaj eine nicht druckbare Bemerkung über jüngere Brüder im allgemeinen. »Ich werde ihn herführen; er ist ein Tölpel; mit ihm ... sollte man nicht verhandeln.«

Während Jermolaj den »Tölpel« holen ging, kam mir der Gedanke, daß es vielleicht gescheiter wäre, selber nach Tula zu fahren. Erstens hatte ich, durch Erfahrung belehrt, wenig Zutrauen zu Jermolaj; ich hatte ihn einmal in die Stadt geschickt, um Einkäufe zu machen, er hatte mir versprochen, alle meine Aufträge im Laufe eines Tages zu erledigen, blieb aber eine ganze Woche aus, vertrank alles Geld und kam zu Fuß nach Hause, während er mit einer Jagddroschke weggefahren war. Zweitens hatte ich in Tula einen bekannten Pferdehändler, bei dem ich vielleicht einen Ersatz für das lahmende Mittelpferd finden konnte.

So soll es sein, dachte ich. Ich fahre selbst nach Tula; schlafen kann ich auch unterwegs, der Tarantas* ist bequem.

»Ich habe ihn hergebracht«, rief eine halbe Stunde später Jermolaj, während er in mein Zimmer hereinstampfte. Ihm folgte auf dem Fuß ein großer Bauer in weißem Hemd, blauen Hosen und Bastschuhen, semmelblond, kurzsichtig, mit rötli-

* Reisewagen mit Halbverdeck (Anmerkung des Übersetzers).

chem Spitzbärtchen, langer, rundlicher Nase und offenem Mund. Er sah wirklich recht »tölpelhaft« aus.

»Belieben Sie hier ...« sagte Jermolaj, »er hat Pferde und ist einverstanden.«

»Das heißt, ich ...« begann der Bauer mit heiserer und etwas stotternder Stimme, wobei er sein dünnes Haar zurückwarf und den Rand seiner Mütze, die er in den Händen hielt, durch die Finger gleiten ließ, »das heißt, ich ...«

»Wie heißt du?« fragte ich.

Der Bauer senkte die Augen und schien in Nachdenken zu versinken.

»Wie ich heiße?«

»Ja; wie ist dein Name?«

»Mein Name wird halt Filofej sein.«

»Also, mein lieber Filofej, ich höre, du hast Pferde. Bringe ein Dreigespann hierher, wir wollen es vor meinen Tarantas spannen – es ist ein leichter Wagen –, und fahre mich nach Tula. Jetzt ist es Mondnacht, hell, und kühl zu fahren. Wie sind die Wege hier bei euch?«

»Die Wege? Die Wege sind nicht übel. Bis zur Landstraße sind es nicht mehr als zwanzig Werst. Es ist nur eine ungute Stelle unterwegs; aber sonst geht es.«

»Was ist das für eine ungute Stelle?«

»Man muß ein Flüßchen durchqueren.«

»Ja, werden Sie denn selber nach Tula fahren?« erkundigte sich Jermolaj.

»Ja, ich fahre selber.«

»Nun«, äußerte mein treuer Diener und warf den Kopf zurück. »N-nun«, wiederholte er, spuckte aus und verließ das Zimmer.

Die Fahrt nach Tula hatte offensichtlich für ihn allen Reiz verloren; sie war völlig uninteressant und bedeutungslos geworden.

»Kennst du den Weg gut?« wandte ich mich an Filofej.

»Wie sollten wir den Weg nicht kennen! Aber ich, es steht Ihnen frei, aber ich kann nicht ... wie sollte ich denn so mit einemmal? ...«

Es erwies sich, daß Jermolaj, als er Filofej dingte, ihm nur eröffnet hatte, daß man ihn, den Narren, bezahlen werde – weiter nichts. Wenn Filofej nach den Worten Jermolajs ein Tölpel war, so genügte ihm trotzdem diese Versicherung nicht. Er verlangte von mir fünfzig Papierrubel – eine enorme Summe;

ich bot ihm zehn Rubel – einen niedrigen Lohn. Wir begannen zu handeln; anfangs war Filofej starrköpfig, dann fing er an nachzugeben, aber langsam. Jermolaj, der für eine Minute hereingekommen war, begann mir zu versichern, daß dieser Narr – »Sieh mal an, das Wort gefällt ihm!« bemerkte Filofej halblaut –, daß dieser Narr überhaupt nicht den Wert des Geldes kenne, und erinnerte mich bei dieser Gelegenheit daran, wie vor zwanzig Jahren ein von meiner Mutter an einer verkehrsreichen Stelle (an der Kreuzung zweier großer Landstraßen) erbautes Gasthaus nur dadurch ein völliger Fehlschlag wurde, daß der alte Hofknecht, den man dort als Wirt eingesetzt hatte, tatsächlich den Wert der einzelnen Geldstücke nicht kannte und sie nur mengenmäßig bewertete, so daß er zum Beispiel ein silbernes Zwanzigkopekenstück für sechs kupferne Fünfer hergab, wobei er allerdings mächtig schimpfte.

»Ach du, Filofej – du bist ein wahrhaftiger Filofej!« rief Jermolaj schließlich aus und knallte im Hinausgehen wütend die Tür hinter sich zu.

Filofej entgegnete ihm nichts, als sähe er ein, daß es in der Tat etwas peinlich sei, Filofej zu heißen, und daß man einem Menschen wegen eines solchen Namens sogar einen Vorwurf machen könne, obgleich daran eigentlich der Pope schuld war, dem man bei der Taufe keine angemessene Vergütung hatte zukommen lassen.

Schließlich einigten wir uns aber auf zwanzig Rubel. Er ging nach Pferden und brachte nach einer Stunde gar fünf zur Auswahl. Die Pferde erwiesen sich als brauchbar, obschon ihre Mähnen und die Schweife verschmiert waren und sie Strohbäuche hatten – wie Trommeln. Mit Filofej waren zwei seiner Brüder gekommen, die ihm gar nicht ähnlich sahen. Klein, schwarzäugig und spitznasig, machten sie in der Tat den Eindruck, »fixe« Burschen zu sein; sie sprachen viel und schnell, »quasselten«, wie Jermolaj sich ausdrückte, gehorchten jedoch dem älteren Bruder.

Sie schoben den Tarantas aus dem Schuppen und machten sich anderthalb Stunden mit ihm und den Pferden zu schaffen; bald lockerten sie die Hanfstränge, bald drehten sie sie fest zusammen. Beide Brüder wollten unbedingt den Graubraunen als Mittelpferd einspannen, weil er den Wagen beim Herunterfahren von einem Hügel gut halte, doch Filofej bestimmte den Zottigen dazu, und so spannte man den Zottigen ein.

Der Tarantas wurde mit Heu vollgestopft, unter den Sitz

das Kummet meines lahmen Mittelpferdes gestopft für den Fall, daß man es in Tula dem neugekauften Pferd anpassen müßte ... Filofej, der nach Hause gelaufen war und von dort in einem langen weißen väterlichen Kittel, einer hohen Mütze und Transtiefeln zurückgekehrt war, kletterte feierlich auf den Bock. Ich sah auf die Uhr – es war ein Viertel nach elf – und setzte mich. Jermolaj verabschiedete sich nicht einmal von mir; er machte sich daran, seinen Hund Waletka zu verprügeln; Filofej ruckte mit den Leinen, schrie mit einer ganz hohen Stimme: »He, ihr Schlafmützen«, seine Brüder sprangen von beiden Seiten heran und schlugen von unten die Seitenpferde auf die Bäuche, der Tarantas rührte sich von der Stelle und bog hinterm Tor auf die Straße ein; der Zottige wollte auf seinen Hof einschwenken, doch brachte ihn Filofej mit einigen Peitschenhieben zur Vernunft – und nun waren wir bereits zum Dorf hinaus und rollten auf einem verhältnismäßig glatten Weg zwischen geschlossenen dichten Nußbüschen dahin.

Die Nacht war still, großartig, wie geschaffen für eine Reise. Ein kleiner Wind raschelte bald in den Büschen und schaukelte die Zweiglein, bald legte er sich völlig; am Himmel sah man hier und da unbewegliche silberne Wölkchen; der Mond stand hoch und erleuchtete hell die ganze Umgebung. Ich streckte mich auf dem Heu aus und stand schon im Begriff einzuschlummern ... da fiel mir die »ungute« Stelle ein, und ich schüttelte den Schlaf ab.

»Filofej! wie weit ist es bis zur Furt?«

»Bis zur Furt? es werden acht Werst bis dahin sein.«

Acht Werst, überlegte ich, früher als in einer Stunde werden wir nicht dort sein. Da kann man noch ein Nickerchen machen.

»Du, Filofej, kennst du den Weg genau?«

»Ja, wie sollte ich ihn nicht kennen, den Weg? ... Ich fahre ihn ja nicht das erste Mal ...«

Er fügte noch etwas hinzu, was ich nicht mehr verstand ... ich schlief.

Es weckte mich eigentlich nicht die Absicht, genau nach einer Stunde aufzuwachen, wie dieses oft der Fall ist, sondern ein eigenartiges, wenn auch schwaches Platschen und Glucken genau unter meinem Ohr. Ich hob den Kopf.

Welch ein Wunder! Ich liege wie zuvor im Tarantas, aber um den Tarantas – und nicht mehr als eine halbe Elle von seinem Rand – schillert und kräuselt sich eine vom Mond hell beschienene Wasserfläche. Ich schaue nach vorn: auf dem Bock sitzt mit gesenktem Kopf und gebeugtem Rücken wie ein Ölgötze Filofej, und etwas weiter ab ragen aus dem strömenden Wasser die gebogene Linie des Krummholzes sowie die Köpfe und Rükken der Pferde. Und alles so bewegungslos, lautlos, wie in einem verzauberten Königreich, einem Traum, einem Märchentraum ... Was bedeutet das? Ich blicke nach hinten ... wir befinden uns mitten im Fluß ... dreißig Schritt vom Ufer entfernt!

»Filofej!« rief ich aus.

»Was gibt es?« erwiderte er.

»Wieso: was gibt es? ich bitte dich! wo sind wir denn?«

»Im Fluß.«

»Ich sehe, daß wir im Fluß stecken. Auf diese Weise werden wir gleich untergehn. So also fährst du durch eine Furt? Du schläfst ja, Filofej. Antworte mir!«

»Ich habe mich ein wenig versehen«, sagte mein Fahrer, »ich bin sündhafterweise etwas seitwärts gefahren; jetzt muß man abwarten.«

»Wieso muß man abwarten? Worauf sollen wir denn warten?«

»Soll sich der Zottige umsehen: wohin er sich wenden wird, dorthin muß man fahren.«

Ich richtete mich im Heu auf. Der Kopf des Mittelpferdes rührte sich nicht über dem Wasser. Man konnte bloß im hellen Mondlicht sehen, daß er ein Ohr kaum merklich nach vorn und rückwärts bewegte.

»Dein Zottiger schläft ja ebenfalls.«

»Nein«, antwortete Filofej, »er riecht jetzt das Wasser.«

Und alles versank wieder in Schweigen, nur das Wasser gluckste wie zuvor. Auch mein Körper wurde starr.

Der Mondschein, die Nacht, der Fluß, und wir in ihm ...

»Was piepst dort?« fragte ich Filofej.

»Das sind kleine Enten im Schilf oder Schlangen.«

Mit einemmal schüttelte der Zottige den Kopf, spitzte die Ohren, schnaubte und wandte sich zur Seite.

»No-no-no-noo!« brüllte Filofej sogleich aus vollem Hals, stand auf und schwenkte die Peitsche. Der Tarantas wurde sofort vom Fleck gerückt, er durchschnitt eine quer auflaufende Flußwelle und ging schaukelnd und stoßend weiter ... Anfangs schien es mir, daß wir in die Tiefe gingen, nach zwei-, dreimaligem Tauchen und einigen Stößen aber hatte sich die Wasserfläche anscheinend plötzlich gesenkt ... sie senkte sich zusehends immer mehr, der Tarantas wuchs aus ihr hervor – schon sah man die Räder und die Pferdeschweife – und in einem Schwall großer und starker Spritzer, die in diamantenen – nein, in saphirenen Garben auseinanderstoben im matten Glanz des Mondes, zogen uns die Pferde froh und einmütig an das sandige Ufer und gingen, ihre nassen und glänzenden Beine voreinander setzend, auf dem ansteigenden Wege weiter.

Was wird jetzt Filofej sagen, dachte ich: Ich habe doch recht gehabt, oder etwas Ähnliches? Jedoch er sagte nichts, und deswegen hielt auch ich es für überflüssig, ihm Vorwürfe wegen seiner Unvorsichtigkeit zu machen, streckte mich auf dem Heu aus und versuchte wieder einzuschlafen.

Doch es gelang mir nicht, nicht deshalb, weil ich nicht müde von der Jagd war, und nicht deshalb, weil die überstandene Aufregung mir den Schlaf verscheucht hatte – sondern weil wir gerade durch eine überaus schöne Gegend fuhren. Rings um uns erstreckten sich weite, freie, grasreiche, fruchtbare Wiesen mit einer Unmenge kleiner Pfützen, Seen, Bäche und am Ende von Weidengebüsch zugewachsener Buchten – echt russische, dem russischen Menschen liebe Landschaften, gleich denen, wohin die Recken unserer Sagen zu fahren pflegten, um weiße Schwäne und graue Enten zu schießen. Wie ein gelbes Band wand sich der eingefahrene Weg, die Pferde liefen flott, und ich konnte nicht die Augen schließen – ich freute mich an dem, was ich sah! Und dies alles zog so sanft und wohlgeordnet unter dem freundlich dreinblickenden Mond an uns vorbei. Sogar Filofej empfand es.

»Diese Wiesen heißen bei uns die Wiesen des heiligen Gregor«, wandte er sich an mich, »und hinter ihnen fangen die Großfürstlichen Wiesen an; derartige Wiesen gibt es in ganz Rußland nicht wieder ... Wie schön sie doch sind!« Der Zottige schnaubte und schüttelte sich ... »Friede sei mit dir«, sagte Filofej langsam und halblaut. »Wie sind sie schön!« wiederholte er, seufzte und räusperte sich daraufhin anhaltend. »Bald wird jetzt die Mahd beginnen, und was für eine Unmenge Heu wird man hier zusammenrechen – es ist nicht zu glauben! Die Buchten sind auch voller Fische. Solche Brassen!« fügte er in singendem Tonfall hinzu. »Mit einem Wort: hier braucht man nicht zu verhungern.«

Plötzlich hob er die Hand.

»Schauen Sie dort ... über dem See ... ist das ein Fischreiher? Sollte er auch in der Nacht Fische fangen? Ach wo! ein

Ast ist es – kein Reiher. Da habe ich mich aber schön vertan! Der Mond täuscht einem alles mögliche vor.«

So fuhren und fuhren wir ... Doch nun gingen die Wiesen zu Ende, es tauchten Waldstücke und geackerte Felder auf; seitwärts blinkte ein Dörfchen mit zwei, drei Lichtlein; bis zur Landstraße waren es noch fünf Werst. Ich schlief ein.

Wiederum wachte ich nicht von selber auf. Diesmal weckte mich die Stimme Filofejs: »Gnädiger Herr ... gnädiger Herr!«

Ich richtete mich auf. Der Tarantas stand mitten auf der Landstraße auf einer glatten Stelle; auf dem Bock, das Gesicht mir zugekehrt, mit weitaufgerissenen Augen (ich verwunderte mich sogar, ich hätte nicht gedacht, daß er so große Augen hatte), flüsterte Filofej bedeutsam und geheimnisvoll: »Es rattert! ... es rattert!«

»Was redest du da?«

»Ich sage: Es rattert! Beugen Sie sich vor und lauschen Sie! Hören Sie?«

Ich steckte den Kopf aus dem Tarantas heraus, hielt den Atem an und vernahm in der Tat irgendwo weit, weit hinter uns ein schwaches, oft unterbrochenes Rattern, wie von rollenden Wagenrädern.

»Hören Sie es?« wiederholte Filofej.

»Nun ja«, antwortete ich, »dort fährt irgendeine Equipage.«

»Aber hören Sie denn nicht ... da – die Schellen ... und auch das Pfeifen ... Hören Sie es? Nehmen Sie doch die Mütze ab, um besser zu hören.«

Ich behielt die Mütze auf dem Kopf, lauschte aber angestrengt.

Filofej wandte sich mit dem Gesicht den Pferden zu.

»Ein Wagen kommt angerollt ... unbeladen, die Räder sind beschlagen«, sagte er und nahm die Leinen auf. »Da kommen, gnädiger Herr, böse Menschen gefahren; hier vor Tula gibt es doch Räuber ... viele.«

»Was für ein Unsinn! Warum glaubst du, daß das unbedingt böse Menschen sind?«

»Ich spreche die Wahrheit. Mit Schellen ... und in einem leeren Wagen ... Wer könnte es denn sonst sein?«

»Ist es noch weit bis Tula?«

»Es werden noch fünfzehn Werst sein, und die Gegend ist völlig unbewohnt.«

»Nun, dann fahr zu und trödele nicht länger.«

Filofej schwang die Peitsche hoch, und der Tarantas rollte wieder weiter.

Obgleich ich Filofej keinen Glauben schenkte, konnte ich nicht mehr einschlafen. Wie, wenn in der Tat? Ein unangenehmes Gefühl regte sich in mir. Ich setzte mich im Tarantas auf – bis dahin hatte ich gelegen – und begann nach allen Seiten Ausschau zu halten. Während ich schlief, hatte sich ein leichter Nebel – nicht über der Erde, sondern am Himmel – gebildet; er stand hoch, der Mond hing als weißer Fleck in ihm wie in Rauch. Alles war trüber und verschwommener geworden, obwohl nach unten zu die Sicht besser war. Die Gegend war flach und eintönig traurig: Felder, lauter Felder, hier und da Sträucher, Schluchten – und wieder Felder, zum größten Teil Sommerbrache mit etwas Unkraut darauf. Alles öde und ohne Leben! Wenn wenigstens eine Wachtel irgendwo geschrien hätte!

So fuhren wir eine halbe Stunde. Filofej schwang die Peitsche und schnalzte mit der Zunge; weder er noch ich sprachen ein Wort. Jetzt waren wir eine Steigung hinaufgefahren ... Filofej hielt die Troika an und sagte sofort: »Es rattert ... es rattert, gnädiger Herr!«

Ich schob mich wieder aus dem Tarantas hinaus; aber ich hätte auch unter dem Verdeck des Hintersitzes bleiben können, dermaßen deutlich, wenn auch noch aus der Ferne, drang an mein Ohr Wagengerassel, Pfeifen von Menschen, Schellengeläute und sogar Pferdegetrappel; selbst Gesang und Lachen glaubte ich zu vernehmen. Der Wind blies allerdings aus jener Richtung, doch zweifelsohne waren uns die unbekannten Reisenden um eine, wenn nicht um zwei Werst näher gekommen.

Filofej und ich sahen uns an; er schob nur die Mütze vom Hinterkopf in die Stirn, neigte sich über die Leinen und begann die Pferde mit der Peitsche zu schlagen. Sie fingen an zu galoppieren, konnten es aber nicht lange durchhalten und fielen wieder in Trab. Filofej trieb sie weiter an. Man mußte doch den Räubern entkommen!

Ich konnte mir keine Rechenschaft darüber geben, weswegen ich, der ich anfangs den Verdacht Filofejs nicht geteilt hatte, diesmal plötzlich davon überzeugt war, daß hinter uns tatsächlich böse Menschen einherfuhren ... Ich hatte nichts Neues vernommen: dasselbe Schellengeläute, dasselbe Rattern eines leeren Wagens, dasselbe Pfeifen, derselbe Lärm ... Jedoch ich zweifelte nicht mehr: Filofej konnte sich nicht täuschen.

Wieder vergingen zwanzig Minuten ... Während der letzten von diesen zwanzig Minuten hörten wir bereits durch das Rattern und Gepolter des eigenen Wagens hindurch ein fremdes Rattern und Poltern ...

»Halt an, Filofej«, sagte ich, »egal ... es ist jetzt einerlei!«

Filofej ließ ängstlich die Pferde halten; sie blieben augenblicklich stehen, gleichsam erfreut über die Möglichkeit, ausruhen zu können.

Du meine Güte! Schellen dröhnen direkt hinter unserem Rücken, der Wagen klirrt und kracht nur so, die Leute pfeifen, schreien und singen, die Pferde schnauben und schlagen mit den Hufen die Erde ...

Sie haben uns eingeholt!

»Ein Unglück!« flüsterte Filofej gedehnt und halblaut, schnalzte unentschlossen mit der Zunge und trieb die Pferde wieder an. Aber im nämlichen Augenblick stürzte gleichsam etwas nieder, brüllte auf und krachte zusammen – und ein fürchterlich breiter, mit drei mageren Pferden bespannter Wagen überholte uns in schnellster Fahrt, jagte nach vorn und fuhr sofort, uns den Weg versperrend, im Schritt weiter.

»Die typische Räubermanier«, flüsterte Filofej.

Ich gestehe, daß ich Herzklopfen bekam ... Ich begann angestrengt in das Halbdunkel des von Dünsten verdeckten Mondlichtes zu spähen. Vor uns im Wagen fuhren, halb sitzend, halb liegend, sechs Männer in Hemden und auf der Brust offenen Bauernröcken; zwei von ihnen hatten keine Kopfbedeckung; die großen Füße in Transtiefeln hingen baumelnd vom Wagenrand herunter, die Arme hoben und senkten sich unnötigerweise ... die Körper schwankten ... Es waren offensichtlich Betrunkene. Einige grölten – was ihnen gerade einfiel; einer pfiff durchdringend und sehr rein, ein anderer schimpfte; auf dem Bock saß irgendein Riese im Halbpelz und kutschierte. Sie fuhren im Schritt, anscheinend ohne sich um uns zu kümmern.

Es blieb uns nichts übrig, als ebenfalls im Schritt hinter ihnen herzufahren.

Eine Viertelmeile bewegten wir uns in dieser Weise vorwärts. Eine quälende Erwartung ... Sollten wir versuchen uns zu retten, uns zu verteidigen? Ein törichter Gedanke! Ihrer sind sechs, und ich habe nicht einmal einen Stock! Sollten wir umkehren? Aber sie würden uns sofort einholen. Mir fiel ein Vers Schukowskijs ein (dort, wo er von der Ermordung des Feldmarschalls Kamenskij spricht):

»Die nichtswürdige Axt des Räubers ...«

Und falls nicht das – so werden sie uns den Hals zuziehen

mit einem schmutzigen Strick, uns in den Graben werfen ... röchele dort und schlage um dich wie ein Hase in der Schlinge ... Einfach scheußlich.

Sie aber fuhren im Schritt weiter, ohne uns zu beachten.

»Filofej«, flüsterte ich, »versuch es einmal, fahre mehr nach rechts, tue so, als ob du sie überholen wolltest.«

Filofej versuchte es und bog nach rechts ... doch auch jene wandten sofort nach rechts ... an ein Vorbeikommen war nicht zu denken. Filofej versuchte es noch einmal und bog nach links ... aber auch hier ließen sie ihn nicht vorbei. Sie fingen sogar zu lachen an. Folglich war es ihnen Ernst.

»Die richtigen Räuber«, flüsterte Filofej mir über die Achsel zu.

»Worauf warten sie eigentlich noch?« fragte ich gleichfalls im Flüsterton.

»Sehen Sie dort vor uns, in der Senke, die kleine Brücke über dem Bach? ... Dort werden sie uns! So machen sie es immer ... an den Brücken. Unsere Lage ist klar, gnädiger Herr!« fügte er mit einem Seufzer hinzu. »Sie werden uns kaum mit dem Leben davonkommen lassen; ihnen kommt es vor allem darauf an, keine Spuren zu hinterlassen. Eins tut mir leid, gnädiger Herr: meine drei Pferde sind verloren – und auch meine Brüder werden sie nicht bekommen.«

Ich hätte mich darüber wundern sollen, daß Filofej in einer solchen Lage sich noch um seine Troika Sorgen machen konnte, doch – ich gestehe es – mir war nicht darum zu tun ... Werden sie uns wirklich totschlagen? dachte ich immerzu. Weshalb eigentlich? Ich werde ihnen doch alles geben, was ich bei mir habe.

Das kleine Brückchen aber kam immer näher und näher, war immer besser zu sehen.

Plötzlich ertönten laute Zurufe, die Troika vor uns hob sich gleichsam vom Boden, flog dahin und blieb, als sie die Brücke erreicht hatte, mit einem Ruck etwas seitlich vom Weg wie eingegraben stehen. Ich verlor alle Hoffnung.

»Mein guter Filofej«, sagte ich, »wir fahren in den Tod. Verzeihe mir, wenn ich an deinem Untergang schuld bin.«

»Wieso bist du daran schuld, gnädiger Herr! Seinem Schicksal kann niemand entgehen! Nun, Zottiger, mein braves Pferdchen«, wandte sich Filofej an das Mittelpferd, »geh nur zu, mein Lieber! Leiste mir den letzten Dienst! Es ist nun alles eins ... In Gottes Namen!«

Und er ließ seine Troika antraben.

Wir näherten uns der Brücke – jenem unbeweglichen, dräuenden Wagen, auf dem alles, wie absichtlich, still geworden war. Nicht ein Laut ließ sich vernehmen! So verhält sich der Hecht, der Habicht, jegliches Raubtier bei Annäherung der Beute. Nun waren wir auf einer Höhe mit dem Wagen ... mit einemmal sprang der Riese im Halbpelz von ihm herab und kam auf uns zu.

Obgleich er nichts zu Filofej sagte, zog dieser sofort die Leine an ... Der Tarantas blieb stehen.

Der Riese stützte sich mit beiden Händen auf das Wagentürchen, neigte seinen struppigen Kopf nach vorne, lächelte und sagte mit leiser, ruhiger Stimme in der Redeweise eines Fabrikarbeiters folgendes: »Verehrter Herr, wir kommen von einem ehrbaren Fest, von einer Hochzeit; wir haben einen Burschen verheiratet und haben ihn schlafen gelegt; wir sind lauter junge Kerle, verwegene Köpfe, haben viel getrunken – und haben nichts, um wieder nüchtern zu werden; würden Sie da nicht so freundlich sein und uns ein wenig Geld schenken – so viel, daß es zu einem Glas Bier für jeden von uns langt? Wir würden es auf Ihre Gesundheit trinken, würden dabei Euer Gnaden gedenken; sollten Sie sich jedoch nicht hierzu herablassen wollen, so bitten wir Sie, uns unsere Bitte nicht übelzunehmen.«

Was soll das bedeuten, dachte ich? Ist das Hohn? ... machen sie sich über uns lustig?

Der Riese stand mit gesenktem Kopf vor mir. In diesem Augenblick trat der Mond hinter einer Wolke hervor und beleuchtete sein Gesicht. Dieses Gesicht lächelte – mit den Augen und mit den Lippen. Es lag keine Drohung in diesen Zügen, bloß eine gespannte Erwartung ... und die Zähne glänzten so weiß und groß ...

»Ich werde mit Vergnügen ... da habt ihr ...« sagte ich schnell, holte meinen Geldbeutel hervor und entnahm ihm zwei Silberrubel; damals war in Rußland noch Silbergeld im Umlauf. »Hier, wenn das genug ist.«

»Tausend Dank!« schnarrte der Riese militärisch; seine dicken Finger schnappten augenblicklich aus meiner Hand – nicht den ganzen Geldbeutel, sondern bloß die zwei Rubel. »Tausend Dank!« Er schüttelte seinen Struwwelkopf und lief zum anderen Wagen.

»Burschen«, rief er, »zwei Silberrubel schenkt uns der durchreisende Herr!« Die erhoben ein großes Hallogeschrei ... Der Riese wälzte sich auf den Bock.

»Glückliche Reise!«

Und weg waren sie! Die Pferde legten sich ins Geschirr, der Wagen ratterte eine Wegsteigung hinauf, dort tauchte er noch einmal in dem dunklen Streifen auf, der Himmel und Erde trennt, senkte sich und verschwand.

Weder das Rattern noch das Schreien noch das Schellengeläute waren mehr zu hören.

Es herrschte eine Totenstille.

Filofej und ich kamen nicht sogleich völlig zur Besinnung.

»Ach, was für ein Spaßmacher«, sagte er schließlich, nahm den Hut ab und begann sich zu bekreuzigen. »Wirklich ein Spaßmacher«, fügte er hinzu und wandte sich strahlenden Auges nach mir um. »Und er muß auch ein wirklich guter Mensch sein. No-no-no, ihr Kleinen, rührt euch! Ihr werdet heil bleiben! Alle werden wir heil bleiben! Das ist er doch gewesen, der uns nicht vorbeifahren ließ; er kutschierte doch. So ein spaßiger Bursche! No-no-no-noo! mit Gott!«

Ich schwieg, aber auch mir wurde leicht ums Herz. Wir werden heil bleiben! wiederholte ich für mich und streckte mich auf dem Heu aus. Wir sind billig weggekommen!

Ich schämte mich sogar ein wenig, daß mir Schukowskijs Vers eingefallen war.

Plötzlich kam mir ein Gedanke.

»Filofej!«

»Was gibt es?«

»Bist du verheiratet?«

»Ja.«

»Und hast du Kinder?«

»Kinder haben wir auch.«

»Wie hast du denn nicht an sie gedacht? Die Pferde haben dir leid getan, doch die Frau und die Kinder ...«

»Was sollen die mir groß leid tun! Sie wären ja nicht Dieben in die Hände gefallen. Aber im Sinn habe ich sie die ganze Zeit gehabt und denke auch jetzt beständig an sie.« Filofej schwieg eine Weile. »Möglicherweise hat Gott sich unser um ihretwillen erbarmt.«

»Ja, aber wenn das gar keine Räuber waren?«

»Wie kann man das wissen? Kann man denn in die Seele eines Menschen hineinschauen? Eine fremde Seele ist bekanntlich ein finsteres Loch. Sich auf Gott zu verlassen ist immer das beste. Nein, meine Familie werde ich stets ... No-no-no, ihr Kleinen, mit Gott.«

Es dämmerte bereits, als wir uns Tula näherten. Ich lag in einem Halbschlaf ...

»Gnädiger Herr«, sagte plötzlich Filofej, »schauen Sie einmal; dort halten sie bei der Schenke ... das ist ihr Wagen.«

Ich hob den Kopf ... in der Tat, das waren sie: sowohl die Pferde als auch der Wagen. Auf der Schwelle der Trinkstube erschien plötzlich der uns bekannte Riese im Halbpelz.

»Herr!« rief er und schwenkte seine Mütze, »wir versaufen Ihr Geld! Dein Kutscher«, fügte er hinzu und zeigte mit dem Kopf auf Filofej, »bekam es wohl mit der Angst zu tun?«

»Ein äußerst lustiger Mensch«, bemerkte Filofej, als wir in einer Entfernung von zwanzig Klafter an der Schenke vorbeigefahren waren.

Endlich kamen wir in Tula an; ich versorgte mich mit Schrot und bei der Gelegenheit auch gleich mit Tee und Wein und erwarb sogar ein Pferd von einem Händler. Um die Mittagszeit machten wir uns auf die Heimreise. Als wir an der Stelle vorbeifuhren, an der wir zum erstenmal das Wagengerassel hinter uns vernommen hatten, lachte Filofej, der sich, nachdem er in Tula ein wenig getrunken hatte, als sehr gesprächig erwiesen hatte – er erzählte mir sogar Märchen.

»Erinnerst du dich, gnädiger Herr, wie ich immer wieder zu dir gesagt habe: ‚Es rattert ... es rattert!'«

Er holte mehrmals mit der Hand weit aus ... Dieses Wort schien ihm außerordentlich zu gefallen.

Wir kehrten am selben Abend in sein Dorf zurück.

Ich erzählte Jermolaj, was wir erlebt hatten. Da er nüchtern war, zeigte er keinerlei Anteilnahme und gab nur einen Grunzlaut von sich – ob es ein zustimmender oder vorwurfsvoller war, wußte er wohl selbst nicht. Zwei Tage darauf erzählte er mir jedoch freudestrahlend, daß in derselben Nacht, in der ich mit Filofej nach Tula gefahren war, auf derselben Straße ein Kaufmann beraubt und erschlagen worden sei. Anfangs schenkte ich dieser Nachricht keinen Glauben, doch sollte ich mich bald von ihrer Richtigkeit überzeugen: der durchreisende Polizeihauptmann, der zur Ermittlung des Tatbestandes fuhr, bestätigte es mir. Ob nicht unsere verwegenen Kerle von dieser »Hochzeit« heimfuhren und ob sie nicht diesen »Burschen«, wie der Riese behauptete, schlafen gelegt hatten? Ich blieb noch fünf Tage in

Filofejs Dorf. Immer, wenn ich ihm begegnete, fragte ich ihn: »Nun, rattert es?«

»Ein lustiger Mensch«, antwortete er jedesmal und lachte.

Wald und Steppe

... und ganz allmählich fing es dann
Den Jüngling heimzuziehen an:
Ins Dorf, in den verträumten Garten,
In dem die Linden auf ihn warten.
Die Maiglöckchen verströmen Wohlgeruch,
Verträumte Eichen stehn am Bruch,
Die Trauerweiden lautlos weinen,
Und Hanf und Nesseln ihren Duft vereinen.
Dorthin, wo bis zum Horizont
In Strahlen, die zur Erde fallen
Aus durchsichtigen Wolkenballen,
Der Acker wonniglich sich sonnt;
Wohin dein Blick auch immer fällt,
Ein reifes Roggenfeld sich wellt ...
Dort ist es gut ...

(Aus einem der Verbrennung anheimgegebenen Gedicht)

Den Leser langweilen vielleicht schon meine Aufzeichnungen; ich beeile mich, ihn mit dem Versprechen zu beruhigen, es bei den bisher gedruckten Abschnitten bewenden zu lassen; indem ich mich jedoch von ihm verabschiede, kann ich nicht umhin, einige Worte über die Jagd zu sagen.

Die Jagd mit Flinte und Hund ist an und für sich schön; doch gesetzt den Fall, daß Sie nicht als Jäger geboren sind, so lieben Sie dennoch die Natur und die Freiheit; mithin müssen Sie uns Jäger beneiden. Hören Sie ...

Wissen Sie zum Beispiel, wie köstlich es ist, im Frühjahr vor Sonnenaufgang auszufahren? Sie treten vor die Tür ... am dunkelgrauen Himmel blinken hier und da Sterne; hin und wieder kommt ein frischer Windhauch auf; man vernimmt das verhaltene, undeutliche Geflüster der Nacht; die Bäume rauschen leise, in Schatten getaucht. Nun wird eine Decke auf den Wagen gelegt und auf dem Boden des Wagens eine Kiste mit dem Samowar untergebracht. Die Seitenpferde frösteln, schnauben und treten stutzerhaft von einem Fuß auf den anderen; ein Paar eben erst erwachter weißer Gänse überquert schweigend und langsam den Weg. Hinter dem Flechtzaun im Garten schnarcht ruhig der Nachtwächter; jeder Ton steht gleichsam in der kalten Luft, steht und vergeht nicht. Nun haben Sie sich in den Wagen gesetzt; die Pferde ziehen einmütig an, laut rattert der Wagen ... Sie fahren, fahren an der Kirche vorbei, rechts um den Berg, über den Damm ... der Teich beginnt kaum sichtbar zu dampfen. Sie frieren ein wenig und bedecken das Gesicht mit dem Mantelkragen; es schläfert Sie. Die Pferdehufe patschen laut in die Wasserpfützen; der Kutscher pfeift vor sich hin. Doch nun haben wir schon vier Werst zurückgelegt ... der Horizont rötet sich; Dohlen erwachen in den Birken und flattern ungeschickt umher; Spatzen tschilpen rings um dunkle Heuschober. Die Luft wird heller, der Weg deutlicher sichtbar, der Himmel klart auf, die Wolken schimmern weiß, die Felder werden grün. In den Hütten brennen mit roter Flamme die Kienspäne, hinter den Toren lassen sich verschlafene Stimmen vernehmen. Indes entflammt das Morgenrot, schon schießen goldene Streifen über den Himmel, in den Schluchten brauen die Nebel; die Lerchen singen laut, der Frühwind weht, und leise geht die blutrote Sonne auf. Ströme von Licht ergießen sich; das Herz schüttelt sich gleich einem erwachenden Vogel. Alles ist frisch, heiter, angenehm! Weit ist die Sicht ringsum. Da hinter dem Waldstück liegt ein Dorf, etwas weiter ein zweites mit einer weißen Kirche, oben am Berge ein Birkenwäldchen, dahinter das Moor, wohin Sie fahren ... Schneller, Pferde, schneller! In flottem Trab geht es weiter ... Wir haben noch drei Werst zurückzulegen, nicht mehr. Die Sonne steigt rasch höher; der Himmel ist klar ... wir werden herrliches Wetter haben. Eine Rinderherde kommt uns aus dem Dorf entgegen. Jetzt sind Sie auf der Anhöhe ... Welch eine Aussicht! Der Fluß windet sich in einer Länge von zehn Werst vor unseren Blicken und schimmert bläulich durch den Nebel; drüben liegen wässerige grüne Wiesen und hinter den Wiesen flache Hügel; in der Ferne tummeln sich mit hellem Kiwitt die Kiebitze über dem Moor; durch den feuchten Glanz in der Luft tritt die Ferne deutlich hervor ... viel klarer als im Sommer. Wie frei hebt sich die Brust, wie flink bewegen sich die Glieder, wie erstarkt der ganze Mensch, umfangen vom frischen Atem des Frühlings! ...

Oder ein Sommermorgen, im Juli! Wer, außer einem Jäger, hat es empfunden, wie schön es ist, bei Sonnenaufgang in den

Büschen umherzustreifen? Als grüner Streifen zieht sich die Spur Ihrer Füße durch das taufeuchte, weiß gewordene Gras. Sie biegen die Zweige eines nassen Busches auseinander – und es umfängt Sie der gestaute warme Duft der Nacht; die Luft ist getränkt mit dem frischen bitteren Geschmack des Wermuts, dem Honig des Buchweizens und blühenden Klees; in der Ferne steht wie eine Wand ein Eichenwald und glänzt und schimmert rötlich in der Sonne; noch ist es frisch, doch man spürt schon die aufkommende Hitze. Der Kopf ist ganz benommen vom Übermaß der Wohlgerüche. Die Büsche dehnen sich endlos ... höchstens irgendwo in der Ferne leuchtet gelb reifender Roggen und in schmalen Ackerstreifen rötlicher Buchweizen. Da knarrt ein Wagen, im Schritt kommt ein Bauer gefahren; er stellt das Pferd vorsorglich in den Schatten ... Sie haben ihn begrüßt und sind weitergegangen – der helle Ton des Sensendengelns ertönt hinter Ihnen. Die Sonne steigt immer höher und höher. Das Gras trocknet schnell. Es ist schon sehr warm geworden. Eine Stunde vergeht, eine zweite ... der Himmelsrand wird dunkler; stechend heiß glüht die unbewegliche Luft.

»Wo kann man hier trinken, Bruder?« fragen Sie den Mäher.

»Dort in der Schlucht ist eine Quelle!«

Durch dichte, mit Grasranken durchwachsene Haselnußsträucher steigen Sie auf den Boden der Schlucht hinab. In der Tat: hart unter dem Steilhang versteckt sich eine Quelle; ein Eichenbusch breitet gierig seine tatzenhaften Zweige über das Wasser; große silberne Blasen steigen schwankend vom Boden auf, der mit feinem samtigem Moos bedeckt ist. Sie werfen sich nieder, Sie haben getrunken, sind jedoch zu faul, sich zu rühren. Sie befinden sich im Schatten, atmen die aromatische Frische; Sie fühlen sich wohl, doch die Büsche Ihnen gegenüber glühen und welken in der Sonne. Doch was ist das? Ein Windstoß huschte vorbei und verstummte; die Luft erbebte ringsum: etwa ein Donnerschlag? Sie gehen aus der Schlucht hinaus ... was ist das für ein bleigrauer Streifen am Horizont? Verdichtet sich die Glut? Zieht eine Wolke herauf? ... Doch dort zuckte ein schwacher Blitz ... he, das ist ja ein Gewitter! Ringsum scheint die Sonne noch hell: man kann noch jagen. Doch die Wolke wächst: ihr vorderer Rand dehnt sich ärmelartig und bauscht sich auf. Das Gras, die Büsche, alles ist mit einemmal farblos geworden ... Schnell! dort scheint ein Heuschober zu sein ... schnell! Sie sind beizeiten angelangt, unter das Dach getreten ... Welch ein Regen! Was für Blitze! Irgendwo beginnt das Wasser durch das Strohdach auf das duftende Heu zu tropfen ... Doch schon zeigt sich wieder die Sonne. Das Gewitter ist vorüber; Sie treten wieder hinaus. Herr des Himmels, wie freudig leuchtet alles ringsum, wie frisch und dünn ist die Luft, wie riecht es nach Erdbeeren und Pilzen! ...

Doch nun kommt der Abend. Das Abendrot glüht wie eine Feuersbrunst und umfängt den halben Himmel. Die Sonne geht unter. Die Luft ist in der Nähe besonders durchsichtig, wie gläsern; in der Ferne lagert ein weicher, anscheinend warmer Dunst; zusammen mit dem Tau fällt ein roter Glanz auf die Waldwiesen, die noch vor kurzem in Ströme flüssigen Goldes getaucht waren; die Bäume, die Sträucher, die hohen Heuhaufen werfen lange Schatten ... Die Sonne ist versunken; ein Stern hat sich entzündet und zittert im feurigen Meer des Sonnenunterganges ... nun verblaßt er allmählich, der Himmel wird blau; die einzelnen Schatten verschwinden, die Luft füllt sich mit Dunkelheit. Es ist Zeit, nach Hause zu gehen, ins Dorf, in die Hütte, in der Sie übernachten. Mit dem Gewehr auf dem Rücken schreiten Sie ungeachtet der Müdigkeit schnell aus ... Mittlerweile wird es Nacht; auf zwanzig Schritt ist nichts mehr zu sehen; kaum daß die Hunde im Dunkel noch wahrzunehmen sind. Da lichtet sich kaum merklich der Rand des Himmels über den schwarzen Büschen ... Was ist das? – ein Brand? ... Nein, es ist der aufgehende Mond. Und dort unten, zu Ihrer Rechten, blinken bereits die kleinen Lichter des Dorfes ... da ist auch endlich Ihre Hütte. Durch das schiefe Fensterchen sehen Sie den weißgedeckten Tisch, die brennende Kerze, das Abendbrot ...

Ein anderes Mal lassen Sie Ihren Jagdwagen anspannen und fahren in den Wald, um Haselhühner zu schießen. Es ist schön, auf einem schmalen Feldweg zwischen zwei Mauern hohen Roggens zu fahren. Sanft streifen die Ähren Ihr Gesicht, die Kornblumen klammern sich an Ihre Füße, ringsum schnarren die Wachteln, das Pferd trabt gemächlich dahin. Da ist auch schon der Wald, Schatten und Stille. Stattliche Espen rascheln hoch über Ihnen; die langen, herabhängenden Zweige der Birken bewegen sich kaum; eine mächtige Eiche steht wie ein Kämpfer neben einer schönen Linde. Sie fahren auf einem kleinen, grünen, schattenbunten Weg; große gelbe Fliegen hängen regungslos in der golddurchwirkten Luft und fliegen plötzlich davon; Mückenschwärme tanzen in Säulen, werden im Schatten lichter, in der Sonne dunkler; ruhevoll singen die Vögel. Das goldene Stimmchen der Grasmücke singt in schuldloser, schwatzhafter Freude: es paßt zum Duft der Maiglöckchen. Weiter, weiter, tiefer in den Wald ... Der Wald wird düster ... Eine unerklärliche Stille überkommt Ihre Seele, und auch rings um Sie ist alles schläfrig und still ... Doch nun kommt der Wind auf, und die Wipfel fangen gleich stürzenden Wellen zu rauschen an. Durch das am Boden liegende vorjährige Laub hindurch wächst hier und da hohes Gras; die Pilze stehen jeder für sich allein unter ihren Hüten. Plötzlich springt ein Hase auf, der Hund stürzt ihm laut bellend nach ...

Und wie schön ist eben dieser Wald im Spätherbst, wenn die Schnepfen kommen! Sie halten sich nicht tief im Wald auf, man muß sie an dessen Rand suchen. Kein Wind, keine Sonne, kein Licht, kein Schatten, keine Bewegung, kein Geräusch; die weiche Luft ist durchdrungen vom Geruch des Herbstes, der dem Duft des Weines ähnelt; ein leichter Nebel steht in der Ferne über den gelben Feldern. Durch die entlaubten graubraunen Äste der Bäume hindurch sieht man einen weißen reglosen Himmel; hier und dort hängen an den Linden die letzten goldenen Blätter. Die feuchte Erde federt unter den Füßen; die hohen trockenen Grashalme rühren sich nicht; lange Fäden glänzen auf dem vergilbten Gras. Ruhig atmet die Brust, doch deine Seele befällt eine merkwürdige Unruhe. Du gehst am Waldrand entlang, achtest auf den Hund, und inzwischen erstehen vor dir im Geiste liebe Bilder; geliebte Menschen, verstorbene und lebende, fallen dir ein, längst erloschene Eindrücke tauchen unerwartet auf; die Einbildung blüht und schweift wie ein Vogel, und alles bewegt sich und steht so klar vor Augen. Bald zuckt das Herz plötzlich zusammen, fängt laut zu pochen an und stürmt leidenschaftlich voran, bald versinkt es unwiederbringlich in Erinnerungen. Das ganze Leben rollt sich leicht und schnell im Geiste vor dir auf, wie eine Papierrolle; der Mensch ist Herr seiner ganzen Vergangenheit, all seiner Gefühle, Kräfte und Seelenregungen. Und nichts stört ihn ringsumher – keine Sonne, kein Wind, kein Geräusch ...

Oder ein klarer, etwas frischer, am Morgen frostiger Tag, wenn die Birke wie ein Märchenbaum, ganz in Gold, sich schön vom hellblauen Himmel abhebt, wenn die tiefstehende Sonne nicht mehr wärmt, jedoch heller strahlt als im Sommer, das kleine Espenwäldchen von einem Ende bis zum anderen glänzt und funkelt, als sei es ihm angenehm und leicht, entlaubt dazustehen, die Talgründe noch weiß von Reif sind und ein frischer

Wind leise die am Boden liegenden eingerollten Blätter bewegt und vor sich hertreibt, wenn auf dem Fluß heiter die blauen Wellen dahineilen und sanft die schwimmenden Enten und Gänse hochheben; weiter unten klappert eine Mühle, halb verdeckt von den Weiden, und über ihr in der klaren Luft kreist schnell ein bunter Taubenschwarm ...

Schön sind auch die nebligen Sommertage, obwohl die Jäger sie nicht lieben. An solchen Tagen kann man nicht schießen: ein Vogel, der vor Ihren Füßen hochgeht, verschwindet sofort im weißlichen Dunkel des reglosen Nebels. Doch so still, so unsagbar still ist alles ringsum. Alles ist erwacht – und alles schweigt. Sie gehen an einem Baum vorbei, er rührt sich nicht: er ruht aus. Durch den dünnen, gleichmäßig in der Luft verteilten Dunst hindurch sehen Sie vor sich einen langen schwarzen Streifen. Sie halten ihn für den nahen Wald, doch im Näherkommen verwandelt sich der Wald in einen langen Streifen Wermut auf dem Ackerrain. Über Ihnen, um Sie herum ist überall Nebel. Doch jetzt rührt sich ein schwacher Wind – ein Stückchen blaßblauen Himmels wird undeutlich im dünner werdenden, sich gleichsam verflüchtigenden Dunst sichtbar, jetzt bricht mit einemmal ein goldgelber Strahl durch, rieselt in einem langen Strom hernieder, prallt auf die Äcker, stemmt sich gegen den Jungwald – und wiederum hat sich alles zugezogen. Lange währt dieser Kampf; doch wie unbeschreiblich schön und klar wird der Tag, wenn das Licht endlich siegt und die letzten Schwaden des erwärmten Nebels bald sich verdichten und in langen Tischtüchern auf den Boden breiten, bald sich hochwinden und verschwinden in der tiefen, liebevoll strahlenden Höhe ...

Doch jetzt sind Sie aufgebrochen, um in die offene Steppe zu fahren. Zehn Werst lang haben Sie sich auf Feldwegen fortbewegt – nun kommen Sie endlich auf die Landstraße. Vorbei an unzähligen Fuhren, vorbei an Einkehrwirtschaften mit zischenden Samowaren unter dem Vordach, vorbei an weitgeöffneten Toren und Brunnen fahren Sie endlos lang von einem Kirchdorf zum andern, durch unübersehbar weite Felder und grüne Hanfäcker. Elstern fliegen von einer Bruchweide auf die andere; Weiber mit langen Rechen ziehen ins Feld hinaus; ein Vorübergehender in abgenutztem Nankingrock und mit einem Sack auf dem Rücken schleppt sich mit müden Schritten weiter; eine schwere, mit sechs ermatteten Pferden bespannte Herrschaftskutsche kommt Ihnen entgegen. Zum Wagenfenster schaut der Zipfel eines Kissens heraus, und hinten, am Dienersitz, hockt seitwärts auf einem Bastsack in einem bis an die Augenbrauen verdreckten Mantel ein Lakai und hält sich an einer Schnur fest. Es kommt das Kreisstädtchen mit hölzernen schiefen Häuschen, endlosen Zäunen, steinernen, unbewohnbaren Kaufmannshäusern und einer altertümlichen Brücke über der tiefen Schlucht ... Weiter, weiter ... Es beginnt die Steppe. Welch eine Aussicht bietet sich von einem Berge! Bis obenhin geackerte und bestellte Rundhügel laufen in breiten Wellen in die Weite; mit Gebüsch bestandene Schluchten winden sich zwischen ihnen dahin; als längliche Inseln sind kleine Waldstücke hier und dort hingestreut; von Dorf zu Dorf laufen schmale Feldwege; weiß leuchten die Kirchen; zwischen Weidenbüschen blitzt ein Flüßchen auf, das an vier Stellen von Staudämmen überquert wird; ein altes Gutshaus mit seinen Nebengebäuden, dem Obstgarten und der Dreschtenne schmiegt sich an einen kleinen Teich. Doch weiter, weiter fahren Sie. Die Hügel werden immer kleiner, Bäume kommen fast gar nicht mehr vor. Da ist sie endlich – die grenzenlose, unübersehbare Steppe!

Und an einem Wintertag über die hohen Schneewehen gehen, um Hasen zu schießen, die scharfe frostige Luft einatmen, geblendet von dem feinen Glitzern des weichen Schnees die Augen zukneifen, sich an der grünen Farbe des Himmels über dem rötlichen Wald freuen! ...

Oder die ersten Frühlingstage, wenn ringsum alles glänzt und zusammenstürzt, wenn es durch den schweren Dampf des Tauschnees hindurch bereits nach erwärmter Erde riecht, wenn auf den ersten offenen Stellen unter den schrägen Strahlen der Sonne die Lerchen vertrauensvoll singen und wenn mit fröhlichem Lärm und Getöse von Schlucht zu Schlucht die Wasser schäumen ...

Doch es ist Zeit, Schluß zu machen. Nebenbei bemerkt – ich sprach eben vom Frühling: im Frühling ist es leicht, Abschied zu nehmen, im Frühling zieht es auch die Glücklichen in die Ferne ... Leben Sie wohl, mein Leser, ich wünsche Ihnen ständiges Wohlergehen.

ANHANG

NACHWORT

Nur schwer läßt sich heute das politische Aufsehen verstehen, das die ›Aufzeichnungen eines Jägers‹ erregten, als sie 1852 erstmals als Sammelband veröffentlicht wurden: Das Buch war, wie Turgenjew in einem Brief betonte, der »eigentliche« Grund seiner Verhaftung und der Verweisung auf sein Gut Spasskoje; der verantwortliche Zensor, der die ›Aufzeichnungen‹ hatte passieren lassen, wurde von Nikolaus I. wegen »Vernachlässigung der Dienstpflicht« des Amtes enthoben.

Doch nicht nur unter diesem sozial- und wirkungsgeschichtlichen Aspekt zählen die ›Aufzeichnungen‹ neben dem Roman ›Väter und Söhne‹ zu Turgenjews interessantesten Büchern; denn der zwischen 1847 und 1852 entstandene Zyklus gewährt auch einen Überblick über eine entscheidende Entwicklungsphase des Dichters. Diese Schaffensperiode begann scheinbar zufällig: Der unerwartete Erfolg der lediglich als Zeitschriftenfüllsel gedachten ersten Skizze, ›Chor und Kalynitsch‹, ermutigte Turgenjew, der zu jener Zeit die feste Absicht hatte, sich »überhaupt nicht mehr mit der Literatur abzugeben«, zur dichterischen Arbeit zurückzukehren und endgültig Abschied zu nehmen von den lyrisch-romantischen Verserzählungen, mit denen er seine Laufbahn begonnen hatte. In den folgenden fünf Jahren, in denen neben einigen anderen Erzählungen und den Dramen ›Ein Monat auf dem Lande‹ und ›Der Kostgänger‹ einundzwanzig weitere ›Aufzeichnungen‹ entstanden, fand Turgenjew zu neuen, ihm eigenen Formen realistischen Erzählens – ein Prozeß, der geprägt war von dem Bestreben, den ästhetischen Kanon eben jener literarischen Richtung zu überwinden, in deren Zeichen die Rückkehr zur Literatur gestanden hatte: der Naturalen Schule.

Mit der Naturalen Schule vollzog sich in der russischen Literatur der Übergang von romantischen zu realistischen Formen literarischen Gestaltens. Wesentlich befördert wurde diese Entwicklung durch Nikolaj Gogols dichterisches Werk. Seine Erzählungen, Dramen und schließlich sein 1842 erschienenes Romanfragment ›Die toten Seelen‹ wurden zum Anknüpfungspunkt, zur ästhetischen Strukturvorgabe für die Dichter der folgenden Jahre. War auch die Orientierung am Gogolschen Werk stets individuell sehr verschieden, so sahen sich doch Schriftsteller wie der junge Dostojewskij, I. Gontscharow,

A. Herzen und Turgenjew in der Tradition Gogols und fühlten sich der Naturalen Schule, wie diese literarische Richtung von der Kritik alsbald bezeichnet wurde, zugehörig. Thematisch konzentrierte sich die Literatur dieser Schule vor allem auf die Darstellung sozialer Milieus, der Deformation des menschlichen Individuums durch das gesellschaftliche System; Ironie, Groteske und Satire waren ihre bevorzugten Gestaltungsverfahren. Dies bedeutete freilich auch einen Funktionswandel der Literatur, und bereits 1845 beschrieb Turgenjew in seiner Rezension einer russischen Übersetzung des Goetheschen ›Faust‹, ganz im Sinne der Naturalen Schule die neuen Aufgaben zeitgenössischer Literatur: »Als Dichter hat Goethe nicht seinesgleichen, aber wir haben jetzt nicht allein Dichter nötig ... Wir – leider nicht einmal dies ganz und gar – sind Menschen ähnlich geworden, die sich beim Anblick eines hervorragenden Bildes, das einen Armen darstellt, nicht an der ›künstlerischen Darstellung‹ erfreuen können, sondern von dem Gedanken bedrängt werden, wie es in unserer Zeit noch Arme geben kann.«

Unter anderem war es diese unmittelbar auf gesellschaftliche Verhältnisse und Mißstände verweisende Intention, die man von der Literatur forderte, dieser direkte Bezug des literarischen Textes zur außerliterarischen Wirklichkeit, was in den 40er Jahren zur Herausbildung bzw. Reaktivierung eines Genres führte, an das Turgenjew 1847 mit seinen ›Aufzeichnungen eines Jägers‹ anknüpfte: der Prosaskizze oder der – wie man sie in Anlehnung an die französischen »physiologies‹ nannte – physiologischen Skizze.

Lange Zeit wurde die literarische Prosaskizze, wenn ihr die Literaturwissenschaft überhaupt Beachtung schenkte, als eine plattdokumentarische Wiedergabe der Wirklichkeit angesehen – eine zwar unangemessen vereinfachende, doch, was das Dokumentarische anbelangt, nicht falsche Feststellung: Für viele in den ›Aufzeichnungen‹ vorkommenden Figuren lassen sich reale Vorbilder ausmachen. So hat beispielsweise in der Skizze ›Jermolaj und die Müllerin‹ die despotische Gutsherrin, die kein verheiratetes Hauspersonal duldet, ihre reale Entsprechung in der Mutter des Dichters. Der komisch-grotesk gezeichnete Gutsbesitzer Polutykin aus ›Chor und Kalynitsch‹ stellt einen von Turgenjews Nachbarn dar, einen gewissen N. A. Golowejew, der, wie berichtet wird, nach Lektüre der Skizze – verständlicherweise – »schrecklich beleidigt war und meint, daß Iwan Turgenjew sich ihm gegenüber höchst undelikat verhalten habe« (V. Kolotajewa). Der Bauer Chor hingegen, dem Turgenjew ein Exemplar von ›Chor und Kalynitsch‹ geschickt hatte, las, nach Aussage von I. A. Batalin, diese Skizze »mit Stolz jedem Besucher vor«.

Genauer besehen stellen sich jedoch die Strukturprinzipien der Prosaskizze etwas komplizierter dar. Sie steht in der Tradition der ihrerseits aus dem altrussischen Genre der Pilgerfahrten (russ.: choždenija) hervorgegangenen Reisebeschreibung des 18. Jahrhunderts und ist durch den Gegensatz zweier Bedeutungsfelder gekennzeichnet: durch die Dichotomie von Eigenem und Fremdem, von Bekannt und Unbekannt. Analog zur Reisebeschreibung, in der ein Erzähler dem Leser von fremden Ländern berichtet, führt die Prosaskizze dem Publikum neue, noch kaum bekannte Phänomene aus verschiedenen sozialen Räumen der Gesellschaft vor Augen. In den ›Aufzeichnungen‹ sind es vor allem sozioökonomische und -kulturelle Erscheinungen, die der Ich-Erzähler aus der Sphäre des Unbekannten bzw. Noch-Nicht-Bekannten durch die künstlerische Präsentation in die des Bekannten überführt. Dieses Strukturmerkmal wird indirekt von W. Belinskij, dem führenden Literaturkritiker der Naturalen Schule, benannt, wenn er in einer Rezension schreibt, daß die Skizze »den russischen Leser leicht und angenehm ... mit *interessantesten* Erscheinungen des gegenwärtigen Lebens seines Vaterlandes bekannt macht«.

Auf der Basis dieses Merkmals prägen die Prosaskizze noch weitere: Bedingt durch das Reisemotiv (in den ›Aufzeichnungen‹ ist es der Jäger, der durch verschiedene Landschaften wandert) werden in der Skizze die einzelnen Phänomene in einer räumlichen Ordnung vorgestellt; diese klassifizierende Darstellung ist – wie Renate Döring-Smirnov in ihrer fundamentalen Studie über die russische Prosaskizze bemerkt – »durchaus mit analogen Unternehmungen in Zoologie und Botanik zu vergleichen: es sollte der gesellschaftliche Organismus in seinen einzelnen ›Zellen‹ beschrieben werden«. So fehlt der Skizze meist eine kontinuierliche Handlungsführung bzw. Sujetentfaltung, sie gliedert sich vielmehr in eine Reihe von montageartig zusammengestellten Einzelsituationen.

Als Turgenjew 1846/47 seine erste ›Aufzeichnung‹ verfaßte, folgte er noch ganz den ästhetischen Prinzipien der Prosaskizze. 1852, kurz nach dem Erscheinen des Sammelbandes schreibt er jedoch, bereits kritisch auf dieses Genre zurückschauend: »Ich muß einen anderen Weg einschlagen, ich muß ihn finden –

und mich ein für alle Mal von der alten Schreibweise (russ.: staraja manera) lösen. Lange genug habe ich mich darum bemüht, aus Charakteren verschiedene Essenzen – triples extraits – herauszuziehen, um sie sodann in kleine Gläschen zu gießen ... Die Frage ist nur: bin ich zu etwas Großem, Ruhigem fähig? Gelingen mir einfache, klare Linien?« Ebenso deutlich ist die Absage vom klassifizierend-zergliedernden Montageprinzip der Skizze aus Turgenjews Rezension eines Romans der Schriftstellerin E. Tur herauszulesen; hier kritisiert der Dichter, daß E. Tur durch Beschreibungen die Charaktere ihrer Helden zu deuten sucht und stellt schließlich, sich implizit gegen ein Strukturmerkmal der Skizze wendend, fest: »Ihre Figuren werden erst dann lebendig, wenn sie zu handeln beginnen.«

Eine eingehende Betrachtung darf dieses Spannungsfeld, in dem die ›Aufzeichnungen‹ angesiedelt sind – die »alte Schreibweise« der Skizzenliteratur und die dezidierte Absage an diese Ästhetik –, nicht unberücksichtigt lassen; sie muß versuchen, in Turgenjews dichterischer Praxis die Linien nachzuziehen, die sein negatives Urteil und seine Suche nach neuen Formen literarischen Gestaltens vorbereiten.

Die Reihenfolge der ›Aufzeichnungen‹, die Turgenjew 1852 für seinen Sammelband bzw. für die Ausgabe von 1874 wählte, entspricht nicht der Chronologie ihrer Entstehung. Da natürlich die vorliegende Übersetzung der Turgenjewschen Anordnung folgt, empfiehlt es sich bei den weiteren Ausführungen, auch die in Klammern gesetzten Jahresangaben zu berücksichtigen.

Abgesehen von den drei letzten ›Aufzeichnungen‹, ›Tschertopchanows Ende‹ (1872), ›Die lebende Reliquie‹ (1874) und ›Es rattert!‹ (1874), die nach der Aufhebung der Leibeigenschaft (1861) entstanden und erst später dem Zyklus hinzugefügt wurden, und abgesehen von ›Der Kreisarzt‹ (1847), ›Wald und Steppe‹ (1848) und ›Lebedjan‹ (1847) behandeln alle die Auswirkungen des Feudalsystems. Hatte noch Nikolaj Gogol in seinem Romanfragment ›Die toten Seelen‹ versucht, den durch die langsam einsetzende Kapitalisierung bedingten Zerfall des russischen Feudalsystems und die immer deutlicher hervortretende Krise phänomenologisch in der Selbstentfremdung der Gutsbesitzer darzustellen, so erfaßt Turgenjews Skizzenzyklus beide Seiten, die Gutsbesitzer und die Bauern, und entwirft ein weit differenzierteres Bild von den neuen, daher noch wenig bekannten sozioökonomischen Krisenerscheinungen der ausgehenden 40er und beginnenden 50er Jahre.

Mit der Gestalt des Chor berichtet der Erzähler von einem Zins-Pacht-Bauern, der aus wirtschaftlichen Gründen darauf verzichtet, sich loszukaufen und es vorzieht, weiter in feudaler Abhängigkeit zu bleiben. In der Skizze ›Der Hofbesitzer Owsjanikow‹ (1847) behandelt Turgenjew das Problem der sogenannten Einzelhofbesitzer (russ.: odnodvorcy), einer zwischen den Gutsbesitzern und den Leibeigenen angesiedelten kleinen Schicht. Die Einzelhofbesitzer waren Freie und wie die feudalen Gutsherren berechtigt, über Boden und Leibeigene zu verfügen, doch den Gutsbesitzern zivil- und steuerrechtlich nicht gleichgestellt; ähnlich wie die Leibeigenen dem Gutsherren mußten die Einzelhofbesitzer an den Staat Pro-Kopf-Zins abführen (russ.: podušnaja podat'). Aus dieser Sonderstellung resultieren die Ansichten, die Owsjanikow vor dem Ich-Erzähler über das Alte und Neue, über den sich vollziehenden gesellschaftlichen Wandel äußert. In derselben Skizze macht Turgenjew den Leser noch mit einem anderen Phänomen bekannt: dem Problem der sogenannten »freiwilligen Flurbereinigung« (russ.: poljubovnoe razmeževanie). Um die agrarische Produktivität zu verbessern, waren 1836 Vermittlungskommissionen eingerichtet worden, die die Gutsbesitzer zur Flurbereinigung bewegen sollten; doch waren die Kommissionen wegen der Starrköpfigkeit der Gutsbesitzer kaum erfolgreich. Nur ein knappes Jahr vor der Niederschrift der Skizze war die Frist, innerhalb derer die Flurbereinigung abgeschlossen sein sollte, bereits zum dritten Male verlängert worden. Große Aufmerksamkeit schenkt Turgenjew der sozialen Desintegration: Da sind auf der einen Seite die verarmten Gutsbesitzer wie Pjotr P. Karatajew, der seelisch gebrochen in Moskau elend zugrunde geht oder – in ›Mein Nachbar Radilow‹ (1847) – der vormals reiche Fjodor Michejitsch, der nun im Hause Radilow das Gnadenbrot erhält und Geige fiedelnd sein Dasein fristet; auf der anderen (ehemalige) Leibeigene wie beispielsweise Stjopuschka in der Skizze ›Der Himbeerquell‹ (1847), von dem es heißt: »Stjopuschka erhielt buchstäblich nichts, er war mit niemandem verwandt, kein Mensch nahm seine Existenz zur Kenntnis. Er hatte nicht einmal eine Vergangenheit, man sprach nicht über ihn ...« (S. 33). In der gleichen Skizze thematisiert Turgenjew auch die immer schwerer werdenden wirtschaftlichen Lebensbedingungen der Leibeigenen in der Gestalt des Bauern Michajla Saweljitsch, der nach Moskau gewandert war, um den Herrn um eine Verringerung des Pachtzinses zu bitten. In der ›Beschinwiese‹ (1851) geht der Dichter schließlich en passant auch auf die beginnende Industrialisierung ein: Die Geschwister Iljuscha und Awdjuschka arbeiten als Glätter in einer Papierfabrik.

Auf recht verschlüsselte Weise wird der Leser mit einem weiteren Thema konfrontiert: Vor allem in den früheren ›Aufzeichnungen‹ setzt sich Turgenjew polemisch-kritisch mit den sogenannten Slawophilen auseinander. Die Slawophilen betrachteten die Krise des russischen Feudalsystems lediglich unter einem moralischen Aspekt und glaubten, daß die Probleme durch eine Rückbesinnung auf alte patriarchalisch-feudale Lebensformen und Bindungen zwischen Herr und Knecht zu lösen seien. Ein zentraler Streitpunkt zwischen der Naturalen Schule und den Slawophilen war die Rolle des Zaren Peters des Großen in der russischen Geschichte: der Naturalen Schule galt er als Begründer des modernen Rußlands, für die Slawophilen war er der Beginn aller Übel. Im Kontext dieser Auseinandersetzung steht in »Chor und Kalynitsch« der Rekurs des Erzählers auf Peter den Großen (vgl. S. 17). Polemische Valenz hatte aber auch eine so schlichte Bemerkung wie »Da ist es, das alte Rußland ...« (S. 173), mit der die Aufzeichnung ›Zwei Gutsbesitzer‹ (1847) endet. Sofort nach der Lektüre der Skizze sandte Konstantin Aksakow, einer der führenden Vertreter der Slawophilen, an Turgenjew einen Brief mit dem Hinweis, daß das alte Rußland intakt gewesen sei, und die Depravation der Gutsbesitzer, wie es die Skizze darstellt, eben nur eine Folge der Reformpolitik dieses Zaren sei.

Eine für Zeitgenossen ebenfalls unmißverständliche Polemik enthält die Passage, in der Owsjanikow den Bericht seiner Bauern über ihren merkwürdigen Gutsherren wiedergibt: »Die Bauern schauen: welch ein Wunder! Der gnädige Herr trägt eine Halbsamthose wie ein Kutscher, Stiefel mit einer Borte, ein rotes Hemd und einen Kutscherkaftan; er hat sich einen Bart stehen lassen, hat so ein komisches Mützchen – und ist, betrunken oder nicht betrunken, nicht ganz bei vollem Verstand. ... Er begann ihnen eine Rede zu halten: ›Ich bin ein Russe‹, sagte er, ›und ihr seid Russen; ich liebe alles Russische ... denn russisch ist meine Seele, und auch mein Blut ist russisch ...‹« (S. 67). Hier polemisiert Turgenjew nicht nur gegen die Slawophilen und ihre folkloristischen Kleidungsgewohnheiten; vielmehr sahen manche Zeitgenossen in diesen Sätzen einen dezidierten Angriff auf Konstantin Aksakow, denn sie kannten den Witz, den P. P. Tschaadajew in ganz Moskau erzählt hatte: »Konstantin Aksakow kleidet sich so national, daß die Leute auf der Straße ihn für einen Perser halten.«

Eine weitere recht versteckte Auseinandersetzung mit den Slawophilen und der russischen Autokratie enthält die Datierung der Skizze ›Der Bürgermeister‹ mit »Salzbrunn in Schlesien, im Juli 1847« (S. 138). Diese in den gesamten ›Aufzeichnungen‹ einzige Datierung verweist auf einen lange Zeit in Rußland verbotenen Text, auf einen Brief des Literaturkritikers Belinskij an den Dichter Nikolaj Gogol. Dieser Brief, in dem Belinskij eine slawophile Spätschrift Gogols kritisiert und in diesem Zusammenhang scharf die russische Autokratie anklagt, entstand während eines gemeinsamen Aufenthaltes mit Turgenjew in Salzbrunn im Juli des Jahres 1847; eben dieser Brief, in Abschriften in St. Petersburg und Moskau illegal verbreitet, war unter anderem Ursache für Dostojewskijs Verbannung nach Sibirien.

Ein Thema aus dem soziokulturellen Bereich behandelt die Skizze ›Mein Nachbar Radilow‹ (1847): Die Schlußbemerkung, die darauf hinweist, daß Radilow mit seiner Schwägerin durchgebrannt ist, enthält eine implizite Kritik an den Moralvorstellungen der russisch-orthodoxen Kirche, denen zufolge dem Witwer verboten war, die Schwägerin zu heiraten. In einem ähnlichen thematischen Bereich ist auch die Skizze ›Kasjan von der schönen Aussicht‹ (1850/51) angesiedelt. Sie bezieht sich auf eine großangelegte strafrechtliche Untersuchung und Verfolgung von Glaubenssektierern im Gouvernement Jaroslaw in den Jahren 1849–51. Turgenjew, dem das Untersuchungsmaterial zugänglich war, stattete Kasjan, die Hauptfigur dieser ›Aufzeichnung‹, mit Eigenschaften dieser Sektierer aus: Kasjan verweigert sich der traditionellen bäuerlichen Arbeit, lehnt persönlichen Besitz ab, lebt in wilder Ehe (immer wieder weist der Ich-Erzähler auf die frappierende Ähnlichkeit zwischen Kasjan und dem kleinen Mädchen hin!); nicht unbedingt stimmen jedoch Kasjans pantheistische Ansichten und sein Traum von dem sagenumwobenen Land, »wo der Vogel Gamajun lebt« (S. 120) mit den Vorstellungen der Sektierer überein. Allerdings ist sein Verweis auf die Verbreitung des Sektierertums – »Und nicht ich allein armer Sünder ... viele andere Christen in Bastschuhen gehen und wandern durch die Welt und suchen die Wahrheit ... ja!« (S. 120) –, mit dem Turgenjew die Typik der

Gestalt unterstreicht, zutreffend und hatte deshalb aus Zensurgründen bei der ersten Veröffentlichung gefehlt.

Die Themen der einzelnen ›Aufzeichnungen‹ bieten kaum Anhaltspunkte für eine Überwindung des Genres der Prosaskizze; sie scheinen sogar Kontinuität zu dokumentieren: das Problem der Sektierer und religiöse Fragen gehörten zu einem der Themenkreise der Skizzenliteratur der 50er Jahre. Ein Entwicklungsprozeß zeigt sich erst, und nun umso deutlicher, betrachtet man die ästhetischen Verfahren und den formalen Aufbau der ›Aufzeichnungen‹.

Nicht zu übersehen ist die an Gogols ›Tote Seelen‹ erinnernde Technik der satirisch-grotesken Überzeichnung und Typisierung der Gutsherren in den frühen ›Aufzeichnungen‹. Ein sehr anschauliches Beispiel dafür bietet die Darstellung des Polutykin in ›Chor und Kalynitsch‹. Dieser »vortreffliche Mensch« wird durch »einige Schwächen« charakterisiert. Ihre völlig zusammenhanglose Aneinanderreihung beginnt mit Polutykins Eigenschaft »allen reichen Bräuten im Gouvernement Heiratsanträge« zu machen; dies wird vom Erzähler jedoch sofort ins Absurde gewendet mit der Bemerkung, daß er, »wenn er einen Korb bekommen hatte ..., den Eltern der Bräute *weiterhin* saure Pfirsiche und andere unreife Erzeugnisse seines Gartens als Präsente schickte«. Nicht minder absurd endet die ganze Passage über die ›französische Küche‹, die Polutykin in seinem Hause eingeführt hat, und »deren Geheimnis nach den Ansichten seines Kochs in der völligen Veränderung des natürlichen Geschmacks aller Speisen bestand ..., aber dafür geriet keine einzige Karotte in die Suppe, ohne vorher die Gestalt eines Rhombus oder eines Trapezes angenommen zu haben« (vgl. S. 8). Eine ähnliche satirische Funktion haben auch die vielen kleinen Details, die der Ich-Erzähler in seine Rede einfließen läßt: Das beiläufige, in keinerlei Hinsicht zur Sache beitragende Erwähnen der Glatzköpfigkeit der Gutsbesitzers-Schwester untergräbt die Glaubwürdigkeit der Erzählerrede und unterstreicht die ironische Absicht. Die im Nebensatz angefügte Bemerkung von der körperlichen Züchtigung eines Bauern durch den Gutsherren beleuchtet schlaglichtartig und umso greller die Unmenschlichkeit feudaler Herrschaft; der Effekt wird hier noch zusätzlich verstärkt, indem die eigentliche Ungerechtigkeit darin zu bestehen scheint, daß der Gutsbesitzer einen *fremden*, nicht zu seinem Besitz gehörenden Bauern verprügeln ließ (vgl. S. 11). Wenn auch Turgenjew noch in ›Der Hamlet des

Kreises Schtschigry‹ (1848) die beim reichen Alexander Michajlytsch versammelte Gesellschaft in einem langen Vergleich als Bienennest darstellt (vgl. S. 256), so nimmt doch die Häufigkeit solcher satirisch eingesetzter Verfahren später zusehends ab; in ›Tschertopchanow und Nedopljuskin‹ (1848), wo sich solche geradezu anböten, fehlen sie ganz.

Noch deutlicher wird eine Entwicklung sichtbar, untersucht man den vorliegenden Zyklus mit Blick auf die dem Skizzen-Genre eigenen Bauprinzipien. Auf der Basis der bereits oben erwähnten Dichotomie von Eigenem und Fremdem, von Bekannt und Unbekannt, stellt der innere Aufbau eine Konfrontation zweier gegensätzlicher Welten dar, erkennbar in der strikten Trennung zwischen Ich-Erzähler- und Figurenrede. In den frühen ›Aufzeichnungen‹ fungiert daher der erzählende »Jäger« oft nur als Empfänger von Informationen, an die er »zufällig« gelangt – was natürlich deren Glaubwürdigkeit untermauert. So gibt er in der Skizze ›Chor und Kalynitsch‹ nur weiter, was er von Chor über die Sitten und Gebräuche der Bauern erfahren hat (vgl. S. 15f.); bisweilen macht er ausdrücklich auf die Fremdartigkeit von Chors Rede aufmerksam, indem er eine Dialogpassage mit den Worten kommentiert: »Es klang alles reichlich seltsam. Chor drückte sich manchmal sehr dunkel aus, wahrscheinlich aus Vorsicht ...« (S. 12) Die ganze Skizze gliedert sich dabei in kleine Einzelsituationen, in Dialogpassagen und Erzählerberichte und wird nicht durch ein sich entfaltendes Sujet oder durch einen kontinuierlichen Handlungsablauf zusammengehalten. Eine ähnliche Distanz zwischen eigener und fremder Rede weist auch ›Jermolaj und die Müllerin‹ (1847) auf: Im Mittelpunkt der Skizze steht ein vom Erzähler belauschtes Gespräch zwischen den Titelfiguren und die ebenfalls fremde, stark durch sprachliche Eigentümlichkeit gekennzeichnete Rede des Herrn Swerkow (vgl. S. 27ff.), aus der der Leser das tragische Schicksal der Müllerin erfährt. Funktion des Ich-Erzählers ist die bedeutungstragende Zusammenfügung der Teile. Ein weiteres Beispiel für den Montagecharakter der frühen ›Aufzeichnungen‹ bietet der ›Hofbesitzer Owsjanikow‹ (1847), auch wenn zunächst die Einheitlichkeit der Skizze ins Auge fällt. Betrachtet man aber das im Zentrum der Geschichte stehende Gespräch zwischen dem Ich-Erzähler und Owsjanikow, so zeigt sich, daß hier keine kontinuierliche Entwicklung von gleichwertiger Rede und Gegenrede stattfindet; der Ich-Erzähler fungiert lediglich als fragestellendes Gegenüber, gliedert und verstärkt nur einzelne Abschnitte von Owsjnikows Aussagen.

Eine langsame Entfernung von der offenen Kompositionsform der Skizze kündigt sich bereits in der wenige Monate später entstandenen ›Aufzeichnung‹ ›Der Kreisarzt‹ (1847) an. Zwar sind auch hier Erzählerrede und individuell gestaltete Figurenrede deutlich voneinander abgegrenzt, wird diese fremde Information dokumentarisch motiviert, doch fehlt diesem Text der für die Skizze so typische Montagecharakter. Im Mittelpunkt steht eine in sich geschlossene Erzählung mit einem wohldefinierten Sujet: der Arzt schildert seine Liebe zu einer sterbenskranken Patientin. Der Ich-Erzähler gibt der Aufzeichnung lediglich einen ihre Authentizität unterstreichenden Rahmen. Auch in ›Tatjana Borisowna und ihr Neffe‹ (1847) beschränkt sich die Präsenz des Ich-Erzählers auf die Einleitung, auf das Bekanntmachen des Lesers mit seiner Figur; es folgt eine kontinuierlich entfaltete Erzählung, die die Entwicklung des Künstler-Neffen schildert.

Besonders deutlich wird die Überwindung des Genres der Prosaskizze, wenn man die beiden ›Aufzeichnungen‹ ›Zwei Gutsbesitzer‹ (1847) und ›Tschertopchanow und Nedopljuskin‹ (1848) gegenüberstellt. Die frühere Skizze zeigt dem Leser in voneinander unabhängigen Porträts zwei Feudalherren, die zu typischen Vertretern ihrer Schicht stilisiert sind. Wie in anderen ›Aufzeichnungen‹ macht auch in ›Tschertopchanow und Nedopljuskin‹ der Ich-Erzähler zunächst einmal rein zufällig Bekanntschaft mit seinen Figuren. Mit der Bemerkung beglaubigt, es handele sich um Ergebnisse von Nachforschungen, wird sodann die Biographie der beiden erzählt. Hier allerdings dienen die Biographien nicht primär dazu, die soziale Typik der Gestalten herauszustellen, sondern versuchen zu erklären, wie zwei auf den ersten Blick so gegensätzliche Menschen zueinander finden konnten. Dies – die durch die Individualität bedingte Freundschaft – bildet nun auch den Anknüpfungspunkt für die letzte Szene, den Besuch des Ich-Erzählers auf Tschertopchanows Gut. Auch hier steht die Wiedergabe der zwischenmenschlichen Beziehungen im Zentrum, indem gezeigt wird, wie sich eine Spannung zwischen den anwesenden Personen aufbaut und schließlich durch einen kleinen Zwischenfall in ausgelassene Heiterkeit wieder auflöst.

In der 1872 verfaßten Skizze ›Tschertopchanows Ende‹ ist der Schritt zur geschlossenen, rein fiktionalen Erzählung schon längst vollzogen: Ohne seine Informationen zu legitimieren, schildert der Erzähler Tschertopchanows leidvolle letzte Jahre. Auf ähnliche Weise löst sich auch die ›Aufzeichnung‹ ›Die Sänger‹ (1850) von der Tradition der Prosaskizze. Der Erzähler gerät in ein Wirtshaus (ein von den Skizzenzeichnern oft gewählter Schauplatz), wo er Zeuge eines Sängerwettstreits wird. Die folgende Darstellung konzentriert sich jedoch nicht auf die soziale Typik der Figuren. Die Aufmerksamkeit des Erzählers gilt den individuellen Persönlichkeiten der Sänger und den Reaktionen der Zuhörer; Ankunft und Verlassen des Wirtshauses liefern den authentischen Rahmen. Einen solchen Rahmen weist auch das ›Stelldichein‹ (1850) auf: Der Erzähler ruht sich im Wald nach seinen Streifzügen aus und wird dabei Zeuge des Rendezvous eines jungen Bauernmädchens mit einem Kammerdiener. Doch dient hier der Rahmentext des Ich-Erzählers nicht nur dazu, die Authentizität des wiedergegebenen Dialogs zu unterstreichen. Mit einer einleitenden Schilderung der heiterklaren Natur wird vielmehr der Augenblick vorbereitet, in dem der Erzähler das Mädchen erblickt; gleichzeitig verweist diese Naturschilderung symbolisch auf die Erwartungen des verliebten Mädchens. Nachdem der Kammerdiener das Mädchen enttäuscht und beleidigt zurückläßt, hat sich auch das Bild der Natur gewandelt (vgl. S. 250).

Wie hier läßt sich an der Funktion der Naturschilderungen der Übergang von der offenen Komposition der Prosaskizze zur geschlossenen Erzählung auch an anderen ›Aufzeichnungen‹ nachvollziehen. In allen früheren ›Aufzeichnungen‹ haben die kleinen, detaillierten Naturschilderungen die Aufgabe, geographisch zu lokalisieren oder dienen als Verweis auf die Jagdleidenschaft des Ich-Erzählers. Ein solches Unterstreichen des Jagdmotivs unterstützt erzähltechnisch die Beiläufigkeit der Begegnungen des Ich-Erzählers (vgl. S. 19); auch ›Wald und Steppe‹ (1848) steht noch in diesem Zusammenhang, da diese ›Aufzeichnung‹ als letzte des Zyklus' noch einmal abschließend den Jägerstatus des Ich-Erzählers bekräftigt. Neben dem ›Stelldichein‹ bietet die ›Beschinwiese‹ (1851) ein besonders markantes Beispiel für den Funktionswandel der Naturschilderungen. Hier bauen diese Schilderungen, mit denen die gesamte ›Aufzeichnung‹ durchsetzt ist, ein atmosphärisches Bezugssystem auf. Die abendliche Dämmerung, der Verlauf der Nacht, das Morgengrauen bleiben dem Leser stets vor Augen, während die Jungen ihre unheimlichen Geschichten erzählen. Die einzelnen

Dialogpassagen werden durch die Gesamtatmosphäre der Skizze zu einem geschlossenen Ganzen zusammengefügt.

Die ›Beschinwiese‹ ist darüber hinaus auch Beispiel für einen weiteren Unterschied zwischen den frühen und späten ›Aufzeichnungen‹: für die Tendenz zu der Turgenjew so eigenen lyrisch-poetischen Sprachgestaltung, die allmählich den dokumentarisch-berichtenden Stil der Erzählerrede verdrängt. Die Beschreibung eines herrlichen Julitages (vgl. S. 86) mutet durch die klangliche und rhythmische Struktur an wie ›Gedichte in Prosa‹ (so lautet auch der Titel eines Spätwerks des Dichters). Und wie der sowjetische Literaturforscher D. N. Vvedenskij in seiner Stilanalyse zeigen konnte, läßt sich diese Passage, gliedert man sie nach den durch die Interpunktion vorgegebenen Zäsuren, in ein lyrisches Gedicht transformieren. Auch wenn sich dieses Experiment in der deutschen Übersetzung nicht nachvollziehen läßt, so ist doch Turgenjews Abschied vom Genre der Prosaskizze deutlich erkennbar: Nicht länger beschränkt sich der Erzähler auf die Übermittlung und die Montage von Informationen aus fremden sozialen Räumen, sondern legt nun mit der Ästhetisierung der Sprache Zeugnis ab von seinem subjektiven Erleben der Welt. Dieses Beispiel veranschaulicht aber auch, daß die Überwindung der »alten Schreibweise« für Turgenjew eine Art Synthese darstellte: von Gestaltungsweisen der Naturalen Schule mit Elementen seiner ersten lyrisch-romantischen Schaffensperiode.

Der Wert und die Bedeutung der ›Aufzeichnungen eines Jägers‹ reduziert sich jedoch nicht darauf, lediglich Vorbereitung für Späteres gewesen zu sein. Gerade die Zwischenstellung im Werk des Dichters verleiht dem Zyklus seinen ästhetischen Reiz: Einerseits vermitteln die ›Aufzeichnungen‹ mit ihren zahlreichen sozialkritisch-dokumentarischen Implikationen und Absichten dem Leser einen differenzierten Eindruck vom feudalen Rußland um die Mitte des 19. Jahrhunderts, andererseits zeigen sie die Suche des Dichters nach neuen Möglichkeiten, Realität literarisch zur Darstellung zu bringen.

Jurij Murašov

ZEITTAFEL

1818 Am 9. November als Sohn des Husarenoffiziers Sergej Nikolajewitsch Turgenjew im Gouvernement Orjol geboren.

1827 Von ihrem Gut, Spasskoje-Lutowiniwo, siedelt die Familie nach Moskau über. Iwan S. Turgenjew besucht zunächst ein Pensionat, dann erhält er Privatunterricht.

1833 Beginn des Studiums an der Moskauer Universität.

1834 Übertritt an die St. Petersburger Universität (Philosophische Fakultät). Beendet die Verserzählung *Steno.*

1837 Kandidaten-Examen an der St. Petersburger Universität.

1838 Das Gedicht *Der Abend.* September: Reise nach Berlin; Besuch von Vorlesungen an der Berliner Universität.

1840 Reise nach Italien und Deutschland; in Berlin Studium der Hegelschen Philosophie (zusammen mit M. Bakunin).

1841 Rückkehr nach Moskau. Die Gedichte *Der alte Gutsbesitzer* und *Ballade.*

1842 Erlangung des Magister-Grades an der St. Petersburger Universität. Geburt seiner unehelichen Tochter Pelageja (Polina). Bekanntschaft mit A. Herzen. Deutschlandreise.

1843 Bekanntschaft mit dem Literaturkritiker W. G. Belinskij. Beginn der lebenslangen Freundschaft zu der Sopranistin Pauline Viardot-Garcia; ihre Familie übernimmt später die Erziehung von Turgenjews Tochter. Anstellung im Innenministerium (bis 1845). Die Verserzählung *Parascha* und das Drama *Eine Unvorsichtigkeit.*

1844 Weitere Gedichte. Erste Prosaerzählung *Andrej Kolosow.*

1845 Die Verserzählung *Das Gespräch.* Reise nach Frankreich; zurück in St. Petersburg: Bekanntschaft mit F. M. Dostojewskij.

1846 Gedichte und Verserzählungen *(Andrej, Der Gutsbesitzer).* Die Erzählung *Drei Porträts* und das Drama *Geldnot.* Byron- und Goetheübersetzungen.

1847 Reise nach Deutschland und Frankreich (zum Teil gemeinsam mit W. G. Belinskij). Im Laufe dieses Jahres und der folgenden vier Jahre erscheinen in der Zeitschrift »Der Zeitgenosse« die *Aufzeichnungen eines Jägers.*

1848 Zweijähriger Parisaufenthalt. Die Erzählung *Petuschkow.*

1849 Uraufführung der Dramen *Der Junggeselle* und *Das Frühstück beim Adelsmarschall.* Das Drama *Der Kostgänger* wird von der Zensur verboten.

1850 Das Drama *Ein Monat auf dem Lande.* Im Juni Rückkehr nach Rußland, im Oktober erneute Auslandsreise. Tod der Mutter.

1851 Lebt in Moskau, St. Petersburg und auf seinem Gut Spasskoje.

1852 Verschiedene Rezensionen und die Erzählungen *Drei Begegnungen, Mumu* und *Der Posthof.* Verfaßt einen Nachruf auf den

Dichter N. Gogol. Im April verhaftet und auf sein Gut Spasskoje verwiesen. Als zweibändiger Sammelband erscheinen die *Aufzeichnungen eines Jägers.*

1853 Die Erzählung *Zwei Freunde.* Erhält im Dezember die Erlaubnis, das Gut Spasskoje wieder zu verlassen.

1854 Die Erzählung *Windstille.* In Paris erscheinen die *Aufzeichnungen eines Jägers* in franz. Übersetzung.

1855 Fertigstellung von *Rudin* und nach einer ersten Lesung des Romans Überarbeitung des Manuskripts. Bekanntschaft mit Leo Tolstoi.

1856 Veröffentlichung der Erzählungen *Ein Briefwechsel* und *Faust* und des Romans *Rudin.* Besucht V. Hugo in Paris.

1857 Publikation des Dramas *Der Kostgänger* und der Erzählung *Die Fahrt in die Waldregion.* Erneute Auslandsreise.

1858 Die Erzählung *Asja.* März–Juni: Reise nach Italien, dann nach Wien, London, Paris. Arbeit am Roman *Adelsnest.*

1859 *Adelsnest* erscheint. Mai–September: Auslandsaufenthalt.

1860 Der Essay *Hamlet und Don Quixote,* der Roman *Am Vorabend* und die Erzählung *Erste Liebe* erscheinen. Der Schriftsteller I. A. Gontscharow klagt Turgenjew des Plagiats an; das Verfahren endet mit Freispruch. Im Mai einjährige Auslandsreise. Erklärt seine Mitarbeit bei der radikal-demokratischen Zeitschrift »Der Zeitgenosse« für beendet. Ernennung zum korrespondierenden Mitglied der Akademie der Wissenschaften in St. Petersburg.

1861 Zerwürfnis mit Leo Tolstoi. Im September: Auslandsreise.

1862 Publikation des Romans *Väter und Söhne.* Im Juni Rückkehr nach Rußland, im August erneute Abreise ins Ausland.

1863 Lebt im Ausland, wählt Baden-Baden zum ständigen Wohnsitz. Übersetzt A. Puschkins *Eugen Onegin* ins Französische.

1864 Die Erzählung *Gespenster.* Aussöhnung mit I. A. Gontscharow. Wegen ideologischer Differenzen Bruch mit A. Herzen.

1865 Lebt in Baden-Baden. Parisbesuche. Juni–Juli: Reise nach Rußland. Gebrüder Salajew geben Turgenjews Gesammelte Werke heraus (hier erstmals die Erzählung *Genug*).

1866 Publikation der Erzählung *Der Hund.*

1867 März–April: Reise nach Rußland. Der Roman *Rauch* erscheint; P. Mérimée betreut die französische Übersetzung des Romans. Aussöhnung mit A. Herzen, Differenzen mit F. M. Dostojewskij.

1868 Die Erzählungen *Der Brigadier* und *Die Geschichte des Leutnants Jergunow.* Juni–Juli: Aufenthalt in Rußland.

1869 Die Erzählung *Eine Unglückliche* erscheint.

1870 Die Erzählungen *Eine seltsame Geschichte* und *Ein König Lear der Steppe.* Juni–Juli: Reise nach Rußland.

1871 Die Erzählung *Stuck, Stuck, Stuck.* Reise nach Rußland.

1872 Bekanntschaft mit G. Flaubert. Mai–Juni: Aufenthalt in Rußland. Die Erzählung *Frühlingsfluten.*

1873 Bekanntschaft mit George Sand.
1874 Publikation der Erzählungen *Punin und Bunin* und *Es klopft.* Teilnahme an den regelmäßigen Zusammenkünften der Literaten G. Flaubert, E. Goncourt, E. Zola, A. Daudet. Mai–Juli: Reise nach Rußland.
1876 Veröffentlichung der Erzählung *Die Uhr.*
1877 Die Erzählungen *Der Traum, Vater Alexejs Erzählung* und der Roman *Neuland* erscheinen. Turgenjew übersetzt Flauberts *Herodias* und die *Legende von Sankt Julianus dem Gastfreien* ins Russische. *Neuland* erscheint in französischer Übersetzung.
1878 Im Juni Teilnahme am Internationalen Literaturkongreß in Paris. Während seines Rußlandaufenthalts (August, September) Aussöhnung mit Leo Tolstoi.
1879 Februar-März: Aufenthalt in Rußland. Die »Gesellschaft der Freunde der russischen Literatur« und die »St. Petersburger Künstlervereinigung« verleihen Turgenjew die Ehrenmitgliedschaft, die Universität Oxford die Ehrendoktorwürde.
1880 Eine zehnbändige Werkausgabe erscheint. Während des Rußlandaufenthaltes (Februar–Juli) Teilnahme an den Vorbereitungen und der Durchführung der Puschkin-Feierlichkeiten.
1881 *Das Lied der triumphierenden Liebe;* fast gleichzeitig erscheint die Erzählung in deutscher und französischer Übersetzung.
1882 Redigiert eine geplante Ausgabe der Gesammelten Werke, publiziert die *Gedichte in Prosa.* Beginn einer schweren Krankheit.
1883 Die Erzählung *Klara Militsch* erscheint. Diktiert Pauline Viardot auf Französisch die Erzählung *Brand auf dem Meer* und in verschiedenen Sprachen die Erzählung *Das Ende.* Am 3. September stirbt Iwan S. Turgenjew in Paris.

(Die Daten der Zeittafel sind nach dem Kalender neuen Stils angegeben.)

LITERATURHINWEISE

Bibliographien

Bibliografija literatury o I. S. Turgeneve 1918–1967. Akad. nauk SSSR. Leningrad 1970.

Efimova, E. M.: I. S. Turgenev. Seminarij. Leningrad 1958.

Ščipunov, P.: Ivan Sergeevič Turgenev (1818–1883). Kratkij rekomendatel'nyj ukazatel' literatury. Leningrad 1953.

Kleman, M.: Chronologičeskij ukazatel' literaturnych rabot i zamyslov I. S. Turgeneva. Leningrad 1934.

Ausgaben

I. S. Turgenev: Zapiski ochotnika. St. Petersburg 1847–1851 (in: ›Sovremennik‹). – Moskau 1852. 2 Bde. – St. Petersburg 1859 – Moskau 1865/69/74 (jeweils in: Sočinenija Iv. Turgeneva, Bd. 1). – St. Petersburg 1880 (in: I. S. Turgenev, Zapiski ochotnika. Polnoe sobranie očerkov i rasskazov 1847–1876. Pervoe stereotipnoe izdanie.). – Moskau/Leningrad 1929 (in: Sob. soč., Bd. 1, hrsg. v. K. Chalabaev und B. Ėjchenbaum). – Moskau 1849 (in: Sob. soč., Bd. 1, hrsg. v. N. L. Brodskij). – Moskau/Leningrad 1963 (in: Poln. sob. soč., Bd. 4, hrsg. v. M. P. Alekseev, A. S. Bušmin, N. V. Izmajlov, Ju. G. Oksman).

Übersetzungen: Aufzeichnungen eines Jägers, A. Viedert. Berlin 1854. – Skizzen aus dem Tagebuch eines Jägers, F. Beer. Mitau 1869 (in: Ausgewählte Werke, Bd. 8/9). – Aus dem Tagebuch eines Jägers, F. Frisch u.a. München/Leipzig 1913 (in: Sämtliche Werke, Bd. 4). – Aufzeichnungen eines Jägers, Paul Kutzner. Wedel 1946. – Dass., Johannes v. Guenther. Wien/München/Basel 1957. – Dass., Manfred von der Ropp. München 1966.

Zu Leben und Werk

Brang, P.: I. S. Turgenev. Sein Leben und sein Werk. Wiesbaden 1977.

Ders.: Zu Turgenevs ästhetischem Credo. In: Slavistische Veröffentl. d. Osteuropa-Instituts d. FU Berlin, Bd. 9. Berlin 1956. S. 83–90.

Freeborn, R.: Turgenev: The novelist's novelist. A study. Oxford 1960.

Granjard, H.: Ivan Tourguénev et les courants politiques et sociaux de son temps. Paris 1954.

Hock, E.: Turgenev und die deutsche Literatur. Ein Beitrag zur Literatur- und Geistesgeschichte des 19. Jahrhunderts. Göttingen 1953.

Holthusen, J. (Hrsg.): Beiträge und Skizzen zum Werk Ivan Turgenevs. München 1977. In: Slavistische Beiträge, Bd. 116.

Kurljandskaja, G. B.: I. S. Turgenev i russkaja literatura. Učebnoe posobie dlja studentov. Moskau 1980.

Laage, K. E.: Theodor Storm und Iwan Turgenev. Persönliche und literarische Beziehungen, Einflüsse, Briefe, Bilder. Heide 1967. In: Schriften der Theodor-Storm-Gesellschaft, Bd. 16.

Magarshack, D.: Turgenev. A life. London 1954.
Moser, Ch.: Ivan Turgenev. New York/London 1972.
Nierle, M.: Die Naturschilderung und ihre Funktion in Versdichtung und Prosa von I. S. Turgenev. Studien zur Geschichte der Russischen Literatur des 19. Jahrhunderts. Bad Homburg/Berlin/Zürich 1969.
Ozdrovsky, M.: The plays of Turgenev in relation to nineteenth century European and Russian drama. Ann Arbor/Mich. 1972.
Petrov, S.: I. S. Turgenev. Žizn' i tvorčestvo. Moskau 1968.
Pritchett, V.: The gentle barbarian. The life and work of Turgenev. London 1977.
Schapiro, L. B.: Turgenev, his life and times. Oxford 1978.
Schütz, K.: Das Goethebild Turgeniews. Bern 1952.
Tschižewskij, D. u.a.: Gogol'–Turgenev–Dostoevskij–Tolstoj. Zur russischen Literatur des 19. Jahrhunderts. München 1966.
Turgenev v russkoj kritike. Sbornik statej. Moskau 1953.
Yarmolinsky, A.: Turgenev. The man, his art and his age. New York 1953.
Ziegengeist, G. (Hrsg.): Turgenev und Deutschland. Materialien und Untersuchungen. Berlin 1965.

ZU DEN ›AUFZEICHNUNGEN‹

Kessler, R.: Zu Form und Kritik in I. S. Turgenevs ›Zapiski ochotnika‹. Fünf Aufsätze. Frankfurt a. M. 1979.
Kovalev, V. A.: ›Zapiski ochotnika‹ I. S. Turgeneva. Voprosy genezisa. Moskau 1980.
Lebedev, Ju. V.: ›Zapiski ochotnika‹ I. S. Turgeneva. Posobie dlja učitelja. Moskau 1977.
Peters, J.-U.: Turgenevs ›Zapiski ochotnika‹ innerhalb der očerk-Tradition der 40er Jahre. Zur Entwicklung des realistischen Erzählens in Rußland. Berlin 1972. In: Slavistische Veröffentl. d. Osteuropa-Instituts d. FU Berlin, Bd. 40.
Smyrniw, W.: Turgenev's early works. From character sketches to a novel. Oakville/Ont. 1980.
Vinogradov, V. V.: O jazyke chudožestvennoj literatury. Moskau 1959, S. 493–506.
Vvendenskij, D. N.: Jazykovoe masterstvo I. S. Turgeneva v rasskaze ›Bežin lug‹. Moskau 1954.